20/30.

Carlos Ruiz Zafón
Der Schatten des Windes

Roman

Aus dem Spanischen
von Peter Schwaar

Insel Verlag

Die Originalausgabe erschien 2001 unter dem Titel
La sombra del viento bei Editorial Planeta, S.A., Barcelona
© Carlos Ruiz Zafón, 2001
(für die deutsche Ausgabe vertreten durch
UnderCover Literary Agents)

Satz: Libro, Kriftel
Druck: GGP Media, Pößneck
Printed in Germany
Erste Auflage 2003
ISBN 3-458-17170-3

4 5 6 7 – 08 07 06 05 04 03

Der Schatten des Windes

Für Joan Ramon Planas, der etwas Besseres verdient hätte

Der Friedhof der Vergessenen Bücher

Ich erinnere mich noch genau an den Morgen, an dem mich mein Vater zum ersten Mal zum Friedhof der Vergessenen Bücher mitnahm. Die ersten Sommertage des Jahres 1945 rieselten dahin, und wir gingen durch die Straßen eines Barcelonas, auf dem ein aschener Himmel lastete und dunstiges Sonnenlicht auf die Rambla de Santa Mónica filterte.

»Daniel, was du heute sehen wirst, darfst du niemandem erzählen«, sagte mein Vater. »Nicht einmal deinem Freund Tomás. Niemandem.«

»Auch nicht Mama?« fragte ich mit gedämpfter Stimme.

Mein Vater seufzte hinter seinem traurigen Lächeln, das ihn wie ein Schatten durchs Leben verfolgte.

»Aber natürlich«, antwortete er gedrückt. »Vor ihr haben wir keine Geheimnisse. Ihr darfst du alles erzählen.«

Kurz nach dem Bürgerkrieg hatte eine aufkeimende Cholera meine Mutter dahingerafft. An meinem vierten Geburtstag beerdigten wir sie auf dem Friedhof des Montjuïc. Ich weiß nur noch, daß es den ganzen Tag und die ganze Nacht regnete und daß meinem Vater, als ich ihn fragte, ob der Himmel weine, bei der Antwort die Stimme versagte. Sechs Jahre später war die Abwesenheit meiner Mutter für mich noch immer eine Sinnestäuschung, eine schreiende Stille, die ich noch nicht mit Worten zum Verstummen zu bringen gelernt hatte. Mein Vater und ich lebten in einer kleinen Wohnung in der Calle Santa Ana beim Kirchplatz. Die Wohnung lag direkt über der von meinem Großvater geerbten, auf Liebhaberausgaben und antiquarische Bücher spezialisierten Buchhandlung, einem verwunschenen Basar, der, wie mein Vater hoffte, eines Tages in meine Hände übergehen würde. Ich wuchs inmitten von Büchern auf und gewann auf zerbröselnden Seiten, deren Geruch mir noch immer an den Händen haftet, unsichtbare Freunde. Als Kind lernte ich damit einzuschlafen, daß ich meiner Mutter im

7

dämmrigen Zimmer die Ereignisse zwischen Morgen und Abend, meine Abenteuer in der Schule erklärte und was ich an diesem Tag gelernt hatte. Ich konnte ihre Stimme nicht hören und ihre Berührung nicht fühlen, aber ihr Licht und ihre Wärme glühten in jedem Winkel der Wohnung, und mit der Zuversicht dessen, der seine Jahre noch an den Fingern abzählen kann, dachte ich, wenn ich nur die Augen schlösse und mit ihr spräche, könnte sie mich vernehmen, wo immer sie auch sein mochte. Manchmal hörte mir mein Vater im Eßzimmer zu und weinte verstohlen.

Ich erinnere mich, daß ich in jener Junimorgendämmerung schreiend erwachte. Das Herz hämmerte mir in der Brust, als wollte sich die Seele einen Weg bahnen und treppab stürmen. Erschrocken stürzte mein Vater ins Zimmer und nahm mich in die Arme, um mich zu trösten.

»Ich kann mich nicht mehr an ihr Gesicht erinnern. Ich kann mich nicht mehr an Mamas Gesicht erinnern«, keuchte ich.

Mein Vater umarmte mich fest.

»Hab keine Angst, Daniel. Ich werde mich für uns beide erinnern.«

Wir schauten uns im Halbdunkel an und suchten nach Worten, die es nicht gab. Das war das erste Mal, daß ich merkte, daß mein Vater alterte und seine Augen, Augen aus Nebel und Verlust, immer in die Vergangenheit blickten. Er stand auf und zog die Vorhänge zurück, um das laue Frühlicht hereinzulassen.

»Los, Daniel, zieh dich an. Ich möchte dir etwas zeigen.«

»Jetzt? Um fünf Uhr früh?«

»Es gibt Dinge, die man nur im Dunkeln sehen kann«, gab mein Vater mit einem rätselhaften Lächeln zu verstehen, das er vermutlich einem Roman von Alexandre Dumas entliehen hatte.

Noch dämmerten die Straßen matt in Dunst und Nachttau dahin, als wir aus dem Haus traten. Flimmernd zeichneten die Straßenlaternen der Ramblas eine diesige Allee, während die Stadt sich reckte und streckte und ihr blasses Nachtgewand ablegte. Bei der Calle Arco del Teatro angekommen, wagten wir uns unter der sich in blauem Dunst abzeichnenden Arkade ins Raval-Viertel hinein. Ich folgte meinem Vater auf diesem engen Weg, eher Scharte als Straße, bis sich der Abglanz der Rambla hinter uns verlor. In schrägen Quentchen sickerte das helle Morgenlicht von Balkonen und Karniesen bis knapp über den Boden. Endlich blieb mein Vater vor einem von Zeit und Feuchtigkeit schwarz gewordenen Portal stehen. Vor uns ragte etwas auf, was mir wie die verlassenen Überreste eines Palastes oder eines Museums aus Echos und Schatten vorkam.

»Daniel, was du heute sehen wirst, darfst du niemandem erzählen. Nicht einmal deinem Freund Tomás. Niemandem.«

Ein Männchen mit dem Gesicht eines Raubvogels und silbernem Haar öffnete uns die Tür. Unergründlich heftete sich sein durchdringender Blick auf mich.

»Guten Morgen, Isaac. Das ist mein Junge, Daniel«, verkündete mein Vater. »Er wird bald elf, und irgendwann übernimmt er das Geschäft. Er ist alt genug, um diesen Ort kennenzulernen.«

Mit einem leichten Nicken bat uns Isaac herein. Bläuliches Halbdunkel hüllte alles ein, so daß die Konturen einer breiten Marmortreppe und eine Galerie mit Fresken voller Engels- und Fabelfiguren gerade eben angedeutet wurden. Wir folgten dem Aufseher durch einen prächtigen Gang und gelangten in einen riesigen, kreisförmigen Saal, wo sich eine regelrechte Kathedrale aus Dunkelheit zu einer von Lichtgarben erfüllten Kuppel öffnete. Ein Gewirr aus Gängen und von Büchern überquellenden Regalen erstreckte sich von der Basis zur Spitze und formte einen Bienenstock aus Tunneln, Treppen, Plattformen und Brücken, die eine gigantische Bibliothek von undurchschaubarer Geometrie erahnen ließen. Mit offenem Mund schaute ich meinen Vater an. Er lächelte und blinzelte mir zu.

»Willkommen im Friedhof der Vergessenen Bücher, Daniel.«

In den Gängen und Lichtungen der Bibliothek verstreut, zeichneten sich ein Dutzend Gestalten ab. Einige von ihnen wandten sich um und grüßten aus der Ferne, und ich erkannte die Gesichter mehrerer Kollegen meines Vaters aus der Gilde der Antiquare. Wie merkwürdig, wie verschwörerisch sahen diese wohlvertrauten Männer auf einmal aus! Mein Vater kniete neben mir nieder, schaute mir fest in die Augen und sprach leise auf mich ein.

»Was du hier siehst, Daniel, ist ein geheimer Ort, ein Mysterium. Jedes einzelne Buch hat eine Seele. Die Seele dessen, der es geschrieben hat, und die Seele derer, die es gelesen und erlebt und von ihm geträumt haben. Jedesmal, wenn ein Buch in andere Hände gelangt, jedesmal, wenn jemand den Blick über die Seiten gleiten läßt, wächst sein Geist und wird stark. Schon vor so vielen Jahren, als mein eigener Vater zum ersten Mal mit mir hierherkam, war dieser Ort uralt. Vielleicht so alt wie die Stadt selbst. Niemand weiß mit Bestimmtheit, seit wann es ihn gibt oder wer ihn geschaffen hat. Ich erzähle dir jetzt, was mir schon mein Vater erzählt hat. Wenn eine Bibliothek verschwindet, wenn eine Buchhandlung ihre Türen schließt, wenn ein Buch dem Vergessen anheimfällt, dann versichern wir uns, die wir diesen Ort kennen, also die Aufseher, daß es hierhergelangt. Hier leben für immer die Bücher, an die sich niemand mehr erinnert, die Bücher, die sich in der Zeit verloren haben, und hoffen, eines Tages einem neuen Leser in die Hände zu fallen. In einer Buchhandlung werden Bücher verkauft und gekauft, aber eigentlich haben sie keinen Besitzer. Jedes Buch, das du hier siehst, ist jemandes bester Freund gewesen. Jetzt haben sie nur noch uns, Daniel. Glaubst du, du wirst dieses Geheimnis für dich behalten können?«

Ich schaute meinen Vater fragend an und nickte dann. Er lächelte.

»Und weißt du das Beste?« fragte er.

Ich schüttelte den Kopf.

»Der Brauch will es, daß jemand, der diesen Ort zum ersten Mal besucht, sich ein Buch aussuchen muß, dasjenige, das ihm am meisten zusagt, und er muß es adoptieren und darum besorgt sein, daß es nie verschwindet, daß es immer weiterlebt.

Das ist ein ganz wichtiges Versprechen. Auf Lebenszeit. Heute bist du dran.«

Fast eine halbe Stunde spazierte ich durch dieses Labyrinth, das nach altem Papier, Staub und Magie roch. Sachte fuhr ich mit der Hand über die Rücken der ausgestellten Bücher, während ich meine Wahl prüfte. Auf den verwaschenen Bänden las ich Titel in Sprachen, die ich erkannte, und viele andere, die ich nicht einzuordnen vermochte. Ich lief durch gewundene Gänge und Galerien mit Hunderten, Tausenden von Bänden, die mehr über mich zu wissen schienen als ich über sie. Bald befiel mich der Gedanke, hinter dem Einband jedes einzelnen dieser Bücher tue sich ein unendliches, noch zu erforschendes Universum auf und jenseits dieser Mauern verschwendeten die Menschen ihr Leben an Fußballnachmittage und Radioserien, zufrieden damit, kaum über ihren Nabel hinauszusehen. Vielleicht war es dieser Gedanke, vielleicht der Zufall oder sein stolzer Verwandter, das Schicksal – jedenfalls war mir genau in diesem Moment klar, daß ich das Buch bereits gewählt hatte, das ich adoptieren würde. Oder vielleicht müßte ich sagen, das Buch, das mich adoptieren würde. In weinrotes Leder gebunden, stand es schüchtern am Ende eines Bords und raunte seinen Titel in Goldlettern, die im Licht der Kuppel leuchteten. Ich trat hinzu, strich mit den Fingerspitzen über die Wörter und las lautlos:

Julián Carax
Der Schatten des Windes

Noch nie hatte ich diesen Titel oder den Namen seines Autors gehört, doch das war mir egal. Der Entschluß war gefaßt. Von beiden Seiten. Äußerst behutsam ergriff ich das Buch und blätterte es durch. Aus der Gefangenschaft des Regals befreit, verströmte es eine goldene Staubwolke. Ich war zufrieden mit meiner Wahl und ging mit dem Buch unter dem Arm durch das Labyrinth zurück. Vielleicht hatte mich die Zauberstimmung dieses Orts bezwungen – jedenfalls hatte ich die Gewißheit, daß das Buch seit Jahren, wahrscheinlich seit der Zeit vor meiner Geburt, hier auf mich gewartet hatte.

Wieder zu Hause in der Calle Santa Ana, zog ich mich an diesem Nachmittag in mein Zimmer zurück und beschloß, die ersten Zeilen meines neuen Freundes zu lesen. Bevor ich es recht merkte, war ich schon rettungslos hineingestürzt. Der Roman erzählte die Geschichte eines Mannes auf der Suche nach seinem richtigen Vater, den er nie kennengelernt hatte und von dem er nur dank der letzten Worte erfuhr, die seine Mutter auf dem Totenbett sprach. Die Geschichte dieser Suche wurde zu einer rastlosen Odyssee, auf der der Protagonist darum kämpfte, eine verlorene Kindheit und Jugend wiederzufinden, und auf der man langsam den Schatten einer verfluchten Liebe entdeckte, deren Erinnerung ihn bis ans Ende seiner Tage verfolgen sollte. Je weiter ich in der Lektüre kam, desto mehr erinnerte mich die Erzählweise an eine dieser russischen Puppen, die immer weitere und kleinere Abbilder ihrer selbst in sich bergen. Die Minuten und Stunden vergingen im Nu. Gefangen in der Geschichte, vernahm ich Stunden später kaum die mitternächtlichen Glockenschläge der Kathedrale in der Ferne. Unter dem gelben Licht der Tischlampe tauchte ich in eine Welt von Bildern und Gefühlen, wie ich sie nie zuvor kennengelernt hatte. Figuren, die mir so wirklich erschienen wie meine Umwelt, saugten mich in einen Tunnel von Abenteuern und Geheimnissen hinein, aus dem ich nicht mehr entrinnen mochte. Seite um Seite ließ ich mich vom Zauber der Geschichte und ihrer Welt einhüllen, bis der Morgenhauch über mein Fenster strich und meine erschöpften Augen über die letzte Seite glitten. Im bläulichen Halbdunkel der Dämmerung legte ich mich mit dem Buch auf der Brust hin und lauschte dem Gemurmel der schlafenden Stadt. Traum und Müdigkeit klopften an, aber ich mochte mich nicht ergeben. Ich wollte den Zauber der Geschichte nicht verlieren und mich noch nicht von ihren Figuren verabschieden.

Einmal hörte ich einen Stammkunden in der Buchhandlung meines Vaters sagen, wenige Dinge prägten einen Leser so sehr wie das erste Buch, das sich wirklich einen Weg zu seinem Herzen bahne. Diese ersten Seiten, das Echo dieser Worte, die wir zurückgelassen glauben, begleiten uns ein Leben lang und meißeln in unserer Erinnerung einen Palast, zu dem wir früher oder später zurückkehren werden, egal, wie viele Bücher wir lesen, wie viele Welten wir entdecken, wieviel wir lernen oder vergessen. Für mich werden diese verzauberten Seiten immer diejenigen sein, die ich auf den Gängen des Friedhofs der Vergessenen Bücher fand.

Aschene Tage
1945-1949

1

Beim Erwachen war mein erster Impuls, meinen besten Freund an der Existenz des Friedhofs der Vergessenen Bücher teilhaben zu lassen. Tomás Aguilar war ein Mitschüler, der seine Freizeit und sein Talent der Erfindung höchst sinnreicher Vorrichtungen widmete, die jedoch von geringem praktischem Nutzen waren, wie der aerostatische Speer oder der Dynamokreisel. Keiner drängte sich mehr auf als Tomás, um dieses Geheimnis mit mir zu teilen. Mit offenen Augen träumend, stellte ich mir meinen Freund und mich mit Laternen und Kompaß bewehrt vor, bereit, die Mysterien dieser Bücherkatakombe zu lüften. Dann erinnerte ich mich an mein Versprechen und entschied mich für das, was in Kriminalromanen »ein anderer modus operandi« genannt wird. Am Mittag sprach ich meinen Vater auf dieses Buch und Julián Carax an, die ich mir in meiner Begeisterung beide weltberühmt vorgestellt hatte. Meine Idee war es, mir Carax' sämtliche Werke zu verschaffen und in weniger als einer Woche von A bis Z durchzulesen. Wie groß war aber meine Überraschung, als ich feststellte, daß mein Vater, ein Buchhändler von Geblüt und guter Kenner der Verlagskataloge, noch nie von Julián Carax und seinem Buch *Der Schatten des Windes* gehört hatte. Neugierig prüfte er die Seite mit den Verlagsangaben.

»Hiernach gehört dieses Exemplar zu einer Ausgabe von zweitausendfünfhundert Exemplaren, die im Dezember 1935 in Barcelona von Cabestany Editores gedruckt wurde.«

»Kennst du den Verlag?«

»Er hat schon vor Jahren geschlossen. Aber die Originalausgabe ist nicht die da, sondern eine andere vom November desselben Jahres, allerdings in Paris gedruckt. Der Verlag ist Galliano & Neuval. Sagt mir nichts.«

»Das Buch ist also eine Übersetzung?« fragte ich verwirrt.

»Das steht nicht da. Soweit man hier sieht, handelt es sich um den Originaltext.«

»Ein Buch auf spanisch, das zuerst in Frankreich verlegt wurde?«

»Das dürfte damals nicht das erste Mal gewesen sein. Vielleicht kann uns Barceló weiterhelfen . . .«

Gustavo Barceló war ein alter Kollege meines Vaters, Inhaber einer höhlenartigen Buchhandlung in der Calle Fernando, welcher die Antiquarenzunft anführte. Er hing tagaus, tagein an einer erloschenen Pfeife, die nach persischem Markt dunstete, und bezeichnete sich selbst als letzten Romantiker. Er behauptete, in seiner Familie gebe es eine entfernte Verwandtschaft mit Lord Byron, obwohl er selbst aus dem Flecken Caldas de Montbuy stammte. Vielleicht um diese Verbindung deutlich zu machen, kleidete er sich wie ein Dandy aus dem 19. Jahrhundert, mit Foulard, weißen Gamaschen und einem Monokel aus Fensterglas, das er, wie böse Zungen sagten, nicht einmal in der Intimität des Klos abnahm. In Wirklichkeit war die bedeutsamste Verwandtschaft, deren er sich erfreute, die mit seinem Vater, einem Industriellen, der sich Ende des 19. Jahrhunderts auf mehr oder weniger schmutzige Art bereichert hatte. Wie mir mein Vater erklärte, war Gustavo Barceló tatsächlich betucht, und seine Buchhandlung war weit eher eine Leidenschaft als ein Geschäft. Er liebte die Bücher vorbehaltlos, und wenn jemand seine Buchhandlung betrat und sich in einen Band vernarrte, den er sich nicht leisten konnte, setzte er, obwohl er das rundweg bestritt, den Preis soweit als nötig herunter oder verschenkte das Buch gar, wenn er den Käufer als echten Büchernarren und nicht als Sonntagsleser einschätzte. Abgesehen von solchen Eigentümlichkeiten verfügte Barceló über ein Elefantengedächtnis und konnte belehrend auftreten, daß einem die Ohren gellten, aber wenn jemand über merkwürdige Bücher Bescheid wußte, dann er. Nachdem mein Vater an diesem Abend die Buchhandlung geschlossen hatte, schlug er vor, ins Café Els Cuatre Gats in der Calle Montsió zu gehen, wo Barceló und seine Kollegen einen bibliophilen

Stammtisch über poètes maudits, tote Sprachen und den Motten zum Opfer gefallene Meisterwerke unterhielten.

Els Cuatre Gats lag einen Steinwurf von zu Hause entfernt, und diese vier Katzen hatten es mir angetan. Dort hatten sich im Jahr 1932 meine Eltern kennengelernt, und meine Eintrittskarte fürs Leben schrieb ich zum Teil dem Charme dieses alten Cafés zu. Steinerne Drachen bewachten die tief verschattete Fassade, und die Gaslaternen an der Ecke froren Zeit und Erinnerungen ein. Im Innern verschmolzen die Menschen mit den Echos aus andern Zeiten. Buchhalter, Träumer und Geisteslehrlinge teilten den Tisch mit den Schimären von Pablo Picasso, Isaac Albéniz, Federico García Lorca oder Salvador Dalí. Zum Preis eines kleinen Kaffees konnte sich hier jeder Habenichts für ein Weilchen als historische Figur fühlen.

»Mensch, Sempere«, rief Barceló, als er meinen Vater hereinkommen sah, »der verlorene Sohn. Was verschafft uns die Ehre?«

»Die Ehre verschafft Ihnen mein Sohn Daniel, Don Gustavo, der soeben eine Entdeckung gemacht hat.«

»Dann setzen Sie sich zu uns, diese Kasualie will gefeiert sein«, rief Barceló.

»Kasuarlilie?« flüsterte ich meinem Vater zu.

»Barceló redet nur in Fremdwörtern«, antwortete mein Vater halblaut. »Und du sag nichts, er plustert sich gern auf.«

Die Stammtischgäste machten uns Platz in ihrem Kreis, und Barceló, der sich gern freigebig zeigte, bestand darauf, uns einzuladen.

»Wie alt ist denn der Grünschnabel?« fragte er und musterte mich von der Seite.

»Fast elf«, erklärte ich.

Barceló lächelte mir verschmitzt zu.

»Also zehn. Mach dich nicht älter, du Halunke, das wird das Leben schon noch übernehmen.«

Mehrere der Stammtischgäste murmelten zustimmend. Barceló winkte einen Kellner herbei, der aussah, als würde er demnächst unter Denkmalschutz gestellt.

»Einen Kognak für meinen Freund Sempere, und zwar vom guten, und für den Sprößling da eine Merenguemilch, er muß noch wachsen. Ach ja, und bringen Sie noch ein paar Schinkenwürfelchen, aber nicht wie die vorher, ja? Für Gummi ist die Firma Pirelli zuständig.«

Der Kellner nickte und schlurfte, seine Seele im Schlepptau, davon.

»Ich sag's ja immer«, bemerkte Barceló. »Wie soll es da Arbeit geben? In diesem Land wird man nicht einmal pensioniert, wenn man gestorben ist. Schauen Sie sich doch den Cid an. Da ist nichts zu wollen.«

Er nuckelte an seiner erloschenen Pfeife, während sein scharfer Blick interessiert nach dem Buch spähte, das ich in den Händen hielt. Hinter seiner Komödiantenfassade und dem ganzen Wortschwall roch er eine gute Beute wie ein Wolf das Blut.

»Na«, sagte er mit gespieltem Desinteresse, »was bringen Sie beide mir also mit?«

Ich schaute meinen Vater an. Der nickte. Wortlos reichte ich Barceló das Buch. Er ergriff es mit kundiger Hand. Seine Pianistenfinger überprüften rasch Textur, Konsistenz und Zustand. Mit listigem Lächeln schlug er die Seite der Verlagsangaben auf und inspizierte sie eine Minute lang wie ein Kriminalbeamter. Die andern schauten ihm schweigend zu, als warteten sie auf eine Offenbarung oder die Erlaubnis, wieder zu atmen.

»Carax. Interessant«, murmelte er in undurchdringlichem Ton.

Ich streckte die Hand ein zweites Mal aus, um das Buch wiederzubekommen. Barceló zog die Brauen hoch, gab es mir aber mit eisigem Lächeln zurück.

»Wo hast du es gefunden, mein Junge?«

»Das ist ein Geheimnis«, antwortete ich und wußte, daß mein Vater bei sich lächelte.

Barceló runzelte die Stirn und schaute meinen Vater an.

»Mein lieber Sempere, weil Sie es sind und wegen der Hochachtung, die ich Ihnen entgegenbringe, und um der langen, tiefen Freundschaft willen, die uns eint wie Brüder – sagen wir vierzig Duros, und damit basta.«

»Das werden Sie mit meinem Sohn diskutieren müssen«, sagte mein Vater. »Das Buch gehört ihm.«

Barceló schenkte mir ein wölfisches Lächeln.

»Was meinst du, Jungchen? Vierzig Duros, zweihundert Peseten, das ist nicht schlecht für einen ersten Verkauf … Sempere, der Junge da wird Karriere machen in diesem Geschäft.«

Eifrig beklatschten die Stammtischgäste den Satz. Barceló schaute mich zufrieden an und zog seine lederne Brieftasche. Er zählte die vierzig Duros ab, damals ein ordentliches Vermögen, und streckte sie mir hin. Ich schüttelte nur stumm den Kopf. Barceló machte ein böses Gesicht.

»Habsucht ist eine hoffnungslose Todsünde, ja? Also, sechzig Duros, und damit legst du ein Sparbuch an – in deinem Alter muß man an die Zukunft denken.«

Ich schüttelte erneut den Kopf. Durch sein Monokel warf Barceló meinem Vater einen zornigen Blick zu.

»Mich brauchen Sie nicht anzuschauen«, sagte mein Vater. »Ich bin nur als Begleiter hier.«

Barceló seufzte und betrachtete mich aufmerksam.

»Na, mein Kleiner, was willst du denn nun?«

»Ich will wissen, wer Julián Carax ist und wo ich weitere Bücher finden kann, die er geschrieben hat.«

Barceló lachte leise und steckte seine Brieftasche wieder ein; er sah seinen Gegner nun mit andern Augen an.

»Nanu, ein Intellektueller. Sempere, womit füttern Sie denn dieses Kind?«

Er neigte sich in vertraulichem Ton zu mir herüber, und einen Moment glaubte ich in seinem Blick einen gewissen Respekt zu erhaschen, der vor Augenblicken noch nicht dagewesen war.

»Wir werden einen Handel schließen«, sagte er zu mir.

»Morgen ist Sonntag, da kommst du am Nachmittag in die Athenäumsbibliothek und fragst nach mir. Du bringst das Buch mit, damit ich es genau untersuchen kann, und ich erzähle dir, was ich über Julián Carax weiß. Quidproquo.«

»Quidprowas?«

»Latein, Junge. Es gibt keine toten Sprachen, nur abgestumpfte Geister. Umschrieben bedeutet das, daß ein Duro immer fünf und niemals vier Peseten hat, daß du mir aber sympathisch bist und ich dir einen Gefallen tun werde.«

Mit der Beredsamkeit, die der Mann verströmte, war er imstande, die Fliegen im Fliegen zu vernichten, doch ich ahnte, daß ich mich, wollte ich etwas über Julián Carax herausfinden, besser in gutem Einvernehmen mit ihm befand. Ich lächelte ihn selig an, um mein Vergnügen an seinem Küchenlatein und seiner Redegewandtheit zu zeigen.

»Denk dran, morgen im Athenäum. Aber bring das Buch mit, sonst gibt's keinen Handel.«

»Einverstanden.«

Langsam löste sich das Gespräch im Gebrabbel der andern Stammtischgäste auf, die über einige im Keller des Escorial gefundene Dokumente zu diskutieren begannen, welche die Möglichkeit andeuteten, daß Don Miguel de Cervantes nur das Pseudonym einer behaarten Matrone aus Toledo gewesen war. Barceló schien abwesend und beteiligte sich nicht an der spitzfindigen Debatte, sondern betrachtete mich mit verschleiertem Lächeln durch sein Monokel. Oder vielleicht schaute er auch nur das Buch an, das ich in Händen hielt.

2

Am Sonntag hingen die Wolken tief am Himmel, und die Straßen schmachteten unter einer hitzigen Dunstlagune, die die Thermometer an den Wänden zum Schwitzen brachte. Gegen Abend, als es noch um dreißig Grad war, zog ich mit meinem Buch unter dem Arm und einem Schweißvorhang auf der Stirn los, Richtung Calle Canuda und Athenäum zur Verabredung mit Barceló. Das Athenäum war – und ist – einer der vielen Winkel Barcelonas, wo das 19. Jahrhundert noch nichts von seiner Pensionierung mitbekommen hat. Die steinerne Vortreppe führte von einem höfischen Patio zu einem geisterhaften Netzwerk aus Galerien und Lesesälen empor, wohin neumodische Erfindungen wie Telefon, Eile oder Armbanduhr noch nicht vorgedrungen waren. Der Pförtner, oder vielleicht war es bloß eine Statue in Uniform, zuckte bei meinem Kommen kaum mit der Wimper. Ich glitt in den ersten Stock hinauf und pries die Flügel eines Ventilators, der inmitten von eingeschlummerten, auf ihren Büchern und Zeitungen wie Eiswürfel dahinschmelzenden Lesern schnurrte.

Don Gustavo Barcelós Silhouette zeichnete sich neben den Glastüren einer Galerie ab, die auf den Innengarten des Hauses führte. Trotz der fast tropischen Atmosphäre steckte der Buchhändler in seiner gewohnten Geckengala. Neben ihm erkannte ich eine Gestalt in einem weißen Mohairkleid, die mir wie ein in Nebel modellierter Engel erschien. Beim Echo meiner Schritte schloß Barceló halb die Augen und bedeutete mir mit einer Handbewegung, näher zu treten.

»Daniel, nicht wahr?« fragte er. »Hast du das Buch mitgebracht?«

Ich nickte zweifach und setzte mich auf den Stuhl, den mir Barceló neben sich und seiner geheimnisvollen Begleiterin anbot. Mehrere Minuten lang lächelte er unbekümmert um meine Anwesenheit still vor sich hin. Bald gab ich jede Hoffnung auf, daß er mich der Dame in Weiß vorstellte, wer immer sie sein mochte. Er benahm sich, als ob sie nicht da wäre und keiner von uns beiden sie sehen könnte. Ich betrachtete sie verstohlen, voller Angst, ihrem Blick zu begegnen, der noch immer im Nirgendwo schwebte. Die Haut ihres Gesichts und der Arme war blaß, beinahe durchsichtig. Sie hatte feine Züge, die unter schwarzem, wie ein feuchter Stein glänzendem Haar mit kräftigem Strich gezeichnet waren. Ich schätzte sie auf höchstens zwanzig Jahre, aber etwas in ihrem Verhalten brachte mich auf den Gedanken, sie sei alterslos. Sie war wie in dem Zustand ewiger Jugend gefangen, der sonst den Schaufensterpuppen in piekfeinen Auslagen vorbehalten ist. Ich versuchte, unter ihrem Schwanenhals den Puls abzulesen, als ich bemerkte, daß mich Barceló aufmerksam beobachtete.

»Willst du mir jetzt also sagen, wo du dieses Buch herhast?« fragte er.

»Das würde ich schon, aber ich habe meinem Vater versprochen, das Geheimnis zu hüten.«

»Ich sehe schon – Sempere und seine Geheimnisse. Ich kann mir etwa vorstellen, wo. Da hast du ein Riesenschwein gehabt, mein Junge. Das nenne ich eine Stecknadel in einem Heuschober finden. Na, darf ich mal sehen?«

Ich gab ihm das Buch, und Barceló ergriff es mit unendlicher Behutsamkeit.

»Ich nehme an, du hast es gelesen.«

»Jawohl.«

»Ich beneide dich. Ich habe immer gedacht, der richtige Zeitpunkt, um Carax zu lesen, ist, wenn man noch ein junges Herz und einen reinen Geist hat. Hast du gewußt, daß das der letzte Roman ist, den er geschrieben hat?«

Ich schüttelte den Kopf.

»Weißt du, wie viele Exemplare davon auf dem Markt sind, Daniel?«

»Vermutlich Tausende.«

»Keines – außer deinem. Die übrigen wurden verbrannt.«

»Verbrannt?«

Einmal mehr lächelte Barceló unergründlich, während er die Seiten durch die Finger gleiten ließ und das Papier streichelte, als bestünde es aus einer Seide, die es auf der Welt nur einmal gab. Langsam wandte sich die Dame in Weiß um. Ihre Lippen deuteten ein schüchternes, zitterndes Lächeln an. Ihre Augen ertasteten das Leere, marmorweiße Pupillen. Ich schluckte. Sie war blind.

»Du kennst meine Nichte Clara nicht, was?« fragte Barceló.

Ich verneinte, unfähig, den Blick von diesem Geschöpf mit

dem Porzellanpuppenteint und den weißen Augen abzuwenden, den traurigsten Augen, die ich je gesehen habe.

»Im Grunde ist Clara die Expertin für Julián Carax, darum habe ich sie mitgebracht«, sagte Barceló. »Ja, wenn ich's mir richtig überlege, ziehe ich mich, glaube ich, mit eurer Erlaubnis in einen andern Raum zurück, um dieses Buch zu studieren, während ihr euch über eure Dinge unterhaltet. Ist euch das recht?«

Verdutzt schaute ich ihn an. Ohne sich weiter um mich zu kümmern, klopfte mir der Buchhändler, Gauner bis zum letzten Atemzug, leicht auf die Schulter und zog mit meinem Buch unterm Arm ab.

»Du hast ihn beeindruckt, weißt du«, sagte die Stimme hinter mir.

Ich drehte mich um und sah, wie das leichte Lächeln von Barcelós Nichte im Leeren tastete. Sie hatte eine so zarte Kristallstimme, daß ich glaubte, ihre Worte würden zersplittern, wenn ich sie mitten im Satz unterbräche.

»Mein Onkel hat mir gesagt, daß er dir für Carax' Buch eine ordentliche Summe angeboten hat, aber du hast sie abgelehnt. Du hast seinen Respekt gewonnen.«

»Schwer zu glauben«, seufzte ich.

Ich stellte fest, daß Clara beim Lächeln den Kopf zur Seite neigte und ihre Finger mit einem Ring spielten, von dem es nur so blitzte.

»Wie alt bist du?« fragte sie.

»Fast elf. Und Sie?«

Clara lachte über meine unverschämte Naivität.

»Fast doppelt so alt, aber das ist auch wieder nicht so alt, daß du mich zu siezen brauchst.«

»Sie sehen jünger aus«, bemerkte ich in der Ahnung, das könnte ein guter Ausweg aus meiner Indiskretion sein.

»Dann traue ich dir – ich weiß ja nicht, wie ich aussehe«, antwortete sie und lächelte weiter ihr halbes Lächeln. »Aber wenn ich dir jünger vorkomme, ist das ein Grund mehr, daß du mich duzt.«

»Wie Sie meinen, Señorita Clara.«

Aufmerksam betrachtete ich ihre wie Flügel auf dem Schoß ausgebreiteten Hände, ihre zarte, sich unter dem flauschigen Stoff abzeichnende Taille, die Linie ihrer Schultern, die außerordentliche Blässe ihres Halses und den Verschluß ihrer Lippen, die ich am liebsten mit den Fingerspitzen liebkost hätte. Nie zuvor hatte ich Gelegenheit gehabt, eine Frau von so nahe und so genau zu studieren, ohne befürchten zu müssen, ihrem Blick zu begegnen.

»Was guckst du?« fragte Clara nicht ohne eine gewisse Boshaftigkeit.

»Ihr Onkel sagt, Sie sind Expertin für Julián Carax«, improvisierte ich mit trockenem Mund.

»Mein Onkel wäre imstande, alles zu sagen, wenn er nur eine Weile mit einem Buch allein sein kann, das ihn fesselt. Aber du fragst dich gewiß, wie eine Blinde Expertin für Bücher sein kann, ohne lesen zu können.«

»Das ist mir, ehrlich gesagt, gar nicht in den Sinn gekommen.«

»Dafür, daß du fast elf bist, lügst du nicht schlecht. Sieh dich vor, oder du endest noch wie mein Onkel.«

Da ich befürchtete, abermals ins Fettnäpfchen zu treten, blieb ich schweigend sitzen und starrte sie fasziniert an.

»Na los, komm her«, sagte sie.

»Wie bitte?«

»Komm her und hab keine Angst. Ich werde dich schon nicht auffressen.«

Ich stand vom Stuhl auf und trat zu Clara. Sie hob die rechte Hand und tastete nach mir. Ohne recht zu wissen, wie ich mich verhalten sollte, reichte ich ihr die Hand. Sie nahm sie in die eine und bot mir die andere Hand. Instinktiv begriff ich, worum sie mich bat, und führte sie zu meinem Gesicht. Ihre Berührung war kräftig und zart zugleich. Ihre Finger wanderten über meine Wangen und die Backenknochen. Ich rührte mich nicht und wagte kaum zu atmen, während Clara mit der Hand meine Züge las. Dabei lächelte sie vor sich hin,

und ich konnte sehen, daß sich ihre Lippen wie in stummem
Murmeln halb schlossen. Ich spürte die leichte Berührung
ihrer Hände auf der Stirn, im Haar und auf den Lidern. Bei
meinen Lippen hielt sie inne und zeichnete sie mit Zeige- und
Ringfinger schweigend nach. Sie rochen nach Zimt. Ich mußte schlucken, als ich feststellte, daß mein Puls gewaltsam
emporschnellte, und war heilfroh, daß es keine Augenzeugen
für mein glühendes Erröten gab.

3

An diesem Dunst- und Nieselabend raubte mir Clara Barceló
das Herz, den Atem und den Schlaf. Im Licht des Athenäums
schrieben ihre Finger meiner Haut einen Fluch ein, der mich
jahrelang verfolgen sollte. Während ich sie mit offenem Mund
betrachtete, erzählte mir die Nichte des Buchhändlers ihre Geschichte und wie sie, ebenfalls durch Zufall, auf Julián Carax
gestoßen war. Das war in einem Dorf der Provence geschehen.
Ihr Vater, ein renommierter, dem Kabinett des Präsidenten
Companys verbundener Anwalt, hatte den Weitblick gehabt,
Tochter und Gattin bei Ausbruch des Bürgerkriegs auf die andere Seite der Grenze zu seiner Schwester zu schicken. Manche
Leute waren zwar der Meinung, das sei übertrieben, in Barcelona werde schon nichts geschehen und in Spanien, Wiege und
Inbegriff der christlichen Zivilisation, sei die Barbarei eine
Sache der Anarchisten und die brächten es, zu Rad und mit
Flicken auf den Strümpfen, nicht sehr weit. Die Völker betrachten sich nie im Spiegel, sagte Claras Vater immer, und erst
recht nicht, wenn sie einen Krieg am Hals haben. Der Anwalt
war ein guter Kenner der Geschichte und wußte, daß die Zukunft eher auf den Straßen, in den Fabriken und Kasernen zu
lesen war als in den Morgenblättern. Monatelang schrieb er
ihnen jede Woche. Anfänglich aus seiner Kanzlei in der Calle
Diputación, dann ohne Absender und schließlich heimlich aus
einer Zelle im Kastell des Montjuïc, wo ihn, wie so viele an-

dere, niemand hineingehen sah und wo er nie wieder heraus-kam.

Claras Mutter las die Briefe vor, kämpfte dabei mit den Trä-nen und übersprang die Absätze, die ihre Tochter erahnte, ohne sie hören zu müssen. Später, um Mitternacht, brachte Clara ihre Kusine Claudette dazu, ihr die väterlichen Briefe noch einmal, diesmal vollständig, vorzulesen. Das war ihre Art zu lesen, mit geliehenen Augen. Nie sah jemand sie eine Träne vergießen, weder als die Briefe des Anwalts ausblieben, noch als die Nach-richten vom Krieg das Schlimmste befürchten ließen.

»Mein Vater wußte von Anfang an, was geschehen würde«, sagte Clara. »Er blieb an der Seite seiner Freunde, weil er dachte, das sei seine Pflicht. Das Leben gekostet hat ihn die Treue zu Leuten, die ihn verrieten, als es darauf angekommen wäre. Trau nie jemandem, Daniel, vor allem nicht Menschen, die du bewunderst. Die werden dir die schlimmsten Stiche zufügen.«

Die Härte ihrer Worte schien von einem jahrelangen Leben in Geheimnissen und Schatten geschmiedet. Ich verlor mich in ihrem Porzellanblick, Augen ohne Tränen und Trug, und hörte sie von Dingen sprechen, die ich damals nicht verstand. Clara beschrieb Menschen, Schauplätze und Gegenstände, die sie selbst nie gesehen hatte, mit der Detailtreue eines Meisters der flämischen Schule. Sie erzählte mir, wie sie und ihre Kusine Claudette in den Jahren des französischen Exils sich in einen Vormund und Privatlehrer geteilt hatten, einen versoffenen Fünfziger, der sich als Literat wähnte und sich damit brüstete, Vergils *Äneis* auf lateinisch rezitieren zu können, und dem sie den Spitznamen Monsieur Roquefort gegeben hatten, da er trotz der römischen Bäder mit Kölnisch Wasser und Parfüm, mit denen er seine Schlemmergestalt beizte, einen sehr be-sonderen Geruch verströmte. Bei all seinen beträchtlichen Eigentümlichkeiten (unter denen eine feste, ja kämpferische Überzeugung hervorstach, Würste und insbesondere die Blut-würste, die Clara und ihre Mutter von den Verwandten aus Spanien bekamen, seien ein Wundermittel für den Kreislauf und gegen die Gicht) war Monsieur Roquefort ein Mann mit erlesenem Geschmack. Von jung auf reiste er einmal monatlich nach Paris, um seinen Kulturfundus mit den letzten literarischen Neuheiten anzureichern, Museen zu besichtigen und, wie gemunkelt wurde, einen freien Abend in den Armen eines Nymphchens zu verbringen, das er Madame Bovary getauft hatte, obwohl sie Hortense hieß und eine Anlage zum Gesichtsflaum hatte. Auf seinen Kulturexkursionen pflegte Monsieur Roquefort einen Bouquinisten am linken Seineufer aufzusuchen, und dort stieß er an einem Nachmittag des Jahres 1929 zufällig auf einen Roman eines unbekannten Autors namens Julián Carax. Unbekanntem gegenüber stets offen, kaufte er das Buch, und zwar vor allem weil ihm der Titel attraktiv erschien und er auf der Rückfahrt im Zug gern etwas Leichtes las. Der Roman hieß *Das rote Haus*, und auf der Umschlagrückseite war ein verschwommenes Bild des Autors abgedruckt, vielleicht ein Foto oder eine Kohlezeichnung. In der Angabe zur Person hieß es nur, daß Julián Carax ein junger Mann von siebenundzwanzig Jahren war, der mit dem Jahrhundert in Barcelona geboren wurde und jetzt in Paris lebte, auf französisch schrieb und sich hauptberuflich als Nachtpianist in einem Animierlokal betätigte. Der gespreizte, wichtigtuerische Klappentext verkündete, es handle sich um das erste Werk eines blendenden Geistes, eines proteischen, bahnbrechenden Talents, einer Zukunftsverheißung für die europäische Literatur ohnegleichen in der Welt der Lebenden. Doch die folgende Inhaltszusammenfassung ließ durchblicken, daß die Geschichte ziemlich reißerische Elemente enthielt, was in Monsieur Roqueforts Augen immer ein Pluspunkt war, denn am meisten gefielen ihm gleich nach den Klassikern leicht anrüchige Sensationsromane.

Das rote Haus schilderte das gepeinigte Leben eines geheimnisvollen Mannes, der Spielwarenläden und Museen überfiel, um Puppen und Marionetten zu stehlen; denen riß er danach die Augen aus und brachte sie in seine Bleibe, ein gespenstisches verlassenes Gewächshaus am Seineufer. Als er eines

Nachts in eine Luxusvilla in der Avenue Foix einbrach, um die private Puppensammlung eines während der industriellen Revolution mit dunklen Machenschaften zu Geld gekommenen Magnaten zu plündern, verliebte sich seine Tochter, eine sehr belesene, feine junge Dame der guten Pariser Gesellschaft, in den Eindringling. Je weiter der verworrene Plot gedieh, in dem sich heikle Zwischenfälle und zwielichtige Episoden häuften, desto tiefer drang die Heldin in das Rätsel ein, das den undurchsichtigen Protagonisten, der seinen Namen nie preisgab, dazu brachte, die Puppen zu blenden. Sie entdeckte ein schreckliches Geheimnis über ihren eigenen Vater und seine Porzellanfigurensammlung und mußte am Ende in einer schaurigen Szene untergehen.

Monsieur Roquefort, ein Langstreckenläufer in literarischen Gefechten und stolz darauf, eine große Briefsammlung mit den Unterschriften sämtlicher Pariser Verleger zu besitzen, die seine ihnen unentwegt zugeschickten Gedicht- und Prosabände ablehnten, identifizierte den Verlag, der den Roman veröffentlicht hatte, als unbedeutendes Haus, bekannt allenfalls für seine Koch- und Häkelbücher. Der Bouquinist erzählte ihm, der Roman sei wenig verkauft worden und habe einzig in zwei Provinzblättern eine neben den Nekrologen plazierte Rezension erhalten. Auf wenigen Zeilen hätten die Kritiker mit ihrer Meinung nicht hinterm Berg gehalten und dem Anfänger Carax empfohlen, seinen Pianistenjob nicht aufzugeben, denn in der Literatur, soviel sei klar, werde er nicht den Ton angeben. Monsieur Roquefort, dem bei hoffnungslosen Fällen Herz und Börse weich wurden, beschloß, einen halben Franc zu investieren, und nahm den Roman dieses Carax zusammen mit einer exquisiten Ausgabe von *Salammbô* des großen Meisters Gustave Flaubert mit, als dessen noch zu entdeckender Erbe er sich fühlte.

Der Zug nach Lyon war überfüllt, so daß Monsieur Roquefort nichts anderes übrigblieb, als sein Zweiter-Klasse-Abteil mit zwei Nonnen zu teilen, die ihm, kaum hatten sie die Gare d'Austerlitz hinter sich gelassen, unaufhörlich mißbilligende

Blicke zuwarfen und dabei leise miteinander flüsterten. Angesichts dieser Observation beschloß Monsieur Roquefort, den Roman aus der Aktentasche zu ziehen und sich hinter seinen Seiten zu verschanzen. Zu seiner großen Überraschung entdeckte er Hunderte Kilometer später, daß er die Schwestern, das Rütteln des Zuges und die wie ein schlechter Traum der Gebrüder Lumière an den Fenstern vorüberziehende Landschaft vergessen hatte. Er las die ganze Nacht, ohne auf das Schnarchen der Nonnen und die vorbeihuschenden Bahnhöfe in der Dunkelheit zu achten. Als er im Morgengrauen die letzte Seite umblätterte, stellte er fest, daß er Tränen in den Augen und das Herz von Neid und Schrecken vergiftet hatte.

Noch am selben Montag rief er den Verlag in Paris an, um Informationen über Julián Carax zu erbitten. Nach langem Drängen sagte ihm eine Telefonistin mit asthmatischer Stimme und einem Hang zur Bosheit, Señor Carax verfüge über keine bekannte Adresse, er stehe jedenfalls nicht mehr mit dem fraglichen Verlag in Verbindung und vom Roman *Das rote Haus* seien seit dem Tag seiner Veröffentlichung genau siebenundsiebzig Exemplare verkauft worden, mehrheitlich wohl an die leichten Mädchen und an andere Stammgäste des Lokals, wo der Autor für ein paar Münzen Nocturnes und Polonaisen herunterklimpere. Die restlichen Exemplare seien zurückgekommen und eingestampft worden, um Meßbücher, Strafzettel und Lotterielose zu drucken. Das elende Schicksal des geheimnisvollen Autors hatte Monsieur Roqueforts Sympathien gewonnen. In den folgenden zehn Jahren ging er bei jedem seiner Pariser Besuche von Antiquariat zu Antiquariat und suchte weitere Werke von Julián Carax. Nie fand er eines. Kaum jemand hatte je von diesem Autor gehört, und die, denen der Name etwas sagte, wußten nur wenig über ihn. Jemand meinte, er habe einige weitere Bücher veröffentlicht, immer in unbedeutenden Verlagen und in lächerlich wenig Exemplaren. Wenn sie überhaupt existierten, waren diese Bücher jedenfalls unmöglich zu finden. Ein Buchhändler gab an, einmal ein Exemplar eines Carax-Romans mit dem Titel *Der Kathedra-*

lendieb in den Händen gehabt zu haben, aber das sei schon lange her, und er sei sich nicht ganz sicher. Ende 1935 erhielt er Kenntnis, daß ein kleiner Pariser Verlag einen neuen Roman von Julián Carax herausgebracht habe, *Der Schatten des Windes*. Er schrieb dem Verlag, um mehrere Exemplare zu kaufen. Er erhielt nie eine Antwort. Im folgenden Jahr, im Frühling 1936, fragte ihn sein alter Freund, der Bouquinist am linken Seineufer, ob er sich noch immer für Carax interessiere. Monsieur Roquefort sagte, er gebe sich nie geschlagen: Wenn die Welt es darauf angelegt habe, Carax der Vergessenheit anheimfallen zu lassen, habe er noch lange keine Lust, sich dem zu fügen. Sein Freund erklärte ihm, Wochen zuvor habe ein Gerücht über Carax die Runde gemacht. Endlich scheine sich sein Schicksal geändert zu haben. Er habe eine gutgestellte Dame ehelichen wollen und nach mehreren Jahren des Schweigens einen neuen Roman publiziert, der erstmals in *Le Monde* eine vorteilhafte Rezension bekommen habe. Doch genau in dem Moment, als sich das Blatt zu wenden schien, erklärte der Bouquinist, sei Carax in ein Duell auf dem Friedhof Père Lachaise verwickelt worden. Die Umstände dieses Vorfalls seien unklar. Alles, was man wisse, sei, daß das Duell am frühen Morgen des Tages, an dem Carax hätte heiraten sollen, stattgefunden habe und daß der Bräutigam nie in der Kirche erschienen sei.

Es gab Meinungen für jeden Geschmack: Die einen dachten, er sei bei diesem Duell umgekommen und sein Leichnam liege in einem anonymen Grab; andere, Optimistischere glaubten eher, Carax sei in eine undurchsichtige Affäre verstrickt gewesen und habe seine Braut beim Altar verlassen und von Paris zurück nach Barcelona fliehen müssen. Das namenlose Grab wurde nie gefunden, und kurz darauf kam eine weitere Version in Umlauf: Vom Unglück verfolgt, sei Julián Carax in seiner Geburtsstadt gänzlich verelendet gestorben. Die Mädchen des Bordells, in dem er Klavier gespielt hatte, hätten Geld gesammelt, um ihm eine menschenwürdige Bestattung zu ermöglichen. Als die Überweisung eingetroffen sei, sei er bereits in einem Massengrab beerdigt gewesen, neben den Leichen von

Bettlern und im Hafenwasser treibenden oder auf der Treppe zur Untergrundbahn erfrorenen Menschen.

Und sei es aus bloßem Widerspruchsgeist, Monsieur Roquefort vergaß Carax nicht. Elf Jahre nachdem er *Das rote Haus* entdeckt hatte, beschloß er, den Roman seinen beiden Schülerinnen auszuleihen, in der Hoffnung, dieses merkwürdige Buch werde sie vielleicht dazu ermuntern, sich die Gewohnheit des Lesens anzueignen. Zu jener Zeit waren Clara und Claudette zwei fünfzehnjährige Mädchen, deren Blut in Aufruhr war und denen die Welt durchs Fenster des Studierzimmers zublinzelte. Trotz der Bemühungen ihres Hauslehrers hatten sie sich bisher dem Zauber der Klassiker, Äsops Fabeln oder Dante Alighieris unsterblichen Versen gegenüber spröde gezeigt. Da Monsieur Roquefort befürchtete, sein Vertrag werde gekündigt, sollte Claras Mutter entdecken, daß sein Lehrerwirken nichts als zwei wirrköpfige Analphabetinnen heranbildete, gab er ihnen Carax' Roman unter dem Vorwand, es handle sich um eine Liebesgeschichte von der Sorte, bei der man Rotz und Wasser heule, was nur die halbe Wahrheit war.

4

»Noch nie hatte ich mich von einer Geschichte so gefangengenommen, betört und hineingezogen gefühlt wie von der, die dieses Buch erzählte«, erklärte Clara. »Bis dahin war Lesen für mich eine Pflicht gewesen, eine Art Buße, die es Lehrern und Erziehern zu bezahlen galt, ohne daß ich genau wußte, warum. Ich kannte die Freude am Lesen nicht, die Freude daran, Räume auszukundschaften, die sich einem in der Seele auftun, sich der Fantasie zu überlassen, der Schönheit und dem Geheimnis von Dichtung und Sprache. All das entstand für mich bei diesem Roman. Hast du schon einmal ein Mädchen geküßt, Daniel?«

Ich hatte einen Kloß im Hals, und der Speichel wurde mir zu Sägemehl.

»Na ja, du bist ja auch noch sehr jung. Aber es ist genau dieses Gefühl, dieser Funke des ersten Mals, den man nicht vergißt. Wir leben in einer Schattenwelt, Daniel, und Magie ist ein rares Gut. Dieser Roman hat mich gelehrt, daß ich durch Lesen mehr und intensiver leben, daß Lesen mir das verlorene Sehen wiedergeben konnte. Allein deshalb hat dieses Buch, das keinem etwas bedeutete, mein Leben verändert.«

An diesem Punkt konnte ich nur noch offenen Mundes staunen, ganz diesem weiblichen Wesen ausgeliefert, dessen Worten und Reizen ich nicht widerstehen konnte noch wollte. Ich wünschte, sie möchte nie mehr zu sprechen aufhören, ihre Stimme möchte mich für immer einhüllen und ihr Onkel würde nie zurückkommen und den Zauber dieses Augenblicks brechen, der nur mir gehörte.

»Jahrelang habe ich weitere Bücher von Carax gesucht«, fuhr Clara fort. »Ich habe mich in Bibliotheken, Buchhandlungen, Schulen erkundigt – immer umsonst. Niemand hatte von ihm oder seinen Büchern gehört. Ich konnte es nicht verstehen. Später kam Monsieur Roquefort eine seltsame Geschichte über einen Mann zu Ohren, der auf der Suche nach Werken von Julián Carax Buchhandlungen und Bibliotheken abklapperte und sie, wenn er welche fand, kaufte, stahl oder sich sonstwie aneignete und gleich danach verbrannte. Niemand wußte, wer er war noch warum er das tat. Ein weiteres Geheimnis, das zum eigentlichen Carax-Geheimnis hinzukam. Mit der Zeit verspürte meine Mutter den Wunsch, nach Spanien zurückzukehren. Sie war krank, und ihr Zuhause und ihre Welt waren immer Barcelona gewesen. Insgeheim nährte ich die Hoffnung, hier etwas über Carax zu erfahren, schließlich und endlich war Barcelona die Stadt, wo er geboren worden und von wo er zu Beginn des Krieges für immer verschwunden war. Aber ich habe nichts gefunden als tote Gleise, obwohl mir mein Onkel behilflich war. Meiner Mutter ist bei ihrer eigenen Suche etwas Vergleichbares widerfahren. Das Barcelona, das sie bei ihrer Rückkunft vorfand, war nicht mehr das, das sie verlassen hatte. Sie sah sich einer Stadt der Dunkelheit gegenüber, in der es meinen Vater nicht mehr gab, die aber noch immer verhext war durch sein Andenken und die Erinnerung an ihn in jedem Winkel. Als reichte es ihr mit diesem Elend noch nicht, heuerte sie einen Mann an, der herausfinden sollte, was genau aus meinem Vater geworden war. Nach monatelangen Ermittlungen konnte er als einziges eine kaputte Armbanduhr und den Namen des Mannes beibringen, der meinen Vater in den Gräben des Kastells des Montjuïc getötet hatte. Er hieß Fumero, Javier Fumero. Man sagte uns, dieser Mann – und er war nicht der einzige – habe als vom Anarchistischen Verband Spaniens gedungener Killer angefangen und mit Anarchisten, Kommunisten und Faschisten geflirtet, dabei alle getäuscht und seine Dienste dem Meistbietenden verkauft, und nach dem Fall Barcelonas habe er sich auf die Seite des Siegers geschlagen und sei ins Polizeikorps eingetreten. Heute ist er ein berüchtigter, ordengeschmückter Polizeiinspektor. An meinen Vater erinnert sich niemand mehr. Wie du dir vorstellen kannst, ist meine Mutter innerhalb weniger Monate erloschen. Die Ärzte haben gesagt, es sei das Herz, und ich glaube, ausnahmsweise haben sie ins Schwarze getroffen. Nach ihrem Tod bin ich zu meinem Onkel Gustavo gezogen, dem einzigen Verwandten, der meiner Mutter in Barcelona noch geblieben war. Ich habe ihn angebetet, weil er mir immer Bücher zum Geschenk machte, wenn er uns besuchte. Er ist diese ganzen Jahre meine einzige Familie und mein bester Freund gewesen. Auch wenn er dir ein wenig arrogant vorkommen mag, im Grunde ist er eine Seele von Mensch. Selbst wenn er vor Müdigkeit umfällt, liest er mir jeden Abend ohne Ausnahme eine Weile vor.«

»Wenn Sie möchten, könnte auch ich Ihnen vorlesen«, stieß ich hervor, bereute meine Verwegenheit aber auf der Stelle, überzeugt, für Clara könne meine Gesellschaft höchstens eine Belästigung, wenn nicht gar ein Witz sein.

»Danke, Daniel«, antwortete sie. »Es würde mich sehr freuen.«

»Sobald Sie mögen.«

35

Sie nickte langsam und suchte mich mit ihrem Lächeln.

»Bedauerlicherweise habe ich dieses Exemplar des *Roten Hauses* nicht mehr«, sagte sie. »Monsieur Roquefort hat sich geweigert, es herzugeben. Ich könnte versuchen, dir die Handlung zu erzählen, aber das wäre, als beschriebe ich eine Kathedrale mit den Worten, sie sei ein Steinhaufen, der in eine Spitze münde.«

»Ich bin sicher, Sie würden es sehr viel besser erzählen«, murmelte ich.

Frauen wissen mit untrüglichem Instinkt, wenn ein Mann sich sterblich in sie verliebt hat, besonders wenn er strohdumm und minderjährig ist. Ich erfüllte alle Bedingungen, um von Clara Barceló zum Teufel geschickt zu werden, aber ich zog es vor, zu glauben, der Umstand ihrer Blindheit garantiere mir einen gewissen Sicherheitsspielraum und mein Frevel, meine kläglich-komische Zuneigung zu einer Frau, die doppelt so alt, intelligent und groß war wie ich, könnte unentdeckt bleiben. Ich fragte mich, was sie in mir sehen mochte, um mir ihre Freundschaft anzubieten, wenn nicht vielleicht einen blassen Abglanz ihrer selbst, einen Widerhall ihrer eigenen Verlorenheit.

Als Barceló mit einem Katzengrinsen zurückkam, waren zwei Stunden vergangen, die mir wie zwei Minuten erschienen waren. Der Buchhändler reichte mir den Band und zwinkerte mir zu.

»Schau ihn dir genau an, Spitzbube, ich will nicht, daß du mir nachher kommst und sagst, ich hätte dich übers Ohr gehauen, ja?«

»Ich vertraue Ihnen.«

»Schön dumm. Dem letzten, der mir das sagte (ein Yankee-Tourist, der überzeugt davon war, der Spanische Bürgerkrieg sei ein Western mit Gary Cooper), habe ich ein von Lope de Vega mit Kugelschreiber signiertes Exemplar von *Fuente Ovejuna* angedreht, stell dir vor – sei also vorsichtig, im Buchmetier darfst du nicht mal dem Inhaltsverzeichnis trauen.«

Es wurde dunkel, als wir wieder auf die Calle Canuda hinaustraten. Eine kühle Brise streifte durch die Stadt, und Barceló zog den Mantel aus, um ihn Clara über die Schultern zu legen. Da ich in absehbarer Zeit keine günstigere Chance sah, warf ich so ganz nebenbei hin, wenn es ihnen recht sei, könne ich am nächsten Tag zu ihnen kommen, um Clara einige Kapitel aus *Der Schatten des Windes* vorzulesen. Barceló schaute mich von der Seite an und brach in jähes Lachen aus.

»Junge, du hast aber Feuer gefangen.« Sein Ton indessen verriet Zustimmung.

»Nun, wenn es Ihnen morgen nicht paßt, dann vielleicht ein andermal oder . . .«

»Clara hat das Wort«, sagte der Buchhändler. »In der Wohnung haben wir schon sieben Katzen und zwei Kakadus. Da kommt es auf ein Biest mehr oder weniger nicht an.«

»Ich erwarte dich also morgen abend gegen sieben«, schloß Clara. »Kennst du die Adresse?«

5

Es gab eine Zeit in meiner Kindheit, wo ich, vielleicht weil ich inmitten von Büchern und Buchhändlern aufwuchs, beschloß, Romancier zu werden und ein melodramatisches Leben zu führen. Außer in der wunderbaren Einfalt, mit der man als Fünfjähriger alles sieht, gründeten meine literarischen Träume in einer märchenhaften kunsthandwerklichen Präzisionsarbeit, die in einem Schreibwarengeschäft in der Calle Anselmo Clavé, gleich hinter der Militärregierung, ausgestellt war. Der Gegenstand meiner Anbetung, ein prachtvoller, mit weiß Gott wie vielen Kostbarkeiten und Schnörkeln verbrämter schwarzer Füllfederhalter, nahm im Schaufenster den Ehrenplatz ein, als wäre er eines der Kronjuwelen. Ein Wunder in sich selbst, war er ein barockes Delirium aus Silber, Gold und tausend Windungen, das blitzte wie der Leuchtturm von Alexandria. Wenn mein Vater mit mir spazierenging, gab ich keine Ruhe, bis er mit mir den Füllfederhalter anschauen kam. Er sagte, das müsse zum wenigsten das Schreibwerkzeug eines Kaisers gewesen sein. Insgeheim war ich überzeugt, daß man mit einem solchen Wunderwerk alles schreiben konnte, von Romanen bis zu den prächtig gebundenen, wie Soldaten bei einer Parade aufgereihten Bänden eines Lexikons, die im Laden meines Vaters standen, ja selbst Briefe mit einer Macht jenseits aller postalischen Einschränkung. In meiner Naivität dachte ich, was immer ich mit dieser Feder schriebe, würde überallhin gelangen, selbst an den unbegreiflichen Ort, an den nach den Worten meines Vaters meine Mutter gegangen war und woher sie nie wieder zurückkehrte.

Eines Tages kamen wir auf die Idee, den Laden zu betreten, um uns nach dem Prachtstück zu erkundigen. Es stellte sich heraus, daß es der König der Füllfederhalter war, ein numerierter Montblanc Meisterstück, der, so behauptete jedenfalls feierlich der Geschäftsführer, keinem Geringeren als Victor Hugo gehört hatte. Dieser Goldfeder sei das Manuskript der *Elenden* entsprungen.

»So, wie das Vichy Catalán der Quelle von Caldas entspringt«, bekundete er. Wie er uns mitteilte, hatte er sie persönlich von einem Sammler aus Paris erworben und sich von ihrer Echtheit überzeugt.

»Und welchen Preis hat denn dieser Born der Wunder, wenn man fragen darf?« wollte mein Vater wissen.

Allein die Nennung der Summe ließ ihn erblassen, ich aber war endgültig verzaubert. Der Geschäftsführer bescherte uns hierauf einen unverständlichen Sermon über die Legierungen von Edelmetallen, über Emailarbeiten aus dem Fernen Osten und eine revolutionäre Theorie zu Kolben und kommunizierenden Röhren, all das Teil der deutschen Wissenschaft, die den glorreichen Strich dieses hervorragenden Exemplars der Schreibtechnologie möglich machte. Zu seinen Gunsten ist anzuführen, daß er uns, obwohl wir wie arme Schlucker aussehen mußten, die Feder so lange betasten ließ, wie wir wollten, er füllte sie für uns mit Tinte und reichte mir ein Stück Pergamentpapier, damit ich meinen Namen schreiben und so meine Literatenkarriere in der Nachfolge Victor Hugos beginnen konnte. Dann polierte er sie mit einem Lappen wieder auf Hochglanz und legte sie an ihren Ehrenplatz zurück.

»Ein andermal vielleicht«, murmelte mein Vater.

Draußen auf der Straße sagte er mit sanfter Stimme, diese Summe könnten wir uns nicht leisten. Die Buchhandlung gebe gerade eben das Nötige für unseren Unterhalt her und um mich auf eine gute Schule zu schicken. Der Montblanc-Füllfederhalter des edlen Victor Hugo habe zu warten. Ich sagte nichts, aber die Enttäuschung mußte mir ins Gesicht geschrieben stehen.

»Wir werden folgendes tun«, schlug er vor. »Wenn du alt genug bist, um mit Schreiben anzufangen, kommen wir zurück und kaufen sie.«

»Und wenn jemand sie vorher holt?«

»Die holt keiner, glaub mir. Und sonst bitten wir Don Federico, uns eine anzufertigen, dieser Mann hat goldene Hände.«

Don Federico war der Uhrmacher des Viertels, ein Gelegenheitskunde der Buchhandlung und wahrscheinlich der wohlerzogenste, höflichste Mensch der ganzen westlichen Hemisphäre. Sein Ruf als Mann von großem manuellem Geschick reichte vom Ribera-Viertel bis zum Ninot-Markt. Noch ein weiterer Ruf saß ihm im Nacken, weniger ehrbar diesmal, denn er galt seiner erotischen Vorliebe für muskulöse Jünglinge aus dem allermännlichsten Lumpenproletariat und einer gewissen Neigung, sich als Estrellita Castro zu verkleiden.

»Ja, Don Federico hat ein sehr warmes Herz«, sagte ich in himmlischer Unschuld.

Mein Vater zog eine Braue in die Höhe, vielleicht weil er befürchtete, diese üblen Nachreden könnten meine Unschuld in Mitleidenschaft gezogen haben.

»Don Federico versteht von allem, was deutsch ist, eine Menge. Und überhaupt, ich glaube gar nicht, daß es zu Zeiten Victor Hugos schon Füllfederhalter gegeben hat. Der wollte uns doch nur etwas andrehen.«

Die geschichtliche Skepsis meines Vaters glitt an mir ab. Ich glaubte felsenfest an die Legende, obwohl mir die Vorstellung keineswegs zuwider war, daß Don Federico für mich einen Ersatz anfertigte. Es wäre noch genug Zeit, mit Victor Hugo gleichzuziehen. Zu meinem Trost, und wie mein Vater vorausgesagt hatte, lag der Montblanc-Füllfederhalter noch jahrelang in diesem Schaufenster, das wir gewissenhaft jeden Samstagvormittag aufsuchten.

»Er ist noch da«, sagte ich erstaunt.

»Er wartet auf dich. Er weiß, daß er eines Tages dir gehören wird und daß du mit ihm ein Meisterwerk schreiben wirst.«

»Ich möchte einen Brief schreiben. An Mama. Damit sie sich nicht so allein fühlt.«

Ohne mit der Wimper zu zucken, schaute mich mein Vater an.

»Deine Mutter ist nicht allein, Daniel. Sie ist bei Gott. Und bei uns, auch wenn wir sie nicht sehen können.«

Genau diese Theorie hatte mir in der Schule auch Pater Vicente dargelegt, ein altgedienter Jesuit, der sich ein Bein ausriß, um uns aus dem Matthäusevangelium vom Grammophon bis zu den Zahnschmerzen sämtliche Geheimnisse des Universums zu erklären. Aber aus dem Mund meines Vaters klang es, als glaubten daran nicht einmal die Steine.

»Und wozu will Gott sie?«

»Ich weiß es nicht. Sollten wir ihn eines Tages sehen, werden wir ihn fragen.«

Mit der Zeit verwarf ich die Idee des Briefes und nahm an, wenn schon, sei es praktischer, gleich mit dem Meisterwerk zu beginnen. Mangels einer Feder borgte mir mein Vater einen Staedtler-Bleistift Nummer zwei, mit dem ich in ein Heft kritzelte. Ganz zufällig drehte sich meine Geschichte um einen märchenhaften Füllfederhalter, der eine erstaunliche Ähnlichkeit mit demjenigen im Laden aufwies und zudem verhext war. Genauer gesagt, war er besessen von der geplagten Seele eines Romanciers, der vor Hunger und Kälte gestorben war und dem er gehört hatte. Als er einem Anfänger in die Hände fiel, war er aus eigener Kraft bemüht, das letzte Werk des Autors, das dieser zu Lebzeiten nicht mehr hatte vollenden können, zu Papier zu bringen. Ich weiß nicht mehr, wo ich sie stahl oder woher sie sonst kam, jedenfalls hatte ich nie wieder eine ähnliche Idee. Meine Versuche, sie auf dem Papier Gestalt annehmen zu lassen, waren jedoch erbärmlich. Meine Sätze waren arm an Erfindung, und wenn ich mich darin aufschwang, klang es nach den Werbetexten, die ich jeweils an den Straßenbahnhaltestellen las. Ich schob die Schuld dem Bleistift zu und sehnte mich nach der Feder, die aus mir einen Meister machen sollte. Mein Vater verfolgte meine wechselvollen Fortschritte mit einer Mischung aus Stolz und Bange.

»Wie geht's denn deiner Geschichte, Daniel?«

»Ich weiß nicht. Bestimmt wäre alles ganz anders, wenn ich den Füller hätte.«

Nach Ansicht meines Vaters konnte eine solche Überlegung nur einem Literaten einfallen, der buchstäblich noch in den Kinderschuhen steckte.

»Mach du nur weiter, noch bevor du deinen Erstling beendet hast, kaufe ich ihn dir.«

»Versprochen?«

Immer antwortete er mit einem Lächeln. Zum Glück für meinen Vater verlagerten sich meine literarischen Aspirationen bald auf das Gebiet der Redekunst. Dazu trug auch die Entdeckung der mechanischen Spielzeuge und jeder Art von Blechkrimskrams bei, der auf dem Markt Los Encantes zu Preisen zu finden war, die unserer häuslichen Sparsamkeit eher angemessen waren. Die kindliche Hingabe ist unstet und launenhaft, und bald hatte ich nur noch Augen für Metallbaukästen und aufziehbare Schiffe. Ich bat meinen Vater nicht mehr, mit mir Victor Hugos Füllfederhalter anschauen zu gehen, und er erwähnte ihn auch nicht mehr. Diese Welt war für mich offenbar verschwunden, aber noch lange war das Bild, das ich von meinem Vater hatte, das eines hageren Mannes in einem alten, zu großen Anzug und mit einem Hut aus zweiter Hand, den er für sieben Peseten in der Calle Condal gekauft hatte, ein

Mann, der es sich nicht leisten konnte, seinem Jungen einen verflixten Füllfederhalter zu kaufen, der zwar zu nichts nütze war, ihm jedoch alles zu bedeuten schien. Als ich an jenem Abend vom Athenäum zurückkehrte, erwartete er mich im Eßzimmer mit seinem immer gleichen Ausdruck von Niederlage und Sehnsucht.

»Ich dachte schon, du hättest dich irgendwo verirrt«, sagte er. »Tomás Aguilar hat angerufen. Er sagt, ihr seid verabredet gewesen. Hast du's vergessen?«

»Barceló, der einem mit seinem Geschwätz den Nerv tötet«, bejahte ich. »Ich wußte schon gar nicht mehr, wie ich ihn loswerden sollte.«

»Er ist ein guter Kerl, aber ein wenig lästig. Du hast bestimmt Hunger. Die Merceditas hat uns ein wenig Suppe runtergebracht, die sie für ihre Mutter gemacht hat. Dieses Mädchen ist sehr tüchtig.«

Wir setzten uns an den Tisch, um die milde Gabe der Merceditas zu kosten, der Tochter der Nachbarin aus dem dritten Stock, die nach aller Meinung wohl bald Nonne und Heilige wäre, die ich aber mehr als einmal gesehen hatte, wie sie einen Matrosen, der sie manchmal bis vors Haus begleitete und kundig befingerte, unter Küssen erstickt hatte.

»Heute abend schaust du aber grüblerisch aus«, sagte mein Vater, um ein Gespräch in Gang zu setzen.

»Das wird die Feuchtigkeit sein, sie erweitert das Hirn. Sagt Barceló.«

»Es wird wohl sonst noch etwas sein. Beschäftigt dich irgendwas, Daniel?«

»Nein. Ich habe bloß nachgedacht.«

»Worüber denn?«

»Über den Krieg.«

Mein Vater nickte düster und schlürfte schweigend seine Suppe. Er war ein zurückhaltender Mann, und obwohl er in der Vergangenheit lebte, sprach er fast nie von ihr. Ich war in der Überzeugung aufgewachsen, das stockende Voranschreiten der Zeit nach dem Ende des Bürgerkriegs, eine Welt aus Bewegungslosigkeit, Elend und heimlichem Groll, sei ebenso normal wie das Leitungswasser, und die stumme, aus den Mauern der verwundeten Stadt blutende Trauer sei das wirkliche Antlitz ihrer Seele. Eine der Besonderheiten der Kindheit ist, daß man etwas nicht zu begreifen braucht, um es zu spüren. Ist dann der Verstand schließlich in der Lage, das Geschehene zu verstehen, so sind die Wunden im Herzen schon zu tief. Als ich an diesem Sommerabend, der für mich eine Wende bedeuten sollte, durch die dunkle, tückische Barceloneser Nacht gegangen war, wollte es mir nicht gelingen, Claras Erzählung über das Verschwinden ihres Vaters aus den Gedanken zu verscheuchen. In meiner Welt war der Tod eine anonyme, unverständliche Hand, ein Hausierer, der Mütter, Bettler oder neunzigjährige Nachbarn mit sich nahm, als wäre es eine Lotterie der Hölle. Die Vorstellung, der Tod könnte neben mir einhergehen, mit einem Menschengesicht und haßvergiftetem Herzen, in Uniform oder Mantel, er könnte vor dem Kino Schlange stehen, in Kneipen lachen oder vormittags mit seinen Kindern im Ciudadela-Park spazierengehen, um nachmittags jemanden in den Verliesen des Kastells des Montjuïc oder in einem namenlosen Massengrab ohne Zeremoniell verschwinden zu lassen, das wollte mir nicht in den Kopf. Als ich immer weiter darüber nachdachte, kam ich auf den Gedanken, vielleicht sei diese Welt, die ich für selbstverständlich nahm, nichts weiter als eine Kulisse aus Pappmaché. Wie die Züge der Renfe, so kam in diesen gestohlenen Jahren das Ende der Kindheit dann, wenn es eben kam.

Wir beugten uns über diese Brühe aus Resten mit Brot, in das aufdringliche Gebrabbel der Rundfunkserien gehüllt, das überall durch die offenen Fenster hereindrang.

»Wie ist es dir denn nun ergangen mit Don Gustavo?«

»Ich habe seine Nichte kennengelernt, Clara.«

»Die Blinde? Die soll ja eine Schönheit sein.«

»Ich weiß nicht. Darauf achte ich nicht.«

»Ist auch besser für dich.«

»Ich hab ihnen gesagt, vielleicht komme ich morgen nach der Schule zu ihnen, um der Armen etwas vorzulesen, sie ist ja sehr allein. Wenn ich darf.«

Mein Vater musterte mich verstohlen, als fragte er sich, ob er vorzeitig altere oder ich zu schnell groß werde. Ich beschloß, das Thema zu wechseln, und das einzige, das ich finden konnte, war das, das mich im Innersten aufwühlte.

»Im Krieg – stimmt es, daß man da Leute ins Kastell des Montjuïc gebracht hat, die man dann nie mehr sah?«

In aller Ruhe führte mein Vater den Löffel zum Mund und schaute mich lange an. Das kurze Lächeln verschwand von seinen Lippen.

»Wer hat dir das gesagt? Barceló?«

»Nein. Tomás Aguilar, der erzählt ab und zu so Geschichten in der Schule.«

Mein Vater nickte langsam.

»In Zeiten des Krieges geschieht vieles, was schwer zu erklären ist, Daniel. Oft weiß auch ich nicht, was es wirklich zu bedeuten hat. Manchmal läßt man die Dinge besser, wie sie sind.«

Er seufzte und schlürfte ohne Appetit seine Suppe. Wortlos beobachtete ich ihn.

»Vor ihrem Tod hat mir deine Mutter das Versprechen abgenommen, mit dir nie über den Krieg zu reden und nicht zuzulassen, daß du dich an irgend etwas erinnerst, was geschehen ist.«

Ich wußte nicht, was antworten. Mein Vater kniff die Augen zusammen, als suchte er etwas in der Luft. Blicke oder ein Schweigen – oder vielleicht meine Mutter, damit sie seine Worte bekräftigte.

»Manchmal denke ich, es war ein Fehler, auf sie zu hören. Ich weiß es nicht.«

»Ist ja egal, Papa...«

»Nein, es ist nicht egal, Daniel. Nach einem Krieg ist nichts egal. Und ja – es stimmt, daß viele Leute in dieses Kastell hineingegangen und nie wieder herausgekommen sind.«

Rasch begegneten sich unsere Blicke. Kurz danach stand mein Vater auf und zog sich in sein Zimmer zurück. Ich räumte die Teller ab und stellte sie in die kleine Marmorspüle in der Küche, um sie abzuwaschen. Wieder im Wohnzimmer, knipste ich das Licht aus und setzte mich in den alten Sessel meines Vaters. Der Luftzug von der Straße regte sich in den Vorhängen. Ich verspürte keine Müdigkeit und mochte sie auch nicht anlocken. Ich ging zum Balkon und lehnte mich hinaus, bis ich den dunstigen Schein sah, den die Straßenlaternen in der Puerta del Ángel aussandten. Die Gestalt hob sich von einem Stück Schatten ab, das reglos auf dem Straßenpflaster lag. Das schwache rötliche Glimmen einer Zigarettenglut spiegelte sich in ihren Augen. Sie war dunkel gekleidet, eine Hand steckte tief in der Jackentasche, die andere führte die Zigarette, die eine blaue Rauchwebe um ihr Profil spann. Sie beobachtete mich schweigend, das Gesicht verborgen. Nachlässig rauchend, blieb sie fast eine Minute dort stehen, den Blick fest auf meinen geheftet. Dann, als es von der Kathedrale Mitternacht schlug, nickte die Gestalt einen leichten Gruß, hinter dem ich ein Lächeln erahnte. Ich hätte den Gruß erwidern wollen, aber ich war wie gelähmt. Die Gestalt wandte sich ab, und ich sah sie mit leichtem Hinken davongehen. An jedem andern Abend hätte ich kaum auf einen solchen Fremden geachtet, aber sowie ich ihn im Dunst verschwinden sah, spürte ich kalten Schweiß auf der Stirn und hatte Atemnot. In *Der Schatten des Windes* hatte ich eine Szene gelesen, die der eben erlebten haargenau glich. Im Roman trat der Protagonist Mitternacht für Mitternacht auf den Balkon hinaus und stellte fest, daß ihn aus dem Schatten heraus ein Fremder beobachtete und dabei nachlässig rauchte. Immer blieb sein Gesicht in der Dunkelheit verborgen, und nur seine glühenden Augen deuteten sich in der Nacht an. Die rechte Hand tief in der Tasche eines schwarzen Jacketts vergraben, blieb der Fremde dort stehen, um dann davonzuhinken. In der Szene, die ich eben erlebt hatte, war dieser Fremde vielleicht irgendein Nachtschwärmer, eine gesichts- und belanglose Gestalt. In Carax' Roman war der Fremde der Teufel.

6

Ein tiefer Vergessensschlaf und die Aussicht, an diesem Abend Clara wiederzusehen, brachten mich zur Überzeugung, daß die Vision nichts weiter zu bedeuten hatte. Vielleicht war dieses unerwartete Aufkeimen einer fieberhaften Fantasie nur ein Vorzeichen des herbeigesehnten Wachstumsschubs, der aus mir, wie mir sämtliche Nachbarinnen unseres Hauses verhießen, einen wenn nicht ordentlichen, so doch gutaussehenden Mann machen würde. Punkt sieben Uhr erschien ich in meiner festlichsten Gewandung und umduftet vom Varón-Dandy-Kölnisch meines Vaters, in Don Gustavo Barcelós Wohnung, fest entschlossen, mich als Hausvorleser und Westentaschengecken einzuführen. Der Buchhändler und seine Nichte teilten sich eine Prachtwohnung auf der Plaza Real. Ein uniformiertes Dienstmädchen mit Haube und leicht legionärshaftem Ausdruck öffnete mir die Tür und machte dabei einen theatralischen Knicks.

»Sie sind bestimmt der junge Herr Daniel«, sagte sie. »Ich bin die Bernarda, um Ihnen zu dienen.«

Die Bernarda befleißigte sich eines zeremoniösen Tons mit baumstarkem Cáceres-Akzent. Mit Gepränge und Würde führte sie mich durch das Heim der Barcelós. Die Wohnung, die im ersten Stock lag, nahm die Fläche des ganzen Gebäudes ein und beschrieb einen Kreis von Galerien, Salons und Gängen, der mir, da ich an unsere bescheidene Familienwohnung in der Calle Santa Ana gewöhnt war, wie eine verkleinerte Ausgabe des Escorials vorkam. Offensichtlich sammelte Don Gustavo außer bibliophilen Büchern, Inkunabeln und allerlei esoterischen Werken auch Statuen, Bilder und Altaraufsätze sowie eine reichhaltige Fauna und Flora. Ich folgte der Bernarda durch eine Galerie, die von Blattwerk und Tropenpflanzen strotzte und einen eigentlichen Wintergarten bildete. Durch ihre Verglasung drang schwaches, von Staub und Dunst vergoldetes Licht. Der Hauch eines Klaviers schwebte in der Luft, matt und mit verlassen nachhallenden Tönen. Die

Bernarda schwang ihre Hafenarbeiterarme wie Macheten, um sich einen Weg durchs Dickicht zu bahnen. Ich folgte ihr dichtauf, und während ich rundherum alles genau studierte, erblickte ich ein halbes Dutzend Katzen und zwei grellbunte Kakadus von enormen Ausmaßen, die Barceló, wie mir die Bernarda erklärte, *Ortega* und *Gasset* getauft hatte. Am andern Ende dieses Waldes erwartete mich Clara in einem auf den Platz hinausgehenden Salon. Im Schutz eines Hauchs von Licht, das durch die Rosette einfiel, und angetan mit einem luftigen, türkisblauen Baumwollkleid, spielte der Gegenstand meiner nebulösen Sehnsüchte Klavier. Clara mochte schlecht spielen, nicht im Takt, und bei der Hälfte der Noten danebengreifen, für mich aber klang ihre Serenade wundervoll, und sie mit einem angedeuteten Lächeln und zur Seite geneigtem Kopf aufrecht vor den Tasten sitzen zu sehen erschien mir wie eine Vision des Himmels. Ich wollte mich räuspern, um meine Anwesenheit kundzutun, doch der Varón-Dandy-Duft hatte mich schon verraten. Clara brach ihr Konzert abrupt ab, und ein verschämtes Lächeln zeigte sich in ihrem Gesicht.

»Einen Augenblick habe ich gedacht, du bist mein Onkel«, sagte sie. »Er hat mir verboten, Mompou zu spielen, weil er sagt, was ich mit ihm mache, sei ein Verbrechen.«

Der einzige Mompou, den ich kannte, war ein verhärmter Geistlicher mit einem Hang zu Blähungen, der uns in Physik und Chemie unterrichtete, und die Gedankenassoziation erschien mir grotesk.

»Ich jedenfalls finde, du spielst wunderbar«, sagte ich.

»Ach was. Mein Onkel, ein echter Musikliebhaber, hat mir sogar einen Musiklehrer aufgezwungen, um mich zu korrigieren. Es ist ein junger, vielversprechender Komponist. Er heißt Adrián Neri und hat in Paris und Wien studiert. Ich muß ihn dir vorstellen. Er arbeitet an einer Sinfonie, die das Orquesta Ciudad de Barcelona uraufführen wird, sein Onkel ist nämlich im Vorstand. Er ist ein Genie.«

»Der Onkel oder der Neffe?«

»Sei doch nicht boshaft, Daniel. Adrián wird ganz bestimmt dein Fall sein.«

Wie der eines Konzertflügels aus dem siebten Stock, dachte ich.

»Möchtest du eine Kleinigkeit essen? Die Bernarda macht köstliche Zimtbiskuits.«

Bei unserem königlichen Imbiß verschlangen wir alles, was die Bernarda in unsere Reichweite stellte. Mir war das Protokoll solcher Gelegenheiten unbekannt, und ich wußte nicht genau, wie ich mich verhalten sollte. Clara, die stets meine Gedanken zu lesen schien, schlug vor, ich könne doch anfangen, aus *Der Schatten des Windes* zu lesen und, wenn schon, gleich vorn beginnen. So machte ich mich denn daran, den Kommentatorenstimmen von Radio Nacional nachzueifern, die jeweils kurz nach dem Angelus salbungsvolle Tiraden patriotischen Zuschnitts rezitierten, und den Text des Romans ein weiteres Mal und aus einem neuen Blickwinkel zu betrachten. Anfänglich klang meine Stimme noch ein wenig steif, doch nach und nach entspannte sie sich, und bald hatte ich vergessen, daß ich vorlas, und tauchte wieder tief in die Erzählung ein. Dabei entdeckte ich wiederkehrende Wendungen, die wie musikalische Motive dahinströmten, Abwechslungen im Tonfall, die mir beim ersten Lesen entgangen waren. Zwischen den Zeilen kamen neue Details, Andeutungen von Bildern und Spiegelungen zum Vorschein, wie wenn man ein Haus aus verschiedenen Winkeln anschaut. Ich las eine Stunde und fünf Kapitel, bis ich spürte, daß meine Stimme austrocknete, und ein halbes Dutzend Wanduhren in der ganzen Wohnung widerhallten und mich daran erinnerten, daß es spät für mich geworden war. Ich klappte das Buch zu und betrachtete Clara, die mir zulächelte.

»Es erinnert mich ein wenig an *Das rote Haus*«, sagte sie. »Aber das scheint eine weniger düstere Geschichte zu sein.«

»Du wirst schon sehen. Das ist erst der Anfang. Später verwickeln sich die Dinge.«

»Du mußt schon gehen, nicht wahr?«

»Ich fürchte, ja. Nicht, daß ich wollte, aber . . .«

»Wenn du nichts anderes zu tun hast, kannst du morgen wiederkommen«, schlug sie vor. »Aber ich möchte nicht, daß du glaubst, ich nutze . . .«

»Um sechs?« sagte ich schnell. »Ich meine, dann haben wir mehr Zeit.«

Die Begegnung im Musikzimmer der Wohnung auf der Plaza Real war die erste von vielen im Laufe dieses Sommers 1945 und der folgenden Jahre. Bald suchte ich die Barceló-Wohnung beinahe täglich auf, außer dienstags und donnerstags, wo Clara bei diesem Adrián Neri Musikunterricht hatte. Ich verweilte stundenlang und kannte mit der Zeit jeden Raum, jeden Gang und jede Pflanze in Don Gustavos Wald auswendig. *Der Schatten des Windes* hielt zwei Wochen vor, aber wir fanden mühelos Nachfolgewerke, um unsere Lesestunden zu füllen. Barceló besaß wirklich eine fabelhafte Bibliothek, denn zwar fanden wir keine weiteren Werke von Julián Carax, dafür aber Dutzende Klassiker der Abenteuerliteratur und bedeutenderer Nichtigkeiten. An einigen Abenden lasen wir kaum, sondern unterhielten uns nur oder machten sogar einen Spaziergang über die Plaza Real oder schlenderten zur Kathedrale. Clara setzte sich liebend gern hin, um dem Murmeln der Leute im Kreuzgang zuzuhören und das Echo der Schritte in den umliegenden Gäßchen zu erraten. Sie bat mich, ihr die Fassaden, Menschen, Wagen, Läden, Straßenlaternen und Schaufenster zu beschreiben, an denen wir vorbeikamen. Oft faßte sie mich unter, und ich geleitete sie durch unser persönliches Barcelona, das nur sie und ich sehen konnten. Immer landeten wir in einer Milchbar der Calle Petritxol, wo wir uns einen Teller Schlagsahne oder eine heiße Schokolade mit Rahm und Honigpfannkuchen teilten. Bisweilen musterten uns die Leute flüchtig, und manch ein besonders schlauer Kellner sprach von ihr als ›deine große Schwester‹, aber ich achtete nicht auf Spöttereien und Unterstellungen. Andere Male teilte mir Clara, ich weiß nicht, ob aus Bosheit oder krankhafter Lust, überspannte Vertraulichkeiten mit, mit denen ich nicht richtig fertig zu werden wußte. Eines ihrer Lieblingsthemen war ein Fremder, der sich ihr manchmal näherte, wenn sie allein auf der Straße war, und mit brüchiger Stimme zu ihr sprach. Der geheimnisvolle Mann, der nie seinen Namen nannte, fragte sie über Don Gustavo und sogar über mich aus. Einmal hatte er ihren Hals gestreichelt. Mich quälten diese Geschichten entsetzlich. Ein andermal beteuerte Clara, sie habe den mutmaßlichen Fremden gebeten, sie mit den Händen sein Gesicht lesen zu lassen. Er habe geschwiegen, was sie als Zustimmung interpretiert habe. Als sie die Hände zu seinem Gesicht emporgehoben habe, habe er sie brüsk zurückgehalten, aber da hatte sie schon etwas Ledernes berührt.

»Als hätte er eine Ledermaske getragen«, sagte sie.

»Das saugst du dir aus den Fingern, Clara.«

Clara schwor bei allen Heiligen, es stimme, und ich ergab mich, gequält vom Bild dieses Unbekannten, dem es Spaß bereitete, diesen Schwanenhals zu streicheln und weiß Gott was noch, während mir nur die Sehnsucht danach gestattet war. Hätte ich mich damit aufgehalten nachzudenken, so wäre mir aufgegangen, daß meine Verehrung für Clara eine einzige Quelle des Leidens war. Vielleicht betete ich sie darum noch mehr an, aus dieser ewigen Torheit heraus, denen nachzustellen, die uns weh tun. Im Laufe dieses Sommers fürchtete ich nur den Tag, an dem der Schulunterricht wieder begänne und ich nicht mehr den ganzen Tag zur Verfügung hätte, um ihn mit Clara zu verbringen.

Da mich die Bernarda, hinter deren strenger Miene sich der Charakter einer zärtlichen Mutter verbarg, so oft zu sehen bekam, gewann sie mich am Ende lieb und adoptierte mich auf ihre Art und Weise.

»Man sieht, daß dieser Junge keine Mutter hat, glauben Sie mir«, pflegte sie zu Barceló zu sagen. »Mir tut er richtig leid, das arme Bürschchen.«

Die Bernarda war bei Kriegsende nach Barcelona gekommen, auf der Flucht vor der Armut und einem Vater, der sie an seinen guten Tagen nur verprügelte und Miststück nannte, an den schlechten aber, wenn er betrunken war, in den Schweinekoben sperrte, wo er sie befummelte. Als sie begann, sich mit Geschrei zu wehren, ließ er sie ziehen – eine frömmlerische Idiotin wie ihre Mutter. Barceló hatte sie zufällig kennengelernt, als sie an einem Gemüsestand im Borne-Markt arbeitete; einer Eingebung folgend, hatte er ihr eine Stelle in seinem Haushalt angeboten.

»Unsere Beziehung wird sein wie in *Pygmalion*«, verkündete er. »Sie werden meine Eliza sein und ich Ihr Professor Higgins.«

Die Bernarda, die ihr Lektürebedürfnis mit dem *Sonntagsblatt* stillte, schaute ihn mißtrauisch an.

»Hören Sie, unsereiner mag ja arm und unwissend sein, aber für Schweinereien sind wir nicht zu haben.«

Barcelós Bemühungen hatten der Bernarda schließlich Manieren und die Ausdrucksweise einer Provinzminna beigebracht. Sie war achtundzwanzig, aber mir kam es immer vor, als wäre sie zehn Jahre älter, und sei es nur in den Augen. Sie war eine fleißige Messegängerin und verehrte die Jungfrau von Lourdes abgöttisch. Täglich hörte sie in der Kirche Santa María del Mar den Acht-Uhr-Gottesdienst, und dreimal pro Woche ging sie beichten. Barceló, der sich als Agnostiker bezeichnete, war der Meinung, es sei mathematisch unmöglich, daß das Dienstmädchen genügend sündigen könne, um einen solchen Beichtrhythmus zu rechtfertigen.

»Du bist doch ein herzensguter Mensch, Bernarda«, sagte er ärgerlich. »Leute, die überall Sünden sehen, haben eine kranke Seele und, wenn ich noch deutlicher werden soll, kranke Därme. Der Grundzustand des spanischen Frömmlers ist chronische Verstopfung.«

Wenn sie diese blasphemischen Reden hörte, schlug die Bernarda fünffach das Kreuz. Spätabends sprach sie dann ein Extragebet für die befleckte Seele von Señor Barceló, der zwar ein gutes Herz hatte, dem aber bei dem vielen Lesen das Hirn verdorrt war wie Sancho Pansa. Ab und zu, ganz selten, fand sie einen Freund, der sie schlug, ihr den kargen Spargroschen abknöpfte und sie über kurz oder lang sitzenließ. Jedesmal, wenn sich eine solche Krise ergab, schloß sie sich in ihrem Zimmer im hinteren Teil der Wohnung ein, weinte tagelang und schwor, sich mit Rattengift umzubringen oder eine Flasche Lauge zu trinken. Wenn Barcelós sämtliche Überredungskünste nichts fruchteten, erschrak er wirklich und rief einen Schlosser, um die Zimmertür öffnen zu lassen, und seinen Hausarzt, damit er der Bernarda ein Beruhigungsmittel verabreiche, das ein Pferd eingeschläfert hätte. Wenn die Arme zwei Tage später aufwachte, brachte ihr der Buchhändler Rosen, Pralinen und ein neues Kleid mit und führte sie ins Kino aus zu einem Film mit Cary Grant, der ihrer Meinung nach der schönste Mann der Geschichte war.

»Sagen Sie mal, Cary Grant soll ja vom andern Ufer sein«, murmelte sie, den Mund voller Schokoladenplätzchen. »Ist das die Möglichkeit?«

»Quatsch«, entgegnete Barceló. »Wer hoch sitzt, hat viele Neider.«

»Wie schön der Herr spricht. Man sieht, daß Sie ein Hinterlektueller sind.«

»Intellektueller«, korrigierte Barceló ohne Schärfe.

Es war sehr schwer, die Bernarda nicht gern zu haben. Ohne daß jemand sie darum gebeten hatte, kochte und nähte sie für mich. Sie brachte meine Kleider und Schuhe in Ordnung, kämmte mich, schnitt mir die Haare, kaufte mir Obst und Zahnpasta und schenkte mir eines Tages sogar ein kleines Medaillon mit einem winzigen Fläschchen Weihwasser, das eine Schwester von ihr, die in San Adrián del Besós wohnte, im Bus von Lourdes mitgebracht hatte. Manchmal, während sie mein Haar nach Nissen oder andern Parasiten durchsuchte, sprach sie leise mit mir.

»Señorita Clara ist das Größte auf der Welt, und Gott möge mich tot umfallen lassen, sollte es mir eines Tages einfallen, sie zu kritisieren, aber es ist nicht gut, daß sich der junge Herr so sehr von ihr gefangennehmen läßt, wenn Sie verstehen, was ich meine.«

»Mach dir keine Sorgen, Bernarda, wir sind ja bloß Freunde.«

»Eben, das meine ich auch.«

Um ihrer Warnung Nachdruck zu verleihen, erzählte sie mir nun eine im Radio aufgeschnappte Geschichte von einem jungen Burschen, der sich unschicklicherweise in seine Lehrerin verliebt hatte und dem durch irgendeinen Gerechtigkeitszauber Haare und Zähne ausfielen, während sich gleichzeitig sein Gesicht und die Hände mit Pilzen überzogen, einer Art Wollüstigenlepra.

»Lüsternheit ist etwas sehr Schlechtes«, schloß die Bernarda. »Das kann ich Ihnen sagen.«

Obwohl er sich gern über mich lustig machte, war Don Gustavo meiner Ergebenheit für Clara und der Begeisterung, mit der ich ihr Gesellschafter war, wohlgesonnen. Ich schrieb seine Toleranz dem Umstand zu, daß er mich vermutlich als harmlos ansah. Von Zeit zu Zeit wiederholte er seine saftigen Angebote, um Carax' Roman zu erwerben. Er sagte, er habe mit einigen Kollegen aus der Antiquarenzunft darüber gesprochen und alle seien einhellig der Meinung gewesen, ein Carax sei heute leicht ein Vermögen wert, besonders in Frankreich. Ich schlug das Angebot jedesmal aus, und er lächelte nur verschmitzt. Er hatte mir Zweitschlüssel gegeben, damit ich auch dann ein und aus gehen konnte, wenn er oder die Bernarda nicht da waren, um mir zu öffnen. Ein anderes Thema war mein Vater. Im Laufe der Jahre hatte er seine angeborenen Bedenken überwunden, ein Problem anzuschneiden, das ihn wirklich beschäftigte. Als eine der ersten Konsequenzen dieses Fortschritts begann er, seine eindeutige Mißbilligung meiner Beziehung zu Clara zu zeigen.

»Du solltest mit Freunden deines Alters verkehren, wie Tomás Aguilar, den hast du ganz vergessen, obwohl er ein prächtiger Bursche ist, und nicht mit einer Frau, die schon im heiratsfähigen Alter ist.«

»Was spielt denn das Alter für eine Rolle, wenn wir gute Freunde sind?«

Was mich am meisten traf, war die Erwähnung von Tomás, denn das stimmte. Seit Monaten gab ich mich nicht mehr mit ihm ab, dabei waren wir früher unzertrennlich gewesen. Mein Vater betrachtete mich vorwurfsvoll.

»Daniel, du verstehst nichts von den Frauen, und die spielt mit dir wie eine Katze mit einem Kanarienvogel.«

»Wer nichts von Frauen versteht, das bist du«, antwortete ich verletzt. »Und von Clara noch weniger.«

Unsere diesbezüglichen Gespräche gingen selten über gegenseitige Vorwürfe und scheele Blicke hinaus. Wenn ich nicht in der Schule oder bei Clara war, verwandte ich meine ganze Zeit darauf, meinem Vater in der Buchhandlung zu helfen. Ich räumte das Lager hinter dem Laden auf, trug Bestellungen aus, machte Besorgungen oder bediente die Stammkunden. Mein Vater beschwerte sich, ich sei weder mit dem Kopf noch mit dem Herzen bei der Arbeit. Ich antwortete, ich sei doch die ganze Zeit über hier und verstehe nicht, worüber er sich beklage. Nächtelang konnte ich nicht einschlafen und dachte an die Vertrautheit zurück, an die kleine Welt, die wir beide in den Jahren nach dem Tod meiner Mutter geteilt hatten, den Jahren mit Victor Hugos Feder und den Blechlokomotiven. Ich erinnerte mich an sie als an Jahre des Friedens und der Trauer, eine Welt, die sich allmählich verflüchtigt hatte seit dem Morgen, an dem mich mein Vater zum Friedhof der Vergessenen Bücher mitgenommen hatte. Eines Tages entdeckte er, daß ich Carax' Buch Clara geschenkt hatte, und geriet in Harnisch.

»Du hast mich enttäuscht, Daniel. Als ich dich an diesen geheimen Ort mitnahm, habe ich dir gesagt, das Buch, das du auswählen würdest, sei etwas ganz Besonderes, du würdest es adoptieren und die Verantwortung dafür übernehmen müssen.«

»Damals war ich zehn, Papa, und das war eine Spielerei für Kinder.«

Mein Vater schaute mich an, als hätte ich ihm einen Dolchstoß versetzt.

»Und jetzt bist du vierzehn und nicht nur immer noch ein Kind, sondern ein Kind, das sich für einen Mann hält. Du wirst viele Scherereien im Leben bekommen, Daniel. Und zwar sehr bald.«

In jenen Tagen redete ich mir ein, meinen Vater schmerze es, daß ich soviel Zeit bei den Barcelós verbrachte. Der Buchhändler und seine Nichte lebten in einer Welt des Luxus, die er kaum erahnen konnte. Ich dachte, es störe ihn, daß sich Don Gustavos Dienstmädchen mir gegenüber wie eine Mutter verhielt, und er sei gekränkt, daß ich jemanden diese Rolle übernehmen ließ. Manchmal, wenn ich im Raum hinter dem Laden zugange war und Pakete schnürte, hörte ich einen Kunden mit meinem Vater scherzen.

»Sempere, Sie sollten sich ein gutes Mädchen suchen, jetzt wimmelt es von attraktiven Witwen in der Blüte ihrer Jahre, Sie verstehen schon. Ein gutes Mädchen bringt Ordnung ins Leben, mein Freund, und nimmt Ihnen zwanzig Jahre ab. Was zwei Brüste nicht alles fertigbringen . . .«

Mein Vater antwortete nie auf solche Andeutungen, aber mir erschienen sie immer vernünftiger. Bei einem unserer Abendessen, die zu Gefechten des Schweigens und der verstohlenen Blicke geworden waren, brachte ich das Thema zur Sprache. Ich dachte, wenn *ich* das tue, wäre es leichter. Mein Vater war ein hübscher Mann, sauber und gepflegt, und ich wußte sehr genau, daß ihm mehr als eine Frau im Viertel wohlgesonnen war.

»Dir ist es ja sehr leicht gefallen, eine Stellvertreterin für deine Mutter zu finden«, antwortete er bitter. »Aber für mich gibt es keine, und ich habe nicht das geringste Interesse, sie zu suchen.«

Im Laufe der Zeit begannen die Andeutungen meines Vaters und der Bernarda, ja auch von Barceló Eindruck auf mich zu machen. Etwas in mir sagte mir, daß ich mich da in eine Sackgasse hineinmanövrierte. Ich konnte doch nicht erwarten, daß Clara in mir mehr sah als einen Burschen, der zehn Jahre jünger war als sie. Ich spürte, daß es mir mit jedem Tag schwerer fiel, bei ihr zu sein, die Berührung ihrer Hände zu ertragen oder sie auf unseren Spaziergängen am Arm zu führen. Es kam der Moment, wo sich allein die Nähe zu ihr in fast körperlichem Schmerz ausdrückte. Das entging niemandem, am allerwenigsten Clara selbst.

»Daniel, ich glaube, wir müssen miteinander reden«, sagte sie. »Ich glaube, ich habe mich dir gegenüber nicht richtig benommen . . .«

Nie ließ ich sie ihre Sätze zu Ende bringen, sondern ging unter irgendeinem Vorwand aus dem Zimmer und floh. Es waren Tage, an denen ich das Gefühl hatte, es in einem unmöglichen Wettrennen mit dem Kalender aufzunehmen. Ich fürchtete, die Welt der Illusionen, die ich um Clara herum aufgebaut hatte, neige sich ihrem Ende zu. Kaum hingegen malte ich mir aus, daß meine Probleme eben erst begonnen hatten.

Feuer und Flamme

1950-1952

I

An meinem sechzehnten Geburtstag hatte ich den unseligsten aller Einfälle, die ich bis dahin gehabt hatte. Ich hatte beschlossen, Barceló, die Bernarda und Clara zu einem Geburtstagsabendessen einzuladen. Mein Vater hielt das für einen Fehler.

»Es ist mein Geburtstag«, antwortete ich grob. Alle andern Tage des Jahres arbeite ich für dich. Tu mir wenigstens einmal den Gefallen.«

»Mach, was du willst.«

Die vorangehenden Monate waren die verwirrendsten meiner seltsamen Freundschaft mit Clara gewesen. Ich las ihr fast nie mehr vor. Sie mied jede Gelegenheit, wo sie mit mir hätte allein sein können. Immer wenn ich sie besuchte, war ihr Onkel da und gab vor, die Zeitung zu lesen, oder dann tauchte die Bernarda auf und wirtschaftete herum, wobei sie mir schiefe Blicke zuwarf. Andere Male kam die Gesellschaft in Form mehrerer Freundinnen von Clara. Ich nannte sie Schwestern Anislikör; immer kicherten sie trotz ihrer jungfräulichen Miene wie närrisch, patrouillierten in Claras Nähe und gaben mir unverhüllt zu verstehen, daß ich überflüssig war, daß meine Anwesenheit Clara und die Welt beschämte. Der schlimmste von allen jedoch war Musiklehrer Neri, dessen unselige Sinfonie noch immer unvollendet war. Er war ein geschniegelter Kerl, ein verwöhntes Söhnchen aus San Gervasio, der mich mit seiner triefenden Brillantine eher an Carlos Gardel als an einen Mozart erinnerte. Ohne Würde und Ehrgefühl scharwenzelte er um Don Gustavo herum und flirtete in der Küche mit der Bernarda, die er zum Kichern brachte, wenn er ihr seine lächerlichen Zuckermandeltütchen schenkte oder sie in den Hintern zwickte. Kurzum, ich haßte ihn auf den Tod. Die Antipathie war gegenseitig. Immer erschien er mit seinen Partituren und seiner arroganten Haltung, schaute mich an wie einen unerwünschten Schiffsjungen und erhob allerlei Bedenken gegen mein Hiersein.

»Mußt du nicht nach Hause, um deine Aufgaben zu machen, *Kleiner*?«

»Und Sie, *Maestro*, wollten Sie nicht eine Sinfonie vollenden?«

Schließlich hatten sie mich alle gemeinsam so weit gebracht, daß ich mit eingezogenem Schwanz abzog; hätte ich doch Don Gustavos Zungenfertigkeit gehabt, um diesen Großkotz in seine Schranken zu verweisen.

An meinem Geburtstag ging mein Vater in die Konditorei an der Ecke und kaufte die beste Torte, die er fand. Schweigend deckte er mit dem Silber und dem guten Geschirr den Tisch und bereitete ein Essen mit meinen vermeintlichen Lieblingsgerichten zu. Den ganzen Nachmittag wechselten wir kein Wort. Als es dunkel wurde, ging er in sein Zimmer, schlüpfte in seinen besten Anzug und kam mit einem in Cellophan eingeschlagenen Päckchen zurück, das er auf den Eßtisch legte. Mein Geschenk. Dann zündete er Kerzen an. Er setzte sich an den Tisch, goß sich ein Glas Weißwein ein und wartete. In der Einladung hatte es geheißen, das Essen finde um halb neun statt. Um halb zehn warteten wir noch immer. Mein Vater schaute mich traurig an, wortlos. Mir brannte das Herz vor Wut.

»Du bist gewiß zufrieden«, sagte ich. »Ist es das, was du gewollt hast?«

»Nein.«

Eine halbe Stunde später erschien die Bernarda mit einer Leichenbittermiene und einer Nachricht von Señorita Clara. Diese wünsche mir alles Gute, bedaure aber, nicht zu meinem Geburtstagsessen kommen zu können. Señor Barceló habe in Geschäften für ein paar Tage die Stadt verlassen müssen und Clara habe sich genötigt gesehen, ihre Unterrichtsstunde bei Maestro Neri zu verschieben. Sie selbst sei gekommen, weil es ihr freier Abend sei.

»Clara kann nicht kommen, weil sie eine Musikstunde hat?« preßte ich hervor.

Die Bernarda schaute zu Boden. Sie weinte beinahe, als sie mir ein kleines Paket mit ihrem Geburtstagsgeschenk reichte und mich auf beide Backen küßte.

»Wenn es Ihnen nicht gefällt, kann man es umtauschen.«

Ich blieb mit meinem Vater allein und starrte auf das gute Geschirr, das Silber und die Kerzen, die still niederbrannten.

»Es tut mir leid, Daniel«, sagte mein Vater.

Ich nickte schweigend und zuckte die Schultern.

»Willst du denn nicht dein Geschenk auspacken?«

Als einzige Antwort schlug ich beim Gehen die Tür hinter mir zu. Wütend rannte ich die Treppen hinunter; als ich auf die trostlose, in blauem Licht kalt daliegende Straße hinausstürzte, spürte ich, daß meine Augen vor Zornestränen überliefen. Mein Herz war vergiftet, und mein Blick flackerte. Da sah ich den Fremden, der mich reglos von der Puerta del Angel aus beobachtete. Er trug wieder seinen dunklen Anzug und hatte die rechte Hand tief in der Jackentasche vergraben. In der Glut einer Zigarette zeichneten seine Augen kleine Lichtpunkte. Mit leichtem Hinken begann er mir nachzugehen.

Rasch versuchte ich ihn abzuschütteln und irrte über eine Stunde durch die Straßen, bis ich zum Kolumbusdenkmal gelangte. Ich ging zum Hafen hinüber und setzte mich auf die Stufen, die sich an der Mole der Motorschiffe im dunklen Wasser verloren. Jemand hatte eine nächtliche Bootsfahrt gechartert, und übers Hafenbecken hinweg schwebten das Gelächter und die Musik der Prozession aus Lichtern und Spiegelungen herüber. Ich erinnerte mich an die Tage, wo mein Vater und ich mit dem Motorschiff zum Ende des Hafendamms hinübergefahren waren. Von dort aus konnte man den Abhang des Montjuïc mit dem Friedhof und die unendliche Stadt der Toten sehen. Manchmal winkte ich hinüber, weil ich glaubte, meine Mutter sehe uns vorbeifahren. Auch mein Vater winkte. Seit Jahren hatten wir kein Schiff mehr bestiegen, aber ich wußte, daß er manchmal allein fuhr.

»Eine gute Nacht für die Reue, Daniel«, sagte die Stimme aus dem Schatten. »Zigarette?«

Ich sprang auf und spürte eine plötzliche Kälte im Leib. Eine Hand bot mir aus der Finsternis heraus eine Zigarette an.

»Wer sind Sie?«

Der Fremde trat bis an die Schwelle der Dunkelheit vor, so daß sein Gesicht verborgen blieb. Ein Hauch von blauem Rauch stieg von seiner Zigarette auf. Sogleich erkannte ich den dunklen Anzug und die in der Jackentasche versteckte Hand. Seine Augen glänzten wie Kristallkugeln.

»Ein Freund«, sagte er. »Oder wenigstens möchte ich das gern sein. Zigarette?«

»Ich rauche nicht.«

»So ist's recht. Leider kann ich dir nichts anderes anbieten, Daniel.«

Seine Stimme war sandig, lädiert. Sie schleifte die Worte nach und klang gedämpft und fern wie die 78er-Schallplatten, die Barceló sammelte.

»Woher wissen Sie meinen Namen?«

»Ich weiß vieles über dich. Der Name ist das Wenigste.«

»Was wissen Sie denn sonst noch?«

»Ich könnte dich beschämen, aber dazu habe ich weder Zeit noch Lust. Ich will nur sagen, daß ich weiß, daß du etwas hast, was mich interessiert. Und ich bin bereit, dir einen guten Preis dafür zu zahlen.«

»Ich glaube, Sie irren sich in der Person.«

»Nein, ich irre mich nie in der Person. In andern Dingen schon, aber nie in der Person. Wieviel willst du dafür?«

»Wofür?«

»Für *Der Schatten des Windes*.«

»Wie kommen Sie darauf, daß ich das Buch habe?«

»Das steht nicht zur Debatte, Daniel. Es ist nur eine Frage des Preises. Ich weiß schon lange, daß du es hast. Die Leute reden. Ich höre zu.«

»Dann müssen Sie sich verhört haben. Ich habe dieses Buch nicht. Und wenn ich es hätte, würde ich es nicht verkaufen.«

»Deine Redlichkeit ist bewundernswert, vor allem in diesen Zeiten der Aufpasser und Arschkriecher, aber mir gegenüber brauchst du keine Komödie zu spielen. Sag mir, wieviel. Tausend Duros? Geld spielt für mich keine Rolle. Den Preis bestimmst du.«

»Ich hab es Ihnen schon gesagt: Es ist weder zu verkaufen, noch habe ich es. Sie haben sich geirrt, wie Sie sehen.«

Der Fremde verharrte in Schweigen, regungslos, in den blauen Dunst der Zigarette gehüllt, die nie aufgeraucht zu sein schien. Ich bemerkte, daß sie nicht nach Tabak roch, sondern nach verbranntem Papier. Nach gutem, nach Buchpapier.

»Vielleicht bist du es, der sich jetzt irrt«, sagte er.

»Sie drohen mir?«

»Wahrscheinlich.«

Ich schluckte. Trotz meiner Großspurigkeit hatte ich größte Angst vor diesem Menschen.

»Und darf ich erfahren, warum Sie so daran interessiert sind?«

»Das ist meine Sache.«

»Meine ebenfalls, wenn Sie mir drohen, damit ich Ihnen ein Buch verkaufe, das ich nicht habe.«

»Du bist mir sympathisch, Daniel. Du hast Schneid und scheinst aufgeweckt. Tausend Duros? Damit kannst du dir einen Haufen Bücher kaufen. Gute Bücher, nicht diesen Schund, den du so eifersüchtig hütest. Na komm schon, tausend Duros, und wir bleiben gute Freunde.«

»Sie und ich, wir sind keine Freunde.«

»Doch, wir sind es, aber du hast es noch nicht gemerkt. Ich nehme es dir nicht übel, wo du so vieles im Kopf hast. Wie deine Freundin, Clara. Wegen einer solchen Frau verliert jeder den Verstand.«

Die Erwähnung Claras ließ mir das Blut in den Adern stocken.

»Was wissen Sie von Clara?«

»Ich wage zu behaupten, daß ich mehr von ihr weiß als du und daß es gut für dich wäre, sie zu vergessen, aber ich weiß natürlich, daß du es nicht tun wirst. Ich war auch einmal sechzehn . . .«

Schlagartig traf mich die schreckliche Gewißheit: Dieser Mann war der Fremde, der Clara inkognito auf der Straße ansprach. Er war wirklich. Sie hatte nicht gelogen. Er tat einen Schritt vorwärts. Ich wich zurück. Noch nie in meinem Leben hatte ich solche Angst gehabt.

»Clara hat das Buch nicht, besser, Sie wissen es. Wagen Sie es nicht, sie noch einmal anzurühren.«

»Deine Freundin ist mir egal, Daniel, und eines Tages wirst du derselben Ansicht sein. Was ich will, ist das Buch. Ich möchte es lieber im guten bekommen, so daß niemand Schaden leidet. Habe ich mich deutlich ausgedrückt?«

Da mir nichts Besseres in den Sinn kam, begann ich zu lügen wie ein Schurke.

»Ein gewisser Adrián Neri hat es. Musiker. Vielleicht sagt Ihnen sein Name etwas.«

»Mir sagt er nur, daß du ihn wahrscheinlich erfunden hast.«

»Wie käme ich dazu?«

»Nun, da ihr offenbar so gute Freunde seid, kannst du ihn vielleicht dazu bringen, es dir zurückzugeben. Unter Freunden läßt sich so was problemlos regeln. Oder soll ich lieber deine Freundin Clara darum bitten?«

Ich schüttelte heftig den Kopf.

»Ich werde mit Neri sprechen, aber ich glaube nicht, daß er es mir zurückgibt oder es überhaupt noch hat. Wozu wollen Sie denn das Buch? Sagen Sie nicht, um es zu lesen.«

»Nein. Ich kann es auswendig.«

»Sind Sie Sammler?«

»So was Ähnliches.«

»Haben Sie noch mehr Bücher von Carax?«

»Ich hatte sie einmal. Julián Carax ist mein Spezialgebiet, Daniel. Auf der Suche nach seinen Büchern reise ich durch die Welt.«

»Was machen Sie denn damit, wenn Sie sie nicht lesen?«

Der Fremde gab einen dumpfen Laut von sich, als ränge er

mit dem Tod. Erst nach einigen Sekunden ging mir auf, daß er lachte.

»Das einzige, was man damit machen kann, Daniel«, antwortete er.

Nun zog er eine Schachtel Streichhölzer aus der Tasche und zündete eines an. Die Flamme beleuchtete sein Gesicht, so daß ich es zum ersten Mal sah. Das Herz stand mir still. Dieser Mensch hatte weder Nase noch Lippen, noch Augenlider. Sein Gesicht war nichts als eine schwarze, vernarbte, vom Feuer verzehrte Ledermaske. Das war die tote Haut, die Clara leicht berührt hatte.

»Sie verbrennen«, zischte er, Stimme und Blick voller Haß.

Eine leichte Brise blies das Streichholz aus, das er in den Fingern hielt, und sein Gesicht sank ins Dunkel zurück.

»Wir werden uns wiedersehen, Daniel. Nie vergesse ich ein Gesicht, und ich glaube, von heute an vergißt du auch meines nicht mehr«, sagte er gemessen. »Zu deinem Besten und zum Besten deiner Freundin Clara hoffe ich, daß du die richtige Entscheidung triffst und das Thema mit diesem Señor Neri klärst, der übrigens den Namen eines verwöhnten Söhnchens hat. Ich würde ihm kein bißchen über den Weg trauen.«

Ohne ein weiteres Wort machte er kehrt und ging mit stammelndem Lachen gegen die Molen davon.

2

Eine elektrische Ladungen versprühende Wolkendecke näherte sich vom Meer her. Ich wäre losgelaufen, um vor dem drohenden Platzregen Schutz zu suchen, aber die Worte dieses Mannes begannen Wirkung zu zeitigen. Meine Hände und Gedanken zitterten. Ich schaute auf und sah, wie sich das Gewitter schwarzen Blutflecken gleich zwischen den Wolken entlud; der Mond war verdeckt, und auf die Dächer und Fassaden der Stadt legte sich Dunkelheit. Ich versuchte, meine Schritte zu beschleunigen, doch eine lähmende Unruhe nagte an mir, und ich bewegte mich, verfolgt vom Regen, mit bleiernen Füßen und Beinen vorwärts. Unter dem Vordach eines Zeitungskiosks suchte ich Unterschlupf und versuchte, meine Gedanken zu ordnen und einen Entschluß zu fassen, was ich tun sollte. In der Nähe krachten Blitz und Donner, und ich spürte, wie der Boden unter meinen Füßen erzitterte. Einige Sekunden später verglomm die elektrische Beleuchtung, in der sich Fassaden und Fenster abzeichneten. Die Laternen auf den verpfützten Straßen flackerten und erloschen wie Kerzen im Wind. Weit und breit war keine Menschenseele zu sehen, und die Schwärze des Stromausfalls breitete sich mit einem übelriechenden Atem aus, der aus den sich in die Kanalisation ergießenden Abwasserleitungen aufstieg. »Wegen einer solchen Frau verliert jeder den Verstand . . .« Ich rannte los, die Ramblas hinauf, einen einzigen Gedanken im Kopf: Clara.

Die Bernarda hatte gesagt, Barceló habe die Stadt geschäftehalber verlassen. Heute war ihr freier Tag, und diesen Abend pflegte sie bei ihrer Tante Reme und ihren Kusinen in San Adrián del Besós zu verbringen. Das bedeutete, daß Clara in der höhlenartigen Wohnung auf der Plaza Real allein war, und dieses gesichtslose Wesen lief mit seinen Drohungen und weiß Gott welchen Gedanken frei im Gewitter herum. Während ich unter dem Wolkenbruch zur Plaza Real hastete, ging mir die Vorstellung nicht aus dem Kopf, ich hätte Clara in Gefahr gebracht, als ich ihr Carax' Buch schenkte. Naß bis auf die Knochen, erreichte ich den Platz und lief zu den Arkaden der Calle Fernando, um mich unterzustellen. Aus dem Augenwinkel glaubte ich schattenhafte Gestalten umherkriechen zu sehen. Bettler. Die Haustür war geschlossen. An meinem Bund suchte ich die Schlüssel, die mir Barceló gegeben hatte. Ich hatte die Ladenschlüssel, diejenigen zur Wohnung in der Calle Santa Ana und die zu Barcelós Wohnung mit. Einer der Bettler trat auf mich zu und flüsterte, ob ich ihn die Nacht nicht im Hausflur verbringen lassen wolle. Ehe er seinen Satz zu Ende bringen konnte, schloß ich die Tür.

Das Treppenhaus war ein Schacht voller Schatten. Zwischen den Türritzen drang der Schein der Blitze herein und ließ die Umrisse der Stufen aufleuchten. Ich tappte vorwärts und strauchelte über den ersten Tritt. Die Hand fest auf dem Geländer, stieg ich langsam die Treppe hinauf. Kurz darauf mündeten die Stufen in eine ebene Fläche, ich war auf dem Absatz des ersten Stocks angekommen. Ich tastete mich die kalte, abweisende Marmormauer entlang und fand die Schnitzereien der Eichentür und die Aluminiumklinken. Ich suchte das Schlüsselloch und steckte blind den Schlüssel hinein. Als die Wohnungstür aufging, blendete mich für einen Augenblick ein Streifen von blauer Helle, und ein warmer Luftzug strich mir über die Haut. Das Zimmer der Bernarda lag im hinteren Teil der Wohnung neben der Küche. Dorthin wandte ich mich zuerst, obwohl ich sicher war, daß sie nicht hier war. Ich klopfte an, und als ich keine Antwort bekam, öffnete ich die Tür. Es war ein einfaches Zimmer mit einem großen Bett, einem dunklen Schrank mit Rauchglasspiegeln und einer Kommode, auf der die Bernarda genügend Heiligen- und Marienbilder zusammengetragen hatte, um eine Kapelle einzuweihen. Ich schloß die Tür wieder und drehte mich um, und beinahe blieb mir das Herz stehen, als ich durch den Gang ein Dutzend glühende Augen auf mich zukommen sah. Barcelós Katzen kannten mich jedoch genau und duldeten meine Anwesenheit. Mit sanftem Miauen strichen sie mir um die Beine, und als sie sahen, daß meine regennassen Kleider nicht die erwünschte Wärme abgaben, wandten sie sich ab.

Claras Zimmer lag am andern Ende der Wohnung, neben der Bibliothek und dem Musikzimmer. Auf unhörbaren Pfoten folgten mir die Katzen erwartungsvoll durch den Gang. In diesem Halbdunkel, das ab und zu im Gewitterschein aufflakkerte, kam mir Barcelós Wohnung wie eine unheilvolle Höhle vor, ganz anders als die, die ich als mein zweites Zuhause zu betrachten gelernt hatte. Ich gelangte zum hinteren, auf den Platz hinausführenden Teil der Wohnung. Dicht und undurchdringlich tat sich vor mir Barcelós Wintergarten auf. Ich drang in das Dickicht von Blättern und Ästen ein. Einen Moment bestürmte mich der Gedanke, wenn der gesichtslose Fremde in die Wohnung eingedrungen wäre, hätte er sich wahrscheinlich diesen Ort ausgesucht, um sich zu verstecken. Um auf mich zu warten. Fast glaubte ich den Geruch nach verbranntem Papier wahrzunehmen, den er von sich gegeben hatte, aber ich merkte, daß es ganz einfach Tabak war, was meine Nase aufgeschnappt hatte. Ein Anflug von Panik befiel mich. In dieser Wohnung rauchte niemand, und Barcelós immer erloschene Pfeife war reines Dekor.

Ich kam zum Musikzimmer, und der Widerschein eines Blitzes entzündete die in der Luft liegenden Rauchkringel. Ich ging durchs Musikzimmer hindurch und erreichte die Tür zur Bibliothek. Sie war zu. Als ich sie öffnete, bot mir die Helligkeit der verglasten Galerie, die die Privatbibliothek des Buchhändlers umgab, ein warmes Willkommen. Die von zum Bersten gefüllten Regalen verdeckten Wände bildeten ein Oval, in dessen Mitte ein Lesetisch und zwei drehbare Ledersessel standen. Ich wußte, daß Clara Carax' Buch in einer Vitrine neben dem Halbrund der verglasten Galerie verwahrte. Leise schlich ich dorthin. Mein Plan war es, das Buch an mich zu nehmen, von hier wegzubringen, diesem Verrückten zu übergeben und es dann ein für allemal aus den Augen zu verlieren.

Zuhinterst in einem Regal war der Rücken von Julián Carax' Buch zu sehen; es erwartete mich wie immer. Ich ergriff es und drückte es an die Brust, als umarmte ich einen alten Freund, den ich gleich verraten würde. Ich wollte weg von hier, ohne daß Clara etwas von meiner Anwesenheit bemerkte. Ich würde das Buch mitnehmen und für immer aus ihrem Leben verschwinden. Hastigen Schrittes verließ ich die Bibliothek. Am Ende des Ganges war die Tür zu Claras Zimmer zu erahnen. Ich stellte mir vor, wie sie schlafend auf ihrem Bett lag. Stellte mir vor, wie meine Finger ihren Hals streichelten und einen Körper erkundeten, den ich mir viele Nächte vorgestellt hatte. Ich wandte mich um, entschlossen, ein sechs Jahre währendes

Hirngespinst aufzugeben, aber etwas hemmte meine Schritte, bevor ich das Musikzimmer erreichte. Eine pfeifende Stimme hinter mir, hinter der Tür. Eine tiefe Stimme, die gurrte und lachte. In Claras Zimmer. Langsam ging ich auf die Tür zu. Ich legte die Finger auf den Knauf. Sie zitterten. Ich war zu spät gekommen. Ich schluckte und öffnete die Tür.

3

Claras nackter Körper lag auf weißen, wie Seide glänzenden Laken. Maestro Neris Hände glitten über ihre Lippen, den Hals, die Brust. Ihre leer blickenden Augen waren an die Decke gerichtet. Dieselben Hände, die sechs Jahre zuvor in der Dunkelheit des Athenäums mein Gesicht gelesen hatten, um- klammerten nun das schweißglänzende Gesäß des Maestro, bohrten ihm ihre Nägel in die Haut und führten ihn mit wilder Begierde in sich hinein. Ich spürte, daß ich keine Luft bekam. Ich muß wie gelähmt dort stehengeblieben sein und sie fast eine halbe Minute beobachtet haben, bis Neris anfänglich un- gläubiger, dann wutentbrannter Blick auf mich fiel. Keuchend hielt er inne. Clara umschlang ihn, ohne etwas zu begreifen, rieb ihren Körper an seinem und leckte seinen Hals.

»Was ist denn? Warum hörst du auf?«

Adrián Neris Augen glühten vor Zorn.

»Nichts«, stieß er hervor. »Bin gleich wieder da.«

Er stand auf und stürzte sich mit geballten Fäusten auf mich. Ich sah ihn nicht einmal kommen. Ich konnte die Augen nicht von der schweißgebadeten, atemlosen Clara, deren Rippen sich unter der Haut abzeichneten, und ihren sehnsüchtig be- benden Brüsten abwenden. Der Musiklehrer packte mich am Hals und schleifte mich aus dem Zimmer. Ich spürte, daß mei- ne Füße kaum den Boden berührten, und sosehr ich auch zappelte, ich konnte mich nicht aus dem Klammergriff Neris befreien, der mich wie einen Sack Kartoffeln durch den Win- tergarten trug.

»Dir werde ich den Schädel einschlagen, du Dreckskerl«, murmelte er zwischen den Zähnen.

Er schleppte mich zur Wohnungstür und riß sie auf, um mich auf den Treppenabsatz hinauszuschleudern. Carax' Buch war mir aus den Händen gefallen. Er hob es auf und warf es mir zornig an den Kopf.

»Wenn ich dich hier noch einmal sehe oder erfahre, daß du dich auf der Straße an Clara rangemacht hast, dann schlage ich dich krankenhausreif, das schwör ich dir, und es ist mir schnurz, wie alt du bist. Kapiert?«

Mühsam richtete ich mich auf und stellte fest, daß Neri mir auch gleich das Jackett und den Stolz zerfetzt hatte.

»Wie bist du reingekommen?«

Ich gab keine Antwort. Er seufzte und schüttelte den Kopf.

»Los, her mit den Schlüsseln«, zischte er mit kaum verhaltener Wut.

»Welche Schlüssel?«

Seine Ohrfeige warf mich zu Boden. Mit blutendem Mund und einem grellen Sausen im linken Ohr stand ich wieder auf. Ich befühlte mein Gesicht und spürte unter den Fingern den Schnitt brennen, der mir die Lippen gespalten hatte. Am blutbeschmierten Ringfinger des Musiklehrers glänzte ein Siegelring.

»Die Schlüssel, hab ich gesagt.«

»Fahren Sie zur Hölle«, fauchte ich.

Ich sah den Hieb nicht kommen, sondern hatte nur das Gefühl, ein Fallhammer habe mir den Magen herausgeschlagen. Ich klappte zusammen, unfähig zu atmen, und taumelte gegen die Wand. Neri riß mich an den Haaren hoch und wühlte in meinen Taschen herum, bis er die Schlüssel hatte. Ich sank zu Boden, hielt mir den Magen und wimmerte vor Schmerz oder Wut.

»Sagen Sie Clara, daß . . .«

Er schlug mir die Tür vor der Nase zu und ließ mich in vollkommener Dunkelheit liegen. Ich tastete nach dem Buch, und als ich es gefunden hatte, glitt ich die Wände entlang treppab. Blut spuckend und japsend erreichte ich die Straße. Kälte und Wind pappten mir schmerzhaft die nassen Kleider an den Leib. Der Schnitt im Gesicht brannte.

»Ist alles in Ordnung?« fragte eine Stimme im Schatten.

Es war der Bettler, dem ich kurz zuvor die Hilfe versagt hatte. Beschämt wich ich seinem Blick aus und nickte. Dann wollte ich loslaufen.

»Warten Sie doch einen Moment, wenigstens bis der Regen nachläßt.«

Er nahm mich am Arm und führte mich in eine Ecke unter den Arkaden, wo er ein Kleiderbündel und eine Tüte mit schmutziger alter Wäsche liegen hatte.

»Ich habe etwas Kognak. Er ist nicht schlecht. Trinken Sie ein bißchen. Das wird Ihnen helfen, sich aufzuwärmen. Und um das da zu desinfizieren ...«

Ich trank einen Schluck aus der Flasche, die er mir reichte. Er schmeckte nach mit Essig veredeltem Terpentin, aber seine Wärme beruhigte Magen und Nerven. Einige Tropfen bespritzten meine Wunde, und in der schwärzesten Nacht meines Lebens sah ich Sterne.

»Gut, was?« Der Bettler lächelte. »Los, nehmen Sie noch ein Schlückchen, das erweckt Tote zum Leben.«

»Nein, danke. Für Sie«, flüsterte ich.

Er nahm einen großen Schluck. Ich betrachtete ihn aufmerksam. Er sah aus wie ein grauer Ministerialbuchhalter, der fünfzehn Jahre lang seinen Anzug nicht gewechselt hat. Er streckte mir seine Hand hin, und ich ergriff sie.

»Fermín Romero de Torres, Beamter im Wartedienst. Sehr erfreut, Sie kennenzulernen.«

»Daniel Sempere, Riesentrottel. Das Vergnügen ist ganz meinerseits.«

»Verkaufen Sie sich nicht unter Ihrem Wert, in solchen Nächten sieht alles viel schlimmer aus, als es ist. Auch wenn Sie es nicht glauben werden, ich bin ein geborener Optimist. Ich zweifle nicht im geringsten daran, daß die Tage des Regimes gezählt sind. Alle Anzeichen sprechen dafür, daß die

Amerikaner demnächst bei uns einfallen und für Franco in Melilla einen Erdmandelstand aufstellen werden. Und ich werde meine Stelle, den Ruf und die verlorene Ehre wiedererlangen.«

»Was haben Sie denn beruflich gemacht?«

»Geheimdienst. Hochspionage. Ich kann nur so viel sagen, daß ich der Mann Francesc Maciàs in Havanna war, der unsere katalanische Republik gegründet hat.«

Ich nickte. Noch ein Verrückter. Barcelonas Nacht sammelte sie scharenweise. Und Idioten wie mich ebenfalls.

»Hören Sie, dieser Schnitt sieht übel aus. Man hat Ihnen ordentlich das Fell gegerbt, was?«

Ich führte die Finger zum Mund. Er blutete noch.

»Eine Weibergeschichte?« forschte Fermín Romero de Torres. »Hätten Sie sich ersparen können. In diesem Land sind die Frauen, und das sage *ich* Ihnen, der ich mir die Welt angesehen habe, Frömmlerinnen und frigide. Genau so, wie ich es sage. Ich erinnere mich an eine kleine Mulattin, die ich in Kuba zurückgelassen habe. Eine andere Welt, verstehen Sie, eine andere Welt. Das karibische Weib schmiegt sich einem an den Körper, mit diesem Rhythmus der Inselbewohner, und säuselt einem zu: ›Ach, Liebster, gib mir Lust, gib mir Lust‹, und was ein richtiger Mann ist, mit Blut in den Adern – aber was soll ich Ihnen erzählen . . .«

Ich hatte den Eindruck, Fermín Romero de Torres, oder wie sein richtiger Name lauten mochte, sehnte sich nach dem Geplauder fast genauso wie nach einem heißen Bad, frischer Wäsche und einem Linsengericht mit Paprikawurst. Eine Weile ermunterte ich ihn zum Weitersprechen, während ich darauf wartete, daß meine Schmerzen nachließen. Ich mußte mich nicht allzusehr anstrengen, denn dieser Mann brauchte nur ab und zu ein Nicken zur rechten Zeit. Eben wollte er mir die Details eines geheimen Plans zur Entführung von Doña Carmen Polo de Franco erzählen, als ich sah, daß es nicht mehr so stark regnete und das Gewitter sich allmählich nordwärts zu verziehen schien.

»Es ist spät geworden für mich«, murmelte ich und richtete mich auf.

Fermín Romero de Torres nickte etwas traurig und half mir auf, wobei er mir ein wenig den Staub von den nassen Kleidern klopfte.

»Ein andermal also«, sagte er resigniert. »Der Mund ist mein Verderben. Ich fange an zu reden und . . . Hören Sie, das mit der Entführung, das bleibt aber unter uns, ja?«

»Machen Sie sich keine Sorgen. Ich bin verschwiegen wie ein Grab. Und danke für den Kognak.«

Ich ging Richtung Ramblas davon. Beim Eingang zum Platz blieb ich stehen und schaute zur Wohnung der Barcelós zurück. Die Fenster waren noch immer dunkel, triefend vor Regen. Am liebsten hätte ich Clara gehaßt, aber ich war nicht fähig dazu. Richtig zu hassen ist ein Talent, das man erst mit den Jahren lernt.

Ich schwor mir, sie nicht wiederzusehen, nie wieder ihren Namen zu erwähnen oder an die Zeit zurückzudenken, die ich bei ihr vertan hatte. Aber die Wut, die mich aus dem Haus getrieben hatte, war verflogen. Ich fürchtete, sie wäre am nächsten Tag zurück, mit frischer Erbitterung, und Eifersucht und Scham würden mich langsam verbrennen, sobald einmal die Teile all dessen, was ich in dieser Nacht erlebt hatte, ineinanderpaßten. Es dauerte noch einige Stunden bis zum Morgengrauen, und ehe ich mit reinem Gewissen heimgehen konnte, hatte ich noch etwas zu erledigen.

Die Calle Arco del Teatro war noch dort, kaum eine Bresche im Halbdunkel. In der Mitte der Gasse hatte sich ein schwarzer Bach gebildet. Ich erkannte das alte Holztor und die barocke Fassade, wo mich mein Vater an einem Morgen vor sechs Jahren hingeführt hatte. Ich stieg die Stufen hinauf und schützte mich unter dem nach Urin und fauligem Holz müffelnden Torbogen vor dem Regen. Mehr denn je roch der Friedhof der Vergessenen Bücher nach Tod. Ich hatte nicht mehr gewußt, daß der Türklopfer aus dem Gesicht eines kleinen Teufels bestand. Ich packte ihn bei den Hörnern und klopfte dreimal an. Die Antwort war nur ein dumpfes Schweigen. Nach einer Weile klopfte ich abermals, sechs Schläge diesmal, lauter, bis mir die Faust schmerzte. Es vergingen weitere Minuten, und ich dachte schon, bestimmt sei niemand mehr da. Ich hockte mich vor der Tür nieder, zog Carax' Buch aus dem Jackett hervor, schlug es auf und las erneut diesen ersten Satz, der mich Jahre zuvor gefangengenommen hatte.

In jenem Sommer regnete es Tag für Tag, und obwohl viele Leute sagten, es sei eine Strafe Gottes, da im Dorf neben der Kirche ein Kasino eröffnet worden war, wußte ich, daß es meine und allein meine Schuld war, denn ich hatte lügen gelernt und bewahrte auf den Lippen noch die letzten Worte meiner Mutter auf dem Totenbett: Ich habe den Mann nie geliebt, den ich geheiratet habe, sondern einen andern, von dem man mir gesagt hat, er sei im Krieg gefallen; such ihn und sag ihm, daß ich im Tod mit den Gedanken bei ihm war, denn er ist dein richtiger Vater.

Ich lächelte, als ich mich an die erste Nacht fieberhafter Lektüre vor sechs Jahren erinnerte. Dann klappte ich das Buch zu, um mich ein drittes und letztes Mal bemerkbar zu machen. Bevor ich den Klopfer berühren konnte, öffnete sich das Tor einen Spalt und ließ das Profil des Aufsehers ahnen, der eine Öllampe trug.

»Guten Abend«, sagte ich. »Isaac, nicht wahr?«

Der Aufseher schaute mich an, ohne mit der Wimper zu zucken. Der Schein der Lampe meißelte bernsteinfarben und scharlachrot seine eckigen Züge und verlieh ihm eine unübersehbare Ähnlichkeit mit dem Türklopferteufelchen.

»Sie sind Sempere junior«, murmelte er matt.

»Sie haben ein ausgezeichnetes Gedächtnis.«

»Und Sie einen ekelhaften Sinn für günstige Gelegenheiten. Wissen Sie eigentlich, wie spät es ist?«

Schon hatte sein scharfer Blick das Buch unter meinem Jakkett entdeckt. Er machte eine forschende Kopfbewegung. Ich zog das Buch hervor und zeigte es ihm.

»Carax«, sagte er. »In dieser Stadt dürfte es höchstens zehn Personen geben, die wissen, wer er ist, oder dieses Buch gelesen haben.«

»Eine von ihnen ist erpicht darauf, es zu verbrennen. Mir ist kein besseres Versteck eingefallen als das hier.«

»Das ist ein Friedhof, kein Panzerschrank.«

»Eben. Was dieses Buch braucht, ist, daß man es beerdigt, wo keiner es finden kann.«

Isaac warf einen mißtrauischen Blick in die Gasse. Er stieß die Tür etwas weiter auf und bedeutete mir einzutreten. Die dunkle, unergründliche Vorhalle roch nach verbranntem Wachs und Feuchtigkeit. In der Finsternis hörte man sporadisches Tropfen. Isaac übergab mir die Lampe und zog aus seinem Flanellkittel einen Schlüsselbund, um den ihn jeder Kerkermeister beneidet hätte. Mit Hilfe irgendeiner Geheimwissenschaft traf er sogleich den gesuchten Schlüssel und steckte ihn in ein Schloß an der Tür, das durch ein Glasgehäuse voller Zahnräder und Stangen geschützt war, welches einer überdimensionierten Spieldose glich. Nach einer Drehung seines Handgelenks knackte der Mechanismus, und ich sah, daß sich die Hebel und Drehpunkte in einem wunderlichen mechanischen Ballett bewegten, bis sich das Tor in mehrere Stahlstangen fügte, die in der Mauer versanken.

»Nicht einmal die Bank von Spanien . . .«, sagte ich beeindruckt. »Wie eine Erfindung von Jules Verne.«

»Von Kafka«, korrigierte mich Isaac und nahm die Lampe wieder an sich, um in die Tiefen des Hauses hineinzugehen. »Wenn Sie erst einmal begreifen, daß die Sache mit den Büchern Unglück bringt, und lernen wollen, wie man eine Bank ausraubt oder eine gründet, was auf ein und dasselbe hinausläuft, dann besuchen Sie mich wieder, und ich erkläre Ihnen ein paar Dinge über Schlösser.«

Ich folgte ihm durch die Gänge voller Fresken mit Engeln und Schimären. Isaac hielt die Lampe in die Höhe, so daß sie eine flackernde Blase aus rötlichem Licht an die Wände warf. Er hinkte ein wenig, und sein fadenscheiniger Flanellmantel sah trostlos aus. Ich dachte, dieser Mann würde sich auf Julián Carax' Seiten bestimmt wohl fühlen.

»Wissen Sie etwas über Carax?« fragte ich.

Isaac blieb am Ende einer Galerie stehen und blickte mich gleichgültig an.

»Nicht viel. Was man mir eben so erzählt hat.«

»Wer?«

»Jemand, der ihn gut gekannt hat – oder es geglaubt hat.«

Das Herz schlug mir bis zum Hals.

»Wann war das?«

»Als ich mich noch kämmte. Sie haben vermutlich noch in den Windeln gesteckt, und es sieht nicht so aus, als hätten Sie sich stark weiterentwickelt, ehrlich gesagt. Schauen Sie sich an – Sie zittern ja.«

»Das ist wegen der nassen Kleider und der Kälte hier drin.«

»Das nächste Mal geben Sie mir Bescheid, und ich schalte die Zentralheizung ein, um Sie auf Händen zu tragen, Schätzchen. Los, kommen Sie mit. Da ist mein Büro, da gibt es eine Heizung und etwas, was Sie sich überziehen können, während wir Ihre Kleider trocknen. Und ein wenig Mercurochrom und Wasserstoffperoxid würde auch nicht schaden, Sie haben ja eine Visage, als kämen Sie geradewegs vom Polizeirevier in der Vía Layetana.«

»Machen Sie bitte keine Umstände.«

»Ich mache keine Umstände. Das tue ich für mich, nicht für Sie. Hinter dieser Tür stelle *ich* die Regeln auf, und die einzigen Toten hier sind die Bücher. Nicht, daß Sie sich noch eine Lungenentzündung holen und ich die Leute von der Leichenhalle holen muß. Um das Buch da kümmern wir uns später. In achtunddreißig Jahren habe ich noch keins davonlaufen sehen.«

»Sie wissen nicht, wie dankbar ich Ihnen bin . . .«

»Reden Sie keinen Unsinn. Wenn ich Sie hereingebeten habe, dann aus Respekt vor Ihrem Vater, sonst hätte ich Sie auf der Straße gelassen. Folgen Sie mir bitte. Und wenn Sie sich anständig benehmen, erzähle ich Ihnen vielleicht, was ich über Ihren Freund Julián Carax weiß.«

Aus dem Augenwinkel konnte ich sehen, daß er lächelte wie ein gerissener Gauner, als er sich unbeobachtet fühlte. Ganz offensichtlich genoß Isaac seine Rolle als unheimlicher Zerberus. Auch ich mußte bei mir lächeln. Jetzt war der letzte Zweifel ausgeräumt, wem das Gesicht des Türklopferteufelchens gehörte.

4

Isaac warf mir zwei dünne Decken über die Schultern und gab mir eine Tasse mit einem dampfenden Gesöff, das nach heißer Schokolade mit Schnaps roch.

»Sie wollten mir von Carax erzählen . . .«

»Da gibt es nicht viel zu erzählen. Der erste, den ich Carax habe erwähnen hören, war Toni Cabestany, der Verleger. Das war vor zwanzig Jahren, als der Verlag noch existierte. Immer wenn Cabestany von seinen Reisen nach London, Paris oder Wien zurückkam, ist er hier aufgekreuzt, und wir haben eine Weile geplaudert. Wir waren beide verwitwet, und er beklagte sich, daß wir jetzt mit den Büchern verheiratet seien, ich mit den alten und er mit denen der Buchhaltung. Wir waren gute Freunde. Bei einem seiner Besuche hat er mir erzählt, er habe soeben für ein paar Münzen die spanischen Rechte der Romane eines gewissen Julián Carax gekauft, eines Barcelonesen, der in Paris lebe. Das muß im Jahr 28 oder 29 gewesen sein. Anscheinend hat Carax nachts in einem schäbigen Bordell in Pigalle als Pianist gearbeitet und tagsüber in einer elenden Dachwohnung in Saint-Germain geschrieben. Paris ist die einzige Stadt der Welt, wo Verhungern noch als Kunst gilt. Carax hatte in Frankreich zwei Romane veröffentlicht, die sich als absolute Ladenhüter erwiesen haben. In Paris gab keiner einen Pfifferling für ihn, und Cabestany hatte schon immer gern billig Rechte erworben.«

»Hat Carax denn nun auf spanisch oder französisch geschrieben?«

»Nun, vermutlich beides. Seine Mutter war Französin, Musiklehrerin, glaube ich, und er hatte in Paris gelebt, seit er neunzehn oder zwanzig war. Cabestany sagte, sie bekämen die Manuskripte von Carax auf spanisch. Ob es Übersetzungen oder Originale waren, hat ihn nicht gekümmert. Cabestanys Lieblingssprache war die der klingenden Münze, alles andere war ihm vollkommen egal. Er hatte sich gedacht, vielleicht könne er mit einem glücklichen Zufall einige tausend Carax-Exemplare auf dem spanischen Markt plazieren.«

»Und – ist es ihm gelungen?«

Isaac runzelte die Stirn und schenkte mir noch etwas von seinem wohltuenden Gebräu nach.

»Ich glaube, der Roman, von dem er am meisten verkauft hat, war *Das rote Haus* – etwa neunzig Exemplare.«

»Aber er hat weiterhin Carax veröffentlicht, obwohl er Geld damit verlor«, bemerkte ich.

»So ist es. Ehrlich gesagt, ich weiß auch nicht, warum. Cabestany war nicht eben ein Romantiker. Aber vielleicht hat jeder Mensch seine Geheimnisse . . . Zwischen 1928 und 36 hat er acht Romane von ihm herausgebracht. Womit Cabestany wirklich Geld gemacht hat, das war mit den Katechismen und einer Reihe von billigen Liebesromanen, in denen eine Heldin aus der Provinz die Hauptrolle spielte, Violeta LaFleur, die sind an den Kiosken sehr gut gelaufen. Carax' Romane hat er vermutlich nur zum Spaß publiziert.«

»Was ist aus Señor Cabestany geworden?«

Isaac seufzte und schaute auf.

»Das Alter, das von uns allen seinen Tribut fordert. Er wurde krank und bekam Geldprobleme. 1936 hat der ältere Sohn den Verlag übernommen, aber er gehörte zu denen, die nicht einmal ihren Namen fehlerfrei schreiben können. In weniger als einem Jahr ist die Firma auf den Hund gekommen. Zum Glück hat Cabestany nicht mehr gesehen, was seine Erben mit der Frucht eines langen Arbeitslebens angestellt haben – und was der Krieg mit dem Land angestellt hat. Am Abend von Allerheiligen raffte ihn eine Embolie dahin, mit einer Cohiba im Mund und einem fünfundzwanzigjährigen Mädchen auf den Knien. Der Sohn hatte einen andern Charakter. Arrogant, wie nur Dummköpfe sein können. Seine erste große Idee war der Versuch, den ganzen Lagerbestand des Verlags zu verkaufen, also das Vermächtnis seines Vaters, um die Bücher zu Papiermasse zu machen oder so. Ein Freund von ihm, noch so ein verwöhntes Bürschen mit einem Haus in Caldetas und einem Bugatti, hatte ihn davon überzeugt, daß Liebes-Fotoromane und *Mein Kampf* sich fantastisch verkaufen würden und daß man tonnenweise Zellulose brauche, um die Nachfrage zu befriedigen.«

»Und hat er es getan?«

»Er ist nicht mehr dazu gekommen. Kurz nachdem er den Verlag übernommen hatte, besuchte ihn ein Mann und machte ihm eine äußerst großzügige Offerte. Er wollte die ganzen noch vorhandenen Bestände von Julián Carax' Romanen kaufen und ihm dafür das Dreifache des Marktpreises bezahlen.«

»Sagen Sie nichts weiter. Um sie zu verbrennen«, murmelte ich.

Isaac lächelte überrascht.

»Genau. Sie haben sich doch so dumm gestellt, soviel gefragt, als wüßten Sie nichts.«

»Wer war dieser Mann?«

»Ein gewisser Aubert oder Coubert, ich weiß nicht mehr genau.«

»Laín Coubert?«

»Sagt Ihnen der Name was?«

»So heißt eine Figur in *Der Schatten des Windes*, Carax' letztem Roman.«

Isaac runzelte die Stirn.

»Eine fiktive Figur?«

»Im Roman ist Laín Coubert der Name, dessen sich der Teufel bedient.«

»Ein wenig theatralisch, wenn Sie mich fragen. Aber wer er auch sein mochte, wenigstens hatte er Sinn für Humor.«

Da ich meine Begegnung mit diesem Menschen noch in frischer Erinnerung hatte, fand ich das nicht im geringsten lustig, aber ich sparte mir meine Meinung für eine bessere Gelegenheit auf.

»Dieser Mann, Coubert oder wie er heißt, hatte er ein verbranntes, entstelltes Gesicht?«

Isaac schaute mich mit einem halb belustigten, halb besorgten Lächeln an.

»Nicht die geringste Ahnung. Die Person, die mir das alles erzählt hat, hat ihn nie gesehen, und sie erfuhr es nur, weil Cabestany junior es am nächsten Tag seiner Sekretärin erzählte. Von verbrannten Gesichtern hat er nichts erwähnt. Wollen Sie etwa sagen, daß Sie das nicht aus einem Hintertreppenroman haben?«

Ich schüttelte nur den Kopf, um das Thema herunterzuspielen.

»Wie ist die Geschichte ausgegangen? Hat der Sohn des Verlegers die Bücher an Coubert verkauft?« fragte ich.

»Dieser verwöhnte Luftikus wollte besonders schlau sein und hat mehr verlangt, als Coubert ihm angeboten hatte, und daraufhin hat der seine Offerte zurückgezogen. Einige Tage später ist das Lager des Verlages Cabestany in Pueblo Nuevo kurz nach Mitternacht bis auf die Grundmauern niedergebrannt. Und das ganz umsonst.«

»Und was geschah mit Carax' Büchern? Sind sie vernichtet worden?«

»Fast alle. Zum Glück hat Cabestanys Sekretärin, als sie von der Offerte hörte, eine Eingebung gehabt und von jedem Carax-Titel ein Exemplar mit nach Hause genommen. Sie war es auch, die die ganze Korrespondenz mit ihm geführt hatte, und im Laufe der Jahre hat sich zwischen den beiden eine gewisse Freundschaft ergeben. Sie hieß Nuria, und ich glaube, sie war die einzige Person im Verlag – und wahrscheinlich in ganz Barcelona –, die Carax' Romane gelesen hat. Sie hat eine Schwäche für aussichtslose Angelegenheiten. Als kleines Mädchen hat sie auf der Straße Tierchen aufgelesen und nach Hause gebracht. Mit der Zeit hat sie dann verkrachte Romanautoren adoptiert, vielleicht weil ihr Vater ein Schriftsteller sein wollte und es nie geschafft hat.«

»Sie scheinen sie sehr gut zu kennen.«

Isaac lächelte wie das hinkende Teufelchen.

»Besser, als sie glaubt. Sie ist meine Tochter.«

Das Schweigen und der Zweifel nagten an mir. Je mehr ich von dieser Geschichte vernahm, desto verwirrter war ich.

»Soviel ich weiß, ist Carax 1936 nach Barcelona zurückgekehrt. Es gibt Leute, die sagen, er ist hier gestorben. Hat er noch Angehörige in der Stadt? Jemand, der etwas von ihm wissen könnte?«

»Schwer zu sagen. Ich glaube, Carax' Eltern hatten sich schon lange vorher getrennt. Die Mutter ist nach Südamerika gegangen und hat dort wieder geheiratet. Mit seinem Vater hat er meines Wissens nicht mehr gesprochen, seit er nach Paris gegangen ist.«

»Warum nicht?«

»Was weiß ich. Die Leute machen sich das Leben schwer, als wäre es nicht auch so schwer genug.«

»Wissen Sie, ob er noch lebt?«

»Das hoffe ich doch. Er war jünger als ich, aber unsereiner geht ja nur noch selten aus, und Nachrufe lese ich seit Jahren keine mehr, die Bekannten sterben wie Fliegen dahin, da wird man ganz ängstlich, ehrlich gesagt. Carax war übrigens der Name der Mutter. Der Vater hieß Fortuny und hatte einen Hutladen in der Ronda de San Antonio, und soviel ich weiß, hat er sich mit seinem Sohn nicht sehr gut vertragen.«

»Könnte es denn sein, daß sich Carax bei seiner Rückkehr nach Barcelona versucht fühlte, Ihre Tochter Nuria aufzusuchen, wo es doch zwischen ihnen eine gewisse Freundschaft gab und er mit seinem Vater nicht sehr gut auskam?«

Isaac lachte bitter.

»Wahrscheinlich bin ich der Ungeeignetste, um das zu wissen. Immerhin bin ich ihr Vater. Ich weiß, daß Nuria einmal, im Jahr 32 oder 33, für Cabestany nach Paris gereist ist und zwei Wochen lang bei Julián Carax gewohnt hat. Das hat mir Cabestany erzählt, denn sie hat mir gesagt, sie sei in einem Hotel abgestiegen. Damals war sie noch ledig, und ich hatte das Gefühl, daß Carax ein wenig in sie verschossen war. Meine Nuria gehört zu denen, die bloß einen Laden zu betreten brauchen, um Herzen zu brechen.«

»Sie meinen, die beiden waren ein Paar?«

»Sie mögen billige Romane, wie? Schauen Sie, ich habe mich nie in Nurias Privatleben eingemischt, meines ist nämlich auch nicht gerade zum Einrahmen. Wenn Sie einmal eine Tochter haben, ein Segen, den ich niemandem wünsche, denn es ist ein Gesetz des Lebens, daß sie einem über kurz oder lang das Herz brechen wird, also, was ich sagen wollte, wenn Sie einmal eine Tochter haben, werden Sie, ohne es zu merken, anfangen, die Männer in zwei Gruppen einzuteilen: die, von denen Sie annehmen, daß sie mit ihr ins Bett gehen, und die, die es nicht tun. Derjenige, der das bestreitet, lügt wie gedruckt. Ich ahnte, daß Carax zu den ersteren gehörte, und somit war es mir einerlei, ob er ein Genie war oder ein armer Teufel, ich habe ihn immer für einen unverschämten Kerl gehalten.«

»Vielleicht haben Sie sich geirrt.«

»Nehmen Sie es mir nicht übel, aber Sie sind noch sehr jung und verstehen von Frauen etwa soviel wie ich vom Marzipanbrötchenherstellen.«

»Das stimmt wohl. Was ist mit den Büchern geschehen, die Ihre Tochter aus Cabestanys Büro mitgenommen hat?«

»Die sind hier.«

»Hier?«

»Was glauben Sie denn, woher das Buch stammt, das Sie an dem Tag gefunden haben, an dem Ihr Vater Sie herbrachte?«

»Das verstehe ich nicht.«

»Es ist doch ganz einfach. Eines Abends, Tage nach dem

Brand von Cabestanys Lager, ist meine Tochter hierhergekommen. Sie war sehr nervös und sagte, jemand sei ihr gefolgt; sie hatte Angst, daß dieser Coubert die Bücher an sich bringen wolle, um sie zu vernichten. Sie war gekommen, um die Bücher zu verbergen. Sie ging in den großen Saal und hat sie im Labyrinth der Regale versteckt, als vergrübe sie einen Schatz. Ich habe sie nicht gefragt, wo sie sie hingestellt hatte, und sie hat es mir auch nicht gesagt. Vor dem Gehen sagte sie noch, sobald sie Carax auftreibe, werde sie sie wieder holen. Ich hatte den Eindruck, sie war noch immer in ihn verliebt, aber ich sagte nichts. Ich habe sie gefragt, ob sie ihn in letzter Zeit gesehen habe, ob sie etwas von ihm wisse. Sie sagte, sie habe seit Monaten nichts mehr von ihm gehört, praktisch seit dem Tag, an dem er die letzten Korrekturen am Manuskript seines letzten Buches aus Paris geschickt habe. Ich könnte Ihnen nicht sagen, ob sie mich angelogen hat. Was ich aber weiß, ist, daß Nuria nach diesem Tag nie wieder etwas von Carax gehört hat, und diese Bücher sind hier geblieben und haben Staub angesetzt.«

»Glauben Sie, Ihre Tochter wäre einverstanden, sich mit mir über all das zu unterhalten?«

»Nun, wann immer es ums Reden geht, ist meine Tochter dabei, aber ich weiß nicht, ob sie Ihnen etwas sagen kann, was nicht schon ich Ihnen erzählt habe. Denken Sie daran, seit alledem ist viel Zeit vergangen. Und Tatsache ist, daß wir uns nicht so gut verstehen, wie ich möchte. Wir sehen uns einmal im Monat. Wir gehen hier in der Nähe zu Mittag essen, und danach verschwindet sie wieder, wie sie gekommen ist. Was ich weiß, ist, daß sie schon vor Jahren einen anständigen Burschen geheiratet hat, Journalist und ein wenig unvernünftig, ehrlich gesagt, einer von denen, die sich immer in politische Schwierigkeiten bringen, aber mit einem guten Herzen. Sie haben zivil geheiratet, ohne Gäste. Ich habe es einen Monat später erfahren. Ihren Mann hat sie mir nie vorgestellt. Er heißt Miquel oder so. Vermutlich ist sie nicht sehr stolz auf ihren Vater, und ich gebe ihr keine Schuld. Jetzt ist sie eine andere Frau. Stellen Sie sich vor, sie hat sogar stricken gelernt und soll sich scheint's nicht mehr wie Simone de Beauvoir kleiden. Demnächst werde ich erfahren, daß ich Großvater geworden bin. Seit Jahren arbeitet sie zu Hause als Französisch- und Italienischübersetzerin. Ich weiß nicht, woher sie diese Begabung hat, ehrlich gesagt. Von ihrem Vater jedenfalls nicht. Ich werde Ihnen ihre Adresse aufschreiben, obwohl ich nicht weiß, ob es eine gute Idee ist, wenn Sie ihr sagen, daß ich Sie schicke.«

Isaac kritzelte etwas auf die Ecke einer alten Zeitung und gab mir den Ausriß.

»Vielen Dank. Man weiß nie, vielleicht erinnert sie sich an etwas . . .«

Isaac lächelte ein wenig traurig.

»Als kleines Mädchen hat sie sich an alles erinnert. An alles. Dann werden die Kinder groß, und man weiß nicht mehr, was sie denken und fühlen. Und vermutlich muß es auch so sein. Sagen Sie Nuria nicht, was ich Ihnen erzählt habe, ja? Was hier gesagt worden ist, bleibt unter uns.«

»Seien Sie unbesorgt. Glauben Sie, daß sie noch an Carax denkt?«

Isaac seufzte lange und senkte den Blick.

»Keine Ahnung. Ich weiß nicht, ob sie ihn wirklich geliebt hat. Diese Dinge bleiben im Herzen jedes einzelnen verschlossen, und jetzt ist sie eine verheiratete Frau. Als ich so alt war wie Sie, hatte ich eine kleine Freundin, Teresita Boadas hieß sie und nähte Schürzen in der Textilfabrik Santamaría in der Calle Comercio. Sie war siebzehn, zwei Jahre jünger als ich, und war die erste Frau, in die ich mich verliebte. Machen Sie nicht so ein Gesicht, ich weiß schon, daß ihr jungen Leute glaubt, wir Alten hätten uns nie verliebt. Teresitas Vater hatte einen zweirädrigen Eiswagen auf dem Borne-Markt und war von Geburt an stumm. Sie können sich nicht vorstellen, was ich an dem Tag für eine Angst hatte, als ich ihn um die Erlaubnis bat, seine Tochter zu heiraten, und er mich volle fünf Minuten lang anstarrte, ohne ein Wort zu sagen und mit dem Eispickel in der Hand. Ich hatte zwei Jahre gespart, um einen Ehering zu kaufen, da wurde Teresita krank. Etwas, was sie in der Fabrik aufgelesen habe, sagte sie. Innerhalb von sechs Monaten ist sie an Tuberkulose gestorben. Ich erinnere mich noch, wie der Stumme wimmerte, als wir sie auf dem Friedhof von Pueblo Nuevo beerdigt haben.«

Isaac versank in tiefes Schweigen. Ich wagte nicht zu atmen. Kurz darauf schaute er auf und lächelte mich an.

»Das war vor fünfundfünfzig Jahren, nicht zu fassen. Aber wenn ich ehrlich sein soll, vergeht kein Tag, an dem ich mich nicht an sie erinnere, an die Spaziergänge, die wir zu den Ruinen der Weltausstellung von 1888 gemacht haben, und wie sie über mich gelacht hat, wenn ich ihr die Gedichte vorlas, die ich im Hinterzimmer des Wurst- und Lebensmittelladens meines Onkels Leopoldo schrieb. Ich erinnere mich sogar noch an das Gesicht einer Zigeunerin, die uns am Bogatell-Strand aus der Hand gelesen und uns gesagt hat, wir würden ein Leben lang zusammenbleiben. Auf ihre Art hat sie nicht gelogen. Was soll ich Ihnen sagen? Doch, ich glaube, Nuria erinnert sich noch immer an diesen Mann, auch wenn sie es nicht sagt. Und ehrlich gesagt, das werde ich Carax niemals verzeihen. Sie sind noch sehr jung, aber ich weiß, wie sehr so etwas schmerzt. Wenn Sie meine Meinung hören wollen, so war Carax ein Herzensbrecher, und das Herz meiner Tochter hat er mit sich ins Grab oder in die Hölle genommen. Ich bitte Sie nur um eines, falls Sie sie sehen und mit ihr sprechen: daß Sie mir sagen, wie es ihr geht. Daß Sie herauskriegen, ob sie glücklich ist. Und ob sie ihrem Vater vergeben hat.«

Kurz vor dem Morgengrauen drang ich, nur mit einer Öllampe bewehrt, ein weiteres Mal in den Friedhof der Vergessenen Bücher ein. Dabei stellte ich mir vor, wie Isaacs Tochter durch dieselben dunklen, unendlichen Gänge geschritten war, mit demselben Entschluß, wie er jetzt auch mich lenkte: das Buch in Sicherheit zu bringen. Anfänglich dachte ich, ich erinnere mich an den Weg, dem ich bei meinem ersten Besuch hier an der Hand meines Vaters gefolgt war, aber bald ging mir auf, daß die Wirrungen des Labyrinths die Gänge in Spiralen krümmten, die man unmöglich im Kopf behalten konnte. Dreimal versuchte ich einem Weg zu folgen, den ich im Gedächtnis zu haben meinte, und dreimal führte mich das Labyrinth zum Ausgangspunkt zurück. Dort wartete Isaac lächelnd auf mich.

»Haben Sie vor, es später einmal wieder zu holen?« fragte er.

»Selbstverständlich.«

»In diesem Fall sollten Sie vielleicht einen kleinen Kniff anwenden.«

»Einen Kniff?«

»Junger Mann, Sie haben eine ziemlich lange Leitung, nicht wahr? Erinnern Sie sich doch an den Minotaurus.«

Erst nach einigen Sekunden begriff ich seinen Vorschlag. Er zog ein altes Federmesser aus der Tasche und streckte es mir hin.

»Bringen Sie an jeder Ecke, um die Sie biegen, eine kleine Markierung an, eine Kerbe, die nur Sie kennen. Es ist altes Holz und hat schon so viele Kratzer und Rillen, daß niemand es bemerken wird, es sei denn, er weiß, was er sucht...«

Ich folgte seinem Rat und drang wieder ins Zentrum des Baus ein. Immer wenn ich die Richtung änderte, blieb ich stehen und markierte mit einem C und einem X die Regale auf derjenigen Seite des Gangs, wo ich abbog. Nach zwanzig Minuten hatte ich mich in den Eingeweiden des Turms vollkommen verirrt, und der Ort, wo ich das Buch vergraben würde, offenbarte sich mir nur zufällig. Zu meiner Rechten erkannte ich eine Reihe von Bänden über die Aufhebung von lehnsrechtlicher Bindung beim Vermögen aus der Feder eines gewissen Jovellanos. In meinen Halbwüchsigenaugen hätte eine derartige Tarnung selbst die hinterlistigsten Geister abgeschreckt. Ich nahm einige Bände heraus und untersuchte die hinter dieser Mauer granitener Prosa verborgene zweite Reihe. Zwischen Staubwölkchen wechselten sich mehrere Komödien von Moratín und eine prächtige Ausgabe von *Curial e Güelfa* mit Spinozas *Tractatus Theologicus-Politicus* ab. Um dem Ganzen die Krone aufzusetzen, entschloß ich mich, Carax zwischen ein Jahrbuch mit Gerichtsurteilen der Zivilgerichte von Gerona aus dem Jahr 1901 und eine Sammlung von Juan Valeras Romanen zu verbannen. Um Platz zu gewinnen, nahm ich den Gedichtband aus dem Goldenen Zeitalter heraus, der sie trennte, und stellte an seiner Statt *Der Schatten des Windes* hinein. Mit einem Augenzwinkern verabschiedete ich mich von dem Roman und stellte die Jovellanos-Bände wieder zurück, so daß sie die erste Reihe zumauerten.

Geführt von meinen Kerben, fand ich ohne weitere Umstände wieder zurück. Während ich im Halbdunkel durch Büchertunnel um Büchertunnel schritt, wurde ich unwillkürlich von einem Gefühl der Trauer und Mutlosigkeit befallen. Ich konnte den Gedanken nicht verhindern, daß, wenn ich in der Unendlichkeit dieser Nekropolis rein zufällig in einem einzigen unbekannten Buch ein ganzes Universum entdeckt hatte, Zehntausende weitere unerforscht und für immer vergessen blieben. Ich spürte Millionen verlassener Seiten, herrenloser Welten und Seelen um mich herum, die in einem Ozean der Dunkelheit untergingen, während die außerhalb dieser Mauern pulsierende Welt Tag für Tag mehr die Erinnerung verlor, ohne es zu merken, und sich um so schlauer fühlte, je mehr sie vergaß.

Die ersten Lichter der Morgendämmerung zeigten sich, als ich in die Wohnung in der Calle Santa Ana zurückkam. Leise öffnete ich die Tür und glitt über die Schwelle, ohne das Licht anzumachen. Vom Vorzimmer aus sah man am Ende des Gangs im Eßzimmer den noch festlich gedeckten Tisch. Die Torte stand unberührt da, das Geschirr wartete aufs Abendessen. Im Sessel zeichnete sich unbeweglich die Silhouette meines Vaters ab, der aus dem Fenster spähte. Er war wach und trug noch seinen Ausgehanzug. Aus einer Zigarette, die er ungeschickt in den Fingern hielt, stiegen träge Rauchspiralen auf. Seit Jahren hatte ich meinen Vater nicht mehr rauchen sehen.

»Guten Morgen«, sagte er mit rauher Stimme und drückte

die Zigarette in einem mit halb aufgerauchten Stummeln fast bis zum Rand gefüllten Aschenbecher aus.

Ich schaute ihn an und wußte nicht, was sagen. Im Gegenlicht war sein Blick nicht zu sehen.

»Clara hat gestern abend mehrmals angerufen, zwei Stunden nachdem du gegangen bist«, sagte er. »Sie klang sehr besorgt. Sie hat gesagt, du sollst sie anrufen, wie spät es auch immer sei.«

»Ich habe nicht vor, Clara wiederzusehen oder mit ihr zu sprechen.«

Mein Vater nickte nur schweigend. Ich sank auf einen der Eßtischstühle. Mein Blick fiel zu Boden.

»Willst du mir nicht sagen, wo du gewesen bist?«

»Einfach so da draußen.«

»Du hast mir eine furchtbare Angst eingejagt.«

In seiner Stimme lag kein Zorn, kaum ein Vorwurf, nur Müdigkeit.

»Ich weiß. Und es tut mir leid.«

»Was hast du denn mit deinem Gesicht gemacht?«

»Ich bin im Regen ausgerutscht und hingefallen.«

»Dieser Regen hat offenbar eine tüchtige Rechte gelandet. Tu was drauf.«

»Es ist nicht schlimm. Ich spür's nicht einmal«, log ich. »Ich muß jetzt bloß schlafen gehen. Ich kann mich kaum noch auf den Beinen halten.«

»Pack doch wenigstens dein Geschenk aus, bevor du zu Bett gehst.«

Er deutete auf das in Cellophan eingeschlagene Päckchen, das er am Vorabend auf den Eßtisch gelegt hatte. Ich zögerte einen Moment. Mein Vater nickte. Ich nahm das Päckchen und wog es in der Hand ab. Dann gab ich es ihm ungeöffnet.

»Du bringst es am besten zurück. Ich habe kein Geschenk verdient.«

»Geschenke macht man zum Vergnügen des Schenkenden, nicht weil es der Beschenkte verdient hätte. Zudem kann man es jetzt nicht mehr zurückgeben. Pack es aus.«

In der Morgendämmerung löste ich die sorgfältige Verpakkung. Sie enthielt ein Kästchen aus glänzendem, mit goldenen Nieten beschlagenem Holz. Bevor ich es aufklappte, mußte ich lächeln. Das Geräusch des Verschlusses beim Öffnen war erlesen, wie ein Uhrwerk. Innen war das Etui mit dunkelblauem Samt ausgekleidet. In der Mitte lag glänzend Victor Hugos märchenhafter Montblanc Meisterstück. Ich nahm ihn in die Hand und betrachtete ihn im Licht des Balkons. Auf der goldenen Klammer der Verschlußkappe war eine Inschrift eingraviert:

Daniel Sempere, 1953

Mit offenem Mund schaute ich meinen Vater an. Ich glaube, ich habe ihn nie so glücklich gesehen wie in diesem Augenblick. Wortlos stand er von seinem Sessel auf und umarmte mich fest. Ich spürte, wie sich mir der Hals zusammenzog, und da mir die Worte fehlten, preßte ich die Lippen zusammen.

Kopf und Kragen

1953

1

In diesem Jahr bedeckte der Herbst Barcelona mit einer Schicht Laub, das wie Schlangenhaut durch die Straßen wirbelte. Die schon ferne Geburtstagsnacht hatte mich auf den Boden der Wirklichkeit zurückgeholt, oder vielleicht gewährte mir auch das Leben eine Etappe ohne jugendliches Leiden, damit ich endlich reifen konnte. Ich dachte kaum noch an Clara Barceló, Julián Carax oder die gesichtslose Silhouette, die nach verbranntem Papier roch und auftrat, als wäre sie den Seiten eines Buches entsprungen. Im November hatte ich bereits einen Monat der Enthaltsamkeit hinter mir und mich kein einziges Mal der Plaza Real genähert, um einen Blick auf Clara im Fenster zu erhaschen. Das war eingestandenermaßen nicht allein mein Verdienst. In die Buchhandlung kam zunehmend Leben, und mein Vater und ich hatten mehr zu tun, als wir bewältigen konnten.

»Wenn es so weitergeht, werden wir jemanden einstellen müssen, der uns bei der Suche nach angefragten Büchern hilft«, sagte mein Vater. »Was wir brauchten, wäre jemand ganz Besonderes, halb Detektiv, halb Dichter, der billig ist und sich nicht von schwierigen Missionen ins Bockshorn jagen läßt.«

»Ich glaube, ich habe den passenden Kandidaten«, sagte ich.

Ich fand Fermín Romero de Torres an seinem gewohnten Ort unter den Arkaden der Calle Fernando. Der Bettler studierte eben die arg zerknitterte, einem Papierkorb entnommene Frontseite des *Montagsblatts*. Das Bild des Tages war den öffentlichen Bauten und dem Fortschritt gewidmet.

»Zum Teufel! Franco hat schon wieder einen Stausee eingeweiht!« hörte ich ihn rufen. »Diese Fasch-, diese Faschingsprinzen werden uns noch alle zu einem Volk von Betschwestern und Froschlurchen machen.«

»Morgen«, sagte ich sanft. »Erinnern Sie sich noch an mich?«

Der Bettler schaute auf, und sogleich erstrahlte sein Gesicht in einem wunderbaren Lächeln.

»Was für ein Vergnügen ist es mir, Sie zu sehen! Wie geht es Ihnen, mein lieber Freund? Sie werden doch ein Schlückchen Kognak nicht verschmähen, nicht wahr?«

»Heute lade ich ein. Sind Sie hungrig?«

»Nun ja, einen schönen Meeresfrüchteteller würde ich nicht ablehnen, aber ich bin für alles zu haben.«

Auf dem Weg zur Buchhandlung schilderte mir Fermín Romero de Torres all die Abenteuer, die er in diesen Wochen durchlebt hatte, um den staatlichen Sicherheitskräften aus dem Wege zu gehen und ganz besonders seiner persönlichen Nemesis, einem gewissen Inspektor Fumero, mit dem ihn anscheinend eine lange Reihe von Konflikten verband.

»Fumero?« fragte ich und vergegenwärtigte mir, daß das der Name des Soldaten gewesen war, der bei Kriegsausbruch im Kastell des Montjuïc Clara Barcelós Vater umgebracht hatte.

Das Männchen nickte bleich. Er war ausgehungert und schmutzig und stank nach monatelangem Straßenleben. Er hatte keinerlei Vorstellung, wohin ich ihn brachte, und in seinem Blick sah ich eine wachsende Angst, die er mit unablässigem Plappern zu tarnen suchte. Beim Laden angekommen, warf er mir einen besorgten Blick zu.

»Kommen Sie, treten Sie ein. Das ist die Buchhandlung meines Vaters, dem ich Sie vorstellen möchte.«

Der Bettler schrumpfte zu einem Schmutz- und Nervenbündel.

»Nein, nein, keinesfalls, ich bin nicht gesellschaftsfähig, und das ist ein Etablissement von Rang – Sie werden sich wegen mir genieren ...«

Mein Vater trat in die Tür, ließ rasch seinen Blick über ihn gleiten und schaute mich dann aus dem Augenwinkel an.

»Papa, das ist Fermín Romero de Torres.«

»Zu dienen«, sagte der Bettler.

Mein Vater lächelte ihm heiter zu und reichte ihm die Hand. Beschämt über sein Aussehen und den Schmutz auf seiner Haut, getraute sich der Bettler nicht, sie zu drücken.

»Ich glaube . . ., ich glaube, es ist besser, ich gehe und lasse Sie allein«, stammelte er.

Mein Vater faßte ihn sanft am Arm.

»Kommt nicht in Frage, mein Sohn hat mir gesagt, Sie gehen mit uns essen.«

Verdutzt, erschrocken schaute uns der Bettler an.

»Warum gehen Sie nicht in die Wohnung hinauf und nehmen ein schönes heißes Bad?« sagte mein Vater. »Danach spazieren wir zu Can Solé hinunter, wenn es Ihnen recht ist.«

Fermín Romero de Torres stotterte etwas Unverständliches. Immer noch lächelnd, führte ihn mein Vater zur Haustür und mußte ihn von dort mehr oder weniger die Treppe zur Wohnung hinaufschleifen, während ich den Laden schloß. Mit großer Überredungskunst und heimlichem Taktieren gelang es uns, ihm seine Lumpen abzunehmen und ihn in die Badewanne zu stecken. Nackt sah er aus wie auf einem Kriegsfoto und zitterte wie ein gerupftes Huhn. An Handgelenken und Knöcheln hatte er tiefe Brandmale, und sein Oberkörper und der Rücken waren von schrecklichen Narben bedeckt, die den Augen weh taten. Mein Vater und ich wechselten einen entsetzten Blick, sagten aber nichts.

Wie ein Kind ließ sich der Bettler waschen. Während ich in der Truhe frische Kleider für ihn suchte, hörte ich meinen Vater unablässig mit ihm sprechen. Ich fand einen Anzug, den er nie mehr benutzte, ein altes Hemd und etwas Unterwäsche. Von dem, was der Bettler auf dem Leibe getragen hatte, waren nicht einmal mehr die Schuhe zu gebrauchen. Ich suchte ein Paar aus, das meinem Vater zu klein war. Die Lumpen, eingeschlossen eine ledrige lange Unterhose, wickelte ich in Zeitungspapier und warf sie in die Mülltonne. Als ich ins Bad zurückkam, war mein Vater dabei, Fermín Romero de Torres in der Wanne zu rasieren. Er war blaß, roch nach Seife und war um zwanzig Jahre jünger geworden. Offensichtlich hatten sie sich schon angefreundet. Vielleicht unter der Wirkung der Badesalze war wieder Leben in Fermín Romero de Torres gekommen.

»Wissen Sie, Señor Sempere, hätte das Leben nicht gewollt, daß sich meines in der Welt der internationalen Intrige abspielte, so wären die alten Sprachen meine Herzensangelegenheit gewesen. Schon als Kind vernahm ich den Ruf des Verses und wollte Sophokles oder Vergil sein, denn die Tragödie und die toten Sprachen verursachen mir Gänsehaut, doch mein Vater, der in Frieden ruhen möge, war ein kurzsichtiger Klotz und wollte immer, daß eines seiner Kinder in die Guardia civil einträte, und keine meiner sieben Schwestern wäre in der Gendarmerie zugelassen worden, trotz des Problems der Gesichtsbehaarung, die für die Frauen meiner Familie mütterlicherseits immer kennzeichnend war. Auf seinem Totenbett ließ mich mein Vater schwören, daß ich, wenn ich es denn nicht bis zum Dreispitz brächte, allermindestens Beamter würde und jedes Bestreben, meiner Neigung zur Lyrik zu folgen, fallenließe. Ich gehöre der alten Generation an, und einem Vater, sei er auch ein Esel, hat man zu gehorchen, Sie verstehen mich. Aber trotzdem dürfen Sie nicht glauben, ich hätte in meinen Abenteurerjahren nur den Kragen riskiert und dabei den Kopf vernachlässigt. Ich habe sehr viel gelesen und könnte Ihnen auswendig *Das Leben ein Traum* in ausgewählten Fragmenten rezitieren.«

»So, Meister, schlüpfen Sie bitte in diese Kleider, hier zieht niemand Ihre Belesenheit in Zweifel«, sagte ich, um meinem Vater zu Hilfe zu kommen.

Fermín Romero de Torres' Blick schmolz vor Dankbarkeit. Strahlend entstieg er der Wanne. Mein Vater hüllte ihn in ein Tuch. Der Bettler lachte aus dem purem Vergnügen, den sauberen Stoff auf der Haut zu spüren. Ich half ihm in die Kleider, die ihm etliche Nummern zu groß waren. Mein Vater zog den Gürtel aus und gab ihn mir, damit ich ihn dem Bettler umschnallte.

»Sie sind ja wie aus dem Ei gepellt, nicht wahr, Daniel?« sagte mein Vater.

»Jedermann hielte Sie für einen Filmschauspieler.«

»Nicht doch, man ist nicht mehr, was man einmal war. Im Gefängnis habe ich meine herkulische Muskulatur verloren, und seither...«

»Mir jedenfalls kommen Sie vor wie Charles Boyer mit Ihrer Figur«, warf mein Vater ein. »Und das erinnert mich daran, daß ich Ihnen etwas vorschlagen wollte.«

»Für Sie, Señor Sempere, würde ich töten, wenn es nötig wäre. Sie brauchen mir nur den Namen zu sagen, und ich bringe den Kerl ohne Schmerzen um.«

»Soviel wird nicht nötig sein. Was ich Ihnen anbieten wollte, ist eine Arbeit in der Buchhandlung. Es geht darum, für unsere Kunden seltene Bücher zu suchen. Es ist fast die Stelle eines literarischen Archäologen, der die Klassiker ebenso kennen muß wie die grundlegenden Techniken des Schwarzhandels. Ich kann Ihnen nicht viel zahlen im Moment, aber Sie werden an unserem Tisch essen und, bis wir eine gute Pension finden, Ihre Unterkunft hier bei uns haben, wenn es Ihnen recht ist.«

Stumm schaute uns der Bettler beide an.

»Was meinen Sie?« fragte mein Vater. »Schließen Sie sich dem Team an?«

Ich hatte das Gefühl, Fermín Romero de Torres wollte etwas sagen, doch genau dann brach er in Tränen aus.

Von seinem ersten Lohn kaufte sich Fermín Romero de Torres einen fantasievollen Hut und ein Paar Schuhe für den Regen und bestand darauf, meinen Vater und mich zu einem Ochsenschwanzgericht einzuladen, das jeweils montags in einem Restaurant zwei Straßen von der Plaza Monumental entfernt serviert wurde. In einer Pension in der Calle Joaquín Costa hatte mein Vater ein Zimmer für ihn gefunden, wo sich dank der Freundschaft unserer Nachbarin Merceditas mit der Inhaberin die Formalität des polizeilichen Meldescheins umgehen ließ, so daß Fermín Romero de Torres nicht von Inspektor Fumero und seinen Trabanten beschnüffelt werden konnte. Manchmal kam mir das Bild der schrecklichen Narben in den Sinn, die seinen

Oberkörper bedeckten. Ich fühlte mich versucht, ihn danach zu fragen, vielleicht weil ich fürchtete, Inspektor Fumero könnte etwas damit zu tun haben, aber etwas in seinem Blick sagte mir, daß ich das Thema besser nicht zur Sprache brachte. Er würde es uns eines Tages schon selbst erzählen, wenn er es für angezeigt hielte. Stets mit einem Lächeln auf den Lippen erwartete uns Fermín allmorgendlich Punkt sieben Uhr vor der Tür der Buchhandlung, bereit, zwölf oder mehr Stunden durchzuarbeiten. Er hatte eine Leidenschaft für Schokolade und Sahnerollen entwickelt, die seiner Begeisterung für die großen griechischen Tragöden durchaus die Waage hielt, wodurch er etwas zugenommen hatte. Er kämmte die Haare mit Brillantine nach hinten und ließ sich ein wie mit dem Stift gezogenes Schnurrbärtchen stehen, um mit der Mode Schritt zu halten. Dreißig Tage nachdem er unserer Badewanne entstiegen war, war der ehemalige Bettler nicht wiederzuerkennen. Aber mehr noch als mit seiner spektakulären Verwandlung verblüffte er uns recht eigentlich an der Front. Seine detektivischen Instinkte waren von chirurgischer Präzision. Er löste die ausgefallensten Bestellungen in Tagen, wenn nicht in Stunden. Kein Titel, den er nicht gekannt, keine List, die ihm nicht eingefallen wäre, um sich das Buch zu einem guten Preis zu verschaffen. In immer fiktiven Identitäten schlich er sich allein auf Grund seiner Redegewandtheit in die Privatbibliotheken von Herzoginnen der Avenida Pearson und von Liebhabern aus dem Privatklub Círculo Ecuestre ein und brachte es fertig, daß man ihm die Bücher schenkte oder für ein paar Heller verkaufte.

Die Verwandlung des Bettlers in einen vorbildlichen Bürger glich einem Wunder – eine dieser Geschichten, wie sie die Geistlichen armer Pfarreien mit Vorliebe erzählen, um die unendliche Barmherzigkeit des Herrn zu illustrieren, die aber immer zu perfekt klangen, um wahr zu sein, so wie die in den Straßenbahnen ausgehängten Haarwuchsmittelreklamen. Dreieinhalb Monate nachdem Fermín in der Buchhandlung zu arbeiten begonnen hatte, weckte uns in der Wohnung der Calle Santa Ana an einem Sonntag früh um zwei das Telefon. Es war die Inhaberin seiner Pension. Mit stockender Stimme erzählte sie uns, Señor Romero de Torres habe sich in seinem Zimmer eingeschlossen und schreie wie ein Irrer, hämmere an die Wände und schwöre, wenn jemand hereinkomme, werde er sich an Ort und Stelle mit einer zerbrochenen Flasche die Kehle durchschneiden.

»Rufen Sie bitte nicht die Polizei. Wir kommen gleich.«

Wir machten uns schleunigst auf den Weg zur Calle Joaquín Costa. Es war eine kalte Nacht mit schneidendem Wind und pechschwarzem Himmel. Eilig gingen wir an der Casa de la Misericordia und der Casa de la Piedad vorüber, ohne auf die Blicke und das Gezischel zu achten, das uns aus dunklen, nach Mist und Kohle riechenden Portalen entgegenkam. Wir gelangten an die Ecke zur Calle Ferlandina. Wie eine Schlucht führte die Calle Joaquín Costa ins Raval hinunter. Der ältere Sohn der Pensionsinhaberin erwartete uns auf der Straße.

»Haben Sie die Polizei gerufen?« fragte mein Vater.

»Noch nicht.«

Wir rannten die Treppen hinauf. Die Pension befand sich im zweiten Stock, und die Treppe war eine Schmutzspirale, die man im ockerfarbenen Glimmen nackter, an einem Kabel hängender Glühbirnen kaum erahnen konnte. Doña Encarna, Witwe eines Korporals der Guardia civil und Inhaberin der Pension, empfing uns am Eingang der Wohnung in einem himmelblauen Morgenrock, den Kopf voller dazu passender Lokkenwickler.

»Schauen Sie, Señor Sempere, das ist ein anständiges, erstklassiges Haus. Ich habe mehr als genug Angebote, um solche Jammergestalten nicht tolerieren zu müssen«, sagte sie, während sie uns durch einen finsteren, nach Feuchtigkeit und Ammoniak miefenden Gang führte.

»Das verstehe ich«, murmelte mein Vater.

Fermín Romero de Torres' Schreie am Ende des Gangs durchbohrten die Wände. Aus den halboffenen Türen schauten mehrere eingefallene, verängstigte Gesichter, Pensions- und Wassersuppengesichter.

»Marsch, die andern ab ins Bett, verdammt, das ist doch keine Molino-Revue«, rief Doña Encarna zornig.

Vor der Tür von Fermíns Zimmer blieben wir stehen. Mein Vater klopfte leise an.

»Fermín? Sind Sie da? Ich bin's, Sempere.«

Das durch die Wand dringende Geheul ließ mir die Haare zu Berge stehen. Sogar Doña Encarna verlor ihre gouvernantenhafte Würde und legte beide Hände auf das unter ihrem üppigen Busen verschanzte Herz.

Mein Vater rief noch einmal.

»Fermín? Na los, machen Sie auf.«

Fermín heulte abermals, rannte gegen die Wände und schrie sich mit Obszönitäten die Seele aus dem Leib. Mein Vater seufzte.

»Haben Sie einen Schlüssel zu diesem Zimmer?«

»Aber selbstverständlich.«

»Geben Sie ihn mir.«

Doña Encarna zögerte. Die andern Mieter waren wieder auf den Gang herausgetreten, schreckensbleich. Diese Schreie mußten selbst im Generalkapitanat zu hören sein.

»Und du, Daniel, lauf zu Dr. Baró und bring ihn her, er wohnt gleich nebenan, in der Calle Riera Alta 12.«

»Hören Sie, wäre es nicht besser, einen Pfarrer zu rufen? Für mich tönt das nach einem Besessenen«, meinte Doña Encarna.

»Nein. Mit einem Arzt geht es bestens. Los, Daniel, lauf. Und geben Sie mir bitte diesen Schlüssel.«

Dr. Baró war ein eingefleischter Junggeselle, der in seinen schlaflosen Nächten zur Bekämpfung der Langeweile Zola las und Stereogramme leicht bekleideter junger Damen betrachtete. Er war Stammkunde im Laden meines Vaters, und obwohl er sich selbst als zweitrangigen Quacksalber bezeichnete, traf er mit seinen Diagnosen öfter ins Schwarze als die Hälfte der piekfeinen Ärzte mit Praxis in der Calle Muntaner. Seine Kundschaft bestand großenteils aus alten Nutten des Viertels und armen Teufeln, die ihm kaum das Honorar zahlen konnten, aber trotzdem von ihm behandelt wurden. Mehr als einmal hatte ich ihn sagen hören, die Welt sei ein Nachtgeschirr und er warte bloß darauf, daß Barça endlich einmal die verdammte Liga gewinne, damit er in Frieden sterben könne. Im Hausmantel, mit einer Weinfahne und einer erloschenen Zigarette zwischen den Lippen öffnete er mir die Tür.

»Daniel?«

»Mein Vater schickt mich. Es handelt sich um einen Notfall.«

Wieder in der Pension, sahen wir Doña Encarna vor lauter Schrecken schluchzen; die übrigen Mieter waren bleich wie Altarkerzen, und in einer Ecke seines Zimmers hielt mein Vater Fermín Romero de Torres in den Armen. Fermín war nackt, weinte und zitterte vor Angst. Das Zimmer war verwüstet, die Wände mit Blut oder Exkrementen beschmiert. Dr. Baró warf einen raschen Blick auf die Situation und bedeutete meinem Vater mit einer Handbewegung, Fermín müsse aufs Bett gelegt werden. Doña Encarnas Sohn, der Boxer werden wollte, ging ihnen zur Hand. Fermín wimmerte und wand sich in Zuckungen, als verbrennten ihm die Eingeweide.

»Aber was hat denn dieser arme Mann, um Gottes willen? Was hat er bloß?« klagte Doña Encarna kopfschüttelnd in der Tür.

Der Arzt fühlte ihm den Puls, untersuchte mit einer Taschenlampe seine Pupillen und bereitete wortlos aus einem Fläschchen seines Koffers eine Spritze vor.

»Halten Sie ihn fest. Das wird ihn zum Schlafen bringen. Daniel, hilf uns.«

Zu viert machten wir Fermín bewegungsunfähig, den es heftig durchzuckte, als er den Nadelstich im Schenkel spürte. Seine Muskeln strafften sich wie Stahlseile, aber innerhalb weniger Sekunden trübten sich die Augen, und sein Körper fiel regungslos zurück.

»Hören Sie, passen Sie auf, dieser Mann ist ein Nichts, und je nachdem, was Sie ihm geben, bringen Sie ihn um«, sagte Doña Encarna.

»Keine Angst. Er schläft bloß«, antwortete der Arzt und untersuchte die Narben auf Fermíns hagerem Körper.

Ich sah ihn schweigend den Kopf schütteln.

»*Fills de puta*, diese Dreckskerle«, murmelte er.

»Woher stammen diese Narben?« fragte ich. »Schnitte?«

Dr. Baró schüttelte den Kopf, ohne aufzuschauen. Unter den Trümmern suchte er eine Decke und legte sie auf den Patienten.

»Verbrennungen. Der Mann ist gefoltert worden. Solche Brandmale verursacht ein Lötkolben.«

Fermín schlief zwei ganze Tage. Beim Erwachen erinnerte er sich an nichts, außer daß er glaubte, in einer dunklen Zelle aufgewacht zu sein. Er schämte sich so sehr über sein Benehmen, daß er vor Doña Encarna auf die Knie ging und sie um Verzeihung bat. Er schwor ihr, die Pension frisch zu streichen und, da er wußte, daß sie sehr fromm war, in der Belén-Kirche zehn Messen für sie lesen zu lassen.

»Was Sie tun müssen, ist gesund werden und mir nicht wieder einen solchen Schrecken einjagen, dafür bin ich zu alt.«

Mein Vater kam für die Schäden auf und bat Doña Encarna, Fermín noch einmal eine Chance zu geben. Sie willigte gern ein. Die meisten ihrer Mieter waren Ausgestoßene, Leute, die allein auf der Welt waren wie sie selbst. Als der Schrecken vorbei war, gewann sie Fermín noch lieber und nahm ihm das Versprechen ab, die Pillen zu schlucken, die ihm Dr. Baró verschrieben hatte.

»Für Sie, Doña Encarna, verschlucke ich einen Ziegelstein, wenn es sein muß.«

Mit der Zeit gaben wir alle vor, den Zwischenfall vergessen zu haben, aber nie wieder nahm ich die Geschichten über Inspektor Fumero auf die leichte Schulter. Um Fermín Romero de Torres nach dieser Episode nicht allein zu lassen, luden wir ihn fast jeden Sonntag zum Nachmittagsimbiß ins Café Novedades ein. Danach spazierten wir zum Kino Fémina an der Ecke Diputación/Paseo de Gracia hinauf. Einer der Platzanweiser war mit meinem Vater befreundet und ließ uns während der Filmwochenschau durch den Notausgang ins Parterre hinein, immer in dem Augenblick, in dem der Generalissimus zur Einweihung eines neuen Stausees das Band durchschnitt, was Fermín Romero de Torres auf die Nerven ging.

»So eine Schande«, sagte er empört.

»Gehen Sie nicht gern ins Kino, Fermín?«

»Im Vertrauen gesagt, mich läßt diese siebte Kunst völlig kalt. Meiner Meinung nach ist das nichts weiter als Nahrung zur Verdummung der verrohten Plebs, schlimmer als Fußball oder Stierkämpfe. Der Cinematograph ist entstanden als eine Erfindung zur Unterhaltung der analphabetischen Massen, und fünfzig Jahre später hat sich daran nichts geändert.«

Mit dem Tag, an dem Fermín Romero de Torres Carole Lombard entdeckte, schmolzen diese ganzen Vorbehalte dahin.

»Was für ein Busen, Jesus, Maria und Josef, was für ein Busen!« rief er wie besessen mitten in der Vorstellung. »Das sind keine Brüste, das sind zwei Karavellen!«

»Halten Sie den Mund, Sie Ferkel, oder ich rufe auf der Stelle den Geschäftsführer«, zischte eine Stimme zwei Reihen hinter uns. »Unerhört, so ein schamloser Kerl. Was für ein Land von Schweinen.«

»Sie sprechen besser leiser, Fermín«, riet ich.

Fermín Romero de Torres hörte mich nicht. Er war dem sanften Wogen dieses mirakulösen Ausschnitts verfallen, mit verzücktem Lächeln und technicolorbesprenkelten Augen. Als wir später durch den Paseo de Gracia zurückspazierten, stellte ich fest, daß unser bibliographischer Detektiv immer noch wie in Trance war.

»Ich glaube, wir werden Ihnen eine Frau suchen müssen«, sagte ich. »Eine Frau wird Ihr Leben verschönern, Sie werden schon sehen.«

Fermín Romero de Torres seufzte, sein Geist spulte noch einmal die Wonnen des Wogens ab.

»Reden Sie aus Erfahrung, Daniel?« fragte er unschuldig.

Ich lächelte nur, weil ich wußte, daß mich mein Vater schräg ansah.

Nach diesem Tag ging Fermín Romero de Torres mit Vergnügen jeden Sonntag mit mir ins Kino. Mein Vater blieb lieber zu Hause, um zu lesen, aber Fermín ließ keine Vorstellung aus. Er kaufte einen Berg Schokoladenplätzchen und setzte sich in Reihe siebzehn, um sie zu verschlingen und auf den Starauftritt der jeweiligen Diva zu warten. Der Plot war ihm vollkommen egal, und er sprach unablässig, bis eine Dame mit ansehnlichen Attributen die Leinwand ausfüllte.

»Ich habe darüber nachgedacht, was Sie neulich gesagt haben, von wegen eine Frau für mich suchen«, sagte er. »Vielleicht haben Sie recht. In der Pension gibt es einen neuen Mieter, einen ehemaligen Absolventen des Priesterseminars in Sevilla, sehr geistreich, und der bringt ab und zu imponierende Bienen mit nach Hause. Unglaublich, wie sich die Sippe verbessert hat. Ich weiß auch nicht, wie er es anstellt, denn viel macht der Junge nicht her, aber womöglich betäubt er sie mit Vaterunsern. Da sein Zimmer gleich nebenan liegt, höre ich alles, und nach dem zu schließen, was man mitkriegt, muß der Mönch ein Künstler sein. Was doch eine Uniform ausmacht. Wie gefallen denn Ihnen die Frauen, Daniel?«

»Ich verstehe nicht viel von Frauen, ehrlich gesagt.«

»Wirklich verstehen tut keiner was, nicht einmal Freud, nicht einmal sie selber, aber das ist wie bei der Elektrizität, man braucht nicht zu wissen, wie sie funktioniert, um eine gewischt zu kriegen. Na los, erzählen Sie schon. Wie gefallen sie Ihnen denn? Es sei mir verziehen, aber für mich muß eine Frau die Figur eines Vollblutweibes haben, damit man etwas zwischen die Finger kriegt, aber Sie sehen aus, als gefielen Ihnen die Mageren, und das ist ein Gesichtspunkt, den ich durchaus respektiere, nicht wahr, verstehen Sie mich nicht falsch.«

»Wenn ich aufrichtig sein soll, habe ich nicht viel Erfahrung mit Frauen. Eigentlich gar keine.«

Fermín Romero de Torres schaute mich aufmerksam an, neugierig geworden angesichts dieser Offenbarung von Askese.

»Ich dachte, die Geschichte in jener Nacht, Sie wissen schon, der Keulenschlag ...«

»Wenn alles so schmerzte wie eine Ohrfeige ...«

Fermín schien meine Gedanken zu lesen und lächelte solidarisch.

»Schauen Sie, ich will Sie nicht kränken, aber das Beste an den Frauen ist, sie zu entdecken. Nichts ist wie das erste Mal. Man weiß nicht, was das Leben ist, bis man zum ersten Mal eine Frau auszieht. Knopf um Knopf, als schälten Sie in einer Winternacht eine siedend heiße Kartoffel. Ahhh ...«

Wenige Sekunden später erschien Veronica Lake auf der Bildfläche, und Fermín geriet in eine andere Dimension. In einer Sequenz, wo sie Pause hatte, kündigte er an, er werde dem Stand mit Näschereien in der Eingangshalle einen Besuch abstatten, um seine Bestände aufzufüllen. Nach Monaten des Hungerleidens hatte mein Freund jeden Sinn fürs Maß verloren, doch da er ein guter Verbrenner war, schaffte er es trotzdem nicht, seine ausgemergelte Figur loszuwerden. Ich blieb allein, verfolgte das Geschehen auf der Leinwand aber kaum. Ich würde lügen, wenn ich sagte, ich hätte an Clara gedacht. Ich dachte nur an ihren Körper, der unter den Stößen des Musiklehrers zitterte und vor Schweiß und Lust glänzte. Mein Blick glitt von der Leinwand ab, und erst jetzt bemerkte ich den Zuschauer, der eben hereingekommen war. Ich sah seine Silhouette zur Mitte des Parketts gehen, sechs Reihen weiter vorn, und dort Platz nehmen. Die Kinos sind voll von einsamen Menschen, dachte ich. Wie ich.

Ich versuchte, mich zu konzentrieren und den Handlungsfaden wiederzufinden. Der Verehrer, ein zynischer, aber gutherziger Detektiv, erklärte einer Nebenfigur, warum Frauen wie Veronica Lake das Verderben jedes richtigen Mannes seien und warum es trotzdem keine andere Möglichkeit gebe, als sie verzweifelt zu lieben und an ihrer Treulosigkeit zugrunde zu gehen. Fermín Romero de Torres, der allmählich zu einem sachkundigen Kritiker wurde, bezeichnete diese Art Geschichten als *Märchen von der Gottesanbeterin*. Seiner Meinung nach waren das nur frauenfeindliche Fantasien für Büroangestellte mit Verstopfungsproblemen und vor Langeweile verwelkte Frömmlerinnen, die davon träumten, sich ins Laster zu stürzen und das Leben einer verdorbenen Hure zu führen. Ich lächelte, als ich mir die Anmerkungen vorstellte, die mein Kritikerfreund von sich gegeben hätte, wäre er nicht zum Naschwerkstand gegangen. In weniger als einer Sekunde gefror mir das Lächeln. Der sechs Reihen weiter vorn sitzende Zuschauer hatte sich umgedreht und starrte mich an. Das Lichtbündel des Projektors bohrte sich durch das Dunkel im Saal, ein Anflug von flackerndem Licht, das gerade eben bunte Linien und Flekken zeichnete. Sogleich erkannte ich den Mann ohne Gesicht, Coubert. Sein lidloser Blick glänzte stählern. Im Dunkeln war sein lippenlos tückisches Lächeln zu ahnen. Ich spürte, wie sich mir kalte Finger ums Herz schlossen. Auf der Leinwand brüllte ein Posaunenchor los, es wurde geschossen und geschrien, dann wurde die Szene ausgeblendet. Für einen Augenblick versank das Parkett in vollkommene Dunkelheit, und ich hörte nichts als die Pulsschläge, die mir in den Schläfen hämmerten. Langsam wurde auf der Leinwand eine neue Szene hell, so daß sich die Schwärze des Saals in Schwaden blauen und purpurroten Halbdunkels auflöste. Der Mann ohne Gesicht war verschwunden. Ich wandte mich um und sah, wie sich eine Silhouette durch den Parterregang entfernte und Fermín Romero de Torres kreuzte, der von seinem Süßigkeitenfeldzug zurückkam. Er drängte sich in die Reihe herein und setzte sich wieder in seinen Sessel. Dann reichte er mir ein Schokoladenplätzchen und schaute mich ein wenig irritiert an.

»Daniel, Sie sind ja weiß wie ein Nonnenhintern. Geht es Ihnen nicht gut?«

Ein Luftzug wischte durchs Parkett.

»Es riecht merkwürdig«, bemerkte Fermín Romero de Torres. »Wie nach ranzigem Notarsfurz.«

»Nein. Es riecht nach verbranntem Papier.«

»Kommen Sie, nehmen Sie ein Lutschbonbon, das kuriert alles.«

»Ich mag nicht.«

»Dann behalten Sie es eben, man weiß nie, wann einem ein Lutschbonbon aus der Patsche helfen kann.«

Ich steckte es in die Jackettasche und ließ mich durch den Rest des Films treiben, ohne Veronica Lake oder den Opfern ihrer fatalen Reize Beachtung zu schenken. Fermín Romero de Torres war im Film und in seinen Schokoladenplätzchen aufgegangen. Als nach der Vorstellung das Licht anging, glaubte ich aus einem schlechten Traum zu erwachen und hätte die Erscheinung dieses Mannes im Parkett am liebsten als Sinnestäuschung, als Trick der Erinnerung betrachtet, doch sein kurzer Blick im Dunkeln hatte genügt, um mir seine Botschaft zuzutragen. Er hatte weder mich noch unser Gespräch vergessen.

2

Die erste Auswirkung von Fermíns Erscheinen war bald zu spüren: Ich hatte viel mehr Freizeit. Wenn er nicht gerade einem exotischen Band nachjagte, um einen Kundenwunsch zu befriedigen, ordnete er die Ladenbestände neu ein, ersann Werbestrategien fürs Viertel, brachte Ladenschild und Schaufensterscheiben auf Hochglanz oder polierte mit einem Lappen und Alkohol die Buchrücken. Unter diesen Gegebenheiten beschloß ich, meine Mußezeit auf zwei in letzter Zeit vernachlässigte Dinge zu verwenden: dem Rätsel Carax weiter nachzuspüren und, vor allem, nach Möglichkeit mehr Zeit mit meinem Freund Tomás Aguilar zu verbringen, den ich vermißte.

Tomás war ein nachdenklicher, zurückhaltender Junge, der wegen seines ernsten, ja bedrohlichen Raufboldaussehens gefürchtet war. Er hatte den Körper eines Ringers, Gladiatorenschultern und einen harten, durchdringenden Blick. Wir hatten uns viele Jahre zuvor während meiner ersten Woche in der Jesuitenschule der Calle Caspe bei einer Keilerei kennengelernt. Nach Schulschluß hatte ihn sein Vater abgeholt, begleitet von einem hochnäsigen Mädchen, das sich als Tomás' Schwester herausstellte. Ich hatte die unglückliche Idee, dumm über sie zu witzeln, und noch bevor ich mit der Wimper zucken konnte, stürzte sich Tomás Aguilar wie ein Platzregen aus Faustschlägen auf mich, die mich noch wochenlang schmerzten. Er war doppelt so stark und so wild wie ich. Umringt von einer Gruppe blutrünstiger Jungen, verlor ich bei diesem Pausenhofduell einen Zahn und gewann einen neuen Sinn für Größenverhältnisse. Meinem Vater und den Geistlichen mochte ich nicht sagen, wer mich dermaßen zugerichtet hatte, noch ihnen erklären, daß der Vater meines Gegners die Keilerei nicht nur verfolgt, sondern, befriedigt über das Schauspiel, ihr gemeinsam mit den andern Schülern sogar begeistert applaudiert hatte.

»Es war meine Schuld«, sagte ich, um das Thema zu begraben.

Drei Wochen später kam Tomás in einer Pause auf mich zu. Ich war halb tot vor Angst und wie gelähmt. Der will mir den Rest geben, dachte ich. Er begann zu stammeln, und nach kurzer Zeit begriff ich, daß er nichts anderes im Sinn hatte, als sich für die Prügel zu entschuldigen, da er wisse, daß es ein ungleicher, ungerechter Kampf gewesen sei.

»Ich bin es, der sich zu entschuldigen hat, ich habe ja deine Schwester gehänselt«, sagte ich. »Ich hätte es schon damals getan, aber du hast mir die Hucke voll gehauen, bevor ich reden konnte.«

Beschämt senkte Tomás die Augen. Ich schaute diesen schüchternen, schweigsamen Riesen an, der durch die Schulzimmer und Gänge irrte wie eine herrenlose Seele. Alle andern Jungen – und ich als erster – fürchteten ihn, und keiner sprach oder wechselte einen Blick mit ihm. Mit gesenkten Augen fragte er mich, ob ich sein Freund sein wolle. Ich bejahte. Er reichte mir die Hand, und ich ergriff sie. Sein Druck schmerzte, aber ich beherrschte mich. Noch am selben Nachmittag lud er mich zum Imbiß bei sich ein und zeigte mir seine Sammlung seltsamer Geräte aus Apparateteilen und Alteisen, die er in seinem Zimmer verwahrte.

»Die habe ich gemacht«, erklärte er stolz.

Ich war unfähig, zu begreifen, was sie waren oder darstellten, aber ich schwieg und nickte staunend. Ich hatte das Gefühl, dieser hoch aufgeschossene Einzelgänger hatte sich seine eigenen Freunde aus Blech gebaut und ich war der erste, dem er sie zeigte. Es war sein Geheimnis. Ich erzählte ihm von meiner Mutter und wie sehr ich sie vermißte. Als meine Stimme unhörbar wurde, umarmte er mich schweigend. Wir waren zehn Jahre alt. Von diesem Tag an wurde er mein bester und ich sein einziger Freund.

Trotz seines kriegerischen Äußeren war er ein friedfertiger Mensch, dem sein Aussehen jegliche Konfrontation ersparte. Er stotterte ziemlich stark, vor allem wenn er mit Leuten sprach, die nicht seine Mutter, seine Schwester oder ich waren, was er fast nie tat. Er war fasziniert von verrückten Erfindungen und mechanischen Vorrichtungen, und bald entdeckte ich, daß er Gerätschaften aller Art, vom Grammophonapparat bis zur Addiermaschine, in ihre Einzelteile zerlegte, um ihre Geheimnisse zu ergründen. Wenn er nicht mit mir zusammen war oder für seinen Vater arbeitete, verbrachte er die meiste Zeit in seinem Zimmer beim Basteln. Was er an Intelligenz zuviel hatte, fehlte ihm an Sinn fürs Praktische. Sein Interesse an der realen Welt konzentrierte sich auf Aspekte wie die Synchronisierung der Ampeln auf der Gran Vía, die Geheimnisse des illuminierten Brunnens am Fuß des Montjuïc oder die Automaten im Vergnügungspark auf dem Tibidabo.

Jeden Nachmittag arbeitete er im Büro seines Vaters, und manchmal kam er nach Feierabend in der Buchhandlung vorbei. Mein Vater erkundigte sich immer nach seinen Erfindungen und schenkte ihm Handbücher der Mechanik oder Biographien von Ingenieuren wie Eiffel und Edison, die Tomás vergötterte. Mit den Jahren hatte er große Zuneigung zu meinem Vater gefaßt und erfand für ihn aus Teilen eines alten Ventilators ein automatisches System zur Archivierung bibliographischer Karteikarten. Seit vier Jahren arbeitete er an dem Projekt, aber mein Vater zeigte noch immer Begeisterung für dessen Fortschritte, damit Tomás den Mut nicht verlöre. Anfänglich hatte ich mich nicht ohne Sorge gefragt, wie Fermín auf meinen Freund reagieren würde.

»Sie sind bestimmt Daniels Erfinderfreund. Hoch erfreut, Sie kennenzulernen. Fermín Romero de Torres, bibliographischer Berater der Buchhandlung Sempere, zu dienen.«

»Tomás Aguilar«, stotterte mein Freund lächelnd und drückte Fermíns Hand.

»Vorsicht, was Sie da haben, ist keine Hand, sondern eine hydraulische Presse, und für meine Arbeit im Unternehmen muß ich mir meine Violinistenfinger bewahren.«

Unter Entschuldigungen gab ihn Tomás frei.

»Ach, übrigens, was halten Sie vom Fermatschen Prinzip?« fragte Fermín und rieb sich die Finger.

Sogleich verwickelten sie sich in eine unverständliche Diskussion über höhere Mathematik, die mir wie Chinesisch vorkam. Fermín siezte ihn immer oder nannte ihn Doktor und überhörte geflissentlich sein Stottern. Um sich für Fermíns unendliche Geduld mit ihm erkenntlich zu zeigen, brachte ihm Tomás schachtelweise Schweizer Schokoladenplätzchen, deren Verpackung mit Fotos von unglaublich blauen Seen, Kühen auf technicolorgrünen Wiesen und Kuckucksuhren geschmückt war.

»Ihr Freund Tomás hat Talent, aber es fehlt ihm eine Richtung im Leben und ein wenig Chuzpe, damit macht man Karriere«, meinte Fermín Romero de Torres. »Der wissenschaftliche Geist hat das so an sich. Schauen Sie doch bloß Albert Einstein. So viele Wunderdinge hat er erkannt, und das erste, für das man eine praktische Verwendung hat, ist die Atombombe, und auch noch ohne seine Einwilligung. Und mit dieser Boxervisage, die Tomás hat, wird man es ihm in akademischen Kreisen sehr schwer machen – was in diesem Dasein den Ausschlag gibt, ist allein der Schein.«

Da er Tomás vor Not und Unverständnis bewahren wollte, hatte Fermín beschlossen, man müsse seine latente Redekunst und Geselligkeit schulen.

»Als guter Affe ist der Mensch ein soziales Wesen, und als wesentliche Norm ethischen Verhaltens zeichnen ihn Vetternwirtschaft, Nepotismus, Schwindel und Klatsch aus«, argumentierte er. »Reine Biologie.«

»So schlimm wird es ja wohl nicht sein.«

»Was für ein Simpel Sie manchmal sein können, Daniel.«

Das Aussehen eines harten Kerls hatte Tomás von seinem Vater geerbt, einem erfolgreichen Grundstücksverwalter, dessen Büro in der Calle Pelayo neben dem Warenhaus El Siglo lag. Señor Aguilar gehörte der privilegierten Menschengruppe an, die immer recht hat. Ein Mann von tiefen Überzeugungen, war er sich unter anderem sicher, daß sein Sohn eine verzagte Seele und ein Geistesschwacher war. Um solch schmähliche Behinderungen auszugleichen, nahm er die verschiedensten Privatlehrer in Dienst, die seinen Erstgeborenen auf Gleichmaß bringen sollten. »Sie haben meinen Sohn zu behandeln, als wäre er ein Dummkopf, ist das klar?« hatte ich ihn oft sagen hören. Die Lehrer versuchten es auf alle erdenklichen Weisen, selbst mit inständigem Bitten, doch Tomás pflegte ausschließlich Lateinisch mit ihnen zu sprechen, eine Sprache, die er so fließend wie der Papst und ohne zu stottern beherrschte. Über kurz oder lang legten die Hauslehrer ihr Amt nieder, aus Verzweiflung und weil sie fürchteten, der Junge sei besessen und behexe sie auf aramäisch mit Teufelsparolen. Señor Aguilars einzige Hoffnung war der Militärdienst, der aus seinem Sohn einen rechtschaffenen Menschen machen sollte.

Tomás hatte eine Schwester, die um ein Jahr älter war als wir, Beatriz. Ihr hatte ich unsere Freundschaft zu verdanken, denn hätte ich an jenem weit zurückliegenden Nachmittag nicht gesehen, wie sie an der Hand ihres Vaters auf den Schulschluß wartete, so hätte ich mich nicht über sie lustig gemacht, mein Freund hätte mir nie eine Abreibung verpaßt, und er hätte niemals den Mut gehabt, mich anzusprechen. Bea Aguilar war das lebendige Abbild ihrer Mutter und der Augapfel ihres Vaters. Rothaarig und totenblaß, steckte sie immer in sündhaft teuren Seiden- oder luftigen Wollkleidern. Sie hatte die Figur eines Mannequins und schritt kerzengerade einher, selbstgefällig und wie die Prinzessin ihres eigenen Märchens. Ihre Augen waren grünblau, aber sie betonte immer wieder, sie seien smaragd- und saphirfarben. Obwohl – oder vielleicht gerade weil – sie Jahre bei den Theresianerinnen verbracht hatte, trank sie hinter dem Rücken ihres Vaters Anis im hohen Stielglas, trug Seidenstrümpfe der Marke La Perla Gris und schminkte sich wie die Filmvamps, die meinen Freund Fermín um den Schlaf brachten. Ich konnte sie nicht ausstehen, und sie erwiderte meine offene Feindseligkeit mit verächtlichen Blicken. Sie hatte einen Freund, der als Leutnant in Murcia Militärdienst leistete, einen herausgeputzten Falangisten namens Pablo Cascos Buendía, Sproß einer uralten Familie, die an den galicischen Rias zahllose Werften besaß. Leutnant Cascos Buendía, welcher dank eines in der Militärregierung sitzenden Onkels sein halbes Leben in Urlaub war, gab immer Sermone über die genetische und geistige Überlegenheit der spanischen Rasse und den unmittelbar bevorstehenden Verfall des bolschewistischen Reichs von sich.

»Marx ist tot«, sagte er feierlich.

»Genau seit dem Jahr 1883«, sagte ich.

»Halt bloß das Maul, du elender Wicht, sonst kriegst du eine geschmiert, daß du in der Rioja landest.«

Mehr als einmal hatte ich Bea dabei ertappt, wie sie bei sich die Einfältigkeiten belächelte, die ihr Leutnantfreund zum besten gab. Dann blickte sie auf und betrachtete mich undurchdringlich. Ich lächelte ihr mit der matten Herzlichkeit von Feinden in unbestimmter Waffenruhe zu, schaute aber gleich wieder weg. Eher wäre ich gestorben, als es zuzugeben, aber im Grunde meines Wesens hatte ich Angst vor ihr.

3

Zu Beginn dieses Jahres beschlossen Tomás und Fermín Romero de Torres, ihre jeweilige Erfindungsgabe in einem neuen Projekt zu verschmelzen, das meinen Freund und mich ihrer Meinung nach vom Militärdienst befreien sollte. Besonders Fermín teilte Señor Aguilars Begeisterung für die Felderfahrung gar nicht.

»Der Militärdienst ist einzig dazu gut, den Anteil von Kaffern in der Bevölkerung auszumachen«, war seine Meinung. »Und der läßt sich in den beiden ersten Wochen feststellen, dazu braucht es nicht zwei Jahre. Armee, Ehe, Kirche und Bankwesen: die vier apokalyptischen Reiter. Ja, ja, lachen Sie nur.«

An einem Oktoberabend, als wir im Laden Besuch von einer alten Freundin bekamen, sollte Fermín Romero de Torres' anarchistisches Denken ins Wanken geraten. Mein Vater war nach Argentona gefahren, um den Wert einer Büchersammlung zu bestimmen, und würde erst bei Einbruch der Dunkelheit zurückkehren. Ich bediente im Laden die Kundschaft, während Fermín mit seinen gewohnten Seiltänzerkunststücken die Leiter hochgeklettert war und knapp eine Handbreit unter der Decke das oberste Buchregal ordnete. Kurz vor Ladenschluß, als die Sonne schon untergegangen war, sah ich hinter dem Ladentisch hervor die Gestalt der Bernarda vor dem Schaufenster. Sie war donnerstäglich gekleidet, da es ihr freier Tag war, und winkte mir zu. Bei ihrem bloßen Anblick leuchtete mir das Herz, und ich bedeutete ihr hereinzukommen.

»Oh, wie groß Sie geworden sind!« sagte sie auf der Schwelle. »Man erkennt Sie kaum wieder ... Sie sind ja schon ein Mann!«

Sie umarmte mich, verdrückte einige Tränchen und tätschelte mir Kopf, Schultern und Gesicht, um zu sehen, ob ich in ihrer Abwesenheit nicht zerbrochen sei.

»Sie werden vermißt bei uns, junger Herr«, sagte sie und senkte den Blick.

»Und ich habe dich vermißt, Bernarda. Komm, gib mir einen Kuß.«

Sie küßte mich schüchtern, und ich drückte ihr zwei schmatzende Küsse auf jede Wange. Sie lachte. Ihren Augen sah ich an, daß sie eine Frage nach Clara erwartete, aber ich hatte nicht vor, sie zu stellen.

»Du bist sehr hübsch heute, und sehr elegant. Was führt dich zu uns?«

»Nun, eigentlich wollte ich Sie schon lange aufsuchen, aber Sie wissen ja, wie das so ist, und unsereins hat viel zu tun – Señor Barceló ist zwar sehr gelehrt, aber er ist wie ein Kind, und da muß man eben mit beiden Händen zupacken. Aber was mich herführt, nun, morgen hat meine Nichte Geburtstag, die in San Adrián, und ich möchte ihr ein Geschenk mitbringen. Ich habe gedacht, ich schenke ihr ein gutes Buch, mit viel Text und wenig Bildern, aber ich bin ja schwer von Begriff und verstehe nichts von...«

Bevor ich antworten konnte, erzitterte der Laden mit großem Getöse, als aus der Höhe einige Bände von Blasco Ibáñez' gesammelten Werken in die Tiefe sausten. Erschrocken schauten die Bernarda und ich hinauf. Wie ein Äffchen glitt Fermín die Leiter herab, ein listiges Lächeln im Gesicht, die Augen voll lüsterner Wonne.

»Bernarda, das ist...«

»Fermín Romero de Torres, bibliographischer Berater von Sempere und Sohn, mit untertänigster Empfehlung, Señora«, verkündete er, während er Bernardas Hand ergriff und nach allen Regeln der Kunst küßte.

In Sekundenschnelle verfärbte sie sich zum Tomatenpaprika.

»Oh, Sie irren sich, ich und eine Señora...«

»Zum wenigsten Marquise«, unterbrach sie Fermín. »Und ich muß es ja wissen, da ich die elegantesten Häuser der Avenida Pearson betrete. Erweisen Sie mir die Ehre, Sie zu unserer Abteilung Klassiker für Jugendliche und Kinder zu geleiten, wo ich wie von Gott gefügt ein Kompendium mit dem Besten von Emilio Salgari und die epische Erzählung *Sandokar* erblicke.«

»Ach, ich weiß nicht recht, Heiligengeschichten – da habe ich Bedenken, weil doch der Vater des Kindes ganz im Arbeiterbund aufgegangen ist, verstehen Sie?«

»Seien Sie unbesorgt, hier habe ich nichts weniger als *Die geheimnisvolle Insel* von Jules Verne, eine hochabenteuerliche Erzählung von großem erzieherischem Gehalt, von wegen der technologischen Fortschritte.«

»Wenn Sie meinen . . .«

Schweigend folgte ich ihnen und stellte fest, daß sich Fermín vollkommen in sie vergafft hatte und die Bernarda über die Aufmerksamkeiten dieses Männchens staunte, das aussah wie eine billige Zigarre, das Mundwerk eines Schaustellers hatte und sie mit einem Feuer anschaute, das er sonst nur für Nestlé-Schokoladenpralinen aufbrachte.

»Und Sie, Señorito Daniel, was meinen Sie?«

»Señor Romero de Torres ist der Fachmann, du kannst dich ganz auf ihn verlassen.«

»Dann nehme ich also das von der Insel, wenn Sie es mir einpacken wollen. Was macht das?«

»Das geht auf Rechnung des Hauses«, sagte ich.

»Oh, nein, auf keinen Fall . . .«

»Señora, wenn Sie es mir gestatten und mich so zum glücklichsten Manne Barcelonas machen wollen, geht es auf Rechnung von Fermín Romero de Torres.«

Die Bernarda schaute uns an.

»Hören Sie, was ich kaufe, zahle ich, und das ist ein Geschenk, das ich meiner Nichte machen will . . .«

»Dann werden Sie mir erlauben, Sie im Sinne eines Tauschhandels zum Vesperbrot einzuladen«, sagte er und strich sich die Haare glatt.

»Na, klar«, ermunterte ich sie. »Du wirst sehen, wie gut ihr euch amüsiert. Schau, ich pack dir das ein, während Fermín sein Jackett holt.«

Fermín sauste nach hinten, um sich zu kämmen und zu parfümieren und ins Jackett zu schlüpfen. Ich steckte ihm einige Duros aus der Ladenkasse zu, damit er die Bernarda einladen konnte.

»Wo soll ich denn hin mit ihr?« flüsterte er mir zu, nervös wie ein Gymnasiast.

»Ich würde sie ins Els Quatre Gats führen. Ich weiß sehr genau, daß es in Herzensangelegenheiten Glück bringt.«

Ich gab der Bernarda das Paket mit dem Buch und blinzelte ihr zu.

»Was bin ich Ihnen also schuldig, Señorito Daniel?«

»Ich weiß es nicht. Ich werd's dir schon sagen. Es steht kein Preis im Buch, ich muß erst meinen Vater fragen«, log ich.

Ich sah die ungleichen Gestalten davongehen und sich in der Calle Santa Ana verlieren und dachte, vielleicht hält ja jemand im Himmel die Augen offen und gewährt diesem Paar ausnahmsweise ein wenig Glück. Ich hängte die Tafel Geschlossen ins Schaufenster und ging einen Moment in den Raum hinter dem Ladenlokal, um das Buch durchzusehen, in das mein Vater die Bestellungen notierte. Da hörte ich die Glocke der sich öffnenden Ladentür. Ich dachte, es sei Fermín, der etwas vergessen hatte, oder vielleicht mein Vater, der schon aus Argentona zurück war.

»Hallo?«

Es vergingen einige Sekunden, ohne daß eine Antwort zu vernehmen war. Ich blätterte weiter im Bestellbuch.

Im Laden hörte ich langsame Schritte.

»Fermín? Papa?«

Keine Antwort. Dann glaubte ich ein ersticktes Lachen zu hören und klappte das Bestellbuch zu. Vielleicht hatte ein Kunde die Tafel Geschlossen nicht bemerkt. Eben wollte ich nach vorn gehen, um ihn zu bedienen, als ich im Laden mehrere Bücher vom Regal fallen hörte. Ich schluckte. Ich packte einen Brieföffner und ging langsam auf die Tür zum Laden zu. Ich getraute mich nicht, noch einmal zu rufen. Gleich darauf hörte ich wieder Schritte, die sich diesmal entfernten. Abermals klingelte die Ladentür, und ich spürte einen Luftzug von der Straße. Ich schaute in den Laden hinein. Niemand. Ich lief zur Ladentür und verriegelte sie. Ich atmete tief durch, fühlte mich lächerlich und feige. Auf dem Weg zurück in den hinteren Raum sah ich auf dem Ladentisch ein Blatt Papier. Beim Nähertreten stellte ich fest, daß es ein Foto war, eine alte Aufnahme, wie sie früher gern auf dicken Karton gedruckt worden waren. Die Ränder waren verbrannt, und das rauchgeschwärzte Bild schien Spuren von aschebeschmutzten Fingern aufzuweisen. Ich studierte es unter einer Lampe. Auf dem Foto war ein sehr junges Paar zu sehen, das in die Kamera lächelte. Er sah nicht älter aus als siebzehn oder achtzehn, hatte helles Haar und feine Züge. Sie mochte etwas jünger sein, höchstens ein oder zwei Jahre, und hatte ein blasses, ziseliertes, von schwarzem Kurzhaar eingefaßtes Gesicht. Er hatte den Arm um ihre Taille gelegt, und sie schien ihm spöttisch etwas zuzuraunen. Das Bild strahlte eine Wärme aus, die mir ein Lächeln entlockte, als hätte ich in diesen beiden Unbekannten alte Freunde erkannt. Hinter ihnen war das Schaufenster eines Ladens zu erkennen, vollgestopft mit aus der Mode gekommenen Hüten. Ich konzentrierte mich auf das Paar. Nach den Kleidern zu schließen, mußte das Bild mindestens fünfundzwanzig oder dreißig Jahre alt sein. Es war ein Bild von Licht und Hoffnung. Die Flammen hatten fast den gesamten Rand des Fotos verzehrt, aber hinter dem uralten Ladentisch war noch ein ernstes Gesicht zu erahnen, ein geisterhafter Umriß hinter den Lettern auf dem Glas.

Antonio Fortuny Söhne
Gegr. 1888

In der Nacht, in der ich wieder zum Friedhof der Vergessenen Bücher gegangen war, hatte Isaac mir erzählt, daß Carax den Namen seiner Mutter gebraucht hatte, nicht den des Vaters, Fortuny. Carax' Vater hatte einen Hutladen in der Ronda de San Antonio. Wieder schaute ich das Bild des Paares an und

gelangte zur Überzeugung, daß dieser junge Mann Julián Carax war, der mir aus der Vergangenheit zulächelte, unfähig, die
Flammen zu sehen, die über ihm zusammenschlugen.

Stadt der Schatten

1954

1

Am nächsten Morgen kam Fermín auf Cupidoflügeln zur Arbeit, lächelnd und einen Bolero pfeifend. Unter andern Umständen hätte ich ihn über seinen Nachmittagskaffee mit der Bernarda ausgefragt, doch an diesem Tag war ich nicht zu Lyrismen aufgelegt. Mein Vater hatte versprochen, Professor Javier Velázquez vormittags um elf in der Philosophischen Fakultät auf der Plaza Universidad eine Bestellung abzuliefern. Fermín bekam bei der bloßen Erwähnung des Akademikers einen Ausschlag, und unter diesem Vorwand erbot ich mich, die Bücher hinzubringen.

»Dieser Kerl ist ein Pedant, ein Lustmolch und ein faschistischer Arschkriecher«, verkündete er mit erhobener Faust, wie immer, wenn ihn Gerechtigkeitsdurst überkam. »Mit dem Schmus vom Lehrstuhl und vom Abschlußexamen würde der sogar die Pasionaria aufs Kreuz legen, wenn sich die Gelegenheit ergäbe.«

»Übertreiben Sie mal nicht, Fermín. Velázquez zahlt sehr gut und immer im voraus, und er empfiehlt uns überall«, rief ihm mein Vater in Erinnerung.

»Dieses Geld ist mit dem Blut unschuldiger Jungfrauen befleckt«, protestierte Fermín. »So wahr Gott lebt, ich bin nie mit einer Minderjährigen ins Bett gegangen, und nicht mangels Lust oder Gelegenheit. Augenblicklich sehen Sie mich nicht in Hochform, doch es hat eine Zeit gegeben, wo ich ordentlich was vorgestellt habe, aber trotzdem, man weiß ja nie, wenn ich bei einer das Gefühl hatte, sie war ein Luderchen, hab ich den Ausweis von ihr verlangt oder aber eine schriftliche Erlaubnis des Vaters, um nicht gegen die Ethik zu verstoßen.«

Mein Vater verdrehte die Augen.

»Mit Ihnen kann man nicht diskutieren, Fermín.«

»Wenn ich recht habe, habe ich eben recht.«

Ich nahm das Paket, das ich am Vorabend selbst vorbereitet

hatte – zwei Bände Rilke und einen Ortega zugeschriebenen apokryphen Essay über Tapas und die Tiefgründigkeit des Nationalgefühls –, und überließ Fermín und meinen Vater ihrer Debatte über Sitten und Gebräuche.

Es war ein prächtiger Tag mit einem tiefblauen Himmel und einer klaren, frischen Brise, die nach Herbst und Meer roch. Mein Lieblingsbarcelona war schon immer das im Oktober gewesen, wenn seine Seele spazierengeht und man bereits weiser wird, wenn man nur vom Canaletas-Brunnen trinkt, dessen Wasser in diesen Tagen wie durch ein Wunder nicht einmal nach Chlor schmeckt. Ich ging leichten Schrittes dahin, wich Schuhputzern, Bürohengsten, die von ihrem Vormittagsespresso zurückkamen, Losverkäufern und einem Ballett von Straßenkehrern aus, welche die Stadt gemächlich und wie mit dem Pinsel zu polieren schienen. Schon damals begann sich Barcelona mit Autos zu füllen, und bei der Ampel in der Calle Balmes sah ich auf beiden Bürgersteigen Gruppen von Büroangestellten im grauen Mantel und mit hungrigem Blick stehen und mit den Augen einen Studebaker verschlingen, als wäre es eine Schlagersängerin im Negligé. Als ich durch die Balmes zur Gran Vía hinaufging, begegneten mir Ampeln, Straßenbahnen, Autos und sogar Motorräder mit Beiwagen. In einem Schaufenster erblickte ich eine Annonce des Hauses Philips, die ein neues Zeitalter verhieß, das Fernsehen, das unser Leben verändern und uns alle zu Wesen der Zukunft machen sollte wie die Amerikaner. Fermín Romero de Torres, jederzeit über sämtliche Erfindungen auf dem laufenden, hatte bereits prophezeit, was geschehen würde.

»Das Fernsehen, mein lieber Daniel, ist der Antichrist, und ich sage Ihnen, es werden drei oder vier Generationen genügen, bis die Leute nicht einmal mehr selbständig furzen können und der Mensch in die Höhle, in die mittelalterliche Barbarei und in einen Schwachsinn zurückfällt, den schon die Nacktschnecke im Pleistozän überwunden hat. Diese Welt wird nicht von der Atombombe zerstört werden, wie uns die Zeitungen weismachen wollen, sondern sie wird sich totlachen, wird an Banalität zugrunde gehen, weil sie aus allem einen Witz macht, einen schlechten noch dazu.«

Professor Velázquez hatte sein Zimmer im zweiten Stock der Philosophischen Fakultät, zuhinterst in einem Flur mit Schachbrettfliesen, der zum südlichen Kreuzgang hinausführte. Ich fand ihn in der Tür zu einem Vorlesungsraum, wo er vorgab, einer Studentin mit spektakulärer Figur zuzuhören, die ein granatrotes, hautenges Kostüm trug und hellenische, in feinen Seidenstrümpfen glänzende Waden sehen ließ. Professor Velázquez stand im Ruf eines Don Juan, und es gab Stimmen, die sagten, die *éducation sentimentale* jeder jungen Dame aus gutem Haus sei unvollständig ohne eines der sprichwörtlichen Wochenenden in einem kleinen Hotel an der Strandpromenade von Sitges, wo im Tête-à-tête mit dem distinguierten Hochschullehrer französische Liebeslyrik rezitiert wurde. Bis sie ihr Gespräch beendet hatten, unterhielt ich mich damit, von der Studentin eine Röntgenaufnahme zu machen. Vielleicht war es der gemächliche Spaziergang gewesen, der meine Stimmung gehoben hatte, vielleicht waren es meine achtzehn Jahre und der Umstand, daß ich mehr Zeit mit den in alten Schmökern festgehaltenen Musen verbrachte als in Gesellschaft von Mädchen aus Fleisch und Blut, jedenfalls wurde mir in diesem Augenblick, als ich all die Kurven in der Anatomie der Studentin studierte, die ich nur von hinten sehen konnte, mir aber dreidimensional vorstellte, der Mund wäßrig.

»Nanu, das ist ja Daniel«, rief Professor Velázquez. »Zum Glück kommst du und nicht diese Vogelscheuche vom letzten Mal, der mit dem Stierkämpfernamen, der sah ja aus, als wär er betrunken oder müßte gleich eingesperrt und der Schlüssel weggeworfen werden. Stell dir vor, kommt der doch auf die Idee, mich nach der Etymologie des Wortes Schwengel zu fragen, mit einem hämischen Unterton, der ganz unangebracht war.«

»Der Arzt hat ihm eben starke Medikamente verschrieben. Etwas mit der Leber.«

»Weil er den ganzen Tag besoffen ist«, sagte der Professor. »An eurer Stelle würde ich die Polizei benachrichtigen. Der ist mit Bestimmtheit aktenkundig. Und wie seine Füße stinken, mein Gott – da läuft so mancher Scheißrote rum, der sich seit dem Fall der Republik nicht mehr gewaschen hat.«

Ich wollte eben eine dezente Ausrede vorbringen, um Fermín zu entschuldigen, da drehte sich die Studentin, die mit Professor Velázquez geplaudert hatte, um. Ich sah, wie sie mir zulächelte, und meine Ohren begannen zu glühen.

»Hallo, Daniel«, sagte Beatriz Aguilar.

Ich grüßte sie mit stummem Nicken.

»Ach, ihr kennt euch schon?« fragte Velázquez neugierig.

»Daniel ist ein alter Freund der Familie«, erklärte Bea. »Und der einzige, der den Mut gehabt hat, mir einmal zu sagen, daß ich affektiert und eingebildet bin.«

Verdutzt schaute mich Velázquez an.

»Das ist zehn Jahre her«, präzisierte ich. »Und ich habe es nicht ernst gemeint.«

»Ich warte aber immer noch darauf, daß er mich um Verzeihung bittet.«

Velázquez lachte herzlich und nahm mir das Paket ab.

»Ich habe das Gefühl, ich bin überflüssig hier«, sagte er, während er es aufschnürte. »Oh, wunderbar. Hör mal, Daniel, sag deinem Vater, daß ich ein Buch mit dem Titel *Jugendbriefe aus Ceuta* von Francisco Franco Bahamonde suche.«

»Schon erledigt. In zwei Wochen hören Sie von uns.«

»Ich nehme dich beim Wort, und jetzt verzieh ich mich schleunigst, zweiunddreißig leere Köpfe warten auf mich.«

Professor Velázquez zwinkerte mir zu, verschwand im Vorlesungsraum und ließ mich mit Bea allein. Ich wußte nicht, wohin mit den Augen.

»Hör zu, Bea, das mit dem blöden Witz, ehrlich, ich . . .«

»Ich hab dich auf den Arm genommen, Daniel. Ich weiß doch, daß wir damals noch Kinder waren, und Tomás hat dich schon genug verprügelt.«

»Es tut jetzt noch weh.«

Bea lächelte mich an, als hätten wir Frieden oder zumindest Waffenruhe.

»Außerdem hattest du ja recht, ich bin etwas affektiert und manchmal ein wenig eingebildet. Ich bin dir nicht sehr sympathisch, was, Daniel?«

Die Frage überrumpelte mich, ich war entwaffnet und erschreckt, wie leicht sich die Antipathie für jemanden, den man als Feind betrachtet, verliert, sobald er sich nicht mehr als solcher benimmt.

»Nein, das stimmt nicht.«

»Tomás sagt, eigentlich bin ich dir nicht unsympathisch, aber du kannst meinen Vater nicht ausstehen und läßt mich dafür büßen, weil du dich nicht an ihn rantraust. Ich gebe dir keine Schuld. An meinen Vater traut sich keiner ran.«

Ich wurde bleich, aber nach wenigen Sekunden lächelte ich und nickte.

»Offenbar kennt mich Tomás besser als ich selbst.«

»Das darf dich nicht wundern. Mein Bruder weiß sehr genau, wie wir alle sind, er sagt nur nie was. Aber wenn er eines Tages auf den Gedanken kommt, den Mund aufzutun, werden die Wände einstürzen. Er schätzt dich sehr, weißt du.«

Ich zuckte die Achseln und schaute zu Boden.

»Er spricht immer von dir und von deinem Vater und der Buchhandlung und dem Freund da, der für euch arbeitet und von dem Tomás sagt, er ist ein Genie, das man erst noch entdecken muß. Manchmal hat man das Gefühl, er hält euch eher für seine richtige Familie als die, die er zu Hause hat.«

Ich begegnete ihrem starken, offenen, furchtlosen Blick. Ich wußte nicht, was erwidern, und lächelte nur. Ich spürte, daß mir bei ihrer Aufrichtigkeit angst und bange wurde, und schaute in den Innenhof hinunter.

»Ich hab nicht gewußt, daß du hier studierst.«

»Das ist mein erstes Jahr.«

»Literatur?«

»Mein Vater ist der Meinung, die exakten Wissenschaften sind nichts fürs schwache Geschlecht.«

»Hm. Viele Zahlen.«

»Es ist mir egal – was mir Spaß macht, ist die Lektüre, und zudem lernt man hier interessante Leute kennen.«

»Wie Professor Velázquez?«

Bea lächelte mit geschlossenen Lippen.

»Ich mag ja im ersten Jahr sein, aber ich weiß genug, um den Braten zu riechen, Daniel. Besonders bei Leuten seines Schlages.«

Ich fragte mich, welchem Schlag sie wohl mich zuordnete.

»Außerdem ist Professor Velázquez ein Freund meines Vaters. Sie sitzen beide im Vorstand des Verbandes zum Schutz und zur Förderung der Zarzuela und der spanischen Lyrik.«

Ich setzte ein höchst beeindrucktes Gesicht auf.

»Und wie geht's deinem Freund, dem Leutnant Cascos Buendía?«

Ihr Lächeln verschwand.

»Pablo kommt in drei Wochen auf Urlaub.«

»Da wirst du dich aber freuen.«

»Sehr. Er ist ein Prachtjunge, aber ich kann mir ungefähr ausmalen, was du von ihm hältst.«

Das bezweifle ich, dachte ich. Sie schaute mich ein wenig angespannt an. Eigentlich wollte ich das Thema wechseln, aber meine Zunge war schneller.

»Tomás sagt, ihr werdet heiraten und nach El Ferrol ziehen.«

Sie nickte.

»Sobald er mit dem Militärdienst fertig ist.«

»Du bist bestimmt ungeduldig.« Ich spürte den Schweinehund in meiner Stimme, einer unverschämten Stimme, von der ich nicht wußte, woher sie kam.

»Es ist mir egal, ehrlich gesagt. Seine Familie hat Besitz dort, zwei Werften, und Pablo wird eine davon übernehmen. Er ist sehr talentiert für Führungsaufgaben.«

»Das sieht man ihm an.«

Beas Lächeln war gepreßt.

»Und zudem kenne ich Barcelona nach all den Jahren allmählich . . .«

Ihr Blick war müde, traurig.

»Soviel ich gehört habe, ist El Ferrol eine faszinierende Stadt. Quicklebendig. Und erst die Meeresfrüchte, die sollen ja fabelhaft sein, ganz besonders die Seespinnen.«

Sie seufzte und schüttelte den Kopf. Ich hatte das Gefühl, am liebsten hätte sie vor Wut geweint, aber dazu war sie zu stolz. Sie lächelte ruhig.

»Zehn Jahre, und noch immer hast du die Lust nicht verloren, mich zu beleidigen, nicht wahr, Daniel? Nur zu, mach deinem Herzen Luft. Es ist meine Schuld, weil ich dachte, vielleicht könnten wir Freunde sein oder so tun, als wären wir es, aber vermutlich bin ich nicht soviel wert wie mein Bruder. Tut mir leid, daß du meinetwegen Zeit verloren hast.«

Sie machte kehrt und schritt durch den Gang davon, der zur Bibliothek führte. Ich sah, wie sie sich über die weißschwarzen Fliesen entfernte, während ihr Schatten die von den Glasfenstern hereinfallenden Lichtvorhänge unterbrach.

»Warte, Bea.«

Ich verfluchte mich und rannte ihr nach. Mitten im Gang packte ich sie am Arm, um sie aufzuhalten. Sie warf mir einen Blick zu, der brannte.

»Verzeih mir. Aber du irrst dich: Es ist nicht deine Schuld, sondern meine. *Ich* bin nicht soviel wert wie dein Bruder oder du. Und wenn ich dich beleidigt habe, dann aus Neid auf diesen Idioten, der dein Freund ist, und aus Wut über den Gedanken, daß jemand wie du nach El Ferrol oder in den Kongo geht, um ihm nachzufolgen.«

»Daniel...«

»Du irrst dich in mir, denn wir können wirklich Freunde sein, wenn du es mich versuchen läßt, jetzt, wo du weißt, wie wenig ich wert bin. Und du irrst dich auch mit Barcelona, denn obwohl du meinst, du kennst es, garantiere ich dir, daß es nicht so ist und daß ich es dir beweisen werde, wenn du mich läßt.«

Ich sah, wie sie zu lächeln begann.

»Du sagst besser die Wahrheit«, sagte sie. »Weil ich es sonst meinem Bruder sage, und der wird dir den Kopf rausziehen wie einen Korken.«

Ich streckte ihr die Hand entgegen.

»Finde ich richtig. Freunde?«

Sie reichte mir die ihre.

»Wann hast du am Freitag aus?« fragte ich.

Sie zögerte einen Augenblick.

»Um fünf.«

»Ich werde Punkt fünf im Kreuzgang auf dich warten, und bevor es dunkel wird, werde ich dir beweisen, daß es in Barcelona etwas gibt, was du noch nicht kennst, und daß du nicht mit diesem Schwachkopf nach El Ferrol gehen kannst, von dem ich mir nicht vorstellen kann, daß du ihn liebst, denn wenn du es tust, wird dich die Stadt verfolgen, und du wirst vor Gram sterben.«

»Du scheinst ja sehr selbstsicher, Daniel.«

Ich, der ich nie auch nur sicher war, wie spät es war, nickte in der Gewißheit des Ignoranten. Ich blieb stehen und sah sie durch diese endlose Galerie davongehen, bis ihre Gestalt mit dem Halbdunkel verschmolz und ich mich fragte, was ich da eigentlich getan hatte.

2

Der Hutladen Fortuny oder das, was von ihm übrig war, moderte im Erdgeschoß eines schmalen, rußgeschwärzten, elend aussehenden Hauses in der Ronda de San Antonio neben der Plaza de Goya vor sich hin. Noch waren die in die verschmutzte Schaufensterscheibe gravierten Buchstaben zu lesen, und an der Fassade bewegte sich im Wind ein Schild in Form einer Melone, das maßgeschneiderte Modelle und die letzten Neuheiten aus Paris verhieß. Die Tür war mit einem Vorhängeschloß gesichert, das wenigstens zehn Jahre da zu hängen schien. Ich drückte die Stirn ans Glas, um das Dunkel des Raums zu durchdringen.

»Wenn Sie wegen der Vermietung kommen, kommen Sie zu

spät«, sagte eine Stimme hinter mir. »Der Liegenschaftenverwalter ist schon gegangen.«

Die Frau, die mich angesprochen hatte, mußte um die sechzig sein und trug die nationale Uniform frommer Witwen.
Unter einem rosa Kopftuch lugten zwei Lockenwickler hervor, und die wattierten Pantoffeln paßten zu den fleischfarbe-
nen, bis knapp unters Knie reichenden Strümpfen. Ich war mir
fast sicher, daß sie die Pförtnerin des Hauses war.

»Ist der Laden denn zu mieten?« fragte ich.

»Sind Sie etwa nicht deswegen gekommen?«

»Eigentlich nicht, aber man kann nie wissen, vielleicht interessiert es mich.«

Sie runzelte die Stirn, während sie überlegte, ob sie mich
für einen Windbeutel halten oder mir die Wohltat des Zwei-
fels gewähren sollte. Ich setzte mein engelhaftestes Lächeln
auf.

»Ist der Laden schon lange geschlossen?«

»Wenigstens zwölf Jahre, seit der Alte gestorben ist.«

»Señor Fortuny? Haben Sie ihn gekannt?«

»Ich wohne seit achtundvierzig Jahren in diesem Haus, junger Mann.«

»Dann haben Sie vielleicht auch Señor Fortunys Sohn gekannt.«

»Julián? Und ob.«

Ich zog das versengte Foto aus der Tasche und zeigte es ihr.

»Glauben Sie, Sie können mir sagen, ob der junge Mann auf
dem Foto da Julián Carax ist?«

Die Pförtnerin schaute mich leicht mißtrauisch an. Sie ergriff
das Bild und starrte darauf.

»Erkennen Sie ihn?«

»Carax war der Mädchenname der Mutter«, sagte sie vorwurfsvoll. »Doch, das ist Julián. Ich habe ihn sehr blond in
Erinnerung, aber hier auf dem Foto hat er anscheinend dunk-
lere Haare.«

»Könnten Sie mir sagen, wer das Mädchen neben ihm ist?«

»Und wer möchte das wissen?«

»Verzeihen Sie, mein Name ist Daniel Sempere. Ich versuche etwas über Señor Carax herauszufinden, Julián Carax.«

»Julián ist nach Paris gegangen, im Jahr 18 oder 19. Sein Vater wollte ihn in die Armee stecken, wissen Sie. Ich glaube, die Mutter hat ihn mitgenommen, um ihn davon zu befreien. Señor Fortuny ist allein hier zurückgeblieben, in der Dachgeschoßwohnung.«

»Wissen Sie, ob Julián wieder einmal nach Barcelona gekommen ist?«

Sie schaute mich einen Moment schweigend an. Dann sagte sie:

»Wissen Sie das nicht? Julián ist noch im selben Jahr in Paris gestorben.«

»Wie bitte?«

»Ich sage, daß Julián gestorben ist. In Paris. Kurz nach der Ankunft dort. Er wäre besser zur Armee gegangen.«

»Darf ich Sie fragen, woher Sie das wissen?«

»Woher wohl? Weil sein Vater es mir gesagt hat.«

Ich nickte langsam.

»Verstehe. Hat er Ihnen auch gesagt, woran er gestorben ist?«

»Der Alte hat nicht viele Details erzählt, ehrlich gesagt. Eines Tages, kurz nachdem Julián gegangen war, ist ein Brief für ihn gekommen, und als ich seinen Vater fragte, hat er gesagt, sein Sohn sei gestorben und wenn noch etwas für ihn komme, solle ich es wegwerfen. Warum machen Sie ein solches Gesicht?«

»Señor Fortuny hat Sie belogen. Julián ist nicht 1919 gestorben.«

»Was sagen Sie da?«

»Er hat in Paris gelebt, mindestens bis zum Jahr 35, und ist dann nach Barcelona zurückgekommen.«

Das Gesicht der Pförtnerin hellte sich auf.

»Dann ist er also hier, in Barcelona?«

Ich nickte, im Vertrauen darauf, das ermuntere sie, mir noch mehr zu erzählen.

»Meine Güte . . . Sie machen mir wirklich eine Freude, also wenn er tatsächlich noch lebt, er war nämlich ein sehr zutraulicher Junge, ein bißchen merkwürdig und sehr fantasievoll, das schon, aber er hatte so ein gewisses Etwas, daß man ihn einfach liebhaben mußte. Der wäre kein guter Soldat geworden, das hat man von weitem gesehen. Meiner Isabelita hat er wahnsinnig gefallen. Stellen Sie sich vor, eine Zeitlang habe ich sogar gedacht, die werden einmal heiraten und so, wie Kinder eben sind . . . Darf ich das Foto noch mal sehen?«

Ich gab es ihr wieder. Sie betrachtete es lange, wie eine Rückfahrkarte in ihre Jugend.

»Unglaublich, wissen Sie, als sähe ich ihn eben jetzt . . . Und dieser gemeine Kerl sagt, er ist gestorben. Natürlich, es gibt ja Leute auf der Welt, da ist nichts unmöglich. Und was ist in Paris aus Julián geworden? Bestimmt hat er viel Geld verdient. Ich habe immer das Gefühl gehabt, der wird einmal noch reich.«

»Nicht direkt. Er ist Schriftsteller geworden.«

»Erfundene Sachen?«

»So was Ähnliches. Er hat Romane verfaßt.«

»Fürs Radio? Ach, wie schön. Aber das erstaunt mich gar nicht, wissen Sie. Schon als Junge hat er den Kindern da im Viertel die ganze Zeit Geschichten erzählt. Im Sommer sind meine Isabelita und ihre Kusinen abends manchmal hinaufgegangen und haben ihm zugehört. Sie sagten, er hat nie zweimal dieselbe Geschichte erzählt. Aber in allen ist es um Tote und um Seelen gegangen. Ich sage ja, er war ein etwas merkwürdiger Junge. Aber bei diesem Vater ist es erstaunlich, daß er nicht vollkommen verkorkst rausgekommen ist. Es wundert mich nicht, daß den am Ende die Frau verlassen hat, er war ein gemeiner Kerl. Schauen Sie, ich stecke meine Nase ja nirgends rein, nicht wahr. Ich bin mit allem einverstanden, aber das war kein guter Mensch. In einem Haus erfährt man letztlich alles. Er hat sie geschlagen, wissen Sie. Immer hörte man Schreie im Treppenhaus, und mehr als einmal mußte die Polizei kommen. Ich verstehe ja, daß ein Mann manchmal seine Frau schlagen muß, damit sie weiß, wo's langgeht, da sage ich nicht nein, es gibt viele Miststücke, und die Mädchen werden nicht mehr so erzogen wie früher, aber dem gefiel es, sie einfach aus einer Laune heraus zu verdreschen, verstehen Sie? Die einzige Freundin, die diese Frau gehabt hat, war ein junges Mädchen, die Viçenteta, die im vierten Stock zweite Tür gewohnt hat. Manchmal ist die Arme zu ihr geflüchtet, damit der Mann sie nicht weiter verprügelt. Und sie hat ihr Dinge erzählt . . .«

»Was denn zum Beispiel?«

Die Pförtnerin machte eine vertrauliche Miene, während sie eine Braue hochzog und sich argwöhnisch umsah.

»Zum Beispiel, daß der Junge nicht vom Hutmacher war.«

»Julián? Sie meinen, Julián war nicht der Sohn von Señor Fortuny?«

»Das hat die Französin zur Viçenteta gesagt, ich weiß nicht, ob aus Verzweiflung oder aus sonst einem Grund. Mir hat das junge Mädchen es erst Jahre später erzählt, als sie nicht mehr hier wohnten.«

»Und wer war denn nun Juliáns richtiger Vater?«

»Das wollte die Französin nie sagen. Womöglich hat sie es nicht einmal gewußt. Sie wissen ja, wie die Ausländer sind.«

»Und Sie meinen, ihr Mann hat sie darum geschlagen?«

»Weiß Gott, warum. Dreimal hat man sie ins Krankenhaus einliefern müssen, dreimal. Und dieses Schwein hatte noch die Stirn, überall herumzuerzählen, sie sei selber schuld, sie sei eine Säuferin und laufe zu Hause immer in alle Möbel rein, weil sie dauernd ins Glas gucke. Mir muß man ja nichts erzählen. Immer hatte er Streit mit allen Nachbarn. Meinen verstorbenen Mann selig hat er einmal angezeigt, er hätte in seinem Laden etwas gestohlen – in seinen Augen waren alle Leute aus Murcia Herumtreiber und Diebe, dabei kommen wir aus Ubeda . . .«

»Haben Sie gesagt, Sie erkennen das Mädchen neben Julián auf dem Foto?«

Sie konzentrierte sich wieder auf das Bild.

»Ich habe sie nie gesehen. Sehr hübsch.«

»Wenn man sie so sieht, schaut es aus, als wären sie ein Paar«, regte ich an, um ihrem Gedächtnis einen Stoß zu geben.

Mit einem Kopfschütteln reichte sie mir das Foto wieder.

»Von Fotos habe ich keine Ahnung. Und soviel ich weiß, hatte Julián keine Freundin, aber ich stelle mir vor, wenn er eine gehabt hätte, hätte er es mir nicht gesagt. Ich habe ja nur mit Mühe und Not erfahren, daß Isabelita sich mit diesem Dings eingelassen hat ... Ihr jungen Leute erzählt ja nie was. Wir Alten sind es, die in einem fort schwatzen.«

»Können Sie sich an seine Freunde erinnern oder an eine bestimmte Person, die hierherkam?«

Sie zuckte die Schultern.

»Oh, das ist schon so lange her. Zudem ist Julián in den letzten Jahren nur noch wenig hier gewesen, wissen Sie. Er hatte sich mit einem Schulkameraden angefreundet, einem Jungen aus sehr guter Familie, den Aldayas, mehr brauche ich nicht zu sagen. Jetzt redet keiner mehr von ihnen, aber damals war es, als hätte man die königliche Familie gesagt. Viel Geld. Ich weiß es, weil sie manchmal ein Auto geschickt haben, um Julián abzuholen. Sie hätten sehen sollen, was für ein Auto. So eins hat nicht mal Franco. Mit Fahrer, alles glitzernd. Unglaublich.«

»Wissen Sie noch den Namen dieses Freundes von Julián?«

»Schauen Sie, mit einem Nachnamen wie Aldaya, da braucht es keine weiteren Namen, wenn Sie verstehen, was ich meine. Ich erinnere mich auch an einen andern Jungen, etwas leichtsinnig, ein gewisser Miquel. Ich glaube, der war auch ein Klassenkamerad von ihm. Fragen Sie mich nicht, wie er noch geheißen hat oder was für ein Gesicht er hatte.«

Wir schienen an einem toten Punkt angekommen zu sein, und ich fürchtete, das Interesse der Pförtnerin könnte langsam schwinden. Da beschloß ich, einem plötzlichen Einfall nachzugeben.

»Wohnt denn jetzt jemand in der Wohnung der Fortunys?«

»Nein. Der Alte ist gestorben, ohne ein Testament zu hinterlassen, und die Frau ist noch in Buenos Aires, soviel ich weiß, und sie ist nicht einmal zur Beerdigung hergekommen.«

»Warum denn in Buenos Aires?«

»Weil sie keinen Ort gefunden hat, der weiter entfernt war von ihm, wenn Sie mich fragen. Ich gebe ihr ehrlich keine Schuld. Sie hat alles einem Anwalt überlassen, einem merkwürdigen Typ. Ich habe ihn nie gesehen, aber meine Tochter Isabelita, die im Fünften erste Tür wohnt, genau darunter, die sagt, manchmal kommt er abends, da er einen Schlüssel hat, und spaziert stundenlang in der Wohnung auf und ab, und dann geht er wieder. Einmal hat sie sogar gesagt, man habe so was wie Frauenabsätze gehört. Was sagen Sie dazu?«

»Vielleicht waren es Stelzen.«

Sie schaute mich verständnislos an. Offensichtlich war das für die Pförtnerin ein sehr ernstes Thema.

»Und in diesen ganzen Jahren hat niemand sonst die Wohnung besucht?«

»Einmal ist ein ganz unheimlicher Kerl hier vorstellig geworden, einer von denen, die ständig grinsen, aber man durchschaut sie gleich. Er hat gesagt, er ist von der Kripo, und wollte die Wohnung sehen.«

»Hat er gesagt, warum?«

Sie schüttelte den Kopf.

»Wissen Sie noch seinen Namen?«

»Inspektor irgendwas. Ich habe ihm nicht geglaubt, daß er Polizist ist. Die Sache hat gestunken, Sie verstehen schon. Nach irgendwas Persönlichem. Ich hab ihn an die Luft gesetzt und ihm gesagt, ich habe die Wohnungsschlüssel nicht und wenn er was will, soll er den Anwalt anrufen. Er sagte, er würde wiederkommen, aber ich hab ihn nicht mehr gesehen. Und auch keine Lust darauf.«

»Sie hätten nicht zufällig den Namen und die Adresse dieses Anwalts, oder?«

»Danach müßten Sie sich beim Liegenschaftenverwalter erkundigen, bei Señor Molins. Er hat sein Büro hier in der Nähe, in der Floridablanca 28, Hochparterre. Sagen Sie ihm, Sie kommen von Señora Aurora, zu dienen.«

»Haben Sie vielen Dank. Und sagen Sie, Señora Aurora, dann ist also die Wohnung der Fortunys leer?«

»Leer nicht, da hat nie jemand was mitgenommen in all den Jahren, seit der Alte gestorben ist. Manchmal stinkt es sogar. Ich würde sagen, es gibt Ratten und so, stellen Sie sich vor.«

»Glauben Sie, es wäre möglich, einen Blick hineinzuwerfen? Vielleicht finden wir etwas, das uns einen Hinweis darauf gibt, was mit Julián wirklich geschehen ist . . .«

»Oh, das kann ich nicht machen. Darüber müssen Sie mit Señor Molins sprechen, der ist dafür zuständig.«

Ich lächelte ihr verschmitzt zu.

»Aber Sie haben doch vermutlich einen Hauptschlüssel – auch wenn Sie diesem Kerl gesagt haben, nein . . . Sagen Sie nicht, Sie sterben nicht vor Neugier, zu erfahren, was da drin ist.«

Doña Aurora schaute mich schief an.

»Sie sind ein Teufel.«

Mit einem plötzlichen Ächzen gab die Tür nach, und aus dem Innern strömte verbrauchte, von muffiger Feuchtigkeit verpestete Luft. Ich stieß die Tür auf zu einem Korridor, der sich im Schwarzen verlor. Staubkringel hingen wie Hexenhaar von den Ecken an der Decke. Auf den gesprungenen Bodenfliesen lag eine Aschenschicht. Ich sah, daß Fußabdrücke in die Wohnung hineinführten.

»Heilige Muttergottes«, murmelte die Pförtnerin. »Hier gibt's mehr Scheiße als auf einer Hühnerleiter.«

»Wenn es Ihnen lieber ist, geh ich schon mal allein hinein«, schlug ich vor.

»Das würde Ihnen so passen. Los, gehen Sie voran, ich folge Ihnen.«

Wir schlossen die Tür hinter uns. Einen Augenblick lang, bis sich die Augen ans Dunkel gewöhnt hatten, blieben wir an der

Schwelle stehen. Ich hörte den nervösen Atem der Pförtnerin und roch ihren sauren Schweiß. Ich fühlte mich wie ein Grabschänder, das Herz von Habsucht zernagt.

»Hören Sie, was ist denn das für ein Geräusch?« fragte die Pförtnerin unruhig.

Im Dunkeln hört man aufgeschrecktes Flügelschlagen. Am Ende des Korridors glaubte ich ein blasses Etwas flattern zu sehen.

»Tauben«, sagte ich. »Sie müssen durch eine zerbrochene Fensterscheibe eingedrungen sein und hier genistet haben.«

»Also mich ekeln diese Mistvögel an. Was die sich zusammenscheißen.«

»Ganz ruhig, Doña Aurora, sie greifen nur an, wenn sie hungrig sind.«

Wir gingen einige Schritte weiter bis zum Ende des Korridors und gelangten in ein Eßzimmer mit einem Balkon. Man erkannte die Konturen eines wackligen Tischs, auf dem ein fadenscheiniges Tischtuch lag. Darum herum standen vier Stühle und dahinter zwei schmutzverschleierte Vitrinen, die das Geschirr hüteten, eine Sammlung Gläser und ein Teeservice. In einer Ecke stand noch Madame Carax' altes Klavier. Weiße und schwarze Tasten waren kaum mehr zu unterscheiden, und unter dem Staub verschwanden die Fugen. Vor der Balkontür bleichte ein Sessel mit abgeschabtem Behang vor sich hin. Daneben ein Kaffeetisch, auf dem eine Lesebrille und eine in helles Leder gebundene Bibel mit Goldschnitt lagen, wie sie damals zur Erstkommunion geschenkt wurden. Sie bewahrte noch das Lesezeichen, ein paar Fasern eines scharlachroten Bändels.

»Schauen Sie, auf diesem Sessel hat man den toten Alten gefunden. Der Arzt sagte, er hätte schon zwei Tage so dagesessen. Wie traurig, auf diese Weise zu sterben, einsam wie ein Hund. Dabei hat er es so gewollt, aber trotzdem, mir tut er leid.«

Ich trat zu Señor Fortunys Totensessel. Neben der Bibel stand ein kleines Kästchen mit Schwarzweißfotos, alte Studioaufnahmen. Ich kniete nieder, um sie zu studieren, getraute mich aber kaum, sie zu berühren, doch die Neugier war stärker. Das erste Foto zeigte ein junges Paar mit einem Knaben, der nicht älter war als vier Jahre. Ich erkannte ihn an den Augen.

»Da haben Sie sie. Señor Fortuny als junger Mann und sie . . .«

»Hatte Julián keine Brüder oder Schwestern?«

Seufzend zuckte die Pförtnerin die Schultern.

»Man hat gemunkelt, sie habe ein Kind verloren, nachdem der Mann sie wieder einmal geprügelt hatte, aber ich weiß nicht. Die Leute klatschen ja gern. Einmal hat Julián den Kindern, die im Haus wohnten, erzählt, er hätte eine Schwester, die könnte nur er sehen und die würde wie Dampf aus den Spiegeln kommen und beim Satan persönlich in einem Palast unter einem See wohnen. Meine Isabelita hatte einen ganzen Monat Alpträume. Also manchmal war dieser Junge wirklich krankhaft.«

Ich warf einen Blick in die Küche. Die Scheibe eines kleinen Fensters zum Lichtschacht war zerbrochen, und auf der andern Seite hörte man das nervöse, feindselige Flattern der Tauben.

»Haben alle Wohnungen dieselbe Anordnung?« fragte ich.

»Diejenigen zur Straße hin, also jeweils die zweite Tür, ja, aber die hier ist etwas anders, weil sie eine Dachwohnung ist. Da haben sie die Küche und eine Waschküche, die auf den Lichtschacht hinausgehen. Auf dem Gang sind drei Zimmer und am Ende ein Bad. Wenn sie hübsch eingerichtet sind, machen sie was her, nicht wahr. Das hier gleicht dem meiner Isabelita, auch wenn's jetzt wie ein Grab aussieht.«

»Wissen Sie, welches Juliáns Zimmer war?«

»Die erste Tür ist das Hauptschlafzimmer. Die zweite gehört zu einem kleineren Raum. Vielleicht der, denke ich.«

Ich ging in den Gang hinein. Der Anstrich der Wände blätterte in Fetzen ab. Die Tür zum Bad am Ende des Flurs war angelehnt. Im Spiegel schaute mich ein Gesicht an. Es hätte meines oder das der Schwester sein können, die in den Spiegeln dieser Wohnung gelebt hatte. Ich versuchte die zweite Tür zu öffnen.

»Sie ist abgeschlossen«, sagte ich.

Verdutzt schaute mich die Pförtnerin an.

»Diese Türen haben kein Schloß«, murmelte sie.

»Die da schon.«

»Dann hat es bestimmt der Alte anbringen lassen – in den andern Wohnungen . . .«

Ich schaute auf den Boden und sah, daß die Fußspur im Staub zur geschlossenen Tür führte.

»Jemand ist in das Zimmer hineingegangen«, sagte ich. »Erst kürzlich.«

»Machen Sie mir keine Angst.«

Ich trat zur andern Tür. Sie hatte kein Schloß. Bei der leichtesten Berührung gab sie nach und glitt mit rostigem Knarren auf. In der Mitte stand ein ungemachtes altes Himmelbett. Die Laken waren gelb. Am Kopfende dominierte ein Kruzifix. Auf einer Kommode standen ein Spiegel, eine Schüssel und ein Krug und davor ein Stuhl. An der Wand ein halb offener Schrank. Ich ging um das Bett herum zu einem Nachttisch, auf dem unter einer Glasplatte Ahnenfotos, Totenzettel und Lotterielose festgeklemmt waren. Auf dem Tischchen eine hölzerne Musikdose und eine für immer um fünf Uhr zwanzig eingefrorene Taschenuhr. Ich versuchte die Musikdose aufzuziehen, aber nach sechs Tönen blieb die Melodie hängen. In der Schublade fand ich ein leeres Brillenetui, eine Nagelschere, ein Schnapsfläschchen und eine Medaille der Muttergottes von Lourdes. Sonst nichts.

»Irgendwo muß es doch einen Schlüssel für dieses Zimmer geben«, sagte ich.

»Der Verwalter wird ihn haben. Also ich würde sagen, wir gehen besser und . . .«

Wieder schaute ich auf die Musikdose. Ich klappte den Deckel auf und fand einen vergoldeten Schlüssel, der den Mechanismus blockierte. Als ich ihn ergriff, glöckelte die Dose weiter.

»Das muß der Schlüssel sein«, sagte ich lächelnd.

»Hören Sie, wenn das Zimmer verschlossen war, dann wird es einen Grund haben. Und sei es nur aus Respekt gegenüber der Erinnerung an . . .«

»Wenn es Ihnen lieber ist, können Sie in der Loge auf mich warten, Doña Aurora.«

»Sie sind ein Teufel. Los, machen Sie schon auf.«

3

Ein kalter Luftzug pfiff durchs Schlüsselloch und strich mir über die Finger, als ich den Schlüssel hineinsteckte. Doña Aurora schaute mich ängstlich an, als würden wir gleich den Opferstock der Kathedrale aufbrechen.

»Geht dieses Zimmer auf die Straße hinaus?« fragte ich.

Sie schüttelte den Kopf.

»Es hat ein kleines Fenster, ein Luftloch, das auf den Lichtschacht führt.«

Ich stieß die Tür auf. Eine finstere, undurchdringliche Höhle tat sich vor uns auf. Das Fenster zum Schacht war mit vergilbten Zeitungsseiten abgedeckt. Ich riß sie weg, und ein Strahl milchigen Lichts durchbohrte das Dunkel.

»Jesus, Maria und Josef«, murmelte die Pförtnerin neben mir.

Das Zimmer ertrank in Kruzifixen. Zu Dutzenden hingen sie an Schnüren vom Balkenwerk und bedeckten an Nägeln die Wände. Man konnte sie in den Ecken erahnen, mit dem Messer in die Möbel geritzt, auf die Fliesen gekratzt, rot auf die Spiegel gemalt. Die Fußspuren, die zur Türschwelle führten, zeichneten im Staub einen Weg um ein bis auf den Sprungfederrahmen entblößtes Bett herum, nur noch ein Skelett aus Draht und wurmstichigem Holz. Unter dem Fenster zum Schacht war an der Wand eine Schreibkonsole befestigt, und darauf stand ein Trio von Metallkruzifixen. Ich öffnete sie vorsichtig. In den Fugen des Holzbalgs lag kein Staub, so daß ich annehmen durfte, daß sie vor nicht allzu langer Zeit geöffnet worden war. Sie hatte sechs Schubladen, deren Schlösser aufgebrochen worden waren. Ich untersuchte sie eine nach der andern. Leer.

Dann kniete ich vor der Konsole nieder. Ich betastete die Kratzer im Holz und stellte mir Julián Carax' Hände vor, die diese Kritzeleien und Hieroglyphen anbrachten, deren Sinn von der Zeit verweht worden war. Zuhinterst in der Konsole ließen sich ein Stoß Hefte und ein Behälter mit Bleistiften und Federn ausmachen. Ich ergriff eins der Hefte und blätterte es durch. Zeichnungen und einzelne Worte. Rechenübungen. Lose Sätze, Zitate aus Büchern, unvollendete Verse. Alle Hefte sahen sich gleich. Einige Zeichnungen wiederholten sich Seite um Seite mit unterschiedlichen Details. Eine männliche Gestalt fiel mir auf, die aus Flammen zu bestehen schien. Eine andere zeigte etwas wie einen Engel oder ein um ein Kreuz gerolltes Reptil. Man konnte Skizzen eines alten, wunderlich aussehenden Hauses erahnen, das mit festungsähnlichen Türmen und Kathedralbögen gefügt war. Der junge Carax offenbarte den kräftigen Strich eines instinktsicheren, recht talentierten Zeichners, obwohl sämtliche Bilder Skizzen geblieben waren.

Eben wollte ich das letzte Heft unbesehen zurücklegen, da glitt etwas zwischen seinen Seiten heraus und fiel mir zu Füßen. Es war ein Foto, auf dem ich dasselbe junge Mädchen erkannte wie auf dem versengten, vor dem wunderlichen Haus aufgenommenen Bild. Sie posierte in einem üppig wuchernden Garten, und durch die Baumkronen hindurch erriet man die Form des Hauses, das ich eben auf den Skizzen des halbwüchsigen Carax gesehen hatte. Ich erkannte es sogleich – die Villa *El Frare Blanc*, Der weiße Mönch, in der Avenida del Tibidabo. Auf der Rückseite des Fotos standen die schlichten Worte:

In Liebe, Penélope

Ich steckte das Foto in die Tasche, schloß den Schreibtisch und lächelte der Pförtnerin zu.

»Gesehen?« fragte sie, begierig, hier zu verschwinden.

»Fast. Vorhin haben Sie mir erzählt, kurz nach Juliáns Abreise nach Paris sei ein Brief für ihn gekommen, aber sein Vater habe Ihnen gesagt, Sie sollen ihn wegwerfen.«

Sie zögerte einen Augenblick, dann nickte sie.

»Den habe ich in die Kommodenschublade in der Diele gelegt, falls die Französin eines Tages zurückkäme. Dort wird er noch sein.«

Wir gingen zur Kommode und zogen die oberste Schublade auf. Zwischen einer Sammlung von stehengebliebenen Uhren, Knöpfen und vor zwanzig Jahren außer Kurs gesetzten Münzen lag ein ockerfarbener Umschlag.

»Haben Sie ihn gelesen?«

»Ich bitte Sie, wofür halten Sie mich?«

»Seien Sie nicht beleidigt. Unter diesen Umständen wäre das das Natürlichste, wo Sie doch dachten, der arme Julián sei gestorben . . .«

Sie zuckte die Achseln, senkte die Augen und zog sich zur Tür zurück. Diesen Moment nutzte ich, um den Brief in die Innentasche des Jacketts zu stecken und die Schublade wieder zuzuschieben.

»Sie dürfen nicht auf falsche Gedanken kommen«, sagte die Pförtnerin.

»Natürlich nicht. Was steht denn in dem Brief?«

»Es ist ein Liebesbrief. Wie im Radio, aber trauriger, viel trauriger, er klang wie echt. Beim Lesen hätte ich am liebsten geweint.«

»Sie haben ein goldenes Herz, Doña Aurora.«

»Und Sie sind ein Teufel.«

Gleich am selben Nachmittag, nachdem ich mich von Doña Aurora verabschiedet und ihr versprochen hatte, sie von meinen Nachforschungen über Julián Carax zu unterrichten, suchte ich den Liegenschaftenverwalter auf. Señor Molins hatte bessere Zeiten gesehen und schmorte jetzt in seinem schmierigen, in einem Hochparterre der Calle Floridablanca versteckten Büro vor sich hin. Er war ein heiterer, zufriedener Zeitgenosse, der an einer halb aufgerauchten Zigarre hing, welche seinem Schnurrbart zu entwachsen schien. Es ließ sich schwer sagen, ob er schlief oder wach war, sein Atem klang wie ein Schnarchen. Er hatte fettige, auf die Stirn geklatschte Haare und einen durchtriebenen Schweineblick. Sein Anzug hätte ihm auf dem Trödelmarkt Los Encantes keine zehn Peseten eingebracht, aber er kompensierte ihn mit einer Krawatte in schreienden Farben. Nach dem Aussehen des Büros zu schließen, wurden hier bestenfalls Spitzmäuse und Katakomben eines Barcelona vor der Restauration verwaltet.

»Wir sind im Umbau«, sagte Molins entschuldigend.

Um das Eis zu brechen, ließ ich den Namen von Doña Aurora fallen, als wäre sie eine alte Freundin der Familie.

»Oh, die war als junges Mädchen sehr attraktiv, doch doch«, bemerkte Molins. »Mit den Jahren ist sie ein wenig aus dem Leim gegangen – natürlich bin auch ich nicht mehr, was ich einmal war. Ob Sie es glauben oder nicht, in Ihrem Alter war ich ein Adonis. Die Mädchen gingen vor mir auf die Knie, damit ich Ihnen einen Gefallen tat, wenn nicht gar ein Kind machte. Aber die von heute taugen nichts. Na gut, was kann ich für Sie tun, junger Mann?«

Ich tischte ihm eine mehr oder weniger plausible Geschichte über eine angebliche entfernte Verwandtschaft mit den Fortunys auf. Nach fünf Minuten Geschwätz schleppte sich Molins zu seinem Archiv und gab mir die Adresse des Anwalts, der sich um die Angelegenheiten von Sophie Carax, Juliáns Mutter, kümmerte.

»Also . . . José María Requejo. Calle León XIII 59. Aber die Korrespondenz schicken wir halbjährlich in ein Fach des Hauptpostamts in der Vía Layetana.«

»Kennen Sie Señor Requejo?«

»Ich habe bestimmt schon mit seiner Sekretärin telefoniert. Aber alle laufenden Angelegenheiten mit ihm werden postalisch abgewickelt, und das erledigt meine Sekretärin, die heute beim Friseur ist. Die heutigen Anwälte haben keine Zeit mehr für den förmlichen Umgang von einst. In diesem Beruf gibt es keine Gentlemen mehr.«

Anscheinend gab es auch keine zuverlässigen Adressen mehr. Ein rascher Blick ins Straßenverzeichnis, das auf dem Schreibtisch des Verwalters lag, bestätigte meinen Verdacht: Die Hausnummer des mutmaßlichen Anwalts Requejo existierte nicht. Das teilte ich Señor Molins mit, der die Mitteilung wie einen Witz aufnahm.

»Donnerwetter«, lachte er. »Na, was hab ich Ihnen gesagt? Alles Gauner.«

Er lehnte sich in seinem Sessel zurück und gab wieder einen Schnarcher von sich.

»Hätten Sie vielleicht die Nummer dieses Postfachs?«

»Laut Karteikarte ist es die 2837, aber ich kann die Zahlen meiner Sekretärin nicht entziffern, Sie wissen ja, für die Mathematik taugen Frauen nicht, dafür taugen sie für . . .«

»Darf ich die Karte sehen?«

»Aber sicher. Hier bitte.«

Ich betrachtete sie. Die Zahlen waren absolut leserlich. Das Postfach trug die Nummer 2321 . . .

»Haben Sie oft mit Señor Fortuny zu tun gehabt, als er noch lebte?« fragte ich.

»Nur obenhin. Ein sehr zurückhaltender Mann. Ich erinnere mich, daß ich ihn, nachdem ich erfahren hatte, daß die Französin gegangen war, einmal aufgefordert habe, mit ein paar Kollegen ins Bordell mitzukommen, in ein fabelhaftes Etablissement, das ich neben dem La Paloma kenne. Bloß damit er sich ein wenig aufheitern konnte, nichts weiter. Da hörte der doch tatsächlich auf, mit mir zu sprechen und mich auf der Straße zu grüßen, als wäre ich unsichtbar. Wie finden Sie das?«

»Ich bin ganz baff. Was können Sie mir sonst noch über die Familie Fortuny erzählen? Erinnern Sie sich gut an sie?«

»Das waren andere Zeiten. Jedenfalls habe ich schon den Großvater Fortuny gekannt, der den Hutladen gegründet hat. Was soll ich Ihnen vom Sohn erzählen? Aber sie, doch doch, sie war toll. Was für eine Frau. Und ehrbar, nicht wahr, trotz dem ganzen Gemunkel und Geschwätz ...«

»Zum Beispiel, daß Julián nicht der eheliche Sohn Señor Fortunys war?«

»Wo haben Sie denn das aufgeschnappt?«

»Wie gesagt, ich gehöre zur Familie. Da erfährt man alles.«

»Von alldem ist nie etwas bewiesen worden.«

»Aber man hat darüber geredet.«

»Die Leute wetzen den Schnabel nach Herzenslust. Der Mensch stammt nicht vom Affen ab, sondern vom Huhn.«

»Was haben die Leute denn gesagt?«

»Möchten Sie ein Gläschen Rum? Er ist zwar von Igualada, aber er hat ein Fünkchen Karibik ... Schmeckt herrlich.«

»Nein, danke, aber ich leiste Ihnen Gesellschaft. Erzählen Sie mir unterdessen weiter.«

... Antoni Fortuny, den alle den Hutmacher nannten, hatte Sophie Carax 1899 vor den Stufen der Kathedrale von Barcelona kennengelernt. Eben hatte er dem heiligen Eustachius ein Gelübde abgelegt, der im Rufe stand, von allen Heiligen mit eigener Kapelle der flinkste und am wenigsten zimperliche zu sein, wenn es darum ging, Liebeswunder zu wirken. Antoni Fortuny, schon über dreißig und des Junggesellendaseins müde, wollte eine Gattin, und er wollte sie gleich. Sophie war eine junge Französin, die in einem Wohnheim für junge Frauen in der Calle Riera Alta lebte und den Sprößlingen der privilegiertesten Barceloneser Familien Privatunterricht in Gesang und Klavier erteilte. Sie hatte weder Familie noch Vermögen, nur gerade ihre Jugend und die musikalische Ausbildung, die ihr der Vater, ein Pianist an einem Theater in Nîmes, noch hatte geben können, bevor er 1886 an Tuberkulose starb. Antoni Fortuny dagegen war ein Mann auf dem Weg zum Wohlstand. Kurz zuvor hatte er von seinem Vater das Geschäft geerbt, einen renommierten Hutladen in der Ronda San Antonio, wo er das Handwerk erlernt hatte, das er eines Tages einem eigenen

Sohn beizubringen träumte. Sophie Carax erschien ihm zerbrechlich, schön, jung, gefügig und fruchtbar. Der heilige Eustachius war seinem Ruf gerecht geworden. Nach vier Monaten beharrlichen Werbens gab Sophie seinem Heiratsantrag statt. Señor Molins, ein Freund des verstorbenen Großvaters Fortuny, machte Antoni darauf aufmerksam, daß er eine Unbekannte heirate, daß Sophie zwar ein gutes Mädchen zu sein scheine, daß ihr diese Verbindung aber vielleicht allzu gelegen käme, er solle doch wenigstens noch ein Jahr warten ... Antoni Fortuny antwortete, er wisse schon genug von seiner künftigen Gattin, alles andere interessiere ihn nicht. Sie heirateten in der Pino-Basilika und verbrachten ihren dreitägigen Honigmond im Seebad Mongat. Am Morgen vor der Abreise fragte der Hutmacher Señor Molins im Vertrauen, wie er in den Geheimnissen des Schlafzimmers vorzugehen habe. Sarkastisch sagte Molins, er solle doch seine Frau fragen. Knapp drei Tage später kam das Ehepaar Fortuny nach Barcelona zurück. Die Nachbarn sagten, beim Betreten des Hauses habe Sophie geweint. Jahre später schwor die Viçenteta, daß Sophie ihr gesagt hatte, der Hutmacher habe sie mit keinem Finger angerührt und als sie ihn habe verführen wollen, habe er sie eine Hure geschimpft und sich, angewidert von der Obszönität dessen, was sie ihm vorgeschlagen habe, von ihr abgewandt. Sechs Monate später verkündete Sophie, sie trage ein Kind unter dem Herzen. Das Kind eines andern Mannes.

Antoni Fortuny hatte unzählige Male gesehen, wie sein eigener Vater die Mutter geschlagen hatte, und tat, was ihm angemessen schien. Er hielt erst inne, als er annehmen mußte, eine einzige weitere Berührung brächte sie um. Dennoch weigerte sich Sophie, die Identität des Vaters ihrer Leibesfrucht preiszugeben. Mit der ihm eigenen Logik dachte Antoni Fortuny, es handle sich um den Teufel, denn das konnte einzig ein Kind der Sünde sein, und die Sünde hatte nur einen Namen: der Böse. In der Überzeugung, in seinem Heim und zwischen den Schenkeln seiner Frau habe sich die Sünde eingenistet, hängte der Hutmacher allenthalben Kruzifixe auf: an den

Wänden, an den Türen sämtlicher Räume und an der Decke. Als er auch das Zimmer, in das er Sophie verbannt hatte, mit Kreuzen spickte, erschrak sie und fragte ihn mit Tränen in den Augen, ob er übergeschnappt sei. Blind vor Wut, wandte er sich um und ohrfeigte sie. »Eine Hure wie alle andern«, rief er und warf sie, nachdem sein Lederriemen sie beinahe gehäutet hatte, mit Fußtritten auf den Treppenabsatz hinaus. Als er am nächsten Tag die Wohnungstür öffnete, um in den Hutladen hinunterzugehen, lag Sophie immer noch dort, blutverkrustet und zitternd vor Kälte. Die Ärzte konnten die Brüche an der rechten Hand nie mehr ganz richten. Nie wieder würde Sophie Carax Klavier spielen können, dafür aber einen Jungen gebären, den sie Julián nennen würde, zur Erinnerung an den Vater, den sie, wie alles im Leben, zu früh verloren hatte. Zuerst wollte Fortuny sie aus dem Haus werfen, doch dann dachte er, der Skandal wäre dem Geschäft abträglich. Niemand würde Hüte bei einem Mann kaufen, der im Ruch eines Gehörnten stand. Das wäre widersinnig. Sophie mußte ein dunkles, kaltes Zimmer im hinteren Teil der Wohnung beziehen. Dort brachte sie mit der Hilfe zweier Nachbarinnen ihren Sohn zur Welt. Antoni kam erst nach drei Tagen wieder nach Hause. »Das ist der Sohn, den dir Gott gegeben hat«, sagte Sophie zu ihm. »Wenn du jemanden bestrafen willst, dann bestrafe mich, aber nicht ein unschuldiges Kind. Der Junge braucht ein Zuhause und einen Vater. Meine Sünden sind nicht die seinen. Ich flehe dich an, erbarme dich unser.«

Die ersten Monate waren für beide schwierig. Antoni Fortuny hatte beschlossen, seine Frau zum Dienstmädchen zu erniedrigen. Bett und Tisch teilten sie nicht mehr, und nur selten wechselten sie ein Wort, das nicht der Entscheidung häuslicher Angelegenheiten galt. Einmal im Monat, normalerweise bei Vollmond, erschien Antoni Fortuny in aller Herrgottsfrühe kurz in Sophies Zimmer und fiel wortlos über sie her, ungestüm, aber wenig kundig. In diesen seltenen Momenten der Intimität versuchte sich Sophie bei ihm einzuschmeicheln, indem sie ihm Liebesworte zuraunte und ihn kunstgerecht liebkoste. Der Hutmacher war kein Mann leerer Worte, und der Ansturm des Verlangens verflog ihm in Minuten-, wenn nicht Sekundenschnelle. Diesen Überfällen bei hochgekrempeltem Nachthemd entsprang kein Kind. Nach einigen Jahren suchte Antoni Fortuny Sophies Zimmer endgültig nicht mehr auf und ließ es sich zur Gewohnheit werden, bis tief in die Nacht hinein in der Heiligen Schrift zu lesen, um dort Erquickung für seine Pein zu finden.

Mit Hilfe der Evangelien bemühte er sich, in seinem Herzen Liebe für diesen Jungen mit dem tiefen Blick zu wecken, der sich mit Vorliebe über alles lustig machte und Schatten erfand, wo es keine gab. Trotz seines Bemühens empfand er den kleinen Julián nicht als Kind seines Blutes, noch erkannte er sich in ihm wieder. Den Kleinen seinerseits schienen weder Hüte noch die Lehren des Katechismus allzusehr zu interessieren. Zu Weihnachten vergnügte er sich damit, die Krippenfiguren neu zusammenzustellen und Verwicklungen zu ersinnen, in denen das Jesuskind von den Heiligen Drei Königen zu schlüpfrigen Zwecken entführt wurde. Bald verfiel er darauf, Engel mit Wolfszähnen zu zeichnen und sich Geschichten von vermummten Geistern auszudenken, die aus den Wänden traten und die Gedanken der Menschen fraßen, während diese schliefen. Mit der Zeit gab der Hutmacher jede Hoffnung auf, diesen Burschen für ein ordentliches Leben formen zu können. Das war kein Fortuny und würde nie einer werden. Mit dem Argument, er langweile sich in der Schule, brachte Julián all seine Hefte vollgekritzelt mit ungeheuerlichen Wesen, geflügelten Schlangen und lebenden Häusern zurück, die gehen konnten und die Unvorsichtigen verschluckten. Schon damals war offensichtlich, daß ihn Fantasie und Erfindung unendlich viel mehr interessierten als die Alltagswirklichkeit um ihn herum. Von allen Enttäuschungen, die Antoni Fortuny in seinem Leben hortete, schmerzte ihn keine so sehr wie dieser Sohn, den ihm der Teufel geschickt hatte, um ihn zum besten zu haben.

Mit zehn Jahren verkündete Julián, er wolle Maler werden,

wie Velázquez, denn er träumte davon, die Bilder zu malen, die der große Meister zu seinen Lebzeiten nicht mehr hatte schaffen können, weil er, wie Julián anführte, die Geisteskranken der königlichen Familie so oft zu porträtieren gezwungen gewesen sei. Um die Dinge ein für allemal zu regeln, vielleicht auch, um mit der Einsamkeit fertig zu werden und zur Erinnerung an ihren Vater, kam Sophie auf die Idee, ihm Klavierunterricht zu geben. Julián, der die Musik, die Malerei und jede in der Menschengesellschaft nutz- und zwecklose Materie über alles liebte, erlernte rasch die Grundbegriffe der Harmonie und zog es bald vor, eigene Kompositionen zu erfinden, statt den Etüden seines Notenbuchs zu folgen, was in seinen Augen widernatürlich war. In jener Zeit glaubte Antoni Fortuny noch, die Geistesschwäche des Jungen sei zum Teil auf seine Kost zurückzuführen, die zu sehr von den Gebräuchen der französischen Küche seiner Mutter bestimmt war. Bekanntlich zog ein Übermaß an Butter den moralischen Ruin und die Betäubung des Verstandes nach sich. Er verbot Sophie auf immer und ewig, mit Butter zu kochen. Das Ergebnis war nicht unbedingt das erhoffte.

Mit zwölf Jahren erlosch Juliáns fieberhaftes Interesse an der Malerei und an Velázquez allmählich, aber die erneut aufflakkernden Hoffnungen des Hutmachers hielten nicht lange an. Julián gab die Träume vom Prado zugunsten eines sehr viel verderblicheren Lasters auf. Er hatte die Leihbibliothek in der Calle del Carmen entdeckt und suchte in jeder Rast, die ihm der Vater im Hutladen gewährte, das Heiligtum der Bücher auf, um bändeweise Romane, Poesie und Geschichte zu verschlingen. Einen Tag vor seinem dreizehnten Geburtstag verkündete er, er wolle eine Person namens Robert Louis Stevenson sein, ganz offensichtlich ein Ausländer. Der Hutmacher sagte, er werde es mit Mühe und Not zum Steinklopfer bringen. Nun hatte er die endgültige Gewißheit, daß sein Sohn nichts weiter war als ein Narr.

Oft wälzte sich Antoni Fortuny vor Wut und Frustration im Bett hin und her und fand keinen Schlaf. Im Grunde seines

Herzens liebte er diesen Jungen, sagte er sich. Und er liebte, auch wenn sie es nicht verdiente, ebenfalls die Nutte, die ihn vom ersten Tag an betrogen hatte. Er liebte beide von ganzer Seele, aber auf seine Weise, und die war die richtige. Er bat Gott nur darum, ihm den Weg zu zeigen, wie sie alle drei glücklich sein könnten, nach Möglichkeit ebenfalls auf seine Weise. Er flehte den Herrn an, ihm ein Zeichen zu senden, ein Flüstern, ein klein wenig von seiner Gegenwart. Gott, in seiner unendlichen Weisheit und vielleicht überhäuft vom Ansturm von Bitten so vieler gequälter Seelen, gab keine Antwort. Während Antoni Fortuny in Gewissensbissen und Kümmernis zerfloß, erlosch Sophie langsam auf der andern Seite der Wand und sah ihr Leben in einem Strudel von Betrug, Verlassenheit und Schuld Schiffbruch erleiden. Sie liebte den Mann nicht, dem sie diente, aber sie fühlte sich ihm zugehörig, und die Möglichkeit, ihn zu verlassen und mit ihrem Sohn anderswohin zu gehen, schien ihr undenkbar. Bitter erinnerte sie sich an Juliáns richtigen Vater, und mit der Zeit lernte sie ihn hassen und alles verachten, was er vorstellte, doch war es genau das, wonach sie sich im Grunde sehnte. Da es an Gesprächen fehlte, begann sich das Ehepaar anzuschreien. Beschimpfungen und scharfe Vorwürfe flogen wie Messer durch die Wohnung und durchlöcherten jeden, der sich in den Weg zu stellen wagte, üblicherweise Julián. Später erinnerte sich der Hutmacher nie genau, warum er seine Frau geschlagen hatte, sondern nur an das Aufbranden und die Scham danach. Dann schwor er sich, das würde nie wieder vorkommen und wenn nötig würde er sich den Behörden stellen, damit man ihn in die Strafanstalt verbanne.

Mit Gottes Hilfe wiegte sich Antoni Fortuny in der Gewißheit, daß er ein besserer Mann werden könne, als es sein Vater gewesen war. Doch über kurz oder lang landeten seine Fäuste wiederum in Sophies zartem Fleisch, und mit der Zeit spürte er, daß er, wenn er sie nicht als Ehemann besitzen konnte, es als Henker tun würde. So ließ die Familie Fortuny die Jahre verstreichen, brachte ihre Herzen und Seelen zum Verstummen, bis sie alle vor lauter Schweigen die Worte vergessen hatten, um ihre wirklichen Gefühle auszudrücken, und einander zu Fremden wurden, die unter ein und demselben Dach zusammenlebten.

Ich war erst nach halb drei wieder in der Buchhandlung. Als ich eintrat, warf mir Fermín vom oberen Ende einer Leiter einen sarkastischen Blick zu, wo er den *Nationalen Episoden* unseres berühmten Benito Pérez Galdós Glanz verlieh.

»Wie freue ich mich, Sie zu sehen. Wir dachten schon, Sie seien nach Amerika gefahren, um dort Ihr Glück zu machen, Daniel.«

»Ich bin unterwegs aufgehalten worden. Wo ist mein Vater?«

»Da Sie nicht gekommen sind, hat er sich aufgemacht, um die restlichen Bestellungen abzuliefern. Ich soll Ihnen sagen, daß er diesen Nachmittag nach Tiana geht, um die Privatbibliothek einer Witwe zu schätzen. Ihr Vater gehört zu denen, die die Dinge erledigen, ohne große Worte zu machen. Sie sollen nicht auf ihn warten, um zu schließen.«

»War er böse auf mich?«

Fermín schüttelte den Kopf, während er katzenflink die Leiter herunterglitt.

»Keine Spur. Ihr Vater ist ein Heiliger. Zudem hat er sich sehr gefreut, als er sah, daß Sie sich eine Freundin zugelegt haben.«

»Was?«

Fermín blinzelte und leckte sich die Lippen.

»Oh, Sie Spitzbube, und das haben Sie einfach für sich behalten. Was für ein Mädchen – um den Verkehr zum Erliegen zu bringen. Und so was von elegant. Man sieht, daß sie gute Schulen besucht hat, aber da ist auch eine gewisse Einladung in ihrem Blick ... Ich sage Ihnen, wenn ich mein Herz nicht an die Bernarda verloren hätte – ich hab Ihnen ja noch nicht einmal erzählt, wie das neulich war mit dem Nachmittagskaffee ... Da haben die Funken gesprüht, sag ich Ihnen, die Funken, als wär's das Feuerwerk zum Sonnenwendfest ...«

»Fermín«, unterbrach ich ihn, »wovon zum Teufel reden Sie?«

»Von Ihrer Freundin.«

»Ich habe keine Freundin.«

»Na ja, ihr jungen Leute nennt das ja jetzt anders, Bekannte oder so . . .«

»Fermín, von vorne, bitte. Wovon reden Sie?«

Fermín Romero de Torres schaute mich verwirrt an.

»Nun – heute mittag, vor einer Stunde oder anderthalb, ist eine klasse Señorita in den Laden gekommen und hat nach Ihnen gefragt. Ihr Vater und meine Wenigkeit waren lebendigen Leibes anwesend, und ich kann Ihnen zweifelsfrei versichern, daß das Mädchen keineswegs wie ein Gespenst aussah. Ich könnte Ihnen sogar Ihren Geruch beschreiben. Nach Lavendel, aber süßer. Wie ein frisch gebackenes Milchbrötchen.«

»Hat das Milchbrötchen etwa gesagt, es sei meine Freundin?«

»Nicht mit genau diesen Worten, aber sie hat so beiläufig gelächelt, Sie wissen schon, und gesagt, sie erwartet Sie am Freitagnachmittag. Wir haben bloß zwei und zwei zusammengezählt.«

»Bea«, murmelte ich.

»Ergo gibt es sie doch«, bemerkte Fermín erleichtert.

»Ja, aber sie ist nicht meine Freundin.«

»Dann weiß ich nicht, worauf Sie noch warten.«

»Sie ist die Schwester von Tomás Aguilar.«

»Von Ihrem Freund, dem Erfinder?«

Ich nickte.

»Um so mehr. Nicht gerade die Schwester von Cary Grant, wissen Sie – aber sie sieht fantastisch aus. Ich an Ihrer Stelle würde mir die Gelegenheit nicht entgehen lassen.«

»Bea hat schon einen Freund. Einen Leutnant, der dient.«

Fermín seufzte irritiert.

»Oh, die Armee, Gebrechen und Bollwerk der Affenzunft. Desto besser, so können Sie ihm ohne Gewissensbisse Hörner aufsetzen.«

»Sie spinnen, Fermín. Bea wird ihn heiraten, sobald er den Militärdienst zu Ende gebracht hat.«

Er lächelte mir verschmitzt zu.

»Tja, ich habe so ein merkwürdiges Gefühl, daß dem nicht so ist, die heiratet nicht.«

»Was wollen denn Sie wissen.«

»Von Frauen und andern weltlichen Beschäftigungen wesentlich mehr als Sie. Wie uns Freud lehrt, begehrt die Frau das Gegenteil dessen, was sie denkt oder erklärt, was genau besehen gar nicht so schrecklich ist, denn der Mann gehorcht, wie uns Perogrullo lehrt, im Gegensatz dazu dem Diktat seines Genital- oder Verdauungsapparats.«

»Halten Sie mir keinen Vortrag, Fermín, ich weiß schon, worauf Sie hinauswollen. Wenn Sie mir etwas zu sagen haben, dann resümieren Sie.«

»Nun, ich sag es Ihnen in bündiger Essenz: Die sah nicht so aus, als heirate sie einen Kommißkopf.«

»Ach nein? Und wie sah sie denn dann aus?«

Fermín trat mit vertraulicher Miene näher.

»Wie eine Femme fatale.« Er zog geheimnisvoll die Brauen in die Höhe. »Und damit das klar ist, das meine ich als Kompliment.«

Wie immer hatte Fermín vollkommen recht. Ich gab mich besiegt und spielte den Ball an ihn zurück.

»Wenn wir schon bei Femme fatale sind, erzählen Sie mir von der Bernarda. Ist geküßt worden oder nicht?«

»Beleidigen Sie mich nicht, Daniel. Ich darf Sie daran erinnern, daß Sie mit einem Verführungsprofi sprechen, und das mit dem Küssen ist eine Sache von Amateuren und Pantoffeldilettanten. Die wirkliche Frau erobert man peu à peu. Das ist alles eine Frage der Psychologie, genau wie bei einem guten Stierkämpfer in der Arena.«

»Sie hat Ihnen also einen Korb gegeben.«

»Fermín Romero de Torres gibt nicht einmal der heilige Rochus einen Korb. Aber, um auf Freud zurückzukommen und wenn die Metapher erlaubt ist, der Mann erhitzt sich wie eine

Glühbirne: im Handumdrehen rotglühend und dann ebenso schnell wieder kalt. Bei der Frau dagegen, und das ist reine Wissenschaft, ist es wie beim Bügeleisen, verstehen Sie? Ganz sachte, bei schwachem Feuer, wie eine gute Suppe. Aber wenn sie dann einmal erhitzt ist, dann lodert sie. Wie die Hochöfen in Vizcaya.«

Ich dachte über Fermíns thermodynamische Theorien nach.

»Das machen Sie also mit der Bernarda?« fragte ich. »Das Bügeleisen aufs Feuer stellen?«

Fermín blinzelte mir zu.

»Diese Frau ist ein Vulkan kurz vor dem Ausbruch, mit einer Libido wie feuriges Magma und dem Herzen einer Heiligen. Um eine wahrhaftige Parallelität zu etablieren: Sie erinnert mich an meine kleine Mulattin in Havanna, die eine sehr fromme Santería-Anhängerin war. Aber da ich im Grunde ein Kavalier der alten Schule bin, nutze ich das nicht aus, und so habe ich mich mit einem züchtigen Küßchen auf die Wange begnügt. Ich hab's ja nicht eilig, wissen Sie. Gut Ding will Weile haben. Es gibt so Lümmel, die meinen, wenn sie einer Frau die Hand auf den Hintern legen und sie protestiert nicht, dann haben sie sie schon in der Tasche. Anfänger. Das Herz des Weibes ist ein ausgeklügeltes Labyrinth, welches den engstirnigen Geist des Mannes herausfordert. Wenn Sie eine Frau wirklich besitzen wollen, müssen Sie denken wie sie und als erstes ihre Seele erobern. Der Rest, die süße, weiche Verpackung, die einem Sinn und Tugend verdirbt, kommt dann als Zugabe.«

Feierlich lobte ich seine Rede.

»Fermín, Sie sind ein Dichter.«

»Nein, ich halte es mit Ortega und bin Pragmatiker, denn die Dichtung lügt, wenn auch im schönen Sinn, aber was ich sage, ist wahrer als ein Butterbrot. Schon der Meister hat es gesagt, zeigen Sie mir einen Don Juan, und ich zeige Ihnen einen verkappten Schwulen. Meine Sache ist Dauerhaftigkeit, das Immerwährende. Sie sollen mein Zeuge sein, daß ich die Bernarda wenn nicht zur ehrbaren, das ist sie schon, so doch zumindest zur glücklichen Frau machen werde.«

Ich nickte lächelnd. Seine Begeisterung war ansteckend und seine Rhetorik unschlagbar.

»Passen Sie gut auf sie auf, Fermín. Die Bernarda hat zuviel Herz und schon zu viele Enttäuschungen erlebt.«

»Glauben Sie, das habe ich nicht gesehen? Das steht ihr ja auf der Stirn geschrieben wie eine Police der Kriegswitwenstiftung. Und das sage *ich* Ihnen, der ich große Erfahrung darin habe, mit Gemeinheiten fertig zu werden. Diese Frau überschütte ich mit Glück, und sei es das letzte, was ich auf dieser Welt noch unternehme.«

»Ehrenwort?«

Mit ritterlichem Ernst reichte er mir die Hand. Ich ergriff sie.

»Ehrenwort von Fermín Romero de Torres.«

Der Nachmittag im Laden verlief gemächlich, es erschienen kaum ein paar Neugierige. Angesichts dessen empfahl ich Fermín, den Rest des Tages freizumachen.

»Na, holen Sie doch die Bernarda ab und gehen Sie mit ihr ins Kino oder Arm in Arm in der Calle Puertaferrisa Schaufenster anschauen, das macht ihr Spaß.«

Er zögerte nicht, mich beim Wort zu nehmen, und ging sich im Hinterraum herausputzen, wo er immer tadellos frische Kleider und in einem Necessaire, um das ihn jede Dame der höhergelegenen Stadtteile beneidet hätte, allerhand Wässerchen und Salben vorrätig hatte. Als er wieder nach vorn kam, sah er aus wie ein Galan aus einem Liebesfilm, nur mit dreißig Kilo weniger um die Knochen. Er trug einen ehemaligen Anzug meines Vaters und einen Filzhut, der ihm zwei Nummern zu groß war, was er dadurch löste, daß er ein paar Kugeln aus Zeitungspapier in den Stulp steckte.

»Übrigens, Fermín, bevor Sie gehen . . . Ich wollte Sie noch um einen Gefallen bitten.«

»Schon gewährt. Sie befehlen, ich bin da, um zu gehorchen.«

»Ich möchte Sie aber darum bitten, daß es unter uns bleibt, ja? Kein Wort zu meinem Vater.«

Er lachte von Ohr zu Ohr.

»Oh, Sie Spitzbube. Es hat etwas mit diesem duften Mädchen zu tun, oder?«

»Nein. Es geht um eine Angelegenheit von Ermittlung und Intrige. Ihr Gebiet also.«

»Nun, ein klein wenig verstehe ich auch von jungen Mädchen. Ich sag Ihnen das, falls Sie eines Tages eine technische Anfrage haben, Sie wissen schon. In allem Vertrauen, da bin ich wie ein Arzt. Ohne Zimperlichkeit.«

»Ich werde dran denken. Jetzt aber sollte ich wissen, wem das Postfach mit der Nummer 2321 im Hauptpostamt in der Vía Layetana gehört. Und, wenn möglich, wer die Post dort abholt. Glauben Sie, Sie können dieses schwierige Problem für mich lösen?«

Er schrieb sich die Nummer mit Kugelschreiber unter dem Strumpf auf den Rist.

»Das ist kinderleicht. Mir leistet kein öffentlicher Organismus Widerstand. Geben Sie mir ein paar Tage, und ich liefere Ihnen einen umfassenden Bericht.«

»Wir sind uns einig, daß mein Vater kein Wort erfährt, ja?«

»Seien Sie unbesorgt. Sie dürfen davon ausgehen, daß ich die Sphinx von Cheops bin.«

»Vielen Dank. Und jetzt gehen Sie schon, ich wünsche Ihnen viel Spaß.«

Ich verabschiedete ihn mit einem militärischen Gruß und sah ihn würdevoll davonschreiten. Keine fünf Minuten später hörte ich die Türglocke und schaute von meinen Zahlen und Korrekturen auf. Ein Mann in grauem Mantel und mit Filzhut war eingetreten. Er hatte einen schmalen Schnurrbart und blaue, glasige Augen. Sein Verkäuferlächeln war falsch und gezwungen. Ich bedauerte, daß Fermín nicht da war, er hatte eine geschickte Hand, um Reisende in Sachen Kampfer und Plunder loszuwerden, die sich gelegentlich in die Buchhandlung einschlichen. Der Besucher bot mir sein schmieriges Lächeln, während er aufs Geratewohl einen Band von einem Stoß nahm, der neben dem Eingang darauf wartete, eingeordnet und geschätzt zu werden. Alles an ihm strahlte Verachtung für das aus, was er sah. Du wirst mir nicht einmal einen schönen guten Tag verkaufen, dachte ich.

»Eine Menge Buchstaben, was?« sagte er.

»Das ist ein Buch, und die haben immer ziemlich viele Buchstaben. Kann ich Ihnen irgendwie behilflich sein, mein Herr?«

Mit übellaunigem Nicken legte er das Buch auf den Stapel zurück und ignorierte die Frage.

»Was ich immer sage. Lesen ist für Leute, die viel Zeit und nichts zu tun haben. Wie die Frauen. Wer zu tun hat, hat keine Zeit für Märchen. Im Leben gilt es hart zu schuften. Finden Sie nicht auch?«

»Das ist eine Meinung. Suchen Sie etwas Bestimmtes?«

»Das ist keine Meinung, das ist eine Tatsache. Genau das ist das Problem in diesem Land, daß die Leute nicht arbeiten wollen. Es gibt viele Herumtreiber, finden Sie nicht auch?«

»Ich weiß es nicht, mein Herr. Vielleicht. Hier verkaufen wir nur Bücher, wie Sie sehen.«

Der Mann trat dichter an den Ladentisch; dabei flatterte sein Blick dauernd im Geschäft umher und suchte manchmal meinen. Sein Aussehen und seine Haltung kamen mir irgendwie vertraut vor, obwohl ich nicht hätte sagen können, woher. Etwas an ihm ließ mich an eine der Figuren denken, die auf den Spielkarten in Antiquitätenläden oder bei Wahrsagern zu sehen sind. Er sah düster und aufbrausend aus wie ein Fluch im Sonntagsanzug.

»Wenn Sie mir sagen wollen, womit ich Ihnen dienen kann . . .«

»Ich bin es eher, der gekommen ist, um Ihnen einen Dienst zu erweisen. Sind Sie der Inhaber dieses Ladens?«

»Nein. Der Inhaber ist mein Vater.«

»Und der Name ist . . .?«

»Meiner oder der meines Vaters?«

Er lächelte gerieben.

»Ich werde mir also vorstellen, das Firmenschild Sempere und Söhne gilt für beide.«

»Sie sind sehr scharfsinnig. Darf ich fragen, welches der Grund Ihres Besuches ist, wenn Sie nicht an einem Buch interessiert sind?«

»Der Grund meines Besuchs, eines Höflichkeitsbesuchs, ist es, Ihnen mitzuteilen, daß mir zu Ohren gekommen ist, daß Sie beide mit anrüchigen Leuten Umgang pflegen, insbesondere mit Invertierten und Bösewichten.«

Ich schaute ihn verdutzt an.

»Wie bitte?«

Er bohrte seinen Blick in meinen.

»Ich rede von Schwulen und Gaunern. Sagen Sie nicht, Sie wissen nicht, wovon ich spreche.«

»Ich fürchte, ich habe nicht die leiseste Ahnung und auch nicht das geringste Interesse, Ihnen weiter zuzuhören.«

Er nickte, jetzt feindlich und zornig.

»Sie werden aber verdammt noch mal müssen. Ich nehme an, Sie sind auf dem laufenden über die Aktivitäten des Bürgers Federico Flaviá.«

»Don Federico ist der Uhrmacher des Viertels, ein vortrefflicher Mensch, und ich bezweifle sehr, daß er ein Übeltäter ist.«

»Ich sprach von Schwulen. Ich weiß genau, daß diese Schwuchtel in Ihrem Laden verkehrt, vermutlich, um Liebesrománchen und Pornographie zu kaufen.«

»Und darf ich Sie fragen, was Sie das angeht?«

Anstatt zu antworten, zog er seine Brieftasche hervor und legte sie offen auf den Ladentisch. Ich erkannte einen schmuddeligen polizeilichen Dienstausweis mit dem Gesicht des Mannes, als er noch etwas jünger war. Ich las bis zu den Worten ›Chefinspektor Francisco Javier Fumero Almuñiz‹.

»Junger Mann, mir gegenüber haben Sie Respekt zu zeigen, sonst stauche ich Sie und Ihren Vater zusammen, daß Ihnen die Haare ausfallen, weil Sie bolschewistischen Schund verkaufen. Ist das klar?«

Ich wollte eine Antwort geben, aber die Worte waren mir auf den Lippen eingefroren.

»Aber nun gut, es ist nicht dieser warme Bruder, was mich

heute herführt. Der wird früher oder später auf dem Revier landen wie alle seines Schlages, und dann werde ich ihm schon Dampf machen. Was mir Sorge bereitet, ist, daß mir Berichte vorliegen, wonach Sie einen gemeinen Dieb beschäftigen, einen Schurken der übelsten Art.«

»Ich weiß nicht, von wem Sie sprechen, Inspektor.«

Fumero lachte sein klebriges Lächeln.

»Weiß Gott, welchen Namen er sich jetzt zugelegt hat. Vor Jahren hat er sich Wilfredo Camagüey genannt, ein As des Mambo, und hat behauptet, Voodoospezialist, Tanzlehrer von Don Juan de Borbón und Geliebter von Mata Hari zu sein. Andere Male nimmt er Namen von Botschaftern, Varietékünstlern oder Stierkämpfern an. Wir haben den Überblick schon lange verloren.«

»Tut mir leid, daß ich Ihnen nicht helfen kann, aber ich kenne niemand namens Wilfredo Camagüey.«

»Gewiß nicht, aber Sie wissen, wen ich meine, nicht wahr?«

»Nein.«

»Sie komplizieren die Dinge gern, wie? Schauen Sie, ich bin als Freund gekommen, um Sie zu benachrichtigen und zu warnen, daß, wer einen Lumpen bei sich aufnimmt, sich am Ende selber die Finger verbrennt, und Sie behandeln mich als Lügner.«

»Keineswegs. Ich danke Ihnen für Ihren Besuch und Ihre Warnung, aber ich versichere Ihnen, daß wir nicht ...«

»Erzählen Sie mir keinen Scheiß – wenn's mich ankommt, geb ich Ihnen eine in die Fresse und mach die Bude hier dicht, kapiert? Aber heute bin ich gut gestimmt, also lass ich Sie mit der Warnung allein. Sie müssen wissen, welche Gesellschaft Sie wählen. Wenn Sie Schwule und Diebe mögen, dann haben Sie wohl selber von beiden etwas. Für mich müssen die Dinge klar sein. Entweder Sie sind auf meiner Seite oder gegen mich. So ist das Leben. Wie verbleiben wir also?«

Ich sagte nichts. Fumero nickte und lächelte wieder.

»Sehr gut, Sempere. Wie Sie wollen. Wir beide fangen nicht gut an. Wenn Sie Schwierigkeiten wollen, können Sie sie haben. Das Leben ist nicht wie in den Romanen, wissen Sie. Im Leben muß man Partei ergreifen. Und es ist klar, welche Sie gewählt haben. Die Partei von denen, die verlieren, weil sie Esel sind.«

»Darf ich Sie jetzt bitten zu gehen, wenn Sie so gut sein wollen.«

Er wandte sich mit seinem widerlichen Lächeln zur Tür.

»Wir werden uns wiedersehen. Und sagen Sie Ihrem Freund, Inspektor Fumero habe ihn im Auge und lasse ihn herzlich grüßen.«

Der Besuch des unseligen Inspektors und der Nachhall seiner Worte vergifteten mir den Nachmittag. Nachdem ich eine Viertelstunde mit verknoteten Eingeweiden hinter dem Ladentisch hin und her getigert war, schloß ich die Buchhandlung vorzeitig, trat auf die Straße hinaus und ging ziellos umher. Ich brachte die Andeutungen und Drohungen dieses Killertypen nicht aus dem Kopf und fragte mich, ob ich meinem Vater und Fermín von diesem Besuch erzählen mußte, aber vermutlich war genau das die Absicht Fumeros gewesen – Zweifel, Angst und Unsicherheit unter uns zu säen. Ich beschloß, dieses Spiel nicht mitzuspielen. Anderseits alarmierten mich die Andeutungen über Fermíns Vergangenheit. Und sogleich schämte ich mich, als ich feststellte, daß ich den Worten des Polizisten einen Augenblick Glauben geschenkt hatte. Nachdem ich mir lange den Kopf darüber zerbrochen hatte, dachte ich, am besten versiegle ich die Episode in einem Winkel meines Gedächtnisses und denke nicht mehr an das, was sie mit sich bringen mochte.

Auf dem Heimweg kam ich an der Uhrmacherei des Viertels vorbei. Durchs Schaufenster sah ich Don Federico hinter seinem Tisch sitzen und mich hereinwinken. Er war ein leutseliger, stets gut aufgelegter Mann, der nie vergaß, einem schöne Feiertage zu wünschen, und der für jede denkbare Schwierigkeit eine Lösung wußte. Mich schauerte bei dem Gedanken, daß er auf Inspektor Fumeros schwarzer Liste stand, und ich fragte mich, ob ich ihn wohl warnen sollte. Ratlos trat ich in den Laden.

»Wie geht's, Daniel? Du machst ja ein merkwürdiges Gesicht.«

»Ein schlechter Tag. Wie läuft's denn, Don Federico?«

»Wie geschmiert. Die Uhren werden immer schlechter, und ich komme mit der Arbeit nicht mehr nach. Wenn das so weitergeht, werde ich einen Gehilfen einstellen müssen. Dein Freund, der Erfinder, hätte der kein Interesse? Sicher hätte er eine geschickte Hand dafür.«

Ich konnte mir unschwer ausmalen, was Tomás Aguilars Vater von der Aussicht hielte, daß sein Sohn eine Beschäftigung bei Don Federico annähme, der offiziellen Tunte des Viertels.

»Ich werde es ihm sagen.«

»Übrigens, Daniel, da ist der Wecker, den mir dein Vater vor zwei Wochen gebracht hat. Ich weiß auch nicht, was er damit angestellt hat, aber er würde besser einen neuen kaufen, als den da reparieren zu lassen.«

In stickigen Sommernächten ging mein Vater manchmal auf dem Balkon schlafen.

»Er ist ihm auf die Straße runtergefallen«, sagte ich.

»So was hab ich mir gleich gedacht. Ich hätte da einen Radiant zu einem sehr guten Preis für ihn. Wenn du willst, kannst du ihn gleich mitnehmen, er soll ihn ausprobieren.«

»Vielen Dank, Don Federico.«

Er packte mir den Wecker ein.

»Hochtechnologie«, sagte er. »Übrigens hat mich das Buch entzückt, das mir Fermín neulich verkauft hat. Eins von Graham Greene. Dieser Fermín ist ein prima Kerl.«

Ich nickte.

»Ja, der ist Gold wert.«

»Mir ist aufgefallen, daß er nie eine Uhr trägt. Sag ihm, er soll mal vorbeikommen, dann regeln wir das.«

»Werde ich. Danke, Don Federico.«

Als er mir den Wecker aushändigte, sah mich der Uhrmacher aufmerksam an und zog die Brauen in die Höhe.

»Ist bestimmt nichts los, Daniel? Wirklich nur ein schlechter Tag?«

Ich lächelte und nickte wieder.

»Es ist nichts, Don Federico. Passen Sie auf sich auf.«

»Du auf dich auch, Daniel.«

Als ich zu Hause ankam, schlief mein Vater auf dem Sofa, die Zeitung auf der Brust. Ich stellte den Wecker mit der Notiz »Von Don Federico, du sollst den alten wegwerfen« auf den Tisch und glitt still in mein Zimmer, legte mich im Halbdunkel aufs Bett und schlief beim Gedanken an den Inspektor, an Fermín und den Uhrmacher ein. Als ich erwachte, war es schon zwei Uhr früh. Ich schaute auf den Gang hinaus und sah, daß sich mein Vater mit dem neuen Wecker in sein Zimmer zurückgezogen hatte. Mir wurde klar, daß ich an die Existenz von Inspektor Fumero nie wirklich geglaubt hatte. Ich ging in die Küche und schenkte mir ein Glas kalte Milch ein. Ich fragte mich, ob sich Fermín wohl gesund und munter in seiner Pension befinde.

Ich versuchte das Bild des Polizisten aus meinen Gedanken zu verdrängen und wieder einzuschlafen, aber daran war nicht zu denken. Ich knipste das Licht an, um den Umschlag des Briefes an Julián Carax zu studieren, den ich Doña Aurora am Morgen unterschlagen hatte und noch in der Jackettasche trug. Ich legte ihn auf meinem Schreibtisch unter den Lichtkegel der Lampe. Es war ein pergamentartiger Umschlag mit gezackten, vergilbten Rändern, der sich schmierig anfühlte. Der Stempel, kaum noch ein Schatten, war vom 18. Oktober 1919. Das Siegel war abgefallen, wahrscheinlich wegen Doña Auroras Neugier. An seiner Stelle war ein rötlicher Fleck zurückgeblieben, wie von der Berührung einer Wildrose, die die Verschlußklappe küßte, auf der der Absender zu lesen war:

Penélope Aldaya
Avenida del Tibidabo 32, Barcelona

Ich öffnete den Umschlag und zog den Brief heraus, ein dickes, säuberlich gefaltetes ockerfarbenes Blatt. Der blaue Tintenschriftzug wirkte nervös, verflüchtigte sich jeweils nach ein paar Worten und gewann dann wieder an Kraft. Alles auf diesem Blatt erzählte von einer andern Zeit – die vom Tintenfaß abhängige Schrift, die mit der Federspitze auf dem dicken Blatt hingekratzten Worte, das sich rauh anfühlende Papier. Ich strich den Brief auf dem Tisch glatt und las ihn atemlos.

Lieber Julián,

heute morgen habe ich von Jorge erfahren, daß Du Barcelona wirklich verlassen und Dich aufgemacht hast, Deine Träume zu suchen. Ich habe immer befürchtet, daß Du durch diese Träume weder mir noch sonst jemandem gehören würdest. Gern hätte ich Dich ein letztes Mal gesehen, Dir in die Augen geschaut und Dir Dinge gesagt, die ich Dir in einem Brief nicht erzählen kann. Nichts ist so eingetreten, wie wir es geplant hatten. Ich kenne Dich nur zu gut und weiß, daß Du mir nicht schreiben, ja mir nicht einmal Deine Adresse schicken wirst, daß Du ein anderer sein willst. Ich weiß, daß Du mich hassen wirst, weil ich nicht dort war wie versprochen. Daß Du glauben wirst, ich hätte Dich versetzt. Ich hätte keinen Mut gehabt.

So oft habe ich mir Dich vorgestellt, allein in diesem Zug, überzeugt, ich hätte Dich betrogen. Viele Male habe ich versucht, Dich durch Miquel zu finden, aber er sagte mir, Du willst nichts mehr von mir wissen. Was für Lügen hat man Dir aufgetischt, Julián? Was hat man Dir von mir erzählt? Warum hast Du ihnen geglaubt?

Jetzt weiß ich endlich, daß ich Dich verloren habe, daß ich alles verloren habe. Aber trotzdem kann ich nicht zulassen, daß Du für immer gehst und mich vergißt, ohne zu wissen, daß ich keinen Groll gegen Dich hege, daß ich es von Anfang an wußte, daß ich wußte, daß ich Dich verlieren würde und daß Du in mir nie das sehen würdest, was ich in Dir sah. Du sollst wissen, daß ich Dich vom ersten Tag an geliebt habe und Dich noch immer liebe, jetzt mehr denn je, ob es Dir gefällt oder nicht.

Ich schreibe Dir heimlich, ohne daß es jemand weiß. Jorge hat geschworen, daß er Dich umbringt, wenn er Dich noch einmal sieht. Man läßt mich nicht mehr aus dem Haus, nicht einmal mehr ans Fenster. Ich glaube, man wird mir nie verzeihen. Eine Vetrauensperson hat mir versprochen, Dir diesen

Brief zu schicken. Ich nenne ihren Namen nicht, um sie nicht zu kompromittieren. Ich weiß nicht, ob Dich meine Worte erreichen werden. Aber wenn es so sein und Du Dich entschließen solltest, mich zu holen, wirst Du hier den Weg finden, es zu tun. Während ich schreibe, stelle ich mir Dich in diesem Zug vor, voller Träume und das Herz vom vermeintlichen Betrug gebrochen, vor allen und vor Dir selbst fliehend. Es gibt so vieles, was ich Dir nicht erzählen kann, Julián. Dinge, die wir nie gewußt haben und die Du besser nie erfährst.

Ich wünsche mir nichts sehnlicher auf der Welt, als daß Du glücklich bist, Julián, daß alles, was Du erstrebst, Wirklichkeit wird und daß Du, auch wenn Du mich mit der Zeit vergißt, eines Tages verstehen kannst, wie sehr ich Dich geliebt habe.

Auf immer

Penélope

4

Penélope Aldayas Worte, die ich in dieser Nacht wieder und wieder las, bis ich sie auswendig konnte, brachten den üblen Nachgeschmack schlagartig zum Verschwinden, den Inspektor Fumeros Besuch hinterlassen hatte. Nachdem ich, versunken in den Brief und die Stimme, die ich darin zu spüren meinte, für den Rest der Nacht kein Auge mehr zugetan hatte, zog ich mich leise an, legte meinem Vater eine Notiz auf die Kommode in der Diele, ich müsse einige Besorgungen erledigen und sei um halb zehn zurück in der Buchhandlung, und verließ im Morgengrauen das Haus. Als ich aus dem Eingang trat, lag auf den Straßen noch eine bläuliche Schicht aus Pfützen und Spiegelungen, die der nächtliche Nieselregen hinterlassen hatte. Ich knöpfte die Jacke bis zum Hals hinauf zu und machte mich beschwingt auf den Weg zur Plaza de Cataluña. Aus dem Treppenschacht der U-Bahn strömte lauer, kupfern schimmernder Dampf. An einem Schalter kaufte ich eine Fahrkarte zur Haltestelle Tibidabo. Der Waggon war gut besetzt von Amtsdienern, Hausangestellten und Tagelöhnern mit in

Zeitungspapier gehüllten belegten Broten, so groß wie Ziegelsteine. Ich lehnte den Kopf mit halb geschlossenen Augen an die Fensterscheibe, während die Bahn durch die dunklen Eingeweide der Stadt zum Fuß des Tibidabo hinauffuhr. Als ich wieder auf die Straße trat, glaubte ich, ein anderes Barcelona zu entdecken. Es dämmerte, und ein Purpurstreifen teilte die Wolken und bestrich die Fassaden der kleinen Paläste und herrschaftlichen Häuser beiderseits der Avenida del Tibidabo. Träge kroch die Blaue Straßenbahn zwischen Dünsten bergauf. Ich rannte hinter ihr her und konnte mich unter dem gestrengen Blick des Schaffners gerade noch auf die hintere Plattform schwingen. Der mit Holz ausgekleidete Fahrgastraum war beinahe leer; nur zwei Mönche und eine Dame in Trauer mit aschfarbener Haut wiegten sich dösend im Hin und Her des wie von unsichtbaren Pferden gezogenen Wagens.

»Ich fahre nur bis Nummer zweiunddreißig«, sagte ich zum Schaffner mit meinem gewinnendsten Lächeln.

»Sie können ebensogut bis Finisterre fahren«, antwortete er gleichgültig. »Hier haben sogar diese beiden Soldaten Christi bezahlt. Fahrkarte kaufen oder hinterherlaufen. Den Reim gibt's umsonst.«

Das Mönchsduo, in Sandalen und braunem Franziskanerhabit, nickte und wies bekräftigend je eine rosa Fahrkarte vor.

»Dann steige ich aus«, sagte ich. »Ich habe kein Kleingeld bei mir.«

»Wie es Ihnen beliebt. Aber warten Sie bis zur nächsten Haltestelle, ich will keine Unfälle.«

Im Schrittempo fuhr die Trambahn die Baumallee bergan, und man sah über die Mauern hinweg schloßähnliche Villen in Gärten liegen, die ich mir voller Statuen, Brunnen, Stallungen und verschwiegener Kapellen vorstellte. Ich stand auf der einen Seite der Plattform und erkannte zwischen den Bäumen die Silhouette des Turms von *El Frare Blanc*. Als sich die Bahn der Ecke Román Macaya näherte, verlangsamte sie ihre Fahrt, bis sie beinahe ganz zum Stehen kam. Der Fahrer betätigte die Klingel, und der Schaffner schaute mich tadelnd an.

»Los, Sie Schlaumeier, beeilen Sie sich, da haben Sie Ihre Nummer zweiunddreißig.«

Ich sprang ab und hörte das Rattern der Straßenbahn im Dunst verklingen. Der Wohnsitz der Familie Aldaya lag auf der andern Seite der Kreuzung. Ein schmiedeeisernes Portal voller Efeu und Laub bewachte ihn. In die dicken Eisenstäbe eingelassen erriet man ein fest verriegeltes Türchen. Schwarze Eisenschlangen auf dem Gitter bildeten die Nummer zweiunddreißig. Ich versuchte hineinzusehen, aber man erkannte kaum einen finsteren Turm. Eine Rostspur rann aus dem Schlüsselloch des Türchens. Ich kniete nieder und versuchte auf diese Weise, in den Hof hineinzusehen. Aber als einziges erspähte ich büschelweise wilde Kräuter und die Umrisse von etwas, was mir wie ein Brunnen oder ein Teich erschien, aus dem eine ausgestreckte Hand zum Himmel emporzeigte. Erst nach einigen Augenblicken begriff ich, daß es eine Hand aus Stein war und daß es im Brunnen verborgen noch mehr Gliedmaßen und Formen gab, die ich nicht sehen konnte. Noch weiter entfernt erahnte man zwischen den Unkrautschleiern hindurch eine zersprungene, schutt- und laubbedeckte Marmortreppe. Glück und Glanz der Aldayas hatten sich vor langer Zeit gewendet. Dieser Ort war ein Grab.

Ich trat ein paar Schritte zurück und ging um die Ecke, um einen Blick auf den Südflügel des Hauses zu werfen. Von hier aus sah man den einen Turm des kleinen Palastes deutlicher. In diesem Moment erblickte ich aus dem Augenwinkel die Gestalt eines hungrig aussehenden Mannes in blauem Arbeitskittel, der mit einem groben Besen das Laub auf dem Bürgersteig aufscheuchte. Er beobachtete mich ein wenig argwöhnisch, und ich vermutete in ihm den Pförtner eines der angrenzenden Anwesen. Ich lächelte ihm zu, wie es nur jemand kann, der viele Stunden hinter einem Ladentisch verbracht hat.

»Einen schönen guten Morgen«, sagte ich herzlich. »Wissen Sie, ob das Haus der Aldayas schon lange verschlossen ist?«

Das Männchen schaute mich an, als hätte ich eine Frage zur Quadratur des Kreises gestellt. Er nahm das Kinn in seine gelben Finger, die eine Schwäche für Celtas ohne Filter verrieten. Leider hatte ich keine Zigaretten bei mir, um mich bei ihm einzuschmeicheln, und so wühlte ich in den Taschen, um ihn mir mit etwas anderem geneigt zu machen.

»Mindestens zwanzig oder fünfundzwanzig Jahre, und so soll es auch bleiben«, sagte der Pförtner in dem gequetschten, fügsamen Ton von Leuten, die zum Dienen geprügelt worden sind.

»Sind Sie schon lange hier?«

Er nickte.

»Ich bin hier bei den Herrschaften Miravell seit Anno 20 angestellt.«

»Sie haben nicht vielleicht eine Ahnung, was aus der Familie Aldaya geworden ist, oder?«

»Nun, Sie wissen ja wohl, daß sie in der Zeit der Republik viel Geld verloren haben. Wer Zwietracht sät... Das wenige, das ich weiß, habe ich bei den Herrschaften Miravell aufgeschnappt, die früher mit der Familie befreundet waren. Ich glaube, der ältere Sohn, Jorge, ist ins Ausland gegangen, nach Argentinien. Offenbar hatten sie dort Fabriken. Leute mit sehr viel Geld. Die fallen immer wieder auf die Füße. Sie haben nicht vielleicht ein Zigarettchen?«

»Tut mir leid, aber ich kann Ihnen ein Zitronenbonbon anbieten, das erwiesenermaßen genausoviel Nikotin hat wie eine Montecristo und dazu eine Unmenge Vitamine.«

Ungläubig runzelte der Pförtner die Stirn, aber er nickte. Ich reichte ihm das Zitronenbonbon, das mir Fermín vor einer Ewigkeit gegeben und das ich im Futter meiner Tasche entdeckt hatte. Ich hoffte, es wäre noch nicht verdorben.

»Schmeckt gut«, urteilte der Pförtner, während er nach Kräften an dem gummigen Bonbon lutschte.

»Sie kauen den Stolz der nationalen Süßwarenindustrie. Der Generalissimus schluckt sie wie Zuckermandeln. Und sagen Sie, haben Sie je von der Aldaya-Tochter gehört, von Penélope?«

Er stützte sich auf den Besen.

»Ich glaube, Sie irren sich. Die Aldayas hatten keine Töchter. Es waren alles Jungen.«

»Sind Sie da sicher? Ich weiß, daß damals, im Jahr 19, in diesem Haus ein junges Mädchen namens Penélope Aldaya gewohnt hat, wahrscheinlich die Schwester dieses Jorge.«

»Könnte schon sein, aber ich sag Ihnen ja, ich bin erst seit Anno 20 da.«

»Und wem gehört das Haus jetzt?«

»Soviel ich weiß, ist es noch zum Verkauf ausgeschrieben, obwohl man davon gesprochen hat, es abzureißen und eine Schule hinzusetzen. Das ist das Beste, was man tun kann, ehrlich. Es bis auf die Grundmauern niederreißen.«

»Warum meinen Sie?«

Er schaute mich vertraulich an. Als er lächelte, sah ich, daß ihm oben mindestens vier Zähne fehlten.

»Diese Leute, die Aldayas. Die waren nicht ganz koscher, Sie wissen ja, was man so sagt.«

»Ich fürchte nein. Was sagt man denn so?«

»Sie wissen ja. Die Gerüchte und so. Ich glaube natürlich nicht an diese Märchen, nicht wahr, aber da drin soll sich mehr als einer in die Hosen gemacht haben.«

»Sie wollen mir ja wohl nicht weismachen, in dem Haus spukt's.«

»Lachen Sie nur. Aber an jedem Gerücht ist was Wahres.«

»Haben Sie denn etwas gesehen?«

»Wirklich gesehen nicht. Aber gehört.«

»Gehört? Was denn?«

»Sehen Sie, einmal, vor Jahren, eines Nachts, als ich den Joanet begleitet habe, weil er doch darauf beharrt hat, verstehen Sie, ich hatte da ja nichts verloren ... Ja, wie ich sagte, da hab ich was Merkwürdiges gehört. Wie ein Weinen.«

Er imitierte das Geräusch. Es kam mir vor wie die Litanei eines Schwindsüchtigen, der ein Volksliedchen trällert.

»Das wird der Wind gewesen sein.«

»Wahrscheinlich, aber mir sind die Haare zu Berge gestanden, ehrlich. Hören Sie, Sie haben nicht vielleicht noch so ein kleines Lutscherchen, wie?«

»Wenn ich Ihnen eine Salmiakpastille anbieten darf – sie wirken stärkend nach dem Süßen.«

»Her damit.« Der Pförtner hielt mir die offene Hand entgegen.

Ich gab ihm die ganze Schachtel. Die Lakritze schien ihm die Zunge noch ein wenig mehr für diese saftige Geschichte der Aldaya-Villa zu schmieren.

»Ganz unter uns, da gibt es 'ne Menge zu erzählen. Einmal, da hat der Joanet, der Sohn von Señor Miravell, der ein Brokken ist, zweimal so groß wie Sie – ich brauch Ihnen nur zu sagen, daß er in der Handball-Nationalmannschaft ist ... Also einige Kumpel von Señorito Joanet hatten von dem Aldaya-Haus gehört und ihn breitgeschlagen. Und er mich, damit ich mit ihm gehe – zwar viel Geschwätz, aber dann doch kein Mumm, um allein hineinzugehen. Sie wissen ja, verwöhnte Söhnchen. Er wollte unbedingt in der Nacht da rein, um sich bei der Freundin als Held aufzuspielen, und fast hätte er in die Hose gepinkelt. Jetzt sehen Sie es ja bei Tag, aber nachts ist das ein ganz anderes Haus, verstehen Sie? Jedenfalls sagt der Joanet, er ist in den zweiten Stock hinaufgegangen, ich habe mich nämlich geweigert, da reinzugehen, nicht wahr, so was ist ja bestimmt nicht erlaubt, obwohl das Haus damals sicher schon zehn Jahre leer gestanden hat, und da sagt er, da ist was. Er hat so was wie eine Stimme in einem Zimmer zu hören geglaubt, und als er rein wollte, ist ihm die Tür vor der Nase zugefallen. Wie finden Sie das?«

»Ich finde, das war ein Luftzug.«

»Oder ein Zug von was anderem«, sagte er und senkte die Stimme. »Neulich haben sie es im Radio gesagt: Die Welt ist voller Geheimnisse. Stellen Sie sich vor, jetzt haben sie offenbar das echte Schweißtuch Christi hier bei uns in Sardanyola gefunden. Es war auf die Leinwand eines Kinos genäht, um es vor den Arabern zu verstecken, die wollten es, damit sie sagen konnten, Jesus Christus wäre schwarz gewesen. Wie finden Sie das?«

»Mir fehlen die Worte.«

»Ich sag's ja. Viele Geheimnisse. Dieses Haus müßte abgerissen und dann Kalk aufs Gelände gestreut werden.«

Ich bedankte mich bei dem Alten für die Auskunft und begann die Avenida nach San Gervasio zurückzugehen. Als ich aufschaute, sah ich, wie der Tibidabo-Hügel zwischen Gazewolken erwachte. Auf einmal wäre ich am liebsten zur Zahnradbahn gegangen, um zum alten Rummelplatz hinaufzufahren und mich zwischen den Karussels und Automatensalons zu verirren, aber ich hatte versprochen, rechtzeitig in der Buchhandlung zu sein. Auf dem Rückweg zum U-Bahnhof stellte ich mir vor, wie Julián Carax dieselben feierlichen Fassaden bestaunte, die sich seit damals kaum verändert hatten mit ihren Treppen und Statuen, und wie er vielleicht auf die Blaue Straßenbahn gewartet hatte, die jetzt gleichsam auf Zehenspitzen zum Himmel hinauffuhr.

5

Wieder zu Hause, sah ich, daß Fermín oder mein Vater die Buchhandlung schon geöffnet hatte. Ich ging auf einen Sprung in die Wohnung hinauf, um etwas zu essen. Mein Vater hatte mir Toastscheiben, Marmelade und eine Thermoskanne Kaffee auf dem Eßtisch bereitgestellt. Ich griff tüchtig zu und war in weniger als zehn Minuten wieder unten. Ich betrat den Laden von der Eingangshalle des Hauses aus durch den Hinterraum, wo ich den Kittel aus meinem Schrank nahm, mit dem ich die Kleider vor dem Staub von Kisten und Regalen zu schützen pflegte. Hinten im Schrank verwahrte ich eine noch immer nach Camprodón-Keksen riechende Blechdose mit allerlei unnützem Kram, von dem ich mich nicht trennen konnte: unrettbar beschädigte Uhren und Federhalter, alte Münzen, verblaßte Miniaturen, Murmeln, im Park des Labyrinths gefundene Patronenhülsen und alte Postkarten vom Barcelona der Jahrhundertwende. Mitten darin lag der Zeitungsfetzen, auf den mir Isaac Monfort in der Nacht, in der ich den Friedhof der Vergessenen Bücher aufgesucht hatte, um *Der Schatten des Windes* zu verstecken, die Adresse seiner Tochter Nuria geschrieben hatte. Ich steckte ihn in meinen Geldbeutel und schloß die Dose.

Mit einem »Guten Morgen« trat ich in den Laden.

Fermín war mit dem Sortieren mehrerer Kisten befaßt, die von einem Sammler aus Salamanca gekommen waren, und mein Vater mühte sich damit ab, einen deutschen Katalog von Luther-Schriften zu entziffern.

»Und einen noch besseren Nachmittag«, trällerte Fermín in Anspielung auf mein Rendezvous mit Bea.

Ich tat ihm nicht den Gefallen zu antworten, sondern machte mich an die allmonatliche Unannehmlichkeit, die Buchhaltung à jour zu bringen, Quittungen und Lieferscheine, Außenstände und Zahlungen gegeneinanderzuhalten. Das Radio beglückte unsere monotone Arbeit mit ausgewählten Momenten der Karriere von Antonio Machín, der damals sehr in Mode war. Meinem Vater gingen die karibischen Rhythmen ein wenig auf die Nerven, aber er nahm sie hin, weil sie Fermín an sein ersehntes Kuba erinnerten. Die Szene wiederholte sich Woche für Woche: Mein Vater stellte sich taub, und Fermín gab sich in unruhigen Bewegungen dem Takt der Habanera hin und füllte die Werbepausen mit Anekdoten seiner Abenteuer in Havanna. Die Ladentür stand offen, und ein süßer Duft nach frisch gebackenem Brot und Kaffee drang herein. Nach einer Weile blieb unsere Nachbarin Merceditas, die vom Einkaufen auf dem Boquería-Markt zurückkam, vor unserem Schaufenster stehen und schaute zur Tür herein.

»Morgen, Señor Sempere«, flötete sie.

Errötend lächelte ihr mein Vater zu. Ich hatte immer den Eindruck, die Merceditas gefiel ihm, aber sein Kartäuserethos erlegte ihm eisernes Schweigen auf. Fermín betrachtete sie aus dem Augenwinkel und verfolgte das sanfte Wiegen ihrer Hüften, als wäre eben ein Baiser zur Tür hereingekommen. Die Merceditas griff in eine Papiertüte und beschenkte uns mit drei glänzenden Äpfeln. Ich stellte mir vor, daß sie noch immer daran dachte, in der Buchhandlung zu arbeiten, und ihre Antipathie gegen Fermín, den Eindringling, nur mit Mühe verbergen konnte.

»Schauen Sie, wie schön. Ich habe sie gesehen und gedacht: Die sind für die Herrschaften Sempere«, sagte sie in affektiertem Ton. »Ich weiß doch, daß Sie als Intellektuelle Äpfel mögen, wie Isaac New York.«

»Isaac Newton, mein Herzchen«, präzisierte Fermín emsig.

Die Merceditas warf ihm einen tödlichen Blick zu.

»Sieh an, der Klugscheißer. Seien Sie dankbar, daß ich Ihnen ebenfalls einen Apfel mitgebracht habe und nicht eine bittere Pampelmuse, wie Sie sie verdient haben.«

»Aber meine Liebe, wo mir doch die Spende, die ich aus Ihren jungfräulichen Händen in Form dieses Apfels empfange, der Frucht der Erbsünde, das Hautgeflecht entflammt...«

»Fermín, ich bitte Sie«, schnitt ihm mein Vater das Wort ab.

»Jawohl, Señor Sempere.«

Die Merceditas wollte eben zu einer Antwort ansetzen, als von der Straße empörtes Gezeter hereindrang. Wir verstummten erwartungsvoll. Vorsichtig streckte die Merceditas den Kopf zur Tür hinaus. Wir sahen mehrere Händler mit aufgeregtem Kopfschütteln vorbeigehen. Gleich darauf erschien Don Anacleto Olmo, Nachbar und offiziöser Sprecher der Königlichen Akademie der Sprache in unserem Haus. Er war Gymnasiallehrer, hatte spanische Literatur und alte Sprachen studiert und teilte seine Wohnung im zweiten Stock mit sieben Katzen. In den nicht von seiner Lehrtätigkeit beanspruchten Stunden betätigte er sich als Kolumnist eines angesehenen Zeitungsverlages und dichtete, wie man munkelte, alterserotische Verse, die er unter dem Pseudonym Raúl de Kock publizierte. Im persönlichen Umgang war Don Anacleto ein leutseliger Mann, in der Öffentlichkeit jedoch fühlte er sich verpflichtet, die Rolle des Rhapsoden zu spielen, und befleißigte sich einer hochbarocken Ausdrucksweise.

An diesem Morgen kam er mit kummerpurpurnem Gesicht

daher, und seine Hände am Elfenbeinstock zitterten ein wenig. Neugierig starrten wir ihn alle vier an.

»Was ist denn, Don Anacleto?« fragte mein Vater.

»Franco ist gestorben, sagen Sie schon ja«, bemerkte Fermín hoffnungsfroh.

»Halten Sie den Mund, Sie roher Mensch«, herrschte ihn die Merceditas an, »und lassen Sie den Herrn Doktor sprechen.«

Don Anacleto holte tief Atem, und nachdem er wieder zu seinem gesetzten Wesen gefunden hatte, erstattete er uns Bericht.

»Meine Freunde, das Leben ist ein Drama, und selbst den erhabensten Geschöpfen des Herrn bleibt es nicht erspart, die Bitterkeit eines launigen Schicksals zu kosten. Gestern abend, nach Mitternacht bereits, ist unser geschätzter Nachbar Don Federico Flaviá i Pujades von den staatlichen Sicherheitskräften inhaftiert worden.«

Ich spürte, wie mir das Herz in die Hose rutschte.

»Jesus, Maria und Josef«, sagte die Merceditas.

Fermín schnaubte enttäuscht – offensichtlich erfreute sich das Staatsoberhaupt nach wie vor einer ausgezeichneten Gesundheit. Don Anacleto holte abermals Luft und fuhr fort:

»Anscheinend haben, nach einer Schilderung aus glaubhafter Quelle, zwei Mitglieder der Kriminalpolizei in Zivil gestern kurz nach Mitternacht Don Federico dabei ertappt, wie er als Matrone verkleidet auf der Bühne einer Kaschemme in der Calle Escudellers vor einem offenbar aus Geistesschwachen bestehenden Publikum Couplets mit pikantem Text intonierte. Diese elenden Geschöpfe, die am selben Abend aus dem Armenhaus eines religiösen Ordens entwischt waren, hatten sich im Taumel des Spektakels die Hose heruntergelassen, um schamlos und händeklatschend mit aufgerichtetem Nachtschattengewächs und geiferndem Maul zu schwofen.«

Bei dieser schlüpfrigen Wendung, die die Schilderung genommen hatte, bekreuzigte sich die Merceditas erschrocken.

»Als die Mütter von einigen der armen Geschöpfe benachrichtigt wurden, haben sie Anzeige wegen Verstoßes gegen die elementarste Moral erstattet. Sogleich bekam die Presse Wind von dem gefundenen Fressen, und die Zeitung *El Caso* berichtet in ihrer heutigen Ausgabe von dem Ereignis, das sie als dantesk und schaudererregend bezeichnet.«

»Das darf doch nicht wahr sein«, sagte mein Vater. »Wo es schon so ausgesehen hat, als hätte Don Federico aus seinen Erfahrungen gelernt.«

Don Anacleto nickte pastoral.

»Ja, aber noch haben Sie das Schlimmste nicht gehört. Anscheinend ist der Uhrmacher schon zweimal unter ähnlichen Umständen festgenommen worden, wie in den Annalen des Kriminalgeschehens von den Ordnungshütern festgehalten ist.«

»Sagen Sie eher, von den Bösewichten mit Erkennungsmarke«, schnauzte Fermín.

»In die Politik mische ich mich nicht ein. Aber ich kann Ihnen sagen, daß die beiden Polizisten den armen Don Federico von der Bühne heruntergeprügelt und aufs Revier in der Vía Layetana mitgenommen haben. Unter andern Umständen wäre es mit ein wenig Glück bei einem Scherz und vielleicht zwei Ohrfeigen geblieben, aber unglücklicherweise war es so, daß gestern abend der berühmte Inspektor Fumero Dienst hatte.«

»Fumero«, stöhnte Fermín, den die bloße Erwähnung des Inspektors erschauern ließ.

»Höchstpersönlich. Wie ich sagte, wurde dieser Ordnungshüter von der verängstigten Mutter eines der auf Abwege gebrachten Burschen aus dem Armenhaus über die Ereignisse informiert. Er gab dem diensttuenden Sergeanten zu verstehen, eine solche Schweinerei verdiene die höchste Strafe und was dem Uhrmacher, also Don Federico Flaviá i Pujades, zustehe, sei eine Nacht im Gemeinschaftsgefängnis im untersten Kellergeschoß des Polizeireviers.«

An diesem Punkt begann Don Anacleto, ein kurzes, aber herzliches Porträt vom Charakter des Opfers zu zeichnen, obwohl es allen bestens bekannt war.

»Ich brauche Sie nicht daran zu erinnern, daß Señor Flaviá i Pujades mit einer schwachen, zartfühlenden Persönlichkeit gesegnet ist, ganz Güte und christliche Frömmigkeit. Wenn sich eine Fliege in die Uhrmacherei verirrt, klatscht er sie nicht mit seinem Hanfschuh zu Tode, sondern öffnet Tür und Fenster sperrangelweit, damit die Zugluft dieses Geschöpf des Herrn in dessen freie Natur zurückträgt. Leider hat Don Federico zeit seines Lebens mit einem unheilvollen Hang zum Laster zusammenleben müssen, das ihn in ganz seltenen Fällen übermannt und als Weibsperson verkleidet auf die Straße hinausgespült hat. Sein Geschick, von der Armbanduhr bis zur Nähmaschine alles zu reparieren, ist immer sprichwörtlich gewesen und seine Person von allen geschätzt worden, die wir ihn gekannt und in seinem Geschäft verkehrt haben, selbst von denen, die mit seinen gelegentlichen nächtlichen Eskapaden mit Perücke, Zierkamm und getupftem Kleid nicht einverstanden waren.«

»Sie sprechen, als wäre er tot«, sagte Fermín konsterniert.

»Tot nicht, Gott sei Dank.«

Ich seufzte erleichtert auf. Don Federico wohnte bei seiner achtzigjährigen, stocktauben Mutter, die im Viertel als *die Pepita* bekannt und für ihre orkanartigen Winde berühmt war.

»Die Pepita dürfte sich kaum vorgestellt haben«, fuhr der Dozent fort, »daß ihr Federico die Nacht in einer schmutzigen Zelle verbracht hatte, wo ein Chor von Luden und Messerstechern sich um ihn riß und ihm danach eine Mordstracht Prügel verpaßte.«

Grabesstille legte sich über uns. Die Merceditas schluchzte. Fermín wollte ihr zum Trost zärtlich den Arm umlegen, doch mit einem Sprung riß sie sich los.

»Stellen Sie sich das Bild vor«, schloß Don Anacleto.

Der Epilog der Geschichte machte nichts besser. Gegen zehn Uhr vormittags hatte ein grauer Lieferwagen des Polizeipräsidiums Don Federico vor seiner Haustür liegenlassen. Er war blutüberströmt, das Kleid hing ihm in Fetzen vom Leib, seine Perücke und die ganzen Klunker waren verschwunden. Man hatte ihn angepißt, und sein Gesicht war mit Quetschungen und Schnitten übersät. Der Sohn der Bäckerin hatte ihn gefunden, ein Häufchen Elend, das zitternd im Hauseingang kauerte.

»Das gibt es doch nicht, mein Gott«, sagte die Merceditas in der Tür der Buchhandlung, in weiser Entfernung von Fermíns Händen. »Der arme Kerl, wo er doch ein so herzensguter Mensch ist, der sich mit keinem anlegt. Und wenn er sich gern als Pharaonin verkleidet und singen geht? Was ist denn schon dabei? Die Menschen sind einfach böse.«

Don Anacleto schwieg und schaute zu Boden.

»Böse nicht«, entgegnete Fermín. »Schwachsinnig, was nicht dasselbe ist. Das Böse setzt moralische Entschlossenheit voraus. Der Schwachkopf dagegen hält sich nicht mit Nachdenken auf, sondern handelt instinktiv. Was die Welt braucht, sind mehr wirklich böse Menschen und weniger beschränkte Holzköpfe.«

»Reden Sie doch keinen Unsinn. Was es braucht, ist ein wenig mehr christliche Nächstenliebe und weniger Fiesheit, das ist ja ein Land von Schurken«, sagte die Merceditas. »Immer schön zur Messe gehen – aber von unserem Herrn Jesus Christus nimmt hier nicht mal Gott Notiz.«

»Na, streitet euch nicht«, unterbrach mein Vater die beiden. »Und Sie, Fermín, gehen Sie jetzt zu Don Federico und schauen Sie nach, ob er was braucht, aus der Apotheke oder vom Markt.«

»Jawohl, Señor Sempere. Auf der Stelle. Sie wissen ja, mich bringt mein Mundwerk noch unter den Boden.«

»Was Sie zugrunde richtet, ist Ihre Schamlosigkeit und Respektlosigkeit«, sagte die Merceditas. »Gotteslästerer. Man sollte Ihnen die Seele mit Salmiak putzen.«

»Schauen Sie, Merceditas, ich weiß ja, daß Sie ein guter Mensch sind, und im Augenblick gibt's im Viertel einen sozialen Notfall, wo man Prioritäten setzen muß, aber sonst würd ich Ihnen zwei, drei Kardinalpunkte erläutern.«

»Fermín!« rief mein Vater.

Fermín schloß den Schnabel und huschte zur Tür hinaus. Mißbilligend schaute ihm die Merceditas nach.

»Dieser Mensch wird Sie eines Tages noch ganz schön in Schwierigkeiten bringen, denken Sie an mich. Der ist mindestens Anarchist, Freimaurer oder sogar Jude. Mit diesem Zinken im Gesicht ...«

Wir sahen sie kerzengerade und mit klopfenden Absätzen davongehen. Mein Vater holte tief Luft, als wollte er den wiedergewonnenen Frieden einatmen. Neben ihm stand mit herbstlich traurigem Blick Don Anacleto, dessen Gesicht immer weißer geworden war.

»Dieses Land ist in die Binsen gegangen«, sagte er erstaunlich unrhetorisch.

»Na los, Kopf hoch, Don Anacleto. Sie werden schon sehen, wie Don Federico wieder auf die Füße kommt, der ist robuster, als wir alle glauben.«

Der Lehrer schüttelte den Kopf.

»Das ist wie die Gezeiten, wissen Sie«, sagte er. »Die Barbarei, meine ich. Sie zieht ab, und man hält sich für gerettet, aber sie kommt immer wieder zurück, sie kommt immer wieder zurück.«

Wir nickten artig. Er verabschiedete sich und ging bedrückt davon. Mein Vater und ich schauten uns kurz an und wußten nicht, was sagen. Ich fragte mich, ob ich ihm von Inspektor Fumeros Besuch in der Buchhandlung berichten sollte. Das ist eine Warnung gewesen, dachte ich, Fumero hat den armen Don Federico als abschreckendes Beispiel benutzt.

»Ist was, Daniel? Du bist ja ganz weiß.«

Ich seufzte und erzählte ihm dann den Zwischenfall mit Inspektor Fumero von neulich abends, seine Anspielungen. Beim Zuhören schluckte mein Vater die Wut hinunter.

»Es ist meine Schuld«, sagte ich. »Ich hätte etwas sagen sollen ...«

Er schüttelte den Kopf.

»Nein, du hast es nicht wissen können, Daniel.«

»Aber ...«

»Das darfst du nicht einmal denken. Und kein Wort davon zu Fermín. Weiß Gott, wie er reagieren würde, wenn er erführe, daß dieser Kerl wieder hinter ihm her ist.«

»Aber irgend etwas werden wir unternehmen müssen.«

»Schauen, daß er sich möglichst in keine Schwierigkeiten bringt.«

Ich nickte, nicht sehr überzeugt, und schickte mich an, die von Fermín begonnene Arbeit weiterzuführen, während mein Vater zu seinem Luther-Katalog zurückkehrte. Ab und zu warf er mir einen schrägen Blick zu. Ich tat, als bemerkte ich es nicht.

»Wie war's denn gestern mit Professor Velázquez? Alles gutgegangen?« fragte er, um endlich das Thema zu wechseln.

»Ja. Er hat sich über die Bücher gefreut. Er hat gesagt, er sucht ein Buch mit Franco-Briefen.«

»Die *Jugendbriefe aus Ceuta*. Was hast du ihm denn gesagt?«

»Daß wir schon dran sind und ihm in höchstens zwei Wochen Bescheid geben.«

»Sehr gut. Wir werden Fermín darauf hetzen und es uns von Velázquez vergolden lassen.«

Wir arbeiteten weiter, als wäre es reine Routine. Mein Vater schaute mich noch immer an. Gleich kommt's, dachte ich.

»Gestern ist ein sehr sympathisches junges Mädchen hiergewesen. Fermín sagt, es ist die Schwester von Tomás Aguilar?«

»Ja.«

Mein Vater wog den Zufall mit einem Na-da-schau-her-Gesicht ab und gab mir eine Minute Waffenruhe, bevor er wieder zum Angriff überging, diesmal so, als wäre ihm plötzlich etwas in den Sinn gekommen.

»Übrigens, Daniel: Heute wird hier nicht viel los sein, und ich denke, vielleicht möchtest du dir den Tag frei nehmen. Außerdem habe ich in letzter Zeit das Gefühl, du arbeitest zuviel.«

»Es geht mir gut, danke.«

»Schau, ich hab sogar daran gedacht, Fermín hierzulassen und mit Barceló ins Liceo zu gehen. Heute nachmittag wird

Tannhäuser gegeben, und er hat mich eingeladen – er hat mehrere Parkettplätze.«

Mein Vater tat so, als wäre er in seinen Katalog vertieft. Er war ein miserabler Schauspieler.

»Seit wann magst du denn Wagner?«

Er zuckte die Schultern.

»Einem geschenkten Gaul . . . Außerdem ist es mit Barceló egal, was für eine Oper gegeben wird, er kommentiert während der ganzen Vorstellung das Spiel und kritisiert die Kostüme und das Tempo. Er erkundigt sich oft nach dir. Vielleicht besuchst du ihn mal in seinem Laden.«

»Irgendwann in den nächsten Tagen.«

»Also, wenn du einverstanden bist, überlassen wir das Ruder heute Fermín und amüsieren uns ein wenig, es ist fällig. Und wenn du etwas Geld brauchst . . .«

»Papa, Bea ist nicht meine Freundin.«

»Wer spricht denn da von Freundinnen? Wie gesagt, ganz wie du willst. Wenn du was brauchst, nimm's dir aus der Kasse, aber hinterlass eine Notiz, damit Fermín keinen Schrecken kriegt, wenn er Kasse macht.«

Danach spielte er den Zerstreuten und verlor sich mit einem breiten Lächeln im Hinterzimmer. Ich schaute auf die Uhr. Halb elf Uhr vormittags. Um fünf war ich mit Bea im Kreuzgang der Uni verabredet, und sehr zu meinem Leidwesen zeichnete sich ab, daß mir der Tag endlos lang würde.

Kurze Zeit später kam Fermín von der Wohnung des Uhrmachers zurück und teilte uns mit, ein Kommando von Nachbarinnen habe eine Dauerwache aufgestellt und pflege den armen Don Federico, bei dem der Arzt drei gebrochene Rippen, mehrfache Prellungen und einen Rektalriß wie aus dem Lehrbuch diagnostiziert habe.

»Hatten Sie irgendwelche Auslagen?« fragte mein Vater.

»Ich habe mir erlaubt, ihm ein paar Blumen, ein Nenuco-Kölnisch-Wasser und drei Fläschchen Pfirsich-Fruco zu bringen, das schmeckt ihm am besten.«

»Gut. Und er selbst, wie geht es ihm?«

»Beschissen, wozu es leugnen. Allein wenn ich ihn so sehe, wie er im Bett zusammengeknäuelt daliegt und wimmert, er will sterben, überfällt mich die Lust zu morden, das glauben Sie gar nicht. Am liebsten würde ich mich auf der Stelle bis an die Zähne bewaffnet bei der Kripo aufbauen und ein halbes Dutzend dieser Arschlöcher mit dem Stutzen umlegen, angefangen bei dieser Eiterpustel von Fumero.«

»Immer mit der Ruhe, Fermín. Ich verbiete Ihnen strikte, irgend etwas zu unternehmen.«

»Zu Befehl, Señor Sempere.«

»Und die Pepita, wie hat sie es aufgenommen?«

»Mit beispielhafter Geistesgegenwart. Die Nachbarinnen haben sie mit der Brandyflasche behandelt, und als ich sie zu sehen bekam, war sie schon ganz wehrlos und benommen aufs Sofa gekippt, wo sie geschnarcht hat wie ein Eber und Fürze von sich gegeben, daß die Lampe wackelt.«

»Wie sie leibt und lebt. Fermín, ich möchte Sie bitten, heute im Laden zu bleiben, ich werde eine Weile zu Don Federico gehen. Danach bin ich mit Barceló verabredet. Und Daniel hat auch einiges zu erledigen.«

Ich schaute eben rechtzeitig auf, um Fermín und meinen Vater dabei zu ertappen, wie sie einen einvernehmlichen Blick wechselten.

»Ihr seid mir zwei schöne Kuppler«, sagte ich.

Sie lachten immer noch über mich, als ich stinksauer zur Tür hinausging.

Durch die Straßen fegte eine kalte, schneidende Brise; eine stahlgraue Sonne beschien den Horizont der Dächer und Glockentürme im Gotischen Viertel. Es dauerte noch mehrere Stunden bis zu meinem Rendezvous mit Bea im Kreuzgang der Universität, und so beschloß ich, bei Nuria Monfort mein Glück zu versuchen, im Vertrauen darauf, daß sie noch unter der Adresse wohnte, die mir ihr Vater vor langer Zeit gegeben hatte.

Die hinter den alten römischen Stadtmauern versteckte Plaza de San Felipe Neri ist nur gerade ein Luftloch im Labyrinth der Sträßchen des Gotischen Viertels. Die Mauern der Kirche sind übersät mit Einschußlöchern des Maschinengewehrfeuers aus den Tagen des Krieges. An diesem Morgen spielte eine Gruppe kleiner Jungen Soldaten. Eine junge Frau, deren Haar von silbernen Strähnen durchzogen war, saß mit einem halb aufgeschlagenen Buch in den Händen auf einer Bank und ließ den Blick zwischen den Knaben hindurch ins Unbestimmte schweifen. Gemäß meinen Angaben wohnte Nuria Monfort in einem Haus eingangs des Platzes. Auf dem geschwärzten Steinbogen über dem Eingang konnte man noch das Baujahr lesen: 1801. Im dunklen Hausflur war eine Treppe zu erkennen, die spiralförmig hinanstieg. Ich betrachtete die wabenartigen Blechbriefkästen, deren Inhaber auf verblichenen Kartontäfelchen zu lesen waren.

Miquel Moliner / Nuria Monfort
3° 2ª

Ich stieg ganz langsam hinauf, aus Angst, das Haus würde einstürzen, wenn ich auf diesen winzigen Puppenhausstufen fester aufträte. Auf jedem Absatz befanden sich zwei Türen ohne Nummer oder sonstiges Unterscheidungsmerkmal. Im dritten Stock angekommen, entschied ich mich aufs Geratewohl für die eine Tür und klopfte an. Das Treppenhaus roch feucht, nach altem Gemäuer. Ich klopfte mehrmals erfolglos. Da versuchte ich es bei der andern Tür, an die ich dreimal mit der Faust hämmerte, da aus dem Innern die Rundfunksendung *Besinnliche Momente mit Pater Martín Calzado* herausdröhnte.

Eine Frau in türkisblau wattiertem Karo-Hausmantel und Pantoffeln und unter einem Helm von Lockenwicklern öffnete mir die Tür. Im Dämmerlicht sah sie aus wie ein Taucher. Hinter ihr widmete Pater Martín Calzados inzwischen samtweiche Stimme einige Worte dem Sponsor des Programms, dem Kosmetikhersteller Aurorín, dessen Produkte von den Lourdes-

Wallfahrern bevorzugt wurden und als wahres Wundermittel gegen Pusteln und rücksichtslose Wucherer galten.

»Guten Tag. Ich suche Señora Monfort.«

»Die Nurieta? Da haben Sie sich in der Tür geirrt, junger Mann. Das ist gegenüber.«

»Verzeihen Sie, aber ich habe geklopft, und da war niemand.«

»Sie sind doch nicht etwa ein Gläubiger, oder?« fragte die Nachbarin.

»Nein. Ich komme im Auftrag von Señora Monforts Vater.«

»Ah, gut. Die Nurieta ist unten und liest. Haben Sie sie nicht gesehen, bevor sie raufgekommen sind?«

Wieder auf der Straße, stellte ich fest, daß die Frau mit den silbernen Haaren und dem Buch in den Händen noch immer auf der Bank saß. Ich betrachtete sie aufmerksam. Nuria Monfort war eine mehr als attraktive Frau mit einem Gesicht für Schaufensterpuppen und Studioaufnahmen, aber ihre Jugendlichkeit schien ihr durch den Blick ins Unbestimmte zu entschwinden. In ihrer fragilen, wie hingepinselten Figur hatte sie etwas von ihrem Vater. Zwar sah das Gesicht im Zwielicht zehn Jahre jünger aus, aber auf Grund der Silbersträhnen und der Züge, die sie älter machten, schätzte ich sie auf etwas über vierzig.

»Señora Monfort?«

Sie schaute mich an, als erwachte sie zögernd aus einer Trance.

»Mein Name ist Daniel Sempere. Ihr Vater hat mir vor einiger Zeit Ihre Adresse gegeben und mir gesagt, Sie könnten mir vielleicht etwas über Julián Carax erzählen.«

Da schwand alle Verträumtheit aus ihrem Gesicht, und ich ahnte, daß es keine gute Idee gewesen war, ihren Vater zu erwähnen.

»Was wollen Sie?« fragte sie argwöhnisch.

Ich spürte, daß ich meine Chance vertan hatte, wenn ich nicht auf der Stelle ihr Vertrauen gewann. Die einzige Karte, die ich ausspielen konnte, war, die Wahrheit zu sagen.

»Lassen Sie mich erklären. Vor acht Jahren habe ich mehr oder weniger zufällig im Friedhof der Vergessenen Bücher einen Roman von Julián Carax gefunden, den Sie dort versteckt hatten, damit ihn ein Mann, der sich als Laín Coubert ausgibt, nicht vernichten konnte.«

Sie starrte mich an, reglos, als fürchtete sie, die Welt um sie herum bräche zusammen.

»Ich werde Ihnen nur ein paar wenige Minuten stehlen«, sagte ich schnell. »Ich verspreche es Ihnen.«

Sie nickte niedergeschlagen.

»Wie geht es meinem Vater?« fragte sie, meinem Blick ausweichend.

»Gut. Etwas älter mittlerweile. Er vermißt Sie sehr.«

»Sie kommen besser mit nach oben. Über diese Dinge mag ich nicht auf der Straße sprechen.«

6

Nuria Monfort lebte in Schatten. Ein schmaler Gang führte in ein Eßzimmer, das zugleich Küche, Bibliothek und Büro war. Im Vorbeigehen erkannte ich ein schlichtes fensterloses Schlafzimmer. Der Rest der Wohnung bestand aus einem winzigen Bad ohne Dusche und Waschbecken, wo alle möglichen Gerüche hereindrangen, vom Küchendunst der Kneipe unten bis zum Gestank der bald hundertjährigen Leitungen. Die Wohnung lag in ewigem Halbdunkel, dazu ein zwischen bröckelnden Hausmauern hängender finsterer Balkon. Es roch nach schwarzem Tabak, nach Kälte und Entbehrung. Nuria Monfort beobachtete mich, und ich tat so, als bemerkte ich nicht, wie ärmlich ihre Wohnung war.

»Zum Lesen gehe ich auf die Straße hinunter, hier in der Wohnung gibt es kaum Licht«, sagte sie. »Mein Mann hat mir eine Schreibtischlampe versprochen, wenn er wieder nach Hause kommt.«

»Ist Ihr Mann auf Reisen?«

»Miquel ist im Gefängnis.«

»Entschuldigen Sie, ich wußte nicht . . .«

»Sie haben es ja auch nicht wissen können. Ich schäme mich nicht, es zu sagen – mein Mann ist kein Verbrecher. Dieses letzte Mal haben sie ihn mitgenommen, weil er für die Metallarbeitergewerkschaft Flugblätter gedruckt hat. Das ist schon zwei Jahre her. Die Nachbarn glauben, er ist in Amerika, auf Reisen. Auch mein Vater weiß es nicht, und ich möchte nicht, daß er es erfährt.«

»Seien Sie unbesorgt. Von mir wird er es nicht erfahren.«

Ein gespanntes Schweigen trat ein; vermutlich sah sie in mir einen Spion von Isaac.

»Es ist bestimmt hart, die Wohnung allein zu tragen«, sagte ich ungeschickt, um die Leere zu füllen.

»Es ist nicht leicht. Ich versuche es, so gut ich kann, mit Übersetzungen, aber wenn man einen Mann im Gefängnis hat, reicht das nicht weit. Die Anwälte haben mich bluten lassen, und ich stecke bis zum Hals in Schulden. Übersetzen trägt fast so wenig ein wie Schreiben.«

Sie schaute mich an, als erwarte sie eine Antwort. Ich lächelte nur.

»Übersetzen Sie Bücher?«

»Nicht mehr. Jetzt habe ich mit Drucksachen, Verträgen und Zolldokumenten angefangen, das bringt viel mehr ein. Fürs Übersetzen von Literatur werden Hungerlöhne bezahlt, wenn auch etwas mehr als fürs Schreiben. Die Hausgemeinschaft hat mich schon zweimal hinauszuekeln versucht. Daß ich meinen Anteil an den Ausgaben der Gemeinschaft zu spät zahle, ist noch harmlos. Stellen Sie sich vor – Fremdsprachen beherrschen und überdies eine Hose tragen. Manch einer beschuldigt mich, in dieser Wohnung ein Bordell zu führen. Ach, dann sähe alles ganz anders aus . . .«

Ich hoffte, im Halbdunkel sehe sie nicht, wie ich rot wurde.

»Entschuldigen Sie. Ich weiß auch nicht, warum ich Ihnen das alles erzähle. Jetzt bringe ich Sie auch noch zum Erröten.«

»Es ist meine Schuld. Ich habe gefragt.«

Sie lachte nervös. Die von dieser Frau ausgehende Einsamkeit war schmerzlich.

»Sie gleichen ein wenig Julián«, sagte sie plötzlich. »Wie Sie schauen und sich bewegen. Er hat es genauso gemacht. Er hat geschwiegen und mich angeschaut, ohne daß ich wissen konnte, was er dachte, und dann habe ich ihm wie ein Dummchen Dinge erzählt, die ich besser für mich behalten hätte . . . Darf ich Ihnen etwas anbieten, einen Milchkaffee?«

»Nein, danke. Machen Sie sich bitte keine Mühe.«

»Das ist keine Mühe. Ich wollte sowieso einen für mich machen.«

Ich vermutete, dieser Milchkaffee war ihr ganzes Mittagessen, und lehnte die Einladung erneut ab. Sie ging in eine Ecke des Eßzimmers, wo sich eine elektrische Kochplatte befand.

»Machen Sie es sich bequem«, sagte sie und wandte mir den Rücken zu.

Ich schaute mich um und fragte mich, wie. Nuria Monforts Arbeitsplatz bestand aus einem Schreibtisch, der die Ecke beim Balkon einnahm. Eine Underwood-Schreibmaschine stand neben einer Petroleumlampe und unter einem Regal voller Wörterbücher und Nachschlagewerke. Es gab keine Familienfotos, aber die Wand vor dem Schreibtisch war mit Postkarten tapeziert, alles Bilder einer Brücke, die ich irgendwo gesehen zu haben glaubte, ohne sie identifizieren zu können, vielleicht Paris oder Rom. Vor diesem Wandschmuck strahlte der Schreibtisch eine fast zwanghafte Sauberkeit und Akkuratesse aus. Die Bleistifte waren gespitzt und perfekt aufgereiht, die Papiere und Mappen in drei symmetrischen Reihen angeordnet. Als ich mich umdrehte, sah ich, daß mich Nuria Monfort von der Schwelle des Gangs aus beobachtete, schweigend, wie man auf der Straße oder in der U-Bahn Unbekannte anschaut. Sie steckte sich eine Zigarette an, ohne sich von der Stelle zu rühren, das Gesicht in blaue Rauchschwaden gehüllt. Unbewußt schien sie doch etwas von einer Femme fatale auszustrahlen, wie diese Frauen, die Fermín ganz verrückt machten, wenn sie im Kinonebel eines Berliner Bahnhofs in unwahrscheinlichem Licht auftauchten, und ich dachte, vielleicht habe sie ihr eigenes Aussehen satt.

»Es gibt nicht viel zu erzählen«, begann sie. »Ich habe Julián vor über zwanzig Jahren in Paris kennengelernt. Damals habe ich für den Verlag Cabestany gearbeitet. Señor Cabestany hatte für einen Pappenstiel die Rechte an Juliáns Romanen gekauft. Zuerst hatte ich bei ihm im Büro gearbeitet, aber als er erfuhr, daß ich Französisch, Italienisch und ein wenig Deutsch konnte, hat er mich zu seiner persönlichen Sekretärin gemacht. Zu meinen Aufgaben gehörte es, die Korrespondenz mit ausländischen Autoren und Verlegern zu führen, mit denen der Verlag in Beziehung stand, und so bin ich auch mit Julián Carax in Verbindung getreten.«

»Ihr Vater hat mir erzählt, Sie beide seien gute Freunde gewesen.«

»Mein Vater hat Ihnen bestimmt gesagt, wir hätten ein Abenteuer gehabt oder so, nicht wahr? Er meint, ich hechele hinter jeder Hose her wie eine läufige Hündin.«

Die Aufrichtigkeit und Unverfrorenheit dieser Frau benahm mir die Worte. Ich brauchte zu lange, um mir eine annehmbare Antwort zurechtzulegen. Nuria Monfort lächelte bereits und schüttelte den Kopf.

»Hören Sie nicht auf ihn. Mein Vater ist auf diese Idee gekommen, als ich im Jahr 33 nach Paris reisen mußte, um für Cabestany bei Gallimard ein paar Dinge zu regeln. Ich war eine Woche in der Stadt und wohnte bei Julián, und zwar aus dem einfachen Grund, weil Cabestany die Hotelkosten sparen wollte. Da können Sie sehen, wie romantisch. Bis dahin war meine Beziehung zu Julián Carax eine rein briefliche gewesen, normalerweise ging es um Autorenrechte, Fahnenabzüge und editorische Fragen. Was ich von ihm wußte – oder mir vorstellte –, das hatte ich von der Lektüre der Manuskripte, die er uns schickte.«

»Hat er Ihnen etwas über sein Leben in Paris erzählt?«

»Nein. Julián hat nicht gern über seine Bücher oder sich selbst gesprochen. Er hat nicht gerade glücklich gewirkt in

Paris, allerdings hatte ich den Eindruck, er gehörte zu den Menschen, die nirgends glücklich werden können. Im Grunde habe ich ihn nie ganz kennengelernt. Das hat er nicht zugelassen. Er war ein sehr zurückhaltender Mensch, und manchmal hatte ich das Gefühl, die Welt und die Leute interessierten ihn nicht mehr. Cabestany hat ihn für sehr schüchtern und ein wenig verrückt gehalten, aber ich hatte das Gefühl, er hat in der Vergangenheit gelebt, eingeschlossen in seinen Erinnerungen, ganz für sich, für seine Bücher und in ihnen drin, wie ein Luxusgefangener.«

»Sie sagen das, als beneideten Sie ihn.«

»Es gibt schlimmere Gefängnisse als Worte, Daniel.«

Ich nickte, ohne genau zu wissen, was sie meinte.

»Hat Julián einmal über diese Erinnerungen gesprochen, über seine Jahre in Barcelona?«

»Sehr selten. In der Woche, in der ich in Paris bei ihm war, hat er mir ein wenig von seiner Familie erzählt. Seine Mutter war Französin, Musiklehrerin. Sein Vater hatte einen Hutladen oder so was. Ich weiß, daß er ein sehr frommer, sehr strenger Mann war.«

»Hat Ihnen Julián gesagt, was für eine Art Beziehung er zu ihm hatte?«

»Ich weiß, daß sie sich auf den Tod nicht ausstehen konnten. Das hatte seine Geschichte. Tatsächlich ging Julián nach Paris, damit ihn sein Vater nicht in die Armee stecken konnte. Seine Mutter hatte ihm versprochen, bevor es soweit komme, werde sie ihn weit weg von diesem Mann bringen.«

»Dieser Mann war immerhin sein Vater.«

Nuria Monfort lächelte, ein angedeutetes Lächeln in den Mundwinkeln und mit einem traurigen, matten Glanz in den Augen.

»Selbst wenn er es gewesen wäre, er hat sich nie so benommen, und Julián hat ihn auch nie als das gesehen. Einmal hat er mir gestanden, seine Mutter habe vor der Heirat ein Abenteuer mit einem Unbekannten gehabt, dessen Namen sie nie habe preisgeben wollen. Dieser Mann war Juliáns richtiger Vater.«

»Das klingt wie der Beginn von *Der Schatten des Windes*. Glauben Sie, er hat Ihnen die Wahrheit gesagt?«

Sie nickte.

»Julián hat mir erzählt, er sei damit groß geworden, wie der Hutmacher, so hat er ihn immer genannt, seine Mutter beschimpft und geschlagen hat. Dann kam er in Juliáns Zimmer, um ihm zu sagen, er sei ein Kind der Sünde, er habe den schwachen, elenden Charakter seiner Mutter geerbt und werde sein Leben lang ein Hungerleider sein und bei allem scheitern, was er in die Hand nehme . . .«

»Hat Julián Groll auf seinen Vater verspürt?«

»Mit der Zeit erkalten diese Dinge. Ich habe nie das Gefühl gehabt, Julián haßt ihn. Vielleicht wäre das besser gewesen. Mein Eindruck ist, daß er nach all diesen Szenen jeden Respekt vor dem Hutmacher verloren hatte. Er hat davon gesprochen, als ginge ihn das nichts mehr an, als gehörte es zu einer Vergangenheit, die er zurückgelassen hatte, aber so etwas vergißt man nie. Die Worte, die das Herz eines Kindes vergiften, sei es aus Gemeinheit oder Ignoranz, bleiben im Gedächtnis haften und verbrennen einem über kurz oder lang die Seele.«

Ich fragte mich, ob sie aus eigener Erfahrung sprach, und wieder kam mir das Bild meines Freundes Tomás Aguilar in den Sinn, der sich stoisch die Tiraden seines edlen Papas anhörte.

»Wie alt war Julián damals?«

»Acht oder zehn Jahre, denke ich. Sobald er alt genug war, daß er in die Armee hätte eintreten können, hat ihn seine Mutter nach Paris mitgenommen. Ich glaube, sie haben nicht einmal auf Wiedersehen gesagt. Der Hutmacher hat nie verstanden, daß ihn seine Familie verlassen hat.«

»Haben Sie einmal gehört, daß Julián ein junges Mädchen namens Penélope erwähnte?«

»Penélope? Ich glaube nicht. Daran müßte ich mich erinnern.«

»Sie war eine Freundin von ihm, als er noch in Barcelona wohnte.«

Ich zog das Foto von Carax und Penélope Aldaya aus der

Tasche und gab es ihr. Ich sah, wie sie aufleuchtete, als sie den halbwüchsigen Julián erblickte. Die Nostalgie, der Verlust mußten an ihr nagen.

»Wie jung er da war ... Ist das diese Penélope?«

Ich nickte.

»Sehr hübsch. Julián wußte sich immer mit schönen Frauen zu umgeben.«

Frauen wie Sie, dachte ich.

»Wissen Sie, ob er viele ...«

Wieder dieses Lächeln auf meine Kosten.

»Verlobte, Freundinnen hatte? Ich weiß es nicht. Ehrlich gesagt, ich habe nie etwas von einer Frau in seinem Leben gehört. Einmal wollte ich ihn reizen und habe ihn gefragt. Sie wissen ja, daß er sich seinen Lebensunterhalt mit Klavierspielen in einem Animierlokal verdient hat. Ich hab ihn gefragt, ob er nicht in Versuchung komme, den ganzen Tag so von hübschen leichten Mädchen umgeben. Das fand er gar nicht lustig. Er sagte, er habe nicht das Recht, jemand zu lieben, er habe es verdient, allein zu sein.«

»Hat er gesagt, warum?«

»Julián hat nie gesagt, warum.«

»Trotzdem wollte er am Ende heiraten, kurz vor seiner Rückkehr nach Barcelona im Jahr 1936.«

»Das hat es geheißen.«

»Sie bezweifeln es?«

Sie zuckte die Schultern.

»Wie gesagt, in all den Jahren, die wir uns gekannt haben, hat Julián mir gegenüber nie eine Frau besonders erwähnt, erst recht nicht eine, die er heiraten wollte. Das mit der angeblichen Hochzeit ist mir erst später zu Ohren gekommen. Neuval, Carax' letzter Verleger, hat Cabestany erzählt, die Verlobte sei zwanzig Jahre älter gewesen als Julián, eine vermögende, kranke Witwe. Laut Neuval hatte ihn diese Frau jahrelang mehr oder weniger ausgehalten. Die Ärzte gaben ihr noch sechs Monate, höchstens ein Jahr. Wie Neuval sagte, wollte sie Julián heiraten, damit er sie beerben könnte.«

»Aber die Hochzeit hat nie stattgefunden.«

»Falls es so einen Plan oder eine solche Witwe überhaupt je gegeben hat.«

»Soviel ich weiß, war Carax in ein Duell verwickelt, am frühen Morgen des Tages, an dem er heiraten sollte. Wissen Sie, mit wem oder warum?«

»Neuval hat angenommen, es war jemand, der in irgendeiner Beziehung zu der Witwe stand, ein entfernter, habgieriger Verwandter, der fürchtete, die Erbschaft würde einem Dahergelaufenen in die Hände fallen. Neuval hat vor allem Schundromane veröffentlicht, und es sieht ganz so aus, als hätte er das Genre verinnerlicht.«

»Ich sehe, Sie glauben nicht sehr an die Geschichte mit der Hochzeit und dem Duell.«

»Nein. Ich habe sie nie geglaubt.«

»Was denken Sie, was ist dann geschehen? Warum ist Carax nach Barcelona zurückgekehrt?«

Sie lächelte traurig.

»Diese Frage stelle ich mir seit siebzehn Jahren.«

Nuria Monfort zündete sich eine neue Zigarette an. Mir bot sie ebenfalls eine an. Ich fühlte mich versucht, lehnte aber ab.

»Aber irgendeine Vermutung werden Sie doch haben«, sagte ich.

»Alles, was ich weiß, ist, daß im Sommer 1936 kurz nach Kriegsausbruch ein Angestellter des städtischen Leichenschauhauses im Verlag angerufen und gesagt hat, vor drei Tagen sei Julián Carax' Leiche bei ihnen eingeliefert worden. Man hatte ihn tot in einer Gasse des Raval gefunden, in Lumpen gehüllt und mit einer Kugel im Herzen. Er hatte ein Buch bei sich, *Der Schatten des Windes*, und seinen Paß. Der Stempel zeigte, daß er einen Monat zuvor über die französische Grenze gekommen war. Niemand weiß, wo er in dieser Zeit gesteckt hat. Die Polizei hat sich mit seinem Vater in Verbindung gesetzt, aber der wollte nichts mit der Leiche zu tun haben und sagte, er habe keinen Sohn. Als sich nach zwei Tagen niemand nach der Leiche erkundigte, wurde sie in einem Gemeinschaftsgrab auf dem Friedhof des Montjuïc beerdigt. Ich habe ihm nicht einmal Blumen bringen können, weil mir niemand sagen konnte, wo er lag. Der Angestellte des Leichenschauhauses, der das in Juliáns Jackett gefundene Buch behalten hatte, ist nach einigen Tagen auf die Idee gekommen, im Verlag Cabestany anzurufen. So habe ich erfahren, was geschehen war. Ich konnte es nicht verstehen. Wenn Julián in Barcelona überhaupt noch jemand hatte, zu dem er gehen konnte, dann war ich es – oder allenfalls Cabestany. Wir waren seine einzigen Freunde, aber er hatte uns überhaupt nicht gesagt, daß er zurück war. Das haben wir erst nach seinem Tod erfahren . . .«

»Haben Sie sonst noch etwas herausgefunden, nachdem Sie von seinem Tod erfahren hatten?«

»Nein. Es waren die ersten Tage des Krieges, und Julián ist nicht als einziger spurlos verschwunden. Davon spricht niemand mehr, aber es gibt viele namenlose Gräber wie seines. Nachfragen hieß mit dem Kopf gegen die Wand rennen. Mit Hilfe von Cabestany, der damals schon sehr krank war, habe ich bei der Polizei Beschwerde eingelegt und alle Hebel in Bewegung gesetzt. Das einzige, was ich erreicht habe, war der Besuch eines jungen Inspektors, eines bösen, arroganten Menschen, der mir sagte, ich solle besser aufhören, Fragen zu stellen, und mich um eine positivere Einstellung bemühen, das Land befinde sich mitten im Bürgerkrieg. Das waren seine Worte. Er hieß Fumero, das ist alles, was ich noch weiß. Jetzt ist in den Zeitungen ja andauernd die Rede von ihm. Vielleicht haben Sie von ihm gehört.«

Ich schluckte.

»Vage.«

»Ich habe nie wieder jemanden Julián erwähnen hören, bis sich ein Mann mit dem Verlag in Verbindung setzte, der sämtliche Exemplare seiner Romane kaufen wollte, die noch am Lager waren.«

»Laín Coubert.«

Nuria Monfort nickte.

»Haben Sie eine Idee, wer dieser Mann war?«

»Ich habe eine Vermutung, bin mir aber nicht sicher. Im März 1936, daran erinnere ich mich, weil wir damals gerade kurz vor der Veröffentlichung von *Der Schatten des Windes* waren, rief jemand im Verlag an und verlangte Juliáns Adresse. Er sagte, er sei ein alter Freund von ihm und wolle ihn in Paris mit seinem Besuch überraschen. Man hat ihn mit mir verbunden, und ich sagte ihm, ich sei nicht ermächtigt, ihm diese Auskunft zu geben.«

»Hat er gesagt, wer er war?«

»Ein gewisser Jorge.«

»Jorge Aldaya?«

»Möglich. Julián hatte ihn mehr als einmal erwähnt. Offenbar waren sie zusammen auf die San-Gabriel-Schule gegangen, und manchmal hat er in einer Art von ihm gesprochen, als wäre er sein bester Freund gewesen.«

»Haben Sie Aldaya Juliáns Pariser Adresse gegeben?«

»Nein, er kam mir verdächtig vor.«

»Und was sagte er?«

»Er hat mich ausgelacht und gesagt, er würde sie schon auf andere Art rauskriegen, und hat aufgehängt.«

Etwas schien sie zu zermürben. Ich begann zu ahnen, wohin uns das Gespräch führen würde.

»Aber irgend jemand hat wieder von ihm gesprochen, nicht wahr?«

Sie nickte nervös.

»Wie gesagt, kurz nach Juliáns Verschwinden ist dieser Mann im Verlag Cabestany aufgekreuzt. Damals konnte Cabestany schon nicht mehr arbeiten, und sein ältester Sohn hatte die Firma übernommen. Der Besucher, Laín Coubert, erbot sich, die ganzen restlichen Lagerbestände von Juliáns Romanen zu kaufen. Ich dachte, das sei ein geschmackloser Witz. Laín Coubert war eine Figur aus *Der Schatten des Windes*.«

»Der Teufel.«

Sie nickte.

»Haben Sie Laín Coubert denn überhaupt zu Gesicht bekommen?«

Sie schüttelte den Kopf und zündete sich die dritte Zigarette an.

»Nein. Aber ich habe einen Teil des Gesprächs mit dem Sohn in Cabestanys Büro mitgekriegt . . .«

Sie ließ den Satz in der Luft hängen, als hätte sie Angst, ihn zu vervollständigen, oder wüßte nicht, wie. Die Zigarette zitterte in ihren Händen.

»Seine Stimme«, sagte sie. »Es war dieselbe Stimme wie die des Mannes, der unter dem Namen Jorge Aldaya angerufen hatte. Cabestanys Sohn, ein arroganter Dummkopf, wollte mehr Geld von ihm. Coubert sagte, er müsse darüber nachdenken. In derselben Nacht ist das Lager des Verlages in Pueblo Nuevo niedergebrannt, und Juliáns sämtliche Bücher.«

»Außer denen, die Sie gerettet und im Friedhof der Vergessenen Bücher versteckt haben.«

»So ist es.«

»Haben Sie eine Idee, aus welchem Grund jemand alle Bücher von Julián Carax verbrennen wollte?«

»Warum werden Bücher verbrannt? Aus Dummheit, aus Ignoranz, aus Haß . . . Was weiß ich.«

»Was glauben denn Sie?« insistierte ich.

»Julián hat in seinen Büchern gelebt. Die Leiche, die in der Totenhalle landete, das war nur ein Teil von ihm. Seine Seele ist in seinen Geschichten. Einmal habe ich ihn gefragt, wo er die Inspiration für seine Figuren hernehme, und er sagte, von niemand, alle seine Personen seien er selbst.«

»Wenn ihn also jemand vernichten wollte, müßte er diese Geschichten und diese Personen vernichten, nicht wahr?«

Wieder zeigte sich dieses mutlose Lächeln von Niederlage und Müdigkeit.

»Sie erinnern mich an Julián«, sagte sie. »Bevor er den Glauben verlor.«

»Den Glauben woran?«

»An alles.«

Im Halbdunkel trat sie auf mich zu und nahm meine flache Hand. Sie strich mir schweigend darüber, als wollte sie die

Linien auf der Haut lesen. Die Hand zitterte unter ihrer Berührung. Ich ertappte mich dabei, wie ich im Geist unter diesen abgetragenen, wie geborgten Kleidern die Umrisse ihres Körpers nachzog. Ich wünschte mir, sie zu berühren und ihren Puls unter der Haut glühen zu fühlen. Unsere Blicke hatten sich getroffen, und ich war mir sicher, sie wußte, was ich dachte. Ich spürte, daß sie einsamer war denn je. Ich schaute auf und traf auf ihren gelassenen Blick.

»Julián ist allein gestorben, in der Überzeugung, daß sich niemand an ihn und seine Bücher erinnern würde und daß sein Leben nichts bedeutet hatte«, sagte sie. »Es hätte ihm Freude gemacht, zu wissen, daß ihn jemand lebendig erhalten wollte, an ihn denken würde. Er hat immer gesagt, wir existieren, solange sich jemand an uns erinnert.«

Mich überfiel der fast schmerzhafte Wunsch, diese Frau zu küssen, ein Verlangen, wie ich es noch nie empfunden hatte, nicht einmal, wenn ich Clara Barceló heraufbeschworen hatte. Sie las meinen Blick.

»Es ist spät geworden für Sie, Daniel«, murmelte sie.

Ein Teil von mir wollte bleiben, sich in der seltsamen Intimität des Halbdunkels mit dieser Unbekannten verlieren und sie sagen hören, meine Gesten und mein Schweigen erinnerten sie an Julián Carax.

»Ja«, sagte ich unsicher.

Sie nickte und begleitete mich zur Tür. Der Gang erschien mir ewig. Sie machte auf, und ich trat auf den Treppenabsatz hinaus.

»Wenn Sie meinen Vater sehen, sagen Sie ihm, es geht mir gut. Belügen Sie ihn.«

Ich verabschiedete mich mit gedämpfter Stimme von ihr, bedankte mich, daß sie Zeit für mich gehabt hatte, und wollte ihr höflich die Hand reichen. Sie übersah meine formelle Geste, legte mir die Hände auf die Arme, beugte sich zu mir hin und küßte mich auf die Backe. Wir schauten uns schweigend an, und diesmal wagte ich ihre Lippen zu suchen, beinahe zitternd. Mir schien, sie öffneten sich ein wenig und ihre Finger tasteten nach meinem Gesicht. Im letzten Moment zog sie sich zurück und senkte die Augen.

»Ich glaube, es ist besser, Sie gehen, Daniel«, flüsterte sie.

Ich hatte das Gefühl, sie würde gleich weinen, und noch bevor ich etwas sagen konnte, schloß sie die Tür. Ich blieb auf dem Treppenabsatz zurück und spürte ihre Anwesenheit auf der andern Seite der Tür, während ich mich fragte, was dort drin vorgefallen sein mochte. Gegenüber flackerte das Guckloch der Nachbarin. Ich schenkte ihr einen Gruß und stürzte treppab. Wieder auf der Straße, hafteten mir noch immer Nurias Gesicht, ihre Stimme und ihr Geruch im Herzen. Ich nahm die Berührung ihrer Lippen und ihres Atems auf der Haut mit durch die Straßen, die überfüllt waren von gesichtslosen, aus Büros und Geschäften strömenden Menschen. Als ich in die Calle Canuda einbog, überfiel mich eine eisige Brise, die den Lärm abschnitt. Ich war dankbar für den kalten Wind im Gesicht und ging Richtung Universität. Beim Überqueren der Ramblas bahnte ich mir einen Weg zur Calle Tallers und verlor mich dann in deren engem, im Dämmerlicht liegendem Stollen und dachte, ich sei noch immer in diesem düsteren Eßzimmer gefangen, in dem ich mir jetzt Nuria Monfort vorstellte, wie sie allein im Dunkeln saß und still ihre Bleistifte, Mappen und Erinnerungen ordnete, die Augen voller Tränen.

7

Fast heimtückisch brach der Nachmittag in sich zusammen, mit einem kalten Wind und einem Purpurschleier, der in sämtliche Winkel der Straßen glitt. Ich beschleunigte meine Schritte, und nach knapp zehn Minuten tauchte die Fassade der Universität wie ein in der Nacht gestrandetes ockerfarbenes Schiff auf. Der Pförtner der Philosophischen Fakultät las in seinem Verschlag Spaniens einflußreichste Federn der Gegenwart in der Abendausgabe von *El Mundo Deportivo*. Es schienen kaum noch Studenten anwesend zu sein. Das Echo meiner Schritte begleitete mich durch die Gänge und Galerien, die zum Kreuzgang führten, wo das Halbdunkel von zwei verschämten gelblichen Leuchten kaum beeinträchtigt wurde. Plötzlich kam mir der Gedanke, Bea habe mich auf den Arm genommen und sich hier zu dieser Niemandsstunde mit mir nur verabredet, um sich für meine Anmaßung zu rächen. Die Blätter der Orangenbäume im Kreuzgang glänzten auf, und das Rauschen des Brunnens schlängelte sich zwischen den Bogen hindurch. Ich spähte in den Innenhof, halb enttäuscht, halb feige erleichtert. Da war sie. Vor dem Brunnen zeichnete sich ihre Silhouette ab, wie sie auf einer der Bänke saß und zu den Wölbungen des Kreuzgangs emporschaute. Ich blieb im Eingang stehen, um sie zu betrachten, und einen Moment lang glaubte ich in ihr die auf ihrer Bank der Plaza de San Felipe Neri tagträumende Nuria Monfort zu sehen. Ich stellte fest, daß Bea weder Mappe noch Bücher bei sich hatte, und dachte, vielleicht habe sie an diesem Nachmittag gar keine Vorlesung gehabt, sondern sei eigens meinetwegen hergekommen. Ich trat in den Kreuzgang. Meine Schritte auf den Pflastersteinen verrieten mich, und Bea schaute mit überraschtem Lächeln auf, als wäre ich rein zufällig hier.

»Ich dachte, du würdest nicht kommen«, sagte sie.

»Das hab ich von dir auch gedacht.«

Sie blieb sitzen, sehr aufrecht, die Knie zusammengepreßt und die Hände im Schoß gefaltet. Ich fragte mich, wie es möglich war, jemanden als so fern zu empfinden und dennoch jedes Fältchen seiner Lippen lesen zu können.

»Ich bin gekommen, weil ich dir beweisen will, daß du dich geirrt hast in dem, was du neulich gesagt hast, Daniel. Daß ich Pablo heiraten werde und daß es keine Rolle spielt, was du mir heute abend zeigen wirst, ich werde mit ihm nach El Ferrol gehen, sobald er mit dem Militärdienst fertig ist.«

Ich schaute sie an. Mir wurde klar, daß ich zwei Tage lang auf Wolken geschwebt hatte und daß mir jetzt die Welt entglitt.

»Und ich dachte, du bist gekommen, weil du mich sehen

wolltest.« Ich lächelte kraftlos und sah, wie sie vor Unbehagen errötete. »Das hab ich bloß so gesagt«, log ich. »Aber ernst gemeint habe ich, daß ich dir eine Seite der Stadt zeigen will, die du noch nicht kennst. So wirst du dich wenigstens an mich oder an Barcelona erinnern, wenn du weggegangen bist.«

Sie lächelte ein wenig traurig und wich meinem Blick aus.

»Ich wäre beinahe ins Kino gegangen, weißt du. Um dich heute nicht zu sehen«, sagte sie.

»Warum das denn?«

Sie schaute mich schweigend an. Dann zuckte sie die Schultern und schaute in die Höhe, als wollte sie Worte im Flug erhaschen.

»Weil ich Angst hatte, daß du vielleicht recht hast«, sagte sie schließlich.

Die zunehmende Dunkelheit und das Schweigen, das Fremde miteinander verbindet, die allein sind, schützten uns, und ich fühlte mich stark genug, jede Verrücktheit zu sagen, und sei es zum letzten Mal.

»Liebst du ihn oder nicht?«

Ihr Lächeln löste sich auf.

»Das geht dich nichts an.«

»Stimmt. Das geht nur dich etwas an.«

Ihr Blick wurde kalt.

»Was kann es dich denn interessieren?«

»Das geht dich nichts an.«

Sie lächelte nicht. Ihre Lippen zitterten.

»Die Leute, die mich kennen, wissen, daß ich Pablo schätze. Meine Familie und . . .«

»Aber ich bin ja fast ein Fremder«, unterbrach ich sie, »und ich möchte es von dir hören.«

»Was hören?«

»Daß du ihn wirklich liebst. Daß du ihn nicht einfach heiratest, um von zu Hause wegzukommen oder um weit weg von Barcelona und deiner Familie zu sein, wo sie dir nichts anhaben können. Daß du gehst und nicht fliehst.«

In ihren Augen glänzten Tränen der Wut.

»Du hast kein Recht, mir so etwas zu sagen, Daniel. Du kennst mich nicht.«

»Sag mir, daß ich mich irre, und ich werde gehen. Liebst du ihn?«

Wir schauten uns lange schweigend an.

»Ich weiß es nicht«, flüsterte sie schließlich. »Ich weiß es nicht.«

»Irgend jemand hat mal gesagt, in dem Moment, wo man sich damit aufhält, darüber nachzudenken, ob man jemanden liebt, hat man schon für immer aufgehört, ihn zu lieben.«

»Wer hat das gesagt?«

»Ein gewisser Julián Carax.«

»Ein Freund von dir?«

»So ähnlich.«

»Den wirst du mir vorstellen müssen.«

»Heute abend, wenn du willst.«

Wir verließen die Universität unter einem blauschwarz ge-fleckten Himmel und spazierten ohne bestimmte Richtung dahin, eher um uns gegenseitig an unseren Schritt zu gewöh-nen, als um irgendwohin zu gelangen. Wir flüchteten uns ins einzige beiden gemeinsame Thema, ihr Bruder Tomás. Bea sprach über ihn wie über einen Fremden, den man zwar liebt, aber kaum kennt. Sie wich meinem Blick aus. Ich spürte, daß sie bereute, was sie mir im Kreuzgang der Uni gesagt hatte, daß die Worte sie noch schmerzten, innerlich an ihr nagten.

»Du, von dem, was ich dir vorhin gesagt habe«, sagte sie plötzlich, »wirst du Tomás nichts erzählen, ja?«

»Natürlich nicht. Niemandem.«

Sie lachte nervös.

»Ich weiß auch nicht, was in mich gefahren ist. Sei nicht gekränkt, aber manchmal fühlt man sich freier, mit einem Fremden zu sprechen als mit jemandem, den man kennt. Wie kommt das bloß?«

Ich zuckte die Achseln.

»Wahrscheinlich weil uns ein Fremder sieht, wie wir sind, und nicht, wie er glauben will, daß wir sind.«

»Ist das auch von deinem Freund Carax?«

»Nein, das habe ich gerade erfunden, um dich zu beeindrucken.«

»Und wie siehst du mich?«

»Als ein Geheimnis.«

»Das ist das merkwürdigste Kompliment, das man mir je gemacht hat.«

»Das ist kein Kompliment. Das ist eine Drohung.«

»Wieso denn das?«

»Geheimnisse muß man ergründen, herausfinden, was sich hinter ihnen verbirgt.«

»Wahrscheinlich bist du enttäuscht, wenn du siehst, was drinnen ist.«

»Wahrscheinlich bin ich überrascht. Und du ebenfalls.«

»Tomás hat mir nie gesagt, daß du so unverschämt bist.«

»Mein bißchen Unverschämtheit spare ich mir eben ganz für dich auf.«

»Und warum?«

Weil du mir angst machst, dachte ich.

Wir traten in ein altes Café beim Poliorama-Theater, setzten uns an einen Fenstertisch und bestellten Sandwiches und Milchkaffee, um uns aufzuwärmen. Sowie der Kaffee und das Essen kamen, stürzte ich mich ohne jeglichen Anspruch auf gute Manieren darauf. Bea rührte keinen Bissen an. Beide Hände um die große dampfende Tasse gelegt, schaute sie mir zu.

»Was willst du mir also heute zeigen, was ich noch nicht kenne?«

»Verschiedenes. Was ich dir aber wirklich zeigen werde, gehört zu einer Geschichte. Hast du mir nicht neulich gesagt, daß du gern liest?«

Sie nickte und zog erwartungsvoll die Brauen in die Höhe.

»Also, das ist eine Geschichte, die von Büchern handelt.«

»Von Büchern?«

»Von verfluchten Büchern, von dem Mann, der sie geschrieben hat, von jemandem, der aus den Seiten eines Romans entwischt ist, um ihn zu verbrennen, von einem Verrat und einer verlorenen Freundschaft. Es ist eine Geschichte von Liebe, Haß und den Träumen, die im Schatten des Windes hausen.«

»Du klingst wie der Klappentext eines Schundromans, Daniel.«

»Wahrscheinlich weil ich in einer Buchhandlung arbeite und zu viele von denen gesehen habe. Aber das ist eine wahre Geschichte. Sie stimmt ebenso, wie daß das Brot, das man uns aufgetischt hat, mindestens drei Tage alt ist. Und wie alle wahren Geschichten beginnt und endet sie auf einem Friedhof, aber nicht einem Friedhof, wie du ihn dir vorstellst.«

Sie lächelte wie ein Kind, dem man ein Rätsel oder einen Zaubertrick in Aussicht stellt.

»Ich bin ganz Ohr.«

Ich trank den letzten Schluck Kaffee und schaute sie eine Weile wortlos an. Wie gern hätte ich in diesem scheuen Blick Zuflucht gesucht, den ich durchsichtig, leer befürchtet hatte. Ich dachte an die Einsamkeit, die mich an diesem Abend befallen würde, nachdem ich mich von ihr verabschiedet hätte, ohne weitere Tricks und Geschichten, um mir ihre Gesellschaft vorzugaukeln. Wie wenig hatte ich ihr zu bieten, und wieviel erwartete ich von ihr.

»Dein Hirn knarrt, Daniel«, sagte sie. »Was heckst du aus?«

Ich begann meine Erzählung mit dem weit zurückliegenden Morgen, an dem ich erwacht war, ohne mich ans Gesicht meiner Mutter erinnern zu können, und hielt nicht inne, bis ich zu der Dämmerwelt gelangte, die ich an diesem Morgen bei Nuria Monfort erahnt hatte. Bea hörte mir schweigend und mit einer Aufmerksamkeit zu, die weder Urteil noch Mutmaßung erkennen ließ. Ich erzählte ihr von meinem ersten Besuch im Friedhof der Vergessenen Bücher und von der Nacht, die ich mit der Lektüre von *Der Schatten des Windes* verbrachte. Ich erzählte ihr von meiner Begegnung mit dem Mann ohne Gesicht und von Penélope Aldayas Brief, den ich immer bei mir hatte, ohne zu wissen, warum. Ich erzählte ihr, daß ich es nie geschafft hatte, Clara Barceló zu küssen noch sonst eine Frau, und wie meine Hände gezittert hatten, als ich vor wenigen Stunden Nuria Monforts Lippen leichthin auf der Haut gespürt hatte. Ich erzählte ihr, daß ich bis dahin nicht begriffen hatte, daß das eine Geschichte von einsamen Menschen, von Abwesenheiten und Verlust war, und daß ich mich deshalb in sie hineingeflüchtet hatte, bis sie mit meinem eigenen Leben verschmolz, als entwischte ich aus den Seiten eines Romans.

»Sag nichts«, flüsterte Bea. »Bring mich einfach an diesen Ort.«

Es war schon dunkle Nacht, als wir in der Calle Arco del Teatro vor dem Portal des Friedhofs der Vergessenen Bücher stehenblieben. Ich packte den Klopfer mit dem Teufelchen und schlug ihn dreimal an. Es wehte ein kalter, stark nach Kohle riechender Wind. Wir warteten im Schutz des gewölbten Eingangs. Beas Gesicht war eine Handbreit von meinem entfernt. Kurz darauf hörte man im Innern leichte Schritte näher kommen und dann die müde Stimme des Aufsehers fragen:

»Wer ist da?«

»Ich bin's, Isaac – Daniel Sempere.«

Mir schien, ich hörte ihn leise fluchen. Dann folgte das tausendfache Knirschen und Knarren des Schlosses. Schließlich ging die Tür einige Zentimeter auf, und im Schein einer Öllampe erschien Isaac Monforts Adlergesicht. Als er mich erblickte, seufzte er und verdrehte die Augen.

»Ich weiß auch nicht, warum ich frage«, sagte er. »Wer könnte es wohl zu dieser Stunde sonst sein?«

Er war in etwas gehüllt, was mir wie eine merkwürdige Mischung aus Hausrock, Burnus und russischem Armeemantel vorkam. Die wattierten Pantoffeln paßten perfekt zu einer karierten Wollmütze mit Troddel.

»Hoffentlich habe ich Sie nicht aus dem Bett geholt«, sagte ich.

»I wo, ich habe eben erst mit dem ›Müde bin ich, geh zur Ruh‹ begonnen.«

Er warf Bea einen Blick zu, als hätte er gerade eine brennende Dynamitpatrone zu ihren Füßen entdeckt.

»Ich hoffe zu Ihrem Besten, das ist nicht das, was es scheint«, drohte er.

»Isaac, das ist meine Freundin Beatriz, ich möchte ihr mit Ihrer Erlaubnis diesen Ort zeigen. Seien Sie unbesorgt, sie ist absolut vertrauenswürdig.«

»Sempere, ich habe Säuglinge mit mehr gesundem Menschenverstand gekannt als Sie.«

»Es ist ja nur für einen Augenblick.«

Mit einem Schnauben gab er klein bei und nahm Bea ausgiebig in Augenschein.

»Wissen Sie schon, daß Sie sich in Gesellschaft eines Geistesschwachen befinden?« fragte er.

Sie lächelte höflich.

»Ich mache mich langsam mit dem Gedanken vertraut.«

»Göttliche Unschuld. Kennen Sie die Regeln?«

Sie nickte. Isaac schüttelte schweigend den Kopf, spähte wie immer nach Schattengestalten auf der Straße und ließ uns herein.

»Ich habe Ihre Tochter Nuria besucht«, warf ich hin. »Es geht ihr gut. Sie hat viel zu tun, aber es geht ihr gut. Sie schickt Ihnen Grüße.«

»Ja, und Giftpfeile. Wie langweilig Sie sind, wenn Sie flunkern, Sempere. Aber das Bemühen sei verdankt. Los, kommen Sie.«

Als wir drinnen waren, reichte er mir die Öllampe und riegelte wieder zu, ohne uns weiter zu beachten.

»Wenn Sie fertig sind, wissen Sie ja, wo Sie mich finden.«

Das Bücherlabyrinth war in geisterhaften Inseln zu erahnen, die sich unter dem Schleier der Dunkelheit zeigten. Die Lampe warf eine Blase dunstiger Helligkeit zu unseren Füßen. Sprachlos blieb Bea im Eingang zum Labyrinth stehen. Ich mußte lachen, weil ich auf ihrem Gesicht denselben Ausdruck erkannte, den mein Vater vor Jahren auf meinem gesehen haben mußte. Wir traten in die Tunnel und Galerien des Labyrinths, die unter unseren Schritten knarrten. Die Markierungen, die ich bei meinem letzten Besuch angebracht hatte, waren noch da.

»Komm, ich möchte dir etwas zeigen«, sagte ich.

Mehr als einmal verlor ich meine eigene Spur, und wir mußten ein Stück zurückgehen, bis wir das letzte Zeichen wiederfanden. Bea beobachtete mich beunruhigt und zugleich fasziniert. Meine Erinnerung sagte mir, daß sich unser Weg in einer Spirale verloren hatte, doch schließlich konnte ich im Gewirr von Korridoren und Tunneln den richtigen Weg wiederfinden, und wir bogen in einen schmalen Gang ein, der aussah wie ein in die Schwärze hineinreichender Steg. Neben dem letzten Regal kniete ich nieder und suchte mein Buch, versteckt hinter der Reihe von Bänden, die unter einer im Licht der Lampe wie Rauhreif glänzenden Staubschicht begraben waren. Ich ergriff es und gab es Bea.

»Darf ich dir Julián Carax vorstellen?«

»*Der Schatten des Windes*«, las sie und strich über die goldenen Buchstaben des Umschlags.

»Kann ich es mitnehmen?« fragte sie.

»Jedes außer diesem.«

»Aber das ist ungerecht. Nach allem, was du mir erzählt hast, möchte ich gerade dieses.«

»Ein andermal vielleicht. Aber heute nicht.«

Ich nahm es ihr aus den Händen und verwahrte es wieder an seinem Ort.

»Ich werde ohne dich zurückkommen und es mitnehmen, und du wirst nichts davon erfahren«, spottete sie.

»Du würdest es in tausend Jahren nicht finden.«

»Das meinst bloß du. Ich habe deine Markierungen schon gesehen und kenne auch die Geschichte vom Minotaurus.«

»Isaac würde dich nicht reinlassen.«

»Da irrst du dich. Ich bin ihm sympathischer als du.«

»Woher willst du denn das wissen?«

»Ich kann Blicke lesen.«

Gegen meinen Willen glaubte ich ihr und schaute weg.

»Nimm irgendein anderes. Schau, das hier klingt vielversprechend. *Das Hochlandschwein, das unbekannte Wesen – Auf der Suche nach den Wurzeln der iberischen Sau*, von Anselmo Torquemada. Davon sind bestimmt mehr Exemplare verkauft worden als von jedem Roman von Julián Carax. Vom Schwein kann man alles brauchen.«

»Das andere da macht mich mehr an.«

»*Tess of the d'Urbervilles*. Es ist die Originalausgabe. Wagst du dich auf englisch an Thomas Hardy ran?«

Sie schaute mich mißbilligend an.

»Es ist dein.«

»Na also. Es scheint doch ganz, als würde es auf mich warten. Als wäre es seit vor meiner Geburt für mich hier versteckt gewesen.«

Verdutzt schaute ich sie an. Sie verzog den Mund zu einem Lächeln.

»Was habe ich denn gesagt?«

Da küßte ich sie, ohne nachzudenken, leicht auf die Lippen.

Es war nahezu Mitternacht, als wir vor ihrer Haustür ankamen. Wir hatten fast den ganzen Weg schweigend zurückgelegt, da wir nicht auszusprechen wagten, was wir dachten. Wir gingen getrennt, verbargen uns voreinander. Mit ihrer *Tess* unter dem Arm schritt Bea kerzengerade dahin, und ich folgte ihr eine Spanne zurück, die Berührung des Kusses auf den Lippen. Noch spürte ich Isaacs Blick beim Verlassen des Friedhofs der Vergessenen Bücher. Es war ein Blick, den ich gut kannte, den ich tausendmal bei meinem Vater gesehen hatte, ein Blick, der mich fragte, ob ich eigentlich die leiseste Ahnung habe, was ich tue. Die letzten Stunden hatten sich in einer andern Welt abgespielt, einer Welt von Blicken, die ich nicht begriff und die mir den Verstand raubten. Jetzt, auf dem Rückweg in die Wirklichkeit des Ensanche-Viertels, löste sich der Bann, und ich empfand nur noch schmerzliches Verlangen und namenlose Unruhe. Ein bloßer Blick auf Bea zeigte mir, daß der Sturm auch sie durcheinandergebracht hatte. Wir blieben vor der Tür stehen und schauten uns an, ohne uns auch nur im geringsten zu verstellen. Ein sangesfreudiger Nachtwächter kam gemächlich näher und trällerte Boleros, wozu er sich mit dem angenehmen Geklingel seiner Schlüsselbüschel begleitete.

»Vielleicht wäre es dir lieber, wenn wir uns nicht mehr sehen«, sagte ich ohne Überzeugung.

»Ich weiß nicht, Daniel. Ich weiß gar nichts. Möchtest du das wirklich?«

»Nein, natürlich nicht. Und du?«

Sie zuckte die Schultern.

»Was glaubst du denn?« fragte sie. »Vorher habe ich dich belogen, im Kreuzgang.«

»Womit?«

»Daß ich dich heute nicht sehen wollte.«

Der Nachtwächter ging mit einem flüchtigen Lächeln um uns herum, scheinbar gleichgültig gegenüber meiner ersten Haustürturtelszene, die einem so alten Fuchs banal und abgedroschen erscheinen mußte.

»Meinetwegen brauchen Sie sich nicht zu beeilen«, sagte er. »Ich werde an der Ecke mal ein Zigarettchen schmauchen, Sie können mir dann sagen, wenn's soweit ist.«

Ich wartete, bis er vorbei war.

»Wann werde ich dich wiedersehen?«

»Ich weiß es nicht, Daniel.«

»Morgen?«

»Bitte, Daniel. Ich weiß es nicht.«

Ich nickte. Sie fuhr mir mit den Fingern zärtlich übers Gesicht.

»Besser, du gehst jetzt.«

»Weißt du wenigstens, wo du mich finden kannst?«

Sie nickte.

»Ich werde warten.«

»Ich auch.«

Als ich ging, kam bereits der Nachtwächter daher, um aufzuschließen.

»Schamloser Kerl«, flüsterte er mir im Vorbeigehen zu, nicht ohne eine gewisse Bewunderung. »Wirklich ein süßer Käfer.«

Ich wartete, bis Bea im Haus verschwunden war, und ging

dann leichten Schrittes davon, immer wieder zurückschauend. Langsam beschlich mich die absurde Gewißheit, daß alles möglich war, und ich hatte das Gefühl, selbst diese menschenleeren Straßen und der feindliche Wind rochen nach Hoffnung. Als ich zur Plaza de Cataluña kam, sah ich, daß sich in der Mitte ein Taubenschwarm versammelt hatte. Sie ließen keine Handbreit Boden frei, ein Schleier weißer Flügel, die sich lautlos wiegten. Zuerst wollte ich um sie herumgehen, aber genau in diesem Moment sah ich, daß sich der Schwarm vor mir auftat, ohne aufzufliegen. Ich ging langsam weiter und sah, daß die Tauben hinter mir wieder zusammenrückten. Im Zentrum des Platzes angekommen, hörte ich die Glocken der Kathedrale Mitternacht schlagen. Ich blieb einen Augenblick stehen, mitten in einem Meer silberner Vögel: Das war der merkwürdigste und wunderbarste Tag meines Lebens gewesen.

8

Als ich vor dem Schaufenster der Buchhandlung vorbeiging, sah ich, daß noch Licht brannte. Vielleicht war mein Vater so lange aufgeblieben, um die Korrespondenz à jour zu bringen oder unter sonst einem Vorwand, um auf mich zu warten und mich über meine Verabredung mit Bea auszufragen. Ich sah jemanden einen Bücherstapel aufbauen und erkannte Fermíns hagere, sehnige Gestalt. Ich klopfte an die Schaufensterscheibe. Angenehm überrascht schaute er von seiner konzentrierten Arbeit auf und bedeutete mir, durch den Hintereingang einzutreten.

»Noch immer bei der Arbeit, Fermín? Es ist doch schon so spät.«

»Eigentlich habe ich mir nur die Zeit vertrieben, um nachher zu dem armen Don Federico zu gehen und bei ihm zu wachen. Eloy vom Optikerladen und ich haben einen Schichtdienst eingerichtet. Ich schlafe ja sowieso nicht sehr viel, höchstens zwei, drei Stunden. Natürlich sind auch Sie nicht untätig gewesen, Daniel. Mitternacht ist vorbei, und daraus schließe ich, daß Ihr Treffen mit dem jungen Mädchen ein grandioser Erfolg gewesen ist.«

Ich zuckte die Schultern.

»Ehrlich gesagt, ich weiß es nicht.«

»Haben Sie sie betatscht?«

»Nein.«

»Ein gutes Zeichen. Trauen Sie nie einer Frau, die sich so ohne weiteres befingern läßt. Aber noch weniger denen, die einen Geistlichen brauchen, um die Zustimmung einzuholen. Das Filet, wenn der Fleischvergleich erlaubt ist, ist am besten halb durchgebraten. Natürlich, wenn es sich ergibt, sollen Sie auch kein Duckmäuser sein, sondern die Gelegenheit nutzen. Aber wenn das, was Sie suchen, etwas Ernstes ist, wie bei mir mit der Bernarda, dann denken Sie an diese goldene Regel.«

»Ist es denn ernst bei Ihnen?«

»Mehr als ernst. Spirituell. Und mit diesem Mädchen, Beatriz? Daß sie ein Bild von einer Frau ist, springt ja ins Auge, aber der entscheidende Punkt ist: Gehört sie zu denen, die einem minderjährigen Bürschchen die Eingeweide in Aufruhr bringen?«

»Ich habe nicht die geringste Ahnung.«

»Schauen Sie, Daniel, das ist wie bei einer Magenverstimmung. Spüren Sie da etwas, im Magenmund? So, als hätten Sie einen Ziegelstein verschluckt? Oder ist es nur ein allgemeines Fieber?«

»Eher ein Ziegelstein«, sagte ich, obwohl ich auch das Fieber nicht ganz ausschließen konnte.

»Dann ist die Sache ernst. Gott steh Ihnen bei. Los, nehmen Sie Platz, ich mache Ihnen einen Lindenblütentee.«

Wir setzten uns an den Tisch im Hinterraum, umgeben von Büchern und Stille. Fermín reichte mir eine dampfende Tasse und lächelte ein wenig verlegen. Irgend etwas ging ihm durch den Kopf.

»Darf ich Sie etwas fragen, Daniel, etwas, was meine Person betrifft?«

»Ja, natürlich.«

»Ich bitte Sie, ganz ehrlich zu antworten.« Er räusperte sich.

»Finden Sie, ich könnte Vater sein?«

Er mußte die Verdutztheit in meinem Gesicht gelesen haben und fügte eilig hinzu:

»Ich meine nicht Vater im biologischen Sinn, ich meine Vater in einem andern Sinn – ein guter Vater, Sie wissen schon.«

»Ein guter Vater?«

»Ja, so wie Ihrer. Ein Mann mit Kopf, Herz und Seele. Ein Mann, der in der Lage ist, einem Kind zuzuhören, es zu führen und zu achten, und nicht seine eigenen Fehler auf es überträgt. Jemand, den ein Kind nicht nur liebt, weil er sein Vater ist, sondern den es als Menschen bewundert. Jemand, dem es ähnlich sein möchte.«

»Warum fragen Sie mich das, Fermín? Ich dachte, Sie glauben nicht an Ehe und Familie. Das Joch und so, erinnern Sie sich?«

Er nickte.

»Schauen Sie, Ehe und Familie sind nicht mehr und nicht weniger als das, was wir daraus machen. Wenn echte Liebe da ist, eine Liebe, die man nicht in alle Himmelsrichtungen ausposaunt, sondern die man spürt und sich gegenseitig zeigt ...«

»Sie klingen ja wie ein ganz neuer Mensch, Fermín.«

»Ich klinge nicht nur so. Die Bernarda hat in mir den Wunsch geweckt, ein besserer Mensch zu werden.«

»Wozu denn das?«

»Um ihrer würdig zu sein. Sie sagt es zwar nicht ausdrücklich, aber ich glaube, das größte Glück, das sie in diesem Leben haben könnte, wäre es, Mutter zu sein. Und ich habe diese Frau lieber als Pfirsichkompott. Ich brauche Ihnen bloß zu sagen, daß ich imstande bin, nach zweiunddreißig Jahren klerikaler Enthaltsamkeit für sie durch eine Kirche zu gehen und die Psalmen zu rezitieren oder was auch immer.«

»Ich sehe, Sie sind sehr entschlossen, Fermín. Dabei haben Sie sie doch eben erst kennengelernt ...«

»In meinem Alter muß man allmählich klar sehen, wo's langgeht, sonst ist man am Arsch. Ich habe schon viele Dummheiten begangen, und jetzt weiß ich, daß ich nichts anderes will, als die Bernarda glücklich zu machen und eines Tages in ihren Armen zu sterben. Ich will wieder ein achtbarer Mensch sein, wissen Sie. Nicht meinetwegen, sondern ihretwegen. Die Bernarda glaubt an diese Dinge – an die Radioserien, die Geistlichen, die Achtbarkeit und die heilige Jungfrau von Lourdes. Sie ist so, und ich will sie genau so, wie sie ist. Und darum will ich jemand sein, auf den sie stolz sein kann. Sie soll denken können: Mein Fermín, das ist vielleicht ein Mannsbild!«

»Haben Sie all das mit ihr besprochen? Zusammen Kinder zu haben?«

»Um Gottes willen, nein. Wofür halten Sie mich? Glauben Sie, ich gehe durch die Welt und sage zu den Frauen, ich habe Lust, Sie zu schwängern?«

»Haben Sie der Bernarda gesagt, daß Sie eine Familie gründen möchten?«

»So was braucht man nicht zu sagen, Daniel. Das sieht man einem an.«

Ich nickte.

»Nun, in dem Fall bin ich sicher, daß Sie ein wunderbarer Vater und Ehemann sein werden.«

Sein Gesicht zerfloß vor Freude.

»Meinen Sie das im Ernst?«

»Natürlich.«

»Sie nehmen mir aber wirklich einen Steinbrocken vom Herzen. Wenn ich mich nämlich an meinen Vater nur erinnere und denke, ich könnte für jemanden werden, was er für mich war, würde ich mich am liebsten gleich sterilisieren lassen.«

»Seien Sie unbesorgt. Außerdem gibt es wahrscheinlich keine Behandlung, die ihre Zeugungskraft zu brechen vermag.«

»Stimmt auch wieder. Na, gehen Sie schlafen, ich will Sie nicht länger aufhalten.«

»Sie halten mich nicht auf. Ich habe das Gefühl, ich werde kein Auge zutun.«

»Des einen Leid ... Übrigens, erinnern Sie sich noch an das Postfach, von dem Sie mir erzählt haben?«

»Haben Sie schon etwas rausgefunden?«

»Ich habe Ihnen ja gesagt, Sie können das ruhig mir überlassen. Heute mittag zur Essensstunde bin ich zur Post gegangen und habe mit einem alten Bekannten, der dort arbeitet, ein paar Worte gewechselt. Das Postfach 2321 ist auf den Namen eines gewissen José María Requejo eingetragen, Anwalt mit Büro in der Calle León XIII. Ich habe mir erlaubt, die Adresse der besagten Person zu überprüfen, und ohne Erstaunen festgestellt, daß es sie nicht gibt, aber ich denke, das wissen Sie schon. Die Korrespondenz für dieses Postfach wird seit Jahren von jemandem abgeholt. Das weiß ich, weil einige der Sendungen einer Immobilienmaklerfirma eingeschrieben kommen und man beim Abholen eine kleine Quittung unterschreiben und die Papiere vorlegen muß.«

»Wer ist es? Ein Angestellter von Anwalt Requejo?«

»Soweit bin ich noch nicht, aber ich bezweifle es. Entweder irre ich mich sehr, oder diesen Requejo gibt's etwa so wie die heilige Jungfrau von Fatima. Ich kann Ihnen nur den Namen der Person nennen, die die Korrespondenz abholt: Nuria Monfort.«

Ich fuhr hoch.

»Nuria Monfort? Sind Sie da ganz sicher, Fermín?«

»Ich habe einige der Quittungen mit eigenen Augen gesehen. Auf allen standen der Name und die Nummer des Personalausweises. Aus dem Speiübelgesicht, das Sie bekommen haben, schließe ich, daß Sie diese Enthüllung überrascht.«

»Ziemlich.«

»Darf ich fragen, wer diese Nuria Monfort ist? Der Angestellte, mit dem ich sprach, hat mir gesagt, daß er sich ganz genau an sie erinnern kann, weil sie vor zwei Wochen gekommen ist, um die Post abzuholen, und seiner unparteiischen Meinung nach hat sie attraktiver ausgesehen und eine straffere Brust gehabt als die Venus von Milo. Und ich verlasse mich auf seine Einschätzung, denn vor dem Krieg war er Ästhetikprofessor, aber natürlich, als entfernter Vetter eines entmachteten Regierungschefs muß er jetzt Ein-Peseten-Marken lecken . . .«

»Eben heute war ich bei dieser Frau, bei ihr zu Hause«, murmelte ich.

Fermín schaute mich perplex an.

»Bei Nuria Monfort? Langsam denke ich, ich habe mich in Ihnen geirrt, Daniel. Sie sind ja ein echter Verführer.«

»Nicht, was Sie denken.«

»Selber schuld. In Ihrem Alter habe ich es gehalten wie El Molino – je eine Vorstellung am Vormittag, am Nachmittag und am Abend.«

Ich schaute dieses dürre Knochenmännchen an, ganz Nase und gelblicher Teint, und merkte, daß er dabei war, mein bester Freund zu werden.

»Darf ich Ihnen etwas erzählen, Fermín? Etwas, was mir schon seit langem im Kopf rumgeht.«

»Klar doch. Alles. Besonders wenn es schlüpfrig ist und dieses Mägdlein betrifft.«

Zum zweiten Mal an diesem Abend erzählte ich die Geschichte von Julián Carax und seinem rätselhaften Tod. Fermín hörte mit größter Aufmerksamkeit zu, machte sich Notizen in ein Heft und unterbrach mich gelegentlich, um nach irgendeinem Detail zu fragen, dessen Bedeutung mir entgangen war. Als ich mir so selber zuhörte, wurden mir die Lücken in dieser Geschichte immer deutlicher. Mehr als einmal wußte ich nicht mehr weiter, verirrten sich meine Gedanken beim Versuch, herauszufinden, warum mich Nuria Monfort belogen hatte. Was bedeutete der Umstand, daß sie jahrelang die Korrespondenz für ein nicht existierendes Anwaltsbüro abgeholt hatte, das sich angeblich um die Familie Fortuny-Carax in der Ronda de San Antonio kümmerte? Ich merkte nicht, daß ich meine Zweifel laut formuliert hatte.

»Wir können noch nicht wissen, warum diese Frau Sie belogen hat«, sagte Fermín, »aber wir können die Vermutung wagen, daß sie, wenn sie es in dieser Hinsicht getan hat, es auch in anderer Hinsicht tun konnte und wahrscheinlich getan hat.«

Ich seufzte verwirrt.

»Was schlagen Sie vor?«

Fermín Romero de Torres machte eine hochphilosophische Gebärde.

»Ich werde Ihnen sagen, was wir tun können. Wenn Sie einverstanden sind, schauen wir diesen Sonntag mal so ganz zufällig bei der San-Gabriel-Schule vorbei und versuchen etwas rauszufinden über die Anfänge der Freundschaft zwischen diesem Carax und dem andern Jungen, dem Geldsack...«

»Aldaya.«

»Im Umgang mit Geistlichen bin ich sehr gewandt, Sie werden schon sehen, und sei es nur, weil ich wie ein schlitzohriger Kartäuser aussehe. Ein paar Schmeicheleien, und ich stecke sie allesamt in die Tasche.«

»Und das heißt?«

»Mann! Ich garantiere Ihnen, die werden singen wie der Knabenchor von Montserrat.«

9

Den Samstag verbrachte ich wie in Trance, fest verankert hinter dem Ladentisch und in der Hoffnung, Bea komme unversehens zur Tür herein. Jedesmal wenn das Telefon klingelte, stürzte ich mich darauf und riß meinem Vater oder Fermín den Hörer aus den Händen. Gegen Abend, nach zwanzig Kundenanrufen und ohne Nachricht von Bea, fand ich mich allmählich damit ab, daß die Welt und mein gerade so hoffnungsvoll begonnenes Leben an ihr Ende gelangten. Mein Vater war nach San Gervasio gefahren, um eine Sammlung zu schätzen, und Fermín nutzte die Gelegenheit, um mir eine weitere seiner erfahrungsgesättigten Lektionen über die Geheimnisse der Liebesverstrickungen zu geben.

»Beruhigen Sie sich, oder Sie kriegen Nierensteine«, riet er. »Mit dem Liebeswerben ist es wie mit dem Tango: absurd und nichts als Fiorituren. Aber Sie sind der Mann, und als solcher müssen Sie die Initiative ergreifen.«

Das begann ja schon unheilvoll.

»Die Initiative? Ich?«

»Was wollen Sie – im Stehen pissen zu können hat eben seinen Preis.«

»Aber Bea hat doch durchblicken lassen, daß sie sich melden wird.«

»Wie wenig Sie von Frauen verstehen, Daniel. Ich wette mein Weihnachtsgeld drauf, daß dieses niedliche Mädchen jetzt zu Hause sitzt und wie die Kameliendame zum Fenster hinausschmachtet, daß Sie kommen und sie vor dem Grobian von Herrn Vater erretten und in einer unaufhaltsamen Spirale von Geilheit und Sünde mitreißen.«

»Sind Sie sicher?«

»Reine Wissenschaft.«

»Und wenn sie mich nicht mehr sehen will?«

»Passen Sie auf, Daniel. Die Frauen sind, mit bemerkenswerten Ausnahmen wie Ihre Nachbarin, die Merceditas, intelligenter als wir – oder wenigstens ehrlicher mit sich selbst bezüglich dessen, was sie wollen oder nicht. Etwas anderes ist es, ob sie es einem oder der Welt auch mitteilen. Sie haben es mit dem Rätsel der Natur zu tun. Das Weib, Babel und Labyrinth. Wenn Sie die Frau denken lassen, sind Sie verloren. Erinnern Sie sich: heißes Herz, kühler Verstand. Der Kodex des Verführers.«

Er wollte eben ins Detail gehen über die Besonderheiten und Techniken der Verführungskunst, als die Türglocke klingelte und mein Freund Tomás Aguilar eintrat. Mir blieb das Herz stehen. Zwar verweigerte mir die Vorsehung Bea, aber sie sandte mir ihren Bruder. Ein unheilverkündender Herold, dachte ich. Tomás machte ein düsteres Gesicht und blickte etwas mutlos drein.

»Mit was für einer Leichenbittermiene Sie daherkommen, Don Tomás«, sagte Fermín. »Sie trinken doch wenigstens ein Täßchen Kaffee mit uns, nicht wahr?«

»Ich sage nicht nein«, antwortete Tomás mit seiner üblichen Zurückhaltung.

Fermín schenkte ihm eine Tasse von dem Gebräu aus seiner Thermosflasche ein, das verdächtig nach Sherry roch.

»Irgendein Problem?« fragte ich.

Tomás zuckte die Schultern.

»Nichts Neues. Mein Vater hat heute wieder mal seinen ganz besonderen Tag, so daß ich lieber ein wenig an die frische Luft gegangen bin.«

Ich schluckte.

»Wieso denn?«

»Weiß Gott, warum. Gestern nacht ist meine Schwester sehr spät nach Hause gekommen. Mein Vater hat auf sie gewartet, ein wenig betrunken wie immer. Sie hat sich geweigert, zu sagen, woher sie kam und mit wem sie zusammengewesen war, und mein Vater wurde fuchsteufelswild. Bis um vier Uhr früh hat er rumgeschrien und sie als Hure und noch schlimmer tituliert und geschworen, sie ins Kloster zu stecken und, falls sie schwanger ist, mit Fußtritten auf die Straße rauszuschmeißen.«

Fermín warf mir einen alarmierten Blick zu. Ich spürte, daß sich die Schweißtropfen, die mir den Rücken hinunterliefen, um mehrere Grad abkühlten.

»Heute morgen«, fuhr Tomás fort, »hat sich Bea in ihrem Zimmer eingeschlossen, und sie ist den ganzen Tag nicht mehr rausgekommen. Mein Vater hat sich im Eßzimmer aufgebaut, um die *ABC* zu lesen und im Radio Zarzuelas in voller Lautstärke zu hören. In der Pause von *Luisa Fernanda* hab ich gehen müssen, sonst hätte ich den Verstand verloren.«

»Nun, gewiß war Ihre Schwester mit ihrem Verlobten zusammen, nicht?« stichelte Fermín. »Das ist doch normal.«

Hinter dem Ladentisch holte ich zu einem Fußtritt aus, aber Fermín wich ihm mit katzenhafter Beweglichkeit aus.

»Ihr Verlobter leistet den Wehrdienst ab«, korrigierte Tomás. »Er kommt erst in zwei Wochen auf Urlaub. Und außerdem, wenn sie mit ihm ausgeht, ist sie spätestens um acht Uhr wieder zu Hause.«

»Und Sie haben keine Ahnung, wo sie war und mit wem?«

»Er hat doch schon gesagt, nein, Fermín«, mischte ich mich ein.

»Und Ihr Vater auch nicht?« Fermín amüsierte sich königlich und ließ nicht locker.

»Nein, aber er hat geschworen, es rauszukriegen und dem Betreffenden den Schädel einzuschlagen und die Beine abzuhacken, sobald er ihn hat.«

Ich wurde blaß. Ohne zu fragen, gab mir Fermín eine Tasse seines Gesöffs, und ich trank es in einem Zug aus. Mit seinem undurchdringlichen, dunklen Blick schaute mich Tomás schweigend an.

»Haben Sie das gehört?« sagte Fermín unversehens. »So was wie ein Trommelwirbel vor dem Salto mortale.«

»Nein.«

»Der Bauch meiner Wenigkeit. Da hab ich doch plötzlich Hunger gekriegt . . . Würde es Ihnen was ausmachen, wenn ich Sie eine Weile allein lasse und zur Bäckerei gehe, um zu sehen, ob ich ein Honigtörtchen kriege? Und damit meine ich noch nicht mal die neue Verkäuferin, die vor kurzem aus Reus gekommen ist und einem das Wasser im Munde zusammenlaufen läßt und so. Sie heißt ganz tugendhaft María Virtudes, aber das Kindchen hat so was Lasterhaftes . . . Also, ich lasse Sie allein, dann können Sie sich über Ihre Angelegenheiten unterhalten, ja?«

In zehn Sekunden war Fermín wie weggeblasen, unterwegs zu seinem Imbiß und der Begegnung mit dem Nymphchen. Tomás und ich blieben in unserem Schweigen allein.

»Tomás«, begann ich mit trockenem Mund, »deine Schwester war gestern abend mit mir zusammen.«

Er schaute mich unverwandt an.

»Sag was«, sagte ich.

»Du hast nicht alle Tassen im Schrank.«

Eine Minute lang drang Gemurmel von der Straße herein. Tomás hielt seine Tasse in der Hand, ohne zu trinken.

»Ist es dir ernst?« fragte er.

»Ich habe mich nur ein einziges Mal mit ihr getroffen.«

»Das ist keine Antwort.«

»Würde es dir was ausmachen?«

Er zuckte die Achseln.

»Du mußt wissen, was du tust. Würdest du sie nicht mehr treffen, nur weil ich dich darum bäte?«

»Ja«, log ich. »Aber bitte mich nicht darum.«

Er senkte den Kopf.

»Du kennst Bea nicht«, murmelte er.

Ich schwieg. Wortlos verstrichen einige Minuten; wir schauten die grauen Gestalten an, die durchs Schaufenster hereinspähten, und beteten, eine von ihnen möge eintreten und uns aus diesem vergifteten Schweigen erlösen. Nach einer Weile stellte Tomás die Tasse auf den Ladentisch und wandte sich zur Tür.

»Willst du schon gehen?«

Er nickte.

»Sehen wir uns morgen?« fragte ich. »Wir könnten ins Kino gehen, mit Fermín, wie früher.«

Er blieb bei der Tür stehen.

»Ich sag's dir nur einmal, Daniel. Tu meiner Schwester nicht weh.«

Als er hinausging, kam ihm Fermín mit einer Tüte ofenfrischen Gebäcks entgegen. Kopfschüttelnd schaute Fermín zu, wie er sich in der Nacht verlor. Er stellte die Tüte auf den Ladentisch und bot mir eine noch warme Marzipanschnecke an. Ich lehnte ab. Ich hätte nicht einmal ein Aspirin hinuntergebracht.

»Das wird schon vorbeigehen, Daniel. Sie werden sehen. Unter Freunden sind solche Dinge normal.«

»Ich weiß nicht«, murmelte ich.

10

Am Sonntagmorgen um halb acht war ich mit Fermín im Café Canaletas verabredet, wo er mich zu Milchkaffee und Brioches einlud, deren Struktur, selbst mit Butter bestrichen, eine gewisse Ähnlichkeit mit der von Bimsstein aufwies. Der Kellner, der uns bediente, trug ein Falangeabzeichen auf dem Revers und hatte einen bleistiftschmalen Schnurrbart. Er trällerte unaufhörlich vor sich hin, und als wir ihn nach dem Grund für seine wunderbare Laune fragten, erklärte er, er sei am Vortag Vater geworden. Wir beglückwünschten ihn, und da drängte er jedem von uns eine Faria-Zigarre auf, damit wir sie später am Tag aufs Wohl seines Erstgeborenen rauchten. Das sagten wir ihm zu. Fermín schaute ihn verstohlen und mit gerunzelter Stirn an, und ich vermutete, er hecke etwas aus.

Beim Frühstück erklärte er mit einer allgemeinen Skizze des Rätsels das detektivische Tagewerk für eröffnet.

»Das Ganze beginnt mit der arglosen Freundschaft zwischen zwei Jungen, Julián Carax und Jorge Aldaya, Klassenkameraden von Kindesbeinen an, so wie Don Tomás und Sie. Jahrelang geht alles gut. Unzertrennliche Freunde, die das ganze Leben vor sich haben. Aber in irgendeinem Augenblick gibt es einen Streit, der diese Freundschaft auseinanderbrechen läßt. Um die Salondramatiker zu paraphrasieren: Der Streit hat den Namen einer Frau und heißt Penélope. Sehr homerisch. Können Sie mir folgen?«

Das einzige, was mir in den Sinn kam, waren Tomás Aguilars letzte Worte am Abend zuvor in der Buchhandlung: »Tu meiner Schwester nicht weh.« Mir war übel.

»1919 bricht Julián Carax wie ein Westentaschenodysseus gen Paris auf«, fuhr Fermín fort. »Der von Penélope unterschriebene Brief, den er nie bekommt, beweist, daß die junge Frau zu diesem Zeitpunkt bei sich zu Hause eingeschlossen ist, aus wenig klaren Gründen Gefangene ihrer Familie, und daß die Freundschaft zwischen Aldaya und Carax zu Ende ist. Ja, wie uns Penélope erzählt, hat ihr Bruder Jorge geschworen, seinen ehemaligen Freund Julián umzubringen, wenn er ihn noch einmal sieht. Starke Worte für das Ende einer Freundschaft. Man braucht nicht Sherlock Holmes zu sein, um daraus zu schließen, daß der Streit eine direkte Folge der Beziehung zwischen Penélope und Carax ist.«

Kalter Schweiß bedeckte mir die Stirn. Ich spürte, wie mir

der Milchkaffee und die paar Bissen, die ich zu mir genommen hatte, den Hals heraufkrochen.

»Trotzdem müssen wir annehmen, daß Carax nie erfährt, was mit Penélope geschehen ist, denn der Brief gelangt nicht in seine Hände. Sein Leben verliert sich in den Nebeln von Paris, wo er ein geisterhaftes Dasein entfalten wird zwischen seiner Anstellung als Pianist in einem Animierlokal und einer erbärmlichen Karriere als erfolgloser Romancier. Diese Pariser Jahre sind ein Geheimnis. Alles, was von ihnen bleibt, ist ein vergessenes, womöglich verschwundenes literarisches Œuvre. Wir wissen, daß er irgendwann beschließt, eine rätselhafte vermögende Dame zu heiraten, die doppelt so alt ist wie er. Diese Ehe, wenn wir uns an die Zeugnisse halten, scheint eher ein Akt der Nächstenliebe oder der Freundschaft von seiten einer kranken Dame zu sein als ein romantisches Abenteuer. Besorgt um die wirtschaftliche Zukunft ihres Protegés, beschließt die Mäzenin offensichtlich, ihm ihr Vermögen zu vermachen und sich von dieser Welt mit einem Koitus ad maiorem gloriam der Künste zu verabschieden. So sind die Pariser.«

»Vielleicht war es echte Liebe«, sagte ich mit hauchdünner Stimme.

»Sagen Sie, Daniel, geht es Ihnen nicht gut? Sie sind ja kreideweiß und schwitzen entsetzlich.«

»Es geht mir ausgezeichnet«, log ich.

»Also, weiter im Text. Die Liebe ist wie die Wurst: Es gibt Schweinefiletwurst, und es gibt Mortadella. Alles hat seinen Platz und seine Funktion. Carax hatte erklärt, er fühle sich keiner Art von Liebe würdig, und tatsächlich ist uns nichts bekannt von irgendeiner Romanze aus seinen Pariser Jahren. Natürlich, da er in einem Bordell gearbeitet hat, konnte er seine primäre Glut der Instinkte vielleicht durch Fraternisieren mit den dortigen Angestellten befriedigen, sozusagen als Bonus oder Nießnutz. Aber das ist reine Spekulation. Kehren wir zu dem Moment zurück, wo die Eheschließung zwischen Carax und seiner Beschützerin angekündigt wird. Jetzt erscheint Jorge Aldaya wieder auf der Bildfläche dieser undurchsichtigen Geschichte. Wir wissen, daß er mit Carax' Verleger in Barcelona Kontakt aufnimmt, um den Aufenthaltsort des Romanautors zu erfahren. Kurz darauf, am Morgen seines Hochzeitstags, schlägt sich Julián Carax in einem Duell mit einem Unbekannten auf dem Friedhof Père Lachaise und verschwindet. Die Hochzeit findet niemals statt. Von da an wird alles unklar.«

Fermín schaltete eine dramatische Pause ein und warf mir seinen Spionagefilmblick zu.

»Vermutlich geht Carax über die Grenze, und um einmal mehr seinen sprichwörtlichen Sinn für die goldrichtige Gelegenheit zu beweisen, kehrt er 1936 nach Barcelona zurück, genau bei Ausbruch des Bürgerkriegs. Was er in diesen Wochen in Barcelona unternimmt und wo er sich aufhält, ist nicht bekannt. Wir vermuten, er bleibt einen Monat in der Stadt und setzt sich in dieser Zeit mit keinem seiner Bekannten in Verbindung, weder mit seinem Vater noch mit seiner Freundin Nuria Monfort. Kurze Zeit später findet man ihn erschossen auf der Straße auf. Und unverzüglich erscheint ein unheilvoller Zeitgenosse, der sich als Laín Coubert ausgibt, ein Name, den er bei einer Figur aus Carax' letztem Roman ausleiht, die, um das Maß vollzumachen, niemand anders ist als der Höllenfürst. Der mutmaßliche Teufel ist entschlossen, das wenige, was von Carax bleibt, verschwinden zu lassen und seine Bücher für immer zu vernichten. Um das Melodrama abzurunden, erscheint er als Mann ohne Gesicht, durchs Feuer entstellt. Ein Bösewicht, einer Schauermär entsprungen, bei dem, um alles noch vollends zu komplizieren, Nuria Monfort Jorge Aldayas Stimme zu erkennen glaubt.«

»Ich erinnere Sie daran, daß mich Nuria Monfort belogen hat«, sagte ich.

»Gewiß, aber auch wenn sie Sie belogen hat, hat sie es möglicherweise eher durch Auslassen getan und vielleicht, um sich selbst aus den Ereignissen herauszuhalten. Es gibt wenig Gründe, die Wahrheit zu sagen, aber unendlich viele, um zu lügen. Sagen Sie, geht es Ihnen auch wirklich gut? Ihr Gesicht hat die Farbe von galicischem Tetillakäse.«

Ich schüttelte den Kopf und sauste Richtung Toilette davon. Ich erbrach das Frühstück, das Abendessen und einen guten Teil der Wut, die ich verspürte. Ich wusch mir das Gesicht mit eiskaltem Wasser und betrachtete mein Bild in dem trüben Spiegel, auf den jemand mit Wachsstift gekritzelt hatte: »Girón, du Schwein«. Wieder am Tisch, stellte ich fest, daß Fermín an der Theke stand und mit unserem Kellner über Fußball diskutierte, während er die Rechnung bezahlte.

»Geht's besser?« fragte er.

Ich nickte.

»Das ist ein Blutdruckabfall«, sagte er. »Da, nehmen Sie ein Lutschbonbon, das kuriert alles.«

Als wir das Café verließen, beharrte er darauf, mit dem Taxi zur San-Gabriel-Schule zu fahren und uns die U-Bahn für einen andern Tag aufzuheben, mit dem Argument, es sei ein Morgen wie im Bilderbuch und die Tunnel seien für die Ratten.

»Ein Taxi nach Sarriá kostet ein Vermögen«, warf ich ein.

»Das übernimmt die Berufskasse der Idioten«, sagte er. »Der Patriot da hat sich im Wechselgeld vertan, und wir haben ein gutes Geschäft gemacht. Und in Ihrem Zustand ist eine Reise unter Tag nichts für Sie.«

Derart mit unrechtmäßigen Mitteln versehen, stellten wir uns unten an der Rambla de Cataluña an eine Ecke und warteten auf ein Taxi. Wir mußten einige vorbeifahren lassen, denn Fermín erklärte, wenn er schon einmal in ein Auto steige, müsse es zumindest ein Studebaker sein. Erst nach einer Viertelstunde erschien ein ihm zusagendes Fahrzeug, das er mit aufgeregtem Fuchteln stoppte. Er wollte unbedingt auf dem Vordersitz fahren, was ihm Gelegenheit gab, sich in eine Diskussion über das Gold von Moskau und Josef Stalin einzulassen, der des Fahrers Idol und geistiger Führer auf Distanz war.

»In diesem Jahrhundert hat es drei große Figuren gegeben: Dolores Ibárruri, Manolete und Josef Stalin«, verkündete der Fahrer, entschlossen, uns mit einer detaillierten Hagiographie des illustren Genossen zu beglücken.

Ich saß bequem auf dem Rücksitz, ohne mich an dem Gespräch zu beteiligen, und genoß durchs offene Fenster die frische Luft. Fermín, begeistert von der Spazierfahrt im Studebaker, animierte den Fahrer mit gezielten Fragen.

»Nun, ich habe gehört, seit er einen Mispelkern verschluckt hat, leidet er gräßlich an der Prostata und kann jetzt nur noch urinieren, wenn man ihm die Internationale vorsingt«, warf Fermín hin.

»Faschistische Propaganda«, entgegnete der Fahrer. »Der Genosse pißt wie ein Stier. Mit so 'ner Wassermenge kann selbst die Wolga nicht aufwarten.«

Diese angeregte Debatte begleitete uns auf der ganzen Fahrt durch die Vía Augusta zum höhergelegenen Teil der Stadt. Es wurde immer heller, und eine frische Brise überzog den Himmel mit tiefem Blau. Als wir zur Calle Ganduxer gelangten, bog der Fahrer rechts ein, und gemächlich fuhren wir zum Paseo de la Bonanova hinauf.

Die San-Gabriel-Schule erhob sich baumumstanden am oberen Ende einer engen Straße, die sich von der Bonanova heraufschlängelte. Die mit dolchförmigen Fenstern gespickte Fassade betonte das Profil eines gotischen Palastes aus rotem Backstein und schien zwischen Bogen und Türmen zu schweben, die in kathedralähnlichen Grannen über die Wipfel der Platanen aufragten. Wir stiegen aus und betraten einen dichtbewachsenen Garten voller Brunnen, aus denen sich verrostete Putten erhoben, und durchflochten von steinernen Pfaden, die zwischen den Bäumen hinanführten. Auf dem Weg zum Haupteingang setzte mich Fermín mit einer seiner Lektionen zur Sozialgeschichte über die Institution ins Bild.

»Obwohl sie Ihnen jetzt wie Rasputins Mausoleum erscheinen mag, war die San-Gabriel-Schule seinerzeit eines der angesehensten und exklusivsten Institute von ganz Barcelona. In den Zeiten der Republik ist sie heruntergekommen, denn die damaligen Neureichen, die neuen Industriellen und Bankiers, deren Sprößlingen man jahrelang einen Platz verweigert hatte, weil ihre Namen nach Neu rochen, beschlossen, ihre eigenen Schulen zu gründen, wo man sie respektvoll behandelte und wo sie ihrerseits anderer Leute Kindern einen Platz verweigern konnten. Das Geld ist wie jedes andere Virus: Sobald die Seele dessen, der es hortet, verfault, macht es sich auf die Suche nach frischem Blut. In dieser Welt währt ein Name weniger lange als eine Zuckermandel. In ihren guten Zeiten, also mehr oder weniger zwischen 1880 und 1930, nahm die San-Gabriel-Schule die Crème de la crème der verwöhnten Kinder aus altem Adel und mit klingender Börse auf. Die Aldayas und Konsorten kamen als Internatsschüler an diesen düsteren Ort, um sich mit ihresgleichen zu verbrüdern, die Messe zu hören und Geschichte zu lernen, damit sie sie auf diese Weise ad nauseam wiederholen konnten.«

»Aber Julián Carax war nicht unbedingt einer von ihnen«, bemerkte ich.

»Nun, manchmal bieten diese vortrefflichen Institutionen für die Kinder des Gärtners oder eines Schuhputzers ein oder zwei Stipendien an, um so ihre Geisteserhabenheit und christliche Großherzigkeit zu demonstrieren. Die wirkungsvollste Art, die Armen unschädlich zu machen, besteht darin, daß man sie lehrt, die Reichen imitieren zu wollen. Das ist das Gift, und damit blendet der Kapitalismus die . . .«

»Pst, Fermín, wenn einer dieser Geistlichen Sie hört, wird man uns rausschmeißen«, unterbrach ich ihn leise, als ich sah, daß uns oben auf der Treppe, die zum Schulportal emporführte, zwei Priester mit einer Mischung aus Neugier und Reserviertheit beobachteten, und ich fragte mich, ob sie wohl von unserem Gespräch etwas mitbekommen hatten.

Einer von ihnen kam mit höflichem Lächeln und bischöflich auf der Brust gefalteten Händen auf uns zu. Er mußte etwa fünfzig sein, und seine schlanke Gestalt und das schüttere Haar ließen ihn wie einen Raubvogel aussehen. Er hatte einen durchdringenden Blick und roch nach frischem Kölnisch Wasser und Mottenpulver.

»Guten Morgen. Ich bin Pater Fernando Ramos«, verkündete er. »Womit kann ich Ihnen dienen?«

Fermín reichte ihm die Hand, die der Priester, in sein eisiges Lächeln gehüllt, kurz studierte, ehe er sie drückte.

»Fermín Romero de Torres, bibliographischer Berater von Sempere und Sohn, höchst erfreut, Ihre fromme Exzellenz zu grüßen. Hier zu meiner Seite befindet sich mein Mitarbeiter und zugleich Freund Daniel, ein junger Mann mit großer Zukunft und von ausgewiesen christlichem Wesen.«

Pater Fernando betrachtete uns, ohne mit der Wimper zu zucken. Ich wäre am liebsten im Erdboden verschwunden.

»Das Vergnügen ist ganz meinerseits, Señor Romero de Torres«, antwortete er gallig. »Darf ich Sie fragen, was dieses großartige Duo zu unserer bescheidenen Anstalt führt?«

Ich beschloß einzugreifen, ehe Fermín dem Priester eine weitere Ungeheuerlichkeit auftischte und wir uns eiligst davonmachen müßten.

»Pater Fernando, wir versuchen zwei ehemalige Schüler der San-Gabriel-Schule zu finden: Jorge Aldaya und Julián Carax.«

Pater Fernando preßte die Lippen zusammen und zog eine Braue in die Höhe.

»Julián ist vor über fünfzehn Jahren gestorben, und Aldaya ist nach Argentinien ausgewandert«, sagte er knapp.

»Haben Sie sie gekannt?« fragte Fermín.

Der sezierende Blick des Priesters verweilte auf jedem von uns, bevor er antwortete.

»Wir waren Klassenkameraden. Darf ich fragen, woher Ihr Interesse rührt?«

Ich dachte eben darüber nach, wie wir diese Frage beantworten sollten, da kam mir Fermín zuvor.

»Es ist so, daß uns eine Anzahl Dinge in die Hände gelangt sind, die den beiden Erwähnten gehören oder gehörten – in diesem Punkt ist die Rechtsprechung ja unklar.«

»Und welcher Natur sind die besagten Dinge, wenn die Frage gestattet ist?«

»Ich bitte Euer Gnaden, unser Schweigen zu akzeptieren, denn bei diesem Gegenstande gibt es, so wahr Gott lebt, nur zu viele Gründe des Bedenkens und Verschweigens, die nichts mit dem allerhöchsten Vertrauen zu tun haben, das uns Ihre Exzellenz und der Orden, den Sie so würdevoll und fromm vertreten, abverdienen«, sagte Fermín in rasendem Tempo.

Pater Fernando schaute ihn an, beinahe erstarrt. Ich beschloß, den Gesprächsfaden wiederaufzunehmen, bevor Fermín zu Atem käme.

»Die von Señor Romero de Torres angesprochenen Dinge sind familiärer Natur, Andenken und Gegenstände von ausschließlich gefühlsmäßigem Wert. Worum wir Sie bitten möchten, Pater, wenn es Ihnen nicht allzuviel ausmacht, ist, daß Sie uns von Ihren Erinnerungen an Julián und Aldaya aus der Schulzeit erzählen.«

Noch immer betrachtete uns Pater Fernando argwöhnisch. Es lag auf der Hand, daß ihm die Erklärungen, die wir ihm gegeben hatten, nicht ausreichten, um unser Interesse zu rechtfertigen und ihn zur Mitwirkung zu gewinnen. Ich warf Fermín einen hilfesuchenden Blick zu, damit er irgendeine List fände, um den Pater herumzukriegen.

»Wissen Sie, daß Sie ein wenig Julián gleichen, als er jung war?« fragte mich der Pater unversehens.

Fermíns Blick leuchtete auf. Was hat er bloß vor, dachte ich.

»Sie sind ein Fuchs, Hochwürden«, rief Fermín mit gespieltem Erstaunen. »Ihr Scharfsinn hat uns erbarmungslos demaskiert. Sie werden es mindestens zum Kardinal oder Papst bringen.«

»Wovon reden Sie?«

»Ist es denn nicht eindeutig und offensichtlich, Eminenz?«

»Ehrlich gesagt, nein.«

»Dürfen wir mit dem Beichtgeheimnis rechnen?«

»Das ist ein Garten, kein Beichtstuhl.«

»Es genügt uns Ihre geistliche Diskretion.«

»Die haben Sie.«

Fermín seufzte tief und schaute mich melancholisch an.

»Daniel, wir dürfen diesen heiligen Soldaten Christi nicht weiter belügen.«

»Natürlich nicht...«, bekräftigte ich völlig verwirrt.

Fermín trat nahe an den Priester heran und flüsterte ihm vertraulich zu:

»Pater, wir haben felsenfeste Gründe zur Annahme, daß unser Freund Daniel da nichts anderes ist als ein heimlicher Sohn des verblichenen Julián Carax. Daher unser Interesse, seine Vergangenheit zu rekonstruieren und die Erinnerung an einen abwesenden bedeutenden Mann wiederzuerlangen, den die Parze von der Seite eines armen Jungen zu reißen für gut befunden hat.«

Verdutzt starrte mich der Pater an.

»Trifft das zu?«

Ich nickte. Tief betrübt klopfte mir Fermín auf die Schulter.

»Schauen Sie das arme Bürschchen an, wie es einen im Nebel der Erinnerung verschwundenen Vater sucht. Was kann es Traurigeres geben als das, können mir das Eure heilige Magnifizenz verraten?«

»Haben Sie Beweise, die Ihre Behauptungen untermauern?«

Fermín packte mich am Kinn und bot mein Gesicht als Zahlungsmittel dar.

»Welchen weiteren Beweis begehren Monsignore noch als dieses Antlitz, stummer, beweiskräftiger Zeuge des fraglichen Vaterschaftsakts?«

Der Priester schien zu schwanken.

»Werden Sie mir helfen, Pater?« flehte ich verschlagen. »Bitte...«

Pater Fernando seufzte unbehaglich.

»Ich sehe nichts Böses dabei, denke ich«, sagte er schließlich. »Was wollen Sie wissen?«

»Alles«, sagte Fermín.

11

Pater Fernandos Zusammenfassung seiner Erinnerungen hatte einen gewissen Predigtton. Mit meisterhafter Knappheit konstruierte er seine stilreinen Sätze und erfüllte sie mit einem Rhythmus, der gleichsam als Zugabe eine unausgesprochene Moral einzuschließen schien. In jahrelangem Lehrerdasein hatte er sich diesen bestimmten, didaktischen Ton eines Mannes erworben, der es gewohnt ist, daß man ihn vernimmt, der sich aber fragt, ob man ihm auch zuhört.

»Wenn mich meine Erinnerung nicht trügt, ist Julián Carax 1914 in die San-Gabriel-Schule eingetreten. Ich habe mich sogleich zu ihm hingezogen gefühlt – wir gehörten beide zu der kleinen Gruppe Schüler, die nicht aus vermögenden Familien stammten. Man hat uns das *Hungerleiderkommando* genannt. Jeder von uns beiden hatte seine eigene Geschichte. Ich hatte ein Stipendium für einen Platz bekommen, weil mein Vater fünfundzwanzig Jahre lang in der Küche dieses Hauses gearbeitet hatte. Julián war dank der Fürsprache von Señor Aldaya aufgenommen worden, der Kunde des Hutladens Fortuny war, welcher Juliáns Vater gehörte. Natürlich waren das andere Zeiten, damals hat sich die Macht noch in einzelnen Familien und Dynastien konzentriert. Das ist eine verschwundene Welt, deren letzte Überbleibsel die Republik weggeschwemmt hat, zum Guten vermutlich, und von ihr sind nur diese Namen im Briefkopf gesichtsloser Unternehmen, Banken und Konsortien geblieben. Wie alle alten Städte ist auch Barcelona eine Summe von Ruinen. Die großen Herrlichkeiten, deren sich viele brüsten, Paläste, Faktoreien und Monumente, Insignien, mit denen wir uns identifizieren, sind bloß noch Leichen, Reliquien einer untergegangenen Zivilisation.«

An diesem Punkt schaltete Pater Fernando eine feierliche Pause ein, als erwarte er von der Gemeinde ein paar lateinische Brocken zur Antwort.

»Ja und amen, Ehrwürden. Was für eine bedeutsame Wahr-

heit«, sagte Fermín, um das unangenehme Schweigen zu über-
brücken.

»Sie haben uns vom ersten Jahr meines Vaters in der Schule
erzählt«, bemerkte ich sanft.

Pater Fernando nickte.

»Schon damals hat er sich Carax genannt, obwohl sein erster
Name Fortuny war. Anfänglich haben ihn einige Jungs deswegen gehänselt – und natürlich weil er einer des *Hungerleider-
kommandos* war. Sie haben sich auch über mich lustig gemacht,
weil ich der Sohn des Kochs war. Sie wissen ja, wie Kinder sind.
Im Grunde ihres Herzens hat Gott sie mit Güte erfüllt, aber sie
wiederholen eben, was sie zu Hause hören.«

»Unschuldige Kinderchen«, sagte Fermín.

»Was wissen Sie noch von meinem Vater?«

»Nun, das ist schon so lange her … Der beste Freund Ihres
Vaters war damals nicht Jorge Aldaya, sondern ein Junge namens Miquel Moliner. Miquel kam aus einer fast so reichen
Familie wie die Aldayas, und ich würde mich zu der Aussage
versteigen, er sei der verrückteste Schüler gewesen, den man
hier je gesehen hat. Der Rektor glaubte, er sei vom Teufel besessen, weil er während der Messe immer Marx auf deutsch
rezitiert hat.«

»Eindeutiges Zeichen von Besessenheit«, bestätigte Fermín.

»Miquel und Julián haben sich gut verstanden. Manchmal
haben wir uns in der Mittagspause zu dritt getroffen, und Julián hat uns Geschichten erzählt. Andere Male hat er von seiner
Familie und den Aldayas berichtet …«

Der Priester schien zu zögern.

»Auch nach dem Verlassen der Schule sind Miquel und ich
noch eine Zeitlang in Kontakt geblieben. Damals war Julián
bereits nach Paris gegangen. Ich weiß, daß sich Miquel nach
ihm gesehnt hat, und oft hat er von ihm gesprochen und sich an
Geheimnisse erinnert, die Julián ihm vor Zeiten anvertraut hatte. Als ich dann ins Priesterseminar ging, sagte Miquel, ich sei
zum Feind übergetreten. Das war zwar scherzhaft gemeint,
aber Tatsache ist, daß wir uns auseinandergelebt haben.«

»Haben Sie davon gehört, daß Miquel eine gewisse Nuria Monfort geheiratet hat?«

»Miquel, geheiratet?«

»Erstaunt Sie das?«

»Vermutlich sollte es nicht, aber . . . Ich weiß nicht. Ich habe wirklich seit vielen Jahren nichts mehr von ihm gehört. Seit vor dem Krieg.«

»Hat er Ihnen gegenüber einmal den Namen Nuria Monfort erwähnt?«

»Nein, nie. Und auch nichts von einer Heirat oder daß er eine Freundin hatte . . . Hören Sie, ich bin mir gar nicht sicher, ob ich Ihnen das alles erzählen darf. Das sind Dinge, die mir Julián und Miquel unter vier Augen mitgeteilt haben, im stillen Einverständnis, daß sie unter uns bleiben würden . . .«

»Wollen Sie einem Sohn die einzige Möglichkeit versagen, die Erinnerung an seinen Vater wiederzuerlangen?« fragte Fermín.

Pater Fernando schien zwischen dem Zweifel und, wie mir schien, dem Wunsch nach Erinnerung hin und her gerissen, danach, diese verlorenen Tage wiederaufleben zu lassen.

»Vermutlich sind so viele Jahre vergangen, daß es keine Rolle mehr spielt. Ich erinnere mich noch an den Tag, an dem Julián uns erklärt hat, wie er die Aldayas kennengelernt und wie das unmerklich sein Leben verändert hatte . . .«

. . . An einem Oktobernachmittag des Jahres 1914 machte vor dem Hutladen Fortuny in der Ronda de San Antonio ein Objekt halt, das viele für eine rollende Familiengruft hielten. Ihm entstieg die majestätisch-arrogante Gestalt Don Ricardo Aldayas, schon damals einer der reichsten Männer nicht nur Barcelonas, sondern Spaniens, dessen Textilindustrieimperium sich in Zitadellen und Kolonien längs der Flüsse von ganz Katalonien hinzog. Seine Rechte hielt die Zügel des Bankwesens und Grundbesitzes der halben Provinz, während die Linke unermüdlich die Fäden von Abgeordnetenversamm-

lung, Rathaus, mehreren Ministerien, Bistum und Hafenzoll-
behörden zog.

An diesem Nachmittag benötigte das jedermann einschüch-
ternde, entblößte Haupt mit dem üppigen Schnurr- und dem
königlichen Backenbart einen Hut. Aldaya trat in Antoni Fortunys Laden, und nachdem er einen flüchtigen Blick auf die
Einrichtung geworfen hatte, schaute er aus dem Augenwinkel
den Hutmacher und seinen Gehilfen, den jungen Julián, an und
sprach folgendes: »Wie ich höre, kommen von hier entgegen
jedem Anschein die besten Hüte Barcelonas. Der Oktober sieht
übel aus, und ich werde sechs Zylinder, ein Dutzend Melonen
und mehrere Jagdmützen brauchen sowie etwas, was ich im
Parlament in Madrid tragen kann. Schreiben Sie es sich auf, oder
muß ich es Ihnen wiederholen?« Das war der Beginn eines
langwierigen – und lukrativen – Prozesses, in dem Vater und
Sohn mit vereinten Kräften Don Ricardo Aldayas Bestellung
anfertigten. Julián, der die Zeitung zu lesen pflegte, wußte um
Aldayas Stellung und sagte sich, er könne seinen Vater jetzt, im
entscheidenden Moment seines Geschäfts, nicht im Stich lassen.
Seit der Potentat seinen Laden betreten hatte, schwebte der
Hutmacher vor Wonne. Aldaya hatte versprochen, wenn er an
der Ausführung Gefallen finde, werde er den Laden in seinem
ganzen Bekanntenkreis weiterempfehlen. Das bedeutete, daß
der Hutladen Fortuny vom ehrbaren, aber bescheidenen Geschäft den Sprung in die höchsten Kreise machen und groß- und
kleinköpfige Abgeordnete, Bürgermeister, Kardinäle und Mi-
nister behuten würde. Die Tage dieser Woche vergingen wie im
Traum. Julián blieb der Schule fern und arbeitete achtzehn und
zwanzig Stunden täglich im Atelier hinter dem Laden. Ganz
begeistert umarmte ihn sein Vater ab und zu und küßte ihn sogar,
ohne es zu merken. Ja er schenkte seiner Frau Sophie zum ersten
Mal in vierzehn Jahren ein Kleid und ein Paar neue Schuhe. Der
Hutmacher war nicht wiederzuerkennen. Am Sonntag vergaß
er, zur Messe zu gehen, und am selben Nachmittag schloß er
Julián mit stolzgeschwellter Brust in die Arme und sagte mit
Tränen in den Augen zu ihm: »Großvater wäre stolz auf uns.«

Einer der technisch und politisch schwierigsten Prozesse in der verschwundenen Wissenschaft der Hutmacherei war das Maßnehmen. Laut Julián war Don Ricardo Aldayas Schädel von bäurischer Wuchtigkeit. Der Hutmacher war sich der Schwierigkeiten bewußt, kaum hatte er das Haupt des bedeutenden Mannes zu Gesicht bekommen, und als Julián am selben Abend sagte, der Kopf erinnere ihn an gewisse Formationen des Montserratgebirges, konnte Fortuny nur zustimmen. »Vater, mit allem Respekt, Sie wissen, daß ich beim Maßnehmen eine geschicktere Hand habe als Sie, da Sie nervös werden. Lassen Sie mich machen.« Der Hutmacher willigte gern ein, und als Aldaya am nächsten Tag in seinem Mercedes vorfuhr, empfing ihn Julián und führte ihn ins Atelier. Sowie Aldaya sah, daß ihm ein vierzehnjähriger Junge Maß nehmen würde, brauste er auf: »Was soll denn das? Ein Dreikäsehoch? Das ist ja haarsträubend!« Julián, der um die öffentliche Bedeutung des Mannes wußte, von ihm aber überhaupt nicht eingeschüchtert wurde, antwortete: »Señor Aldaya, viele Haare, die sich sträuben könnten, haben Sie nicht, dieser Scheitel sieht aus wie die Plaza de las Arenas, und wenn wir Ihnen nicht schnellstens eine Garnitur Hüte anfertigen, wird man Ihre Schädeldecke mit dem Stadtplan von Barcelona verwechseln.« Bei diesen Worten glaubte Fortuny zu sterben. Aldaya faßte Julián gelassen ins Auge und begann dann zu aller Erstaunen zu lachen, wie er es sei Jahren nicht mehr getan hatte.

»Dieser Ihr Junge wird es weit bringen, Fortunato«, sagte Aldaya, der sich den Namen des Hutmachers nicht merken konnte.

Don Ricardo Aldaya, so stellte sich heraus, hatte es satt, daß ihn alle fürchteten, ihm um den Bart gingen und sich vor ihm auf den Boden legten wie Fußabstreifer. Er verachtete Arschkriecher, Angsthasen und alle, die irgendeine körperliche, geistige oder moralische Schwäche zeigten. Als er auf diesen einfachen Jungen traf, kaum ein Lehrling, der die Dreistigkeit und Schlagfertigkeit hatte, ihn auf den Arm zu nehmen, wurde ihm klar, daß er tatsächlich den idealen Hutladen gefunden hatte, und er verdoppelte seine Bestellung. Bereitwillig kam er in dieser Woche täglich zu seiner Sitzung, um sich von Julián Maß nehmen und Modelle anprobieren zu lassen. Antoni Fortuny war erstaunt, als er sah, wie sich einer der wichtigsten Männer der katalanischen Gesellschaft bei den Scherzen und Geschichten vor Lachen bog, die ihm dieser Sohn erzählte, der ihm unbekannt war, mit dem er nie sprach und der seines Wissens noch nie Sinn für Humor an den Tag gelegt hatte. Am Ende dieser Woche nahm Aldaya den Hutmacher beim Schlafittchen und zog ihn in eine Ecke zum vertraulichen Gespräch.

»Hören Sie zu, Fortunato, dieser Ihr Sohn ist ein Talent, und Sie lassen ihn hier in diesem Saftladen versauern und verstauben.«

»Das ist ein gutes Geschäft, Don Ricardo, und der Junge zeigt eine gewisse Begabung, obwohl es ihm an Benehmen fehlt.«

»Dummes Zeug. Auf welche Schule schicken Sie ihn?«

»Nun, also, er geht auf die . . .«

»Das sind Tagelöhnerfabriken. Wenn man das Talent, das Genie in der Jugend nicht fördert, verkümmert es und zehrt den auf, der es besitzt. Man muß es in die richtigen Bahnen lenken, es unterstützen. Verstehen Sie mich, Fortunato?«

»Sie täuschen sich in meinem Sohn. Von einem Genie hat er nicht das geringste. In Geographie kommt er mit Ach und Krach auf ein Genügend . . . Die Lehrer sagen mir, er ist ein Windbeutel, der sich sehr schlecht benimmt, genau wie seine Mutter, aber hier wird er wenigstens immer einen ehrenwerten Beruf haben und . . .«

»Fortunato, Sie langweilen mich. Noch heute werde ich mich mit dem Vorstand der San-Gabriel-Schule treffen und werde sagen, man soll Ihren Sohn in dieselbe Klasse aufnehmen, in der mein Erstgeborener ist, Jorge. Weniger wäre erbärmlich.«

Fortuny machte Augen wie Wagenräder.

»Aber, Don Ricardo, ich könnte ja nicht einmal die Kosten . . .«

»Niemand hat gesagt, Sie brauchen auch nur einen Heller zu bezahlen. Um die Erziehung des Jungen kümmere ich mich. Sie, als Vater, brauchen nur ja zu sagen.«

»Ja, selbstverständlich, aber . . .«

»Also kein weiteres Wort mehr. Immer vorausgesetzt natürlich, Julián ist einverstanden.«

»Er wird tun, was man ihm befiehlt, versteht sich.«

In diesem Augenblick schaute Julián mit einem Modell in der Hand zur Tür des Hinterraums herein.

»Don Ricardo, wenn Sie so gut sein wollen . . .«

»Sag mal, Julián, was hast du heute nachmittag vor?« fragte Aldaya.

Julián schaute abwechselnd zu seinem Vater und zum Industriellen.

»Nun, hier im Laden meinem Vater zu helfen.«

»Abgesehen davon.«

»Ich wollte eigentlich in die Bibliothek von . . .«

»Du magst Bücher, was?«

»Jawohl.«

»Zu Hause habe ich eine Bibliothek von vierzehntausend Bänden, Julián. Als junger Mensch habe ich viel gelesen, aber nun habe ich keine Zeit mehr. Meinen Sohn Jorge bringen keine zehn Pferde in die Bibliothek. Die einzige zu Hause, die denkt und liest, ist meine Tochter Penélope, so daß eigentlich all diese Bücher für die Katz sind. Möchtest du sie sehen?«

Julián brachte kein Wort heraus und nickte. Der Hutmacher verfolgte die Szene unruhig. Alle Welt wußte, daß Romane für Frauen und für Leute waren, die nichts zu tun hatten.

»Fortunato, Ihr Sohn kommt mit mir, ich will ihn meinem Jorge vorstellen. Keine Bange, später bringen wir ihn wieder nach Hause. Sag mal, mein Junge, bist du schon einmal in einen Mercedes eingestiegen?«

Daraus schloß Julián, daß das der Name dieses kaiserlichen

Stücks war, das der Industrielle zur Fortbewegung gebrauchte. Er schüttelte den Kopf.

»Dann wird es aber allmählich Zeit. Es ist wie in den Himmel fahren, nur braucht man nicht zu sterben dabei.«

Antoni Fortuny sah sie in dieser gewaltigen Luxuskarosse davonfahren, und als er in seinem Herzen suchte, verspürte er nur Trauer. Beim Abendessen mit Sophie (die ihr neues Kleid und die neuen Schuhe trug und kaum noch Male und Narben zeigte) fragte er sich, worin er sich diesmal geirrt hatte. Genau dann, als Gott ihm einen Sohn zurückgab, nahm Aldaya ihn ihm wieder weg.

Noch nie war Julián über die Diagonal hinausgekommen. Diese aus Alleen, alten Stammsitzen und auf eine Stadt wartenden Palästen bestehende Linie war eine verbotene Grenze. Oberhalb der Diagonal lagen geheimnisvolle, reiche, legendenhafte Weiler, Hügel und Orte. Während sie sie überquerten, erzählte ihm Aldaya von der San-Gabriel-Schule und von neuen Freunden, die er haben würde.

»Und du, Julián, was ist denn dein Ziel? Im Leben, meine ich.«

»Ich weiß nicht. Manchmal denke ich, ich möchte Schriftsteller werden. Romanautor.«

»Klar, du bist noch sehr jung. Und sag, das Bankgeschäft lockt dich nicht?«

»Ich weiß es nicht, Señor. Daran habe ich eigentlich noch gar nie gedacht. Ich habe noch nie mehr als drei Peseten auf einmal gesehen. Die Hochfinanz ist ein Geheimnis für mich.«

Aldaya lachte.

»Da gibt es überhaupt kein Geheimnis, Julián. Der Trick besteht darin, nicht drei und drei Peseten zusammenzubringen, sondern drei Millionen und drei Millionen. Dann gibt es kein wirkliches Rätsel mehr. Nicht einmal die Heilige Dreifaltigkeit.«

Als sie an diesem Nachmittag die Avenida del Tibidabo hinauffuhren, glaubte Julián die Pforten des Paradieses zu durchschreiten. Villen, die ihm wie Kathedralen erschienen, flankierten den Weg. Auf halber Strecke bog der Fahrer ab, und sie fuhren durch das Gittertor einer der Villen. Auf der Stelle setzte sich eine Heerschar von Bediensteten in Bewegung, um den Herrn zu empfangen. Alles, was Julián sehen konnte, war ein majestätisches, dreistöckiges altes Haus. Es war ihm noch nie in den Sinn gekommen, daß an einem solchen Ort wirkliche Menschen wohnen könnten. Er ließ sich durch die Eingangshalle mitziehen, durchquerte einen gewölbten Saal, von dem aus eine von Samtvorhängen gesäumte Marmortreppe in die Höhe führte, und trat in einen großen Raum, dessen Wände vom Boden bis zur Unendlichkeit mit Büchern verkleidet waren.

»Na?« fragte Aldaya.

Julián hörte ihn kaum.

»Damián, sag Jorge, er soll sogleich in die Bibliothek herunterkommen. Du wirst andere Kleider benötigen, Julián. Manche Barbaren achten nur auf das Äußere ... Ich werde Jacinta sagen, sie soll das übernehmen, du brauchst dich um nichts zu kümmern. Und vielleicht sagst du deinem Vater besser nichts davon, damit er sich nicht verletzt fühlt. Schau, da kommt Jorge. Jorge, du sollst einen prima Jungen kennenlernen, der dein neuer Klassenkamerad sein wird. Julián Fortu ...«

»Julián Carax«, präzisierte Julián.

»Julián Carax«, wiederholte Aldaya zufrieden. »Gefällt mir, wie es klingt. Das ist mein Sohn Jorge.«

Julián reichte ihm die Hand, und Jorge ergriff sie. Es war ein schwammiger Händedruck. Nach einer Kindheit in dieser Puppenwelt war sein Gesicht blaß ziseliert. Er trug Kleider und Schuhe, die Julián wie aus einem Roman vorkamen. Sein Blick verriet Süffisanz und Anmaßung, Verachtung und zukkersüße Höflichkeit. Julián lächelte ihm offen zu, als er unter diesem Panzer von Gepränge und Würde Unsicherheit, Angst und Leere erkannte.

»Stimmt es, daß du keins dieser Bücher gelesen hast?«

»Bücher sind langweilig.«

»Bücher sind Spiegel: Man sieht in ihnen nur, was man schon in sich hat«, erwiderte Julián.

Don Ricardo Aldaya lachte wieder.

»Nun, ich lasse euch allein, damit ihr euch kennenlernen könnt. Julián, du wirst sehen, daß Jorge unter dieser Maske des verzogenen, eingebildeten Jungen nicht so dumm ist, wie er ausschaut. Etwas von seinem Vater hat er schon.«

Aldayas Worte schienen den Jungen wie Dolche zu treffen, aber sein Lächeln ging keinen Millimeter zurück. Julián bereute seine Antwort.

»Du bist bestimmt der Sohn des Hutmachers«, sagte Jorge ganz ohne Herablassung. »In letzter Zeit spricht mein Vater oft von dir.«

»Das ist nur das Neue. Ich hoffe, du schenkst dem keine Beachtung. Unter dieser Maske des vorlauten Besserwissers bin ich nicht so idiotisch, wie ich ausschaue.«

Jorge lächelte ihm zu. Julián dachte, er lächle wie Leute, die keine Freunde haben – dankbar.

»Komm, ich zeige dir den Rest des Hauses.«

Sie verließen die Bibliothek Richtung Haupteingang und Park. Als sie durch den Saal gingen, schaute Julián am Fuß der Marmortreppe auf und erkannte den Hauch einer Gestalt, die mit der Hand auf dem Geländer hinanstieg. Er hielt den Atem an. Das Mädchen mußte dreizehn oder vierzehn Jahre alt sein und wurde von einer reifen, kleinen, rosigen Frau eskortiert, allem Anschein nach ihre Kinderfrau. Das Mädchen trug ein blaues Satinkleid. Ihr Haar war mandelfarben, und die Haut der Schultern und des schlanken Halses schien transparent zu sein. Oben an der Treppe blieb sie stehen und wandte sich für einen Augenblick um. Eine Sekunde lang trafen sich ihre Blicke, und sie schenkte ihm den Anflug eines Lächelns. Dann legte ihr die Kinderfrau den Arm um die Schultern und führte sie zur Schwelle eines Gangs, in dem die beiden verschwanden. Julián senkte die Augen und fand sich wieder mit Jorge.

»Das ist meine Schwester Penélope. Du wirst sie schon noch kennenlernen. Sie ist ein wenig überspannt. Den ganzen Tag liest sie. Na los, komm, ich werde dir die Kapelle im Keller zeigen. Die Köchinnen sagen, sie ist verhext.«

Willig folgte ihm Julián, aber die Welt wankte unter ihm. Zum ersten Mal, seit er in Don Ricardo Aldayas Mercedes gestiegen war, begriff er, was da vor sich ging. Er hatte unzählige Male von ihr geträumt, von dieser Treppe, diesem blauen Kleid und diesem Blick, ohne zu wissen, wer sie war noch warum sie ihm zulächelte. Als sie in den Park hinaustraten, ließ er sich von Jorge zu den Garagen und Tennisplätzen führen, die sich jenseits erstreckten. Erst jetzt schaute er zurück und erblickte sie, in ihrem Fenster im zweiten Stock. Kaum konnte er ihre Gestalt richtig erkennen, aber er wußte, daß sie ihm zulächelte und daß auch sie ihn irgendwie wiedererkannt hatte.

Die flüchtige Erscheinung Penélope Aldayas oben auf der Treppe begleitete ihn während seiner ersten Wochen in der San-Gabriel-Schule. Seine neue Welt hatte viele verschiedene Gesichter, und nicht alle sagten ihm zu. Die San-Gabriel-Schüler benahmen sich wie arrogante Fürsten, während ihre Lehrer so etwas wie gebildete Diener waren. Der erste Freund, den Julián dort außer Jorge Aldaya gewann, war ein Junge namens Fernando Ramos, Sohn eines der Köche der Schule, der sich nie ausgemalt hätte, daß er eines Tages eine Soutane tragen und in denselben Schulzimmern Unterricht erteilen würde, in denen er groß geworden war. Fernando, dem die andern den Spitznamen Topfgucker gaben und den sie wie einen Dienstboten behandelten, besaß eine wache Intelligenz, hatte aber kaum Freunde unter den Mitschülern. Sein einziger Kamerad war ein verrückter Junge namens Miquel Moliner, der mit der Zeit der beste Freund werden sollte, den Julián an dieser Schule überhaupt hatte. Miquel Moliner, mit zuviel Hirn und zuwenig Geduld ausgestattet, machte sich ein Vergnügen daraus, seine Lehrer zur Weißglut zu bringen, indem er ihre sämtlichen Ausführungen mit dialektischen Spielchen anzweifelte, die ebensoviel Witz wie Grausamkeit verrieten. Die andern fürchteten seine spitze Zunge und hielten ihn für einer andern Spezies zugehörig, was in gewisser Hinsicht nicht ganz abwegig war. Trotz seines bohemienhaften Äußeren und seines wenig aristokratischen Benehmens war Miquel der Sohn eines durch die Fabrikation von Waffen geradezu absurd reich gewordenen Industriellen.

»Carax, nicht wahr? Ich höre, daß dein Vater Hüte macht«, sagte er, als Fernando Ramos sie einander vorstellte.

»Julián für meine Freunde. Ich höre, daß deiner Kanonen macht.«

»Er verkauft sie bloß. Was das Machen betrifft, so weiß er nichts anderes zu machen als Geld. Meine Freunde, zu denen ich nur Nietzsche und den Genossen Fernando da zähle, nennen mich Miquel.«

Miquel Moliner war ein trauriger Junge. Er war in ungesunder Weise vom Tod und allen damit zusammenhängenden Themen besessen, auf deren Betrachtung er einen Großteil seiner Zeit und seines Talents verwandte. Drei Jahre zuvor war seine Mutter bei einem merkwürdigen häuslichen Unfall ums Leben gekommen, den ein unbesonnener Arzt als Selbstmord zu bezeichnen wagte. Miquel hatte die Leiche gefunden, die im tiefen Brunnenwasser des kleinen Sommerpalastes schimmerte, welchen die Familie in Argentona besaß. Als man sie an Seilen heraufzog, zeigte sich, daß die Taschen des Mantels der Toten mit Steinen gefüllt waren. Weiter fand sich ein in ihrer Muttersprache Deutsch geschriebener Brief, doch Señor Moliner, der sich nie die Mühe gemacht hatte, diese Sprache zu erlernen, verbrannte ihn noch am selben Abend, ohne daß ihn jemand lesen durfte. Überall sah Miquel Moliner den Tod, im dürren Laub, in den aus ihren Nestern gefallenen Vögeln, in den Alten und im Regen, der alles wegschwemmte. Er besaß ein außergewöhnliches Zeichentalent, und manchmal verlor er sich stundenlang in Kohleillustrationen, auf denen zwischen Nebelschwaden und menschenleeren Stränden immer eine Dame erschien, in der Julián seine Mutter vermutete.

»Was willst du werden, wenn du älter bist, Miquel?«

»Ich werde nie älter werden«, sagte er.

Seine größte Liebe, außer zu zeichnen und jedem lebenden

Geschöpf zu widersprechen, galt den Werken eines geheimnisvollen österreichischen Arztes, der mit den Jahren Berühmtheit erlangen sollte: Sigmund Freud. Miquel Moliner, der dank seiner verstorbenen Mutter perfekt Deutsch las und schrieb, besaß mehrere Bände mit Schriften des Wiener Arztes. Sein Lieblingsgebiet war die Traumdeutung. Miquel pflegte die Leute nach ihren Träumen zu fragen, um dann eine Diagnose der unverhofften Patienten vorzunehmen. Immer sagte er, er werde jung sterben und es mache ihm nichts aus. Da er soviel an den Tod dachte, hatte er in ihm schließlich, wie Julián annahm, mehr Sinn gefunden als im Leben.

»An dem Tag, an dem ich sterbe, wird alles, was mein ist, dein sein, Julián«, sagte er. »Nur nicht die Träume.«

Außer mit Fernando Ramos, Miquel Moliner und Jorge Aldaya machte Julián bald die Bekanntschaft eines schüchternen, etwas widerborstigen Jungen namens Javier, des einzigen Sohns des Hausmeisterehepaars von San Gabriel, das in einem bescheidenen Häuschen beim Eingang zu den Gärten der Schule wohnte. Javier, in dem die andern Jungen genauso wie in Fernando mehr oder weniger einen unerwünschten Lakaien sahen, strich allein in den Gärten und Höfen des Geländes umher, ohne mit jemandem Kontakt zu knüpfen. So hatte er sich sämtliche Schlupfwinkel des Hauses, die unterirdischen Tunnel, die zu den Türmen emporführenden Gänge und allerlei labyrinthische Verstecke angeeignet, an die sich niemand mehr erinnerte. Das war seine geheime Welt, seine Zuflucht. Immer hatte er ein aus den Schubladen seines Vaters entwendetes Taschenmesser bei sich, mit dem er gern Holzfiguren schnitzte, die er im Taubenschlag der Schule verwahrte. Sein Vater Ramón, der Hausmeister, war ein Veteran aus dem Kubakrieg, in dem er eine Hand und, wie böswillig gemunkelt wurde, durch einen Schrotschuß den rechten Hoden verloren hatte. In der festen Überzeugung, Müßiggang sei aller Laster Anfang, hatte Ramón der Eineier, wie ihn die Schüler betitelten, seinen Sohn damit beauftragt, die dürren Nadeln des Pinienwäldchens und das Laub im Brunnenhof in einem Sack zu sammeln. Ramón war ein guter Mensch, etwas ungehobelt und unseligerweise dazu verdammt, sich schlechte Gesellschaft auszusuchen. Die schlimmste war seine Frau. Der Eineier hatte ein beschränktes Mannweib mit Prinzessinnenfantasien und dem Aussehen einer Putze geheiratet, die sich mit Vorliebe leichtbekleidet ihrem Sohn und den Schülern zeigte, welche Schauerposse Anlaß zu allwöchentlicher Gaudi gab. Mit Vornamen hieß sie María Craponcia, aber sie nannte sich Yvonne, das erschien ihr stilvoller. Sie pflegte ihren Sohn über die Möglichkeiten des gesellschaftlichen Aufstiegs auszufragen, die ihm die Freundschaften verschafften, welche er vermeintlich mit der Creme der Barceloneser Gesellschaft knüpfte. Sie horchte ihn über das Vermögen von diesem und jenem aus und stellte sich schon vor, wie sie, wundersam herausgeputzt, in den großen Salons der guten Gesellschaft zu Tee und Blätterteiggebäck eingeladen wurde.

Javier verbrachte sowenig Zeit wie möglich zu Hause und war dankbar für die Aufgaben, die ihm sein Vater übertrug, so hart sie auch sein mochten. Jeder Vorwand war recht, um allein zu sein, um in seine Geheimwelt zu entwischen und seine Holzfiguren zu schnitzen. Wenn ihn die Mitschüler von weitem erblickten, lachten einige oder warfen mit Steinen nach ihm. Als Julián eines Tages sah, wie ihm ein Stein die Stirn aufschlug und ihn zu Boden warf, verspürte er solches Mitleid mit ihm, daß er ihm zu Hilfe eilte und ihm seine Freundschaft antrug. Zuerst dachte Javier, Julián wolle ihm noch den Rest geben, während sich die andern vor Lachen kugelten.

»Ich heiße Julián«, sagte er und reichte ihm die Hand. »Meine Freunde und ich wollten im Pinienwäldchen einige Partien Schach spielen, und ich habe mich gefragt, ob du vielleicht mitmachen magst.«

»Ich kann nicht Schach spielen.«

»Bis vor ein paar Wochen konnte ich es auch nicht. Aber Miquel ist ein guter Lehrer . . .«

Der Junge blickte mißtrauisch, erwartete jeden Moment den Spott, den versteckten Angriff.

»Ich weiß nicht, ob deine Freunde wollen, daß ich mit euch zusammen bin . . .«

»Es war ihre Idee. Was meinst du?«

Von diesem Tag an gesellte sich Javier manchmal zu ihnen, wenn er die ihm übertragenen Aufgaben erledigt hatte. Immer hörte und schaute er schweigend den andern zu. Aldaya hatte ein wenig Angst vor ihm. Fernando, der die Verachtung der Mitschüler wegen seiner einfachen Herkunft am eigenen Leib erfahren hatte, konnte mit dem rätselhaften Jungen nicht liebenswürdig genug sein. Miquel Moliner, der ihm die Grundbegriffe des Schachspiels beigebracht hatte, beobachtete ihn mit einem klinischen Auge, er war von allen der am wenigsten Überzeugte.

»Der hat doch einen Knall. Jagt Katzen und Tauben und quält sie dann stundenlang mit seinem Messer. Danach verscharrt er sie im Pinienwäldchen. Was für eine Wonne!«

»Wer sagt das?«

»Er selbst hat es mir neulich erzählt, als ich ihm den Rösselsprung erklärte. Er hat mir auch erzählt, daß seine Mutter nachts manchmal zu ihm ins Bett schlüpft und ihn befummelt.«

»Der hat dich bestimmt auf den Arm genommen.«

»Das bezweifle ich. Dieser Bursche ist nicht richtig im Kopf, Julián, und wahrscheinlich ist es nicht seine Schuld.«

Julián bemühte sich, Miquels Warnungen und Prophezeiungen zu überhören, aber auch ihm fiel es schwer, mit dem Sohn des Hausmeisters eine wirklich freundschaftliche Beziehung einzugehen. Yvonne mochte besonders Julián und Fernando Ramos nicht. Von der ganzen Schar junger Herren besaßen sie als einzige keinen Heller. Es hieß, Juliáns Vater sei ein einfacher Ladeninhaber und seine Mutter habe es nur eben zur Musiklehrerin gebracht. »Diese Leute haben weder Geld noch Rang, noch Eleganz, mein Liebling«, sagte sie zu Javier. »Gut für dich ist dagegen Aldaya, der kommt aus einer piekfeinen Familie.« – »Ja, Mutter«, antwortete er, »wie Sie meinen.« Mit der Zeit schien Javier zu seinen neuen Freunden Vertrauen zu fassen.

Gelegentlich tat er den Mund auf, und für Miquel Moliner schnitzte er zum Dank für dessen Unterricht eine Garnitur Schachfiguren. Eines schönen Tages, als es schon niemand mehr erwartete oder für möglich hielt, entdeckten sie, daß Javier lächeln, ja sogar jungenhaft lachen konnte.

»Siehst du? Er ist ein ganz normaler Junge wie alle andern auch«, sagte Julián.

Doch Miquel Moliner war keineswegs beruhigt und beobachtete Javier mit beinahe wissenschaftlichem Eifer und Argwohn.

»Javier ist von dir besessen, Julián«, sagte er eines Tages zu ihm. »Er tut alles, um deine Anerkennung zu finden.«

»So ein Quatsch! Dazu hat er ja schon einen Vater und eine Mutter, ich bin bloß ein Freund.«

»Ahnungslos, das ist es, was du bist. Sein Vater ist ein armer Mann, der schon Mühe hat, beim Scheißen den Hintern zu finden, und Doña Yvonne ist ein Drachen mit einem Flohhirn, der einem den lieben langen Tag wie zufällig in Unterwäsche über den Weg läuft und sich für María Guerrero oder etwas noch Schlimmeres hält, das ich lieber nicht nenne. Natürlich sucht der Junge einen Ersatz, und du fällst wie ein rettender Engel vom Himmel und reichst ihm die Hand. Der heilige Julián vom Brunnen, Beschützer der Enterbten.«

»Dieser Dr. Freud weicht dir das Hirn auf, Miquel. Wir alle brauchen Freunde, selbst du.«

»Javier hat keine Freunde und wird nie welche haben. Er hat die Seele einer Spinne. Wir werden ja sehen. Ich frage mich, wovon er träumt ...«

Miquel Moliner konnte nicht ahnen, daß Javiers Träume denen seines Freundes Julián ähnlicher waren, als er es für möglich gehalten hätte. Als der Sohn des Hausmeisters einmal, Monate vor Juliáns Eintritt in die Schule, im Brunnenhof das dürre Laub einsammelte, fuhr Don Ricardo Aldayas Prunkauto vor. An diesem Nachmittag war der Industrielle in Begleitung. An seiner Seite befand sich eine Erscheinung, ein in Seide gehüllter Engel aus Licht, der über dem Boden zu schweben schien. Der Engel Penélope stieg aus dem Mercedes aus und ging mit flatterndem Sonnenschirm zum Brunnen, wo er stehenblieb und mit der Hand das Wasser im Bassin schlug. Wie immer folgte ihr beflissen ihre Kinderfrau Jacinta und achtete auf die kleinste Geste von ihr. Eine Armee Bediensteter hätte sie begleiten können – Javier hatte nur Augen für das Mädchen. Er fürchtete, die Vision könnte sich verflüchtigen, wenn er bloß blinzelte. Wie angewurzelt blieb er stehen und starrte atemlos nach der Erscheinung. Kurz darauf, als hätte sie seine Gegenwart und seinen verstohlenen Blick erahnt, schaute Penélope zu ihm hin. Die Schönheit dieses Gesichts war ihm schmerzhaft, unerträglich. Auf ihren Lippen glaubte er den Anflug eines Lächelns zu erkennen. Erschrocken lief er davon, um sich oben im Zisternenturm beim Taubenschlag im Dachgeschoß der Schule zu verstecken, seinem Lieblingsschlupfwinkel. Noch zitterten seine Hände, als er zu den Schnitzwerkzeugen griff und an einem neuen Stück zu arbeiten begann, das dem Gesicht gleichen sollte, welches er eben erblickt hatte. Als er an diesem Abend Stunden später als üblich nach Hause kam, erwartete ihn wütend seine Mutter. Der Junge senkte die Augen, weil er fürchtete, wenn sie seinen Blick läse, würde sie darin das Mädchen vom Bassin sehen und seine Gedanken erraten.

»Wo hast du denn gesteckt, du Lausebengel?«

»Entschuldigen Sie, Mutter. Ich habe mich verirrt.«

»Du bist irr seit dem Tag deiner Geburt.«

Jahre später, immer wenn er seinen Revolver einem Gefangenen in den Mund steckte und abdrückte, sollte sich Chefinspektor Francisco Javier Fumero an den Tag erinnern, wo er neben einem Ausflugslokal in Las Planas den Schädel seiner Mutter zerplatzen sah und dabei nur den Widerwillen vor toten Dingen empfand. Die Guardia civil, alarmiert vom Geschäftsführer des Lokals, der den Schuß gehört hatte, fand den Jungen auf einem Felsen sitzen, die noch lauwarme Flinte auf dem Schoß. Starr betrachtete er den enthaupteten, insektenbedeckten Körper von María Craponcia alias Yvonne. Als er die

Zivilgardisten auf sich zukommen sah, zuckte er nur die Schultern, das Gesicht voller Blutspritzer, als zehrten die Blattern an ihm. Die Gardisten hörten ein Schluchzen und fanden dreißig Meter weiter Ramón neben einem Baum im Unkraut kauern. Er zitterte und war nicht in der Lage, sich verständlich zu machen. Nach langem Zögern gab der Leutnant der Guardia civil das Gutachten ab, das Vorkommnis sei ein tragischer Unfall gewesen, und bekundete es desgleichen im Protokoll, wenn auch nicht in seinem Gewissen. Francisco Javier Fumero fragte, ob er diese alte Flinte behalten dürfe, wenn er groß sei, wolle er Soldat werden . . .

»Geht es Ihnen nicht gut, Señor Romero de Torres?«

Das plötzliche Auftauchen Fumeros in Pater Fernandos Erzählung hatte mich erstarren lassen, die Wirkung auf Fermín aber war niederschmetternd gewesen. Er war ganz gelb, und seine Hände zitterten.

»Ein Blutdruckabfall«, improvisierte er mit hauchdünner Stimme. »Dieses katalanische Klima ist für uns Menschen aus dem Süden manchmal quälend.«

»Darf ich Ihnen ein Glas Wasser anbieten?« fragte der Priester bestürzt.

»Wenn es Hochwürden nichts ausmacht. Und vielleicht ein Schokoladenplätzchen, von wegen der Glukose . . .«

Der Priester reichte ihm ein Glas Wasser, das Fermín gierig austrank.

»Alles, was ich habe, sind Eukalyptusbonbons. Tun die es auch?«

»Gott möge es Ihnen vergelten.«

Fermín verschlang eine Handvoll Bonbons und schien bald darauf seine gewohnte Blässe zurückzugewinnen.

»Dieser Junge, der Sohn des Hausmeisters, welcher bei der Verteidigung der Kolonien heldenhaft sein Skrotum ließ, sind Sie sicher, daß der Fumero hieß, Francisco Javier Fumero?«

»Ja, vollkommen. Kennen Sie ihn etwa?«

»Nein«, sagten wir unisono.

Pater Fernando runzelte die Stirn.

»Wäre ja nicht verwunderlich. Mit der Zeit ist Francisco Javier schließlich eine jämmerlich berühmte Persönlichkeit geworden.«

»Belieben?«

»Sie verstehen mich ganz genau. Francisco Javier Fumero ist Chefinspektor der Kriminalpolizei von Barcelona, und sein Ruf ist selbst zu denen spielend vorgedrungen, die wir dieses Gelände nicht verlassen. Und als Sie seinen Namen gehört haben, sind Sie um mehrere Zentimeter geschrumpft, würde ich sagen.«

»Jetzt, da Ihre Exzellenz es erwähnen, klingelt mir der Name irgendwie vertraut . . .«

Pater Fernando schaute uns mißtrauisch an.

»Dieser Junge da ist kein Sohn von Julián Carax. Irre ich mich?«

»Ein geistiger Sohn, Eminenz, was ein größeres moralisches Gewicht hat.«

»In was für einer Patsche stecken Sie beide eigentlich? Wer schickt Sie her?«

Jetzt war ich mir sicher, daß der Augenblick nahte, wo uns der Priester hochkant hinauswerfen würde, und beschloß, Fermín zum Schweigen zu bringen und ausnahmsweise auf die Karte Ehrlichkeit zu setzen.

»Sie haben recht, Pater. Julián Carax ist nicht mein Vater. Aber es schickt uns niemand her. Vor Jahren bin ich zufällig auf ein Buch von Carax gestoßen, ein Buch, das als verschwunden galt, und seither habe ich versucht, mehr über ihn herauszufinden und Licht in die Umstände seines Todes zu bringen. Señor Romero de Torres hat mir dabei geholfen . . .«

»Welches Buch?«

»*Der Schatten des Windes*. Haben Sie es gelesen?«

»Ich habe Juliáns sämtliche Romane gelesen.«

»Haben Sie sie noch?«

Der Priester schüttelte den Kopf.

»Darf ich Sie fragen, was Sie mit ihnen gemacht haben?«

»Vor Jahren ist jemand in mein Zimmer eingedrungen und hat sie verbrannt.«

»Haben Sie einen bestimmten Verdacht?«

»Natürlich. Fumero. Sind Sie etwa nicht deswegen hier?«

Fermín und ich wechselten einen verwirrten Blick.

»Inspektor Fumero? Warum sollte er diese Bücher verbrennen wollen?«

»Wer denn sonst? Im letzten Jahr, das wir zusammen auf der Schule verbrachten, hat Francisco Javier versucht, Julián mit der Flinte seines Vaters zu erschießen. Wäre ihm Miquel nicht in den Arm gefallen...«

»Warum hat er ihn denn umzubringen versucht? Julián war doch sein einziger Freund.«

»Francisco Javier war verrückt nach Penélope Aldaya. Niemand wußte das. Ich glaube, nicht einmal Penélope selbst hat die Existenz des Jungen wahrgenommen. Er hat das Geheimnis jahrelang für sich behalten. Anscheinend folgte er Julián, ohne daß der es wußte. Ich glaube, eines Tages hat er gesehen, wie er sie küßte. Ich weiß es nicht. Hingegen weiß ich, daß er ihn am hellichten Tag umzubringen versucht hat. Miquel Moliner, der Fumero nie über den Weg getraut hatte, hat sich auf ihn gestürzt und ihn im letzten Moment daran gehindert. Neben dem Eingang kann man noch das Einschußloch sehen. Jedesmal, wenn ich daran vorbeigehe, erinnere ich mich an diesen Tag.«

»Was ist mit Fumero geschehen?«

»Er und seine Familie erhielten Hausverbot. Ich glaube, Francisco Javier hat man eine Zeitlang in ein Internat gesteckt. Wir haben erst zwei Jahre später wieder von ihm gehört, als seine Mutter bei einem Jagdunfall ums Leben kam. Einen solchen Unfall hat es aber nicht gegeben. Miquel hatte von Anfang an recht gehabt. Francisco Javier Fumero ist ein Mörder.«

»Wenn ich Ihnen erzählen würde...«, murmelte Fermín.

»Nun, es wäre gar nicht so schlecht, wenn Sie mir etwas erzählen würden, zur Abwechslung vielleicht etwas Wahres.«

»Wir können Ihnen sagen, daß es nicht Fumero war, der Ihre Bücher verbrannt hat.«

»Wer war es denn dann?«

»Mit absoluter Sicherheit war es ein Mann mit vom Feuer entstelltem Gesicht, der sich Laín Coubert nennt.«

»Ist das nicht . . .?«

Ich nickte.

»Der Name einer Figur von Carax. Der Teufel.«

Pater Fernando stützte sich in seinem Sessel auf, beinahe so verwirrt wie wir.

»Was immer klarer zu werden scheint, ist, daß Penélope Aldaya der Mittelpunkt dieser ganzen Geschichte ist, und gerade von ihr wissen wir am allerwenigsten«, bemerkte Fermín.

»Ich glaube nicht, daß ich Ihnen da behilflich sein kann. Ich habe sie kaum gesehen, zwei-, dreimal aus der Ferne. Alles, was ich von ihr weiß, hat mir Julián erzählt, und das war nicht viel. Die einzige Person, die ich den Namen Penélope seither habe erwähnen hören, war Jacinta Coronado.«

»Jacinta Coronado?«

»Penélopes Kinderfrau. Sie hatte Penélope und Jorge großgezogen. Sie hat sie wahnsinnig geliebt, besonders Penélope. Manchmal hat sie Jorge von der Schule abgeholt – Don Ricardo Aldaya mochte es nicht, wenn seine Kinder auch nur eine Sekunde ohne Aufsicht von zu Hause waren. Jacinta war ein Engel. Sie hatte gehört, daß ich, genau wie Julián, ein ziemlich mittelloser Junge war, und immer hat sie uns einen kleinen Imbiß mitgebracht, weil sie dachte, wir litten Hunger. Ich habe ihr gesagt, mein Vater sei der Koch, sie solle sich keine Gedanken machen, zu essen hätte ich genug. Aber sie war nicht davon abzubringen. Manchmal habe ich auf sie gewartet und mich mit ihr unterhalten. Sie war die beste Frau, die ich je kennengelernt habe. Sie hatte keine Kinder, und auch von einem Freund war nichts bekannt. Sie war ganz allein auf der Welt und hatte ihr Leben geopfert, um Aldayas Kinder aufzuziehen. Sie hat Penélope von ganzer Seele angebetet und spricht noch immer von ihr . . .«

»Sie haben noch Kontakt zu Jacinta?«

»Ich besuche sie manchmal im Santa-Lucía-Altenheim. Sie hat niemanden. Aus Gründen, die unserem Begriffsvermögen nicht zugänglich sind, belohnt uns der Herr nicht immer bei Lebzeiten. Jacinta ist schon sehr alt und noch so allein, wie sie es immer war.«

Fermín und ich wechselten einen Blick.

»Und Penélope? Haben Sie sie nie besucht?«

Pater Fernandos Blick war ein schwarzer Abgrund.

»Niemand weiß, was aus Penélope geworden ist. Dieses Mädchen war Jacintas Leben. Als die Aldayas nach Amerika auswanderten, hat sie mit ihr alles verloren.«

»Warum haben sie sie denn nicht mitgenommen? Ist Penélope ebenfalls nach Amerika gegangen, mit den übrigen Aldayas?« fragte ich.

Der Priester zuckte die Achseln.

»Ich weiß es nicht. Nach 1919 hat niemand Penélope wiedergesehen oder von ihr gehört.«

»Das Jahr, in dem Carax nach Paris gegangen ist«, stellte Fermín fest.

»Sie müssen mir versprechen, daß Sie diese arme Greisin nicht belästigen werden, um schmerzhafte Erinnerungen auszugraben.«

»Wofür halten uns Herr Pfarrer?« fragte Fermín.

In der Vermutung, er werde nichts mehr aus uns herausbringen, ließ uns Pater Fernando schwören, daß wir ihn über die Ergebnisse unserer Nachforschungen auf dem laufenden halten würden. Um ihn zu beruhigen, wollte Fermín unbedingt auf ein Neues Testament schwören, das auf seinem Schreibtisch lag.

»Lassen Sie die Evangelien in Frieden. Ihr Wort genügt mir.«

»Sie lassen sich nicht über den Tisch ziehen, wie, Pater? Sehr clever!«

»Kommen Sie, ich bringe Sie zum Ausgang.«

Er führte uns durch den Garten zum Tor und blieb in angemessenem Abstand zum Ausgang stehen, während er die

Straße betrachtete, die sich zur realen Welt bergab schlängelte, als fürchtete er, sich zu verflüchtigen, wenn er sich einige Schritte weiter vorwagte. Ich fragte mich, wann er zum letzten Mal das Gelände der San-Gabriel-Schule verlassen haben mochte.

»Es hat mir sehr leid getan, als ich erfuhr, daß Julián gestorben war«, sagte er leise. »Trotz allem, was nachher geschehen ist, und obwohl wir uns mit der Zeit voneinander distanziert haben, waren wir gute Freunde: Miquel, Aldaya, Julián und ich. Sogar Fumero. Ich habe immer gedacht, wir wären unzertrennlich, aber das Leben scheint etwas zu wissen, was wir nicht wissen. Ich habe nie wieder Freunde gehabt wie diese und glaube auch nicht, daß ich noch einmal welche haben werde. Hoffentlich finden Sie, was Sie suchen, Daniel.«

12

Es ging gegen zehn Uhr, als wir auf den Paseo de la Bonanova gelangten, jeder in seine Gedanken zurückgezogen. Ich hatte keinen Zweifel, daß diejenigen Fermíns um das unselige Erscheinen Inspektor Fumeros in der Geschichte kreisten. Ich blickte ihn verstohlen an und sah, daß sein Gesicht von Unruhe zerquält war. Ein dunkelvioletter Wolkenschleier breitete sich aus und gab den Lichtstrahlen die Farbe dürren Laubs.

»Wenn wir uns nicht sputen, werden wir ordentlich naß«, sagte ich.

»Noch nicht. Diese Wolken sehen nach Nacht, nach Quetschwunde aus. Sie gehören zu denen, die sich Zeit lassen.«

»Sagen Sie nicht, Sie verstehen auch von Wolken etwas.«

»Das Leben auf der Straße lehrt einen mehr, als man eigentlich wissen möchte. Was meinen Sie, wenn wir in das Lokal auf der Plaza de Sarriá gehen und zwei Tortilla-Sandwiches mit ganz viel Zwiebeln futtern? Der bloße Gedanken an Fumero hat mich schrecklich hungrig gemacht.«

Wir schlugen den Weg zum Platz ein, wo eine Schar Opas

mit dem örtlichen Taubenschlag kokettierte und das Leben auf ein Spiel von Brosamen und Warten reduzierte. Wir setzen uns an einen Tisch neben der Kneipentür, und Fermín verschlang die beiden Sandwiches, seines und meines, trank ein Bier vom Faß, einen Espresso mit Milch und Rum und dazu die zwei Schokoladenplätzchen. Als Nachspeise lutschte er eins seiner Bonbons. Am Nachbartisch beobachtete ein Mann Fermín über den Rand der Zeitung hinweg und dachte wahrscheinlich dasselbe wie ich.

»Ich weiß nicht, wo Sie das alles hintun, Fermín.«

»Ich hatte schon immer einen enormen Stoffwechsel. Meine Mutter hat mich oft gefragt, ob vielleicht ein Zwilling in mir mitißt. Sie mußte immer doppelt auftischen.«

»Vermissen Sie sie?«

»Meine Mutter«? Mit einem Lächeln zuckte er die Schultern. »Was weiß ich. Wenige Dinge sind trügerischer als die Erinnerungen. Und Sie? Vermissen Sie Ihre Mutter?«

Ich senkte die Augen.

»Sehr.«

»Wissen Sie, woran ich mich bei meiner am besten erinnern kann? An ihren Geruch. Sie hat immer ganz sauber gerochen, nach süßem Brot, egal, ob sie auf dem Feld gearbeitet hatte oder tagaus, tagein dieselben Kleider trug. Sie hat immer nach allem Guten gerochen, das es auf dieser Welt gibt. Dabei war sie ein Grobian. Sie hat geflucht wie ein Fuhrmann, aber gerochen wie eine Märchenprinzessin. Wenigstens ist es mir so vorgekommen. Und Sie? Woran erinnern Sie sich am meisten bei Ihrer Mutter?«

Ich zögerte einen Augenblick und klaubte die Worte zusammen.

»An nichts. Ich kann mich seit Jahren nicht mehr an meine Mutter erinnern. Weder an ihr Gesicht noch an ihre Stimme oder ihren Geruch. Das ist mit dem Tag verschwunden, an dem ich Julián Carax entdeckt habe, und es ist nicht wiedergekommen.«

Fermín schaute mich etwas ungläubig an und wog seine Antwort ab.

»Haben Sie denn kein Bild von ihr?«

»Ich habe die Bilder nie anschauen mögen.«

»Warum nicht?«

Noch nie hatte ich das jemandem erzählt, nicht einmal meinem Vater oder Tomás.

»Weil es mir angst macht. Es macht mir angst, ein Bild meiner Mutter zu suchen und eine Fremde in ihr zu entdecken. Sie finden das bestimmt dumm.«

Er schüttelte den Kopf.

»Und darum denken Sie, wenn Sie das Geheimnis von Julián Carax ergründen können und ihn der Vergessenheit entreißen, wird das Gesicht Ihrer Mutter zurückkehren?«

Ich schaute ihn schweigend an. In seinem Blick lag weder Ironie noch ein Urteil. Einen Moment lang erschien mir Fermín Romero de Torres als der scharfsinnigste und weiseste Mensch der Welt.

»Vielleicht«, sagte ich schließlich.

Punkt zwölf Uhr nahmen wir einen Bus zurück ins Stadtzentrum. Wir setzten uns vorne hin, direkt hinter den Fahrer, was Fermín nutzte, um mit ihm ein Gespräch über die vielen technischen und hygienischen Fortschritte zu beginnen, die er beim oberirdischen öffentlichen Verkehr feststellte, seit er ihn 1940 letztmals benutzt hatte, insbesondere bezüglich der Beschilderung, wie eine Tafel mit den Worten *Spucken und zotiges Reden verboten* bezeugte. Fermín studierte sie und erwies ihr seine Reverenz, indem er geräuschvoll einen kräftigen Auswurf von sich gab, was uns die bitterbösen Blicke eines Kommandos von drei Duttträgerinnen eintrug, die, mit Meßbüchern ausgerüstet, im hinteren Teil mitfuhren.

»Rüpel«, murmelte die eine Frömmlerin, die erstaunlich dem offiziellen Bild von General Yagüe glich.

»Da hast du sie«, sagte Fermín. »Drei Heilige hat mein Spanien: die heilige Empörung, die eisheilige Jungfer und die heilige Zimperliese. Alle gemeinsam haben wir aus diesem Land einen Witz gemacht.«

»Recht haben Sie«, stimmte der Fahrer bei. »Unter Azaña

war alles besser. Vom Verkehr gar nicht zu reden. Es ist zum
Kotzen.«

Ein weiter hinten sitzender Mann lachte über den Gedan-
kenaustausch. Ich erkannte in ihm den Beobachter vom Ne-
bentisch in der Kneipe. Sein Ausdruck schien anzudeuten, daß
er auf Fermíns Seite war und gern gesehen hätte, wie der seine
Wut an den drei Frauen ausließ. Ich wechselte einen kurzen
Blick mit ihm. Er lächelte mir freundlich zu und schaute dann
wieder in seine Zeitung. Als wir in die Calle Ganduxer kamen,
sah ich, daß sich Fermín in seinen Mantel eingekuschelt hatte
und mit offenem Mund und glückseligem Gesicht ein Nickerchen machte. Der Bus rollte durch die geschniegelte Herr-
schaftlichkeit des Paseo de San Gervasio, als Fermín plötzlich
hochfuhr.

»Ich habe von Pater Fernando geträumt«, sagte er. »Nur
daß er in meinem Traum als Jäger gekleidet war und einen
erlegten Bären neben sich liegen hatte, der glänzte wie lauteres
Gold.«

»Und was soll das?«

»Wenn Freud recht hat, bedeutet das, daß uns der Geistliche
möglicherweise einen Bären aufgebunden hat.«

»Mir kam er ehrlich vor.«

»Eigentlich schon. Vielleicht zu ehrlich, als es für ihn gut ist.
Geistliche mit einem Hang zum Heiligen schickt man irgend-
wann alle in die Mission, wo sie dann von Moskitos oder
Piranhas aufgefressen werden.«

»So schlimm wird's wohl nicht sein.«

»Was haben Sie für eine gesegnete Unschuld, Daniel. Sie
glauben ja noch an die Geschichte vom Mäuschen und dem
Zahn. Also, nur ein kleines Beispiel: Dieser Schwindel von
Miquel Moliner, den Ihnen Nuria Monfort da verzapft hat. Ich
habe den Eindruck, dieses Frauenzimmer hat Ihnen mehr Lügen aufgetischt als die Meinungsseite des *Osservatore Romano.*
Jetzt soll sie also mit einem Jugendfreund von Aldaya und
Carax verheiratet sein, sieh mal einer an. Und dazu haben wir
noch die Geschichte von Jacinta, der guten Kinderfrau, die ja

wahr sein mag, aber mir riecht sie allzusehr nach Rührstück. Ganz zu schweigen von Fumeros Starauftritt in der Rolle des Killers.«

»Sie glauben also, Pater Fernando hat uns angeschwindelt?«

»Nein. Ich bin mit Ihnen der Meinung, daß er ehrlich wirkt, aber das Ordensgewand wiegt schwer, und womöglich hat er sich nicht ins Meßbuch gucken lassen wollen, um es mal so zu sagen. Ich glaube, wenn er uns angekohlt hat, dann aus Unterlassung oder Anstand, nicht um uns eins auszuwischen oder aus Bosheit. Zudem halte ich ihn nicht für fähig, einen solchen Schwindel zu erdichten. Wenn er besser lügen könnte, würde er nicht Algebra und Latein unterrichten, er säße längst im Bistum, mit einem Kardinalsbüro und frischen Marzipanbaisers zum Kaffee.«

»Was sollen wir also tun?«

»Früher oder später werden wir die Mumie des Engelsgroßmütterchens ausgraben und an den Knöcheln schütteln müssen, um zu sehen, was dabei rauskommt. Einstweilen werde ich an einigen Fäden ziehen, vielleicht kriege ich über diesen Miquel Moliner etwas heraus. Und es wäre auch nicht überflüssig, ein Auge auf Nuria Monfort zu werfen, ich glaube, es zeigt sich immer deutlicher, daß sie das ist, was meine verstorbene Mutter eine Schlange genannt hat.«

»Sie irren sich in ihr«, sagte ich.

»Ihnen braucht man nur zwei hübsch gewachsene Brüste zu zeigen, und schon glauben Sie, Sie haben die heilige Theresia von Avila gesehen, wofür es in Ihrem Alter eine Entschuldigung, wenn nicht Abhilfe gibt. Überlassen Sie sie mir, Daniel, mich macht der Wohlgeruch des ewig Weiblichen nicht mehr so verrückt wie Sie. In meinen Jahren wird die Durchblutung des Kopfes wichtiger als die der Weichteile.«

»Das sagen ausgerechnet Sie.«

Fermín zog seinen Geldbeutel hervor und begann den Inhalt zu zählen.

»Sie haben ja ein Vermögen dabei«, sagte ich. »Und all das ist vom Wechselgeld heute früh übriggeblieben?«

»ZumTeil. Der Rest ist rechtens. Heute führe ich eben meine Bernarda aus. Dieser Frau kann ich einfach nichts abschlagen. Notfalls überfalle ich die Bank von Spanien, um ihr all ihre Launen zu erfüllen. Was haben denn Sie vor für den Rest des Tages?«

»Nichts Besonderes.«

»Und dieses Mädchen, na?«

»Welches Mädchen?«

»Die mit dem schauerlichen Dutt. Welches Mädchen wohl - Aguilars Schwester natürlich!«

»Ich weiß nicht.«

»Wissen tun Sie's schon, aber was Sie machen, das ist, auf gut deutsch, den Schwanz zwischen die Beine kneifen, statt den Stier bei den Hörnern zu packen.«

Auf diese Worte hin kam mit müdem Gesicht und zwischen den Lippen kunstvoll tanzendem Zahnstocher der Schaffner auf uns zu und sagte:

»Sie entschuldigen, aber die Damen dort bitten Sie, etwas züchtigere Worte zu gebrauchen.«

»Die können sich ja verpissen, wenn's ihnen nicht paßt« sagte Fermín laut.

Achselzuckend wandte sich der Schaffner zu den drei Frauen um, womit er ihnen zu verstehen gab, daß er alles in seiner Macht Stehende getan habe und nicht bereit sei, sich wegen einer Frage der Wortwahl eine Ohrfeige einzuhandeln.

»Daß sich Leute, die kein Leben haben, immer in dasjenige der andern einmischen müssen«, murmelte Fermín. »Wo waren wir stehengeblieben?«

»Bei meinem fehlenden Mut.«

»Eben. Ein chronischer Fall. Hören Sie auf mich. Gehen Sie holen Sie Ihr Mädchen, das Leben vergeht im Flug, vor allem der lebenswerte Teil. Sie haben ja gehört, was der Geistliche gesagt hat. Aus den Augen, aus dem Sinn.«

»Aber es ist doch gar nicht *mein* Mädchen.«

»Dann erobern Sie sie eben, bevor ein anderer sie Ihnen wegschnappt, besonders so ein kleiner Zinnsoldat.«

»Sie reden von Bea, als wäre sie eine Trophäe.«

»Nein, als wäre sie ein Segen«, sagte Fermín. »Passen Sie auf, Daniel. Das Schicksal lauert immer gleich um die Ecke – wie ein Dieb, eine Nutte oder ein Losverkäufer, seine drei trivialsten Verkörperungen. Hausbesuche macht es hingegen keine. Man muß sich schon zu ihm bemühen.«

Auf dem Rest der Fahrt dachte ich über diese philosophische Perle nach, während Fermín ein weiteres begnadetes Nickerchen machte. An der Ecke Gran Vía/Paseo de Gracia stiegen wir unter einem aschfarbenen, das Licht verschluckenden Himmel aus. Fermín knöpfte seinen Mantel bis an die Gurgel hinauf zu und verkündete, er laufe nun eiligst in seine Pension, um sich für das Rendezvous mit der Bernarda herauszuputzen.

»Sie müssen wissen, daß mit einem höchst bescheidenen Aussehen wie meinem unter anderthalb Stunden Toilette kein Staat zu machen ist. Es gibt keinen Geist ohne Gestalt, das ist die traurige Wirklichkeit dieser gauklerischen Zeiten. Vanitas peccatum mundi.«

Durch die Gran Vía sah ich diese Andeutung von einem Männchen davoneilen, in seinen grauen Mantel eingemummelt, der flatterte wie eine verschossene Fahne im Wind. Ich machte mich auf den Heimweg, um mich zu Hause mit einem guten Buch vor der Welt zu verstecken. Als ich von der Puerta del Angel in die Calle Santa Ana einbog, blieb mir das Herz stehen. Wie immer hatte Fermín recht gehabt: In grauem Kostüm, neuen Schuhen und Seidenstrümpfen wartete vor der Buchhandlung das Schicksal auf mich und betrachtete sein Spiegelbild in der Schaufensterscheibe.

»Mein Vater glaubt, ich bin in der Zwölf-Uhr-Messe«, sagte Bea, ohne ihr Bild aus den Augen zu lassen.

»Das bist du ja sozusagen auch. In der Kirche Santa Ana, weniger als zwanzig Meter von hier, läuft seit neun Uhr eine Dauervorstellung.«

Wir unterhielten uns wie zwei Unbekannte, die zufällig vor einem Schaufenster stehengeblieben waren, und suchten in der Scheibe unseren Blick.

»Da gibt es nichts zu witzeln. Ich habe ein Sonntagsblatt studieren müssen, um zu sehen, wovon die Predigt handelt. Später wird er von mir verlangen, daß ich sie ihm ausführlich zusammenfasse.«

»Deinem Vater entgeht nichts.«

»Er hat geschworen, dir die Beine zu brechen.«

»Vorher wird er herauskriegen müssen, wer ich bin. Und solange sie noch intakt sind, laufe ich schneller als er.«

Sie sah mich angespannt an und schielte immer wieder über die Schulter hinweg nach den Passanten, die hinter uns vorbeiglitten.

»Ich weiß nicht, worüber du lachst«, sagte sie. »Es ist ihm Ernst damit.«

»Ich lache nicht. Ich bin halb tot vor Angst. Ich freue mich einfach, dich zu sehen.«

Ein Lächeln auf halbmast, nervös, flüchtig.

»Ich mich auch.«

»Das sagst du, als wäre es eine Krankheit.«

»Es ist schlimmer als das. Ich dachte, wenn ich dich im Tageslicht wiedersehen würde, käme ich vielleicht zur Vernunft.«

Ich fragte mich, ob das ein Kompliment oder eine Mißbilligung war.

»Man darf uns nicht zusammen sehen, Daniel. Nicht so, auf offener Straße.«

»Wenn du willst, können wir in die Buchhandlung hineingehen, im Hinterraum steht eine Kaffeemaschine, und ...«

»Nein. Ich will nicht, daß mich jemand hier hineingehen oder herauskommen sieht. Wenn mich jetzt jemand mit dir plaudern sieht, kann ich immer noch sagen, ich habe zufällig den besten Freund meines Bruders getroffen. Wenn man uns zweimal zusammen ertappt, erregen wir Verdacht.«

Ich seufzte.

»Wer soll uns denn sehen? Wen geht es etwas an, was wir tun?«

»Die Leute haben immer Augen für das, was sie nichts angeht, und mein Vater kennt halb Barcelona.«

»Warum bist du denn hergekommen und wartest auf mich?«

»Ich bin nicht gekommen, um auf dich zu warten. Ich bin zur Messe gegangen, erinnerst du dich? Du hast es eben selbst gesagt. Zwanzig Meter von hier . . .«

»Du machst mir angst, Bea. Du lügst ja noch besser als ich.«

»Du kennst mich nicht, Daniel.«

»Das sagt dein Bruder.«

Unsere Blicke trafen sich in der Fensterscheibe.

»Du hast mir neulich abends etwas gezeigt, was ich noch nie gesehen hatte«, murmelte sie. »Jetzt bin ich dran.«

Ich runzelte gespannt die Stirn. Bea öffnete ihre Tasche, zog ein zusammengefaltetes Kärtchen heraus und gab es mir.

»Du bist nicht der einzige, der die Geheimnisse von Barcelona kennt, Daniel. Ich habe eine Überraschung für dich. Ich erwarte dich heute nachmittag um vier an dieser Adresse. Niemand darf wissen, daß wir dort verabredet sind. Wenn du nicht kommst, werde ich es verstehen«, sagte sie. »Ich werde verstehen, daß du mich nicht mehr sehen willst.«

Ohne mir auch nur eine Sekunde Zeit für eine Antwort zu geben, machte sie kehrt und ging behenden Schrittes Richtung Ramblas davon. Ich schaute ihr nach, bis ihre Gestalt in dem grauen Halbdunkel verschmolz, das dem Gewitter vorausging. Ich klappte das Kärtchen auf. Darauf stand in blauer Schrift eine mir wohlvertraute Adresse:

Avenida del Tibidabo 32

13

Das Gewitter wartete nicht auf den Einbruch der Dunkelheit, um loszudonnern. Die ersten Blitze zuckten, kurz nachdem ich in einen Bus der Linie 22 gestiegen war. Als wir um die Plaza Molina herum die Balmes hinauffuhren, verschwamm die Stadt schon hinter flüssigen Vorhängen, und mir kam in den Sinn, daß ich nicht einmal vorsorglich einen Schirm mitgenommen hatte.

»Mutig, mutig«, murmelte der Fahrer, nachdem ich Anhalten verlangt hatte.

Es war bereits zehn nach vier, als mich der Bus im verlorenen obersten Stück der Balmes im Unwetter stehenließ. Die Avenida del Tibidabo gegenüber war unter dem Bleihimmel nur eine wäßrige Andeutung. Ich zählte bis drei und lief unter dem Regen los. Naß bis aufs Mark und zitternd vor Kälte, blieb ich nach wenigen Minuten im Schutz eines Hauseingangs stehen, um Atem zu schöpfen. Ich erforschte den Rest des Weges. Der Eishauch des Gewitters verschleierte grau die gespenstischen Konturen von Palästen und Villen. Unter ihnen erhob sich inmitten der gezausten Bäume einsam der dunkle Turm des Aldaya-Hauses. Ich strich mir die klatschnassen Haare aus den Augen und lief los, quer über die menschenleere Avenida zu ihm hinüber.

Das Türchen im Gittertor wiegte sich im Wind. Auf der andern Seite schlängelte sich ein schmaler Weg zur Villa hinauf. Ich schlüpfte durch das Türchen auf das Grundstück. Zwischen dem Unkraut erahnte man die Sockel roh entthronter Statuen. Als ich mich dem Haus näherte, sah ich, daß eine von ihnen, ein Engel der Läuterung, zuoberst im Park verloren in einem Bassin lag. Unter der jetzt überfließenden Wasseroberfläche glitzerte die schwärzliche Gestalt geisterhaft. Die Hand des Feuerengels ragte aus dem Wasser; ein anklagender Zeigefinger, spitz wie ein Bajonett, wies auf den Haupteingang. Die gearbeitete Eichentür war angelehnt. Ich stieß sie auf und wagte mich ein paar Schritte in eine höhlenartige Vorhalle hinein. Die Wände schienen unter der Berührung einer Kerze zu schwanken.

»Ich dachte schon, du würdest nicht kommen«, sagte Bea.

Ihre Silhouette hob sich vom Halbdunkel in einem Flur ab, an dessen Ende sich fahl erleuchtet eine Galerie auftat. Sie saß auf einem Stuhl an der Wand, eine Kerze zu den Füßen.

»Schließ die Tür«, bedeutete sie mir, ohne aufzustehen. »Der Schlüssel steckt im Schloß.«

Ich gehorchte. Das Schloß knarrte mit Grabesecho. Ich

hörte Beas Schritte hinter mir näher kommen und spürte ihre Berührung an meinen nassen Kleidern.

»Du zitterst ja. Vor Angst oder vor Kälte?«

Ich wandte mich zu ihr um und sagte:

»Das habe ich noch nicht entschieden. Wozu sind wir hier?«

Sie lächelte und nahm mich bei der Hand.

»Weißt du es denn nicht? Ich dachte, du hättest es erraten . . .«

»Das war das Haus der Aldayas, das ist alles, was ich weiß. Wie bist du hereingekommen, und woher hast du gewußt . . .?«

»Komm, wir machen ein Feuer, damit dir wieder warm wird.«

Sie führte mich durch den Korridor an den Fuß der Galerie, die den Saal des Hauses beherrschte. Dieser reckte sich in Marmorsäulen und kahlen Mauern zur Täfelung einer stückweise abgebröckelten Decke empor. Man erahnte die Rahmen von Bildern und Spiegeln, die vor Zeiten die Wände bedeckt hatten, sowie die Spuren von Möbeln auf dem Marmorboden. Am einen Ende des Saals lagen in einem Kamin einige Scheite bereit. Neben einem Schürhaken türmte sich ein Stapel alter Zeitungen. Der Kamin roch nach frischem Feuer und Kohlenstaub. Bea kniete vor ihm nieder und stopfte mehrere Zeitungsseiten zwischen die Scheite. Mit einem Streichholz steckte sie sie in Brand, und rasch bildete das Feuer einen Kranz. Kundig schoben ihre Hände das Holz zurecht. Vermutlich dachte sie, ich verzehre mich vor Neugier und Ungeduld, aber ich setzte ein desinteressiertes Gesicht auf, das zeigen sollte, daß sie, wenn sie mit mir geheimniskrämern wollte, den kürzeren ziehen würde. Sie lächelte triumphierend. Wahrscheinlich wertete das Zittern meiner Hände mein Ansehen nicht gerade auf.

»Kommst du oft hierher?« fragte ich.

»Heute zum ersten Mal. Gespannt?«

»Ein klein wenig.«

Sie kniete wieder vor dem Feuer nieder, zog eine Wolldecke aus einer Segeltuchtasche und breitete sie aus. Sie roch nach Lavendel.

»Komm, setz dich hierher ans Feuer, nicht daß du meinetwegen noch eine Lungenentzündung kriegst.«

Die Wärme des Kamins gab mir das Leben zurück. Schweigend, verzaubert schaute Bea in die Flammen.

»Wirst du mir das Geheimnis erzählen?« fragte ich schließlich.

Sie setzte sich auf einen der Stühle. Ich blieb dicht am Feuer
sitzen und schaute zu, wie der Dampf aus meinen Kleidern
aufstieg.

»Was du das Aldaya-Haus nennst, hat eigentlich einen richtigen Namen, nämlich *Nebelburg*, aber das weiß fast niemand.
Seit fünfzehn Jahren versucht das Büro meines Vaters, diesen
Besitz zu verkaufen, erfolglos. Als du mir neulich die Geschichte von Julián Carax und Penélope Aldaya erzählt hast,
habe ich nicht weiter darauf geachtet. Später, am Abend zu
Hause, ist mir einiges aufgegangen, und ich habe mich daran
erinnert, daß ich meinen Vater einmal von der Familie Aldaya
habe sprechen hören, und zwar von diesem Haus. Gestern bin
ich in sein Büro gegangen, und sein Sekretär, Casasús, hat mir
die Geschichte des Hauses erzählt. Hast du gewußt, daß das in
Wirklichkeit gar nicht ihr offizieller Wohnsitz war, sondern
eines ihrer Sommerhäuser?«

Ich verneinte.

»Das Haupthaus der Aldayas war ein Palast, der 1925 abgerissen wurde, um einem Mietshaus Platz zu machen, an der
heutigen Kreuzung der Calle Bruch und der Calle Mallorca.
Dieses Haus war im Auftrag des Großvaters von Penélope
und Jorge, Simón Aldaya, 1896 von Puig i Cadafalch erbaut
worden, als es dort nichts als Felder und Bewässerungskanäle
gab. Die *Nebelburg* hingegen hatte der älteste Sohn des Patriarchen Simón, Don Ricardo Aldaya, in den letzten Jahren des
19. Jahrhunderts einem höchst pittoresken Mann abgekauft –
zu einem Spottpreis, denn das Haus hatte einen üblen Ruf.
Casasús meinte, es sei verflucht und nicht einmal die Verkäufer
würden sich herwagen, um es zu zeigen, und sich unter irgend-
welchen Vorwänden verdrücken . . .«

14

Während ich mich aufwärmte, erzählte mir Bea, wie die *Nebelburg* in den Besitz der Familie Aldaya gelangt war. Es war eine Schauergeschichte, die ebensogut aus Julián Carax' Feder hätte geflossen sein können. 1899/1900 war das Haus vom Architektenbüro Naulí, Martorell und Bergadà unter der Schirmherrschaft eines extravaganten katalanischen Financiers namens Salvador Jausà erbaut worden, der nur ein Jahr darin leben sollte. Bereits mit sechs Jahren Waise und aus einfachen Verhältnissen stammend, hatte der Magnat sein Vermögen größtenteils in Kuba und Puerto Rico zusammengetragen. Aus der Neuen Welt brachte er aber nicht nur ein Vermögen mit: Er kam in Begleitung einer nordamerikanischen Gattin, einer blassen, zerbrechlichen jungen Dame aus Philadelphias vornehmer Gesellschaft, die kein Wort Spanisch sprach, und eines farbigen Dienstmädchens, das seit seinen ersten Kubajahren in seinem Dienst gestanden hatte und einen als Harlekin gekleideten Affen in einem Käfig sowie sieben Überseekoffer Gepäck mitführte. Bis zum Kauf eines Wohnsitzes, der dem Geschmack und Verlangen Jausàs entsprach, bezogen sie mehrere Zimmer im Hotel Colón auf der Plaza de Cataluña.

Niemand zweifelte daran, daß das Dienstmädchen – eine Schönheit aus Ebenholz mit einem Blick und einer Figur, die, wie es in den Gesellschaftsreportagen hieß, zu Herzjagen führten – seine Geliebte und Lehrmeisterin in unbeschreiblichen Vergnügungen war. Daß sie eine Hexe und Zauberin war, verstand sich ohnehin. Sie hieß Marisela, oder zumindest nannte Jausà sie so, und in Kürze wurden ihr Aussehen und ihr Verhalten zum Lieblingsärgernis der Gesellschaften, die die Damen aus gutem Hause gaben, um Baisers zu kosten und die Zeit und die herbstliche Hitze totzuschlagen. Gerüchte machten die Runde, wonach es diese Afrikanerin auf dem Manne sitzend mit diesem trieb, ihn reitend wie ein brünstiges Weib, was gegen mindestens fünf Todsünden verstieß. Um das Maß vollzumachen, hatte Jausà auch noch die Unverfrorenheit, jeweils am Sonntagvormittag mit seiner Gattin und Marisela in seinem Wagen spazierenzufahren und so der Jugend auf dem Paseo de Gracia unterwegs zur Elf-Uhr-Messe ein Schauspiel des Sittenverfalls zu bieten.

Zu jener Zeit war Barcelona schon vom Jugendstilfieber erfaßt, aber Jausà gab den für den Bau seiner neuen Bleibe angeheuerten Architekten unmißverständlich zu verstehen, daß er etwas anderes wollte. *Anders* war das bevorzugte Adjektiv seines Vokabulars. Er war jahrelang an der Reihe neugotischer Villen vorübergespaziert, die sich die Magnaten des Industriezeitalters in der Fünften Avenue zwischen der 58. und der 72. Straße auf der Ostseite des Central Park hatten bauen lassen. Er wünschte sich seinen Wohnsitz fern von der Stadt, in der damals noch relativ öden Gegend der Avenida del Tibidabo, um, wie er sagte, Barcelona aus der Distanz zu betrachten. Als einzige Gesellschaft begehrte er einen Park mit Engelsstatuen, die gemäß seinen Anweisungen an den Spitzen eines siebenzackigen Sterns zu stehen hatten. Zur Ausführung seiner Pläne sandte Salvador Jausà seine Architekten für drei Monate nach New York, damit sie die Wahnsinnsbauten studierten, welche errichtet worden waren, um Commodore Vanderbilt, die Familie von Johann Jacob Astor, Andrew Carnegie und die übrigen fünfzig goldenen Familien zu beherbergen.

Ein Jahr später sprachen die drei Architekten in seinen Gemächern im Hotel Colón vor, um ihm das Projekt zu präsentieren. In Mariselas Anwesenheit hörte Jausà ihnen schweigend zu und beauftragte dann das Architektenbüro, den Bau ungeachtet der Kosten in einem halben Jahr zu errichten. Sieben Monate später, im Juli 1900, zogen Jausà, seine Gattin und das Dienstmädchen Marisela in das Haus ein. Im August dieses Jahres waren die beiden Frauen tot, und die Polizei fand Salvador Jausà nackt und mit den Händen an den Sessel seines Arbeitszimmers gefesselt. Im Polizeirapport stand, die Wände des ganzen Hauses seien mit Blut verschmiert, die Engelsstatuen rund um den Park verstümmelt und ihre Gesichter nach

Art von Stammesmasken bemalt gewesen. Auf den Sockeln seien Spuren von schwarzen Altarkerzen gefunden worden. Die Untersuchung dauerte acht Monate.

Laut den Ermittlungen der Polizei schien alles darauf hinzudeuten, daß Jausà und seine Gattin von Marisela, in deren Räumen mehrere Fläschchen eines Pflanzenextrakts gefunden wurden, mit diesem vergiftet worden waren. Aus irgendeinem Grund hatte Jausà überlebt, doch die Folgeerscheinungen des Giftes waren schrecklich – er verlor das Gehör, war teilweise gelähmt und litt unter ungeheuren Schmerzen. Señora Jausà wurde auf dem Bett in ihrem Zimmer gefunden, nur mit ihren Juwelen und einem Brillantarmband angetan. Die Polizei vermutete, daß sich Marisela nach Verübung des Verbrechens mit einem Messer die Adern aufgeschnitten hatte und dann so lange durchs Haus gelaufen war und die Gang- und Zimmerwände mit ihrem Blut bespritzt hatte, bis sie in ihrem Dachgemach tot umgefallen war. Anscheinend war Jausàs Gattin im Moment ihres Todes schwanger gewesen. Marisela, so hieß es, habe auf den nackten Bauch der Señora mit heißem rotem Wachs einen Schädel gezeichnet. Einige Monate später legte die Polizei den Fall zu den Akten. Viele aus der feinen Gesellschaft freuten sich, daß Salvador Jausàs Exzentrizitäten ein Ende genommen hatten. Das war ein Irrtum – sie hatten eben erst begonnen.

In dieser Zeit kam Jausà mit Don Ricardo Aldaya in Kontakt, damals schon ein aufstrebender Industrieller mit dem Ruf eines Frauenhelden und dem Temperament eines Löwen, der sich erbot, ihm seinen Besitz abzukaufen, um ihn niederzureißen und sich das Grundstück vergolden zu lassen. Jausà ließ sich nicht zum Verkauf überreden, lud Ricardo Aldaya aber ein, das Haus zu besichtigen, um ihm etwas zu zeigen, was er als wissenschaftliches und spirituelles Experiment bezeichnete. Seit dem Ende der Untersuchungen hatte kein Besucher mehr einen Fuß über die Schwelle gesetzt. Was Aldaya dort sah, ließ ihm das Blut in den Adern gerinnen.

Noch immer bedeckten die dunklen Flecken von Mariselas

Blut die Wände. Anscheinend war Jausà davon überzeugt, daß der Geist der Afrikanerin weiterhin im Haus weilte. Er behauptete, ihre Stimme, ihren Geruch, selbst ihre Berührung in der Dunkelheit wahrzunehmen. Als das Gesinde davon hörte, entfloh es und nahm im benachbarten Ort Sarriá neue Stellen an. Jausà jedoch hatte in New York die Gelegenheit gehabt, einige Ergebnisse der Erfindung des Cinematographen zu sehen, des technischen Kuriosums der Zeit. Wie die verstorbene Marisela glaubte er, die Kamera sauge Seelen ein, diejenige des gefilmten Menschen und diejenige des Betrachters, und bestellte den Erfinder und katalanischen Cinematographenpionier Fructuós Gelabert zu sich. Dieser baute in der Gegend von San Cugat del Vallés einige Filmstudios, in der Gewißheit, im 20. Jahrhundert würden die bewegten Bilder den obrigkeitlich verordneten Glauben ersetzen. Nach dem Weggang seiner Bediensteten war Jausà mit seiner Besessenheit und seinen unsichtbaren Geistern allein geblieben. Bald gelangte er zur Überzeugung, es gelte, diese Unsichtbarkeit zu überwinden, und gab Fructuós Gelabert den Auftrag, in den Gängen der *Nebelburg* Meter um Meter Film zu drehen, um Zeichen und Visionen aus dem Jenseits einzufangen. Bis dahin waren die Versuche jedoch unfruchtbar geblieben.

Alles änderte sich, als Gelabert verkündete, er habe von Thomas Edisons Fabrik eine neue Art lichtempfindliches Material erhalten, mit dem man selbst unter prekärsten Lichtverhältnissen filmen könne. Mit einer Technik, die nie ganz deutlich wurde, hatte einer der Assistenten von Gelaberts Labor einen billigen Schaumwein in die Entwicklerschale gegeben, und infolge der chemischen Reaktion zeigten sich auf dem belichteten Film merkwürdige Formen. Das war der Film, den Jausà Don Ricardo Aldaya an dem Abend vorführen wollte, an dem er ihn in sein Geisterhaus in der Avenida del Tibidabo 32 einlud.

Jausà zweifelte die Glaubwürdigkeit der Ergebnisse nicht im geringsten an. Wo andere Leute Formen und Schatten sahen, sah er Seelen und schwor, genau zu erkennen, wie sich Mariselas Silhouette als aufrecht gehender Wolf materialisiere. Ricardo Aldaya sah in der Projektion nichts weiter als große Flecken und merkte zudem, daß sowohl der gezeigte Film als auch der Vorführer nach ordinärem Wein stanken. Als guter Geschäftsmann spürte er jedoch, daß er aus alledem Gewinn schlagen könnte. Also gab er Jausà recht und ermunterte ihn, sein Unternehmen fortzusetzen. Wochenlang drehten Gelabert und seine Leute Kilometer um Kilometer Film, und zwischen den Projektionen überschrieb Jausà Vollmachten, unterzeichnete Beglaubigungen und übertrug die Kontrolle über seine finanziellen Reserven Ricardo Aldaya.

An einem Novemberabend dieses Jahres verschwand Jausà während eines Gewitters spurlos. Niemand erfuhr je, was aus ihm geworden war. Damals war Aldaya schon Inhaber der meisten seiner Besitztümer. Einige Leute sagten, die verstorbene Marisela sei zurückgekommen, um mit Jausà zur Hölle zu fahren. Andere behaupteten, ein dem Millionär sehr ähnlich sehender Bettler sei einige Monate lang in der Umgebung der Zitadelle gesehen worden, bis ihn bei vollem Tageslicht ein schwarzer Wagen mit zugezogenen Vorhängen überfahren habe.

Einige Monate später zog Don Ricardo Aldaya mit seiner Familie in das Haus in der Avenida del Tibidabo, wo nach zwei Wochen die kleine Tochter des Ehepaars geboren wurde, Penélope. Um das zu feiern, taufte Aldaya das Haus in *Villa Penélope* um, doch der neue Name konnte sich nie durchsetzen. Das Haus hatte seinen eigenen Charakter und zeigte sich immun gegen die Lebensweise seiner neuen Besitzer. Diese klagten über nächtliche Geräusche und Schläge an die Wände, plötzlichen Fäulnisgeruch und eisige Luftzüge. Dauernd wechselten die Bücher der Bibliothek ihre Ordnung oder standen verkehrt in den Regalen. Im dritten Stock lag ein Schlafzimmer, das nicht benutzt wurde, weil auf den Wänden unerklärliche Feuchtigkeitsflecken in Form verschwommener Gesichter erschienen, und in dem frische Blumen in Minutenschnelle welkten.

Die Köchinnen beteuerten, gewisse Artikel seien aus der

Vorratskammer wie weggezaubert und bei jedem Neumond färbe sich die Milch rot. Auch sonst wurden Gegenstände vermißt, insbesondere Juwelen und Knöpfe an den in Schränken und Schubladen verwahrten Kleidern. Ab und zu tauchten die verschwundenen Dinge Monate später in einem entlegenen Winkel des Hauses oder im Park wieder auf. Nach Don Ricardo Aldayas Meinung hätte eine Woche Fasten die Familie von den Schrecknissen geheilt. Als auch die Kleinode seiner Frau gestohlen wurden, setzte er ein halbes Dutzend Bedienstete auf die Straße, obwohl alle unter Tränen ihre Unschuld beteuerten. Es verschwanden aber nicht nur die Juwelen, mit der Zeit kam der Familie Aldaya auch die Lebensfreude abhanden.

Sie war nie glücklich gewesen in diesem Haus, das ihr durch Don Ricardos undurchsichtige Geschäftemacherei zugefallen war. Señora Aldaya bat ihren Mann unablässig, die Villa zu veräußern und in der Stadt Wohnsitz zu nehmen oder sogar in den Palast zurückzukehren, den Puig i Cadafalch für Großvater Simón, den Patriarchen des Clans, gebaut hatte. Ricardo Aldaya weigerte sich. Da er die meiste Zeit auf Reisen oder in den Faktoreien der Familie verbrachte, sah er keinen Grund, das Haus zu verlassen. Einmal verschwand acht Stunden lang der kleine Jorge im Haus. Seine Mutter und das Gesinde suchten ihn verzweifelt, erfolglos. Als er bleich und verwirrt wiederauftauchte, sagte der Junge, er sei die ganze Zeit in der Bibliothek gewesen, in Gesellschaft der geheimnisvollen farbigen Frau, die ihm alte Fotos gezeigt und ihm gesagt habe, sämtliche Frauen der Familie müßten in diesem Haus sterben, um die Sünden ihrer Männer zu sühnen. Sie enthüllte dem kleinen Jorge sogar den Todestag seiner Mutter: der 12. April 1921. Im Morgengrauen des 12. April 1921 wurde Señora Aldaya entseelt im Bett ihres Schlafzimmers aufgefunden.

Eine Woche später beschloß Don Ricardo Aldaya, das Haus abzustoßen. Zu diesem Zeitpunkt war sein Finanzimperium bereits todkrank, und einige Leute deuteten an, das sei alles die Schuld des verfluchten Hauses, das jedem Bewohner Unglück bringe. Vorsichtigere sagten nur, Aldaya habe die Veränderungen des Marktes nie verstanden und in seinem ganzen Leben nichts anderes getan, als das von Patriarch Simón aufgebaute Geschäft zu ruinieren. Ricardo Aldaya verkündete, er verlasse Barcelona und übersiedle mit seiner Familie nach Argentinien, wo es seinen Textilindustrien glänzend ging. Nach Ansicht vieler floh er vor dem Untergang und der Schmach.

1922 wurde die *Nebelburg* für einen Spottpreis zum Verkauf angeboten. Anfänglich bestand ein großes Kaufinteresse, aber nach der Besichtigung des Hauses machte keiner der potentiellen Käufer eine Offerte. 1923 wurde es versiegelt. Das Eigentumsrecht ging auf eine Grundstücksgesellschaft über, der Aldaya Geld schuldete, damit sie den Verkauf oder den Abbruch in die Hand nähme oder sonst eine Lösung fände. Jahrelang stand das Haus zum Verkauf, ohne daß ein Käufer gefunden wurde. 1939 machte die besagte Gesellschaft Konkurs, als die beiden Teilhaber unter nie ganz geklärten Anschuldigungen ins Gefängnis kamen, und nach beider Tod 1940 wurde sie von einem Madrider Finanzkonsortium geschluckt, dem auch Señor Aguilar, der Vater von Tomás und Bea, angehörte. Trotz aller Bemühungen konnte keiner der in Señor Aguilars Diensten stehenden Verkäufer das Haus an den Mann bringen, nicht einmal zu einem weit unter dem Marktwert liegenden Preis. Über zehn Jahre lang betrat es niemand.

»Bis heute«, sagte Bea und versank dann in einem Schweigen.

Mit der Zeit sollte ich mich an dieses plötzliche Schweigen gewöhnen und daran, daß sie sich mit verlorenem Blick und zurückgenommener Stimme einkapselte.

»Ich wollte dir diesen Ort zeigen, weißt du. Ich wollte dir eine Überraschung bereiten. Als ich Casasús zuhörte, dachte ich, ich müsse dich hierherbringen, das war schließlich Teil deiner Geschichte, der Geschichte von Carax und Penélope. Den Schlüssel habe ich mir im Büro meines Vaters ausgeliehen. Keiner weiß, daß wir hier sind. Es ist unser Geheimnis, und ich wollte es mit dir teilen. Ich habe mich gefragt, ob du kommen würdest.«

»Du hast es gewußt.«

Sie lächelte.

»Ich glaube, nichts geschieht aus Zufall. Im Grunde hat alles seinen geheimen Plan, auch wenn wir ihn nicht verstehen. Etwa, daß du im Friedhof der Vergessenen Bücher diesen Roman von Julián Carax gefunden hast oder daß wir beide jetzt hier sind, in diesem Haus, das den Aldayas gehört hat.«

Während sie sprach, hatte meine Hand ungeschickt nach ihrem Fußknöchel getastet und arbeitete sich nun zu ihrem Knie empor. Bea beobachtete sie, als wäre sie ein Insekt, das da hochgeklettert war. Ich fragte mich, was Fermín wohl in diesem Moment getan hätte. Wo war sein Wissen, wenn ich es am meisten brauchte?

»Tomás sagt, du hast nie eine Freundin gehabt«, sagte sie, als erklärte das alles.

Ich zog die Hand zurück und schaute besiegt zu Boden. Ich hatte das Gefühl, sie lächle, aber ich wagte nicht hinzuschauen.

»Für einen so verschwiegenen Menschen ist dein Bruder eine ziemliche Plaudertasche. Was sagt die Wochenschau denn sonst noch von mir?«

»Sie sagt, du seist jahrelang in eine Frau verliebt gewesen, die älter war als du, und dieses Erlebnis habe dir das Herz gebrochen.«

»Gebrochen ist nur eine Rippe und der Stolz.«

»Tomás sagt, du bist nie mehr mit einem Mädchen gegangen, weil du alle mit dieser Frau vergleichst.«

Der gute Tomás und seine versteckten Schläge.

»Ihr Name ist Clara«, sagte ich.

»Ich weiß. Clara Barceló.«

»Du kennst sie?«

»Alle kennen irgendeine Clara Barceló. Auf den Namen kommt es nicht an.«

Wir schwiegen eine Weile und schauten zu, wie das Feuer Funken sprühte.

»Nachdem ich dich gestern abend verlassen hatte, habe ich Pablo einen Brief geschrieben«, sagte Bea.

Ich schluckte.

»Deinem Verlobten, dem Leutnant? Wozu?«

Sie zog einen Umschlag hervor und zeigte ihn mir. Er war verschlossen und versiegelt.

»In dem Brief sage ich ihm, daß ich sobald wie möglich heiraten will, in einem Monat, wenn es geht, und daß ich für immer von Barcelona weg will.«

Beinahe zitternd suchte ich ihren undurchdringlichen Blick.

»Warum erzählst du mir das?«

»Damit du mir sagst, ob ich ihn abschicken soll oder nicht. Darum habe ich dich heute hierherkommen lassen, Daniel. Sieh mich an.«

Ich schaute auf und hielt ihrem Blick stand. Ich wußte keine Antwort. Bea senkte die Augen und entfernte sich zum andern Ende des Saals. Eine Tür führte zu einer Marmorbalustrade, die sich auf den Hof öffnete. Ich sah, wie ihre Gestalt mit dem Regen verschmolz, eilte ihr nach, um sie aufzuhalten, und riß ihr den Umschlag aus den Händen. Der Regen peitschte ihr ins Gesicht und fegte Tränen und Wut hinweg. Ich brachte sie ins Haus zurück und zog sie vor das wärmende Feuer. Sie mied meinen Blick. Da warf ich den Umschlag in die Flammen. Wir schauten zu, wie er verbrannte und sich in blaue Rauchspiralen auflöste. Mit Tränen in den Augen kniete Bea neben mir nieder. Ich umarmte sie und spürte ihren Atem am Hals.

»Laß mich nicht fallen, Daniel«, flüsterte sie.

Der weiseste Mann, den ich je kennengelernt hatte, Fermín Romero de Torres, hatte mir einmal erklärt, es gebe keine Erfahrung im Leben, die derjenigen vergleichbar sei, zum ersten Mal eine Frau auszuziehen. Er hatte mich nicht belogen, er hatte mir aber auch nicht die ganze Wahrheit gesagt. Er hatte mir nichts erzählt von dem seltsamen Zittern der Hände, das jeden Knopf, jeden Reißverschluß zu einem Hindernis machte. Er hatte mir nichts gesagt von dem Zauber der blassen Haut, von der ersten zitternden Berührung der Lippen. Von alledem hatte er mir nichts erzählt, weil er wußte, daß sich das Wunder nur einmal ereignet und dabei eine Sprache der Geheimnisse spricht, die, haben sie sich einmal zu erkennen gegeben, für immer verfliegen. Tausende Male habe ich diese erste Begegnung mit Bea in dem Haus in der Avenida del Tibidabo, wo das Prasseln des Regens die Welt mit sich forttrug, auferstehen lassen wollen. Tausende Male habe ich zurückkehren und mich in einer Erinnerung verlieren wollen, von der ich kaum ein klares Bild zustande bringe. Bea, nackt und regenglänzend vor dem Feuer liegend. Ich beugte mich über sie und ließ die Fingerspitzen über die Haut ihres Bauches gleiten. Sie senkte den Blick und lächelte, sicher und stark.

Es war dunkel geworden, als wir das Haus verließen. Vom Gewitter war nur noch ein schwacher, kalter Sprühregen geblieben. Ich wollte Bea den Schlüssel zurückgeben, aber sie bedeutete mir mit einem Blick, ich solle ihn behalten. Schweigend, Hand in Hand und ohne uns anzuschauen, gingen wir zum Paseo de San Gervasio hinunter, in der Hoffnung, dort ein Taxi oder einen Bus zu finden.

»Ich kann dich erst am Dienstag wiedersehen«, sagte Bea mit dünner Stimme, als zweifelte sie plötzlich an meinem Wunsch, sie ebenfalls wiederzusehen.

»Ich werde dich hier erwarten«, sagte ich.

Ich hielt es für ausgemacht, daß nun alle Treffen mit Bea im Gemäuer dieses alten Hauses stattfänden, daß der Rest der Stadt nicht uns gehörte. Mir schien, mit jedem Schritt, den wir uns von dort entfernten, werde ihr Händedruck schwächer und kühler. Als wir den Paseo de Gervasio erreichten, stellten wir fest, daß die Straßen praktisch menschenleer waren.

»Hier werden wir nichts finden«, sagte Bea. »Wir gehen besser die Balmes hinunter.«

Entschlossenen Schrittes bogen wir in die Balmes ein und marschierten unter den Baumkronen dahin, um uns vor dem Nieselregen zu schützen – und vielleicht auch davor, daß sich unsere Blicke trafen. Ich hatte den Eindruck, Bea gehe immer schneller, ziehe mich beinahe mit. Einen Moment lang dachte ich, wenn ich ihre Hand loslasse, würde sie davonlaufen. Meine Fantasie, noch randvoll von der Berührung und dem Geschmack ihres Körpers, brannte im Wunsch, sie auf eine Bank zu drücken, sie zu küssen, ihr all die Dummheiten zuzuraunen, die einem Fremden nur komisch vorgekommen wären. Aber Bea war nicht mehr wirklich da. Irgend etwas nagte an ihr, still und dennoch ganz laut.

»Was ist denn?« fragte ich leise.

Sie antwortete mit einem ängstlichen Lächeln. Da sah ich mich selbst durch ihre Augen: ein noch völlig argloses Bürschchen, das glaubte, in einer Stunde die Welt erobert zu haben, und noch nicht wußte, daß sie ihm in einer Minute wieder abhanden kommen konnte. Ich ging weiter, ohne eine Antwort zu erwarten, endlich erwachend. Kurz darauf waren Verkehrsgeräusche zu hören, und die Luft schien sich zu entzünden wie eine Gasblase in der Wärme von Straßenlaternen und Ampeln.

»Besser, wir trennen uns hier«, sagte Bea und ließ meine Hand los.

An der Ecke erkannte man die Lichter eines Taxistandes, eine lange Reihe Glühwürmchen.

»Wie du meinst.«

Sie beugte sich zu mir hin und streifte mit den Lippen meine Wange. Ihr Haar roch nach Wachs.

»Bea«, begann ich, fast unhörbar, »ich liebe dich . . .«

Sie schüttelte schweigend den Kopf und verschloß mir mit den Fingern die Lippen, als hätten meine Worte sie verletzt.

»Dienstag um sechs, einverstanden?« fragte sie.

Wieder nickte ich. Ich sah sie davongehen und in einem Taxi verschwinden, fast eine Unbekannte. Einer der Fahrer, der das Gespräch mit scharfen Augen verfolgt hatte, sah mich neugierig an.

»Na, geht's nach Hause, Chef?«

Gedankenlos setzte ich mich in seinen Wagen. Im Rückspiegel beobachteten mich die Augen des Fahrers. Das Taxi, das mit Bea davonfuhr, zwei leuchtende Punkte, verlor sich in der Schwärze.

15

Ich konnte nicht einschlafen, bis der Morgen mein Fenster mit hundert Grautönen übergoß, einer betrüblicher als der andere. Fermín, der vom Kirchplatz aus Steinchen an meine Scheibe warf, weckte mich. Ich zog das Erstbeste an, was ich fand, und ging hinunter, um ihm zu öffnen. Er brachte seine unerträgliche Montagmorgenbegeisterung mit. Wir zogen das Gitter hoch und hängten das Schild Offen hinaus.

»Sie haben vielleicht Ringe um die Augen, Daniel. Groß wie ein Baugrundstück. Man sieht, daß Sie den Stier bei den Hörnern gepackt haben.«

Im Hinterraum band ich mir meinen blauen Kittel um und reichte ihm den seinen – besser gesagt, ich warf ihn ihm ingrimmig zu. Fermín schnappte ihn sich im Flug, ganz verschmitztes Grinsen.

»Eher hat mich der Stier auf die Hörner genommen«, sagte ich.

»Überlassen Sie die geistreichen Sprüche Don Ramón Gómez de la Serna, Ihre leiden an Anämie. Na los, erzählen Sie.«

»Was soll ich denn erzählen?«

»Das überlasse ich Ihnen. Die Anzahl Degenstiche oder die Ehrenrunden in der Arena.«

»Mir ist nicht nach Witzen, Fermín.«

»O Jugend, Blüte der Einfalt. Kommen Sie, ärgern Sie sich nicht über mich – ich habe brandaktuelle Nachrichten bezüglich unserer Ermittlungen über Ihren Freund Julián Carax.«

»Ich bin ganz Ohr.«

Er warf mir seinen CIA-Blick zu, eine Braue in die Höhe gezogen, die andere wachsam.

»Nun, nachdem ich gestern die Bernarda mit intakter Keuschheit, aber zwei saftigen blauen Flecken am Gesäß nach Hause gebracht hatte, habe ich von wegen Abendlatte eine Schlaflosigkeitsattacke erlitten und diesen Umstand genutzt, um eine der Informationsstellen der Barceloneser Unterwelt aufzusuchen, nämlich die Schenke von Eliodoro Salfumán alias Kaltschwanz, ein ungesundes, aber sehr pittoreskes Lokal in der Calle Sant Jeroni, Stolz und Seele des Raval.«

»Machen Sie es um Gottes willen kurz, Fermín.«

»Bin schon dabei. Also, dort angekommen, habe ich mich bei einigen der Stammgäste, alten Leidensgenossen, eingeschmeichelt und über diesen Miquel Moliner zu ermitteln begonnen, den Mann ihrer Mata Hari Nuria Monfort und angeblichen Insassen der Stadtpensionate.«

»Angeblich?«

»Nie treffender gesagt, denn in diesem Fall ist es, wenn ich mich so ausdrücken darf, vom Adjektiv zur Tatsache nicht einmal ein Katzensprung. Ich weiß aus Erfahrung, daß hinsichtlich der Zuchthausinsassenschaft meine Informanten in besagter Kneipe verläßlicher sind als die Blutsauger des Justizpalastes, und ich kann Ihnen versichern, mein lieber Daniel, daß in den letzten zehn Jahren niemand von einem Miquel Moliner als Gefangenem, Besucher oder sonstigem Lebewesen in Barcelonas Gefängnissen gehört hat.«

»Vielleicht sitzt er anderswo ein.«

»Na klar, in Alcatraz, Sing-Sing oder in der Bastille. Daniel, diese Frau hat Sie angeschwindelt.«

»Es ist zu vermuten.«

»Nicht zu vermuten, zu akzeptieren.«

»Und was nun? Miquel Moliner ist eine tote Spur.«

»Oder diese Nuria für Sie eine Spur zu gewitzt.«

»Was empfehlen Sie?«

»Für den Moment, andere Wege zu verfolgen. Es wäre keineswegs müßig, dieses alte Weiblein zu besuchen, die gute Kinderfrau aus dem Märchen, das uns der Geistliche gestern vormittag aufgetischt hat.«

»Sagen Sie nicht, Sie vermuten, auch die Kinderfrau sei verschwunden.«

»Nein, aber ich glaube, es ist an der Zeit, daß wir die Zimperlichkeiten lassen und nicht mehr ans Portal klopfen, als bäten wir um ein Almosen. In dieser Angelegenheit muß man durch die Hintertür hinein. Einverstanden?«

»Vermutlich treffen Sie den Nagel auf den Kopf, Fermín.«

»Dann holen Sie mal einen Hammer, heute abend werden wir gleich nach Ladenschluß der Frau im Altenheim Santa Lucía einen Barmherzigkeitsbesuch abstatten. Und jetzt erzählen Sie, wie ist es Ihnen gestern mit diesem Backfisch ergangen? Seien Sie doch nicht so verschlossen – was Sie mir verschweigen, wird als Eiterpickel durchschlagen.«

Ich seufzte und gestand ihm alles haarklein. Als ich zu Ende war und auch meine Ängste geschildert hatte, überraschte mich Fermín mit einer plötzlichen, tiefempfundenen Umarmung.

»Sie sind verliebt«, murmelte er gerührt, während er mir auf die Schulter klopfte. »Sie Armer.«

An diesem Abend verließen wir die Buchhandlung pünktlich zur Ladenschlußzeit, was uns einen scharfen Blick meines Vaters eintrug, dem allmählich schwante, daß wir bei diesem ganzen Hin und Her etwas im Schilde führten. Fermín stotterte einiges Unzusammenhängende über unerledigte Besorgungen, und dann machten wir uns eiligst dünne. Vermutlich würde ich meinem Vater über kurz oder lang reinen Wein einschenken müssen, wenigstens teilweise – welcher Teil das sein würde, war eine andere Frage.

Unterwegs schilderte mir Fermín mit seinem ausgeprägten Sinn für Hintertreppenfolklore den Schauplatz, den wir aufzusuchen im Begriff waren. Das Altenheim Santa Lucía war eine Einrichtung von gespenstischem Ruf und befand sich in einem halbverfallenen Palast in der Calle Montcada. Die Legende beschrieb ihn als eine Mischung aus Purgatorium und Leichenhalle mit prekärsten sanitären Bedingungen. Vom 11. Jahrhundert an hatte er unter anderem mehrere vornehme Familien, ein Gefängnis, einen Kurtisanensalon, eine Bibliothek mit verbotenen Handschriften, eine Kaserne, eine Bildhauerwerkstatt, ein Pestsanatorium und ein Kloster beherbergt. Mitte des 19. Jahrhunderts, als er mehr oder weniger zerfiel, war er in ein Museum der Mißgeburten und Abscheulichkeiten umgewandelt worden. Dessen Leiter nannte sich

László de Vicherny, Herzog von Parma und Privatalchimist der Bourbonen, hieß mit richtigem Namen aber Baltasar Deulofeu i Carallot, gebürtig aus Esparraguera, und war ein professioneller Betrüger und notorischer Casanova.

Dieser Mann rühmte sich, in Formolfläschchen verwahrt die größte Sammlung menschlicher Föten sein eigen zu nennen. Unter anderem bot das Tenebrarium, wie Deulofeu sein Werk getauft hatte, spiritistische und nekromantische Sitzungen, Hahnen-, Ratten-, Hunde-, Weiber-, Behinderten- und gemischte Kämpfe mit den entsprechenden Wetten an, dazu ein Krüppel- und Ungeheuerbordell, ein Kasino, eine Rechts- und Finanzberatungsstelle, ein Liebestrankatelier, eine Bühne für Schauspiele regionaler Folklore, Marionettentheater und Revuen exotischer Tänzerinnen.

Fünfzehn Jahre lang war das Tenebrarium ein durchschlagender Erfolg, bis die schwärzeste Schande über die Vergnügungsstätte und ihren Schöpfer fiel, als nämlich aufflog, daß Deulofeu innerhalb einer einzigen Woche die Gattin, die Tochter und die Schwiegermutter des Militärgouverneurs der Provinz verführt hatte. Bevor er aus der Stadt fliehen und eine andere seiner vielen Identitäten annehmen konnte, hetzte ihn ein Killertrupp durch die Gassen des Santa-María-Viertels, um ihn im Zitadellenpark aufzuhängen und anzuzünden und seinen Körper dann den herrenlosen Hunden zum Fraße vorzuwerfen. Nachdem es zwei Jahrzehnte verlassen gewesen war und niemand sich die Mühe gemacht hatte, Lászlós Abscheulichkeiten zu beseitigen, wurde das Tenebrarium von einem religiösen Orden in eine Fürsorgeinstitution umgewandelt.

»Dummerweise sind alle sehr geheimniskrämerisch, was diesen Ort betrifft – aus schlechtem Gewissen, würde ich sagen –, so daß wir uns irgendeinen Vorwand werden ausdenken müssen, um einzudringen«, sagte Fermín.

In jüngerer Zeit rekrutierten sich die Insassen des Altenheims Santa Lucía aus den Reihen der Scheintoten, verlassenen Greise, Geistesgestörten, Bedürftigen und dem einen oder andern komischen Heiligen, die alle zusammen die unterste Hefe von Barcelona bildeten. Zu ihrem Glück überlebten die meisten ihren Eintritt nicht lange; der Zustand des Ortes und die Gesellschaft luden nicht zur Langlebigkeit ein.

»Das saugen Sie sich doch alles aus den Fingern«, protestierte ich angesichts dieser pittoresken Schilderung.

»So weit reicht meine Erfindungsgabe nicht, Daniel. Warten Sie ab, Sie werden schon sehen. Ich habe das Haus vor etwa zehn Jahren bei einer unglückseligen Gelegenheit besucht und kann Ihnen sagen, daß es aussah, als hätte man ihren Freund Julián Carax als Ausstatter beigezogen. Dumm, daß wir nicht einige Lorbeerblätter mitgenommen haben, um seine typischen Gerüche zu dämpfen. Es wird uns schon genug Mühe bereiten, eingelassen zu werden.«

Mit derlei Erwartungen bogen wir in die Calle Montcada ein, die um diese Zeit bereits eine finstere Passage war, gesäumt von alten, jetzt als Lagerräume und Werkstätten genutzten Palästen. Die Litanei der Glockenschläge von der Basilika Santa María del Mar begleitete das Echo unserer Schritte. Kurz darauf drang ein bitterer, penetranter Geruch durch die kühle Winterbrise.

»Was ist denn das für ein Gestank?«

»Wir sind da«, verkündete Fermín.

16

Ein morsches Holztor führte auf einen Innenhof, bewacht von Gaslampen, die ihr Licht auf Wasserspeier und steinerne Engel mit ausgewaschenen Gesichtszügen warfen. Eine breite Treppe führte zum ersten Stock hinauf, wo ein helles Rechteck den Haupteingang des Altenheims markierte. Das Gaslicht tönte den herausströmenden Giftnebel ockerfarben. Eine kantige Raubvogelsilhouette beobachtete uns im Türbogen. Im Halbdunkel konnte man ihren scharfen Blick erkennen, von derselben Farbe wie das Ordensgewand. Sie hielt einen dampfenden, unbeschreiblich stinkenden Holzeimer in der Hand.

»Avemariapurissimasinepeccatoconcepta«, sprudelte Fermín begeistert hervor.

»Und der Sarg?« antwortete tief und argwöhnisch die Stimme von oben.

»Der Sarg?« erwiderten Fermín und ich einstimmig.

»Sie kommen doch vom Beerdigungsinstitut, nicht wahr?« Die Stimme der Nonne klang müde.

Ich war mir nicht sicher, ob das ein Kommentar zu unserem Aussehen war oder eine wirkliche Frage. Angesichts dieser von der Vorsehung geschenkten Gelegenheit leuchtete Fermíns Gesicht auf.

»Der Sarg ist noch im Lieferwagen. Wir möchten zuerst den Kunden untersuchen. Reine Formalität.«

Ich spürte, wie mich Ekel packte.

»Ich dachte, Señor Collbató würde persönlich kommen«, sagte die Nonne.

»Señor Collbató läßt sich entschuldigen, er hat in letzter Sekunde eine höchst verzwickte Einbalsamierung vornehmen müssen – ein Herkules aus dem Zirkus.«

»Arbeiten Sie mit Señor Collbató im Beerdigungsinstitut?«

»Wir sind seine rechte beziehungsweise linke Hand. Wilfredo Velludo, zu dienen, und da zu meiner Seite mein Lehrling, der Abiturient Sansón Carrasco.«

»Sehr erfreut«, ergänzte ich.

Die Nonne musterte uns flüchtig und nickte gleichgültig.

»Willkommen in Santa Lucía. Ich bin Schwester Hortensia, ich habe Sie angerufen. Folgen Sie mir.«

Ohne einen Mucks von uns zu geben, folgten wir ihr durch einen höhlenartigen Korridor, dessen Geruch mich an einen U-Bahn-Schacht erinnerte. Zu beiden Seiten öffneten sich hinter türlosen Rahmen von Kerzen erleuchtete Säle, an deren Wänden Betten aufgereiht waren, über denen sich Moskitonetze wie Leichentücher bewegten. Man hörte Wehklagen und erkannte zwischen dem Vorhanggewebe einzelne Gestalten.

»Hier entlang«, sagte Schwester Hortensia, die ein paar Meter vorausging.

Wir betraten ein geräumiges Gewölbe, in dem ich mir ohne große Mühe den von Fermín beschriebenen Schauplatz des Tenebrariums vorstellen konnte. Auf den ersten Blick hatte ich im Halbdunkel das Gefühl, ich sähe eine Sammlung von Wachsfiguren, die mit glasig-toten, im Kerzenlicht wie Messingmünzen glänzenden Augen in den Ecken saßen oder dort liegengelassen worden waren. Ich dachte, vielleicht handle es sich um Puppen oder Überbleibsel aus dem alten Museum. Dann stellte ich fest, daß sie sich bewegten, wenn auch sehr langsam und behutsam. Sie hatten kein bestimmtes Alter oder Geschlecht und waren in aschfarbene Lumpen gehüllt.

»Señor Collbató hat gesagt, wir sollen nichts anrühren und reinigen«, sagte Schwester Hortensia in entschuldigendem Ton. »So haben wir den Ärmsten halt in eine der Kisten gelegt, die da rumstehen, weil er schon zu tropfen angefangen hat, aber das ist ja jetzt vorbei.«

»Das haben Sie gut gemacht. Man kann nicht vorsichtig genug sein«, pflichtete Fermín bei.

Ich warf ihm einen verzweifelten Blick zu. Gelassen schüttelte er den Kopf, womit er mir zu verstehen gab, ich solle alles ruhig ihm überlassen.

Schwester Hortensia führte uns zu einer Art Zelle ohne Ventilation noch Licht zuhinterst in einem engen Gang, nahm eine der Gaslaternen von der Wand und reichte sie uns.

»Werden Sie lange brauchen? Ich habe zu tun.«

»Lassen Sie sich durch uns nicht stören. Gehen Sie nur an Ihre Arbeit, wir werden ihn schon mitnehmen. Seien Sie unbesorgt.«

»Gut – wenn Sie etwas brauchen, ich bin im Keller, in der Galerie der Bettlägerigen. Wenn es nicht zuviel verlangt ist, dann bringen Sie ihn bitte hinten hinaus, damit ihn die andern nicht sehen. Es ist schlecht für die Moral der Insassen.«

»Das ist uns klar«, sagte ich mit brüchiger Stimme.

Einen Augenblick schaute sie mich mit einer gewissen vagen Neugier an. Von nahem sah ich, daß sie eine ältere, fast greise Frau war. Nur wenige Jahre trennten sie von den übrigen Insassen des Hauses.

»Hören Sie, ist der Lehrling nicht noch etwas jung für diese Arbeit?«

»Die Wahrheiten des Lebens kennen kein Alter, Schwester«, sagte Fermín.

Mit einem Nicken lächelte mir die Nonne sanft zu. In ihrem Blick lag kein Argwohn, nur Traurigkeit.

»Trotzdem«, murmelte sie.

Sie ging im Dunkeln mit ihrem Eimer davon. Fermín drängte mich in die Zelle hinein. Es war ein elendes, in die feuchtigkeitschwitzenden Grottenmauern eingelassenes Räumchen, in welchem Ketten mit einem Haken von der Decke hingen und dessen gesprungener Boden von einem Abflußgitter geviertelt wurde. In der Mitte lag auf einem gräulichen Marmortisch eine Kiste, wie sie für industrielle Verpackungen verwendet wurden. Fermín hob die Lampe, und wir erkannten in der Holzwollefüllung den Toten und seine ausgezackten, pergamentenen Züge. Die aufgedunsene Haut war purpurfarben, die eierschalenweißen Augen offen.

Mir drehte sich der Magen um, und ich schaute weg.

»Kommen Sie, ans Werk«, sagte Fermín.

»Sind Sie wahnsinnig?«

»Ich meine, daß wir diese Jacinta finden müssen, bevor man unsere List entdeckt.«

»Wie denn?«

»Wie wohl? Indem wir fragen.«

Wir spähten in den Korridor hinaus, um uns zu vergewissern, daß Schwester Hortensia verschwunden war. Dann schlichen wir uns vorsichtig zu dem Saal, den wir durchquert hatten. Die armseligen Gestalten beobachteten uns noch immer mit neugierigen, ängstlichen und in einem Fall sogar habgierigen Blicken.

»Sehen Sie sich vor, da gibt es einige, die, wenn sie Ihnen das Blut aussaugen könnten, um noch einmal jung zu sein, sich Ihnen an den Hals werfen würden«, sagte Fermín. »Das Alter läßt sie alle lammfromm aussehen, aber hier gibt es ebenso viele Schweinehunde wie draußen, wenn nicht noch mehr. Die da gehören nämlich zu denen, die überlebt und die andern ins Grab gebracht haben. Sie brauchen sie also nicht zu bemitleiden. Los, Sie fangen bei denen in der Ecke dort an, die scheinen keine Zähne mehr zu haben.«

Die erste Runde meiner Befragungen über Jacinta Coronado trug mir nichts als leere Blicke, Gewimmer, Rülpser und irre Reden ein. Nach einer Viertelstunde strich ich die Segel und gesellte mich wieder zu Fermín, um zu sehen, ob er mehr Glück gehabt hatte. Er war vollkommen entmutigt.

»Wie sollen wir in diesem Loch Jacinta Coronado finden?«

»Ich weiß es nicht. Das ist ein Haufen Verrückter. Ich hab's mit Bonbons versucht, aber sie halten sie für Zäpfchen.«

»Und wenn wir Schwester Hortensia fragten? Wir sagen ihr die Wahrheit, und basta.«

»Die Wahrheit wird erst gesagt, wenn alle Stricke reißen, Daniel, vor allem bei einer Nonne. Erst verschießen wir unser Pulver. Schauen Sie, diese Gruppe da, die wirken noch sehr munter. Gehen Sie, fragen Sie sie.«

»Und Sie, was haben Sie vor?«

»Ich werde den Rückzug sichern, falls der Pinguin zurückkommt. Los, gehen Sie schon.«

Mit wenig oder gar keiner Hoffnung auf Erfolg trat ich auf eine Gruppe von Insassen in einer Ecke des Saals zu.

»Guten Abend«, sagte ich und merkte sogleich, wie absurd mein Gruß war, hier war ja immer Abend oder Nacht. »Ich suche Señora Jacinta Coronado. Co-ro-na-do. Kennt sie jemand von Ihnen oder kann mir sagen, wo ich sie finde?«

Mir gegenüber vier von der Gier belebte Blickpaare. Da pulst noch etwas, dachte ich, vielleicht ist nicht alles verloren.

»Jacinta Coronado?« wiederholte ich.

Die vier wechselten Blicke und nickten sich zu. Einer von ihnen, dickbäuchig und ohne ein einziges sichtbares Haar am Leib, schien der Anführer zu sein. Sein Gesicht und seine körperliche Präsenz ließen mich an einen Nero denken, der Harfe spielte, während Rom zu seinen Füßen verfaulte. Mit majestä-

tischem Ausdruck lächelte mir Kaiser Nero zu. Hoffnungsfroh erwiderte ich die Geste.

Er bedeutete mir, näher zu treten, als wollte er mir etwas ins
Ohr flüstern. Ich zögerte, doch dann kam ich seiner Auffor-
derung nach.

»Können Sie mir sagen, wo ich Señora Jacinta Coronado
finde?« fragte ich zum letzten Mal.

Ich näherte das Ohr seinen Lippen, so daß ich seinen stin-
kig-lauen Atem auf der Haut spüren konnte. Ich fürchtete
schon, er werde mich beißen, da ließ er unerwartet einen gewaltigen Wind fahren. Seine Kollegen brachen in Gelächter aus
und klatschten in die Hände. Ich wich einige Schritte zurück,
doch schon hatte mich der Blähungsduft erreicht. Jetzt bemerkte ich neben mir einen in sich zusammengesunkenen
Alten mit dem Barte des Propheten, schütterem Haar und feu-
rigen Augen, der sich auf einen Stock stützte und die andern
verächtlich betrachtete.

»Sie verlieren Ihre Zeit, junger Mann. Juanito kann nichts
als furzen, und die andern erschöpfen sich darin, darüber zu
lachen und die Fürze einzuatmen. Wie Sie sehen, ist die Ge-
sellschaftsstruktur hier nicht groß anders als in der Außenwelt.«

Der greise Philosoph sprach mit tiefer Stimme und perfekter
Diktion. Er musterte mich von oben bis unten.

»Sie suchen die Jacinta, wenn ich richtig gehört habe?«

Ich nickte, verblüfft über die Erscheinung intelligenten Lebens in diesem Horrorloch.

»Und warum?«

»Ich bin ihr Enkel.«

»Und ich der Marquis von Matoimel. Eine verlogene Vogelscheuche, das sind Sie. Sagen Sie mir, warum Sie sie suchen,
oder ich stelle mich verrückt. Das ist einfach hier. Und wenn
Sie vorhaben, diese armen Teufel einen nach dem andern zu
befragen, werden Sie auch bald verstehen, warum.«

Juanito und seine Claque von Inhalierern schütteten sich
noch immer aus vor Lachen. Nun gab der Solist eine Zugabe

von sich, gedämpfter und länger als die erste Nummer, in Form eines Zischens, das einen angestochenen Reifen imitierte und deutlich machte, daß Juanito seinen Schließmuskel nahezu virtuos beherrschte. Ich beugte mich den Tatsachen.

»Sie haben recht. Ich bin kein Verwandter von Señora Coronado, aber ich muß mit ihr sprechen. Es ist überaus wichtig.«

Er hatte ein schelmisches Lächeln wie ein alt gewordener Junge, und sein Blick glühte von Schlauheit.

»Können Sie mir helfen?« flehte ich ihn an.

»Das hängt ganz davon ab, wie weit Sie *mir* helfen können.«

»Wenn es in meiner Hand liegt, mit Freuden. Soll ich Ihrer Familie eine Mitteilung zukommen lassen?«

Der Alte lachte bitter.

»Meine Familie ist es, die mich in dieses Loch verbannt hat. Diese Meute von Blutsaugern ist imstande, einem die Unterhose noch warm vom Leib zu klauen. Die können zur Hölle oder ins Rathaus fahren. Ich habe sie lange genug ertragen und ausgehalten. Was ich will, ist eine Frau.«

»Verzeihung?«

Der Alte schaute mich ungeduldig an.

»Ihre jungen Jahre sind keine Entschuldigung dafür, daß Sie ein nicht eben helles Köpfchen sind, mein Lieber. Ich sage, ich will eine Frau. Ein weibliches Wesen – Dienstmädchen oder Rasseweib. Das ist es, junger Mann, jünger als fünfundfünfzig und gesund, ohne Wunden und Brüche.«

»Ich bin nicht sicher, ob ich Sie richtig verstehe . . .«

»Sie verstehen mich großartig. Ich will vor meiner Reise ins Jenseits eine Frau vernaschen, die Zähne hat und sich nicht in die Hosen macht. Es ist mir egal, ob sie sehr hübsch ist oder nicht. Ich habe keine Adleraugen mehr, und in meinem Alter ist jedes Mädchen eine Venus, wenn sie etwas hat, woran man sich festhalten kann. Ist das deutlich genug?«

»Wie ein offenes Buch. Aber ich weiß nicht, wie ich eine Frau für Sie finden soll . . .«

»Als ich in Ihrem Alter war, da gab es im Dienstleistungssektor so was wie leichte Mädchen. Ich weiß zwar, daß sich die

Welt verändert, aber nie in wesentlichen Belangen. Besorgen Sie mir eine, füllig und geil, und wir kommen ins Geschäft. Und wenn Sie sich fragen bezüglich meiner Fähigkeit, mit einer Dame zu schlafen, dann denken Sie daran, daß ich mich damit zufriedengebe, sie in den Hintern zu zwicken und ihre Schönheiten in den Händen zu wiegen. Vorteil der Erfahrung.«

»Die technischen Einzelheiten sind Ihre Angelegenheit, aber jetzt auf der Stelle kann ich Ihnen keine Frau herbringen.«

»Ich mag ja ein alter Bock sein, aber kein Dummkopf. Das weiß ich natürlich auch. Es genügt mir, daß Sie's mir versprechen.«

»Und wie wissen Sie, daß ich Ihnen nicht nur ja sage, damit Sie mir verraten, wo Jacinta Coronado ist?«

Der Alte grinste verschlagen.

»Geben Sie mir Ihr Wort und überlassen Sie die Gewissensprobleme mir.«

Ich schaute mich um. Juanito ließ den zweiten Teil seines Repertoires verstreichen. Das Leben erlosch zusehends. Das Anliegen des scharfen Opas war das einzige, was mir in diesem Fegefeuer Sinn zu haben schien.

»Ich gebe Ihnen mein Wort. Ich werde tun, was ich kann.«

Der Alte grinste von Ohr zu Ohr. Ich zählte drei Zähne.

»Blond, auch wenn es wasserstoffblond ist. Mit zwei ordentlichen Äpfeln und einer Schlampenstimme, wenn's geht – von all meinen Sinnen ist das Gehör noch der beste.«

»Ich werde sehen, was sich tun läßt. Jetzt sagen Sie mir, wo ich Jacinta Coronado finde.«

17

»Sie haben diesem Methusalem *was* versprochen?«

»Sie haben es gehört.«

»Ich hoffe, das haben Sie im Scherz gesagt.«

»Einen Opa, der in den letzten Zügen liegt, lüge ich nicht an, mag er noch so schamlos sein.«

»Das adelt Sie, Daniel, aber wie wollen Sie denn eine Nutte in dieses heilige Haus reinschmuggeln?«

»Vermutlich zum dreifachen Preis. Die Details überlasse ich Ihnen.«

Resigniert zuckte Fermín die Achseln.

»Nun ja, ein Abkommen ist ein Abkommen. Wir werden uns was einfallen lassen. Aber wenn Sie das nächste Mal vor einer Verhandlung dieser Art stehen, lassen Sie mich sprechen.«

»Einverstanden.«

Genau wie mir der alte Feinschmecker gesagt hatte, fanden wir Jacinta Coronado in einem Dachgeschoß, zu dem man nur über eine Treppe vom dritten Stock aus gelangte. Laut dem Alten war das Dachgeschoß das Refugium der wenigen Insassen, denen den Verstand zu nehmen die Parze nicht den Anstand gehabt hatte, was anderseits ein nicht allzu lange andauernder Zustand war. Jacinta Coronado saß, in eine Decke gehüllt, erschöpft in einem Korbstuhl.

»Señora Coronado?« fragte ich laut, weil ich befürchtete, die Arme sei taub, schwer von Begriff oder beides zusammen.

Sie betrachtete uns aufmerksam und ein wenig reserviert. Ihren Kopf bedeckten nur noch ein paar wenige weißliche Strähnen. Ich bemerkte, daß sie mich verwundert anschaute, als hätte sie mich schon früher gesehen und wüßte nicht mehr, wo. Ich fürchtete, Fermín würde mich gleich wieder als Carax' Sohn vorstellen oder einen ähnlichen Kniff benutzen, aber er kniete nur neben der Greisin nieder und ergriff ihre zittrige, runzelige Hand.

»Jacinta, ich bin Fermín, und dieses Jüngelchen da ist mein Freund Daniel. Ihr Freund schickt uns, Pater Fernando Ramos, der heute nicht kommen konnte, weil er zwölf Messen lesen mußte, Sie wissen ja, wie das mit diesen Heiligen ist, aber er läßt Sie tausendmal grüßen. Wie geht es Ihnen?«

Sie lächelte ihn sanft an. Mein Freund strich ihr mit der Hand über Gesicht und Stirn. Sie war dankbar wie ein Schmusekätzchen für die Berührung einer andern Haut. Mir zog sich die Kehle zusammen.

»So eine dumme Frage, was?« fuhr Fermín fort. »Sie würden bestimmt gern irgendwo einen Schottisch aufs Parkett legen. Sie sehen nämlich aus wie eine Tänzerin, das sagen Ihnen sicher alle.«

Noch nie hatte ich ihn mit jemandem derart feinfühlig umgehen sehen, nicht einmal mit der Bernarda. Die Worte waren zwar pure Süßholzraspelei, aber der Ton und sein Gesicht waren aufrichtig.

»Was für schöne Dinge Sie da sagen«, murmelte sie mit vom Nichtgebrauch brüchiger Stimme.

»Nicht halb so schön wie Sie, Jacinta. Glauben Sie, wir dürften Ihnen ein paar Fragen stellen? Wie in den Rundfunkwettbewerben, wissen Sie.«

Die alte Frau blinzelte nur.

»Ich würde sagen, das heißt ja. Erinnern Sie sich noch an Penélope, Jacinta? Penélope Aldaya? Zu ihr möchten wir Ihnen ein paar Fragen stellen.«

Jacinta nickte mit unversehens leuchtendem Blick.

»Meine Kleine«, flüsterte sie, und es sah aus, als wollte sie gleich in Tränen ausbrechen.

»Genau. Sie erinnern sich, ja? Wir sind Freunde von Julián. Julián Carax. Der mit den Schauergeschichten, an den erinnern Sie sich ebenfalls, nicht wahr?«

Die Augen der Alten glänzten, als gäben ihr die Worte und die Berührung auf der Haut zusehends das Leben zurück.

»Pater Fernando von der San-Gabriel-Schule hat uns gesagt, Sie hätten Penélope sehr geliebt. Er liebt Sie auch sehr und erinnert sich jeden Tag an Sie, wissen Sie. Wenn er nicht öfter kommt, dann, weil ihn der neue Bischof, ein Emporkömmling, mit einem Pensum von Messen plagt, daß er auf dem letzten Loch pfeift.«

»Und essen Sie auch genug?« fragte sie plötzlich beunruhigt.

»Ich schlinge wie ein Holzhacker, Jacinta, aber ich habe eben einen sehr männlichen Stoffwechsel und verbrenne alles.

Aber schauen Sie mich an, unter diesen Kleidern ist alles nur Muskel. Fassen Sie an, fassen Sie an. Wie Charles Atlas, nur haariger.«

Jacinta nickte, etwas ruhiger. Sie hatte nur Augen für Fermín. Mich hatte sie vollkommen vergessen.

»Was können Sie uns über Penélope und Julián sagen?«

»Alle gemeinsam haben sie sie mir weggenommen«, sagte sie. »Meine Kleine.«

Ich wollte etwas sagen, doch Fermín warf mir einen Blick zu, der mich schweigen hieß.

»Wer hat Ihnen Penélope weggenommen, Jacinta? Können Sie sich noch erinnern?«

»Der Herr«, antwortete sie und schaute voller Angst empor, als fürchtete sie, jemand könnte uns hören.

Fermín folgte ihrem Blick in die Höhe.

»Meinen Sie den allmächtigen Gott, Herrscher der Himmel, oder eher den Herrn Vater von Señorita Penélope, Don Ricardo?«

»Wie geht's Fernando?« fragte sie.

»Dem Geistlichen? Wie eine Rose. Eines schönen Tages wird er zum Papst gewählt und holt Sie zu sich in die Sixtinische Kapelle. Er läßt Sie vielmals grüßen.«

»Er kommt mich als einziger besuchen, wissen Sie. Er kommt, weil er weiß, daß ich sonst niemand habe.«

Fermín warf mir einen verstohlenen Blick zu, als dächte er dasselbe wie ich. Jacinta Coronado war sehr viel vernünftiger, als es den Anschein machte. Der Körper erlosch, aber Geist und Seele verbrannten in diesem Elendsloch nur langsam. Ich fragte mich, wie viele weitere wie sie und das zügellose Alterchen hier noch gefangen waren.

»Er kommt, weil er Sie sehr gern hat, Jacinta. Weil er sich erinnert, wie sehr Sie sich um ihn als Jungen gekümmert und wie gut Sie ihn ernährt haben, er hat uns alles erzählt. Wissen Sie noch, Jacinta? Erinnern Sie sich an damals, als Sie Jorge jeweils von der Schule abgeholt haben, erinnern Sie sich noch an Fernando und Julián?«

»Julián . . .«

Ihre Stimme war ein schleppendes Flüstern, aber das Lächeln verriet sie.

»Erinnern Sie sich an Julián Carax, Jacinta?«

»Ich erinnere mich an den Tag, an dem Penélope zu mir gesagt hat, sie werde ihn heiraten . . .«

Fermín und ich schauten einander verdutzt an.

»Heiraten? Wann war das, Jacinta?«

»An dem Tag, als sie ihn zum ersten Mal sah. Sie war dreizehn und wußte nicht, wer er war noch wie er hieß.«

»Wie konnte sie da wissen, daß sie ihn heiraten würde?«

»Sie hatte ihn gesehen. Im Traum.«

. . . Als Kind war María Jacinta Coronado überzeugt, jenseits der Stadtgrenzen von Toledo gebe es nur Dunkelheit und Feuermeere. Diese Vorstellung stammte aus einem Traum, den sie während einer Fiebererkrankung hatte, die ihrem Leben mit vier Jahren fast ein Ende bereitet hätte. In ihren späteren Träumen sah Jacinta die Vergangenheit und die Zukunft, und manchmal ahnte sie Geheimnisse und Mysterien der alten Straßen von Toledo. Einer der Dauerbesucher ihrer Träume war Zacharias, ein stets schwarzgekleideter Engel in Begleitung einer dunklen Katze mit gelben Augen und nach Schwefel stinkendem Atem. Zacharias wußte alles und hatte ihr auch die Todesstunde ihres Onkels prophezeit, des Salben- und Weihwasserkrämers Venancio. Er hatte ihr verkündet, in ihrem Bauch sitze etwas Ungutes fest, ein toter Geist, der ihr übelwolle, und sie werde nur eines einzigen Mannes Liebe kennenlernen, eine leere, egoistische Liebe, die ihr das Herz brechen werde. Er hatte ihr vorhergesagt, sie werde zu Lebzeiten alles zugrunde gehen sehen, was ihr lieb und teuer sei, und vor ihrer Ankunft im Himmel die Hölle besuchen. Am Tag ihrer ersten Menstruation verschwanden Zacharias und seine Schwefelkatze aus ihren Träumen, aber Jahre später erinnerte sie sich wieder an die Besuche des schwarzgekleideten Engels, denn all seine Prophezeiungen hatten sich erfüllt.

So war Jacinta nicht überrascht, als ihr die Ärzte sagten, sie werde nie Kinder bekommen, und, obwohl der Schmerz sie beinahe umbrachte, ebensowenig, als ihr Mann nach drei Jahren Ehe verkündete, er verlasse sie wegen einer andern, denn sie sei wie ödes Brachland, das keine Frucht trage. In Abwesenheit von Zacharias, den sie für einen Sendboten des Himmels hielt, sprach sie mit Gott. All ihre Monologe mit ihm kreisten um dasselbe Thema: Sie wünschte sich nur eines, Mutter und Frau zu sein.

Als sie einmal wie so oft in der Kathedrale betete, trat ein Mann zu ihr, in dem sie Zacharias erkannte. Er war angezogen wie immer und hatte seine Katze auf dem Schoß. Er war um keinen Tag gealtert und hatte noch immer diese prächtigen Herzoginnenfingernägel, lang und spitz. Er gestand ihr, er sei gekommen, weil Gott auf ihre Bittgebete nicht zu antworten gedenke. Sie solle sich aber nicht grämen, er werde ihr dennoch ein Kind schicken. Er beugte sich über sie, raunte ihr das Wort Tibidabo ins Ohr und küßte sie zärtlich auf die Lippen. Bei der Berührung mit diesen weichen Lippen hatte Jacinta eine Vision: Sie würde ein Kind haben, ein Mädchen, ohne einen Mann dafür zu brauchen. Dieses Mädchen würde in einer weit entfernten Stadt zu ihr kommen, die zwischen einem Mond aus Bergen und einem Meer aus Licht gefangen war, eine Stadt aus Häusern, welche nur im Traum existieren können. Sie zweifelte keinen Augenblick an der Wahrhaftigkeit der Prophezeiungen. Noch am selben Abend besprach sie sich mit dem Diakon der Kirchgemeinde, einem belesenen, weitgereisten Mann, der zu ihr sagte: »Jacinta, was du da gesehen hast, ist Barcelona, die große Zauberin, und die Sagrada-Familia-Kirche ...« Zwei Wochen später machte sich Jacinta mit einem Bündel Wäsche, einem Meßbuch und ihrem ersten Lächeln in fünf Jahren auf den Weg nach Barcelona, in der festen Überzeugung, alles, was ihr der Engel Zacharias beschrieben habe, werde sich verwirklichen.

Sie durchlebte schwierige Monate, ehe sie in einem der Lager von Aldaya und Söhne, neben den Pavillons der ehemaligen Weltausstellung im Zitadellenpark, eine feste Anstellung fand. Das Barcelona ihrer Träume war zu einer feindlichen, finsteren Stadt mit geschlossenen Palästen und Fabriken geworden, aus denen giftiger Dunst drang. Sie lebte allein in einer Pension des Ribera-Viertels, wo ihr Lohn knapp für ein elendes, fensterloses Zimmer reichte, dessen Beleuchtung nur aus den Kerzen bestand, die sie in der Kathedrale entwendete und die ganze Nacht brennen ließ, um die Ratten fernzuhalten, welche Ohren und Finger des halbjährigen Babys der Ramoneta gefressen hatten, einer Prostituierten, die das angrenzende Zimmer gemietet hatte und nach elf Monaten Barcelona ihre einzige Freundin war.

Entschlossen zu überleben, ging sie täglich vor dem Morgengrauen ins Lager und verließ es erst wieder, wenn es längst dunkel war. Dort entdeckte zufällig Don Ricardo Aldaya sie, als sie sich um die Tochter eines der Vorarbeiter kümmerte, der vor Erschöpfung krank geworden war. Er sah, wieviel Eifer und Zärtlichkeit das Mädchen verströmte, und beschloß, sie zu sich nach Hause zu nehmen, damit sie seiner Frau beistünde, die mit seinem Erstgeborenen schwanger war. Ihre Gebete waren erhört worden. In dieser Nacht sah Jacinta Zacharias erneut im Traum. Er war nicht mehr schwarz gekleidet, sondern nackt, und seine Haut war schuppenbedeckt. Auch begleitete ihn nicht mehr seine Katze, sondern eine weiße, um den Oberkörper gerollte Schlange. Sein Haar war ihm auf die Taille hinuntergewachsen, und sein Lächeln war jetzt von dreieckigen, gezackten Zähnen geprägt, wie sie sie bei einigen Meerfischen gesehen hatte. In der Nacht, bevor sie aus der Pension im Ribera-Viertel auszog, um ins Aldaya-Haus überzusiedeln und dort ihre neue Stelle anzutreten, war ihre Freundin Ramoneta im Hauseingang erdolcht worden und ihr Baby in den Armen der Leiche erfroren.

Vier Monate später wurde Jorge Aldaya geboren, und obwohl sie ihm die ganze Liebe darbrachte, die ihm die Mutter nie geben konnte oder wollte, begriff die Kinderfrau, daß das nicht das von Zacharias versprochene Kind war. In diesen Jahren verlor sie ihre Jugend und wurde eine andere Frau, die einzig den Namen und das Gesicht von einst bewahrte. Die alte Jacinta hatte sie in der Pension des Ribera-Viertels zurückgelassen. Jetzt lebte sie im Schatten des Aldayaschen Luxus, fern der düsteren Stadt, die sie mittlerweile regelrecht haßte und in die sie sich nicht einmal mehr an ihrem einzigen freien Tag im Monat hinuntertraute. Sie lebte weiter in der Erwartung des Kindes, das ein Mädchen werden sollte und dem sie die ganze Liebe schenken wollte, mit der Gott ihr Herz gefüllt hatte.

Penélope Aldaya wurde im Frühling 1902 geboren. Damals hatte Don Ricardo Aldaya bereits das Haus in der Avenida del Tibidabo gekauft, diesen Kasten, von dem ihre Kollegen im Gesinde überzeugt waren, daß es dem Einfluß eines mächtigen Zauberers unterworfen war. Jacinta jedoch hatte keine Angst vor dem Haus, denn sie wußte, daß das, was andere für Verzauberung hielten, nichts weiter als eine Anwesenheit war, die nur sie im Traum sehen konnte: der Schatten von Zacharias, der kaum noch dem Mann glich, an den sie sich erinnerte und der ihr jetzt nur noch als aufrecht gehender Wolf erschien.

Penélope war ein anfälliges, blasses, federleichtes Mädchen. Jacinta sah sie wachsen wie eine Blume mitten im Winter. Jahrelang wachte sie Nacht für Nacht bei ihr, bereitete persönlich jede einzelne Mahlzeit für sie zu, nähte ihre Kleider, war an ihrer Seite, als sie tausendundeine Krankheiten hatte, als sie ihre ersten Worte sagte, als sie zur Frau wurde. Señora Aldaya war eine von vielen Gestalten des Bühnenbildes, eine Figur, die nach den Erfordernissen der Etikette auf- und abtrat. Vor dem Schlafengehen suchte sie ihre Tochter auf, um ihr eine gute Nacht zu wünschen und zu beteuern, sie liebe sie mehr als alles andere auf der Welt. Jacinta dagegen sagte Penélope nie, daß sie sie liebte. Sie wußte, daß, wer wirklich liebt, schweigend liebt, mit Taten und nie mit Worten. Insgeheim verachtete sie Señora Aldaya, dieses eitle, hohle Geschöpf, das in den Gängen des Hauses unter dem Gewicht der Juwelen, mit denen ihr Mann sie beschwichtigte, der seit Jahren in fremden Häfen anlegte, alt und älter wurde. Sie haßte sie, weil Gott von allen Frauen gerade sie erwählt hatte, um Penélope zu gebären, während ihr eigener Bauch, der Bauch der wahren Mutter, ödes Brachland blieb. Als wären die Worte ihres Mannes prophetisch gewesen, büßte sie mit der Zeit sogar ihre weiblichen Formen ein. Sie hatte an Gewicht verloren, und ihr Gesicht zeigte den barschen Ausdruck, den müde Haut und Knochen verleihen. Ihre Brüste waren bis auf ein Restchen Haut geschrumpft, die Hüften jungenhaft, und ihr dürres, kantiges Fleisch ließ sogar die Augen Don Ricardo Aldayas gleichgültig, der bloß einen Ansatz von Üppigkeit zu ahnen brauchte, um mit voller Kraft anzugreifen, wie alle Kammermädchen des Hauses und diejenigen befreundeter Häuser genau wußten. Besser so, sagte sich Jacinta. Sie hatte keine Zeit für Torheiten.

Ihre ganze Zeit galt Penélope. Sie las ihr vor, begleitete sie überallhin, badete sie, zog sie an und aus, kämmte sie, ging mit ihr spazieren, brachte sie zu Bett und weckte sie. Vor allem aber sprach sie mit ihr. Alle hielten sie für eine verrückte Kinderfrau, eine alte Jungfer ohne weiteres Leben als das ihrer Arbeit im Haus, aber niemand kannte die Wahrheit: Jacinta war nicht nur Penélopes Mutter, sie war auch ihre beste Freundin. Seit das Mädchen zu sprechen und Gedanken zu artikulieren begonnen hatte – sehr viel eher, als Jacinta es von irgendeinem andern Kind her in Erinnerung hatte –, teilten die beiden ihre Geheimnisse, ihre Träume, ihr Leben.

Mit der Zeit wurde die Verbindung immer fester. Als Penélope ins Jugendalter kam, waren sie schon unzertrennliche Freundinnen. Jacinta sah Penélope zu einer Frau erblühen, deren Schönheit und Leuchten nicht nur in ihren verliebten Augen offenkundig war. Penélope war Licht. Als der rätselhafte Junge namens Julián ins Haus kam, bemerkte Jacinta vom ersten Augenblick an, daß zwischen ihm und Penélope ein Strom floß. Etwas Ähnliches band sie aneinander wie sie und Penélope – und gleichzeitig etwas anderes, Intensiveres, Gefährliches. Anfänglich dachte sie, sie würde Julián Carax sicherlich hassen, doch bald stellte sie fest, daß sie ihn weder haßte noch je würde hassen können. Je stärker Penélope in Juliáns Bann geriet, desto mehr ließ auch sie sich mitreißen, und mit der Zeit wünschte sie nur noch, was auch Penélope sich wünschte. Niemand hatte es bemerkt, aber wie immer war das Maßgebliche bereits entschieden, bevor die Geschichte auch nur begonnen hatte, und da war es schon zu spät.

Es mußten noch Monate der Blicke und des vergeblichen Sehnens vergehen, ehe Julián Carax und Penélope miteinander allein sein konnten. Sie lebten vom Zufall, begegneten sich auf den Korridoren, beobachteten sich von den entgegengesetzten Tischenden aus, streiften sich schweigend, spürten sich in der Abwesenheit. Ihre ersten Worte wechselten sie in der Bibliothek des Hauses in der Avenida del Tibidabo an einem Gewitterabend, als die Villa Penélope sich mit Kerzenglanz füllte, ein paar wenige dem Halbdunkel abgerungene Sekunden, in denen Julián in den Augen des jungen Mädchens die Gewißheit zu lesen glaubte, daß beide dasselbe empfanden, daß dasselbe Geheimnis sie verzehrte. Niemand schien es zu beachten. Niemand außer Jacinta, die mit wachsender Unruhe das Blickspiel gedeihen sah, das Penélope und Julián im Schatten der Aldayas spielten. Sie fürchtete um sie.

Damals hatte Julián schon begonnen, die Nächte wachend zu verbringen und von Mitternacht bis zum frühen Morgen Erzählungen zu schreiben. Danach suchte er unter irgendeinem Vorwand das Haus in der Avenida del Tibidabo auf und wartete auf den geeigneten Moment, um sich heimlich in Jacintas Zimmer zu schleichen und ihr die Blätter zu überreichen, damit sie sie dem Mädchen gäbe. Manchmal hatte Jacinta eine Mitteilung von Penélope für ihn, und er las sie Tag um Tag immer wieder. Dieses Spiel dauerte Monate. Julián unternahm alles Menschenmögliche, damit er in Penélopes Nähe sein konnte. Jacinta half ihm dabei, um Penélope glücklich zu sehen, um dieses Licht am Leuchten zu erhalten. Julián anderseits spürte, daß die Unschuld des Zufalls aus der Anfangszeit verflog und er Boden preisgeben mußte. So begann er Don

Ricardo Aldaya über seine Pläne zu belügen, einen pappenen Enthusiasmus für eine Zukunft im Bank- und Finanzwesen vorzugaukeln, eine Zuneigung und Anhänglichkeit für Jorge Aldaya zu spielen, die er nicht empfand, nur um seine fast dauernde Anwesenheit im Haus in der Avenida del Tibidabo zu rechtfertigen. Er sagte nur noch das, von dem er wußte, daß die andern es von ihm hören wollten, las ihre Blicke und Wünsche, opferte die Aufrichtigkeit der Fahrlässigkeit, spürte, daß er stückweise seine Seele verkaufte, und fürchtete, daß, wenn er eines Tages tatsächlich um Penélopes Hand anhalten sollte, nichts mehr von dem Julián übrig wäre, der sie zum ersten Mal gesehen hatte. Manchmal erwachte er am Morgen und glühte vor Wut, begierig, der Welt seine wahren Gefühle zu offenbaren, vor Don Ricardo Aldaya hinzutreten und ihm zu sagen, er sei nicht im geringsten an seinem Geld, seinen Zukunftsarrangements und seiner Gesellschaft interessiert, er wünsche sich nur seine Tochter Penélope, um sie so weit wie möglich von dieser leeren Totenwelt, in der er sie gefangenhalte, wegzubringen. Mit dem Tageslicht schwand sein Mut.

Gelegentlich sprach sich Julián bei Jacinta aus, die den Jungen allmählich lieber hatte, als ihr recht war. Oft trennte sie sich für kurze Zeit von Penélope und suchte unter dem Vorwand, Jorge von der San-Gabriel-Schule abzuholen, Julián auf, um ihm Botschaften von Penélope zu überbringen. So lernte sie Fernando Ramos kennen, der ihr Jahre später als einziger Freund noch bleiben sollte, als sie in der vom Engel Zacharias prophezeiten Santa-Lucía-Hölle auf den Tod wartete. Manchmal nahm sie Penélope mit und verschaffte so den beiden jungen Menschen eine kurze Begegnung; dabei sah sie zwischen ihnen eine Liebe wachsen, die ihr selbst versagt geblieben war.

Damals wurde Jacinta auch auf die düstere, verwirrende Erscheinung des schweigsamen Burschen aufmerksam, der Francisco Javier hieß, der Sohn des Pförtners von San Gabriel. Sie ertappte ihn dabei, wie er sie ausspionierte, aus der Ferne ihre Bewegungen las und Penélope mit den Augen verschlang. Sie hatte ein Bild, das der offizielle Fotograf der Aldayas von Julián und Penélope im Eingang der Hutmacherei in der Ronda de San Antonio gemacht hatte. Es war ein unschuldiges, mittags in Anwesenheit von Don Ricardo und Sophie Carax aufgenommenes Bild. Jacinta hatte es immer bei sich. Als sie eines Tages am Ausgang der San-Gabriel-Schule auf Jorge wartete, vergaß sie neben dem Brunnen ihre Handtasche, und als sie sie holte, sah sie den jungen Fumero dort herumstreichen und sie nervös beobachten. An diesem Abend suchte sie das Bild, fand es nicht und hatte die Gewißheit, daß der Junge es ihr gestohlen hatte. Ein andermal, Wochen später, näherte sich ihr Francisco Javier Fumero und fragte sie, ob sie Penélope etwas von ihm zukommen lassen könne. Als sie fragte, was es sei, zog er aus der Tasche ein Tuch mit etwas, was eine Pinienholzschnitzerei zu sein schien. Jacinta erkannte in der Figur Penélope, und es schauderte sie. Bevor sie etwas sagen konnte, ging der Junge davon. Auf dem Heimweg warf Jacinta die Schnitzerei aus dem Wagenfenster, als wäre es stinkendes Aas. Mehr als einmal sollte sie frühmorgens erwachen, schweißüberströmt und von Alpträumen verfolgt, in denen sich dieser trübäugige Junge wie ein Insekt auf Penélope stürzte.

An einigen Nachmittagen, wenn sie Jorge abholen ging und er sich verspätete, unterhielt sie sich mit Julián. Auch er begann diese Frau mit dem harten Gesicht zu lieben und ihr sein Vertrauen zu schenken. Wenn sich über seinem Leben irgendein Problem oder ein Schatten zusammenbraute, waren sie und Miquel Moliner bald die ersten – und manchmal die einzigen –, die es erfuhren. Einmal erzählte ihr Julián, er habe gesehen, wie sich im Hof mit den Brunnen seine Mutter und Don Ricardo Aldaya unterhalten hätten, während sie auf das Kommen der Schüler warteten. Don Ricardo schien sich an Sophies Gesellschaft zu ergötzen, und Julián empfand einen gewissen Kummer, denn er wußte, daß der Industrielle im Ruf eines Don Juan stand, dessen Appetit auf die Wonnen der Weiblichkeit, unabhängig von Stamm oder Stand, unersättlich war; nur seine Gattin schien dagegen immun zu sein.

»Ich habe eben zu deiner Mutter gesagt, wie sehr dir deine neue Schule gefällt.«

Zum Abschied blinzelte Don Ricardo ihnen zu und ging dann laut lachend davon. Seine Mutter sagte auf dem Rückweg kein Wort, ganz offensichtlich beleidigt von den Bemerkungen, die Don Ricardo Aldaya zu ihr gemacht hatte.

Nicht nur Sophie sah argwöhnisch, wie er sich immer stärker an die Aldayas band und seine ehemaligen Freunde im Viertel und seine Familie vernachlässigte. Aber wo seine Mutter traurig schwieg, zeigte sein Vater Groll und Erbitterung. Die anfängliche Begeisterung, seine Kundschaft auf die Barceloneser Creme auszudehnen, war rasch verflogen. Er sah seinen Sohn fast nie, und bald mußte er Quimet, einen Burschen aus dem Viertel und ehemaligen Freund von Julián, als Gehilfen und Lehrling im Laden anstellen. Antoni Fortuny war ein Mann, der nur über Hüte offen sprechen konnte. Seine Gefühle schloß er monatelang tief in der Seele ein, bis sie unheilbar vergiftet waren. Mit jedem Tag war er übler gelaunt und reizbarer. Alles fand er schlecht, von den Bemühungen des armen Quimet, der sein Herzblut in das Erlernen des Berufes goß, bis zu der Neigung seiner Frau Sophie, dem Vergessen, zu dem Julián sie verdammt hatte, keine so große Bedeutung beizumessen.

»Dein Sohn hält sich für jemand Besonderes, weil ihn diese Geldsäcke wie einen Zirkusaffen halten«, sagte er düster.

Eines schönen Tages, als sich Don Ricardo Aldayas erster Besuch im Hutladen Fortuny & Söhne bald zum dritten Mal jährte, wurde der Hutmacher kurzerhand in den Büros des Aldaya-Imperiums auf dem Paseo de Gracia vorstellig und begehrte Don Ricardo zu sprechen.

»Und wen habe ich die Ehre anzukündigen?« fragte ein hochnäsiger Sekretär.

»Seinen persönlichen Hutmacher.«

Don Ricardo empfing ihn etwas überrascht, aber guter Dinge, im Glauben, Fortuny bringe ihm vielleicht eine Rechnung. Die kleinen Geschäftsleute werden das Protokoll des Geldes nie begreifen.

»Was kann ich denn für Sie tun, mein lieber Fortunato?«

Unverzüglich erklärte ihm Antoni Fortuny, Don Ricardo täusche sich sehr in Julián.

»Mein Sohn, Don Ricardo, ist nicht das, was Sie glauben. Ganz im Gegenteil, er ist ein unwissender, fauler Bursche ohne weiteres Talent als die Flausen, die ihm seine Mutter in den Kopf gesetzt hat. Er wird nie etwas erreichen, glauben Sie mir. Es fehlt ihm an Ehrgeiz und Charakter. Sie kennen ihn nicht, und er kann sehr geschickt sein, wenn es darum geht, Fremde einzuseifen, ihnen weiszumachen, daß er alles kann, aber er kann überhaupt nichts. Er ist ein Durchschnittsmensch. Ich jedoch kenne ihn besser als irgendwer und hielt es daher für nötig, Sie ins Bild zu setzen.«

Don Ricardo Aldaya hatte sich diesen Vortrag schweigend angehört und kaum dazu geblinzelt.

»Ist das alles, Fortunato?«

Der Industrielle drückte auf einen Knopf auf seinem Schreibtisch, und sogleich erschien in der Tür der Sekretär, der ihn empfangen hatte.

»Der liebe Fortunato möchte gehen, Balcells. Seien Sie so gut und begleiten Sie ihn zum Ausgang.«

Der eisige Ton des Industriellen sagte dem Hutmacher gar nicht zu.

»Mit Verlaub, Don Ricardo: Fortuny, nicht Fortunato.«

»Wie auch immer. Sie sind ein erbärmlicher Mensch, Fortuny. Ich würde es Ihnen danken, wenn Sie nicht mehr herkämen.«

Wieder auf der Straße, fühlte sich Fortuny einsamer denn je und war überzeugt, daß alle gegen ihn waren. Kurze Zeit später begann die vornehme Kundschaft, zu der ihm seine Beziehung zu Aldaya verholfen hatte, ihre Bestellungen schriftlich zu widerrufen und ihre Rechnungen zu begleichen. Nach wenigen Wochen mußte er Quimet entlassen, es gab nicht mehr genug Arbeit für beide im Laden. Aber letztlich taugte der Bursche ohnehin nichts. Er war mittelmäßig und faul, wie alle.

Nun begannen sich die Bewohner des Viertels darüber zu unterhalten, daß Señor Fortuny älter, einsamer und unfreundlicher geworden sei. Er sprach kaum noch mit jemandem und verbrachte lange Stunden allein und untätig in seinem Laden und sah mit einem Gefühl der Verachtung und gleichzeitig der Sehnsucht jenseits des Ladentisches die Menschen vorbeigehen. Dann redete er sich ein, die Mode ändere sich eben, die jungen Leute trügen keine Hüte mehr und wenn, dann lieber solche aus andern Geschäften, wo sie in festen Größen und mit aktuelleren, billigeren Dessins verkauft würden. Allmählich versank der Hutladen Fortuny & Söhne in Lethargie.

Ihr wartet auf meinen Tod, sagte er zu sich selbst. Nun, vielleicht tue ich euch den Gefallen.

Julián stürzte sich gänzlich in die Welt der Aldayas und Penélopes und die einzige Zukunft, die er sich vorstellen konnte. So verstrichen fast zwei Jahre seines Lebens im geheimen. Dunkle Schatten sprenkelten seine Umgebung, und bald verengten sie den Kreis immer mehr. Das erste Zeichen kam an einem Apriltag des Jahres 1918. Jorge Aldaya wurde achtzehn, und Don Ricardo inszenierte sich als großen Patriarchen und ließ ein riesiges Geburtstagsfest arrangieren, das sein Sohn gar nicht wollte und auf dem Don Ricardo selbst, wichtige Firmenangelegenheiten vorschützend, fehlen würde, um sich in der blauen Suite des Hotels Colón mit einer wonnigen, eben aus Sankt Petersburg gekommenen Edelkurtisane zu treffen. Das Haus in der Avenida del Tibidabo wurde für das große Ereignis in einen Zirkuspavillon verwandelt: Hunderte von Lampions, Wimpeln und in den Gärten aufgestellten Buden, um die Gäste zu bedienen.

Fast alle von Jorge Aldayas Schulkameraden waren eingeladen worden. Auf Juliáns Empfehlung hatte Jorge auch Francisco Javier Fumero miteinbezogen. Miquel Moliner machte sie darauf aufmerksam, daß sich der Pförtnersohn in dieser aufgeblasenen, pompösen Umgebung feiner Pinkel deplaziert fühlen würde. Francisco Javier bekam seine Einladung, aber da ihm dasselbe ahnte, was Miquel Moliner prophezeit hatte, wollte er das Angebot ausschlagen. Als Doña Yvonne, seine Mutter, erfuhr, daß ihr Sohn vorhatte, eine Einladung in die

Prachtvilla der Aldayas abzulehnen, hätte sie ihm beinahe die Haut über die Ohren gezogen. Was bedeutete das denn anderes, als daß sie demnächst in die Gesellschaft aufgenommen würde? Der folgende Schritt konnte nur noch eine Einladung zu Tee und Gebäck bei Señora Aldaya und andern distinguierten Damen sein. So griff sie zu den Ersparnissen, die sie seit längerem vom Lohn ihres Mannes abgezwackt hatte, und kaufte ihrem Sohn einen Matrosenanzug.

Francisco Javier war damals siebzehn, und dieser blaue Anzug mit kurzer Hose sah an ihm grotesk und entwürdigend aus. Auf Druck seiner Mutter nahm er an und schnitzte eine Woche lang an einem Brieföffner, den er Jorge zu schenken gedachte. Als er am Tag des Festes in den lächerlichen Seemannsanzug schlüpfen wollte, entdeckte Francisco Javier, daß er ihm zu klein war. Doña Yvonne beschloß, sogleich die notwendige Flickarbeit auszuführen. So kamen sie zu spät; Doña Yvonne hatte es sich nicht nehmen lassen, ihren Sohn zum Hause Aldaya zu begleiten. Sie wollte den Geruch nach Pracht aufnehmen und die Ehre atmen, ihren Sohn durch die Türen gehen zu sehen, die sich bald auch ihr öffnen würden. Inzwischen hatte Julián das Festgetümmel und die Abwesenheit Don Ricardos genutzt und sich vom Fest abgesetzt. Penélope und er hatten sich in der Bibliothek verabredet, wo keine Gefahr bestand, einem Angehörigen der oberen Zehntausend zu begegnen. Allzusehr damit beschäftigt, sich gegenseitig mit den Lippen zu verschlingen, sahen weder Julián noch Penélope das verrückte Paar, das sich dem Haus näherte. Francisco Javier, im Aufzug eines Erstkommunionsmatrosen und purpurrot vor Schmach, mußte beinahe mitgeschleift werden von Doña Yvonne, die sich für diese Gelegenheit einen Florentinerhut aufgesetzt und ein dazu passendes Faltenkleid mit Girlanden angezogen hatte, in dem sie, in den Worten Miquel Moliners, der sie schon von weitem erblickte, einem als Madame Récamier verkleideten Bison glich. Zwei Bedienstete standen am Eingang Wache. Sie schienen nicht sehr beeindruckt von den Besuchern. Doña Yvonne verkündete, ihr Sohn, Don Francisco Javier Fumero de Sotoceballos, halte seinen Einzug. Die beiden Angestellten erwiderten, der Name sage ihnen nichts. Erzürnt, aber die Haltung einer vornehmen Dame bewahrend, beschwor Doña Yvonne ihren Sohn, die Einladungskarte vorzuweisen. Leider war diese bei der Kleideränderung auf dem Nähtisch seiner Mutter liegengeblieben.

Francisco Javier versuchte diesen Umstand zu erläutern, geriet aber ins Stammeln, und das Gelächter der beiden Diener trug nichts dazu bei, das Mißverständnis zu klären. Sie wurden aufgefordert, sich schleunigst davonzumachen. Glühend vor Wut sagte Doña Yvonne, sie wüßten nicht, mit wem sie sich da einließen. Die Diener antworteten, die Stelle der Putzfrau sei bereits besetzt. Vom Fenster ihres Zimmers aus sah Jacinta, daß Francisco Javier sich entfernte, aber plötzlich stehenblieb. Er wandte sich um, und da sah er die beiden, jenseits des Schauspiels seiner aus voller Kehle auf die beiden anmaßenden Bediensteten einschreienden Mutter. Im großen Fenster der Bibliothek küßte Julián Penélope. Sie küßten sich mit der Hingabe derer, die einander gehören, fern von der Welt.

Am nächsten Tag erschien in der Mittagspause unvermutet Francisco Javier. Die Nachricht vom Skandal am Tag zuvor hatte unter den Schülern schon die Runde gemacht, aber die väterliche Jagdflinte in der Hand des Jungen erstickte jedes mögliche Gelächter im Keim. Alle zogen sich zurück – bis auf die Gruppe von Jorge Aldaya, Moliner, Fernando und Julián, die Francisco Javier verständnislos anstarrten. Wortlos legte der Junge an. Später sagten Zeugen, sein Gesicht sei nicht wütend gewesen. Er zeigte dieselbe Gleichgültigkeit, mit der er die Reinigungsarbeiten im Garten erledigte. Der erste Schuß pfiff haarscharf an Juliáns Kopf vorbei. Der zweite hätte ihm die Gurgel durchdrungen, wenn sich Miquel Moliner nicht auf den Schützen gestürzt und ihm die Flinte entrissen hätte. Julián Carax hatte die Szene verdutzt und wie benommen verfolgt. Erst später, nachdem die Guardia civil den Jungen schon mitgenommen hatte und das Pförtnerehepaar fast mit Fußtritten aus seiner Wohnung geworfen worden war, trat

Miquel Moliner zu Julián und sagte ihm, er habe ihm das Leben gerettet.

Das war für Julián und seine Kameraden das letzte Jahr an der San-Gabriel-Schule. Alle unterhielten sich bereits über ihre Pläne oder das, was ihre Familien im kommenden Jahr mit ihnen vorhatten. Jorge Aldaya wußte, daß sein Vater ihn zum Studieren nach England schicken wollte, und Miquel Moliner hielt es für ausgemacht, daß er an die Universität Barcelona gehen würde. Fernando Ramos hatte mehr als einmal erwähnt, er trete vielleicht ins Seminar des Jesuitenordens ein, eine Perspektive, die seine Lehrer in seiner besonderen Situation als die klügste betrachteten. Was Francisco Javier Fumero betraf, so wußte man nur, daß er auf Fürsprache von Don Ricardo Aldaya in eine abgelegene Besserungsanstalt im Valle de Arán eingewiesen worden war, wo ihn ein langer Winter erwartete. Als Julián all seine Kameraden auf einem vorbestimmten Weg sah, fragte er sich, was wohl aus ihm würde. Seine literarischen Träume und Ambitionen schienen ihrer Verwirklichung ferner denn je. Er sehnte sich nach nichts anderem, als mit Penélope zusammenzusein.

Während er sich Fragen zu seiner Zukunft stellte, planten andere sie für ihn. Don Ricardo bereitete in seiner Firma schon eine Stelle vor, um ihn ins Geschäft einzuführen. Der Hutmacher anderseits hatte beschlossen, wenn sein Sohn nicht im Familiengeschäft weitermachen wolle, könne er vergessen, es auf seine Kosten zu etwas zu bringen. Aus diesem Grund hatte er in aller Heimlichkeit Juliáns Eintritt in die Armee in die Wege geleitet, wo ihm einige Jahre Militärleben den Größenwahn schon austreiben würden. Als Julián endlich mitbekam, was die einen und die andern für ihn vorbereitet hatten, war es bereits zu spät. In seinen Gedanken hatte ausschließlich Penélope Platz, und die vorgegaukelte Distanz und die flüchtigen Begegnungen von einst befriedigten ihn nicht mehr. Er beharrte darauf, sie öfter zu sehen, und die Gefahr, daß seine Beziehung zu dem jungen Mädchen aufflog, wurde immer größer. Jacinta tat alles in ihrer Macht Stehende, um sie zu decken: Sie log das Blaue vom Himmel herunter, fädelte geheime Treffen ein und ersann tausend Listen, damit sie einige Augenblicke für sich allein hatten. Selbst ihr war klar, daß das nicht ausreiche, daß jede Minute des Zusammenseins Penélope und Julián stärker aneinanderband. Längst hatte Jacinta gelernt, in ihren Blicken die Herausforderung des Wunsches zu lesen: den blinden Willen, entdeckt zu werden, ihr Geheimnis zum offenen Skandal zu machen, um sich nicht mehr in Winkeln und Dachböden verstecken und im Dunkeln lieben zu müssen. Manchmal, wenn Jacinta Penélope ankleiden kam, löste sich diese in Tränen auf und gestand ihr den Wunsch, mit Julián auszureißen, den erstbesten Zug zu nehmen und an einen Ort zu fliehen, wo niemand sie kannte. Jacinta, die noch genau wußte, wie die Welt jenseits der Tore der Aldaya-Villa geartet war, erschauerte und versuchte, sie davon abzubringen. Penélope war ein fügsamer Geist, und die Angst, die sie in Jacintas Gesicht sah, genügte, um sie zu beschwichtigen. Julián dagegen machte sich seine eigenen Gedanken.

In diesem letzten Frühling auf der San-Gabriel-Schule entdeckte er beunruhigt, daß Don Ricardo Aldaya und seine Mutter Sophie sich manchmal heimlich trafen. Anfangs befürchtete er, der Industrielle betrachte Sophie als angenehme Eroberung zur Vervollständigung seiner Sammlung, aber bald sah er, daß sich die Begegnungen, die immer in Cafés im Zentrum und im Rahmen strengster Schicklichkeit stattfanden, auf die Konversation beschränkten. Als Julián Don Ricardo schließlich darauf ansprach und ihn fragte, was sich zwischen ihm und seiner Mutter abspiele, lachte der Industrielle.

»Dir entgeht wohl gar nichts, was, Julián? Ich wollte tatsächlich mit dir auf das Thema zu sprechen kommen. Deine Mutter und ich diskutieren über deine Zukunft. Vor einigen Wochen hat sie mich in Sorge aufgesucht, weil dein Vater vorhat, dich nächstes Jahr in die Armee zu schicken. Natürlich will sie das Beste für dich und ist zu mir gekommen, um zu sehen, ob wir gemeinsam etwas unternehmen können. Mach dir keine

Sorgen, ich gebe dir Ricardo Aldayas Wort, daß du kein Kanonenfutter sein wirst. Deine Mutter und ich haben Großes vor mit dir. Vertraue uns.«

Julián wollte vertrauen, doch Don Ricardo flößte alles andere als Vertrauen ein. Als er sich mit Miquel Moliner beriet, stimmte dieser ihm zu.

»Wenn du wirklich mit Penélope fliehen willst, dann steh Gott dir bei – was du brauchst, ist Geld.«

Geld hatte Julián keines.

»Das läßt sich regeln. Dafür gibt es reiche Freunde.«

So begannen Miquel und Julián die Flucht der Liebenden zu planen. Auf Moliners Anregung sollte Paris das Ziel sein. Er war der Meinung, wenn Julián sich schon anschicke, ein Bohemienkünstler und Hungerleider zu sein, wäre die Kulisse von Paris unübertrefflich. Penélope sprach ein wenig Französisch, das für Julián dank des Unterrichts seiner Mutter eine zweite Sprache war.

»Zudem ist Paris groß genug, um sich zu verirren, aber klein genug, um Chancen zu haben«, meinte Miquel.

Sein Freund häufte ein kleines Vermögen an, indem er seine jahrelangen Ersparnisse zu dem schlug, was er unter den seltsamsten Vorwänden aus seinem Vater herausholen konnte. Nur er wußte, wohin die beiden gehen würden.

»Und ich werde verstummen, sobald ihr den Zug besteigt.«

Noch am selben Nachmittag, nachdem die letzten Einzelheiten mit Miquel geklärt waren, ging Julián in die Avenida del Tibidabo, um Penélope in den Plan einzuweihen.

»Was ich dir sagen werde, darfst du keinem Menschen erzählen. Niemandem. Nicht einmal Jacinta«, begann er.

Das junge Mädchen lauschte sprachlos und verzaubert. Moliners Plan konnte nicht schiefgehen. Miquel würde die Fahrkarten unter einem falschen Namen kaufen und einen Dritten damit beauftragen, sie am Bahnschalter abzuholen. Sollte die Polizei ihn finden, so würde er ihnen als einziges die Beschreibung einer Person geben können, die Julián nicht glich. Die Flucht sollte an einem Sonntagmittag stattfinden. Julián und

Penélope würden sich im Zug treffen – es gäbe kein Warten auf dem Bahnsteig, damit niemand sie sehen konnte. Julián käme allein zur Estación de Francia, wo ihn Miquel mit den Fahrkarten und dem Geld erwartete.

Der heikelste war Penélopes Part. Sie mußte Jacinta belügen und sie bitten, mit ihr unter einem Vorwand die Elf-Uhr-Messe zu verlassen und sie nach Hause zu bringen. Unterwegs würde sie sie anflehen, Julián treffen zu dürfen, mit dem Versprechen, zurück zu sein, ehe die Familie nach Hause käme. Dann würde sie zum Bahnhof gehen. Beide wußten, daß Jacinta, wenn sie ihr die Wahrheit sagte, sie nicht würde gehen lassen. Sie liebte die beiden zu sehr.

»Ein guter Plan, Miquel«, hatte Julián gesagt, nachdem er sich die Strategie seines Freundes angehört hatte.

Miquel nickte traurig.

»Außer einer Kleinigkeit. Daß ihr vielen Leuten weh tun werdet, wenn ihr für immer geht.«

Julián hatte genickt und dabei an seine Mutter und Jacinta gedacht. Es kam ihm nicht in den Sinn, daß Miquel Moliner sich selbst meinte.

Am schwierigsten war es, Penélope von der Notwendigkeit zu überzeugen, Jacinta nichts von dem Plan zu sagen. Miquel wüßte als einziger die Wahrheit. Der Zug sollte um ein Uhr mittags fahren. Wenn Penélopes Fehlen bemerkt würde, wären sie schon jenseits der Grenze. In Paris würden sie unter falschem Namen als Mann und Frau in einer Herberge absteigen. Dann würden sie Miquel Moliner einen Brief für ihre Familien schicken, ihre Liebe gestehen und sagen, daß es ihnen gutging, daß sie sie liebhätten, würden ihre kirchliche Trauung ankündigen und sie um Verzeihung und Verständnis bitten. Miquel Moliner würde den Brief in einen andern Umschlag stecken, damit der Stempel aus Paris sie nicht verriete, und ihn dann von einer Ortschaft in der Umgebung aus abschicken.

»Wann?« fragte Penélope.

»In sechs Tagen«, antwortete Julián. »Diesen Sonntag.«

Miquel war der Ansicht, um keinen Verdacht zu erwecken,

sollte Julián in den Tagen bis zur Flucht Penélope besser nicht mehr besuchen. Sie sollten sich absprechen und dann nicht mehr treffen bis zum Rendezvous im Zug nach Paris. Sechs Tage, ohne sie zu sehen und zu berühren, das war eine Unendlichkeit für ihn. Sie besiegelten den Pakt, eine geheime Ehe, mit einem Kuß auf die Lippen. Danach führte Julián Penélope in Jacintas Zimmer im dritten Stock des Hauses, wo sich nur die Dienstbotenräume befanden. Dort, glaubte Julián, würde sie niemand entdecken.

Wie in Trance zogen sie sich aus und erkundeten ihre Körper. Penélope hatte jede Spur von Zerbrechlichkeit und Kindlichkeit verloren. Nachdem sie ihre Sehnsucht gestillt hatten, blieb Julián kaum Zeit, sich aufzurichten, als sich langsam die Tür öffnete und eine Frauengestalt auf der Schwelle erschien. Eine Sekunde lang dachte Julián, es sei Jacinta, aber sogleich wurde ihm klar, daß es Señora Aldaya war, die sie gebannt und ebenso fasziniert wie angewidert beobachtete. Endlich brachte sie stammelnd heraus: »Wo ist Jacinta?« Dann wandte sie sich ohne ein weiteres Wort ab und ging davon, während sich Penélope in stummer Verzweiflung auf dem Boden zusammenkauerte und Julián spürte, wie die Welt um ihn herum einstürzte.

»Geh jetzt, Julián. Geh, bevor mein Vater kommt.«

»Aber . . .«

»Geh.«

Er nickte. »Was auch geschehen mag, ich erwarte dich am Sonntag im Zug.«

Penélope brachte ein knappes Lächeln zustande.

»Ich werde dort sein. Und jetzt geh. Bitte . . .«

Sie war noch nackt, als er sie verließ und über die Dienstbotentreppe zu den Garagen hinunterglitt und dann in die kälteste Nacht hinaustrat, an die er sich erinnern konnte.

Die nächsten Tage waren die schlimmsten seines Lebens. Er hatte die Nacht schlaflos verbracht, in der Erwartung, jeden Augenblick kämen ihn Don Ricardos Killer holen. Aber nicht einmal der Schlaf wollte kommen. Am nächsten Tag in der San-Gabriel-Schule nahm er in Jorge Aldayas Verhalten keine Veränderung wahr. Er verging beinahe vor Angst und gestand Miquel Moliner, was geschehen war. Miquel schüttelte den Kopf.

»Du bist verrückt, Julián, aber das ist ja nichts Neues. Merkwürdig ist nur, daß es bei den Aldayas keinen Aufruhr gegeben hat. Wenn man es richtig bedenkt, ist es allerdings auch wieder nicht erstaunlich. Wenn euch, wie du sagst, Señora Aldaya entdeckt hat, dann weiß sie möglicherweise noch nicht einmal selbst, was tun. Ich habe mich in meinem Leben dreimal mit ihr unterhalten und daraus zwei Schlüsse gezogen: Erstens, daß sie geistig etwa zwölf Jahre alt ist, zweitens, daß sie an chronischem Narzißmus leidet, der es ihr unmöglich macht, irgend etwas zu sehen oder zu begreifen, was sie nicht sehen oder begreifen will, besonders wenn es sie selbst betrifft.«

»Erspar mir die Diagnose, Miquel.«

»Ich meine damit nur, daß sie wahrscheinlich noch darüber nachdenkt, was und wie, wann und wem sie es sagen soll. Zuerst muß sie ja an die Folgen für sich selbst denken – den möglichen Skandal, die Wut ihres Mannes ... Alles andere, wage ich anzunehmen, läßt sie kalt.«

»Du meinst also, sie wird nichts sagen?«

»Vielleicht erst in einem oder zwei Tagen. Aber ich glaube nicht, daß sie fähig ist, so etwas vor ihrem Mann geheimzuhalten. Was ist mit dem Fluchtplan? Gilt er noch?«

»Mehr denn je.«

»Freut mich, das zu hören. Jetzt glaube ich nämlich wirklich, daß es keine Umkehr mehr gibt.«

Diese Woche verging in tödlicher Langsamkeit. Die Ungewißheit auf den Fersen, ging Julián täglich in die San-Gabriel-Schule. Dort spielte er stundenlang den Anwesenden, doch er war kaum imstande, mit Miquel Moliner, der allmählich ebenso beunruhigt war wie er oder noch mehr, einige Blicke zu wechseln. Jorge Aldaya sagte nichts und war so höflich wie immer. Jacinta war ihn nicht mehr abholen gekommen. Dafür erschien jetzt jeden Nachmittag Don Ricardos Fahrer. Julián hatte das Gefühl, er sterbe, und wünschte sich, es möchte endlich geschehen, was geschehen mußte, dieses Warten möchte ein Ende haben. Am Donnerstagnachmittag nach dem Unterricht glaubte er langsam daran, daß das Glück auf seiner Seite stand. Señora Aldaya hatte nichts gesagt, vielleicht aus Scham, aus Dummheit oder aus irgendeinem der Gründe, die Miquel zu ahnen meinte. Das einzige, was zählte, war, daß sie das Geheimnis bis zum Sonntag für sich behielt. Zum ersten Mal seit mehreren Tagen konnte er an diesem Abend einschlafen.

Als er am Freitagmorgen zum Unterricht kam, erwartete ihn am Eingangstor Pater Romanones.

»Ich habe mit dir zu reden, Julián.«

»Wie Sie wünschen, Pater.«

»Ich habe immer gewußt, daß dieser Tag kommen würde, und ich muß dir gestehen, daß ich mich freue, daß ich es bin, der dir die Nachricht überbringt.«

»Welche Nachricht denn, Pater?«

Julián Carax war nicht mehr Schüler der San-Gabriel-Schule. Seine Anwesenheit auf dem Areal, in den Klassenzimmern und selbst in den Gärten war ihm strikt untersagt. Seine Gerätschaften, Schulbücher und sämtlichen andern Habseligkeiten gingen in den Besitz der Schule über.

»Der Terminus technicus lautet blitzartige Relegation«, sagte Pater Romanones zusammenfassend.

»Darf ich den Grund erfahren?«

»Es kommen mir ein Dutzend Gründe in den Sinn, aber ich bin sicher, du wirst den passendsten aussuchen. Guten Tag, Carax. Viel Glück im Leben. Du wirst es brauchen.«

In dreißig Meter Entfernung, im Hof mit den Brunnen, beobachtete ihn eine Gruppe Schüler. Einige lachten und winkten auf Wiedersehen. Andere schauten ihn erstaunt und mitleidig an. Nur einer lächelte traurig: sein Freund Miquel Moliner, der bloß nickte und unhörbar einige Worte murmelte, die Julián in der Luft zu lesen meinte: »Bis Sonntag.«

Auf dem Heimweg in die Ronda de San Antonio sah Julián

Don Ricardo Aldayas Mercedes vor dem Hutladen parken. Er blieb an der Ecke stehen und wartete. Kurz danach trat Don Ricardo aus dem Laden seines Vaters und stieg in den Wagen. Julián versteckte sich in einem Eingang, bis der Mercedes Richtung Plaza de la Universidad verschwunden war. Erst jetzt stürmte er die Treppe zu seiner Wohnung hinauf. Dort erwartete ihn weinend seine Mutter Sophie.

»Was hast du getan, Julián?« flüsterte sie ohne Zorn.

»Verzeihen Sie, Mutter...«

Sophie umarmte ihn fest. Sie hatte abgenommen und war gealtert, als hätten ihr alle gemeinsam das Leben und die Jugend gestohlen.

»Hör mir gut zu, Julián. Dein Vater und Don Ricardo Aldaya haben alles eingefädelt, um dich in ein paar Tagen in die Armee zu schicken. Aldaya hat Beziehungen...Du mußt gehen, Julián. Du mußt irgendwohin, wo dich keiner der beiden finden kann...«

Julián glaubte im Blick seiner Mutter einen Schatten zu sehen, der sie innerlich aufzehrte.

»Ist noch was, Mutter? Etwas, was Sie mir nicht gesagt haben?«

Sophie schaute ihn mit zitternden Lippen an.

»Du mußt gehen. Wir müssen beide für immer von hier weg.«

Julián umarmte sie kräftig und flüsterte ihr ins Ohr:

»Machen Sie sich meinetwegen keine Sorgen, Mutter. Machen Sie sich keine Sorgen.«

Den Samstag verbrachte er zurückgezogen in seinem Zimmer zwischen seinen Büchern und den Zeichenheften. Der Hutmacher war noch im Morgengrauen in den Laden hinuntergegangen und kam erst nach Mitternacht wieder herauf. Er hat nicht einmal die Stirn, es mir ins Gesicht zu sagen, dachte Julián. An diesem Abend verabschiedete er sich mit Tränen in den Augen von den Jahren, die er in diesem düsteren, kalten Zimmer verbracht hatte, in Träumen verloren, von denen er jetzt wußte, daß sie sich nie erfüllen würden. Mit nur einer

Tasche und ein wenig Wäsche und einigen Büchern versehen, küßte er am frühen Sonntagmorgen seine Mutter, die im Eßzimmer unter einigen Decken zusammengekauert schlief, auf die Stirn und ging. Über den Straßen lag bläulicher Dunst, und auf den Dächern der Altstadt zeigten sich Kupferfunken. Er schritt langsam, verabschiedete sich von jedem Eingang, von jeder Straßenecke und fragte sich dabei, ob es wohl stimmte, daß die Zeit schwindelte und er eines Tages fähig wäre, sich nur an das Gute zu erinnern und die Einsamkeit zu vergessen, die ihn in diesen Straßen so oft verfolgt hatte.

Die Estación de Francia war menschenleer; die Bahnsteige glänzten im Morgenlicht und verloren sich dann im Nebel. Julián setzte sich auf eine Bank unter dem Gewölbe und zog ein Buch hervor. Schon bald ließ er die Stunden verstreichen und wechselte Haut und Namen, bis er sich als ein anderer fühlte. Er ließ sich von den Träumen schattenhafter Figuren mitreißen und dachte, es bleibe ihm keine weitere Zuflucht außer dieser. Mittlerweile war ihm klar, daß Penélope nicht käme, daß er den Zug einzig in Begleitung seiner Erinnerung besteigen würde. Als pünktlich am Mittag Miquel Moliner im Bahnhof auftauchte und ihm seine Fahrkarte und das ganze Geld gab, das er hatte auftreiben können, umarmten sich die beiden Freunde schweigend. Julián hatte Miquel Moliner noch nie weinen sehen. Die Uhr zählte die entfliehenden Minuten und bedrängte sie.

»Es ist noch Zeit«, murmelte Miquel und beobachtete den Eingang.

Um ein Uhr fünf rief der Bahnhofsvorsteher zum letzten Mal die Fahrgäste nach Paris auf. Der Zug begann schon den Bahnsteig entlangzugleiten, als sich Julián seinem Freund zuwandte, um sich zu verabschieden. Miquel Moliner schaute ihn von draußen an, die Hände in den Taschen vergraben.

»Schreib«, sagte er.

»Sobald ich dort bin, schreibe ich dir.«

»Nein, nicht mir. Schreibe Bücher, nicht Briefe. Schreib sie für mich, für Penélope.«

Julián nickte und merkte erst jetzt, wie sehr er seinen Freund vermissen würde.

»Und bewahr dir deine Träume«, sagte Miquel. »Du kannst nie wissen, wann du sie brauchst.«

»Immer«, murmelte Julián, doch das Fauchen des Zuges hatte ihnen die Worte schon genommen.

»Penélope erzählte mir«, fuhr Jacinta fort, »was an dem Abend geschah, an dem Señora Aldaya die beiden in meinem Zimmer ertappt hatte. Am nächsten Tag bestellte mich die Señora zu sich und fragte mich, was ich von Julián wisse. Ich sagte, nichts, er sei ein guter Junge, ein Freund von Jorge... Ich mußte Penélope in ihrem Zimmer einschließen, bis sie ihr erlauben würde, es zu verlassen. Don Ricardo war nach Madrid gefahren und sollte erst am Freitag zurückkommen. Kaum war er da, erzählte ihm die Señora, was vorgefallen war. Ich war dabei. Don Ricardo schoß von seinem Sessel auf und verpaßte der Señora eine Ohrfeige, die sie zu Boden warf. Dann schrie er wie ein Wahnsinniger, sie solle wiederholen, was sie gesagt hatte. Die Señora war vollkommen verschüchtert. Noch nie hatten wir den Señor so gesehen. Nie. Es war, als wäre er von allen Teufeln besessen. Puterrot vor Zorn ging er in Penélopes Zimmer hinauf und zerrte sie an den Haaren aus dem Bett. Ich wollte ihn zurückhalten, doch er stieß mich mit Fußtritten weg. Noch in derselben Nacht ließ er den Familienarzt kommen, damit er sie untersuchte. Als der Arzt fertig war, sprach er mit dem Señor. Penélope wurde in ihrem Zimmer eingeschlossen, und die Señora sagte, ich solle mein Bündel schnüren.

Man ließ mich nicht zu Penélope, nicht einmal, um mich von ihr zu verabschieden. Don Ricardo drohte, mich bei der Polizei anzuzeigen, sollte ich jemandem etwas von dem Vorgefallenen erzählen. Noch in der Nacht wurde ich hinausgeworfen, ohne daß ich wußte, wohin ich gehen sollte, nach achtzehn Jahren ununterbrochenen Dienstes im Haus. Zwei Tage später kam mich in einer Pension in der Calle Muntaner Miquel Moliner besuchen und sagte, Julián sei nach Paris gefahren. Ich sollte ihm erzählen, was mit Penélope geschehen war, und herausfinden, warum sie nicht zum Bahnhof gekommen sei. Wochenlang ging ich immer wieder zu dem Haus und bat, Penélope besuchen zu dürfen, doch man ließ mich nicht einmal zum Tor hinein. Manchmal stellte ich mich ganze Tage an die Ecke gegenüber, in der Hoffnung, sie herauskommen zu sehen. Ich habe sie nie gesehen. Sie ging nicht aus dem Haus. Später rief Señor Aldaya die Polizei, und mit Hilfe seiner Freunde im Rathaus ließ er mich ins Irrenhaus Horta einweisen, indem er anführte, niemand kenne mich und ich sei eine Verrückte, die seiner Familie nachstelle. Zwei Jahre war ich wie ein Tier dort eingesperrt. Als ich herauskam, ging ich als erstes zum Haus in der Avenida del Tibidabo, um Penélope zu sehen.«

»Und, haben Sie sie gesehen?« fragte Fermín.

»Das Haus war verriegelt und zum Verkauf ausgeschrieben. Es lebte keiner mehr dort. Man sagte mir, die Aldayas seien nach Argentinien ausgewandert. Ich habe an die mir angegebene Adresse geschrieben, aber die Briefe sind ungeöffnet zurückgekommen ...«

»Was ist aus Penélope geworden? Wissen Sie das?«

Jacinta schüttelte den Kopf und sank in den Stuhl zurück.

»Ich habe sie nie wiedergesehen.«

Sie wimmerte und heulte Rotz und Wasser. Fermín nahm sie in die Arme und wiegte sie. Jacinta Coronados Körper war auf die Größe eines kleinen Mädchens geschrumpft, so daß Fermín neben ihr als Riese erschien. Tausend Fragen brodelten in meinem Kopf, aber mein Freund bedeutete mir unmißverständlich, das Gespräch sei zu Ende. Ich sah, wie er das schmutzige, kalte Loch betrachtete, in dem Jacinta Coronado ihre letzten Stunden verlebte.

»Los, Daniel. Wir brechen auf. Gehen Sie schon mal vor.«

Während ich mich entfernte, wandte ich mich einen Augenblick um und sah, daß Fermín vor der Greisin niederkniete und sie auf die Stirn küßte. Sie lächelte zahnlos.

»Sagen Sie, Jacinta«, hörte ich ihn sagen, »Sie mögen doch Lutschbonbons, nicht wahr?«

Auf unserem Irrweg zum Ausgang begegneten wir dem echten Vertreter des Bestattungsamtes und zwei affenhaft aussehenden Gehilfen, die mit einem Pinienholzsarg, Schnur und mehreren alten Laken zweifelhafter Anwendung daherkamen. Die drei verströmten einen unseligen Geruch nach Formol und billigstem Kölnisch Wasser, hatten eine durchscheinende Hautfarbe und zeigten ein lendenlahmes Lächeln. Fermín deutete bloß auf die Zelle, wo der Verstorbene harrte, und segnete das Trio, das mit zustimmendem Nicken antwortete und sich respektvoll bekreuzigte.

»Gehet hin in Frieden«, murmelte Fermín und zog mich zum Ausgang, wo uns eine Nonne mit einer Ölfunzel und vorwurfsvollem Leichenblick verabschiedete.

Als wir draußen waren, erschien mir der triste Hohlweg aus Stein und Schatten, der die Calle Montcada war, geradezu als Tal des Glanzes und der Hoffnung. Fermín neben mir atmete tief und erleichtert auf. Die Geschichte, die uns Jacinta erzählt hatte, lastete in unserem Bewußtsein schwerer, als wir uns eingestehen mochten.

»Hören Sie, Daniel, wie wäre es, wenn wir uns im Xampanyet da vorn einige Schinkenkroketten und ein paar Gläschen Sekt zu Gemüte führten?«

»Da hätte ich ehrlich nichts dagegen.«

»Sind Sie denn heute nicht mit Ihrem Mädchen verabredet?«

»Morgen.«

»Ah, Sie Schelm. Sie lassen sich bitten, was? Wie lernfähig wir doch sind ...«

Wir hatten noch keine zehn Schritte in Richtung der lauten Schenke ein paar Häuser weiter unten getan, als sich drei geisterhafte Gestalten aus dem Schatten lösten und auf uns zukamen. Zwei von ihnen postierten sich hinter uns, so nahe, daß ich ihren Atem im Nacken spüren konnte. Der dritte, kleiner, aber unendlich viel unheimlicher, verstellte uns den Weg. Er trug den gleichen Mantel, und sein öliges Grinsen schien ihm vor Vergnügen aus den Mundwinkeln zu quellen.

»Na, da schau her, wen haben wir denn da? Das ist doch mein alter Freund, der Mann mit den tausend Gesichtern«, sagte Inspektor Fumero.

Angesichts dieser Erscheinung gerann Fermíns Geschwätzigkeit zu einem erstickten Ächzen. Inzwischen hatten uns die beiden Kerle schon am Nacken und am rechten Handgelenk gepackt, um uns jederzeit beim geringsten Anzeichen einer Bewegung den Arm umdrehen zu können.

»Deinem überraschten Gesicht sehe ich an, daß du gedacht hast, ich hätte deine Spur längst verloren, was? Du hast doch wohl nicht angenommen, ein Stück dürre Scheiße wie du kommt so mir nichts, dir nichts aus der Gosse raus und kann als ehrbarer Bürger auftreten, oder? Du bist zwar verrückt, aber so sehr auch wieder nicht. Außerdem höre ich, daß du deine Nase, die in deinem Fall aus vielen Nasen besteht, in einen Haufen Dinge steckst, die dich einen feuchten Staub angehen. Schlechtes Zeichen . . . Was hast du da mit den Nönnchen für eine Mauschelei? Vernaschst du etwa eine von ihnen? Was nehmen die denn heute so?«

»Ich respektiere fremde Hintern, Herr Inspektor, vor allem, wenn sie in Klausur leben. Wenn Sie sich befleißigten, dasselbe zu tun, könnten Sie vielleicht eine Stange Geld für Penicillin sparen und hätten zudem einen besseren Stuhlgang.«

Fumero grinste wütend.

»So gefällt's mir. Schneidig wie ein Kastriermesser. Ich sag's ja. Wenn alle Gauner wären wie du, dann wäre meine Arbeit ein wahres Fest. Sag mal, wie nennst du dich denn jetzt, du kleiner Scheißer? Gary Cooper? Na los, erzähl mir, wozu du deinen Zinken ins Altenheim Santa Lucía steckst, und dann lass ich dich vielleicht mit ein paar blauen Flecken wieder laufen. Komm, schieß los. Was hat euch hergeführt?«

»Eine Privatangelegenheit. Wir haben eine Angehörige besucht.«

»Ja, deine verdammte Mutter. Paß auf, heute bin ich gut aufgelegt, sonst würd ich dich jetzt aufs Revier mitnehmen und noch mal mit dem Lötkolben behandeln. Na komm, sei ein guter Junge und erzähl dem lieben Inspektor Fumero ehrlich, was ihr verdammt noch mal hier treibt, du und dein Freund. Sei ein bißchen hilfsbereit, zum Teufel, so ersparst du's mir, diesem verwöhnten Bürschchen da, das du dir als Mäzen angelacht hast, ein neues Gesicht zu verpassen.«

»Wenn Sie ihm auch nur ein Härchen krümmen, dann schwör ich Ihnen, daß . . .«

»Du jagst mir ja richtig Angst ein, ehrlich. Da hab ich mir doch glatt in die Hosen gemacht.«

Fermín schluckte und schien allen Mut zusammenzukratzen, der ihm noch nicht aus den Poren geströmt war.

»Etwa in das Matrosenhöschen, das Ihnen Ihre ehrwürdige Frau Mutter angezogen hat, die illustre Putze? Wäre zu schade, wo man mir doch erzählt, daß Ihnen das hübsche Modell so fabelhaft gestanden hat.«

Inspektor Fumero wurde blaß, und sein Blick verlor jeden Ausdruck.

»Was hast du da gesagt, du Schwein?«

»Ich habe gesagt, daß Sie offensichtlich den Geschmack und die Grazie von Doña Yvonne Sotoceballos geerbt haben, Dame der feinen Gesellschaft . . .«

Der erste Faustschlag genügte, um den schmächtigen Fermín zu Boden zu werfen. Er lag noch zusammengestaucht in der Pfütze, als Fumero ihm Fußtritte in Magen, Nieren und Gesicht zu verpassen begann. Vom fünften an zählte ich nicht mehr weiter. Fermín ging die Luft aus, und einen Augenblick später konnte er keinen Finger mehr rühren, um sich vor den Schlägen zu schützen. Die beiden Polizisten hielten mich mit eiserner Hand fest und lachten aus Höflichkeit oder Verpflichtung.

»Halt du dich da raus«, flüsterte mir der eine zu. »Ich habe keine Lust, dir den Arm zu brechen.«

Ich versuchte mich vergeblich aus ihrem Griff zu lösen, und

bei diesem Gerangel erhaschte ich einen Blick auf sein Gesicht. Ich erkannte ihn sogleich. Es war der Mann mit dem Mantel und der Zeitung aus der Kneipe an der Plaza de Sarriá vor einigen Tagen, derselbe, der uns im Bus gefolgt war und über Fermíns Witze gelacht hatte.

»Weißt du, was mir in der Welt am meisten auf den Keks geht, sind Leute, die in der Scheiße und der Vergangenheit rumwühlen«, rief Fumero und ging um Fermín herum. »Was vergangen ist, ist vergangen, verstehst du? Und das gilt für dich genauso wie für diesen Dämlack da, deinen Freund. Und du, Junge, paß gut auf und lerne – du bist als nächster dran.«

Ich schaute zu, wie Inspektor Fumero unter dem Licht einer Straßenlampe Fermín mit Fußtritten fertigmachte. Die ganze Zeit über brachte ich den Mund nicht auf. Ich erinnere mich an das dumpfe Geräusch, mit dem die Schläge erbarmungslos auf meinen Freund prasselten. Sie tun mir noch heute weh. Ich konnte nicht anders, als mich, zitternd und feige Tränen vergießend, in den willkommenen Griff der Polizisten zu flüchten.

Als Fumero es satt hatte, ein totes Gewicht zu malträtieren, knöpfte er den Mantel auf, öffnete den Hosenschlitz und urinierte auf Fermín. Mein Freund rührte sich nicht; er war bloß noch ein Bündel alter Kleider in einer Lache. Während Fumero seinen satten, dampfenden Strahl auf ihn abgab, brachte ich noch immer kein Wort heraus. Als er fertig war, knöpfte er den Hosenstall wieder zu und trat keuchend und schwitzend zu mir. Einer der Polizisten reichte ihm ein Taschentuch, mit dem er sich Gesicht und Hals trocknete. Er näherte sich mir bis auf wenige Zentimeter und starrte mich an.

»Du warst diese Tracht Prügel nicht wert, mein Junge. Das ist das Problem deines Freundes – immer steht er auf der falschen Seite. Nächstes Mal mach ich ihn ganz fertig, so wie noch nie, und ich bin sicher, die Schuld daran wirst du tragen.«

Ich dachte, nun würde er mich ohrfeigen. Aus irgendeinem Grund freute ich mich darüber, vielleicht weil mich die Schläge von der Schande kurieren würden, keinen Finger gerührt zu haben, um Fermín zu helfen.

Aber es fiel kein einziger Schlag. Nur der Peitschenhieb dieser Augen voller Verachtung. Fumero tätschelte mir bloß die Backe.

»Nur ruhig, Kleiner. Ich mache mir die Hände nicht an Memmen schmutzig.«

Die beiden Polizisten lachten liebedienerisch, jetzt entspannter, als sie sahen, daß die Vorstellung zu Ende war. Sie hatten sichtlich den Wunsch, von der Bildfläche zu verschwinden, und gingen im Schatten davon. Als ich Fermín endlich zu Hilfe kommen konnte, kämpfte er vergeblich, um sich aufzurichten und die Zähne zu finden, die er in der Kloake verloren hatte. Er blutete aus Mund, Nase, Ohren und Augen. Als er sah, daß ich wohlauf war, versuchte er zu lächeln, und ich dachte, er würde auf der Stelle den Geist aufgeben. Ich kniete neben ihm nieder und nahm ihn in die Arme. Als erstes ging mir durch den Kopf, daß er leichter war als Bea.

»Fermín, um Gottes willen, Sie müssen auf der Stelle ins Krankenhaus.«

Energisch winkte er ab.

»Bringen Sie mich zu ihr.«

»Zu wem, Fermín?«

»Zur Bernarda. Wenn ich schon abkratzen muß, dann wenigstens in ihren Armen.«

18

Zwei Gäste des Xampanyet, die die Prügelei vom Eingang aus verfolgt hatten, boten mir ihre Hilfe an, um Fermín zu einem Taxistand in der Calle Princesa zu bringen, während ein Kellner die von mir angegebene Nummer anrief und unser Kommen ankündigte. Die Taxifahrt zur Plaza Real, von der ich mir Jahre zuvor geschworen hatte, daß ich sie nie wieder betreten würde, kam mir endlos vor. Noch bevor sich der Wagen in Bewegung setzte, hatte Fermín das Bewußtsein verloren. Ich hielt ihn in den Armen und drückte ihn an die Brust, damit ihm

313

warm würde. Ich spürte, wie sein lauwarmes Blut meine Kleider näßte, und flüsterte ihm ins Ohr, wir seien bald da, es sei nicht weiter schlimm. Im Rückspiegel warf mir der Fahrer mißtrauische Blicke zu.

»Hören Sie, ich will keine Scherereien, ja? Wenn der stirbt, dann steigen Sie aus.«

»Geben Sie Gas, und halten Sie den Mund.«

In der Calle Fernando warteten Gustavo Barceló und die Bernarda schon mit Dr. Soldevila vor der Haustür. Als sie uns so voller Blut und Schmutz erblickte, schrie die Bernarda laut auf. Der Arzt maß Fermín rasch den Puls und versicherte, er sei noch am Leben. Zu viert trugen wir ihn die Treppe hinauf und ins Zimmer der Bernarda, wo eine Krankenschwester, die mit dem Arzt gekommen war, schon alles vorbereitete. Als Fermín auf dem Bett lag, begann sie ihn auszuziehen. Dr. Soldevila schickte uns alle aus dem Zimmer, damit sie arbeiten könnten. Mit einem kurzen »Er wird überleben« schloß er vor unserer Nase die Tür.

Auf dem Flur weinte die Bernarda untröstlich und wimmerte, wenn sie einmal einen guten Mann treffe, komme Gott und entreiße ihn ihr mit Gewalt. Don Gustavo Barceló nahm sie in die Arme und brachte sie in die Küche, wo er ihr Brandy einflößte, bis sie sich kaum noch auf den Beinen halten konnte. Als ihre Worte unverständlich wurden, schenkte sich der Buchhändler selbst ein Glas ein und leerte es in einem Zug.

»Tut mir leid. Ich wußte nicht, wohin . . .«, hob ich an.

»Keine Sorge. Du hast das Richtige getan. Soldevila ist der beste Traumatologe von Barcelona.«

»Danke«, murmelte ich.

Barceló seufzte und schenkte mir ein ordentliches Glas Brandy ein. Ich lehnte das Angebot ab, das in den Händen der Bernarda landete und im Nu zwischen ihren Lippen verschwand.

»Tu mir den Gefallen, nimm eine Dusche und zieh saubere Kleider an«, sagte Barceló. »Wenn du in diesem Aufzug nach Hause kommst, wird der Schreck deinen Vater umbringen.«

»Nicht nötig . . . Ich bin schon in Ordnung.«

»Dann hör auf zu zittern. Na los, geh, du kannst mein Bad benutzen, es hat einen Boiler. Du kennst ja den Weg. Unterdessen ruf ich deinen Vater an und sage ihm, du . . ., nun, ich weiß auch nicht, was ich ihm sagen werde. Irgend etwas wird mir schon einfallen.«

Ich nickte.

»Du bist hier nach wie vor zu Hause, Daniel«, sagte er, als ich durch den Korridor davonging. »Du bist vermißt worden.«

Zwar fand ich Gustavo Barcelós Bad, nicht aber den Lichtschalter. Genaugenommen, dachte ich, dusche ich mich lieber im Halbdunkeln. Ich zog die verschmutzten Kleider aus und stieg in Gustavo Barcelós kaiserliche Wanne. Dunkelheit sikkerte perlfarben durchs Fenster herein, das auf den Innenhof des Hauses führte, so daß die Konturen des Raums und die aufeinander abgestimmten glasierten Fliesen von Boden und Wänden gerade eben angedeutet wurden. Das Wasser strömte fast siedendheiß und mit einem Druck heraus, der mir, verglichen mit unserem bescheidenen Bad in der Calle Santa Ana, äußerst luxuriös vorkam. Mehrere Minuten blieb ich reglos unter dem dampfenden Strahl der Dusche stehen.

Der Widerhall der Schläge, die auf Fermín landeten, hämmerte mir weiter in den Ohren. Ich brachte Fumeros Worte nicht aus dem Kopf und auch nicht das Gesicht des Polizisten, der mich festgehalten hatte, wahrscheinlich, um mich zu beschützen. Kurz darauf spürte ich, daß das Wasser kühler wurde, der Vorrat im Boiler schien zu Ende zu gehen. Ich kostete den letzten lauwarmen Tropfen aus und drehte den Hahn zu. Durch Dunst und Duschvorhang hindurch erkannte ich eine reglose Gestalt. Ihr leerer Blick leuchtete wie der einer Katze.

»Du kannst ohne Angst herauskommen, Daniel. Trotz all meiner Bosheiten kann ich dich noch immer nicht sehen.«

»Hallo, Clara.«

Sie reichte mir ein Badetuch. Verschämt hüllte ich mich ein; sogar im dunstigen Halbdunkel konnte ich Clara lächeln sehen, da sie meine Bewegungen erriet.

»Ich habe dich nicht hereinkommen hören.«

»Ich habe auch nicht angeklopft. Warum duschst du denn im Dunkeln?«

»Woher weißt du, daß das Licht nicht brennt?«

»Kein Summen von der Glühbirne. Du bist dich nie verabschieden gekommen.«

Doch, ich bin gekommen, dachte ich, aber du warst zu beschäftigt. Ich behielt die Worte für mich – Groll und Bitterkeit lagen schon weit zurück und waren auf einmal lächerlich.

»Ich weiß. Entschuldige.«

Ich stieg aus der Wanne und trat auf den Plüschteppich. Die Aureole des Dampfes glühte in silbernen Fäserchen, die schwache Helligkeit des Oberlichts war ein weißer Schleier auf Claras Gesicht. Sie sah kein bißchen anders aus als ihr Bild in meiner Erinnerung. Die vier Jahre, in denen ich sie nicht gesehen hatte, hatten mir fast nichts genützt.

»Deine Stimme hat sich verändert«, sagte sie. »Hast auch du dich verändert, Daniel?«

»Ich bin noch genauso dumm wie früher, wenn es das ist, was du wissen möchtest.«

Und dazu feiger, fügte ich für mich hinzu. Sie hatte noch immer dasselbe gebrochene Lächeln, das sogar im Halbdunkeln schmerzte. Sie streckte mir die Hand entgegen, und wie vor acht Jahren in der Bibliothek des Athenäums begriff ich sogleich. Ich führte ihre Finger an mein feuchtes Gesicht und spürte, wie sie mich wiederentdeckten, während Claras Lippen stille Worte zeichneten.

»Ich wollte dir nie weh tun, Daniel. Verzeih mir.«

Ich ergriff ihre Hand und küßte sie.

»Verzeihe du mir.«

Jeder Ansatz zum Melodrama zersplitterte, als die Bernarda, sichtlich betrunken, zur Tür hereinschaute und mich nackt erblickte, Claras Hand an den Lippen und ohne Licht.

»Um Gottes willen, Señorito Daniel, was für eine Schamlosigkeit. Jesus, Maria und Josef. Manche Leute werden nie durch Schaden klug.«

Erschrocken trat sie den Rückzug an, und ich baute darauf, daß die Erinnerung an das Gesehene wie ein Traum aus ihrem Geist verschwände, sobald die Wirkung des Brandys nachließe. Clara trat ein paar Schritte zurück und reichte mir die Kleider, die sie unter den linken Arm geklemmt hatte.

»Mein Onkel hat mir diesen Anzug für dich gegeben. Er hat ihn als junger Mann getragen und sagt, du seist mächtig gewachsen, er werde dir jetzt passen. Ich lasse dich allein, damit du dich anziehen kannst. Ich hätte nicht hereinkommen sollen, ohne anzuklopfen.«

Ich nahm die Kleider entgegen und schlüpfte in die lauwarme, parfümierte Unterwäsche, das rosa Baumwollhemd, die Strümpfe, die Weste, die Hose und das Jackett. Der Spiegel zeigte einen Hausierer, dem nur das Lächeln fehlte. Als ich in die Küche zurückging, war Dr. Soldevila eben einen Augenblick aus dem Zimmer gekommen, wo er Fermín behandelte, um die Anwesenden über dessen Zustand zu informieren.

»Für den Moment ist das Schlimmste vorüber«, sagte er. »Es besteht kein Grund zur Beunruhigung. Solche Dinge wirken immer ernster, als sie wirklich sind. Ihr Freund hat sich den linken Arm und zwei Rippen gebrochen, er hat drei Zähne verloren und hat viele Quetschungen, Schnitte und Prellungen, aber zum Glück gibt es keine innere Blutung oder Symptome einer Gehirnverletzung. Die zusammengefalteten Zeitungen, die er gegen die Kälte und, wie er sagt, um sich etwas Korpulenz zu geben, unter den Kleidern trug, haben ihm die Schläge abgeschwächt. Vor kurzem hat er für ein paar Minuten das Bewußtsein wiedererlangt und mich gebeten, Ihnen zu sagen, daß er sich wie ein Zwanzigjähriger fühlt, daß er ein Sandwich mit Blutwurst und jungem Knoblauch, ein Schokoladenplätzchen und ein paar Zitronenbonbons möchte. Dagegen spricht grundsätzlich nichts, aber ich glaube, im Moment fangen wir besser mit einigen Fruchtsäften, Joghurt und vielleicht etwas gekochtem Reis an. Außerdem hat er mich gebeten, Ihnen zur Bestätigung seiner Kraft und Geistesgegenwart auszurichten, als Schwester Amparito ihm eine

Wunde am Bein genäht habe, habe er eine Erektion wie einen Eiszapfen bekommen.«

»Er ist halt ein sehr männlicher Mann«, sagte die Bernarda entschuldigend.

»Wann können wir ihn sehen?« fragte ich.

»Jetzt besser nicht. Vielleicht morgen früh. Etwas Ruhe wird ihm guttun, und gleich morgen möchte ich ihn ins Hospital del Mar bringen, um ein Enzephalogramm zu machen, damit wir ruhig sind, aber ich glaube, wir können sicher sein, daß Señor Romero de Torres in ein paar Tagen wieder wie neugeboren ist. Nach den Malen und Narben zu schließen, die er am ganzen Körper hat, hat dieser Mann schon schlimmere Gefahren überstanden und ist ein regelrechtes Stehaufmännchen. Wenn Sie eine Kopie des Gutachtens brauchen, um auf dem Revier Anzeige zu erstatten ...«

»Das wird nicht nötig sein«, unterbrach ich ihn.

»Junger Mann, ich mache Sie darauf aufmerksam, daß das sehr schlimm hätte enden können. Man muß unverzüglich die Polizei benachrichtigen.«

Barceló beobachtete mich aufmerksam. Ich erwiderte seinen Blick, und er nickte.

»Für solche Formalitäten ist noch Zeit, Doktor, machen Sie sich keine Sorgen«, sagte Barceló. »Wichtig ist jetzt, sicher zu sein, daß es dem Patienten gutgeht. Gleich morgen früh werde ich selbst die entsprechende Anzeige erstatten. Auch die Behörden haben Anrecht auf etwas Frieden und Nachtruhe.«

Ganz offensichtlich war der Arzt nicht mit meinem Vorschlag einverstanden, den Zwischenfall vor der Polizei geheimzuhalten, aber als er sah, daß Barceló die Verantwortung übernahm, zuckte er die Schultern und ging ins Zimmer zurück, um mit der Behandlung fortzufahren. Sowie er verschwunden war, bedeutete mir Barceló, ihm in sein Arbeitszimmer zu folgen. Den Brandy im Kopf und den Schrecken in den Knochen, seufzte die Bernarda auf ihrem Hocker.

»Bernarda, vertreiben Sie sich die Zeit. Machen Sie ein wenig Kaffee, sehr stark.«

»Jawohl, Señor. Sofort.«

Ich folgte Barceló in sein Arbeitszimmer, eine Höhle, die sich in Pfeifentabakschwaden zwischen Säulen von Büchern und Papieren abzeichnete. In unrhythmischen Wellen erreichten uns die Klänge von Claras Flügel. Maestro Neris Stunden hatten offenbar nicht viel gebracht, wenigstens nicht auf musikalischem Gebiet. Der Buchhändler wies mir einen Stuhl an und begann seine Pfeife zu stopfen.

»Ich habe deinen Vater angerufen und ihm gesagt, daß Fermín einen kleinen Unfall hatte und du ihn hierhergebracht hättest.«

»Hat er es Ihnen abgenommen?«

»Ich glaube nicht.«

»Hm.«

Der Buchhändler zündete seine Pfeife an und lehnte sich im Schreibtischsessel zurück, zufrieden mit seiner mephistophelischen Erscheinung. Am andern Ende der Wohnung beleidigte Clara Debussy. Barceló rollte die Augen.

»Was ist eigentlich aus dem Musiklehrer geworden?« fragte ich.

»Ich hab ihn geschaßt. Mißbrauch der Lehrstelle.«

»Hm.«

»Hat man dich tatsächlich nicht ebenfalls vermöbelt? Du bist ziemlich einsilbig. Als Junge warst du gesprächiger.«

Die Tür ging auf, und herein kam die Bernarda mit zwei dampfenden Tassen und einer Zuckerdose auf einem Tablett. Angesichts ihres Gangs befürchtete ich, in einen Regen kochendheißen Kaffees zu geraten.

»Mit Verlaub. Trinkt ihn der Señor mit einem Schuß Brandy?«

»Ich glaube, die Lepanto-Flasche hat heute nacht eine Pause verdient, Bernarda. Und Sie auch. Los, gehen Sie schlafen. Daniel und ich bleiben für alle Fälle wach. Und da Fermín in Ihrem Schlafzimmer liegt, können Sie meines benutzen.«

»Oh, kommt nicht in Frage, Señor.«

»Das ist ein Befehl. Keine Widerrede. Ich will, daß Sie in fünf Minuten schlafen.«

»Aber, Señor . . .«

»Bernarda, Sie setzen Ihre Weihnachtszulage aufs Spiel.«

»Wie Sie wünschen, Señor Barceló. Aber ich schlafe auf der Decke. Das fehlte noch.«

Barceló wartete zeremoniös, bis sich die Bernarda zurückgezogen hatte. Er nahm sich sieben Stück Zucker, rührte um und grinste süffisant zwischen den Wolken holländischen Tabaks hindurch.

»Da siehst du, ich muß das Haus mit harter Hand führen.«

»Ja, Sie sind ein richtiges Scheusal, Don Gustavo.«

»Und du ein lästiger Kerl. Sag, Daniel, jetzt, wo uns niemand hört, warum findest du es keine gute Idee, der Polizei den Vorfall zu melden?«

»Weil man es dort schon weiß.«

»Du meinst . . .«

Ich nickte.

»In was für Schwierigkeiten steckst du eigentlich, wenn ich fragen darf?«

Ich seufzte.

»Etwas, wobei ich helfen kann?«

Ich schaute auf. Barceló lächelte mir ohne Bosheit zu, die ironische Fassade hatte Pause.

»Hat das Ganze vielleicht aus irgendeinem Grund mit diesem Buch von Carax zu tun, das du mir nicht hast verkaufen wollen, als du es hättest tun sollen?«

Er sah sogleich, daß er mich überrascht hatte.

»Ich könnte euch helfen. Ich habe mehr als genug von dem, was euch fehlt: Zeit und gesunden Menschenverstand.«

»Glauben Sie mir, Don Gustavo, ich habe schon zu viele Leute in die Geschichte mit hineingezogen.«

»Dann kommt es auf einen mehr oder weniger nicht mehr an. Los, ganz unter uns. Mach dich mit dem Gedanken vertraut, daß ich dein Beichtvater bin.«

»Ich beichte seit Jahren nicht mehr.«

»Das sieht man dir an.«

19

Das Kinn auf die wie zum Beten gefalteten Hände und die Ellbogen auf den Schreibtisch gestützt, hörte mir Gustavo Barceló zu. Hin und wieder nickte er, als würde er im Verlauf meiner Erzählung Details und kleine Fehler entdecken und sich sein eigenes Urteil über die Ereignisse bilden, die ich ihm auf dem silbernen Tablett servierte. Immer wenn ich innehielt, zog er forschend die Brauen in die Höhe und bedeutete mir mit der rechten Hand, in meiner wirren Geschichte fortzufahren, die ihn außerordentlich zu amüsieren schien. Gelegentlich machte er sich kurze Notizen oder schaute ins Unendliche, als wollte er die Bedeutung dessen abschätzen, was ich da erzählte. Meistens lächelte er sardonisch, was ich sogleich meiner Naivität oder meinen plumpen Vermutungen zuschrieb.

»Hören Sie, wenn Sie das blöd finden, schweige ich.«

»Im Gegenteil. Der Tor spricht, der Feige schweigt, der Weise hört zu.«

»Wer hat das gesagt? Seneca?«

»Nein. Señor Braulio Recolons, der in der Calle Aviñón eine Schweinemetzgerei hat und nicht nur für die Wurst, sondern auch für den geistreichen Aphorismus eine sprichwörtliche Gabe besitzt. Erzähle bitte weiter. Du hast eben von diesem temperamentvollen Mädchen gesprochen ...«

»Bea. Das geht nur mich etwas an und hat nichts mit allem andern zu tun.«

Barceló lachte leise. Ich wollte gerade die Schilderung meiner Abenteuer fortsetzen, als Dr. Soldevila vor Müdigkeit stöhnend den Kopf zur Tür hereinstreckte.

»Entschuldigen Sie. Ich verziehe mich jetzt. Dem Patienten geht es gut, und er sprüht vor Energie, wenn die Metapher erlaubt ist. Dieser Herr wird uns noch alle überleben. Er behauptet doch tatsächlich, die Beruhigungsmittel seien ihm in den Kopf gestiegen und er sei ganz nervös. Er weigert sich, sich auszuruhen, und will unbedingt mit Señor Daniel über Dinge sprechen, deren Natur er mir nicht enthüllen mag.«

»Wir gehen gleich zu ihm. Und entschuldigen Sie den armen Fermín.«

»Schon gut. Aber er will einfach nicht aufhören, die Krankenschwester in den Hintern zu kneifen und Reime über die straffen Rundungen ihrer Schenkel zum besten zu geben.«

Wir geleiteten den Arzt und die Schwester zur Tür und dankten ihnen herzlich für ihre guten Dienste. Als wir das Zimmer betraten, sahen wir, daß sich die Bernarda entgegen Barcelós Befehlen nun doch neben Fermín ins Bett gelegt hatte, wo der Schrecken, der Brandy und die Erschöpfung sie endlich hatten einschlafen lassen. Eingepackt in Binden, Verbände und Schlingen, hielt Fermín sie sanft in den Armen und streichelte ihr übers Haar. Sein Gesicht war eine einzige Quetschung – allein das Anschauen tat weh. Man sah die kolossale Nase, zwei Tellerohren und Augen wie von einem geschlagenen Mäuschen; das zahnlose Lächeln war von Wunden verzerrt, aber triumphierend, und als er uns eintreten sah, machte er mit der Rechten das Siegeszeichen.

»Wie geht es Ihnen, Fermín?« fragte ich.

»Zwanzig Jahre jünger.« Er sprach leise, um die Bernarda nicht zu wecken.

»Übertreiben Sie mal nicht, Sie sehen miserabel aus. Da kriegt man ja einen Schreck. Sind Sie sicher, daß es Ihnen gutgeht? Dreht sich Ihnen nicht der Kopf? Hören Sie keine Stimmen?«

»Jetzt, wo Sie es sagen, kommt's mir vor, als hätte ich ab und zu ein dissonantes, arhythmisches Gebrummel gehört, als wollte ein Affe Klavier spielen.«

Barceló runzelte die Stirn. In der Ferne klimperte Clara noch immer.

»Machen Sie sich keine Sorgen, Daniel. Ich habe schon schlimmere Prügel weggesteckt. Dieser Fumero kann ja nicht mal eine Briefmarke aufkleben.«

»Dann hat Ihnen also dieser Inspektor Fumero ein neues Gesicht verpaßt«, sagte Barceló. »Sie beide bewegen sich ja in gehobenen Kreisen.«

»Soweit war ich mit meiner Geschichte noch gar nicht gekommen«, sagte ich.

Fermín warf mir einen alarmierten Blick zu.

»Kein Grund zur Beunruhigung, Fermín. Daniel ist dabei, mir diesen Schwank zu schildern, in dem Sie beide stecken. Ich muß gestehen, die Sache ist hochinteressant. Und Sie, Fermín, wie steht es mit Ihren Beichten? Ich mache Sie darauf aufmerksam, daß ich zwei Jahre Priesterseminar auf dem Buckel habe.«

»Ich hätte Ihnen mindestens drei gegeben, Don Gustavo.«

»Alles verliert sich, als erstes die Scham. Da kommen Sie zum ersten Mal in mein Haus und landen gleich bei der Haushälterin im Bett.«

»Schauen Sie sie doch an, das arme Geschöpfchen, mein Engel. Sie sollen wissen, daß meine Absichten ehrenwert sind, Don Gustavo.«

»Ihre Absichten sind Ihre Angelegenheit und die der Bernarda, die ja kein kleines Mädchen mehr ist. Und nun sagen Sie mal – in was für Nesseln haben Sie sich da gesetzt?«

»Was haben Sie ihm erzählt, Daniel?«

»Wir sind bis zum zweiten Akt gekommen: Auftritt der Femme fatale«, erklärte Barceló.

»Nuria Monfort?« fragte Fermín.

Barceló schnalzte genüßlich mit der Zunge.

»Gibt es denn mehr als eine? Das ist ja wie die Entführung aus dem Serail.«

»Sprechen Sie in Anwesenheit meiner Verlobten bitte leiser.«

»Seien Sie unbesorgt, Ihre Verlobte hat eine halbe Flasche Lepanto-Brandy in den Adern, die bekämen wir nicht mal mit Kanonendonner wach. Los, sagen Sie Daniel schon, er soll mir den Rest erzählen. Drei Köpfe denken besser als zwei, vor allem wenn der dritte mir gehört.«

Es sah aus, als zuckte Fermín zwischen Verbänden und Schlingen die Schultern.

»Ich habe nichts dagegen. Entscheiden Sie, Daniel.«

Da ich mich damit abgefunden hatte, Don Gustavo an Bord zu haben, setzte ich meine Erzählung fort bis zu dem Punkt, an dem uns Fumero und seine Leute in der Calle Montcada erwischt hatten, ein paar Stunden zuvor. Als ich fertig war, stand Barceló auf und ging grübelnd im Zimmer auf und ab. Fermín und ich beobachteten ihn besorgt. Die Bernarda sägte Bretter.

»Das süße Kindchen«, raunte Fermín verzückt.

»Mehreres fällt mir auf«, sagte der Buchhändler schließlich. »Ganz offensichtlich steckt Inspektor Fumero bis über beide Ohren in der Sache drin, wenn ich auch nicht weiß, wie und warum. Auf der einen Seite gibt es da diese Frau . . .«

»Nuria Monfort.«

»Dann gibt es den Aspekt von Julián Carax' Rückkehr nach Barcelona und seiner Ermordung mitten auf der Straße nach einem Monat, in dem niemand etwas von ihm weiß. Die junge Dame lügt sogar übers Wetter das Blaue vom Himmel herunter.«

»Das sage ich ja schon von Anfang an«, sagte Fermín. »Aber eben, da ist viel jugendliche Geilheit im Spiel und wenig Überblick.«

»Hört, hört – der heilige Johannes vom Kreuz.«

»Das reicht, keinen Streit bitte. Halten wir uns an die Tatsachen. Bei dem, was mir Daniel erzählt hat, gibt es etwas, was mir sehr merkwürdig erscheint, mehr noch als alles andere, und nicht weil diese ganze Geschichte so nach Hintertreppenroman riecht, sondern wegen eines wesentlichen, obwohl scheinbar banalen Details«, sagte Barceló.

»Lassen Sie uns staunen, Don Gustavo.«

»Daß Carax' Vater sich weigerte, Carax' Leiche zu identifizieren, mit der Begründung, er habe keinen Sohn. Sehr merkwürdig, widernatürlich. Kein Vater auf der Welt tut so etwas. Auch wenn sie sich nicht gut vertrugen. Sobald der Tod im Spiel ist, erwacht bei allen die Gefühlsduselei. Angesichts eines Sarges sehen wir nur noch das Gute oder das, was wir sehen wollen.«

»Was für ein Bonmot, Don Gustavo«, sagte Fermín. »Darf ich es in meine Sammlung aufnehmen?«

»Es gibt immer Ausnahmen«, warf ich ein. »Nach dem, was wir wissen, war Señor Fortuny ein wenig eigen.«

»Alles, was wir über ihn wissen, stammt aus dritter Hand«,

sagte Barceló. »Das einzige, was bei alledem wirklich klar ist, ist, daß Sie meine logistische und wahrscheinlich auch finanzielle Hilfe brauchen, wenn Sie dieses Durcheinander lösen wollen, bevor Ihnen Inspektor Fumero eine Suite in der San-Sebastián-Strafanstalt reserviert. Fermín, ich nehme an, Sie gehen einig mit mir?«

»Ich unterstehe Daniels Kommando. Wenn er es befiehlt, spiele ich sogar das Jesuskind.«

»Daniel, was meinst du?«

»Das liegt ganz bei Ihnen. Was schlagen Sie denn vor, Don Gustavo?«

»Mein Plan ist folgender: Sobald Fermín wieder auf dem Damm ist, stattest du, Daniel, Señora Nuria Monfort wie zufällig einen Besuch ab und legst die Karten auf den Tisch. Du gibst ihr zu verstehen, daß du weißt, daß sie dich angelogen hat und etwas vor dir verbirgt – viel oder wenig, das werden wir ja dann sehen.«

»Wozu?« fragte ich.

»Um zu sehen, wie sie reagiert. Natürlich wird sie dir nichts sagen. Oder sie wird dich erneut belügen. Entscheidend ist, die Banderilla hineinzustoßen, um sie zu reizen, wenn ich einen Vergleich aus dem Stierkampf brauchen darf, und dann zu sehen, wohin uns der Stier beziehungsweise das Kälbchen führt. Nun treten Sie auf den Plan, Fermín. Während Daniel der Katze die Schelle umhängt, beziehen Sie diskret Posten, um die Verdächtige zu überwachen, und warten, bis sie anbeißt. Und sobald sie das tut, folgen Sie ihr.«

»Sie nehmen also an, sie wird irgendwohin gehen«, wandte ich ein.

»Sie wird. Früher oder später, und irgend etwas sagt mir, daß es eher früher als später sein wird. Das ist die Grundlage der weiblichen Psychologie.«

»Und was gedenken Sie inzwischen zu tun, Dr. Freud?« fragte ich.

»Das ist allein meine Sache, und zu gegebener Zeit wirst du es erfahren. Und wirst mir dankbar sein dafür.«

Ich suchte Hilfe in Fermíns Blick, doch er war bei Barcelós letzten Sätzen mit der Bernarda im Arm eingeschlafen. Sein Kopf war nach links gefallen, und aus einem seligen Lächeln rann ihm der Speichel auf die Brust. Die Bernarda gab tiefe, hohle Schnarcher von sich.

»Hoffentlich ist der gut für sie«, murmelte Barceló.

»Fermín ist ein großartiger Kerl«, beteuerte ich.

»Muß er wohl – mit seinem hübschen Gesicht allein wird er sie kaum erobert haben. Kommen Sie, gehen wir.«

Wir machten das Licht aus, gingen leise aus dem Zimmer und schlossen die Tür, um die beiden Turteltauben ihrer Benommenheit zu überlassen. Ich glaubte, in den Fenstern der Galerie hinten im Korridor den ersten Morgenglanz zu sehen.

»Nehmen wir mal an, ich sage Ihnen nein«, sagte ich leise, »ich sage, Sie sollen alles vergessen?«

Barceló lächelte.

»Da kommst du zu spät, Daniel. Du hättest mir dieses Buch schon vor Jahren verkaufen sollen, als du noch die Chance dazu hattest.«

Den absurden geliehenen Anzug und die endlose Nacht durch feuchte, vom Morgengrauen rötlich glänzende Straßen schleppend, machte ich mich auf den Heimweg. Mein Vater schlief in seinem Sessel im Eßzimmer, eine Decke auf den Beinen und sein Lieblingsbuch aufgeschlagen in den Händen, Voltaires *Candide*, den er jedes Jahr zweimal wiederlas, die zwei Male, die ich ihn von Herzen lachen hörte. Ich betrachtete ihn schweigend. Sein schütteres Haar war weiß, und um die Wangenknochen herum verlor seine Gesichtshaut allmählich an Straffheit. Ich schaute diesen Mann an, den ich mir einmal kräftig, fast unbesiegbar vorgestellt hatte, und sah, daß er zerbrechlich und besiegt war, ohne es zu wissen. Vielleicht waren wir beide besiegt. Ich beugte mich über ihn, um ihn mit dieser Decke zuzudecken, die er schon seit Jahren der Wohlfahrt schenken wollte, und küßte ihn auf die Stirn.

20

Fast den ganzen Vormittag gab ich mich im Hinterraum meinen Wachträumen hin und beschwor Bilder von Bea herauf. Immer wieder schaute ich auf die Uhr und stellte ohnmächtig fest, daß es noch mehrere Stunden dauerte, bis ich sie erneut sehen und berühren durfte. Ohne viel Erfolg versuchte ich, die Quittungen des Monats zu ordnen.

»Daniel, du bist geistesabwesend. Macht dir etwas Sorgen? Ist es wegen Fermín?« fragte mein Vater.

Beschämt nickte ich. Erst vor wenigen Stunden hatte mein bester Freund mehrere Rippen eingebüßt, um meine Haut zu retten, und meine Gedanken kreisten ausschließlich um ein Mädchen.

»Wenn man vom Teufel spricht . . .«

Ich schaute auf, und da war er. Fermín Romero de Torres, wie er leibte und lebte. In seinem besten Anzug, eine frische Nelke im Knopfloch und krumm wie eine Brissago, trat er strahlend zur Tür herein.

»Was machen Sie denn hier, Sie Unglücklicher? Sollten Sie nicht das Bett hüten?«

»Das hütet sich von allein. Ich bin ein Mann der Tat. Und wenn ich nicht hier bin, verkaufen Sie beide keinen müden Katechismus.«

Sein Gesicht war gelblich und von blauen Flecken übersät, er hinkte stark und bewegte sich insgesamt wie eine defekte Gliederpuppe.

»Sie legen sich sogleich wieder ins Bett, Fermín, um Himmels willen«, sagte mein Vater erschrocken.

»Davon kann keine Rede sein. Die Statistiken beweisen, daß im Bett mehr Leute sterben als im Schützengraben.«

Fermíns Blick zeigte, daß ihm zwar die Knochen bis in die Seele hinein weh taten, daß ihn aber die Aussicht, allein in seinem Pensionszimmer zu liegen, noch viel mehr schmerzte.

»Also gut, aber wenn ich Sie etwas heben sehe, was kein Bleistift ist, können Sie was erleben.«

»Zu Befehl. Sie haben mein Wort, daß ich heute nichts hebe außer der Moral.«

Und kurzerhand schlüpfte er in seinen blauen Kittel und richtete sich mit einem Lappen und einer Flasche Alkohol hinter dem Ladentisch ein, um Einbanddeckel und Rücken der fünfzehn an diesem Vormittag eingetroffenen antiquarischen Exemplare eines gesuchten Titels auf Hochglanz zu bringen, *Der Dreispitz: Geschichte der Guardia civil in Alexandrinern* von Fulgencio Capón, einem blutjungen, von der Kritik des ganzen Landes hochgelobten Autor. Ab und zu warf er flüchtige Blicke auf mich und blinzelte mir zu.

»Ihre Ohren sind ja rot wie Pfefferschoten, Daniel.«

»Wahrscheinlich vom Anhören Ihres Geschwätzes.«

»Oder von der Geilheit, die Sie beherrscht. Wann treffen Sie denn die junge Dame?«

»Scheren Sie sich zum Teufel.«

Es dämmerte bereits, als ich am Fuß der Avenida del Tibidabo aus dem U-Bahnhof trat. Zwischen blassen Nebelschwaden sah ich die Blaue Straßenbahn davonfahren. Ich beschloß, nicht zu warten, bis sie zurückkam, und marschierte los. Nach kurzer Zeit erkannte ich die *Nebelburg*. Ich zog den Schlüssel, den mir Bea gegeben hatte, aus der Tasche und schloß das ins Gittertor eingefügte Türchen auf, hinterließ es aber so, daß Bea ohne Schwierigkeiten hereinkonnte. Ich war absichtlich zu früh. Ich wußte, daß sie erst in einer halben oder einer dreiviertel Stunde einträfe. Ich wollte das Haus allein spüren und auskundschaften, bevor Bea es sich zu eigen machte. So blieb ich einen Augenblick stehen, um den Brunnen und die aus dem Wasser ragende Hand des Engels zu betrachten. Der anklagende Zeigefinger stach dolchartig hervor. Ich näherte mich dem Rand des Bassins. Das blick- und seelenlose Gesicht zitterte unter der Oberfläche.

Ich stieg die Eingangstreppe hinauf. Die große Tür stand einige Zentimeter offen. Ich fühlte einen beunruhigenden

Stich, denn ich glaubte sie neulich abends beim Gehen geschlossen zu haben. Ich untersuchte das Schloß, das offensichtlich nicht aufgebrochen worden war, und vermutete, ich hätte sie doch zu schließen vergessen. Sacht stieß ich die Tür auf und spürte, wie mir der Hauch des Hauses übers Gesicht strich, ein Dunst nach verbranntem Holz, Feuchtigkeit und verwelkten Blumen. Ich zog die Streichholzschachtel aus der Tasche, die ich vor dem Verlassen der Buchhandlung eingesteckt hatte, und kniete nieder, um die erste der von Bea zurückgelassenen Kerzen anzuzünden. Eine gelbliche Blase entzündete sich unter meinen Händen und enthüllte die tanzenden Umrisse von feuchten Mauern, eingefallenen Decken und aus den Fugen gegangenen Türen.

Dann ging ich zur nächsten Kerze und zündete sie an. Langsam, wie in einem Ritual folgte Kerze um Kerze, so daß ein bernsteinfarbener Lichtschein in der Dunkelheit schwebte. Mein Weg endete neben dem Kamin der Bibliothek bei den Decken, die aschenbefleckt noch auf dem Boden lagen. Dort setzte ich mich hin, den großen Raum im Auge. Ich hatte Stille erwartet, doch das Haus offenbarte unzählige Geräusche. Knackendes Holz, der Wind in den Dachziegeln, tausendfaches Wispern zwischen den Mauern, unter dem Fußboden, sich hinter den Wänden bewegend.

Nach einer knappen halben Stunde merkte ich, daß mich das Halbdunkel einzuschläfern drohte. Ich stand auf und begann im Raum auf und ab zu gehen, damit mir warm würde. Im Kamin lagen nur noch die Reste eines Scheits, und ich machte mich auf die Suche nach etwas Brennbarem, um den Raum mit den beiden Decken wohnlicher zu gestalten, die jetzt vor dem Kamin zitterten, als hätten sie nichts mit den warmen Erinnerungen zu tun, die ich von ihnen bewahrte.

Meine Vorstellungen von viktorianischer Literatur legten mir nahe, die Suche vernünftigerweise im Keller zu beginnen, wo einmal die Küchen und ein großer Kohlenkeller gelegen haben mußten. Mit dieser Idee suchte ich etwa fünf Minuten nach einer in die Tiefe führenden Tür oder Treppe. Ich wählte eine große

Holztür am Ende eines Korridors. Sie sah aus wie ein erlesenes Stück Tischlerarbeit mit Engelreliefs und einem großen Kreuz in der Mitte. Das Schloß befand sich genau unter diesem Kreuz. Erfolglos versuchte ich die Tür zu öffnen. Wahrscheinlich klemmte der Mechanismus oder war schlicht verrostet. Die einzige Lösung hätte darin bestanden, sie mit einem Hebel aufzubrechen oder mit der Axt einzuschlagen, was ich beides rasch verwarf. Ich untersuchte sie im Kerzenlicht und dachte, sie erinnere eher an einen Sarg als an eine Tür. Ich fragte mich, was sich auf der andern Seite verbergen mochte.

Schon wollte ich meine Suche nach einem Zugang zum Keller aufgeben, als ich am andern Ende des Gangs mehr oder weniger zufällig auf eine kleine Tür stieß, die ich zunächst für die einer Besenkammer hielt. Ich drehte versuchsweise am Griff, und er gab sogleich nach. Auf der andern Seite konnte man eine Treppe erahnen, die beinahe senkrecht in ein dunkles Loch hinabführte. Ein intensiver Geruch nach modriger Erde schlug mir entgegen. Als ich so in die Schwärze vor mir hinunterblickte, kam mir angesichts dieses seltsam vertrauten Geruchs schlagartig ein Bild in den Sinn, das ich seit meiner Kindheit halb unter der Angst begraben mit mir herumtrug.

Ein Regennachmittag am Osthang des Montjuïc-Friedhofs, der Blick aufs Meer zwischen einem Wald unglaublicher Mausoleen hindurch, einem Wald von Kreuzen und gemeißelten Grabtafeln mit Gesichtern von Schädeln und Kindern ohne Lippen und Blick, ein Gestank nach Tod, die Gestalten von etwa zwanzig Erwachsenen, an die ich mich nur als schwarze, regennasse Anzüge erinnern kann, und die Hand meines Vaters, die meine zu fest drückt, als wollte er so seine Tränen ersticken, während die leeren Worte eines Priesters in dieses Marmorgrab fallen, in das drei gesichtslose Totengräber einen grauen Sarg hinunterstoßen, von dem der Platzregen wie geschmolzenes Wachs abfließt und in welchem ich die Stimme meiner Mutter zu hören meine, die mich ruft, die mich anfleht,

330

sie aus diesem steinernen Gefängnis zu befreien, während ich nur zittern kann und meinem Vater mit schwacher Stimme zuflüstere, er solle meine Hand nicht so drücken, er tue mir weh, und dieser Geruch nach frischer Erde, Aschen- und Regenerde, verschluckt alles, Geruch nach Tod und Leere.

Ich öffnete die Augen wieder und stieg sozusagen im Dunkeln die Stufen hinunter, denn das Kerzenlicht vermochte der Schwärze nur wenige Zentimeter abzutrotzen. Unten angekommen, hielt ich die Kerze in die Höhe und schaute mich um. Ich entdeckte weder eine Küche noch eine Kammer mit trokkenem Brennholz. Vor mir tat sich ein schmaler Gang auf, der in einen halbkreisförmigen Raum mündete, in dem eine Gestalt aufragte. Ihr Gesicht war von blutigen Tränen überströmt, die beiden schwarzen Augen waren leere Höhlen, die Arme wie Flügel ausgebreitet, und aus den Schläfen wuchs ihr eine Dornenschlange. Eine eisige Welle packte mich im Nacken. Plötzlich faßte ich mich wieder und begriff, daß ich eine holzgeschnitzte Christusfigur an der Wand einer Kapelle betrachtete. Ich tat einige weitere Schritte und sah ein gespenstisches Bild. In einer Ecke der ehemaligen Kapelle stapelten sich mitsamt ihren Ständern ein Dutzend nackte weibliche Oberkörper ohne Arme und Kopf. Jeder von ihnen hatte eindeutig andere Formen, und unschwer erkannte man die Umrisse von Frauen unterschiedlichen Alters und unterschiedlicher Konstitution. Auf dem Bauch standen in Kohleschrift einzelne Namen: Isabel; Eugenia; Penélope. Diesmal halfen mir die viktorianischen Bücher, die ich gelesen hatte: Es handelte sich um ein Echo aus Zeiten, in denen die einzelnen Mitglieder reicher Familien über maßgeschneiderte Puppen zur Anfertigung von Kleidern und Aussteuern verfügten. Trotz des strengen, ja drohenden Blicks des Gekreuzigten konnte ich der Versuchung nicht widerstehen, die Hand auszustrecken und die Puppe mit dem Namen Penélope Aldaya zu berühren.

Da glaubte ich im oberen Stock Schritte zu hören. Ich

dachte, Bea sei gekommen und suche mich im ganzen Haus. Erleichtert verließ ich die Kapelle und ging wieder auf die Treppe zu. Ich wollte eben hinaufsteigen, als ich am andern Ende des Gangs einen Kessel und eine Heizanlage in einem offensichtlich guten Zustand erkannte, der nicht zum Rest des Kellers passen wollte. Ich erinnerte mich an Beas Worte, wonach die Immobiliengesellschaft, die jahrelang das Aldaya-Haus zu verkaufen versuchte, einige Ausbesserungsarbeiten durchgeführt hatte, um potentielle Käufer anzulocken, allerdings ohne Erfolg. Ich trat näher, um die Vorrichtung eingehender zu untersuchen, und stellte fest, daß es ein von einem kleinen Kessel gespeistes Radiatorsystem war. Zu meinen Füßen sah ich mehrere Eimer mit Kohle, Preßholz und einige Blechkanister, in denen ich Kerosin vermutete. Ich öffnete das Türchen des Kessels und schaute hinein. Alles schien in Ordnung. Diesen Apparat nach so vielen Jahren wieder zum Funktionieren zu bringen kam mir als hoffnungsloses Unterfangen vor, was mich aber nicht daran hinderte, den Kessel mit Kohlen- und Holzstücken zu füllen und das Ganze ordentlich mit Kerosin zu besprengen. Dabei glaubte ich ein Knarren von altem Holz zu hören und wandte mich kurz um. Wieder sprangen mir die blutigen, aus dem Kreuz ragenden Dornen ins Auge, und vor diesem Halbdunkel fürchtete ich, wenige Schritte entfernt die Gestalt Christi auftauchen und mit wölfischem Grinsen auf mich zukommen zu sehen.

Als ich die Kerze in den Kessel hielt, loderte er mit metallischem Getöse auf. Ich schloß das Türchen und trat einige Schritte zurück. Der Kessel schien nur schwer zu ziehen, und ich beschloß, wieder hinaufzugehen, um zu sehen, ob es warm wurde. Als ich in den großen Salon zurückkam, erwartete ich Bea zu sehen, fand aber keine Spur von ihr. Ich vermutete, seit meinem Eintreffen sei schon fast eine Stunde vergangen, und meine Befürchtungen, sie werde nie erscheinen, verstärkten sich. Um die Unruhe zu bekämpfen, machte ich mich auf die Suche nach Heizkörpern, die mir zeigen sollten, ob meine Heizbemühungen erfolgreich waren. Alle Radiatoren, die ich fand, waren kalt wie Eiszapfen. Alle außer einem. In einem kleinen Raum von höchstens vier oder fünf Quadratmetern, einem vermutlich genau über dem Kessel gelegenen Badezimmer, war ein wenig geheizt. Ich kniete nieder und stellte freudig fest, daß die Bodenfliesen lauwarm waren. So fand mich Bea, auf dem Boden hockend, wie ein Dummkopf die Fliesen eines Badezimmers abtastend.

Ich brauchte nur zwei Minuten, um sie zu überzeugen, daß wir die Decken aus dem Salon holen und uns mit nichts als zwei Kerzen und einigen museumsreifen Wandleuchten in diesem winzigen Raum einschließen sollten. Mein Hauptargument, die Kälte, beeindruckte sie schnell, und angesichts der warmen Fliesen vergaß sie ihre Angst, meine verrückte Erfindung könnte das Haus in Brand stecken. Während ich sie im Kerzenlicht mit zitternden Fingern auszog, suchte sie lächelnd meine Augen und zeigte mir, daß ihr alles, was immer mir einfiel, schon vorher eingefallen war.

Ich erinnere mich, wie sie dasaß, an die geschlossene Tür gelehnt, erinnere mich an ihr herausfordernd erhobenes Gesicht, während ich mit den Fingerspitzen ihren Hals streichelte. Ich erinnere mich, wie sie meine Hände ergriff und sich auf die Brüste legte, wie mich ihre weißen Schenkel empfingen.

»Hast du so etwas schon einmal erlebt, Daniel?«

»Im Traum.«

»Und richtig?«

»Nein. Und du?«

»Nein. Auch nicht mit Clara Barceló?«

»Was weißt du denn von Clara Barceló?«

»Nichts.«

»Ich noch weniger.«

»Das glaube ich nicht.«

Ich beugte mich über sie und schaute ihr in die Augen.

»Ich habe das noch nie mit jemandem gemacht.«

Bea lächelte. Meine Hand glitt zwischen ihre Schenkel, und ich stürzte mich auf ihre Lippen.

»Daniel?« sagte Bea beinahe unhörbar.

»Was?«

Plötzlich pfiff ein kalter Luftzug unter der Tür hindurch, und in dieser unendlichen Sekunde, bevor der Wind die Kerzen ausblies, trafen sich unsere Blicke, und wir spürten, wie sich die Erwartung dieses Moments zerschlug. Wir wußten, daß sich jemand auf der andern Seite der Tür befand. Ich sah die Angst auf Beas Gesicht, und plötzlich hüllte uns Dunkelheit ein. Dann kam der Schlag an die Tür, als hätte eine stählerne Faust mit voller Wucht dagegen gehämmert.

Ich spürte, wie Bea in der Dunkelheit aufsprang, und nahm sie in die Arme. Wir wichen ans andere Ende des Raums zurück, gerade noch bevor der zweite Schlag die Tür traf und sie mit unglaublicher Gewalt an die Wand schleuderte. Bea schrie auf und barg ihren Kopf an mir. Einen Moment lang konnte ich nur die aus dem Korridor fließende blaue Dunkelheit und den spiralförmig aufsteigenden Rauch der erloschenen Kerzen sehen.

Ich spähte in den Korridor hinaus, in der Befürchtung – vielleicht auch im Wunsch –, daß da nur ein Fremder wäre, ein Vagabund, der sich in ein halbzerfallenes Haus hineingewagt hatte, um in unfreundlicher Nacht eine Zuflucht zu haben. Doch da war niemand, und ich sah bloß den bläulichen Schein der Fenster. Bea kauerte in einem Winkel des Bades und flüsterte zitternd meinen Namen.

»Da ist niemand«, sagte ich. »Vielleicht war's nur ein Windstoß.«

»Der Wind hämmert nicht mit der Faust an Türen, Daniel. Laß uns gehen.«

Ich hob unsere Kleider auf.

»Da, zieh dich an. Wir wollen mal einen Blick riskieren.«

»Wir gehen besser gleich.«

»Sofort. Ich möchte nur eines herausfinden.«

Schnell zogen wir uns im Dunkeln an. Ich nahm eine der Kerzen vom Boden auf und zündete sie wieder an. Ein kalter Luftzug wehte durchs Haus, als hätte jemand Türen und Fenster geöffnet.

»Siehst du? Es ist der Wind.«

Bea schüttelte nur den Kopf. Die Flamme mit der Hand schirmend, gingen wir in den großen Saal zurück. Bea blieb dicht hinter mir, fast ohne zu atmen.

»Was suchen wir denn, Daniel?«

»Es dauert bloß eine Minute.«

»Nein, laß uns endlich gehen.«

»Also gut.«

Wir kehrten zum Eingang zurück, da sah ich es. Die Holztür am Ende eines Gangs, die ich eine oder zwei Stunden zuvor vergeblich zu öffnen versucht hatte, war angelehnt.

»Was ist?« fragte Bea.

»Warte hier auf mich.«

»Daniel, bitte . . .«

Mit der Kerze, die im kalten Windzug flackerte, ging ich in den Korridor hinein. Bea seufzte und folgte mir widerwillig. Vor der Tür blieb ich stehen. Man konnte marmorne Stufen erahnen, die in die Schwärze hinunterführten. Ich trat auf die Treppe. Bea blieb mit der Kerze auf der Schwelle stehen.

»Bitte, Daniel, laß uns endlich gehen . . .«

Stufe um Stufe stieg ich die Treppe hinunter. Der geisterhafte Schein der Kerze in der Höhe ließ den Umriß eines rechteckigen Raums mit ungetünchten Steinwänden voller Kruzifixe erkennen. Die klamme Kälte in diesem Raum verschlug einem den Atem. Vor mir zeichnete sich eine Marmorplatte ab, und darauf sah ich nebeneinander zwei gleiche, aber verschieden große weiße Gegenstände, in denen sich die flackernde Kerzenflamme stärker als sonst im Raum reflektierte. Nach einem weiteren Schritt begriff ich: Es handelte sich um zwei weiße Särge. Der eine war kaum drei Spannen breit. Die Nackenhaare sträubten sich mir. Es war ein Kindersarg, und ich befand mich in einer Krypta.

Ich trat so nahe an die Marmorplatte heran, daß ich den Arm ausstrecken und sie berühren konnte. Nun sah ich, daß auf beiden Särgen ein Name und ein Kreuz eingraviert waren. Eine dicke Staubschicht lag darüber. Ich legte die Hand auf den größeren und wischte ganz langsam, fast in Trance, den Staub vom Sargdeckel. Im Kerzenschimmer konnte ich knapp entziffern:

†

PENÉLOPE ALDAYA

1902-1919

Ich war wie gelähmt. In der Dunkelheit kam etwas oder jemand näher. Ich spürte die kalte Luft über meine Haut streichen, und erst jetzt wich ich ein paar Schritte zurück.

»Raus hier«, murmelte die Stimme aus dem Dunkel. Ich erkannte sie sogleich. Laín Coubert. Die Stimme des Teufels.

Ich stürzte die Treppe hinauf, und sowie ich wieder im Erdgeschoß war, packte ich Bea am Arm und zog sie hastig Richtung Ausgang. Wir hatten die Kerze verloren und rannten blind. Ich dachte, jeden Augenblick könnte etwas aus dem Schatten springen und uns den Weg versperren, doch am Ende des Gangs erwartete uns die Eingangstür, deren Ritzen ein Rechteck aus Licht zeichneten.

»Sie ist zu«, flüsterte Bea.

Ich tastete meine Taschen nach dem Schlüssel ab. Für einen Sekundenbruchteil schaute ich zurück und war sicher, daß zwei glänzende Punkte hinten im Gang langsam auf uns zukamen. Augen. Meine Finger fanden den Schlüssel. Verzweifelt steckte ich ihn ins Schlüsselloch, öffnete und stieß Bea heftig hinaus. Da sie merkte, wie erschrocken ich war, eilte sie durch den Garten aufs Gattertor zu und blieb erst stehen, als wir atemlos und mit kaltem Schweiß bedeckt auf dem Gehsteig der Avenida del Tibidabo standen.

»Was war da unten los, Daniel? War da jemand?«

»Nein.«

»Du bist bleich.«

»Ich bin immer bleich. Komm, gehen wir.«

»Und der Schlüssel?«

Den hatte ich im Schloß steckenlassen. Mir war nicht danach, ihn jetzt zu holen.

»Ich glaube, ich habe ihn beim Hinausgehen verloren. Wir werden ihn ein andermal suchen.«

Wir eilten die Straße hinunter, wechselten die Seite und verlangsamten unsere Schritte erst, als wir gut hundert Meter von dem alten Haus entfernt waren und seine Umrisse in der Nacht aus den Augen verloren. Da sah ich, daß meine Hand noch immer voller Staub war, und dankte es der nächtlichen Dunkelheit, daß sie die Tränen, die mir über die Wangen kullerten, vor Bea versteckte.

Wir gingen die Calle Balmes hinunter bis zur Plaza Núñez de Arce, wo wir ein einsames Taxi fanden. Darin fuhren wir fast wortlos bis zur Calle Consejo de Ciento. Bea nahm meine Hand, und ein paar Mal sah ich, wie sie mich mit starrem, undurchdringlichem Blick musterte. Ich beugte mich über sie, um sie zu küssen, doch sie öffnete die Lippen nicht.

»Wann werde ich dich wiedersehen?«

»Ich ruf dich morgen oder übermorgen an«, sagte sie.

»Versprochen?«

Sie nickte.

»Du kannst mich zu Hause oder im Laden anrufen, es ist dieselbe Nummer. Du hast sie doch, nicht wahr?«

Sie nickte abermals. Ich bat den Fahrer, an der Ecke Muntaner/Diputación einen Augenblick anzuhalten, und erbot mich, Bea zu ihrer Haustür zu begleiten, doch sie schlug es aus und ging davon, ohne daß ich sie noch einmal küssen oder auch nur ihre Hand berühren konnte. Sie begann zu laufen, und ich schaute ihr aus dem Taxi nach. In der Aguilar-Wohnung brannte Licht, und ich konnte deutlich sehen, wie mich Tomás vom Fenster seines Zimmers aus beobachtete, in dem wir so manchen Nachmittag verplaudert oder Schach gespielt hatten. Mit einem gezwungenen Lächeln, das er wahrscheinlich nicht sehen konnte, winkte ich ihm zu. Er erwiderte den Gruß nicht. Seine Gestalt blieb reglos, dicht an der Scheibe, und betrachtete mich frostig. Ein paar Sekunden später zog er sich zurück, und die Fenster wurden dunkel. Er hatte wohl auf uns gewartet.

21

Als ich nach Hause kam, standen die Reste eines Abendessens für zwei Personen auf dem Tisch. Mein Vater hatte sich schon zurückgezogen, und ich fragte mich, ob er sich am Ende dazu durchgerungen hatte, die Merceditas zum Essen einzuladen. Ohne das Licht anzumachen, trat ich in mein Zimmer. Als ich mich auf die Bettkante setzte, bemerkte ich, daß noch jemand im Raum war beziehungsweise mit auf der Brust gefalteten Händen totengleich im Halbdunkeln auf dem Bett lag. Wie einen Peitschenhieb spürte ich die Kälte im Magen, aber dann erkannte ich rasch das Schnarchen und das Profil einer unvergleichlichen Nase. Ich knipste die Nachttischlampe an und sah Fermín Romero de Torres, der auf der Bettdecke ein behagliches Seufzen von sich gab. Ich räusperte mich, und er öffnete die Augen. Als er mich erblickte, schien er sich zu wundern. Offensichtlich erwartete er eine andere Gesellschaft. Er rieb sich die Augen und schaute sich um, als wollte er sich über die Umstände nähere Klarheit verschaffen.

»Hoffentlich habe ich Sie nicht erschreckt. Die Bernarda sagt, im Schlaf sehe ich aus wie ein spanischer Boris Karloff.«

»Was machen Sie denn in meinem Bett, Fermín?«

Er schloß halb die Augen.

»Von Carole Lombard träumen. Wir waren in Tanger in einem türkischen Bad, und ich habe sie vollkommen mit Öl eingerieben, mit diesem Öl, das man für Babypos braucht. Haben Sie je eine Frau mit Öl eingeschmiert, von oben bis unten – bewußt?«

»Fermín, es ist halb eins, und ich bin zum Umfallen müde.«

»Entschuldigen Sie, Daniel. Ihr Herr Vater hat mich halt eingeladen, zum Abendessen raufzukommen, und dann bin ich so schläfrig geworden, weil Rindfleisch auf mich regelrecht narkotisierend wirkt. Ihr Vater hat mir vorgeschlagen, mich eine Weile hier hinzulegen, und gesagt, es würde Ihnen nichts ausmachen . . .«

»Es macht mir auch nichts aus, ich war nur sehr überrascht. Bleiben Sie hier im Bett, und kehren Sie zu Carole Lombard zurück, bestimmt erwartet sie Sie. Und schlüpfen Sie richtig unter die Decke, es ist ein Hundewetter, sonst lesen Sie noch was auf. Ich gehe ins Eßzimmer.«

Fermín nickte gefügig. Die Quetschungen in seinem Gesicht entzündeten sich immer mehr, und sein Kopf sah mit dem Zweitagebart und dem schütteren Haar aus wie eine Kokosnuß. Ich nahm eine Decke aus der Kommode und gab auch Fermín eine. Dann knipste ich das Licht aus und ging ins Eßzimmer, wo meines Vaters Lieblingssessel auf mich wartete. Ich hüllte mich in die Decke ein und kuschelte mich so gut wie möglich in den Sessel, fest davon überzeugt, daß ich kein Auge schließen würde. Der Anblick der beiden weißen Särge im Dunkeln schmerzte in meinem Kopf. Ich schloß die Augen und konzentrierte mich ganz darauf, dieses Bild zu verdrängen. Dafür beschwor ich das Bild der nackten Bea auf den Decken in jenem Badezimmer bei Kerzenlicht herauf. Diesen glücklichen Bildern hingegeben, glaubte ich in der Ferne das Meer murmeln zu hören und fragte mich, ob mich der Schlaf übermannt hatte, ohne daß ich es gemerkt hatte. Vielleicht war ich mit dem Schiff unterwegs nach Tanger. Aber gleich darauf wurde mir klar, daß es nur Fermíns Schnarchen war, und einen Augenblick später erlosch die Welt. Nie in meinem ganzen Leben habe ich besser und tiefer geschlafen als in jener Nacht.

Bei Tagesanbruch goß es wie aus Kübeln, die Straßen waren überschwemmt, und der Regen trommelte wütend an die Fenster. Um halb acht klingelte das Telefon. Mit bis zum Hals schlagendem Herzen sprang ich aus dem Sessel, um abzuheben. Fermín, in Schlafrock und Pantoffeln, und mein Vater, die Kaffeekanne in der Hand, wechselten einen dieser Blicke, die allmählich zur Gewohnheit wurden.

»Bea?« flüsterte ich mit dem Rücken zu den andern in den Hörer.

Ich glaubte einen Seufzer in der Leitung zu vernehmen.

»Bea, bist du es?«

Ich bekam keine Antwort, und einige Sekunden später wurde eingehängt. Eine ganze Minute lang beobachtete ich das Telefon in der Hoffnung, es würde noch einmal klingeln.

»Man wird schon wieder anrufen, Daniel. Und jetzt komm frühstücken«, sagte mein Vater.

Sie wird später noch einmal anrufen, sagte ich mir. Jemand muß sie überrascht haben. Es war wohl nicht leicht, sich über Señor Aguilars Ausgangssperre hinwegzusetzen. Kein Grund zur Panik also. Mit diesem und andern Argumenten schleppte ich mich zum Tisch, wo ich so tat, als leistete ich meinem Vater und Fermín bei ihrem Frühstück Gesellschaft. Vielleicht war es der Regen, aber das Essen hatte jeden Geschmack verloren.

Es schüttete den ganzen Vormittag, und kurz nach dem Öffnen der Buchhandlung suchte uns ein allgemeiner, bis zum Mittag andauernder Stromausfall im ganzen Viertel heim.

»Das hat uns gerade noch gefehlt«, seufzte mein Vater.

Um drei begann das Wasser durchzusickern. Fermín erbot sich, zur Merceditas hinaufzugehen, um ein paar Eimer, Teller oder sonst geeignete Gefäße zu borgen. Mein Vater untersagte es ihm strikt. Die Sintflut hielt an. Um gegen die Beklemmung anzukämpfen, erzählte ich Fermín die Ereignisse der letzten Nacht, behielt aber für mich, was ich in der Krypta gesehen hatte. Er hörte mir fasziniert zu, aber trotz seines ungeheuren Drängens weigerte ich mich, ihm Form und Textur von Beas Busen zu beschreiben. Der Tag löste sich im Regen auf.

Unter dem Vorwand, mir ein wenig die Beine zu vertreten, überließ ich meinen Vater nach dem Abendessen seiner Lektüre und ging zu Beas Haus. Dort angekommen, blieb ich an der Ecke stehen, schaute zu den Fenstern ihrer Wohnung hinauf und fragte mich, was ich hier eigentlich tat. Spionieren, schnüffeln und mich lächerlich machen – das ging mir so etwa durch den Kopf. Aber mit wenig Würde und noch weniger der eisigen Temperatur angemessener Kleidung stellte ich mich auf der andern Straßenseite in einen Hauseingang, um mich vor dem Wind zu schützen, und harrte dort etwa eine halbe Stunde aus. In den Fenstern sah ich die Schatten von Señor Aguilar und seiner Frau vorbeigehen. Von Bea keine Spur.

Es war beinahe Mitternacht, als ich heimkehrte, schlotternd und die ganze Welt auf dem Buckel. Sie wird morgen anrufen, wiederholte ich mir tausendmal, während ich einzuschlafen versuchte. Am nächsten Tag rief sie nicht an. Am darauffolgenden ebensowenig. Die ganze Woche nicht, die längste und letzte meines Lebens.

In sieben Tagen würde ich tot sein.

22

Nur jemand, der noch knapp eine Woche zu leben hat, ist fähig, seine Zeit so zu verschwenden, wie ich es in diesen Tagen tat. Ich lauerte auf einen Anruf und zerquälte mir die Seele, so gefangen in meiner Blindheit, daß ich kaum ahnen konnte, was im Grunde schon eine Selbstverständlichkeit war. Am Montag mittag ging ich in die Philosophische Fakultät auf der Plaza Universidad, um Bea zu sehen. Ich wußte, daß sie es gar nicht lustig finden würde, wenn ich dort aufkreuzte und man uns zusammen sah, aber lieber nahm ich ihren Zorn auf mich, als daß ich in dieser Ungewißheit weiterlebte.

Vor dem Hörsaal von Professor Velázquez wartete ich, bis die Studenten herauskamen. Nach etwa zwanzig Minuten öffneten sich die Türen, und ich sah den Professor mit arrogantem, gelecktem Gesicht vorbeigehen, wie immer inmitten eines Grüppchens von Bewunderinnen. Fünf Minuten später noch immer keine Spur von Bea. Ich trat an die Türen des Hörsaals, um einen Blick hineinzuwerfen. Ein Mädchentrio mit Sonntagsschulgesichtern unterhielt sich und tauschte Notizen oder Vertraulichkeiten aus. Die, die die Anführerin zu sein schien, sah mich, unterbrach ihren Monolog und durchbohrte mich mit einem forschenden Blick.

»Verzeihung, ich suche Beatriz Aguilar. Wißt ihr, ob sie diese Vorlesung besucht?«

Die Mädchen wechselten einen Blick und unterzogen mich dann einer Röntgenaufnahme.

»Bist du ihr Verlobter?« fragte eine von ihnen. »Der Leutnant?«

Ich lächelte bloß hohl, was als Zustimmung aufgefaßt wurde. Nur das dritte Mädchen lächelte zurück, schüchtern und den Blick abgewandt. Herausfordernd kamen ihr die beiden andern zuvor.

»Ich habe mir dich anders vorgestellt«, sagte die Anführerin.

»Und die Uniform?« fragte die zweite mißtrauisch.

»Ich bin auf Urlaub. Wißt ihr, ob sie schon gegangen ist?«

»Beatriz ist heute nicht in die Vorlesung gekommen«, sagte die Anführerin.

»Ach nein?«

»Nein. Als ihr Verlobter müßtest du das eigentlich wissen.«

»Ich bin ihr Verlobter, kein Zivilgardist.«

»Kommt, wir gehen, der ist ja 'ne Witzfigur«, sagte die Anführerin.

Mit scheelem Blick und angewidertem Grinsen gingen die beiden an mir vorüber. Die dritte, die Nachzüglerin, blieb einen Augenblick stehen, bevor sie den Hörsaal verließ, und flüsterte mir, ohne daß die andern es sahen, zu:

»Beatriz ist schon am Freitag nicht gekommen.«

»Weißt du, warum?«

»Du bist nicht ihr Verlobter, stimmt's?«

»Nein. Nur ein Freund.«

»Ich glaube, sie ist krank.«

»Krank?«

»Das hat eines der Mädchen gesagt, das bei ihr angerufen hat. Jetzt muß ich aber gehen.«

Bevor ich mich für ihre Hilfe bedanken konnte, war sie schon den beiden andern nachgegangen, die sie am entgegengesetzten Ende des Kreuzgangs mit zornigen Augen erwarteten.

»Da muß etwas geschehen sein, Daniel. Eine Großtante, die gestorben ist, ein Papagei mit Mumps, eine Erkältung vor lauter entblößtem Hintern, weiß Gott, was. Die Welt kreist nicht um das, wonach es Sie im Hosenzwickel gelüstet. Andere Faktoren beeinflussen das Werden der Menschheit.«

»Meinen Sie, ich weiß das nicht? Sie kennen mich offenbar nicht, Fermín.«

»Ach, mein Lieber, Sie könnten mein Sohn sein, so gut kenne ich Sie. Hören Sie auf mich. Kommen Sie aus Ihrem Kopf heraus und schöpfen Sie frische Luft. Warten ist Rost für die Seele.«

»Sie finden mich also lächerlich.«

»Nein, ich finde Sie besorgniserregend. Ich weiß natürlich, daß einem solche Dinge in Ihrem Alter als das Ende der Welt erscheinen, aber alles hat seine Grenzen. Heute abend besuchen wir beide ein Lokal in der Calle Platería, das offenbar sehr im Schwange ist, und gehen auf Schnepfenjagd. Man hat mir gesagt, da gibt es einige eben aus Ciudad Real gekommene nordische Mäuschen, die einen aus den Schuhen hauen. Ich lade Sie ein.«

»Und was wird die Bernarda dazu sagen?«

»Die Mädchen sind für Sie. Ich gedenke mit einer Zeitschrift im Salon zu warten und die Chose von fern zu verfolgen. Ich habe mich nämlich zur Monogamie bekehrt, wenn nicht in mente, so doch de facto.«

»Ich danke Ihnen, Fermín, aber...«

»Ein Bursche von achtzehn Jahren, der ein solches Angebot ausschlägt, ist nicht ganz bei Trost. Da muß man sogleich etwas tun. Da, nehmen Sie.«

Er wühlte in seinen Taschen und gab mir einige Münzen. Ich fragte mich, ob er damit den Besuch in einem Prachtharem finanzieren wollte.

»Dafür wünscht man uns nicht mal eine gute Nacht, Fermín.«

»Sie gehören zu denen, die vom Baum fallen und gar nie am Boden ankommen. Glauben Sie allen Ernstes, ich bringe Sie in ein Bordell und gebe Sie nachher mit Gonorrhö vollgepumpt Ihrem Herrn Vater zurück – dem heiligsten Mann, den ich je kennengelernt habe? Das mit den Mädchen habe ich nur gesagt, um zu sehen, ob Sie reagieren, wenn ich an den einzigen Teil Ihrer Person appelliere, der zu funktionieren scheint. Damit sollen Sie zum Telefon an der Ecke gehen und in etwas privaterem Rahmen Ihr Liebchen anrufen.«

»Bea hat mir ausdrücklich gesagt, ich soll sie nicht anrufen.«

»Sie hat Ihnen auch gesagt, sie werde am Freitag anrufen. Und jetzt ist Montag. Aber ganz, wie Sie wollen. Es ist eines, an die Frauen zu glauben, und ein anderes, zu glauben, was sie sagen.«

Ich verließ die Buchhandlung, ging zum öffentlichen Fernsprecher an der Ecke und wählte die Nummer der Aguilars. Nach dem fünften Klingeln nahm jemand ab und horchte schweigend, ohne etwas zu sagen. Fünf endlose Sekunden verstrichen.

»Bea?« flüsterte ich. »Bist du es?«

»Du Schweinehund, ich schwöre dir, ich prügle dir die Seele aus dem Körper«, schlug es mir entgegen.

Die Stimme war kalt und beherrscht. Das machte mir am allermeisten angst. Ich konnte mir Señor Aguilar in der Diele seiner Wohnung an dem Telefon vorstellen, das ich so oft benutzt hatte, um meinem Vater zu sagen, ich würde später kommen, nachdem ich den Nachmittag mit Tomás verbracht hatte. Stumm hörte ich Beas Vater atmen, und fragte mich, ob er mich wohl an der Stimme erkannt hatte.

»Ich sehe, du hast nicht genug Mumm, um zu sprechen, du Mistkerl. Jedes Stück trockene Scheiße ist imstande, zu tun, was du getan hast, aber ein Mann würde wenigstens nicht kneifen. An deiner Stelle würde ich mich in Grund und Boden schämen, wenn ich wüßte, daß ein neunzehnjähriges Mädchen

344

mehr Schneid hat als ich. Sie hat nämlich nicht sagen wollen, wer du bist, und sie wird es auch nicht sagen. Ich kenne sie. Und weil du nicht den Mut hast, für Bea den Kopf hinzuhalten, wird sie für das büßen, was du getan hast.«

Als ich einhängte, zitterten meine Hände. Ich war mir meines Tuns nicht bewußt gewesen, bis ich die Telefonzelle verließ und mich wieder zur Buchhandlung zurückschleppte. Das hatte ich nicht bedacht – daß mein Anruf Beas Lage nur noch verschlimmern würde. Meine einzige Sorge war es gewesen, meine Anonymität zu wahren, mich zu verstecken und diejenigen zu verleugnen, die ich zu lieben vorgab, die ich in Wahrheit aber nur benutzte. Das hatte ich schon getan, als Inspektor Fumero Fermín verprügelt hatte, ich hatte es wieder getan, als ich Bea ihrem Schicksal überließ, und ich würde es erneut tun, sobald sich Gelegenheit dazu böte. Zehn Minuten blieb ich auf der Straße und versuchte, mich zu beruhigen, bevor ich den Laden wieder betrat. Vielleicht sollte ich noch einmal anrufen und Señor Aguilar sagen, ja, ich bin es, ich bin bis über beide Ohren in Ihre Tochter verschossen, das ist es. Wenn er dann in seiner Kommandantenuniform kommen und mich vermöbeln will – soll er!

Ich war schon beinahe wieder im Laden, als ich feststellte, daß mich von einem Hauseingang auf der andern Straßenseite aus ein Mann beobachtete. Ich blieb stehen, um ihn ebenfalls anzuschauen, und zu meiner Überraschung nickte er, als wollte er mich grüßen und mir bedeuten, es störe ihn nicht im geringsten, daß ich ihn gesehen hatte. Das Licht einer Straßenlampe fiel seitlich auf sein Gesicht, das mir bekannt vorkam. Er trat einen Schritt vor, knöpfte seinen Mantel bis oben zu, lächelte und ging zwischen den Passanten Richtung Ramblas davon. Da erkannte ich in ihm den Polizisten, der mich festgehalten hatte, während Inspektor Fumero Fermín angriff. Als ich in den Laden trat, schaute Fermín auf und warf mir einen fragenden Blick zu.

»Was machen Sie denn für ein Gesicht?«

»Fermín, ich glaube, wir haben ein Problem.«

Am selben Abend setzten wir den Plan in Gang, den wir einige Tage zuvor mit Don Gustavo Barceló ausgeheckt hatten.

»Zuerst müssen wir uns vergewissern, daß wir tatsächlich Gegenstand polizeilicher Überwachung sind. Also machen wir so ganz beiläufig einen Spaziergang zum Els Cuatre Gats, um zu sehen, ob dieser Kerl noch da draußen steht und uns auflauert. Aber kein Wort von alledem zu Ihrem Vater, sonst bekommt er noch einen Nierenstein.«

»Was soll ich ihm denn sagen? Er traut dem Frieden schon seit einer Weile nicht mehr.«

»Sagen Sie ihm, Sie gehen Sonnenblumenkerne holen oder Puddingpulver.«

»Und warum müssen wir ausgerechnet ins Els Cuatre Gats?«

»Weil es dort die besten Schlackwurstsandwiches im Umkreis von fünf Kilometern gibt, und irgendwo müssen wir uns ja unterhalten. Seien Sie kein Spielverderber und tun Sie, was ich sage, Daniel.«

Da ich jede Unternehmung begrüßte, die mich von meinen Gedanken abhielt, gehorchte ich, und zwei Minuten später trat ich auf die Straße hinaus, nachdem ich meinem Vater versichert hatte, ich sei zum Abendessen zurück. Fermín erwartete mich an der Ecke zur Puerta del Angel. Sowie ich mich zu ihm gesellte, gab er mir mit einer Bewegung der Augenbrauen zu verstehen, ich solle losmarschieren.

»Wir führen den Blödmann etwa zwanzig Meter weit. Drehen Sie sich nicht um.«

»Der von vorhin?«

»Ich glaube nicht, es sei denn, er ist bei der Feuchtigkeit eingelaufen. Der hier scheint wirklich ein Gimpel zu sein. Hat eine sechs Tage alte Sportzeitung bei sich. Fumero rekrutiert seine Lehrlinge offenbar an Eliteschulen.«

Als wir im Els Cuatre Gats anlangten, setzte sich unser Mann wenige Meter von uns entfernt an einen Tisch und tat so, als läse er die Ereignisse des Liga-Spieltags von der Vorwoche. Alle zwanzig Sekunden schielte er zu uns herüber.

»Armes Kerlchen, schauen Sie nur, wie er schwitzt«, sagte Fermín und schüttelte den Kopf. »Sie sehen etwas zerstreut aus, Daniel. Haben Sie mit dem Mädchen gesprochen oder nicht?«

»Ihr Vater hat abgenommen.«

»Und Sie haben ein freundschaftliches, herzliches Gespräch mit ihm geführt?«

»Eher einen Monolog.«

»Ich sehe. Muß ich daraus also schließen, daß Sie ihn noch nicht als Papa ansprechen?«

»Er hat mir versichert, daß er mir die Seele aus dem Körper rausprügeln wird.«

»Das wird wohl eine rhetorische Figur gewesen sein.«

Die Gestalt des Kellners beugte sich über uns. Fermín bestellte Essen für ein ganzes Regiment und rieb sich erwartungsfroh die Hände.

»Und Sie wollen nichts, Daniel?«

Ich schüttelte den Kopf. Als der Kellner mit zwei Tabletts voller Tapas, Sandwiches und einer Flasche Wein zurückkam, gab ihm Fermín eine große Münze und sagte, der Rest sei für ihn.

»Chef, sehen Sie den Typ dort am Tisch neben dem Fenster, der den Kopf in die Zeitung steckt, als wär's eine Papiertüte?«

Der Kellner nickte verschwörerisch.

»Wären Sie so gut und würden Sie ihm sagen, Inspektor Fumero beauftragt ihn dringend, unverzüglich auf den Boquería-Markt zu gehen und für fünfundzwanzig Peseten gekochte Kichererbsen zu kaufen und schleunigst ins Präsidium zu bringen (wenn nötig per Taxi), oder er soll sich darauf vorbereiten, den Hodensack auf dem Tablett zu präsentieren? Soll ich's wiederholen?«

»Das ist nicht nötig, mein Herr. Für fünfundzwanzig Peseten gekochte Kichererbsen oder der Hodensack.«

Fermín gab ihm noch eine Münze.

»Gott segne Sie.«

Der Kellner nickte respektvoll und ging zum Tisch unseres

Verfolgers, um ihm die Nachricht zu überbringen. Als der Mann die Befehle vernahm, geriet sein Gesicht aus den Fugen. Er blieb fünfzehn Sekunden sitzen, rang mit unergründlichen Kräften und stürzte dann auf die Straße hinaus. Fermín nahm sich nicht einmal die Mühe, mit der Wimper zu zucken. Unter andern Umständen hätte ich die Episode genossen, aber an diesem Abend war ich nicht imstande, Bea aus meinen Gedanken zu verbannen.

»Kommen Sie auf den Boden, Daniel, wir haben eine Arbeit zu besprechen. Gleich morgen besuchen Sie Nuria Monfort, genau so wie ausgemacht.«

»Und wenn ich dort bin, was soll ich ihr dann sagen?«

»An Gesprächsstoff wird es Ihnen nicht mangeln. Es geht darum, das zu tun, was Señor Barceló so treffend vorgeschlagen hat. Sie sagen ihr, Sie wissen, daß sie Sie in bezug auf Carax perfid angelogen hat, daß ihr angeblicher Mann Miquel Moliner nicht wie behauptet im Gefängnis sitzt, daß Sie herausgefunden haben, daß sie die Frau im Hintergrund ist, welche die Korrespondenz für die ehemalige Wohnung der Familie Fortuny-Carax von einem Postfach abgeholt hat, das auf den Namen einer nicht existierenden Anwaltskanzlei lautet. Sie sagen ihr alles, was dienlich ist, um ihr die Hölle heiß zu machen – und all das ganz melodramatisch und mit biblischem Gesicht. Dann treten Sie mit einem Knalleffekt ab und lassen sie eine Weile im eigenen Saft schmoren.«

»Und unterdessen . . .«

»Unterdessen halte ich mich bereit, ihr zu folgen, was ich mit Hilfe avancierter Tarnungstechniken zu tun gedenke.«

»Das wird nicht funktionieren, Fermín.«

»Ungläubiger Thomas. Was hat Ihnen der Vater dieses Mädchens bloß gesagt, daß Sie sich so anstellen? Ist es wegen der Drohung? Beachten Sie sie einfach nicht. Sagen Sie, was hat Ihnen dieser Verrückte gesagt?«

Ich antwortete, ohne nachzudenken.

»Die Wahrheit.«

»Die Wahrheit nach dem heiligen Daniel, dem Märtyrer?«

»Machen Sie sich lustig, soviel Sie wollen. Geschieht mir ganz recht.«

»Ich mache mich nicht lustig, Daniel. Es tut mir nur leid, Sie in dieser Selbstgeißelungsstimmung zu sehen. Man könnte wirklich glauben, Sie stecken im härenen Büßerhemd. Sie haben nichts Unrechtes getan. Im Leben gibt es schon genügend Henker, als daß man noch sich selbst gegenüber den Großinquisitor spielen muß.«

»Sprechen Sie aus Erfahrung?«

Fermín zuckte die Schultern.

»Sie haben mir nie erzählt, wie Sie Fumero begegnet sind«, sagte ich.

»Wollen Sie eine Geschichte mit Moral hören?«

»Nur, wenn Sie sie mir erzählen mögen.«

Er schenkte sich ein Glas Wein ein und trank es in einem Zug aus.

»Amen«, sagte er zu sich selbst. »Was ich Ihnen von Fumero erzählen kann, ist allgemein bekannt. Das erste Mal habe ich von ihm gehört, als der künftige Inspektor noch ein Pistolenheld im Dienst des Anarchistischen Verbandes Spaniens war. Er hatte sich einen großen Ruf erworben, weil er weder Angst noch Skrupel kannte. Er brauchte bloß einen Namen, um die Person auf offener Straße mittags um zwölf mit einem Schuß in die Stirn zu liquidieren. Solche Talente sind in bewegten Zeiten sehr geschätzt. Was er ebensowenig kannte, waren Treue und Grundsätze. Die Sache, der er diente, war ihm schnurz, solange sie seinem Aufsteigen förderlich war. Es gibt massenweise solches Gesindel auf der Welt, aber wenige mit Fumeros Begabung. Von den Anarchisten lief er zu den Kommunisten über, und von dort zu den Faschisten war es nur noch ein Schritt. Er spionierte und verkaufte Informationen der einen Seite an die andere und nahm von jedermann Geld. Ich hatte schon seit einiger Zeit ein Auge auf ihn geworfen. Damals habe ich für die Regierung der Generalitat gearbeitet.«

»Was haben Sie denn gemacht?«

»Ein bißchen alles. In den Fernsehserien von heute wird das, was ich machte, Spionage genannt, aber in Zeiten des Krieges sind wir alle Spione. Ein Teil meiner Arbeit bestand darin, über Leute wie Fumero Bescheid zu wissen. Es sind die gefährlichsten. Sie sind wie Vipern, farb- und gewissenlos. Im Krieg schießen sie überall wie Pilze aus dem Boden. In Friedenszeiten tragen sie eine Maske, aber sie sind weiterhin da. Zu Tausenden. Jedenfalls habe ich sein Spiel irgendwann durchschaut – eher zu spät, würde ich sagen. Barcelona fiel in wenigen Tagen, und die Situation hatte sich um hundertachtzig Grad gewendet. Ich war auf einmal ein gesuchter Verbrecher, und meine Vorgesetzten sahen sich gezwungen, sich wie Ratten zu verstecken. Natürlich hatte Fumero bereits das Kommando über die *Operation Säuberung*, die mit Schüssen durchgeführt wurde, auf offener Straße oder im Kastell des Montjuïc. Mich haben sie im Hafen verhaftet, als ich auf einem griechischen Frachter Schiffskarten zu lösen versuchte, um meine Chefs nach Frankreich zu schicken. Sie brachten mich auf den Montjuïc und schlossen mich zwei Tage in einer stockdunklen Zelle ein, ohne Wasser und Ventilation. Als ich wieder Licht zu sehen bekam, war es die Flamme eines Lötkolbens. Fumero und ein Kerl, der nur Deutsch sprach, hängten mich an den Füßen auf, den Kopf nach unten. Zuerst hat mir der Deutsche die Kleider mit dem Lötkolben weggebrannt. Er schien Übung darin zu haben. Als nur noch Fetzen an mir hingen und sämtliche Haare des Körpers abgesengt waren, sagte Fumero, wenn ich ihm nicht verrate, wo sich meine Vorgesetzten versteckt hielten, fange der Spaß erst richtig an. Ich bin kein mutiger Mann, Daniel. Ich bin es nie gewesen, aber mit dem bißchen Mumm, das ich habe, verfluchte ich ihn und schickte ihn zum Teufel. Auf ein Zeichen von Fumero hin spritzte mir der Deutsche irgendwas in den Schenkel und wartete ein paar Minuten. Dann, während Fumero rauchte und mich grinsend beobachtete, begann er mich gewissenhaft mit dem Lötkolben zu braten. Sie haben die Male ja gesehen . . .«

Ich nickte. Fermín sprach in gelassenem, emotionslosem Ton.

»Diese Brandmale sind noch das Harmloseste. Die schlimmsten bleiben innen zurück. Eine Stunde habe ich es unter dem Lötkolben ausgehalten. Vielleicht war's auch nur eine Minute, ich weiß es nicht. Aber schließlich hab ich die Verstecke genannt – die Namen der Helfer und sogar die von Leuten, die es gar nicht waren. Sie ließen mich nackt und mit verbrannter Haut in einer Gasse des Pueblo Seco liegen. Eine gute Frau hat mich zu sich genommen und zwei Monate lang gepflegt. Die Kommunisten hatten ihren Mann und ihre beiden Söhne in der Tür ihres Hauses erschossen. Sie wußte nicht, warum. Als ich wieder aufstehen und hinausgehen konnte, erfuhr ich, daß alle meine Vorgesetzten festgenommen und hingerichtet worden waren, wenige Stunden nachdem ich sie verraten hatte.«

»Fermín, wenn Sie mir das nicht erzählen mögen . . .«

»Nein, nein. Besser, Sie hören es und wissen, mit wem Sie es zu tun haben. Als ich in meine Wohnung zurückging, wurde mir mitgeteilt, sie sei von der Regierung enteignet worden, ebenso wie meine ganze Habe. Über Nacht war ich zum Bettler geworden. Ich habe versucht, Arbeit zu kriegen. Ich bekam keine. Das einzige, was ich beschaffen konnte, war eine Flasche offenen Weins für ein paar Céntimos. Das ist ein langsames Gift, das die Innereien zerfrißt wie Säure, aber ich vertraute darauf, daß es früher oder später Wirkung zeigen würde. Ich dachte, eines Tages würde ich nach Kuba zu meiner Mulattin zurückkehren. Gerade als ich versuchte, an Bord eines Frachters nach Havanna zu gehen, wurde ich verhaftet. Ich habe längst vergessen, wieviel Zeit ich im Gefängnis verbracht habe. Nach dem ersten Jahr beginnt man alles zu verlieren, auch den Verstand. Als ich rauskam, fing das Leben auf der Straße an, wo Sie mich eine Ewigkeit später gefunden haben. Es gab viele wie mich, Kollegen aus dem Gefängnis oder der Amnestie. Wer Glück hatte, kannte draußen jemand – jemand oder etwas, wohin er zurückkonnte. Wir andern schlossen uns im Heer der Parias zusammen. Wenn man in diesem Klub einmal Mitglied ist, bleibt man es für immer. Die meisten von uns wagten sich nur nachts hinaus, wenn die Welt nicht hinschaut. Viele von denen, die ich kannte, habe ich nie wiedergesehen. Das Leben auf der Straße ist kurz. Die Leute blicken einen angewidert an, selbst diejenigen, die einem ein Almosen geben, aber das ist nichts im Vergleich zu dem Widerwillen, den man vor sich selbst empfindet. Es ist, als wäre man in einer wandelnden Leiche gefangen, die Hunger leidet, stinkt und sich zu sterben weigert. Ab und zu haben mich Fumero und seine Leute verhaftet und mich irgendeines absurden Diebstahls angeklagt oder gesagt, ich hätte am Ausgang einer Klosterschule kleine Mädchen verführt. Erneut ein Monat im Modelo-Gefängnis, Prügel und dann wieder auf die Straße. Ich habe nie begriffen, welchen Sinn diese Farcen hatten. Anscheinend fand die Polizei es zweckmäßig, über eine Gruppe Verdächtiger zu verfügen, auf die man notfalls zurückgreifen konnte. Bei einer meiner Begegnungen mit Fumero, der mittlerweile ein wichtiger Mann war, habe ich ihn gefragt, warum er mich nicht umgebracht habe wie alle andern. Er lachte und sagte, es gebe Schlimmeres als den Tod. Einen Verräter töte er nie, er lasse ihn bei lebendigem Leib verfaulen.«

»Sie sind kein Verräter, Fermín. Jeder an Ihrer Stelle hätte dasselbe getan. Sie sind mein bester Freund.«

»Ich verdiene Ihre Freundschaft nicht, Daniel. Sie und Ihr Vater haben mir das Leben gerettet, und mein Leben gehört Ihnen beiden. Was immer ich für Sie tun kann, das werde ich tun. An dem Tag, an dem Sie mich von der Straße weggeholt haben, ist Fermín Romero de Torres neu geboren worden.«

»Das ist nicht Ihr richtiger Name, nicht wahr?«

Er schüttelte den Kopf.

»Den habe ich auf einem Plakat auf der Plaza de las Arenas gesehen. Der andere ist begraben. Der Mann, der vorher in diesen Knochen gelebt hat, ist gestorben, Daniel. In Alpträumen kehrt er manchmal zurück. Aber Sie haben mich gelehrt, ein anderer Mann zu sein, und haben mir einen Grund gegeben, noch einmal zu leben – meine Bernarda.«

»Fermín . . .«

»Sagen Sie nichts, Daniel. Verzeihen Sie mir einfach, wenn Sie das können.«

Ich umarmte ihn schweigend und ließ ihn weinen. Die Leute sahen uns verstohlen an, und ich schaute mit blitzenden Augen zurück. Nach einer Weile beachtete man uns nicht mehr. Später, als ich ihn zu seiner Pension begleitete, fand Fermín die Stimme wieder.

»Was ich Ihnen heute erzählt habe . . ., die Bernarda soll das bitte . . .«

»Weder die Bernarda noch sonst jemand. Kein Wort, Fermín.«

Mit einem Händedruck sagten wir uns auf Wiedersehen.

23

Die ganze Nacht lag ich bei brennendem Licht wach auf meinem Bett und betrachtete meinen glänzenden Montblanc-Füllfederhalter, mit dem ich jahrelang nicht mehr geschrieben hatte und der allmählich das beste Paar Handschuhe wurde, das man je einem Einarmigen geschenkt hat. Mehr als einmal wäre ich beinahe zu den Aguilars gegangen, um mich gleichsam zu stellen, aber nach langem Nachdenken nahm ich an, am frühen Morgen in Beas Elternhaus einzudringen würde ihre Lage nicht eben verbessern. Als der Tag anbrach, kehrte mit der Müdigkeit und der Zerstreuung mein Egoismus zurück, und ich brauchte nicht lange, bis ich zur Überzeugung kam, die Zeit werde die Wunden schon heilen.

Am Vormittag gab es in der Buchhandlung wenig zu tun, was ich nutzte, um im Stehen zu schlummern. Am Mittag gab ich, wie am Vorabend mit Fermín vereinbart, vor, einen Spaziergang zu machen, und Fermín sagte, er habe einen Termin in der Poliklinik, um sich einige Fäden ziehen zu lassen. Soweit ich sah, glaubte mein Vater beide Schummeleien. Der Gedanke, ihn systematisch zu belügen, trübte mir langsam das Gemüt, was ich Fermín am Vormittag auch gesagt hatte, als mein Vater rasch eine Besorgung machen ging.

»Daniel, die Beziehung zwischen Vater und Sohn gründet

auf Tausenden kleiner, gütiger Lügen. Das hier ist eine weitere. Sie brauchen keine Schuldgefühle zu haben.«

Als es soweit war, log ich abermals und machte mich auf zu Nuria Monfort, deren Berührung und Geruch noch in meinem Gedächtnis hafteten. Das Pflaster der Plaza de San Felipe Neri war von einem Schwarm Tauben eingenommen worden. Ich hatte gehofft, Nuria Monfort in Gesellschaft ihres Buches anzutreffen, doch der Platz war menschenleer. Von Dutzenden Tauben überwacht, überquerte ich ihn und sah mich dabei suchend nach dem als weiß Gott was getarnten Fermín um, vergeblich – er hatte die List nicht preisgeben mögen, die er im Kopf hatte. Ich trat ins Treppenhaus und stellte fest, daß Miquel Moliners Name noch immer am Briefkasten stand. Ich fragte mich, ob das wohl das erste Loch in Nuria Monforts Geschichte sei, auf das ich sie hinweisen könnte. Während ich im Halbdunkel die Treppe hinaufstieg, wünschte ich mir beinahe, sie nicht zu Hause anzutreffen. Nie hat man soviel Mitgefühl für einen, der lügt, wie wenn man sich in derselben Lage befindet. Auf dem Treppenabsatz des vierten Stocks blieb ich stehen, um meinen Mut zusammenzunehmen und mir irgendeinen Vorwand zur Rechtfertigung meines Besuchs auszudenken. Das Radio der Nachbarin auf der gegenüberliegenden Seite dröhnte noch immer, diesmal mit der Übertragung eines Wettbewerbs zu religiösen Fragen mit dem Titel *Zum Himmel schreien*, der jeden Dienstagmittag die Zuhörerschaft ganz Spaniens in Atem hielt.

Als im Studio von Radio Nacional der Applaus des Publikums losbrach, trat ich entschlossen vor Nuria Monforts Tür und klingelte mehrere Sekunden lang. Ich hörte, wie sich das Echo im Innern verlor, und seufzte erleichtert auf. Schon wollte ich mich wieder davonmachen, als ich Schritte vernahm, die näher kamen, und das Guckloch in einer Andeutung von Licht aufleuchtete. Ich lächelte. Als sich der Schlüssel im Schloß drehte, holte ich tief Atem.

24

»Daniel«, flüsterte sie.

Der blaue Rauch der Zigarette umschleierte ihr Gesicht. Die Lippen leuchteten dunkelrot und feucht und hinterließen auf dem Filter blutige Spuren. Es gibt Menschen, an die man sich erinnert, und andere, von denen man träumt. Für mich hatte Nuria Monfort die Glaubwürdigkeit einer Fata Morgana: Man stellt sie nicht in Frage, man folgt ihr einfach, bis sie sich auflöst oder einen vernichtet. Ich folgte ihr in den engen, halbdunklen Raum, wo sich ihr Schreibtisch, ihre Bücher und die Sammlung der streng ausgerichteten Bleistifte befanden.

»Ich dachte, ich würde dich nicht wiedersehen.«

»Tut mir leid, Sie enttäuschen zu müssen.«

Sie setzte sich auf den Schreibtischstuhl, schlug die Beine übereinander und lehnte sich zurück. Ich riß die Augen von ihrem Hals los und konzentrierte mich auf einen Feuchtigkeitsfleck an der Wand. Dann trat ich ans Fenster und warf einen raschen Blick auf den Platz. Keine Spur von Fermín. Hinter mir konnte ich Nuria Monfort atmen hören, ihren Blick spüren. Ich sprach, ohne vom Fenster wegzuschauen.

»Vor einigen Tagen hat ein guter Freund von mir herausgefunden, daß der Liegenschaftenverwalter, der für die ehemalige Wohnung der Familie Fortuny-Carax zuständig ist, die Korrespondenz an ein Postfach auf den Namen einer Anwaltskanzlei geschickt hatte, die offensichtlich nicht existiert. Derselbe Freund hat herausgefunden, daß die Person, die jahrelang die Sendungen für dieses Postfach abgeholt hatte, Ihren Namen benutzte, Señora Monfort...«

»Schweig.«

Ich wandte mich um und sah, daß sie sich in die Schatten zurückzog.

»Du richtest mich, ohne mich zu kennen«, sagte sie.

»Dann helfen Sie mir, Sie kennenzulernen.«

»Wem hast du das erzählt? Wer weiß sonst noch, was du da gesagt hast?«

»Mehr Leute, als man denkt. Die Polizei folgt mir schon seit längerem.«

»Fumero?«

Ich nickte. Ich hatte den Eindruck, ihre Hände zitterten.

»Du weißt nicht, was du angerichtet hast, Daniel.«

»Sagen Sie es mir«, antwortete ich mit einer Härte, die ich nicht empfand.

»Du meinst, bloß weil du über ein Buch gestolpert bist, hast du das Recht, ins Leben von Menschen einzudringen, die du nicht kennst, in Dinge, die du nicht verstehen kannst und die dich nichts angehen.«

»Jetzt gehen sie mich etwas an, ob ich will oder nicht.«

»Du weißt nicht, was du sagst.«

»Ich war im Aldaya-Haus. Ich weiß, daß sich Jorge Aldaya dort versteckt. Ich weiß, daß er es war, der Carax ermordet hat.«

Sie schaute mich lange an und maß ihre Worte ab.

»Weiß das Fumero?«

»Ich weiß es nicht.«

»Es wäre besser, du wüßtest es. Ist dir Fumero hierher gefolgt?«

Die Wut, die in ihren Augen loderte, verbrannte mich. Ich war in der Rolle des Anklägers und Richters gekommen, aber mit jeder weiteren Minute fühlte ich mich mehr als der Schuldige.

»Ich glaube nicht. Haben Sie es gewußt? Sie haben gewußt, daß Jorge Aldaya es war, der Julián umgebracht hat und sich in diesem Haus versteckt – warum haben Sie es mir nicht gesagt?«

Sie lächelte bitter.

»Du verstehst nichts, nicht wahr?«

»Ich verstehe, daß Sie gelogen haben, um den Mann zu schützen, der den ermordet hat, den Sie als Ihren Freund bezeichnen, den Mann, der dieses Verbrechen jahrelang verheimlicht hat, einen Mann, dessen einziges Ziel es ist, jede Spur von Julián Carax' Existenz zu beseitigen, der seine Bücher verbrennt. Ich verstehe, daß Sie mich bezüglich Ihres Mannes belogen haben, der nicht im Gefängnis ist und offensichtlich auch nicht hier. Das ist es, was ich verstehe.«

Nuria Monfort schüttelte langsam den Kopf.

»Geh, Daniel. Verlaß diese Wohnung und komm nicht wieder. Du hast schon genug angerichtet.«

Ich ließ sie im Eßzimmer zurück und ging auf die Tür zu. Auf halbem Weg blieb ich stehen und kehrte um. Nuria Monfort saß auf dem Boden, den Rücken an die Wand gelehnt. Der ganze Zauber um ihre Erscheinung war dahin.

Den Blick starr auf den Boden gerichtet, ging ich über die Plaza de San Felipe Neri. Ich schleppte den Schmerz mit, den ich von den Lippen dieser Frau genommen hatte, einen Schmerz, als dessen Komplize und Instrument ich mich jetzt fühlte, ohne jedoch zu begreifen, wie und warum. ›Du weißt nicht, was du angerichtet hast, Daniel.‹ Ich wollte nur noch weg von hier. Als ich an der Kirche vorüberging, bemerkte ich den hageren Priester mit der großen Nase kaum, der mich, Meßbuch und Rosenkranz in der Hand, vor dem Eingang bedächtig segnete. Erst einige Minuten später ging mir ein Licht auf.

25

Ich kam mit beinahe einer dreiviertel Stunde Verspätung in die Buchhandlung zurück. Als mein Vater mich erblickte, runzelte er vorwurfsvoll die Stirn und schaute auf die Uhr.

»Ziemlich spät. Ihr wißt, daß ich zu einem Kunden nach Sant Cugat muß, und laßt mich hier allein.«

»Und Fermín? Ist er noch nicht zurück?«

Mein Vater schüttelte mürrisch den Kopf.

»Übrigens, du hast einen Brief. Ich hab ihn dir neben die Kasse gelegt.«

»Entschuldige, Papa, aber . . .«

Mit einer Handbewegung bedeutete er mir, ich solle mir die Entschuldigungen sparen, bewehrte sich mit Mantel und Hut und ging grußlos zur Tür hinaus. So, wie ich ihn kannte, würde sich sein Ärger verflogen haben, noch bevor er am Bahnhof war. Was mich erstaunte, war Fermíns Ausbleiben. Ich hatte ihn auf der Plaza de San Felipe als Priester gesehen, wo er darauf wartete, daß Nuria Monfort herausgeschossen käme und ihn zum großen Geheimnis des Komplotts führte. Mein Glaube an diese Strategie war zu Asche geworden, und ich stellte mir vor, falls Nuria Monfort wirklich aus dem Haus käme, würde ihr Fermín am Ende zur Apotheke oder Bäckerei folgen. Ein vortrefflicher Plan. Ich ging zur Kasse, um einen Blick auf den von meinem Vater erwähnten Brief zu werfen. Der Umschlag trug einen aufgedruckten Absender, der mir das bißchen Mut zunichte machte, das mir noch geblieben war, um den Tag zu überstehen.

MILITÄRBEZIRK BARCELONA
MUSTERUNGSBÜRO

»Halleluja«, murmelte ich.

Ich wußte, was der Umschlag enthielt, ohne ihn öffnen zu müssen, aber ich tat es trotzdem, um mich im Schlamm zu suhlen. Das Schreiben war knapp gehalten, zwei Absätze in dieser Prosa zwischen glühender Proklamation und Operettenarie, die charakteristisch ist für das militärische Briefwesen. Es wurde mir verkündet, ich, Daniel Sempere Martín, hätte in zwei Monaten die Ehre und den Stolz, mich der heiligsten und erbauendsten Aufgabe anzuschließen, welche das Leben dem hispanischen Manne anzubieten habe: der Heimat zu dienen und die Uniform des nationalen Kreuzzuges zur Verteidigung des geistigen Bestands des Abendlandes anzuziehen. Ich baute darauf, daß Fermín der Sache wenigstens eine Pointe abringen und uns mit seiner Versversion von *Der Fall des jüdisch-freimaurerischen Trutzbündnisses* eine Weile zum Lachen bringen könnte. Zwei Monate. Acht Wochen. Sechzig Tage. Ich konnte die Zeit immer weiter unterteilen, bis ich zu den Sekunden und damit auf eine immense Zahl kam. Es blieben mir noch fünf Millionen hundertvierundachtzigtausend Sekunden Freiheit.

Vielleicht konnte mir Don Federico, der nach Ansicht meines Vaters in der Lage war, eigenhändig einen Volkswagen zu bauen, eine Uhr mit Scheibenbremsen machen. Vielleicht erklärte mir jemand, wie ich es anstellen sollte, um Bea nicht für immer zu verlieren. Als ich die Türglocke hörte, dachte ich, Fermín sei endlich zurückgekommen, in der Überzeugung, unsere detektivischen Bemühungen seien nicht einmal für einen Witz gut.

»Nanu, der Erbe bewacht das Schloß, wie es seine Pflicht und Schuldigkeit ist, wenn auch mit Leichenbittermiene. Mach ein heiteres Gesicht, Junge, du siehst ja aus wie ein Karpfen mit Migräne«, sagte Gustavo Barceló, angetan mit einem Kamelhaarmantel und einen Elfenbeinstock in der Hand, den er nicht brauchte und wie einen Weihwasserwedel schwang. »Ist dein Vater nicht da, Daniel?«

»Tut mir leid, Don Gustavo. Er ist zu einem Kunden gegangen und kommt wahrscheinlich erst . . .«

»Sehr gut. Ich will nämlich nicht zu ihm, und es ist besser, er hört nicht, was ich dir zu sagen habe.«

Er blinzelte mir zu, während er aus den Handschuhen schlüpfte und verdrießlich den Laden betrachtete.

»Und unser Kollege Fermín? Ist er auch irgendwo?«

»Im Gefecht verschwunden.«

»Vermutlich bei der Anwendung seiner Talente auf die Lösung des Falles Carax.«

»Mit Leib und Seele. Das letzte Mal, als ich ihn gesehen habe, trug er eine Soutane und erteilte den Segen urbi et orbi.«

»Hm . . . Es ist meine Schuld, weil ich euch aufgehetzt habe. Hätte ich doch den Schnabel gehalten.«

»Ich sehe, Sie sind etwas unruhig. Ist etwas geschehen?«

»Nicht direkt. Oder doch, in gewisser Hinsicht schon.«

»Was wollten Sie mir erzählen, Don Gustavo?«

Er lächelte mir sanft zu. Sein üblicher hochmütiger Ausdruck und seine Salonarroganz waren einem gewissen Ernst, einem Anflug von Vorsicht und nicht geringer Besorgnis gewichen.

»Heute morgen habe ich Don Manuel Gutiérrez Fonseca

kennengelernt, 59, Junggeselle und seit 1924 Angestellter des städtischen Leichenschauhauses. Dreißig Jahre Dienst auf der Schwelle zur Finsternis – das stammt von ihm, nicht von mir. Don Manuel ist ein Herr alter Schule, höflich, nett und entgegenkommend. Er wohnt seit fünfzehn Jahren zur Untermiete in einem Zimmer in der Calle de la Ceniza, das er mit zwölf Wellensittichen teilt, die den Trauermarsch zu trällern gelernt haben. Er hat ein Abonnement für den Olymp des Liceo-Theaters und mag Verdi und Donizetti. Er hat mir gesagt, das Entscheidende an seiner Arbeit sei es, das Reglement zu befolgen. Im Reglement ist alles vorgesehen, insbesondere bei Situationen, in denen man nicht mehr weiterweiß. Ein Beispiel: Vor fünfzehn Jahren hat Don Manuel einmal einen von der Polizei gebrachten Leinensack geöffnet und sich dem besten Freund seiner Kindheit gegenübergesehen. Der Rest der Leiche kam in einem separaten Sack. Don Manuel hat sich über die Erschütterung hinweggesetzt und das Reglement befolgt.«

»Möchten Sie einen Kaffee, Don Gustavo? Sie werden ja ganz gelb.«

»Ich bitte darum.«

Ich holte die Thermoskanne und schenkte ihm eine Tasse mit sieben Stück Zucker ein. Er trank sie in einem Zug aus.

»Besser?«

»Es geht gleich wieder. Also, Don Manuel hatte Dienst an dem Tag, an dem Julián Carax' Leichnam in die Nekropsie kam, im September 1936. Natürlich erinnerte sich Don Manuel nicht mehr an den Namen, aber ein Nachsuchen in den Archiven und eine Spende von zwanzig Duros für seinen Ruhestandfonds haben sein Gedächtnis bemerkenswert aufgefrischt. Kannst du mir folgen?«

Ich nickte, fast in Trance.

»Don Manuel erinnert sich an die Einzelheiten jenes Tages, weil das, wie er mir erzählte, eines der wenigen Male war, wo er sich über das Reglement hinweggesetzt hat. Laut Polizei war der Tote in einer Gasse des Raval gefunden worden, kurz vor Tagesanbruch. Gegen zehn Uhr vormittags gelangte er ins

Leichenhaus. Er hatte nur ein Buch und einen Paß bei sich, der ihn als Julián Fortuny Carax auswies, gebürtig aus Barcelona, geboren im Jahr 1900. Der Paß wies einen Stempel des Grenzübergangs La Junquera auf, woraus hervorging, daß Carax das Land einen Monat zuvor betreten hatte. Offensichtlich war die Todesursache eine Schußwunde. Don Manuel ist zwar nicht Arzt, aber mit der Zeit hat er das Repertoire kennengelernt. Seiner Meinung nach war der Schuß – direkt über dem Herzen – aus nächster Nähe abgegeben worden. Dank des Passes konnte man Señor Fortuny, Carax' Vater, ausfindig machen, der noch am selben Abend ins Leichenhaus kam, wo er den Toten identifizieren sollte.«

»Bis dahin paßt alles zu dem, was Nuria Monfort erzählt hat.«

Barceló nickte.

»So ist es. Was dir Nuria Monfort nicht gesagt hat, ist, daß er, mein Freund Don Manuel, als er argwöhnte, die Polizei sei nicht allzusehr an dem Fall interessiert, und nachdem er festgestellt hatte, daß das Buch, das man in den Taschen des Toten gefunden hatte, dessen Namen trug – daß also Don Manuel die Initiative zu ergreifen beschloß und noch am selben Nachmittag, während er auf Señor Fortuny wartete, den Verlag anrief, um über den Vorfall Bericht zu erstatten.«

»Nuria Monfort hat mir gesagt, der Angestellte des Leichenschauhauses habe drei Tage später angerufen, nachdem die Leiche schon in einem Massengrab beigesetzt worden war.«

»Laut Don Manuel hat er am selben Tag angerufen, an dem der Tote eingeliefert wurde. Er hat gesagt, er habe mit einer Señorita gesprochen, die sich für seinen Anruf bedankte. Er erinnert sich, daß ihn ihr Verhalten schockiert hat. Nach seinen Worten ›war es, als wüßte sie es bereits‹.«

»Und was ist mit Señor Fortuny? Stimmt es, daß er sich geweigert hat, seinen Sohn zu identifizieren?«

»Darauf war ich am allermeisten gespannt. Don Manuel erklärt, bei Einbruch der Dunkelheit sei in Begleitung von zwei Polizisten ein zittriges Männchen gekommen. Es war Señor

Fortuny. Das sei, wie er sagt, das einzige, woran man sich nie gewöhnen könne – der Moment, in dem die Angehörigen kommen, um die Leiche eines geliebten Menschen zu identifizieren. Das sei eine heikle Situation, die er niemandem wünsche. Am schlimmsten sei es, wenn der Tote ein junger Mensch sei, der von den Eltern oder einer frisch angetrauten Person identifiziert werden müsse. Don Manuel erinnert sich noch genau an Señor Fortuny. Er sagt, als er ins Leichenhaus gekommen sei, habe er sich kaum auf den Beinen halten können, er habe geweint wie ein Kind und die beiden Polizisten hätten ihn an den Armen führen müssen. Er habe nicht aufgehört zu wimmern: ›Was hat man mit meinem Sohn gemacht? Was hat man mit meinem Sohn gemacht?‹«

»Hat er die Leiche denn überhaupt gesehen?«

»Don Manuel hat mir erzählt, er sei drauf und dran gewesen, den Polizisten nahezulegen, auf die Formalität zu verzichten. Das sei das einzige Mal gewesen, daß es ihm in den Sinn gekommen sei, das Reglement in Frage zu stellen. Die Leiche war in üblem Zustand. Wahrscheinlich war der Mann schon seit über vierundzwanzig Stunden tot, als er ins Leichenhaus kam, nicht erst seit dem frühen Morgen, wie die Polizei angab. Don Manuel fürchtete, wenn dieses alte Männchen ihn sähe, würde er zerbrechen. Señor Fortuny hörte nicht auf zu sagen, es könne nicht sein, sein Julián könne nicht tot sein . . . Da schlug Don Manuel das Leichentuch zurück, und die beiden Polizisten fragten formell, ob das sein Sohn Julián sei.«

»Und?«

»Señor Fortuny blieb stumm und betrachtete die Leiche fast eine Minute lang. Dann machte er kehrt und ging.«

»Er ging?«

»In aller Eile.«

»Und die Polizei? Hat sie ihn nicht daran gehindert? Waren sie nicht da, um die Leiche zu identifizieren?«

Barceló lächelte böse.

»Theoretisch schon. Aber Don Manuel erinnert sich, daß noch jemand anders im Raum war, ein dritter Polizist, der leise

hereingekommen war, als die andern Señor Fortuny vorbereiteten, und der die Szene schweigend verfolgt hatte, an die
Wand gelehnt und eine Zigarette im Mund. Don Manuel erinnert sich an ihn, weil ihn, als er sagte, das Reglement verbiete
das Rauchen im Leichenschauhaus ausdrücklich, einer der Polizisten zum Schweigen brachte. Kaum war Señor Fortuny
gegangen, sei der dritte Polizist hinzugetreten, habe einen
Blick auf die Leiche geworfen und ihr ins Gesicht gespuckt.
Dann habe er den Paß an sich genommen und angeordnet, die
Leiche nach Can Tunis zu bringen und dort am frühen Morgen
in einem Massengrab zu beerdigen.«

»Das ergibt keinen Sinn.«

»Das dachte Don Manuel auch. Vor allem, weil das nicht mit
dem Reglement zu vereinbaren war. ›Aber wir wissen doch gar
nicht, wer dieser Mann ist‹, sagte er. Die beiden Polizisten
zuckten mit den Schultern. Wütend wies Don Manuel sie zurecht: ›Oder wissen Sie es nur allzu gut? Niemand kann ja
übersehen, daß er schon mindestens einen Tag tot ist.‹ Don
Manuel berief sich aufs Reglement – für dumm wollte er sich
nicht verkaufen lassen. Als er seinen Protest gehört habe, sei
der dritte Polizist zu ihm getreten, habe ihm fest in die Augen
geschaut und ihn gefragt, ob er etwa dem Verstorbenen auf
seiner letzten Reise Gesellschaft leisten wolle. Don Manuel hat
mir erzählt, er sei sehr erschrocken. Dieser Mann habe die
Augen eines Verrückten gehabt und er habe keinen Moment
daran gezweifelt, daß er es ernst meine. Er habe geflüstert, er
versuche doch nur, das Reglement zu erfüllen, niemand wisse,
wer dieser Mann sei und darum könne man ihn noch nicht
beerdigen. ›Dieser Mann ist der, von dem ich sage, er ist es‹,
erwiderte der dritte Polizist. Dann nahm er das Registerblatt,
unterschrieb es und erklärte den Fall für abgeschlossen. Don
Manuel sagt, diese Unterschrift werde er nie vergessen – in den
Kriegsjahren und noch lange Zeit später habe er sie auf Dutzenden von Registerblättern und Totenscheinen von Leichen
wiedergefunden, die weiß Gott woher kamen und die niemand
identifizieren konnte . . .«

»Inspektor Francisco Javier Fumero . . .«

»Stolz und Bollwerk der Polizeidirektion. Weißt du, was das bedeutet, Daniel?«

»Daß wir bisher ziemlich blauäugig waren.«

Barceló nahm Hut und Stock und wandte sich zur Tür. Dabei verneinte er leise.

»Nein, daß wir unser blaues Wunder erst noch erleben werden.«

26

Den ganzen Nachmittag starrte ich den unheilbringenden Brief an, der mir meine Einberufung verkündete, und wartete auf ein Lebenszeichen von Fermín. Es war bereits eine halbe Stunde nach Ladenschluß, und ich hatte keine Ahnung, wo er sich befand. Da rief ich in der Pension in der Calle Joaquín Costa an, wo mir Doña Encarna mit Anislikörstimme sagte, sie habe Fermín seit dem Morgen nicht mehr gesehen.

»Wenn er in einer halben Stunde nicht da ist, wird er kalt zu Abend essen, wir sind hier nicht im Ritz. Es ist ihm doch nichts zugestoßen, oder?«

»Seien Sie unbesorgt, Doña Encarna. Er hatte noch eine Besorgung zu erledigen und wird sich verspätet haben. Aber falls Sie ihn vor dem Zubettgehen sehen, wäre ich Ihnen auf jeden Fall sehr dankbar, wenn Sie ihm sagen könnten, er soll mich anrufen. Daniel Sempere, Nachbar Ihrer Freundin Merceditas.«

»Keine Angst, aber ich muß Sie darauf aufmerksam machen, daß ich um halb neun in die Klappe gehe.«

Danach rief ich bei Barceló an in der Hoffnung, vielleicht sei Fermín dort aufgekreuzt, um der Bernarda die Speisekammer zu leeren oder sie im Bügelzimmer zu kosen. Ich war nicht auf den Gedanken gekommen, Clara könnte antworten.

»Daniel – das ist aber eine Überraschung.«

Finde ich auch, dachte ich. Weitschweifig ließ ich den Grund meines Anrufs zu unbedeutender Beiläufigkeit schrumpfen.

»Nein, Fermín ist heute nicht vorbeigekommen. Und die

Bernarda war den ganzen Nachmittag mit mir zusammen, ich müßte es also wissen. Wir haben von dir gesprochen, weißt du.«

»Was für ein langweiliges Gesprächsthema.«

»Die Bernarda sagt, du siehst sehr gut aus, ein richtiger Mann.«

»Ich nehme viel Vitamine.«

Langes Schweigen.

»Daniel, glaubst du, wir können eines Tages wieder Freunde sein? Wie viele Jahre wird es brauchen, bist du mir verzeihst?«

»Wir sind schon Freunde, Clara, und ich habe dir nichts zu verzeihen. Das weißt du.«

»Mein Onkel sagt, du forschst immer noch Julián Carax nach. Vielleicht kommst du eines Tages zum Nachmittagskaffee und erzählst mir Neuigkeiten. Auch ich habe dir einiges zu erzählen.«

»In den nächsten Tagen einmal, ganz gewiß.«

»Ich werde heiraten, Daniel.«

Ich starrte den Hörer an und hatte das Gefühl, mein Skelett laufe ein paar Zentimeter ein.

»Bist du noch da, Daniel?«

»Ja.«

»Das hat dich überrascht.«

Ich schluckte hart.

»Nein. Was mich überrascht, ist, daß du nicht längst geheiratet hast. An Freiern wird es ja nicht gefehlt haben. Wer ist denn der Glückliche?«

»Du kennst ihn nicht. Er heißt Jacobo und ist ein Freund meines Onkels Gustavo. Leitender Angestellter in der Bank von Spanien. Wir haben uns bei einem Opernkonzert kennengelernt, das mein Onkel organisiert hat. Jacobo ist ein großer Opernliebhaber. Er ist älter als ich, aber wir sind sehr gute Freunde, und das ist doch das Wichtige, meinst du nicht auch?«

Mein Mund wollte Boshaftigkeiten von sich geben, aber ich biß mir auf die Zunge. Sie schmeckte nach Gift.

»Natürlich ... Nun denn, herzlichen Glückwunsch.«

»Du wirst mir nie verzeihen, was, Daniel? Für dich werde ich immer Clara Barceló die Treulose sein.«

»Für mich wirst du immer Clara Barceló sein, Punktum. Auch das weißt du.«

Wieder trat eine dieser Pausen ein, die heimtückisch weiße Haare geben.

»Und du, Daniel? Fermín sagt, du hast eine wunderhübsche Freundin.«

»Ich muß jetzt einhängen, Clara, ein Kunde ist gekommen. Ich ruf dich diese Woche mal an, und wir sehen uns zum Kaffee. Noch einmal herzlichen Glückwunsch.«

Mit niedergeschlagenem Ausdruck und nicht sehr gesprächslustig kam mein Vater von seinem Kundenbesuch zurück. Während ich den Tisch deckte, machte er das Abendessen, ohne mich nach Fermín oder dem Tag in der Buchhandlung zu fragen. Beim Essen starrten wir auf unsere Teller und verschanzten uns hinter dem Geschwätz der Rundfunknachrichten. Mein Vater hatte kaum etwas zu sich genommen, nur in seiner wäßrig-faden Suppe gerührt, als suchte er auf dem Grund nach Gold.

»Du hast ja gar nichts gegessen«, sagte ich.

Er zuckte die Schultern. Das Radio bombardierte uns weiter mit Unsinn, und mein Vater stand auf und schaltete es aus.

»Was stand denn in dem Brief von der Armee?« fragte er schließlich.

»Ich trete in zwei Monaten meinen Dienst an.«

Ich hatte das Gefühl, sein Blick altere um zehn Jahre.

»Barceló sagt, durch Vitamin B werde er erreichen, daß man mich nach der Grundausbildung in den Militärbezirk Barcelona versetzt. So könnte ich sogar zu Hause übernachten.«

Mein Vater nickte kraftlos. Es tat mir weh, seinen Blick auszuhalten, und ich stand auf, um den Tisch abzuräumen. Er blieb sitzen, den Blick ins Unbestimmte gerichtet und die Hände unter dem Kinn gefaltet. Ich wollte eben das Geschirr spülen, als ich im Treppenhaus Schritte hörte. Zielstrebige, eilige Schritte, die den Stufen zusetzten und eine unheilvolle Botschaft verhießen. Ich schaute auf und wechselte einen Blick mit meinem Vater. Die Schritte hielten auf unserem Treppenabsatz inne. Unruhig stand mein Vater auf. Eine Sekunde später wurde mehrmals an die Tür gehämmert, und eine donnernde Stimme rief:

»Polizei! Aufmachen!«

Tausend Dolche drangen mir in den Kopf. Unter einer neuen Salve von Schlägen wankte die Tür. Mein Vater ging auf die Schwelle zu und klappte das Guckloch auf.

»Was wollen Sie um diese Zeit?«

»Entweder machen Sie auf, oder wir treten die Tür ein, Señor Sempere. Ich möchte es nicht wiederholen müssen.«

Es war Fumeros Stimme, und mir wurde eiskalt. Mein Vater warf einen forschenden Blick auf mich. Ich nickte. Mit einem unterdrückten Seufzer öffnete er. Im gelblichen Licht des Treppenhauses zeichneten sich die Gestalten von Fumero und seinen beiden Trabanten ab.

»Wo ist er?« rief Fumero, während er meinen Vater mit harter Hand wegschob und sich ins Eßzimmer drängte.

Mein Vater machte Anstalten, ihn zurückzuhalten, aber einer der beiden Polizisten, die dem Inspektor den Rücken deckten, packte ihn am Arm, drückte ihn gegen die Wand und hielt ihn so gefühllos und bestimmt fest wie eine dafür eingerichtete Maschine. Es war derselbe Mann, der Fermín und mir gefolgt war, derselbe, der mich festgehalten hatte, während Fumero vor dem Altenheim Santa Lucía meinen Freund zusammengeschlagen hatte, derselbe, der mich vor zwei Tagen beschattet hatte. Er warf mir einen leeren, unerforschlichen Blick zu. Ich trat zu Fumero, so ruhig, wie ich mich irgend geben konnte. Die Augen des Inspektors waren blutunterlaufen. Über seine linke Backe zog sich, gesäumt von trockenem Blut, eine frische Kratzwunde.

»Wo ist er?«

»Wer?«

Fumero blickte zu Boden, schüttelte den Kopf und murmelte etwas vor sich hin. Als er wieder aufschaute, waren seine Lippen zu einer Grimasse verzogen, und er hatte einen Revolver in der Hand. Ohne seine Augen von meinen abzuwenden, gab er der Blumenvase auf dem Tisch mit dem Kolben einen Schlag. Die Vase barst, die welken Stengel schwammen im Wasser auf der Tischdecke. In der Diele zeterte mein Vater, beide Polizisten hielten ihn nun fest wie in einem Schraubstock. Ich konnte seine Worte kaum verstehen. Alles, was ich zu verarbeiten vermochte, war der eisige Druck des Revolverlaufs, der sich mir in die Wange grub.

»Mich verarschst du nicht, du Scheißbengel, oder dein Vater kann dein Hirn auf dem Boden zusammenkratzen, kapiert?«

Ich nickte zitternd. Fumero preßte den Revolverlauf fest an meinen Backenknochen. Ich spürte, daß er mir in die Haut schnitt, wagte aber nicht mit der Wimper zu zucken.

»Ich frage dich zum letzten Mal: Wo ist er?«

Ich sah, wie ich mich in den schwarzen Pupillen des Inspektors spiegelte, die sich langsam verengten, während er mit dem Zeigefinger den Abzug spannte.

»Nicht hier. Ich habe ihn seit Mittag nicht mehr gesehen. Das ist die Wahrheit.«

Eine halbe Minute lang rührte sich Fumero nicht, sondern bohrte mir nur den Revolver ins Gesicht und leckte sich die Lippen.

»Lerma«, befahl er, »schauen Sie sich um.«

Eilig machte sich einer der Polizisten daran, die Wohnung zu inspizieren. Mein Vater rangelte vergebens mit dem andern Polizisten.

»Wenn du mich angelogen hast und wir ihn in dieser Wohnung finden, schwöre ich dir, daß ich deinem Vater beide Beine breche«, zischte Fumero.

»Mein Vater weiß nichts. Lassen Sie ihn in Frieden.«

»Nein, *du* weißt nicht, worauf du dich da eingelassen hast. Aber sobald ich deinen Freund umgeblasen habe, ist das Spiel aus. Keine Richter, keine Krankenhäuser, kein gar nix. Diesmal übernehme ich es persönlich, ihn aus dem Verkehr zu ziehen. Und ich werde es genießen, glaub mir. Ich werde mir viel Zeit nehmen. Das kannst du ihm sagen, wenn du ihn siehst. Denn ich werde ihn finden, auch wenn er sich unter den Pflastersteinen versteckt. Und du bist als Nächster dran.«

Der Polizist Lerma erschien wieder im Eßzimmer, tauschte einen Blick mit Fumero und schüttelte den Kopf. Fumero ließ den Abzug los und senkte den Revolver.

»Schade«, sagte er.

»Wessen bezichtigen Sie ihn denn? Warum suchen Sie ihn?«

Fumero kehrte mir den Rücken zu und trat zu den beiden Polizisten, die auf ein Zeichen von ihm meinen Vater losließen.

»Daran werden Sie sich noch erinnern«, warf ihm mein Vater an den Kopf.

Fumero faßte ihn ins Auge. Instinktiv wich mein Vater einen Schritt zurück. Ich fürchtete, das sei erst der Anfang von Fumeros Besuch gewesen, aber unversehens schüttelte er den Kopf, lachte leise und verließ ohne weitere Worte die Wohnung. Lerma folgte ihm. Der dritte Polizist, meine Dauerwache, blieb einen Augenblick auf der Schwelle stehen. Er schaute mich schweigend an, als wollte er mir gleich etwas sagen.

»Palacios!« brüllte Fumero mit vom Echo des Treppenhauses verzerrter Stimme.

Palacios senkte die Augen und verschwand durch die Tür. Ich ging auf den Absatz hinaus. Wie Messerklingen drang das Licht aus den einen Spaltbreit geöffneten Türen mehrerer Nachbarn, die mit erschreckten Gesichtern ins Halbdunkel herausspähten. Die drei grauen Mäntel verschwanden treppab, und ihre rabiaten Schritte verebbten allmählich und hinterließen eine Spur der Angst.

Etwa um Mitternacht hörten wir erneut Schläge an der Tür, diesmal schwächer, fast ängstlich. Mein Vater, der mir mit Wasserstoffperoxid die Quetschung von Fumeros Revolver reinigte, hielt abrupt inne. Unsere Blicke trafen sich. Drei neue Schläge.

Einen Moment dachte ich, es sei Fermín, der den ganzen Zwischenfall vielleicht von einem dunklen Winkel des Treppenhauses aus verfolgt hatte.

»Wer da?« fragte mein Vater.

»Don Anacleto, Señor Sempere.«

Mein Vater seufzte. Wir öffneten die Tür, und vor uns stand der Lehrer, blasser denn je.

»Was ist denn, Don Anacleto? Geht es Ihnen nicht gut?« fragte mein Vater und bat ihn herein.

Der Lehrer hatte eine zusammengefaltete Zeitung in der Hand. Mit einem erschrockenen Blick und wortlos reichte er sie uns. Die Druckerschwärze war noch frisch.

»Das ist die Ausgabe von morgen früh«, flüsterte er. »Seite 6.«

Als erstes sah ich die beiden Fotos unter der Schlagzeile. Das eine zeigte einen fülligeren Fermín mit dichterem Haar, der fünfzehn oder zwanzig Jahre jünger sein mochte. Auf dem zweiten war das Gesicht einer Frau mit geschlossenen Augen und Marmorhaut zu sehen. Ich erkannte sie erst nach einigen Sekunden, da ich sie immer nur im Halbdunkel gesehen hatte.

BETTLER ERMORDET FRAU
AM HELLICHTEN TAGE

Barcelona (Agenturen/Redaktion). Die Polizei sucht den Bettler, der gestern abend Nuria Monfort Masdedeu, 37, wohnhaft in Barcelona, erstochen hat.

Das Verbrechen wurde gegen halb sechs Uhr abends im Viertel San Gervasio verübt, wo das Opfer ohne offensichtlichen Grund von dem Bettler überfallen wurde, welcher ihr anscheinend und laut Angaben der Polizeidirektion aus noch nicht geklärten Gründen gefolgt war.

Offenbar ist der Mörder, Antonio José Gutiérrez Alcayete, 51 und aus Villa Inmunda, Provinz Cáceres, stammend, ein bekannter Vagabund mit einer langen Geschichte geistiger Ver-

370

wirrung, der vor sechs Jahren aus dem Modelo-Gefängnis
geflohen ist und sich seither dank verschiedener Identitäten den
Behörden entziehen konnte. Im Moment des Verbrechens trug
er eine Soutane. Er ist bewaffnet, und die Polizei bezeichnet ihn
als sehr gefährlich. Man weiß noch nicht, ob sich das Opfer und
sein Mörder kannten oder welches das Motiv für das Verbre-
chen sein mochte, obwohl Quellen der Polizeidirektion darauf
hinweisen, daß alles eine solche Hypothese zu stützen scheint.
Dem Opfer wurden mit der blanken Waffe sechs Wunden in
Bauch, Hals und Brust beigebracht. Der Überfall, der ganz in
der Nähe einer Schule stattfand, wurde von mehreren Schülern
verfolgt, die den Lehrkörper benachrichtigten, welcher seiner-
seits die Polizei und einen Krankenwagen rief. Nach den Infor-
mationen der Polizei waren die Wunden für das Opfer tödlich.
Dieses wurde um 18.15 Uhr tot ins Hospital Clínico von Barce-
lona eingeliefert.

27

Den ganzen nächsten Tag hörten wir nichts von Fermín. Mein
Vater bestand darauf, die Buchhandlung wie jeden Tag zu öffnen und die Fassade zu wahren. Die Polizei hatte einen Beamten vor dem Hauseingang postiert, und ein zweiter überwachte
die Plaza Santa Ana im Schutz des Kirchenportals. Im starken
Regen, der am frühen Morgen eingesetzt hatte, sahen wir die
beiden vor Kälte zittern, ihr dampfender Atem wurde immer
durchsichtiger, die Hände waren tief in den Manteltaschen vergraben. Mehr als ein Nachbar ging vorüber und schielte durchs
Schaufenster herein, aber kein einziger Käufer wagte sich in
den Laden.

»Die Nachricht muß schon die Runde gemacht haben«, sagte ich.

Mein Vater nickte nur. Den ganzen Morgen hatte er kein
Wort zu mir gesagt, sondern sich nur mit Gesten mitgeteilt. Die
Zeitungsseite mit der Meldung von Nuria Monforts Ermor-
dung lag auf dem Ladentisch. Alle zwanzig Minuten nahm er

sie und las sie mit undurchdringlichem Ausdruck. Wortlos häufte er so den Tag über Zorn in sich an.

»Du kannst den Artikel noch so oft lesen, dadurch wird er nicht wahrer«, sagte ich.

Mein Vater blickte mich ernst an.

»Hast du diese Person gekannt? Nuria Monfort?«

»Ich habe zweimal mit ihr gesprochen.«

Meine Unaufrichtigkeit schmeckte ekelhaft. Noch verfolgten mich ihr Geruch und die leichte Berührung ihrer Lippen, das Bild des säuberlich aufgeräumten Schreibtischs und ihr trauriger, wissender Blick.

»Warum hast du denn mit ihr sprechen müssen? Was hatte sie mit dir zu tun?«

»Sie war eine alte Freundin von Julián Carax. Ich bin zu ihr gegangen, um sie zu fragen, was sie von Carax noch in Erinnerung hatte. Das ist alles. Sie war die Tochter von Isaac, dem Aufseher. Er hat mir ihre Adresse gegeben.«

»Hat Fermín sie gekannt?«

»Nein.«

»Wie kannst du da so sicher sein?«

»Wie kannst du an ihm zweifeln und diesen Verleumdungen in der Zeitung Glauben schenken? Das einzige, was Fermín von dieser Frau wußte, ist das, was ich ihm erzählt habe.«

»Und darum ist er ihr gefolgt?«

»Ja.«

»Weil du ihn darum gebeten hast.«

Ich schwieg. Mein Vater seufzte.

»Du verstehst es nicht, Papa.«

»Natürlich nicht. Ich verstehe weder dich noch Fermín, noch . . .«

»Papa, auf Grund dessen, was wir von Fermín wissen, kann nicht sein, was da steht.«

»Und was wissen wir von Fermín, na? Zunächst einmal haben wir nicht einmal seinen richtigen Namen gekannt, wie sich jetzt herausstellt.«

»Du irrst dich in ihm.«

»Nein, Daniel. Du bist es, der sich irrt, und zwar in vielem. Wer heißt dich denn im Leben der Leute herumwühlen?«

»Ich bin frei, zu sprechen, mit wem ich will.«

»Vermutlich fühlst du dich auch frei von den Konsequenzen.«

»Willst du etwa andeuten, ich sei verantwortlich für den Tod dieser Frau?«

»Diese Frau, wie du dich ausdrückst, hatte einen Vor- und einen Familiennamen, und du hast sie gekannt.«

»Du brauchst mich nicht daran zu erinnern«, antwortete ich mit Tränen in den Augen.

Mein Vater schaute mich traurig an.

»Mein Gott, ich mag nicht daran denken, wie dem armen Isaac zumute ist«, murmelte er zu sich selbst.

»Ich bin nicht schuld an diesem Tod«, sagte ich mit dünner Stimme und dachte, wenn ich es nur oft genug wiederholte, würde er es mir am Ende vielleicht glauben.

Kopfschüttelnd zog sich mein Vater in den Hinterraum zurück.

»Du wirst wissen, wofür du verantwortlich bist und wofür nicht, Daniel. Manchmal weiß ich nicht mehr, wer du bist.«

Ich nahm meinen Mantel und ging auf die Straße in den Regen hinaus, wo mich niemand kannte und in meiner Seele lesen konnte.

Ziellos überließ ich mich dem eisigen Regen. Ich ging mit gesenkten Augen dahin, das Bild Nuria Monforts im Kopf, die leblos und den Körper voller Dolchstiche auf einer kalten Marmorfliese lag. Bei jedem Schritt verflüchtigte sich die Stadt um mich herum. An einer Kreuzung in der Calle Fontanella achtete ich nicht einmal auf die Ampel. Plötzlich sah ich eine dröhnende Wand aus Licht auf mich zustürzen, spürte einen kalten Windstoß im Gesicht. Im letzten Moment riß mich ein Passant hinter mir zurück. Wenige Zentimeter vor meinen Augen sah ich den blitzenden Rumpf des Busses, den sicheren Tod um eine Zehntelsekunde an mir vorbeirasen. Als mir bewußt wurde, was geschehen war, ging der Passant, der mir das Leben gerettet hatte, schon auf dem Fußgängerstreifen davon, eine Gestalt in grauem Mantel. Ich blieb atemlos und wie angewurzelt stehen. Im trügerischen Regen konnte ich erkennen, daß mein Retter auf der andern Straßenseite stehengeblieben war und mich beobachtete. Es war der dritte Polizist, Palacios. Eine Mauer von Verkehr rauschte zwischen uns hindurch, und als ich wieder hinschaute, war Palacios nicht mehr da.

Ich schlug den Weg zu Bea ein, unfähig, noch länger zu warten. Ich mußte mich unbedingt an das wenige Gute in mir erinnern, das, was sie mir gegeben hatte. Ich hastete die Treppe hinauf und blieb atemlos vor der Tür der Aguilars stehen. Kräftig ließ ich den Klopfer dreimal gegen die Tür fallen. Beim Warten wappnete ich mich mit Mut, und mir wurde bewußt, wie ich aussah – naß bis auf die Knochen. Ich strich mir die Haare aus der Stirn und dachte, jetzt gibt es kein Zurück mehr. Wenn Señor Aguilar erscheint, um mir die Beine zu brechen und den Schädel einzuschlagen, dann am besten gleich. Erneut klopfte ich, und kurz darauf hörte ich Schritte näher kommen. Das Guckloch ging ein wenig auf. Ein dunkler, argwöhnischer Blick beobachtete mich.

»Wer ist da?«

Ich erkannte die Stimme Cecilias, eines der Dienstmädchen der Familie Aguilar.

»Ich bin's, Daniel Sempere, Cecilia.«

Das Guckloch schloß sich, und nach einigen Sekunden setzte das Konzert von Schlössern und Riegeln ein, die den Eingang panzerten. Langsam ging die schwere Tür auf, und Cecilia empfing mich in Haube und Schürze und mit einer dicken Kerze in einem Halter. Aus ihrem alarmierten Gesicht schloß ich, daß ich einen leichenhaften Anblick bot.

»Guten Tag, Cecilia. Ist Bea da?«

Verständnislos schaute sie mich an. Im bekannten internen

Protokoll wurde mein Erscheinen, in letzter Zeit ohnehin ein unübliches Ereignis, einzig mit Tomás assoziiert, meinem ehemaligen Schulkollegen.

»Señorita Bea ist nicht da . . .«

»Ist sie ausgegangen?«

Cecilia, lebenslänglich an ihre Schürze geheftete Verschüchterung, nickte.

»Weißt du, wann sie zurückkommt?«

Sie zuckte die Achseln.

»Sie ist vor etwa zwei Stunden mit den Herrschaften zum Arzt gegangen.«

»Zum Arzt? Ist sie krank?«

»Ich weiß es nicht, Señorito.«

»Zu welchem Arzt sind sie denn gegangen?«

»Das weiß ich nicht, Señorito.«

Ich mochte das arme Mädchen nicht weiter quälen. Die Abwesenheit von Beas Eltern eröffnete mir andere Wege der Nachforschung.

»Und Tomás, ist er zu Hause?«

»Ja, Señorito. Kommen Sie herein, ich melde Sie an.«

Ich trat in die Diele und wartete. In andern Zeiten wäre ich direkt ins Zimmer meines Freundes gegangen, aber ich war schon so lange nicht mehr hergekommen, daß ich mich wieder als Fremder fühlte. Cecilia verschwand im Licht des Flurs und ließ mich im Dunkeln stehen. Ich glaubte, in der Ferne Tomás' Stimme zu hören und dann Schritte, die näher kamen. Ich improvisierte eine Entschuldigung, um vor meinem Freund den unvorhergesehenen Besuch zu rechtfertigen. Die Gestalt, die auf der Schwelle zur Diele erschien, war abermals das Dienstmädchen. Cecilia blickte mich zerknirscht an, und mein plumpes Lächeln löste sich in nichts auf.

»Señorito Tomás sagt, er sei sehr beschäftigt und könne Sie jetzt nicht empfangen.«

»Hast du ihm gesagt, wer ich bin? Daniel Sempere.«

»Ja, Señorito. Er hat gesagt, ich soll Ihnen sagen, Sie sollen gehen.«

In meinem Magen breitete sich eine Kälte aus, die mir den Atem abschnitt.

»Es tut mir leid, Señorito«, sagte Cecilia.

Ich nickte und wußte nicht, was sagen. Das Mädchen öffnete die Tür der Wohnung, die ich vor nicht allzu langer Zeit noch als mein zweites Zuhause betrachtet hatte.

»Möchte der Señorito einen Schirm?«

»Nein, danke, Cecilia.«

»Es tut mir leid, Señorito«, wiederholte sie.

Ich lächelte ihr kraftlos zu.

»Mach dir keine Sorgen, Cecilia.«

Die Tür ging zu, und ich stand im Dunkel. Ich verharrte einige Sekunden und schleppte mich dann treppab. Draußen goß es immer stärker. Ich ging die Straße hinunter. Als ich an die Ecke kam, blieb ich stehen und schaute einen Moment zurück, zur Wohnung der Aguilars hinauf. Im Fenster seines Zimmers zeichnete sich die Silhouette meines alten Freundes Tomás ab. Er schaute mich reglos an. Ich winkte ihm zu, doch er erwiderte den Gruß nicht. Nach kurzer Zeit zog er sich ins Innere zurück. Ich wartete etwa fünf Minuten in der Hoffnung, ihn noch einmal erscheinen zu sehen, aber umsonst. Der Regen wischte mir die Tränen vom Gesicht.

28

Auf dem Rückweg in die Buchhandlung kam ich am Kino Capitol vorbei, wo zwei Maler auf einem Gerüst verzweifelt zuschauten, wie das Plakat, dessen Farbe noch nicht trocken war, im Regen zerfloß. Aus der Ferne erkannte ich das stoische Bild der diensttuenden Wache vor der Buchhandlung. Als ich mich Don Federico Flaviás Uhrmacherei näherte, sah ich, daß der Inhaber auf der Schwelle seines Ladens stand, um den Wolkenbruch zu betrachten. Noch immer war sein Gesicht von den Narben seines Aufenthalts im Präsidium gezeichnet. Er trug einen tadellosen grauen Wollanzug und hatte eine Zigarette in der Hand, die er nicht einmal angezündet hatte. Ich winkte ihm zu, und er lächelte.

»Hast du etwas gegen Regenschirme, Daniel?«

»Was gibt es Schöneres als den Regen, Don Federico?«

»Die Lungenentzündung. Na, komm rein, dein Auftrag ist fertig.«

Ich sah ihn verständnislos an. Er blickte mir fest in die Augen und lächelte weiter. Ich nickte bloß und folgte ihm in seinen Wunderbazar hinein. Drinnen reichte er mir eine kleine Packpapiertüte.

»Geh gleich wieder raus, der Hanswurst da, der die Buchhandlung überwacht, hat uns nicht aus den Augen gelassen.«

Ich guckte in die Tüte hinein. Sie enthielt ein Büchlein mit Ledereinband, ein Meßbuch. Das Meßbuch, das Fermín in den Händen gehalten hatte, als ich ihn zum letzten Mal sah. Während mich Don Federico auf die Straße zurückschob, verschloß er mir mit einem ernsten Nicken die Lippen. Draußen setzte er wieder seine heitere Miene auf und sagte laut:

»Und denk daran, überdrehe die Krone nicht, wenn du sie aufziehst, sonst springt sie wieder raus, ja?«

»Keine Bange, Don Federico – und vielen Dank.«

Ich ging mit einem Knoten im Magen davon, der sich mit jedem Schritt, den ich dem Polizisten vor der Buchhandlung näher kam, mehr zusammenzog. Als ich an ihm vorbeiging, grüßte ich ihn mit derselben Hand, in der ich Don Federicos Tüte trug. Er schaute sie mit unbestimmtem Interesse an. Ich wischte hinein. Mein Vater stand noch immer hinter dem Ladentisch, als hätte er seit meinem Weggang keine Bewegung gemacht. Bekümmert schaute er mich an.

»Hör zu, Daniel, wegen vorhin . . .«

»Mach dir keine Sorgen. Du hattest recht.«

»Du zitterst ja . . .«

Ich nickte, worauf er die Thermoskanne holen ging. Das nutzte ich, um das kleine WC im Hinterraum aufzusuchen und mir das Meßbuch anzuschauen. Fermíns Notiz flatterte wie ein Schmetterling durch die Luft, und ich fing sie auf. Die Nachricht war in winziger Schrift auf ein beinahe durchsichtiges Stück Zigarettenpapier geschrieben, so daß ich es ins Gegenlicht halten mußte, um sie zu entziffern.

Lieber Daniel,

glauben Sie kein Wort von dem, was die Zeitungen über den Mord an Nuria Monfort schreiben. Es ist wie immer reiner Schwindel. Ich bin gesund und wohlbehalten und an einem sicheren Ort versteckt. Versuchen Sie nicht, mich zu finden oder mir eine Nachricht zukommen zu lassen. Vernichten Sie diese Notiz, sobald Sie sie gelesen haben. Sie brauchen sie nicht zu verschlucken, es reicht, wenn Sie sie verbrennen oder zerreißen. Ich werde mich mittels meiner Erfindungsgabe und der guten Dienste Dritter im Bunde mit Ihnen in Verbindung setzen. Bitte geben Sie das Wesentliche dieser Botschaft verschlüsselt und mit aller Diskretion meiner Liebsten weiter. Unternehmen Sie nichts. Ihr Freund, der dritte Mann,

FRdT

Eben wollte ich das Blatt noch einmal durchlesen, als jemand an die WC-Tür klopfte.

»Darf man eintreten?« fragte eine unbekannte Stimme.

Das Herz schlug mir bis zum Hals. Da ich nicht wußte, was ich sonst tun sollte, zerknüllte ich das Zigarettenpapier und steckte es in den Mund. Ich spülte und nutzte das Rauschen von Leitungen und Spülkasten, um das Papierkügelchen hinunterzuschlucken. Es schmeckte nach Wachs und Sugus. Als ich die Tür öffnete, erblickte ich das kriecherische Lächeln des Polizisten, der noch vor Augenblicken vor der Buchhandlung gestanden hatte.

»Verzeihen Sie. Ich weiß nicht, ob es wegen dem Regen ist, den ich den ganzen Tag höre, aber ich muß mal dringend, um es so zu sagen...«

»Aber selbstverständlich«, sagte ich und ließ ihn durch. »Fühlen Sie sich wie zu Hause.«

»Vielen Dank.«

Der Polizist, der im Licht der Glühbirne wie ein Wiesel aussah, schaute mich von oben bis unten an. Sein Kloakenblick fiel auf das Meßbuch in meinen Händen.

»Ohne irgendwas zu lesen, geht es bei mir einfach nicht«, sagte ich.

»Genau wie bei mir. Und dann heißt es, die Spanier lesen nicht. Borgen Sie es mir?«

»Da oben auf dem Spülkasten ist die letzte Empfehlung des nationalen Kulturrats. Damit liegen Sie goldrichtig.«

Ohne die Haltung zu verlieren, ging ich zu meinem Vater zurück, der dabei war, mir eine Tasse Milchkaffee zu machen.

»Was will der denn?« fragte ich.

»Er hat mir geschworen, er scheißt gleich in die Hose. Was sollte ich tun?«

»Ihn auf der Straße lassen – so wäre ihm warm geworden.«

Mein Vater runzelte die Stirn.

»Wenn es dir nichts ausmacht, geh ich gleich nach oben.«

»Ja, natürlich. Und zieh dir trockene Sachen an, sonst kriegst du noch eine Lungenentzündung.«

In der Wohnung war es kalt und still. Ich ging in mein Zimmer und spähte aus dem Fenster. Die zweite Wache stand noch immer da unten, vor dem Eingang zur Kirche Santa Ana. Ich zog die nassen Kleider aus und schlüpfte in einen warmen Pyjama und einen Morgenmantel, der meinem Großvater gehört hatte. Dann legte ich mich aufs Bett, ohne auch nur das Licht anzuknipsen, und überließ mich dem Halbdunkel und dem Prasseln des Regens auf den Scheiben. Ich schloß die Augen und versuchte Beas Bild, Berührung und Geruch heraufzubeschwören. In der vergangenen Nacht hatte ich kein Auge zugetan, und bald übermannte mich die Müdigkeit.

Als ich erwachte, dämmerte durch die beschlagenen Scheiben grau der Morgen herein. Ich zog mich warm an, mit halbhohen Stiefeln. Dann ging ich leise auf den Gang hinaus, tastete mich durch die Wohnung und glitt auf die Straße hinaus. In der Ferne leuchteten schon die Lichter der Kioske auf den Ramblas. An dem bei der Einmündung zur Calle Tallers kaufte ich die erste Ausgabe des Tages, die noch nach frischer Farbe roch. Eilig blätterte ich mich durch die Seiten zu den Todesanzeigen. Nuria Monforts Name stand unter einem Kreuz, und ich spürte, wie mir die Augen flackerten. Mit der zusammengefalteten Zeitung unter dem Arm machte ich mich auf die Suche nach Dunkelheit. Die Beerdigung fand an diesem Nachmittag auf dem Friedhof des Montjuïc statt. Auf einem Umweg ging ich wieder nach Hause. Mein Vater schlief noch. In meinem Zimmer setzte ich mich an den Schreibtisch und zog den Füllfederhalter aus seinem Etui. Ich nahm ein weißes Blatt Papier und wünschte mir, er möchte mich lenken. Doch in meinen Händen hatte er nichts zu sagen. Umsonst suchte ich nach den Worten, die ich Nuria Monfort anbieten wollte, aber ich war unfähig, irgend etwas zu schreiben oder zu empfinden außer der unerklärlichen Angst, die mir ihr Fehlen verursachte. Schattenhaft gehst du hin, dachte ich. So, wie du gelebt hast.

29

Kurz vor drei Uhr nachmittags stieg ich auf dem Paseo de Colón in den Bus, der mich zum Friedhof des Montjuïc bringen sollte. Durchs Fenster sah man den Wald von Masten und flatternden Wimpeln im Hafenbecken. Der fast leere Bus fuhr um den Montjuïc-Hügel herum und nahm dann die Straße hinauf zum Eingang dieses großen Stadtfriedhofs. Ich war der letzte Fahrgast.

»Wann kommt denn der letzte Bus vorbei?« fragte ich den Fahrer.

»Um halb fünf.«

Vor dem Friedhofseingang stieg ich aus. Eine Zypressenallee erhob sich im Dunst. Sogar von hier aus, zu Füßen des Hügels, erkannte man die unendliche Totenstadt, die immer weiter den Hang hinaufgewachsen war, bis sie die Kuppe überschritten hatte. Ein Labyrinth aus Gräbern, Grabsteinen, monumentalen Mausoleen, von Feuerengeln gekrönten Türmen, bemoosten Steinstatuen, die im Morast versanken. Ich atmete tief durch und ging hinein. Meine Mutter war etwa hundert Meter von diesem Weg entfernt begraben. Bei jedem Schritt spürte ich die Kälte dieses Ortes, den Schrecken der in vergilbten Fotomedaillons zwischen Kerzen und verwelkten Blumen festgehaltenen Gesichter. Kurz danach konnte ich in der Ferne die um das Grab herum angezündeten Gaslaternen sehen. Ein halbes Dutzend Menschen standen vor einem aschfarbenen Himmel. Ich beschleunigte meine Schritte und blieb stehen, sobald ich die Worte des Priesters vernehmen konnte.

Der Sarg, eine Kiste aus unpoliertem Pinienholz, lag auf dem Lehm. Auf ihre Schaufeln gestützt, bewachten ihn zwei Totengräber. Ich betrachtete mir die Anwesenden. Der alte Isaac, der Aufseher des Friedhofs der Vergessenen Bücher, war nicht zur Beerdigung seiner Tochter gekommen. Ich erkannte Nuria Monforts Etagennachbarin, die unter Kopfschütteln weinte, während ihr ein abgehärmter Mann tröstend den Rücken streichelte, vermutlich ihr Mann. Neben ihnen stand eine etwa vierzig Jahre alte Frau, die einen Blumenstrauß trug. Sie weinte lautlos und mit zusammengepreßten Lippen, den Blick vom Grab abgewandt. Ich hatte sie noch nie gesehen. Etwas abseits der Gruppe befand sich in seinem grauen Mantel, den Hut auf dem Rücken, der Polizist, der mir am Vortag das Leben gerettet hatte, Palacios. Er schaute auf und beobachtete mich einige Sekunden, ohne mit der Wimper zu zucken. Die blinden, sinnentleerten Worte des Priesters waren das einzige, was uns von der schrecklichen Stille trennte. Ich betrachtete den mit Lehm besprenkelten Sarg und stellte mir vor, wie Nuria Monfort drin lag, und merkte nicht, daß ich weinte, bis die Unbekannte in Grau zu mir trat und mir eine Blume aus ihrem Strauß gab. Ich blieb stehen, bis sich die Gruppe zerstreute und die Totengräber auf ein Zeichen des Priesters ihre Arbeit zu verrichten begannen. Ich steckte die Blume in die Manteltasche und ging, unfähig, das Lebewohl auszusprechen, das ich mitgebracht hatte.

Es begann zu dämmern, als ich zum Friedhofseingang kam,

und ich nahm an, ich hätte den letzten Bus verpaßt, so daß ich mich darauf einrichtete, eine lange Wanderung zu machen, und auf der Straße losmarschierte, die den Hafen entlang nach Barcelona zurückführte. Etwa zwanzig Meter vor mir parkte ein schwarzes Auto mit eingeschaltetem Licht. Im Innern rauchte jemand eine Zigarette. Als ich näher kam, öffnete mir Palacios die Beifahrertür.

»Komm, ich bring dich nach Hause. Um diese Zeit wirst du hier weder einen Bus noch ein Taxi finden.«

Ich zögerte einen Augenblick.

»Ich geh lieber zu Fuß.«

»Red keinen Unsinn. Steig ein.«

Er sprach mit dem schneidenden Ton dessen, der zu befehlen gewohnt ist und sofortigen Gehorsam erwartet.

»Bitte«, fügte er hinzu.

Ich stieg ein, und er ließ den Motor an.

»Enrique Palacios«, sagte er und streckte mir die Hand entgegen. Ich ergriff sie nicht.

»Wenn Sie mich auf dem Paseo de Colón absetzen, ist mir schon gedient.«

Mit einem Ruck fuhr der Wagen an. Wir legten ein gutes Stück zurück, ohne ein Wort zu sagen.

»Ich möchte, daß du weißt, daß mir das mit Señora Monfort sehr leid tut.«

Aus seinem Mund kamen mir diese Worte wie eine Obszönität, als Beleidigung vor.

»Ich danke Ihnen, daß Sie mir neulich das Leben gerettet haben, aber ich muß Ihnen sagen, daß es mich einen Dreck interessiert, was Sie empfinden, Señor Enrique Palacios.«

»Ich bin nicht das, was du denkst, Daniel. Ich möchte dir helfen.«

»Wenn Sie erwarten, daß ich Ihnen sage, wo Fermín ist, können Sie mich gleich hier absetzen.«

»Es interessiert mich einen feuchten Staub, wo dein Freund ist. Ich bin jetzt nicht im Dienst.«

Ich sagte nichts.

»Du hast kein Vertrauen zu mir, und ich kann es dir nicht verdenken. Aber hör mir wenigstens zu. Das alles ist schon zu weit gediehen. Diese Frau hätte nicht zu sterben brauchen. Ich bitte dich, die ganze Geschichte fahrenzulassen und diesen Mann, Carax, für immer zu vergessen.«

»Sie reden, als wäre das, was da geschieht, mein Wille. Ich bin nur Zuschauer. Die Vorstellung bestreitet Ihr Chef mit Ihnen und Ihren Kollegen.«

»Ich habe die Beerdigungen satt, Daniel. Ich möchte nicht auch noch deiner beiwohnen müssen.«

»Um so besser, Sie sind nämlich nicht eingeladen.«

»Ich meine es ernst.«

»Ich auch. Würden Sie bitte hier anhalten und mich aussteigen lassen.«

»In zwei Minuten sind wir auf dem Paseo de Colón.«

»Ist mir egal. Dieses Auto riecht nach Toten, wie Sie. Lassen Sie mich aussteigen.«

Palacios verlangsamte und hielt am Randstein an. Ich stieg aus, schlug die Tür zu, ohne den Polizisten anzusehen, und wartete, daß er davonführe, doch er blieb stehen. Ich wandte mich um und sah, daß er das Fenster herunterkurbelte. Ich hatte das Gefühl, Aufrichtigkeit, ja Schmerz auf seinem Gesicht zu lesen, aber ich mochte nicht daran glauben.

»Nuria Monfort ist in meinen Armen gestorben, Daniel«, sagte er. »Ich glaube, ihre letzten Worte waren eine Botschaft an dich.«

»Was hat sie gesagt? Hat sie meinen Namen genannt?«

»Sie hat deliriert, aber ich glaube, sie hat dich gemeint. In einem bestimmten Moment sagte sie, es gebe schlimmere Gefängnisse als Worte. Dann hat sie mich, bevor sie gestorben ist, gebeten, dir zu sagen, du sollst sie gehen lassen.«

Ich schaute ihn an, ohne zu verstehen.

»Ich solle wen gehen lassen?«

»Eine gewisse Penélope. Ich habe mir gedacht, das sei deine Freundin.«

Er senkte die Augen und fuhr in der Dämmerung davon.

Verwirrt sah ich, wie die Rückleuchten in der blauroten Dunkelheit verschwanden. Dann ging ich langsam zum Paseo de Colón, während ich diese letzten Worte von Nuria Monfort wiederholte, ohne ihnen einen Sinn abzugewinnen. Auf der Plaza del Portal de la Paz blieb ich stehen und betrachtete die Molen neben der Landungsbrücke der Ausflugsboote. Ich setzte mich auf die Stufen, die sich im trüben Wasser verloren, am selben Ort, wo ich vor vielen Jahren einmal nachts zum ersten Mal Laín Coubert gesehen hatte, den Mann ohne Gesicht.

»Es gibt schlimmere Gefängnisse als Worte«, murmelte ich.

Erst jetzt begriff ich, daß Nuria Monforts Botschaft nicht an mich gerichtet war. Nicht ich sollte Penélope freigeben. Ihre letzten Worte hatten nicht einem Fremden gegolten, sondern dem Mann, den sie insgeheim fünfzehn Jahre lang geliebt hatte: Julián Carax.

30

Als ich auf der Plaza de San Felipe Neri ankam, war es völlig dunkel geworden. Die Bank, auf der ich Nuria Monfort zum ersten Mal gesehen hatte, stand unter einer Straßenlaterne, leer und mit Taschenmessertätowierungen übersät – Namen von Verliebten, Beschimpfungen und Versprechungen. Ich schaute zu den Fenstern von Nuria Monforts Wohnung im dritten Stock hinauf und sah einen flackernden Schein. Eine Kerze.

Ich trat ins grottenartige Erdgeschoß und stieg im Dunkeln die Treppen hinauf. Meine Hände zitterten, als ich den Absatz des dritten Stocks erreichte. Unter der angelehnten Tür drang ein rötlicher Schimmer hervor. Ich legte die Hand auf die Klinke und blieb reglos stehen, um zu lauschen. Aus dem Innern glaubte ich ein Murmeln, einen stockenden Atem zu vernehmen. Einen Augenblick dachte ich, wenn ich diese Tür öffne, werde ich sie erblicken, wie sie mich erwartet, rauchend neben der Balkontür, in der Hocke an der Wand lehnend, am selben Ort verankert, an dem ich sie verlassen habe. Sachte, wie um sie nicht zu stören, öffnete ich die Tür und betrat die Wohnung. Die Balkonvorhänge flatterten im Zimmer. Die Gestalt saß am Fenster, reglos und mit einer brennenden Wachskerze in den Händen. Mit tränenüberströmtem Gesicht wandte sich Isaac Monfort zu mir um.

»Ich habe Sie heute nachmittag bei der Beerdigung nicht gesehen«, sagte ich.

Er schüttelte den Kopf und trocknete sich mit dem Ärmel die Augen.

»Nuria war nicht dort«, murmelte er nach einer Weile. »Tote gehen nie auf ihre eigene Beerdigung.«

Er warf einen Blick in den Raum, als wollte er mir damit zu verstehen geben, daß seine Tochter hier bei uns im Halbdunkeln säße und uns zuhörte.

»Wissen Sie, daß ich noch nie in dieser Wohnung war?« fragte er. »Immer, wenn wir uns getroffen haben, war es Nuria, die zu mir kam. ›Für Sie ist es einfacher, Vater‹, sagte sie. ›Wozu sollen Sie Treppen steigen?‹ Ich habe immer zu ihr gesagt: ›Na schön, wenn du mich nicht einlädst, komme ich auch nicht‹, und sie hat geantwortet: ›Ich brauche Sie nicht zu mir einzuladen, Vater, einladen tut man Fremde. Sie können kommen, wann immer Sie wollen.‹ In über fünfzehn Jahren habe ich sie nicht ein einziges Mal besucht. Immer habe ich zu ihr gesagt, daß sie ein übles Viertel ausgewählt hat. Wenig Licht. Ein altes Haus. Sie hat nur genickt. Ebenso, wenn ich ihr sagte, daß sie ein schlechtes Leben ausgewählt hat. Wenig Zukunft. Einen Mann ohne feste Arbeit. Merkwürdig, wie wir die andern beurteilen und nicht merken, wie elend unsere Geringschätzung ist – bis sie uns fehlen, bis man sie uns wegnimmt. Man nimmt sie uns weg, weil sie uns nie gehört haben . . .«

Isaacs einst so bärbeißige Stimme klang brüchig.

»Nuria hat Sie sehr geliebt, Isaac. Daran dürfen Sie keinen Augenblick zweifeln. Und glauben Sie mir, sie wußte sich auch von Ihnen geliebt«, stotterte ich.

Wieder schüttelte er den Kopf. Er lächelte durch die Tränen hindurch.

»Vielleicht hat sie mich geliebt, auf ihre Weise, so, wie ich sie geliebt habe, auf meine Weise. Aber gekannt haben wir uns nicht. Vielleicht weil ich nie zugelassen habe, daß sie mich kennenlernte, oder nie einen Schritt getan habe, um sie kennenzulernen. Wir haben das Leben wie zwei Fremde gelebt, die sich täglich sehen und sich aus Höflichkeit grüßen. Und vielleicht ist sie gestorben, ohne mir zu verzeihen.«

»Isaac, ich versichere Ihnen . . .«

»Ach, Daniel, Sie sind jung und bemühen sich, aber obwohl ich getrunken habe und nicht weiß, was ich sage, haben Sie noch nicht gut genug lügen gelernt, um einen alten Mann mit vergiftetem Herzen zu täuschen.«

Ich schaute zu Boden.

»Die Polizei sagt, der Mann, der sie umgebracht hat, sei ein Freund von Ihnen«, sagte Isaac.

»Die Polizei lügt.«

Er nickte.

»Ich weiß.«

»Ich versichere Ihnen . . .«

»Nicht nötig, Daniel. Ich weiß, daß Sie die Wahrheit sagen.«
Er zog einen dicken Umschlag aus der Manteltasche.

»Am Abend vor ihrem Tod hat Nuria mich besucht, wie sie es vor Jahren immer getan hatte. Ich erinnere mich, daß wir dann in ein Café in der Calle Guardia essen gegangen sind, wo ich sie als Kind hingeführt hatte. Immer sprachen wir über Bücher, alte Bücher. Manchmal hat sie mir Dinge von der Arbeit erzählt, aber kein einziges Mal habe ich mich wirklich nach ihrem Leben erkundigt.«

»Isaac, bei allem Respekt, Sie haben getrunken wie ein Bürstenbinder und wissen nicht, was Sie sagen.«

»Der Wein macht den Weisen zum Narren und den Narren zum Weisen. Am letzten Abend, als wir uns sahen, hat sie mir diesen Umschlag gebracht. Sie war sehr unruhig, voller Sorge über etwas, was sie mir nicht erzählen wollte, und hat mich gebeten, diesen Umschlag für Sie zu verwahren und Ihnen zu geben, sollte etwas geschehen.«

»Sollte etwas geschehen?«

»So hat sie gesagt. Sie war so erregt, daß ich ihr vorschlug, gemeinsam zur Polizei zu gehen, wir würden schon eine Lösung finden, was für ein Problem es auch sein mochte. Da hat sie gesagt, die Polizei sei der letzte Ort, wo sie hin könne. Ich habe sie gebeten, sie soll mir sagen, worum es sich handelt, aber sie hat gesagt, sie müsse jetzt gehen. Und ich mußte ihr versprechen, Ihnen diesen Umschlag zu geben, wenn sie ihn in zwei Tagen nicht wieder abhole. Sie bat mich, ihn nicht zu öffnen.«

Er gab mir den Umschlag. Er war geöffnet.

»Ich habe sie belogen, wie immer«, sagte er.

Ich schaute hinein. Er enthielt ein Bündel handgeschriebene Blätter.

»Haben Sie sie gelesen?« fragte ich.

Der Alte nickte langsam.

»Was steht denn drin?«

Er schaute auf. Seine Lippen zitterten. Ich hatte den Eindruck, er sei um Jahre gealtert seit dem letzten Mal, wo ich ihn gesehen hatte.

»Es ist die Geschichte, die Sie gesucht haben, Daniel. Die Geschichte einer Frau, die ich nie kennengelernt habe, obwohl sie meinen Namen trug und mein Blut hatte. Jetzt gehört sie Ihnen.«

Ich steckte den Umschlag in die Manteltasche.

»Ich muß Sie bitten, mich allein zu lassen. Vor einer Weile, als ich diese Seiten las, habe ich gedacht, ich finde sie wieder. Sosehr ich mich auch bemühe, ich kann mich an sie nur erinnern, als sie noch ein Mädchen war. Als Kind war sie sehr schweigsam, wissen Sie. Am meisten haben ihr Märchen gefallen. Immer hat sie mich gebeten, ihr Märchen vorzulesen, und ich glaube nicht, daß je ein Kind früher lesen gelernt hat. Sie wollte auch Geschichten erfinden und Schriftstellerin werden. Ihre Mutter sagte, das alles ist deine Schuld, Nuria betet dich an, und da sie denkt, du liebst nur Bücher, will sie eben Bücher schreiben, damit du auch sie liebst.«

»Isaac, ich halte es nicht für eine gute Idee, daß sie heute nacht allein bleiben. Warum kommen Sie nicht mit mir? Sie verbringen die Nacht bei uns und leisten erst noch meinem Vater Gesellschaft.«

Wieder schüttelte er den Kopf.

»Ich habe zu tun, Daniel. Gehen Sie nach Hause und lesen Sie diese Seiten. Sie gehören Ihnen.«

Der Alte wandte sich ab, und ich ging zur Tür. Ich stand bereits auf der Schwelle, als seine Stimme mich rief, beinahe flüsternd.

»Daniel?«

»Ja?«

»Seien Sie sehr vorsichtig.«

Auf der Straße war es, als schleppe sich die Schwärze übers Pflaster, dicht auf meinen Fersen. Ich ging schneller und behielt dieses Tempo bei, bis ich zu unserer Wohnung in der Calle Santa Ana kam. Beim Eintreten sah ich meinen Vater mit einem Buch auf seinem Sessel sitzen. Es war ein Fotoalbum. Als er mich erblickte, stand er mit so erleichtertem Ausdruck auf, als wäre ihm ein gewaltiger Stein vom Herzen gefallen.

»Ich habe mir schon Sorgen gemacht«, sagte er. »Wie war die Beerdigung?«

Ich zuckte die Schultern, und er nickte ernst, womit das Thema abgeschlossen war.

»Ich habe dir etwas zu essen gemacht. Wenn du magst, wärme ich es auf, und . . .«

»Ich habe keinen Hunger, danke. Ich habe unterwegs etwas Kleines gegessen.«

Er schaute mir in die Augen, nickte wieder und begann die Teller vom Tisch abzuräumen. Da trat ich, ohne recht zu wissen, warum, zu ihm und umarmte ihn. Überrascht umarmte er mich ebenfalls.

»Daniel, ist dir nicht gut?«

Ich drückte ihn kräftig.

»Ich habe dich lieb«, sagte ich leise.

Die Glocken der Kathedrale schlugen Mitternacht, als ich

Nuria Monforts Manuskript zu lesen begann. Ihre kleine, ordentliche Schrift erinnerte mich an die Reinlichkeit ihres Schreibtischs, als hätte sie in den Worten den Frieden und die Sicherheit gesucht, die ihr das Leben versagt hatte.

Nuria Monfort:
Bericht über Erscheinungen

1933-1955

Julián Carax und ich lernten uns im Herbst 1933 kennen. Damals arbeitete ich für den Verleger Josep Cabestany. Señor Cabestany hatte Carax 1927 auf einer seiner verlegerischen »Sondierungsreisen« nach Paris entdeckt. Julián verdiente sich seinen Lebensunterhalt mit abendlichem Klavierspielen in einem Animierlokal, und des Nachts schrieb er. Die Inhaberin des Lokals, eine gewisse Irène Marceau, verkehrte mit den meisten Pariser Verlegern, und dank ihrer Bitten, Gefälligkeiten und Indiskretionsdrohungen hatte Julián in verschiedenen Verlagen mehrere Romane veröffentlichen können – mit katastrophalem kommerziellem Ergebnis. Für einen Spottpreis, der die Übersetzung der französisch geschriebenen Originale ins Spanische durch den Autor einschloß, hatte Cabestany die Exklusivrechte erworben, um Carax' Werke in Spanien und Südamerika herauszubringen. Er war zuversichtlich, von jedem etwa dreitausend Exemplare absetzen zu können, aber die ersten beiden in Spanien publizierten Titel waren ein totales Fiasko: Von beiden wurden kaum hundert Exemplare verkauft. Trotz dieser Mißerfolge bekamen wir alle zwei Jahre von Julián ein neues Manuskript, das Cabestany immer bedenkenlos akzeptierte, da er mit dem Autor eine Verpflichtung eingegangen sei, schließlich bedeute Gewinn nicht alles und gute Literatur müsse man fördern.

Neugierig fragte ich ihn eines Tages, warum er weiterhin Romane von Julián Carax veröffentliche und dabei regelmäßig Geld verliere. Wortlos ging er zu seinem Regal, zog eines von Juliáns Büchern heraus und forderte mich auf, es zu lesen. Das tat ich. Zwei Wochen später hatte ich sie alle gelesen. Diesmal lautete meine Frage, wie es möglich war, daß wir von diesen Romanen so wenig Exemplare verkauften.

»Ich weiß es nicht«, sagte Cabestany. »Aber wir werden es weiterhin versuchen.«

Das erschien mir eine bewundernswerte Geste, die nicht zu dem Bild von Geschäftstüchtigkeit passen wollte, das ich mir von Cabestany gemacht hatte. Vielleicht hatte ich ihn falsch eingeschätzt. Die Person von Julián Carax interessierte mich immer mehr. Alles mit ihm Zusammenhängende war von Geheimnis umgeben. Zumindest ein- oder zweimal monatlich rief jemand an und fragte nach Julián Carax' Adresse in Paris. Bald merkte ich, daß es immer dieselbe Stimme war, die sich jedesmal als jemand anders ausgab. Ich sagte jeweils bloß das, was schon auf der letzten Seite der Bücher stand: daß Julián in Paris wohnte. Mit der Zeit meldete sich der Mann nicht mehr. Für alle Fälle hatte ich Juliáns Adresse aus den Verlagsarchiven gestrichen. Ich war die einzige, die ihm schrieb, und ich kannte sie auswendig.

Monate später fiel mir zufällig ein Ordner mit Rechnungen in die Hand. Einerseits waren es die, welche die Druckerei für die Herstellungskosten von Julián Carax' Büchern an Señor Cabestany schickte. Anderseits waren es Kopien der Rechnungen, die Cabestany seinerseits an jemanden schickte, der diese Kosten in voller Höhe übernahm. Es war ein Mann, der mit dem Verlag nichts zu tun und von dem ich noch nie gehört hatte: Miquel Moliner. Aber die Druck- und Auslieferungskosten waren wesentlich niedriger als die Señor Moliner fakturierte Summe, was bedeutete, daß der Verlag Geld verdiente, indem er Bücher druckte, welche direkt in ein Lager wanderten. Ich hatte nicht den Mut, Cabestanys finanzielle Machenschaften zu hinterfragen – ich fürchtete um meine Stelle. Aber ich schrieb mir die Adresse dieses Miquel Moliner auf, eine Hausnummer in der Calle Puertaferrisa. Monatelang trug ich diese Adresse mit mir herum, ehe ich es wagte, ihn aufzusuchen. Schließlich siegte mein Gewissen, und ich ging zu ihm, um ihm zu sagen, daß Cabestany ihn übers Ohr haue. Er lächelte und sagte, er wisse es.

»Jeder macht das, wozu er taugt.«

Ich fragte ihn, ob er derjenige sei, der so oft angerufen habe, um Carax' Adresse herauszufinden. Er verneinte und schärfte mir mit ernster Miene ein, diese Adresse niemandem zu geben. Niemals.

Miquel Moliner war ein rätselhafter Mann. Er lebte allein in einem höhlenartigen, halb zerfallenen Palast, der zur Erbschaft seines Vaters gehörte, eines Industriellen, der mit der Fabrikation von Waffen und, wie es hieß, als Kriegsgewinnler reich geworden war. Miquel lebte alles andere als in Saus und Braus, sondern führte ein fast mönchisches Leben und ließ es sich angelegen sein, das in seinen Augen blutbesudelte Geld für die Restaurierung von Museen, Kathedralen, Schulen, Bibliotheken und Krankenhäusern durchzubringen und sicherzustellen, daß die Werke seines Jugendfreundes Julián Carax in seiner Geburtsstadt veröffentlicht wurden.

»Geld habe ich mehr als genug, Freunde wie Julián aber fehlen mir«, sagte er als einzige Erklärung.

Mit seinen Geschwistern oder den restlichen Familienmitgliedern, von denen er wie von Fremden sprach, hatte er kaum Kontakt. Er war unverheiratet und verließ selten das Grundstück seines kleinen Palastes, in dem er nur den oberen Stock bewohnte. Dort hatte er sein Büro eingerichtet, wo er fieberhaft Artikel und Kolumnen für mehrere Madrider und Barceloneser Zeitungen und Zeitschriften verfaßte, technische Texte aus dem Französischen und Deutschen übersetzte sowie Lexika und Schulbücher stilistisch überarbeitete. Miquel Moliner war besessen von der Krankheit des Büßerfleißes, und obwohl er bei andern den Müßiggang respektierte, ja sie darum beneidete, mied er ihn selbst wie die Pest. Aber er prahlte nicht mit seinem Arbeitsethos, sondern machte sich über seinen Produktionszwang lustig und nannte ihn eine harmlosere Art der Feigheit.

»Beim Arbeiten braucht man dem Leben nicht in die Augen zu schauen.«

Fast ohne es zu merken, wurden wir gute Freunde. Wir hatten vieles gemeinsam, vielleicht allzu vieles. Miquel erzählte mir von Büchern, von seinem angebeteten Dr. Freud, von Musik, vor allem aber von seinem alten Freund Julián. Wir sahen uns fast allwöchentlich. Er erzählte mir Geschichten aus Juliáns Tagen an der San-Gabriel-Schule. Er hatte eine Sammlung alter Fotos und von einem halbwüchsigen Julián geschriebener Erzählungen. Er bewunderte Julián, und durch seine Worte und Erinnerungen entdeckte ich ihn allmählich, machte mir in seiner Abwesenheit ein Bild von ihm. Ein Jahr nachdem wir uns kennengelernt hatten, gestand mir Miquel Moliner, er habe sich in mich verliebt. Ich wollte ihn nicht verletzen, ebensowenig aber beschwindeln. Es war unmöglich, Miquel zu beschwindeln. Ich sagte ihm, ich schätze ihn über alles, er sei mein bester Freund geworden, aber verliebt sei ich nicht in ihn. Er sagte, das wisse er bereits.

»Du bist in Julián verliebt, weißt es aber noch nicht.«

Im August 1933 kündigte mir Julián brieflich an, er habe das Manuskript eines neuen Romans mit dem Titel *Der Kathedralendieb* beinahe beendet. Im September mußte Cabestany mit Gallimard einige Verträge erneuern, doch seit Wochen war er durch einen Gichtanfall zur Untätigkeit verurteilt und schickte deshalb – und zur Belohnung für meine Hingabe – an seiner Stelle mich nach Paris, um die neuen Verträge auszuhandeln und gleichzeitig Julián zu besuchen und seinen jüngsten Roman mitzunehmen. Ich kündigte Julián meinen Besuch für Mitte September an und bat ihn, mir ein einfaches, erschwingliches Hotel zu empfehlen. Er antwortete, ich könne bei ihm wohnen, in einer bescheidenen Wohnung in St-Germain, und mir das Geld fürs Hotel für andere Ausgaben sparen. Am Tag vor meiner Abreise besuchte ich Miquel, um ihn zu fragen, ob ich Julián etwas von ihm bestellen könne. Er zögerte lange und verneinte dann.

Das erste Mal, daß ich Julián persönlich sah, war auf der Gare d'Austerlitz. Hinterrücks hatte in Paris der Herbst Einzug gehalten, und der Bahnhof war in Nebel gehüllt. Ich wartete auf dem Bahnsteig, während die Fahrgäste dem Ausgang zustrebten. Bald war ich allein und sah einen Mann in schwarzem Mantel am Ende des Bahnsteigs stehen, der mich durch den Rauch seiner Zigarette beobachtete. Auf der Fahrt hatte ich mich immer wieder gefragt, wie ich Julián erkennen würde. Die Fotos, die ich bei Miquel von ihm gesehen hatte, waren mindestens dreizehn oder vierzehn Jahre alt. Ich schaute mich auf dem Bahnsteig um. Da war niemand mehr außer dieser Gestalt und mir. Ich sah, daß der Mann mich ziemlich neugierig musterte, vielleicht weil er jemand anders erwartet hatte, wie ich auch. Das konnte nicht er sein. Nach meinen Informationen war Julián inzwischen zweiunddreißig, und dieser Mann sah bejahrt aus. Er hatte weiße Haare und einen traurigen oder abgespannten Ausdruck. Zu blaß und zu dünn, aber möglicherweise war es auch nur der Nebel und meine Ermüdung von der Reise. Ich hatte mir einen jungenhaften Julián vorgestellt. Vorsichtig ging ich auf den Unbekannten zu und schaute ihm in die Augen.

»Julián?«

Der Fremde lächelte und nickte. Julián Carax hatte das schönste Lächeln der Welt. Das war ihm als einziges geblieben.

Er wohnte in einer Mansardenwohnung in St-Germain, die nur zwei Räume hatte: ein Wohnzimmer mit Küchennische, das auf einen Balkon hinausführte, und ein fensterloses Schlafzimmer mit einem Einzelbett. Das Bad am Ende des Gangs im unteren Stock teilte er mit seinen Mitbewohnern. Insgesamt war die Wohnung kleiner als Señor Cabestanys Büro. Julián hatte gewissenhaft saubergemacht und alles vorbereitet, um mich einfach und schicklich zu empfangen. Ich tat, als wäre ich entzückt von der Wohnung, die noch nach Desinfektionsmitteln und dem Wachs roch, das er mit mehr Eifer als Geschick aufgetragen hatte. Die Bettücher waren neu. Ich glaube, sie waren mit Zeichnungen von Drachen und Schlössern bedruckt. Kinderlaken. Julián entschuldigte sich mit den Worten, er habe sie zu einem Sonderpreis erhalten, sie seien aber von erster Qualität. Die nichtbedruckten seien doppelt so teuer und dazu langweiliger.

Im Wohnzimmer stand ein alter Holzschreibtisch mit Sicht auf die Türme der Kathedrale. Darauf die mit Cabestanys Vorschuß gekaufte Underwood-Schreibmaschine und zwei Stapel Blätter, einer weiß und der andere auf beiden Seiten beschrieben. Julián teilte die Wohnung mit einem riesigen weißen Kater namens Kurtz, der mich zu Füßen seines Herrchens argwöhnisch beobachtete und sich die Pfoten leckte. Ich zählte zwei Stühle, einen Garderobenhalter und wenig mehr. Alles andere waren Bücher. Mauern von Büchern bedeckten in einer Doppelreihe die Wände vom Boden bis zur Decke. Als ich mir alles genau anschaute, seufzte Julián.

»Zwei Straßen weiter gibt es ein Hotel. Sauber, erschwinglich und achtbar. Ich habe mir erlaubt, ein Zimmer zu reservieren . . .«

Ich hatte meine Zweifel, fürchtete aber, ihn zu beleidigen.

»Hier werde ich mich ausgezeichnet fühlen, vorausgesetzt, ich falle dir und Kurtz nicht zur Last.«

Kurtz und Julián wechselten einen Blick. Julián schüttelte den Kopf, desgleichen der Kater. Ich hatte noch gar nicht bemerkt, wie sehr sie einander glichen. Julián wollte mir unbedingt sein Schlafzimmer abtreten. Er schlafe kaum und werde sich im Wohnzimmer auf einem Klappbett einrichten, das ihm sein Nachbar, Monsieur Darcieu, geborgt habe, ein greiser Zauberkünstler, der den Mademoiselles für einen Kuß aus der Hand las. Erschöpft von der Reise, schlief ich diese erste Nacht durch. Als ich am frühen Morgen erwachte, sah ich, daß Julián ausgegangen war. Kurtz schlief auf der Schreibmaschine seines Herrchens und schnarchte wie eine Bulldogge. Ich trat an den Schreibtisch und sah das Manuskript des neuen Romans, das ich holen gekommen war.

Der Kathedralendieb

Auf der ersten Seite stand, wie in allen Romanen Juliáns, von Hand geschrieben:

Für P.

Ich war versucht, auf der Stelle mit dem Lesen zu beginnen. Als ich eben die zweite Seite nehmen wollte, sah ich, daß Kurtz mich drohend anschaute. Wie ich es bei Julián gesehen hatte, schüttelte ich den Kopf. Der Kater tat ein Gleiches, und ich legte die Seiten zurück. Kurz darauf erschien Julián mit duftendem Brot, einer Thermoskanne Kaffee und Frischkäse. Wir frühstückten auf dem Balkon. Er sprach unablässig, wich meinem Blick aber aus. Im Morgenlicht erschien er mir wie ein gealtertes Kind. Er war frisch rasiert und trug seine vermutlich einzige anständige Kleidung, einen zwar abgetragenen, aber eleganten cremefarbenen Anzug. Ich hörte ihm zu, wie er mir von den Geheimnissen von Notre-Dame erzählte und einer angeblichen Barkasse, die nachts auf der Seine kreuze und die Seelen verzweifelter Liebender auflese, welche sich im eisigen Wasser das Leben genommen hatten, von tausend Zaubern, die er fortlaufend erfand, damit ich ihm keine Fragen stellen konnte. Ich betrachtete ihn schweigend, nickte, suchte in ihm den Mann, der die Bücher geschrieben hatte, die ich vor lauter Wiederlesen fast auswendig kannte, den Jungen, den mir Miquel Moliner so oft geschildert hatte.

»Wie viele Tage wirst du in Paris sein?« fragte er.

Meine Geschäfte bei Gallimard würden mich vermutlich zwei oder drei Tage in Anspruch nehmen. Mein erster Termin war auf diesen Nachmittag angesetzt. Ich sagte, ich hätte vor, mir zwei Tage zuzugestehen, um vor meiner Rückkehr nach Barcelona die Stadt kennenzulernen.

»Paris erfordert mehr als zwei Tage«, sagte er.

»Mehr Zeit habe ich nicht, Julián. Señor Cabestany ist ein großzügiger Patron, aber alles hat seine Grenzen.«

»Cabestany ist ein Pirat, aber sogar er weiß, daß man Paris nicht in zwei Tagen sieht, auch nicht in zwei Monaten oder zwei Jahren.«

»Ich kann nicht zwei Jahre in Paris bleiben, Julián.«

Er schaute mich lange schweigend an und lächelte.

»Warum eigentlich nicht? Wartet jemand auf dich?«

Die Verhandlungen mit Gallimard und meine Höflichkeitsbesuche bei verschiedenen Verlegern, mit denen Cabestany Verträge hatte, beanspruchten wie vorausgesehen drei ganze Tage. Julián hatte mir einen Führer und Beschützer zugewiesen, einen Jungen namens Hervé, knapp dreizehn Jahre alt, der die Stadt in- und auswendig kannte. Er begleitete mich von Tür zu Tür, zeigte mir, in welchen Cafés man einen Happen essen konnte, welche Straßen es zu meiden, was es zu sehen galt. Stundenlang wartete er vor den Verlagsbüros auf mich, ohne irgendein Trinkgeld anzunehmen. Er radebrechte ein lustiges, italienisch und portugiesisch gefärbtes Spanisch.

»Signore Carax ya me ha pagato con tuoda generosidade por meus serviços ...«

Wie ich allmählich herausfand, war Hervé Waise einer der Damen aus Irène Marceaus Etablissement, in dessen Dachgeschoß er wohnte. Julián hatte ihm das Lesen, Schreiben und Klavierspielen beigebracht. Sonntags nahm er ihn mit ins Theater oder in ein Konzert. Hervé vergötterte Julián und schien bereit, alles für ihn zu tun, mich wenn nötig sogar ans Ende der Welt zu führen. An unserem dritten gemeinsamen Tag fragte er mich, ob ich Signore Carax' Freundin sei. Ich verneinte – nur eine Freundin auf Besuch. Er wirkte enttäuscht.

Julián verbrachte fast alle Nächte schlaflos, saß mit Kurtz auf dem Schoß an seinem Schreibtisch, überlas einzelne Seiten oder betrachtete einfach die Kathedralentürme in der Ferne. Eines Nachts, als auch ich wegen des aufs Dach prasselnden Regens nicht schlafen konnte, ging ich ins Wohnzimmer hinüber. Wir sahen uns wortlos an, und Julián gab mir eine Zigarette. Lange schauten wir schweigend in den Regen. Dann, als er aufhörte, fragte ich, wer P. sei.

»Penélope«, antwortete er.

Ich bat ihn, mir von ihr, von seinen dreizehn Jahren Paris zu erzählen. Mit gedämpfter Stimme sagte er mir im Halbdunkeln, Penélope sei die einzige Frau, die er je geliebt habe.

In einer Winternacht des Jahres 1921 fand Irène Marceau Julián Carax, der, Blut erbrechend, durch die Straßen irrte und sich nicht an seinen Namen erinnern konnte. Er hatte ein paar wenige Münzen und einige zusammengefaltete Manuskriptseiten bei sich. Irène las sie und dachte, sie sei auf einen berühmten Autor gestoßen, einen unverbesserlichen Säufer, und vielleicht würde ein großzügiger Verleger es ihr lohnen, wenn der Mann das Bewußtsein wiedererlangte. Wenigstens war das ihre Version, Julián hingegen wußte, daß sie ihm aus Mitleid das Leben gerettet hatte. Er verbrachte sechs Monate in einem Zimmer im Dachgeschoß ihres Bordells und erholte sich. Die Ärzte machten Irène darauf aufmerksam, daß sie für diesen Mann nicht bürgen könnten, falls er sich noch einmal vergifte. Er hatte sich Magen und Leber zerstört und würde sich für den Rest seiner Tage nur noch von Milch, Frischkäse und Brot ernähren können. Als er wieder sprechen konnte, fragte ihn Irène, wer er sei.

»Niemand«, antwortete Julián.

»Aber niemand lebt auf meine Kosten. Was kannst du?«

Julián sagte, er könne Klavier spielen.

»Zeig es.«

Er setzte sich im Salon ans Klavier und spielte vor fünfzehn gespannt zuhörenden halbwüchsigen Hürchen in Unterwäsche ein Chopin-Nocturne. Alle applaudierten außer Irène, die sagte, das sei Musik von Toten, sie aber machten ihr Geschäft mit den Lebenden. Julián spielte für sie einen Ragtime und zwei Stücke von Offenbach.

»Das ist schon besser.«

Seine neue Stelle bescherte ihm einen Lohn, ein Dach über dem Kopf und zwei Mahlzeiten täglich.

In Paris überlebte er dank der Fürsorge Irène Marceaus, die ihn als einzige zum Weiterschreiben ermunterte. Ihr gefielen romantische Romane und Heiligen- und Märtyrerbiographien. Ihrer Meinung nach bestand Juliáns Problem darin, daß sein Herz vergiftet war und er aus diesem Grund nur solche Schauer- und Düsternisgeschichten schreiben konnte. Trotz ihrer Vorbehalte hatte Julián es ihr zu verdanken, daß er für seine ersten Romane einen Verleger gefunden hatte, und sie war es auch, die ihm zu dieser Mansarde verholfen hatte, in der er sich vor der Welt versteckte, die ihn kleidete und ihn aus dem Haus lockte, damit er an die Sonne und die Luft kam, die ihm

Bücher kaufte und ihn sonntags in die Messe und dann auf einen Spaziergang in die Tuilerien mitnahm. Irène Marceau erhielt ihn am Leben, ohne dafür mehr von ihm zu verlangen als seine Freundschaft und das Versprechen weiterzuschreiben. Mit der Zeit erlaubte sie ihm, manchmal eines ihrer Mädchen in seine Mansarde mitzunehmen, und sei es nur, um in jemandes Armen zu schlafen. Sie scherzte, die Mädchen seien so einsam wie er und wünschten sich nichts als ein wenig Zärtlichkeit.

»Mein Nachbar, Monsieur Darcieu, hält mich für den glücklichsten Menschen der Welt.«

Ich fragte ihn, warum er nie nach Barcelona zurückgekommen sei, um Penélope zu holen. Er verfiel in langes Schweigen, und als ich in der Dunkelheit sein Gesicht suchte, war es tränenüberströmt. Ohne zu wissen, was ich tat, kniete ich neben ihm nieder und umarmte ihn. So verharrten wir eng umschlungen, bis uns der Morgen überraschte. Ich weiß nicht mehr, wer wen zuerst küßte, noch, ob das von Bedeutung ist. An diesem frühen Morgen und an allen weiteren in den beiden Wochen, die ich bei Julián blieb, liebten wir uns auf dem Boden, immer schweigend. Danach, wenn wir in einem Café saßen oder durch die Straßen spazierten, schaute ich ihm in die Augen und wußte, daß er immer noch Penélope liebte. Ich erinnere mich, daß ich in jenen Tagen dieses siebzehnjährige Mädchen zu hassen lernte (denn für mich war sie immer siebzehn), das ich nie kennengelernt hatte und von dem ich nachts immer öfter träumte. Ich ersann tausend Vorwände, um Cabestany zu telegrafieren und meinen Aufenthalt zu verlängern. Es machte mir keine Sorgen mehr, die Stelle zu verlieren; das graue Dasein, das ich in Barcelona zurückgelassen hatte, lockte mich nicht. Oft habe ich mich gefragt, ob ich denn mit einem so leeren Leben nach Paris gekommen war, daß ich in Juliáns Arme fiel wie Irène Marceaus Mädchen, die widerwillig um ein bißchen Zärtlichkeit buhlten. Ich weiß nur noch, daß diese beiden Wochen, die ich mit Julián verbrachte, die einzige Zeit meines Lebens waren, in der ich spürte, daß ich ich selbst war, und in der ich mit der absurden Deutlichkeit der unerklärli-

402

chen Dinge begriff, daß ich nie einen andern Mann so würde lieben können, wie ich Julián liebte, und wenn ich es mein ganzes restliches Leben lang versuchte.

Eines Tages schlief er erschöpft in meinen Armen ein. Als wir am Abend zuvor am Schaufenster eines Pfandhauses vorbeigekommen waren, war er stehengeblieben, um mir einen Füllfederhalter zu zeigen, der schon Jahre ausgestellt war und der laut dem Pfandleiher Victor Hugo gehört hatte. Julián hatte nie einen Centime übrig gehabt, um ihn zu kaufen, ging ihn aber jeden Tag anschauen. Ganz leise schlüpfte ich in die Kleider und ging zum Pfandhaus. Der Füllfederhalter kostete ein Vermögen, das ich nicht besaß, doch der Pfandleiher sagte, er würde einen Scheck in Peseten akzeptieren, der auf eine beliebige spanische Bank mit Filiale in Paris ausgestellt sei. Meine Mutter hatte mir schon vor Jahren versprochen, eisern zu sparen, um mir dereinst ein Brautkleid kaufen zu können. Victor Hugos Füllfederhalter gab meinem Schleier den Gnadenstoß, und obwohl ich wußte, daß es verrückt war, habe ich nie lieber für etwas Geld ausgegeben. Als ich mit dem Etui aus der Pfandleihe kam, bemerkte ich, daß mir eine Frau folgte. Es war eine sehr elegante Dame mit silbernem Haar und den blausten Augen, die ich je gesehen hatte. Sie trat auf mich zu und stellte sich vor. Es war Irène Marceau, Juliáns Beschützerin. Mein Führer Hervé hatte ihr von mir erzählt. Sie wollte mich einfach kennenlernen und mich fragen, ob ich die Frau sei, auf die Julián in den ganzen Jahren gewartet hatte. Sie nickte nur und küßte mich auf die Wange. Ich sah sie die Straße hinunter davongehen, und da war mir klar, daß Julián nie mir gehören würde, daß ich ihn verloren hatte, noch bevor wir richtig angefangen hatten. Das Etui mit dem Füllfederhalter in der Tasche verborgen, ging ich in die Mansarde zurück. Julián war aufgewacht und wartete auf mich. Wortlos zog er mich aus, und wir liebten uns zum letzten Mal. Als er mich fragte, warum ich weine, sagte ich, es seien Tränen des Glücks. Später, als er hinunterging, um etwas zu essen zu holen, packte ich meinen Koffer und legte das Etui mit der Feder auf seine Schreibmaschine. Ich steckte das Manuskript seines Romans in den Koffer und ging, ehe Julián zurückkam. Auf dem Treppenabsatz traf ich Monsieur Darcieu, den alten Zauberkünstler, der den Mädchen für einen Kuß aus der Hand las. Er nahm meine Linke und schaute mich traurig an.

»Vous avez du poison au cœur, mademoiselle.«

Als ich ihm meinen Tribut entrichten wollte, schüttelte er sanft den Kopf und küßte mir seinerseits die Hand.

Ich kam eben rechtzeitig zur Gare d'Austerlitz, um den Zwölf-Uhr-Zug nach Barcelona zu nehmen. Der Schaffner, der mir die Fahrkarte verkaufte, fragte, ob es mir gutgehe. Ich nickte und zog mich in mein Abteil zurück. Der Zug fuhr bereits ab, als ich aus dem Fenster schaute und Juliáns Gestalt auf dem Bahnsteig erblickte, genau dort, wo ich ihn zum ersten Mal gesehen hatte. Ich schloß die Augen und öffnete sie erst wieder, als der Zug den Bahnhof und diese verhexte Stadt, in die ich nie würde zurückkehren können, verlassen hatte. Im Morgengrauen des folgenden Tages kam ich in Barcelona an. An diesem Tag wurde ich vierundzwanzig und wußte, daß das Beste meines Lebens bereits Vergangenheit war.

2

Wieder in Barcelona, ließ ich einige Zeit verstreichen, bevor ich Miquel Moliner aufsuchte. Ich mußte Julián vergessen, und mir wurde klar, daß ich keine Antwort wüßte, wenn mich Miquel nach ihm fragen würde. Als wir uns wiedersahen, brauchte ich ihm gar nichts zu sagen. Er schaute mir bloß in die Augen und nickte. Er erschien mir dünner als vor meiner Reise nach Paris, das Gesicht war fast krankhaft blaß, was ich dem Übermaß an Arbeit zuschrieb, mit der er sich kasteite. Er gestand mir, er befinde sich in wirtschaftlicher Bedrängnis, denn er hatte fast das ganze geerbte Geld für seine philanthropischen

Schenkungen ausgegeben, und jetzt versuchten ihn die Anwälte seiner Geschwister aus seinem kleinen Palast zu werfen mit dem Argument, eine Klausel im Testament des alten Moliner spezifiziere, daß Miquel nur unter der Voraussetzung dort wohnen könne, daß er das Haus in gutem Zustand erhalte und die erforderliche Solvenz beweisen könne. Andernfalls gehe der Palast in der Calle Puertaferrisa an seine andern Geschwister über.

»Mein Vater hat geahnt, daß ich sein Geld bis auf den letzten Heller für all das ausgeben würde, was er sein Leben lang gehaßt hat.«

Seine Einkünfte als Kolumnist und Übersetzer erlaubten es ihm bei weitem nicht, so einen Wohnsitz zu unterhalten.

»Das schwierige ist nicht, einfach so Geld zu verdienen«, klagte er. »Das schwierige ist, es mit etwas zu verdienen, was es wert ist, daß man ihm sein Leben widmet.«

Ich vermutete, daß er heimlich zu trinken begonnen hatte. Manchmal zitterten seine Hände. Ich besuchte ihn jeden Sonntag und nötigte ihn hinaus, weg von seinem Schreibtisch und seinen Lexika. Ich wußte, daß es ihn schmerzte, mich zu sehen, und tat, als erinnerte ich mich nicht mehr, daß er mir seine Liebe erklärt und ich ihn abgewiesen hatte, aber manchmal ertappte ich ihn dabei, wie er mich voller Sehnsucht und Verlangen anschaute. Meine einzige Entschuldigung dafür, daß ich ihn so grausam behandelte: Nur Miquel kannte die Wahrheit über Julián und Penélope Aldaya.

In diesen Monaten, die ich fern von Julián verbrachte, war Penélope Aldaya zu einem Geist geworden, der mir den Schlaf und den klaren Verstand raubte. Ich erinnerte mich noch immer an Irène Marceaus enttäuschtes Gesicht, als sie sah, daß ich nicht die Frau war, auf die Julián wartete. Penélope Aldaya war – hinterhältig, weil nicht anwesend – eine zu mächtige Gegnerin für mich. Da unsichtbar, war sie in meiner Vorstellung vollkommen, ein Licht, in dessen Schatten ich mich verlor, unwürdig, gewöhnlich, antastbar. Nie hätte ich es für möglich gehalten, daß ich, so ganz gegen meinen Willen, jemanden derart hassen konnte, den ich nicht einmal kannte, den ich kein einziges Mal gesehen hatte. Vermutlich dachte ich, wenn er ihr wieder von Angesicht zu Angesicht gegenüberstünde, wenn er sähe, daß sie aus Fleisch und Blut war, wäre der Bann gebrochen und Julián wieder frei. Und ich mit ihm. Ich nahm an, es sei nur eine Frage der Zeit, der Geduld. Früher oder später würde mir Miquel die Wahrheit erzählen. Und die Wahrheit würde mich frei machen.

Eines Tages, als wir durch den Kreuzgang der Kathedrale spazierten, erklärte mir Miquel erneut seine Liebe. Ich schaute ihn an und sah einen einsamen Menschen ohne Hoffnung. Ich wußte, was ich tat, als ich ihn mit nach Hause nahm und mich von ihm verführen ließ. Ich wußte, daß ich ihn betrog und daß er es ebenfalls wußte, aber ich hatte sonst nichts auf der Welt. So wurden wir Geliebte, aus Verzweiflung. In seinen Augen sah ich, was ich in denen Juliáns hätte sehen wollen. Ich spürte, daß ich mich, wenn ich mich ihm hingab, an Julián und an Penélope und an allem rächte, was mir verwehrt war. Miquel, krank vor Verlangen und Einsamkeit, wußte, daß unsere Liebe eine Farce war, und trotzdem konnte er nicht von mir lassen. Mit jedem Tag trank er mehr, und oft konnte er mich kaum nehmen. Dann scherzte er bitter, nun seien wir doch noch in Rekordzeit ein mustergültiges Ehepaar geworden. Aus Gram und Feigheit taten wir uns gegenseitig weh. Eines Abends, fast ein Jahr nach meiner Rückkehr aus Paris, bat ich ihn, mir die Wahrheit über Penélope zu erzählen. Er hatte getrunken und wurde aufbrausend, wie ich ihn noch nie zuvor gesehen hatte. Voller Wut beschimpfte er mich und beschuldigte mich, ihn nie geliebt zu haben, eine ganz gewöhnliche Nutte zu sein. Er riß mir die Kleider in Fetzen vom Leib, und als er mich vergewaltigen wollte, legte ich mich hin, bot mich ihm widerstandslos an und weinte leise. Miquel brach zusammen und flehte um Verzeihung. Wie gern hätte ich ihn und nicht Julián geliebt, wie gern wäre ich bei ihm geblieben, aber ich konnte nicht. Wir umarmten uns im Dunkeln, und ich bat ihn um Vergebung für all die Schmerzen, die ich ihm zugefügt hatte. Da sagte er mir, wenn ich es wirklich wolle, würde er mir die Wahrheit über Penélope Aldaya erzählen. Auch das war ein Fehler von mir.

An jenem Sonntag des Jahres 1919, an dem Miquel Moliner zur Estación de Francia gegangen war, um seinem Freund Julián die Fahrkarte nach Paris zu geben und sich von ihm zu verabschieden, wußte er bereits, daß Penélope nicht zu dem Stelldichein käme. Als Don Ricardo Aldaya nämlich zwei Tage zuvor aus Madrid zurückgekehrt war, hatte ihm seine Frau gestanden, sie habe Julián und ihre Tochter Penélope zusammen im Zimmer der Kinderfrau Jacinta ertappt. Jorge Aldaya wiederum hatte Miquel verraten, was am Vortag geschehen war, und nahm ihm den Schwur ab, es nie jemandem zu erzählen. Er berichtete, auf diese Enthüllung hin sei Don Ricardo vor Wut explodiert und brüllend zum Zimmer Penélopes gelaufen, die sich beim Geschrei ihres Vaters eingeschlossen habe und vor Schreck in Tränen ausgebrochen sei. Don Ricardo trat die Tür ein und fand Penélope auf den Knien, zitternd und um Vergebung bittend. Da gab er ihr eine Ohrfeige, die sie zu Boden warf. Nicht einmal Jorge war fähig, die Worte zu wiederholen, die Don Ricardo ausstieß, glühend vor Zorn. Sämtliche Familienmitglieder und das Gesinde warteten unten, erschreckt und ohne zu wissen, was tun. Jorge versteckte sich in seinem Zimmer, im Dunkeln, aber selbst da waren die Schreie seines Vaters zu hören. Don Ricardo befahl den Bediensteten, Jacinta noch am selben Tag aus dem Haus zu werfen, ohne daß er sie noch einmal zu sehen geruhte, und drohte ihnen dasselbe Los an, falls sich irgend jemand von ihnen mit ihr in Verbindung setze.

Als er in die Bibliothek hinunterging, war es bereits Mitternacht. Er hatte Penélope in Jacintas ehemaligem Zimmer eingeschlossen und verbot allen, Familienmitgliedern wie Angestellten, strikt, zu ihr hinaufzugehen. In seinem Zimmer hörte Jorge seine Eltern im unteren Stock miteinander sprechen. Mitten in der Nacht kam der Arzt. Señora Aldaya führte ihn in das Zimmer, in dem Penélope eingeschlossen war, und wartete in der Tür, während er sie untersuchte. Als er wieder herauskam, nickte der Arzt nur und nahm seine Bezahlung entgegen. Jorge hörte, wie Don Ricardo zu ihm sagte, wenn er jemandem erzähle, was er gesehen habe, werde er persönlich seinen Ruf ruinieren und zu verhindern wissen, daß er je wieder praktiziere. Sogar Jorge war klar, was das bedeutete.

Jorge erzählte Miquel, daß er sich um Julián und Penélope große Sorgen machte. Noch nie hatte er seinen Vater von solchem Zorn besessen gesehen. Auch wenn er ermessen konnte, wie groß die von den Liebenden begangene Sünde war, so verstand er doch die Tragweite dieses Zorns nicht. Da muß sonst noch etwas sein, sagte er. Don Ricardo hatte bereits angeordnet, Julián aus der San-Gabriel-Schule hinauszuwerfen, und sich mit seinem Vater, dem Hutmacher, in Verbindung gesetzt, um ihn unverzüglich in die Armee zu schicken. Als Miquel das hörte, war ihm klar, daß er Julián nicht die Wahrheit sagen konnte. Wenn er ihm erzählte, daß Don Ricardo Penélope eingeschlossen hatte und daß sie vermutlich schwanger war, würde er niemals den Zug nach Paris besteigen. Aber wenn er in Barcelona bliebe, wäre das sein Ende. So beschloß er, ihn anzuschwindeln und nach Paris fahren zu lassen, ohne daß er wußte, was geschehen war, und im Glauben, über kurz oder lang würde Penélope ihm nachfolgen. Als er sich an diesem Tag in der Estación de Francia von Julián verabschiedete, redete er sich ein, noch sei nicht alles verloren.

Tage später, als ruchbar wurde, daß Julián verschwunden war, tat sich die Hölle auf. Don Ricardo Aldaya schäumte. Er setzte ein halbes Polizeikommando auf die Suche und Festnahme des Flüchtigen an, erfolglos. Da beschuldigte er den Hutmacher, den vereinbarten Plan sabotiert zu haben, und drohte ihm den absoluten Ruin an. Der Hutmacher, der nichts verstand, bezichtigte wiederum seine Frau Sophie, die Flucht dieses infamen Sohnes ausgeheckt zu haben, und drohte ihr damit, sie für immer auf die Straße zu setzen. Niemand kam auf die Idee, daß Miquel Moliner alles ersonnen hatte. Niemand außer Jorge Aldaya, der ihn zwei Wochen später aufsuchte. Er war nicht mehr das Angst- und Nervenbündel wie noch wenige Tage zuvor. Das war ein anderer, erwachsener Jorge Aldaya, der seine Unschuld verloren hatte. Was auch immer sich hinter Don Ricardos Wut verbergen mochte, Jorge hatte es herausgekriegt. Was er zu sagen hatte, war bündig: Er wisse, daß Miquel es gewesen sei, der Julián zur Flucht verholfen habe, sie seien keine Freunde mehr, er wolle ihn nie wiedersehen und werde ihn umbringen, wenn er jemandem erzähle, was er ihm vor vierzehn Tagen berichtet habe.

Einige Wochen später erhielt Miquel den Brief, den ihm Julián unter falschem Namen aus Paris schickte, worin er ihm seine Adresse mitteilte und sagte, es gehe ihm gut und er vermisse ihn, und sich nach seiner Mutter und Penélope erkundigte. Eingeschlossen war ein Brief an letztere, den Miquel von Barcelona aus weiterschicken sollte – der erste von vielen, welche Penélope nie zu Gesicht bekommen sollte. Miquel schrieb Julián wöchentlich und erzählte ihm nur das, was er für angebracht hielt, also sozusagen nichts. Julián seinerseits berichtete von Paris, davon, wie schwer ihm alles falle, wie allein und verzweifelt er sich fühle. Miquel schickte ihm Geld, Bücher und seine Freundschaft. Mit jedem Brief sandte Julián auch einen für Penélope. Miquel schickte sie von verschiedenen Postämtern aus weiter, obwohl er wußte, daß es sinnlos war. In seinen Briefen fragte Julián unermüdlich nach ihr. Miquel konnte ihm nichts sagen. Von Jacinta wußte er, daß sie das Haus in der Avenida del Tibidabo nicht mehr verlassen hatte, seit ihr Vater sie im Zimmer im dritten Stock eingeschlossen hatte.

Eines Abends trat ihm Jorge Aldaya zwei Blocks von seinem Haus entfernt aus dem Schatten entgegen. »Kommst du schon, um mich umzubringen?« fragte Miquel. Jorge sagte, er komme, um ihm und seinem Freund Julián einen Gefallen zu tun, gab ihm einen Brief und legte ihm nahe, ihn an Julián weiterzuleiten, wo immer er sich auch verstecken möge, »zum Besten von allen«. Der Umschlag enthielt ein von Penélope beschriebenes Blatt:

Lieber Julián,

ich schreibe Dir, um Dir zu sagen, daß ich demnächst heira-
ten werde, und Dich zu bitten, mir nicht mehr zu schreiben,
sondern mich zu vergessen und noch einmal neu anzufangen.
Ich grolle Dir nicht, aber ich wäre unaufrichtig, wenn ich Dir
nicht gestände, daß ich Dich nie geliebt habe und nie werde
lieben können. Ich wünsche Dir das Beste, wo immer Du sein
magst.

Penélope

Miquel las den Brief wieder und wieder. Die Schrift war un-
verkennbar, doch er glaubte keinen Moment daran, daß ihn
Penélope aus eigenem Antrieb geschrieben hatte. »Wo immer
du sein magst« – sie wußte ganz genau, daß Julián in Paris war
und auf sie wartete. Wenn sie vorgab, seinen Verbleib nicht zu
kennen, überlegte Miquel, dann, um ihn zu schützen. Aus dem
gleichen Grund konnte er auch nicht verstehen, was sie dazu
gebracht haben mochte, diese Zeilen zu schreiben. Womit
konnte ihr Don Ricardo Aldaya denn sonst noch drohen, als
sie monatelang wie eine Gefangene in einem Zimmer einzuschließen? Penélope wußte besser als jeder andere, daß dieser
Brief ein vergifteter Dolchstoß in Juliáns Herz war – ein junger
Mann von neunzehn Jahren, verloren in einer fernen, feindlichen Stadt, von allen verlassen, knapp überlebend dank der
trügerischen Hoffnung, sie wiederzusehen. Wovor wollte sie
ihn schützen, wenn sie ihn dergestalt von sich wies? Nach
langem Überlegen beschloß er, den Brief nicht weiterzuschik-
ken. Nicht, bevor er den Grund dafür erfuhr. Ohne triftigen
Grund sollte nicht seine Hand es sein, die dem Freund diesen
Dolch ins Herz stieße.

Ein paar Tage später hörte er, daß Don Ricardo Aldaya, der
es leid war, Jacinta Coronado wie einen Wachposten vor der
Tür seines Hauses auf Nachrichten von Penélope lauern zu
sehen, seine Beziehungen hatte spielen und die Kinderfrau seiner Tochter ins Irrenhaus von Horta einsperren lassen. Als
Miquel Moliner sie besuchen wollte, wurde ihm die Erlaubnis

verweigert. Die ersten drei Monate sollte sie in Isolation verbringen. Nach drei Monaten Stille und Dunkelheit, erklärte ihm einer der Ärzte, ein blutjunges, strahlendes Bürschchen, sei die Fügsamkeit der Patientin gewährleistet. Einer plötzlichen Eingebung folgend, suchte Miquel die Pension auf, in der Jacinta in den Monaten nach ihrem Hinauswurf gewohnt hatte. Als er sagte, wer er war, erinnerte sich die Inhaberin, daß Jacinta eine Nachricht auf seinen Namen hinterlassen und drei Wochenmieten schuldig geblieben war. Er beglich die Schuld, an deren Richtigkeit er seine Zweifel hatte, und bekam die Nachricht ausgehändigt, in der die Kinderfrau ihm mitteilte, sie wisse, daß eines der Dienstmädchen im Hause Aldaya, Laura, entlassen worden sei, nachdem man erfahren habe, daß sie Julián insgeheim einen von Penélope verfaßten Brief habe zukommen lassen. Miquel sagte sich, die einzige Adresse, wohin Penélope aus ihrer Gefangenschaft den Brief habe schicken können, sei die Wohnung von Juliáns Eltern in der Ronda de San Antonio, weil sie darauf vertraute, daß sie ihn dann an ihren Sohn nach Paris weiterleiten würden.

Also beschloß er, Sophie Carax zu besuchen, um diesen Brief zu holen und Julián zu schicken. Als er beim Haus der Fortunys eintraf, erlebte er eine unheilverkündende Überraschung: Sophie Carax wohnte nicht mehr dort. Sie hatte ihren Mann einige Tage zuvor verlassen – das wenigstens wurde im Treppenhaus gemunkelt. Nun versuchte er, mit dem Hutmacher zu sprechen, der seine Tage zurückgezogen im Laden verbrachte, von Wut und Demütigung zerfressen. Miquel gab ihm zu verstehen, er sei gekommen, um einen vor einigen Tagen für seinen Sohn Julián eingetroffenen Brief zu holen.

»Ich habe keinen Sohn«, bekam er als einzige Antwort zu hören.

Miquel Moliner ging wieder, ohne zu wissen, daß dieser Brief bei der Pförtnerin des Hauses gelandet war und daß viele Jahre später du, Daniel, ihn finden und die Worte lesen würdest, die Penélope, diesmal von Herzen, an Julián geschrieben hatte und die er nie zu Gesicht bekommen sollte.

Als er den Hutladen Fortuny verließ, trat eine Nachbarin, die sich als Viçenteta zu erkennen gab, zu ihm und fragte ihn, ob er Sophie suche. Er bejahte.

»Ich bin ein Freund von Julián.«

Die Viçenteta teilte ihm mit, Sophie vegetiere in einer Pension hinter dem Hauptpostamt dahin und warte auf die Abfahrt des Schiffs, das sie nach Südamerika bringen sollte. Miquel wandte sich dorthin und fand ein enges, elendes Treppenhaus ohne Licht und Luft. Zuoberst in dieser staubigen Spirale mit den schiefen Stufen traf er in einem düsteren, feuchten Zimmer auf Sophie Carax. Dem Fenster zugewandt, saß Juliáns Mutter auf der Kante einer tristen Pritsche, auf der wie Särge zwei noch geschlossene Koffer lagen und ihre zweiundzwanzig Barceloneser Jahre besiegelten.

Als sie den von Penélope unterschriebenen Brief las, den Jorge Aldaya Miquel gebracht hatte, vergoß sie Tränen der Wut.

»Sie weiß es«, murmelte sie. »Das arme Ding, sie weiß es . . .«

»Sie weiß was?« fragte Miquel.

»Es ist meine Schuld. Es ist meine Schuld.«

Verständnislos nahm Miquel ihre Hände. Sophie getraute sich nicht, ihn anzuschauen.

»Penélope und Julián sind Geschwister«, flüsterte sie.

3

Sophie Carax war knapp neunzehn, als sie mittellos nach Barcelona kam. Eine Musikschule in der Calle Diputación erklärte sich bereit, sie als Privatlehrerin für Klavier und Gesang anzustellen. Damals gehörte es zum guten Ton, daß Töchter angesehener Familien in Gesellschaftskünsten unterrichtet wurden und das nötige Rüstzeug für Salonmusik verabreicht bekamen – im Salon war die Polonaise weniger riskant als das Gespräch oder eine zweifelhafte Lektüre. So begann Sophie

Carax, palastähnliche Häuser zu besuchen, wo sie von steifen, stummen Hausangestellten in Musiksalons geführt wurde, in denen der feindselige Nachwuchs der industriellen Aristokratie sie erwartete, um sich über ihren Akzent, ihre Schüchternheit oder ihre Dienstmädchenstellung lustig zu machen, Noten hin oder her. Mit der Zeit lernte sie, sich auf das Zehntel derjenigen Schüler zu konzentrieren, die sich über den Rang von parfümiertem Ungeziefer erhoben, und den Rest zu vergessen.

In dieser Zeit lernte sie einen jungen Hutmacher (wie er sich mit zünftigem Stolz nannte) namens Antoni Fortuny kennen, der offensichtlich fest entschlossen war, ihr um jeden Preis den Hof zu machen. Fortuny, für den Sophie eine herzliche Freundschaft und sonst nichts empfand, schlug ihr schon bald die Ehe vor – ein Antrag, den sie von Mal zu Mal ausschlug. Bei jedem Abschied vertraute sie darauf, ihn nicht wiederzusehen, da sie ihn nicht kränken mochte. Der Hutmacher, taub für jeden Korb, versuchte es immer von neuem, lud sie auf einen Ball, zu einem Spaziergang oder zu einem Imbiß mit Biskuit und Schokolade in der Calle Canuda ein. Da sie in Barcelona allein war, konnte sie sich kaum gegen seine Gesellschaft und Verehrung zur Wehr setzen. Sie brauchte ihn aber nur anzuschauen, um zu wissen, daß sie ihn nie würde lieben können – nicht so, wie sie sich eines Tages jemanden lieben zu können erträumte. Aber es fiel ihr schwer, das Bild von sich selbst zurückzuweisen, das sie in des Hutmachers verzauberten Augen sah. Nur in ihnen sah sie die Sophie, die sie gern gewesen wäre.

So tändelte sie aus Einsamkeit oder Schwäche weiter mit dem Werben des Hutmachers und dachte, irgendwann würde er schon ein anderes Mädchen kennenlernen, das eher geneigt wäre, ihn zu erhören. In der Zwischenzeit genügte ihr das Begehrt- und Geliebtwerden, um die Einsamkeit und die Sehnsucht nach allem, was sie zurückgelassen hatte, zu verbrennen. Sie sah Antoni jeweils sonntags nach der Messe. Den Rest der Woche widmete sie sich ihrem Musikunterricht. Ihre Lieblingsschülerin war ein Mädchen mit beachtlichem Talent namens Ana Valls, Tochter eines reichen Textilmaschinenfabrikanten, der mit enormen Anstrengungen und Opfern, vorwiegend anderer Leute, aus dem Nichts ein Vermögen geschaffen hatte. Ana machte kein Hehl aus ihrem Wunsch, einmal eine große Komponistin zu werden, und spielte Sophie kleine selbstkomponierte Stücke vor, in denen sie nicht ohne Geist Motive von Grieg und Schumann nachempfunden hatte. Señor Valls war zwar überzeugt, daß Frauen unfähig waren, etwas anderes als Strümpfe und gehäkelte Decken zu schaffen, sah aber mit Wohlwollen, daß seine Tochter zu einer kundigen Klavierspielerin heranwuchs, denn er hatte Pläne, sie mit irgendeinem Erben eines guten Namens zu verheiraten, und wußte, daß distinguierte Leute an heiratsfähigen jungen Mädchen irgendeine hübsche Begabung schätzten – neben der Folgsamkeit und der üppigen Fruchtbarkeit einer blühenden Jugend.

Im Hause Valls lernte Sophie einen von Señor Valls' größten Wohltätern und finanziellen Bürgen kennen: Don Ricardo Aldaya, den Erben des Aldaya-Imperiums, schon damals die große, aufstrebende Hoffnung der katalanischen Plutokratie des ausgehenden Jahrhunderts. Monate zuvor hatte Ricardo Aldaya eine reiche Erbin von blendender Schönheit und mit unaussprechlichem Namen geheiratet, Attribute, die, wie böse Zungen erklärten, nur allzugut paßten, denn es hieß, ihr frisch angetrauter Ehemann sehe in ihr weder irgendeine Schönheit, noch bemühe er sich, ihren Namen zu erwähnen. Es sei eine Eheschließung zwischen Familien und Banken gewesen, keine romantische Kinderei, sagte Señor Valls, dem klar war, daß Neigung und Eignung nicht dasselbe waren.

Sophie brauchte mit Don Ricardo nur einen Blick zu wechseln, um zu wissen, daß sie für immer verloren war. Aldaya hatte Wolfsaugen, gefräßig und scharf. Er küßte ihr langsam die Hand und liebkoste dabei mit den Lippen ihre Knöchel. Was der Hutmacher an Freundlichkeit und Aufmerksamkeit verströmte, war bei Don Ricardo Grausamkeit und Kraft. Sein Lächeln ließ keinen Zweifel daran aufkommen, daß er ihre

Gedanken und Wünsche lesen konnte und darüber lachte. Sophie empfand diese schwächliche Verachtung für ihn, welche die Dinge wecken, die wir uns am meisten wünschen, ohne es zu wissen. Sie dachte, sie würde ihn nicht wiedersehen, wenn nötig würde sie ihre Lieblingsschülerin aufgeben, wenn sie dadurch ein weiteres Zusammentreffen mit Ricardo Aldaya vermeiden konnte. Nie hatte etwas in ihrem Leben sie so erschreckt, wie unter Anzug und Haut das Raubtier zu erkennen. All diese Gedanken gingen ihr in Sekundenschnelle durch den Kopf, während sie sich eine plumpe Ausrede zurechtlegte, um sich zur Verblüffung von Señor Valls und unter Aldayas Gelächter und dem geschlagenen Blick der kleinen Ana zurückzuziehen, die mehr von den Menschen als von Musik verstand und wußte, daß sie ihre Lehrerin unwiderruflich verloren hatte.

Eine Woche später sah sich Sophie am Eingang der Musikschule in der Calle Diputación Don Ricardo Aldaya gegenüber, der rauchend und in der Zeitung blätternd auf sie wartete. Sie wechselten einen Blick, und ohne daß ein Wort fiel, führte er sie zu einem Haus an der übernächsten Kreuzung. Es war ein neues Gebäude, noch ohne Mieter. Sie fuhren mit dem Aufzug hinauf. Don Ricardo öffnete eine Tür und ließ ihr den Vortritt. Sophie trat in ein Labyrinth von Korridoren mit nackten Wänden und unsichtbaren Decken. Außer einem mit dem Nötigsten ausgestatteten Schlafzimmer gab es weder Möbel noch Bilder, noch Lampen, noch sonst einen Gegenstand, der diese Räume als Wohnung ausgewiesen hätte. Don Ricardo Aldaya schloß die Tür, und die beiden schauten sich an.

»Ich habe die ganze Woche nicht aufgehört, an dich zu denken. Du brauchst mir nur zu sagen, daß es dir nicht ebenso ergangen ist, und ich lasse dich gehen, und du wirst mich nie wiedersehen«, sagte Ricardo.

Sophie schüttelte den Kopf.

Die Geschichte ihrer heimlichen Begegnungen dauerte sechsundneunzig Tage. Sie sahen sich immer in dieser leeren Wohnung Ecke Diputación/Rambla de Cataluña, dienstags und

donnerstags, nachmittags um drei. Ihre Rendezvous dauerten
nie länger als eine Stunde. Manchmal blieb Sophie allein zurück,
nachdem Aldaya gegangen war, und weinte oder zitterte in
einer Ecke des Schlafzimmers. Später, wenn der Sonntag kam,
suchte sie in den Augen des Hutmachers verzweifelt Spuren der
Frau, die allmählich verschwand, und sehnte sich nach wirkli-
cher Hingabe. Der Hutmacher sah nicht die Verzweiflung in
ihrem Lächeln, in ihrer Fügsamkeit. Er sah nichts. Vielleicht
deshalb nahm sie sein Eheversprechen an. Schon damals spürte
sie, daß sie Aldayas Kind im Leib trug, aber sie fürchtete sich, es
ihm zu sagen, fast so sehr, wie sie fürchtete, ihn zu verlieren.
Einmal mehr sah Aldaya ihr an, was sie zu gestehen außerstande
war. Er gab ihr fünfhundert Peseten, eine Adresse in der Calle
Platería und den Befehl, sich das Kind wegmachen zu lassen. Als
Sophie sich weigerte, ohrfeigte er sie, bis sie aus den Ohren
blutete, und drohte ihr damit, sie umbringen zu lassen, sollte sie
es wagen, ihre Begegnungen zu erwähnen oder zu behaupten,
das Kind sei von ihm. Als sie dem Hutmacher sagte, auf der
Plaza del Pino hätten ein paar Halunken versucht, ihr die
Handtasche zu entreißen, glaubte er ihr. Als sie ihm sagte, sie
wolle seine Frau werden, glaubte er ihr. Am Tag der Hochzeit
schickte jemand irrtümlich einen großen Totenkranz in die
Kirche. Angesichts der Verwirrung des Floristen lachten alle
nervös. Alle außer Sophie, die genau wußte, daß sich Don
Ricardo Aldaya an ihrem Hochzeitstag noch immer an sie erinnerte.

4

Sophie Carax hatte nie gedacht, daß sie Don Ricardo nach
Jahren wiedersehen würde (nun ein reifer Mann, Vorsteher des
Familienimperiums und Vater von zwei Kindern) und daß er
zurückkäme, um den Sohn kennenzulernen, den er für fünfhundert Peseten hatte verschwinden lassen wollen.

In Jorge, seinem Erstgeborenen, vermochte er nicht sich
selbst zu sehen. Der Junge war schwach, zurückhaltend und

416

entbehrte der geistigen Präsenz des Vaters. Es fehlte ihm an allem, außer am Namen. Eines Tages war Don Ricardo im Bett eines Dienstmädchens mit dem Gefühl erwacht, sein Körper werde alt, Venus habe ihm ihre Gnade entzogen. Von Panik befallen, eilte er zum Spiegel, und als er sich nackt darin betrachtete, hatte er den Eindruck, belogen zu werden. Das war doch nicht er.

Da wollte er den Mann wiederfinden, den man ihm genommen hatte. Seit Jahren wußte er um den Sohn des Hutmachers. Auch Sophie hatte er auf seine Weise nicht vergessen. Als der Moment gekommen war, beschloß er, den Jungen kennenzulernen. Zum ersten Mal in fünfzehn Jahren traf er auf jemanden, der ihn nicht fürchtete, sondern ihn herauszufordern, ja sich über ihn lustig zu machen wagte. Er erkannte in ihm die Männlichkeit, den stillen Ehrgeiz, den die Narren nicht sehen, der aber im Innern brennt. Sophie, ein fernes Echo der Frau, an die er sich erinnerte, hatte nicht einmal mehr die Kraft einzuschreiten. Der Hutmacher war bloß ein Hanswurst, ein boshafter, nachtragender Tölpel, dessen Komplizenschaft ihm als gegeben galt. Er wollte Julián aus dieser unerträglich mittelmäßigen, ärmlichen Welt herausnehmen, um ihm die Tore zu seinem Finanzparadies zu öffnen. Er sollte in der San-Gabriel-Schule unterrichtet werden, sämtliche Privilegien seiner Klasse genießen und in die Wege eingeweiht werden, die er, sein Vater, für ihn ausgesucht hatte. Don Ricardo wollte einen würdigen Nachfolger. Jorge würde immer im Schatten seiner Vorrechte leben, verhätschelt und zum Scheitern verurteilt. Penélope, die reizende Penélope, war eine Frau und als solche ein Schatz, keine Schatzmeisterin. Julián, der eine unergründliche und also eine mörderische Fantasie hatte, vereinigte in sich die nötigen Eigenschaften. Es war nur eine Frage der Zeit. Don Ricardo rechnete sich aus, daß er sich innerhalb von zehn Jahren in dem Jungen selbst herausgemeißelt hätte. Niemals in der ganzen Zeit, die Julián bei den Aldayas verbrachte, und zwar als einer ihresgleichen, ja als der Auserwählte, fiel ihm ein, der Junge könnte gar nichts von ihm wollen – außer Penélope. Nicht einen Augenblick kam er auf den Gedanken, daß ihn Julián insgeheim verachtete und daß diese ganze Farce für ihn nichts weiter als ein Vorwand war, um in Penélopes Nähe zu sein, um sie mit Haut und Haaren zu besitzen. Darin glichen sie sich tatsächlich.

Als ihm seine Frau berichtete, sie habe Julián und Penélope in einer eindeutigen Situation gesehen, ging für ihn die Welt in Flammen auf. Der Schrecken und der Verrat, die unsägliche Wut, in seinem eigenen Spiel an der Nase herumgeführt und von dem betrogen worden zu sein, den er aufs Podest zu heben gelernt hatte wie sich selbst – das alles stürmte so mächtig auf ihn ein, daß niemand seine Reaktion verstehen konnte. Als der Arzt, der Penélope untersuchen kam, bestätigte, daß sie entjungfert worden war, spürte Don Ricardo Aldaya nur noch blinden Haß. Der Tag, an dem er Penélope im Zimmer des dritten Stocks einzuschließen befahl, war auch der Tag, an dem sein Niedergang einsetzte. Alles, was er von da an tat, war nur noch Ausdruck der Selbstzerstörung.

Gemeinsam mit dem Hutmacher, den er so verachtet hatte, beschloß er, Julián von der Bildfläche verschwinden zu lassen und in die Armee zu schicken, wo man seinen Tod als Unfall auszugeben hätte. Niemand, weder Ärzte noch Hausangestellte, noch Familienmitglieder außer ihm und seiner Frau, durfte Penélope besuchen in all den Monaten, in denen sie in diesem Zimmer eingesperrt war. Inzwischen hatten ihm seine Teilhaber hinter seinem Rücken die Unterstützung entzogen und schmiedeten Ränke, um ihm mit genau dem Vermögen, zu dem er ihnen verholfen hatte, die Macht zu entreißen. Aldayas Imperium bröckelte in Geheimsitzungen und in Besprechungen auf Madrider Gängen und in Genfer Banken bereits leise vor sich hin. Wie er hatte annnehmen müssen, war Julián entkommen. Im Grunde war er sogar stolz auf den Jungen, selbst wenn er ihm den Tod wünschte – an seiner Stelle hätte er genauso gehandelt. Irgend jemand würde für ihn büßen müssen.

Am 26. September 1919 gebar Penélope Aldaya einen Jungen, der tot zur Welt kam. Hätte ein Arzt sie untersuchen dürfen, so hätte er diagnostiziert, daß das Baby schon seit Tagen in Gefahr war und daß man hätte einschreiten und einen Kaiserschnitt machen müssen. Wäre ein Arzt zugegen gewesen, hätte er vielleicht die Blutung stillen können, die Penélopes Leben ein Ende setzte. Wäre ein Arzt zugegen gewesen, hätte er Don Ricardo Aldaya des Mordes bezichtigt. Doch da war niemand, und als man schließlich die Tür öffnete und Penélope fand, tot in einer Lache ihres Blutes liegend und ein purpurnes, glänzendes Baby in den Armen, brachte keiner einen Laut heraus. Ohne Zeugen und Zeremonie wurden die beiden Leichen in der Krypta im Keller begraben, Laken und sonstige Überbleibsel in den Heizkessel geworfen und das Zimmer mit Pflastersteinen zugemauert.

Als Jorge Aldaya, der sich aus Schuldgefühl und Scham betrunken hatte, Miquel Moliner erzählte, was geschehen war, entschloß sich dieser, Julián Penélopes Brief zu schicken, in dem sie erklärte, ihn nicht zu lieben, und ihn mit dem Hinweis auf ihre Heirat bat, sie zu vergessen. Er hielt es für besser, daß Julián diese Lüge glaubte und im Schatten eines Verrats ein neues Leben begann, als ihm die Wahrheit preiszugeben. Zwei Jahre später, als Señora Aldaya starb, wollten einige Leute der Verhexung des Hauses die Schuld daran geben, aber ihr Sohn Jorge wußte, daß die Ursache für ihren Tod das Feuer war, das sie aufzehrte, Penélopes Schreie und ihre verzweifelten Schläge an die Tür, die unablässig in ihr weiterhämmerten. Mittlerweile hatte die Familie alles Ansehen verloren, und das Aldaya-Vermögen zerrieselte wie eine Sandburg. Die engsten Mitarbeiter und der Chefbuchhalter planten die Flucht nach Argentinien, den Anfang eines neuen, bescheideneren Geschäfts. Das einzig Wichtige war, Distanz zu schaffen, Distanz zu den Geistern, die sich in den Gängen des Hauses Aldaya bewegten, die sich darin immer bewegt hatten.

An einem Morgen des Jahres 1926 verließen sie Barcelona unter falschem Namen an Bord des Schiffes, das sie über den Atlantik zum Hafen von La Plata bringen sollte. Jorge und sein Vater teilten die Kabine. Der alte Aldaya, todkrank, konnte sich kaum noch auf den Beinen halten. Die Ärzte, die er nicht zu Penélope gelassen hatte, hatten ihn zu sehr gefürchtet, um ihm die Wahrheit zu sagen, doch er wußte, daß der Tod mit ihnen an Bord gegangen war und daß sein Körper immer mehr verfiel. Als er auf dieser langen Reise auf dem Deck saß, eingemummt und dennoch zitternd und die unendliche Leere des Ozeans vor Augen, wurde ihm klar, daß er das Festland nicht mehr erblicken würde. Manchmal saß er auf dem Hinterdeck und beobachtete den Haifischschwarm, der dem Schiff seit Teneriffa folgte. Er hörte einen der Offiziere sagen, dieses Gefolge sei normal bei Überseekreuzern, die Tiere ernährten sich von den Abfällen, die das Schiff zurücklasse. Doch Don Ricardo Aldaya glaubte es nicht. Er war überzeugt, diese Teufel verfolgten ihn. Ihr wartet auf mich, dachte er, der in ihnen das wahre Antlitz Gottes sah. Da ließ er seinen Sohn Jorge, den er so oft mit Verachtung gestraft hatte und der jetzt seine einzige Zuflucht geblieben war, schwören, seinen Letzten Willen zu erfüllen.

»Du wirst Julián Carax finden und ihn töten. Schwöre es mir.«

Als Jorge eines Morgens, zwei Tage vor der Ankunft in Buenos Aires, erwachte, stellte er fest, daß die Koje seines Vaters leer war. Er ging ihn auf dem nebligen, verlassenen Deck suchen. Auf dem Achterdeck fand er den noch warmen Morgenmantel seines Vaters. Die Kielspur des Schiffs verlor sich im Nebel, und das ruheglänzende Meer blutete. Da sah er, daß ihnen der Haifischschwarm nicht mehr folgte und in der Ferne Rückenflossen im Kreis tanzten. Auf dem Rest der Überfahrt erblickte kein Passagier mehr die Fische, und als Jorge Aldaya in Buenos Aires an Land ging und der Zolloffizier ihn fragte, ob er allein unterwegs sei, nickte er nur. Seit langer Zeit war er allein unterwegs.

5

Zehn Jahre nachdem er in Buenos Aires an Land gegangen war, kehrte Jorge Aldaya oder das Überbleibsel von einem Menschen, das er geworden war, nach Barcelona zurück. Die Mißgeschicke, die die Familie Aldaya schon in der Alten Welt aufzureiben begonnen hatten, hatten sich in Argentinien nur noch vermehrt. Dort hatte Jorge der Welt allein die Stirn bieten müssen, ein Kampf, für den er weder die Waffen noch das Selbstbewußtsein des Vaters je gehabt hatte. Er war mit leerem Herzen und von Gewissensbissen zerfressener Seele nach Buenos Aires gekommen. Südamerika ist, sagte er später zur Entschuldigung, eine Fata Morgana, ein Land von Ausbeutern und Aasgeiern, und er war für die Privilegien und das leichtsinnige Gehabe des alten Europas erzogen worden. Im Laufe weniger Jahre verlor er alles, vom Ruf bis zur goldenen Uhr, die ihm sein Vater zur Erstkommunion geschenkt hatte – damit konnte er die Fahrkarte für die Rückreise kaufen. Der Mann, der nach Spanien heimkehrte, war ein Bettler, ein Ausbund an Bitterkeit und Mißerfolg, dem nur noch die Erinnerung an das geblieben war, was ihm nach seinem Empfinden weggenommen worden war, und der Haß auf denjenigen, dem er die Schuld an seinem Untergang gab: Julián Carax.

Noch brannte in seiner Erinnerung das Versprechen, das er seinem Vater gegeben hatte. Sowie er in Barcelona eintraf, erschnüffelte er Juliáns Spur, um festzustellen, daß dieser immer noch aus einem Barcelona verschwunden zu sein schien, das nicht mehr dasjenige war, das er selbst zehn Jahre zuvor verlassen hatte. Da brachte ihn der Zufall wieder mit einer Figur aus seiner Jugend zusammen. Nach einer Karriere in Besserungsanstalten und Staatsgefängnissen war Francisco Javier Fumero in die Armee eingetreten, wo er es zum Oberleutnant gebracht hatte. Viele prophezeiten ihm eine Zukunft als General, aber ein undurchsichtiger Skandal, in den nie Licht gebracht werden sollte, führte zu seinem Ausschluß aus dem Militär. Trotzdem übertraf sein Ruhm seinen Rang und seine

Kompetenzen. Vieles wurde über ihn gesagt, doch mehr noch wurde er gefürchtet. Francisco Javier Fumero, jener schüchterne, verwirrte Junge, der den Hof der San-Gabriel-Schule geharkt hatte, war nun ein Mörder. Man munkelte, für Geld liquidiere er bekannte Persönlichkeiten, räume auf Auftrag verschiedener Hintermänner politische Figuren aus dem Weg.

Im Dunst des Café Novedades erkannten sich Aldaya und er sogleich. Aldaya war krank, mitgenommen von einem seltsamen Fieber, an dem er den Insekten in Südamerika die Schuld gab. »Dort sind selbst die Mücken Schweinehunde«, lamentierte er. Fumero hörte ihm mit einer Mischung aus Faszination und Abscheu zu. Er verehrte die Mücken und die Insekten ganz allgemein. Er bewunderte ihre Disziplin, ihre Ausdauer und Organisation. Da gab es keinen Müßiggang, keine Respektlosigkeit, Homosexualität oder Rassendegeneration. Seine Lieblingsspezies waren die Spinnentiere mit ihrer seltsamen Fähigkeit, eine Falle zu spinnen, in der sie mit unendlicher Geduld auf ihre Beute warteten, die früher oder später aus Dummheit oder Nachlässigkeit den Tod fand. Seiner Meinung nach hatte die bürgerliche Gesellschaft von den Insekten viel zu lernen. Aldaya war ein klarer Fall von moralischem und physischem Ruin. Er war beträchtlich gealtert und sah verwahrlost aus, ohne Muskeltonus. Fumero haßte Leute ohne Muskeltonus.

»Javier, mir geht es elend – kannst du mir ein paar Tage helfen?« flehte Jorge.

Fumero nahm ihn mit nach Hause. Er lebte in einer düsteren Wohnung im Raval, in der Calle Cadena, zusammen mit zahlreichen, in Apothekerfläschchen verwahrten Insekten und einem halben Dutzend Büchern. Bücher verabscheute er ebenso, wie er die Insekten anbetete, doch die seinen waren keine beliebigen Bände, sondern Julián Carax' vom Verlag Cabestany publizierte Romane. Fumero gab den beiden Weibsbildern in der Wohnung gegenüber etwas Geld, damit sie Aldaya pflegten, während er zur Arbeit ging. Er hatte nicht das geringste Interesse, ihn sterben zu sehen. Noch nicht.

Francisco Javier Fumero war in die Kriminalpolizei eingetreten, wo es immer Arbeit gab für qualifizierte Personen, die in der Lage waren, die undankbarsten Aufgaben zu übernehmen, welche es diskret zu lösen galt, damit die achtbaren Leute weiterhin in Illusionen leben konnten. Etwas in dieser Art hatte Oberleutnant Durán zu ihm gesagt, ein zum Pathos neigender Mann, unter dessen Kommando er im Korps Einzug hielt.

»Polizist sein ist keine Arbeit, es ist eine Mission«, verkündete Durán. »Spanien braucht mehr Männer mit Schneid und weniger Kaffeekränzchen.«

Leider verlor Oberleutnant Durán bei einem spektakulären Unfall während einer Razzia in Barcelona bald das Leben. In der Hitze des Gefechts mit einigen Anarchisten war er durch ein Oberlicht über fünf Stockwerke in die Tiefe gestürzt. Stolz nahm Fumero seinen Posten ein, im Wissen, daß er gut daran getan hatte, ihn zu schubsen, denn Durán war schon zu alt für die Arbeit. Fumero widerten die Alten ebenso an wie Krüppel, Zigeuner und Schwule, mit oder ohne Muskeltonus. Manchmal irrte sich selbst Gott, und es war die Pflicht eines jeden integren Menschen, solche kleinen Fehler zu korrigieren und die Welt sauberzuhalten.

Einige Wochen nach ihrer Begegnung im Café Novedades fühlte sich Jorge Aldaya allmählich besser und sprach sich Fumero gegenüber aus. Er bat ihn um Verzeihung, daß er ihn als Halbwüchsiger so schlecht behandelt hatte, und erzählte ihm seine ganze Geschichte, ohne etwas auszulassen. Fumero hörte ihm schweigend zu, nickend, aufnehmend. Dabei fragte er sich, ob er Aldaya gleich umbringen oder noch etwas zuwarten sollte. Aber tatsächlich machte ihn die Geschichte neugierig, insbesondere was Julián Carax betraf.

Aus den Informationen, die er vom Verlag Cabestany bekommen hatte, wußte er, daß Carax in Paris lebte, aber Paris war eine riesige Stadt, und im Verlag schien niemand seine genaue Adresse zu kennen. Niemand außer einer Frau namens Monfort, die sich weigerte, sie preiszugeben. Zwei-, dreimal war ihr Fumero unbemerkt gefolgt, wenn sie den Verlag verlassen hatte. Er hatte sogar in der Straßenbahn einen halben Meter neben ihr gestanden. Frauen nahmen ihn nie wahr, und wenn sie es doch taten, schauten sie gleich wieder weg.

Julián Carax war die einzige Person, die Fumero zu töten sich vorgenommen hatte, ohne es bislang zu schaffen. Vielleicht weil er der erste gewesen war, und mit der Zeit lernt man schließlich alles. Als er diesen Namen nun wieder hörte, lächelte er auf die Art, die die Frauen der Nachbarwohnung so erschreckte, sich langsam die Oberlippe leckend. Noch erinnerte er sich, wie Carax im Aldaya-Haus in der Avenida del Tibidabo Penélope küßte. Seine Liebe zu Penélope war eine keusche, wahrhaftige Liebe gewesen, dachte er, wie man sie im Film sah. Fumero ging zweimal wöchentlich ins Kino. Dort war ihm auch klargeworden, daß Penélope die Liebe seines Lebens gewesen war. Als er die letzten Teile von Aldayas Bericht hörte, beschloß er, ihn doch nicht umzubringen. Er freute sich sogar, daß das Schicksal sie wieder zusammengeführt hatte. Er hatte eine filmreife Vision: Aldaya würde ihm alle andern auf einem Silbertablett servieren.

6

Im Winter 1934 schafften es die Geschwister Moliner endlich, Miquel aus dem Palast in der Puertaferrisa auszuweisen, der, vom Zerfall bedroht, bis auf den heutigen Tag leer steht. Sie hatten einzig den Wunsch, ihn auf der Straße zu sehen und ihm auch das wenige zu nehmen, was ihm noch geblieben war, seine Bücher und die Freiheit und Abgeschiedenheit, die sie beleidigte und mit tiefem Haß erfüllte. Er mochte mir nichts sagen und auch nicht bei mir Hilfe suchen. Ich wußte nur, daß er fast an den Bettelstab gelangt war, als ich ihn in seinem ehemaligen Zuhause aufsuchte und auf seine halsabschneiderischen Geschwister traf, die dabei waren, das Inventar des Besitzes zu erstellen und seine wenigen Gegenstände zu liquidieren. Schon seit mehreren Tagen übernachtete Miquel in einer Pension in der Calle Canuda, einem düsteren, feuchten Loch. Als ich das Zimmer sah, in das er verbannt war, eine Art fensterloser Sarg mit Gefängnispritsche, nahm ich ihn mit zu mir nach Hause. Er hustete pausenlos und sah abgemagert aus. Er sagte, es handle sich bloß um einen nicht ausgeheilten Katarrh, ein kleines Altjungfernübel, das irgendwann aus purer Langeweile wieder verschwinden werde. Nach zwei Wochen ging es ihm nur noch schlimmer.

Da er immer schwarz gekleidet war, begriff ich erst nach längerer Zeit, daß die Flecken an seinen Ärmeln Blut waren. Ich rief einen Arzt, der mich, sowie er ihn untersucht hatte, fragte, warum ich ihn erst jetzt geholt habe. Miquel hatte Tuberkulose. Er war der gütigste, anfälligste Mensch, den ich je kennengelernt habe, mein einziger Freund. Wir heirateten an einem Februarmorgen auf einem Amtsgericht. Unsere Hochzeitsreise bestand in einer Fahrt mit der Zahnradbahn auf den Tibidabo, wo wir von den Parkterrassen aus auf Barcelona hinunterschauten, eine Miniatur im Nebel. Wir sagten niemandem, daß wir geheiratet hatten, weder Cabestany noch meinem Vater, noch seiner Familie, die ihn für tot hielt. Einzig Julián schrieb ich einen Brief, in dem ich es ihm erzählte, den ich aber nie abschickte. Wir führten eine Geheimehe.

Mehrere Monate nach unserer Hochzeit klingelte jemand an der Tür, der sich als Jorge Aldaya ausgab. Es war ein kaputter Mann mit schweißüberströmtem Gesicht, trotz der Kälte, die sogar den Steinen zusetzte. Angesichts der Wiederbegegnung nach über zehn Jahren lächelte Aldaya bitter und sagte, ohne mich zu beachten: »Wir sind alle verflucht, Miquel. Du, Julián, Fumero und ich.« Der Grund für seinen Besuch sei der Anfang einer Versöhnung mit einem alten Freund in der Zuversicht, dieser werde ihm nun verraten, wie er sich mit Julián Carax in Verbindung setzen könne, denn er habe eine hochwichtige Botschaft seines verstorbenen Vaters, Don Ricardo Aldaya, für ihn. Miquel sagte, er wisse nicht, wo sich Carax befinde.

»Wir haben uns seit Jahren aus den Augen verloren«, log er. »Als letztes habe ich von ihm gehört, daß er in Italien lebt.«

Aldaya hatte diese Antwort erwartet.

»Du enttäuschst mich, Miquel. Ich habe damit gerechnet, daß dich Zeit und Unglück weiser gemacht hätten.«

»Es gibt Enttäuschungen, die den ehren, der sie bereitet.«

Aldaya lachte, kurz davor, sich in Bitterkeit aufzulösen.

»Fumero schickt euch seine aufrichtigsten Glückwünsche zu eurer Heirat«, sagte er auf dem Weg zur Tür.

Diese Worte ließen mir das Herz gefrieren. Miquel wollte nichts sagen, aber als ich ihn an diesem Abend umarmte und wir beide so taten, als sänken wir in einen unmöglichen Schlaf, wurde mir klar, daß Aldaya recht gehabt hatte. Wir waren verflucht.

Mehrere Monate hörten wir nichts mehr von Aldaya und auch nicht von Julián. Miquel war weiterhin fester freier Mitarbeiter bei einigen Barceloneser und Madrider Zeitungen. Unermüdlich arbeitend, saß er an der Schreibmaschine und erzeugte das, was er als Sottisen und Gesprächsstoff für Straßenbahnleser bezeichnete. Ich hatte meine Stelle in Cabestanys Verlag beibehalten, vielleicht weil das die einzige Art war, wie ich mich Julián näher fühlen konnte. In einer kurzen Notiz hatte er mir angekündigt, er arbeite an einem neuen Roman mit dem Titel *Der Schatten des Windes*, den er in einigen Monaten fertigzustellen hoffe. Der Brief, frostiger und distanzierter im Ton denn je, erwähnte mit keinem Wort, was in Paris geschehen war. Umsonst versuchte ich ihn zu hassen. Allmählich kam ich zu der Überzeugung, daß Julián weniger ein Mensch war als ein Verhängnis.

Miquel gab sich hinsichtlich meiner Gefühle keiner Täuschung hin. Er schenkte mir seine Liebe und Verehrung, ohne dafür mehr zu verlangen als meine Gesellschaft und vielleicht mein Feingefühl. Nie wieder hörte ich aus seinem Mund einen Vorwurf oder eine Klage. Mit der Zeit verspürte ich jenseits von Freundschaft und Mitleid eine unendliche Zärtlichkeit für ihn. Er hatte ein Sparkonto auf meinen Namen eröffnet, auf das er nahezu all seine Einkünfte aus den Zeitungsartikeln einzahlte. Nie lehnte er einen Auftrag ab, weder eine Kritik noch

einen Kurzbericht. Er schrieb unter drei Pseudonymen, vierzehn oder sechzehn Stunden täglich. Wenn ich ihn fragte,
warum er soviel arbeite, lächelte er nur oder sagte, wenn er
untätig sei, langweile er sich. Nie gab es Täuschungen zwischen
uns, nicht einmal ohne Worte. Miquel wußte, daß er bald sterben würde, daß ihm die Krankheit gierig die Monate wegfraß.

»Du mußt mir versprechen, daß du, wenn mir etwas zustößt, dieses Geld nimmst und wieder heiratest, daß du Kinder
haben und uns alle vergessen wirst, mich zuallererst.«

»Wen sollte ich denn heiraten, Miquel? Red doch keinen
Unsinn.«

Manchmal ertappte ich ihn dabei, wie er mich mit sanftem
Lächeln aus einer Ecke heraus anschaute, als ob das reine Betrachten meiner Erscheinung sein größter Schatz wäre. Jeden
Abend holte er mich am Eingang des Verlages ab, seine einzige
Ruhepause des ganzen Tages. Ich sah, wie gebeugt er ging,
hustend und eine Kraft vortäuschend, die bloß gespielt war. Er
ging mit mir etwas Kleines essen oder in der Calle Fernando
Schaufenster anschauen, dann kehrten wir nach Hause zurück,
wo er bis nach Mitternacht weiterarbeitete. Insgeheim pries ich
jede Minute, die wir gemeinsam verbrachten, und jede Nacht
schlief er an mich geklammert ein, und ich mußte die Tränen
der Wut verstecken, weil ich unfähig war, diesen Mann so zu
lieben wie er mich, unfähig, ihm das zu geben, was ich Julián
umsonst zu Füßen gelegt hatte. Nächtelang schwor ich mir,
Julián zu vergessen, nur noch diesen armen Menschen glücklich zu machen und ihm wenigstens einige Krumen dessen
zurückzugeben, was er mir geschenkt hatte. Zwei Wochen lang
war ich Juliáns Geliebte gewesen, aber für den Rest meines
Lebens wollte ich Miquels Frau sein. Wenn diese Seiten einmal
den Weg zu Dir finden und Du über mich urteilst, so, wie ich es
beim Schreiben getan und mich in diesem Spiegel der Verwün-
schungen und Gewissensbisse angeschaut habe, dann behalte
mich so in Erinnerung, Daniel.

Das Manuskript von Juliáns letztem Roman traf Ende 1935
ein. Ich weiß nicht, ob aus Erbitterung oder Angst, jedenfalls

gab ich es ungelesen in die Druckerei. Miquels letzte Ersparnisse hatten die Herausgabe schon vor Monaten sichergestellt. Cabestany, der nach wie vor Probleme mit seiner Gesundheit hatte, war alles andere egal. In derselben Woche kam der Arzt, der bei Miquel Krankenbesuche machte, sehr besorgt zu mir in den Verlag und erklärte, wenn Miquel sein Arbeitstempo nicht reduziere und sich mehr Ruhe gönne, nütze auch das wenige nichts mehr, was er tun könne, um die Schwindsucht zu bekämpfen.

»Er sollte in den Bergen sein, nicht in der schlechten Barceloneser Luft. Weder ist er eine Katze mit neun Leben, noch bin ich sein Kindermädchen. Bringen Sie ihn zur Vernunft. Auf mich hört er nicht.«

An diesem Mittag ging ich nach Hause, um mit ihm zu sprechen. Bevor ich die Wohnungstür öffnete, hörte ich Stimmen im Innern. Miquel stritt sich mit irgendwem. Anfänglich dachte ich, es sei jemand von der Zeitung, dann aber glaubte ich im Gespräch Juliáns Namen aufzuschnappen. Ich hörte Schritte auf die Tür zukommen und versteckte mich eilig auf dem Treppenabsatz des Dachgeschosses. Von dort aus konnte ich den Besucher erspähen.

Ein Mann in Schwarz mit grob gemeißelten Zügen und schmalen Lippen, wie eine offene Narbe. Seine Augen waren ohne Ausdruck, Fischaugen. Bevor er sich treppab verlor, blieb er stehen und schaute ins Halbdunkel herauf. Mit angehaltenem Atem drückte ich mich an die Wand. Einige Augenblicke blieb er so stehen, als könnte er mich wittern, und lächelte hündisch. Ich wartete, bis seine Schritte vollständig verklungen waren, ehe ich mein Versteck verließ und die Wohnung betrat. Ein Kampfergeruch schwebte in der Luft. Miquel saß am Fenster, die Arme hingen ihm zu beiden Seiten des Stuhls hinunter. Seine Lippen zitterten. Ich fragte ihn, wer dieser Mann sei und was er gewollt habe.

»Das war Fumero. Er hat Nachrichten von Julián gebracht.«

»Was weiß denn der von Julián?«

Er schaute mich an, niedergeschlagener denn je.

»Julián heiratet.«

Das verschlug mir die Sprache. Ich ließ mich in einen Stuhl fallen, und Miquel nahm meine Hände. Er sprach mühsam und schleppend. Noch bevor ich irgend etwas sagen konnte, faßte er zusammen, was ihm Fumero erzählt hatte und was man sich darunter vorzustellen hatte. Fumero hatte sich an seine Verbindungsleute bei der Pariser Polizei gewandt, um Julián Carax' Aufenthaltsort herauszufinden und ihn zu observieren. Miquel vermutete, das könne durchaus schon vor Monaten oder Jahren geschehen sein. Was ihm Sorgen bereitete, war nicht so sehr, daß Fumero Carax ausfindig gemacht hatte, das war nur eine Frage der Zeit gewesen, sondern daß er beschlossen hatte, es gerade jetzt zu verkünden, zusammen mit der befremdlichen Nachricht von einer unwahrscheinlichen Hochzeit. Diese sollte, soweit man wußte, Anfang Sommer 1936 stattfinden. Von der Verlobten war nur der Name bekannt, was in diesem Fall mehr als ausreichend war: Irène Marceau, die Inhaberin des Etablissements, in dem Julián jahrelang als Pianist arbeitete.

»Das versteh ich nicht«, murmelte ich. »Julián heiratet seine Mäzenin?«

»Genau. Das ist keine Hochzeit, das ist ein Vertrag.«

Irène Marceau war fünfundzwanzig oder dreißig Jahre älter als Julián. Miquel vermutete, Irène habe diese Ehe mit Julián schließen wollen, um ihr Vermögen auf ihn zu übertragen und so seine Zukunft abzusichern.

»Aber sie hilft ihm doch schon. Sie hat ihm schon immer geholfen.«

»Sie weiß wohl, daß sie nicht ewig da ist«, mutmaßte Miquel.

Ich kniete neben ihm nieder, umarmte ihn und biß mir auf die Lippen, damit er mich nicht weinen sähe.

»Julián liebt diese Frau nicht, Nuria.« Miquel dachte, das sei der Grund für meinen Kummer.

»Julián liebt niemand außer sich selbst und seine verdammten Bücher.«

Ich schaute auf und sah Miquels Lächeln, das Lächeln eines alten, weisen Kindes.

»Und was beabsichtigt Fumero damit, daß er diese ganze Sache gerade jetzt ans Licht bringt?«

Es sollte nicht lange dauern, bis wir es erfuhren. Nach einigen Tagen erschien zornentbrannt ein geisterhafter, ausgehungerter Jorge bei uns. Fumero hatte ihm erzählt, Julián Carax werde in einer Zeremonie von romanhaftem Prunk eine reiche Frau heiraten. Seit Tagen zerfraß sich Aldaya bei der Vorstellung, wie sich der Urheber seines Elends in Flitter und Tand kleidete und in den Genuß eines Vermögens kam, das er hatte davonschwimmen sehen. Nicht erzählt hatte ihm Fumero, daß Irène Marceau zwar eine Frau mit einer gewissen wirtschaftlichen Position, aber Bordellinhaberin und keine Märchenprinzessin war. Nicht erzählt hatte er ihm, daß die Braut dreißig Jahre älter war als Carax und daß das Ganze weniger eine Hochzeit denn ein Akt der Nächstenliebe gegenüber einem erledigten Mann ohne Lebensunterhalt war. Nicht genannt hatte er ihm Ort und Zeitpunkt der Vermählung. Er hatte bloß den Keim zu einer Fantasie gelegt, die das wenige zerfraß, was das Fieber in seinem abgezehrten Körper noch übriggelassen hatte.

»Fumero hat dich belogen, Jorge«, sagte Miquel.

»Gerade du wagst es, von Lügen zu sprechen!« fauchte Jorge.

Aldaya brauchte seine Gedanken nicht offenzulegen, sie waren von seinem leichenhaften Gesicht abzulesen. Miquel durchschaute Fumeros Spiel ganz genau. Schließlich hatte er ihm vor über zwanzig Jahren in der San-Gabriel-Schule das Schachspiel beigebracht. Miquel schickte Julián eine Notiz, um ihn zu warnen.

Sowie Fumero es für angezeigt hielt, nahm er Aldaya beim Schlafittchen und sagte ihm, Julián heirate in drei Tagen. Als Polizeioffizier, argumentierte er, könne er sich in einer solchen Angelegenheit nicht kompromittieren. Aldaya als Zivilist dagegen könne nach Paris fahren und dafür sorgen, daß diese Hochzeit nie stattfinde. Wie? fragte ein fiebriger, vor Haß ausgebrannter Aldaya. Indem er ihn am Hochzeitstag zum Duell fordere. Fumero verschaffte ihm sogar die Pistole, mit der Jorge, so dessen Überzeugung, dieses gallige Herz durchlöchern würde, das die Aldaya-Dynastie in den Ruin getrieben hatte. Später würde es im Bericht der Pariser Polizei heißen, die bei Aldaya gefundene Waffe sei schadhaft und hätte niemals mehr ausrichten können, als sie ausgerichtet hatte, nämlich sein eigenes Gesicht zu zerschmettern. Das wußte Fumero natürlich, als er sie ihm auf dem Bahnsteig der Estación de Francia aushändigte. Er wußte ganz genau, daß Fieber, Dummheit und blinde Wut ihn daran hindern würden, Julián Carax frühmorgens auf dem Friedhof Père Lachaise in einem verkaterten Ehrenduell zu töten. Nicht Carax sollte in diesem Duell sterben, sondern Aldaya. Sein sinnloses Leben, sein Körper und seine unentschlossene Seele, die Fumero geduldig hatte dahinvegetieren lassen, hätten ihre Schuldigkeit getan.

Fumero sagte Aldaya ganz genau, welche Schritte er zu unternehmen habe. Er sollte Julián gestehen, der Brief, in dem ihm Penélope vor Jahren ihre Hochzeit angekündigt und ihn gebeten habe, sie zu vergessen, sei ein Schwindel gewesen. Er, Jorge Aldaya, habe seine Schwester persönlich gezwungen, dieses ganze Lügengewebe zu verfassen, während sie Tränen der Verzweiflung weinte. Er sollte ihm sagen, seither habe sie in tödlicher Verlassenheit mit gebrochener Seele und blutendem Herzen auf ihn gewartet. Das würde genügen. Es würde genügen, daß Carax abdrückte. Es würde genügen, daß er seine Hochzeitspläne fallenließe und keinen andern Gedanken zu fassen mehr imstande wäre, als nach Barcelona zu Penélope zurückzukehren. Und in Barcelona, diesem großen Spinnennetz, das er sich zu eigen gemacht hatte, würde ihn Fumero erwarten.

7

Julián Carax überschritt die Grenze zu Spanien wenige Tage vor Ausbruch des Bürgerkriegs. Die erste und einzige Auflage von *Der Schatten des Windes* hatte zwei Wochen zuvor die Druckerei verlassen und befand sich auf dem Weg in die graue Anonymität und Unsichtbarkeit der Vorgängerromane. In dieser Zeit konnte Miquel kaum noch arbeiten, und obwohl er sich täglich zwei oder drei Stunden an die Schreibmaschine setzte, verwehrten es ihm Schwäche und Fieber, mehr als ein paar Worte zu Papier zu bringen. Wegen verspäteter Abgabe der Artikel hatte er die Aufträge mehrerer Zeitungen verloren. Andere fürchteten sich, seine Texte zu veröffentlichen, nachdem sie verschiedentlich anonyme Drohungen erhalten hatten. Es blieb ihm nur noch eine tägliche Kolumne beim *Diario de Barcelona*, die er mit Adrián Maltés unterzeichnete. Schon war der Geist des Krieges in der Luft zu spüren. Das Land roch nach Angst. Ohne Beschäftigung und sogar zum Jammern zu schwach, pflegte Miquel auf den Platz hinunterzugehen oder wagte sich bis zur Avenida de la Catedral vor; immer hatte er, wie ein Amulett, ein Buch von Julián bei sich. Das letzte Mal, als der Arzt ihn wog, brachte er keine sechzig Kilo mehr auf die Waage. Im Rundfunk hörten wir die Nachricht vom Aufstand in Marokko, und wenige Stunden später besuchte uns ein Kollege von Miquel aus der Redaktion und sagte, vor zwei Stunden sei Cansinos, der Chefredakteur, vor dem Café Canaletas durch einen Nackenschuß umgebracht worden. Niemand wagte die Leiche wegzubringen; sie blieb dort liegen und zeichnete ein blutiges Netz auf den Gehweg.

Die Tage des Anfangsterrors ließen nicht lange auf sich warten. General Godeds Truppen rückten über die Diagonal und den Paseo de Gracia zum Zentrum vor, wo sie das Feuer eröffneten. Es war Sonntag, und viele Barcelonesen waren noch ausgegangen, um den Tag in einem Ausflugslokal auf der Carretera de Las Planes zu verbringen. Doch bis zu den schwärzesten Kriegstagen in Barcelona sollte es noch zwei Jahre dauern. Kurz nach Ausbruch der Schießereien ergaben sich General Godeds Truppen – wie durch ein Wunder oder aber wegen schlechter Kommunikation unter den Führern. Lluís Companys' Regierung schien die Kontrolle zurückgewonnen zu haben, aber was wirklich geschehen war, hatte eine viel größere Tragweite und sollte sich in den kommenden Wochen allmählich zeigen.

Barcelona befand sich nun in der Hand der anarchistischen Gewerkschaften. Nach Tagen der Unruhen und Straßenkämpfe ging schließlich das Gerücht um, die vier Putschgenerale seien kurz nach der Kapitulation im Kastell des Montjuïc hingerichtet worden. Ein Freund von Miquel, ein englischer Journalist, der zugegen war, sagte, das Exekutionskommando habe aus sieben Mann bestanden, aber im letzten Moment hätten sich Dutzende Milizangehörige zugesellt, und nachdem der Schießbefehl erteilt worden sei, hätten die Körper so viele Kugeln bekommen, daß sie bis zur Unkenntlichkeit zerfetzt worden seien. Manche dachten, das sei das Ende des Konflikts, die faschistischen Truppen würden nie nach Barcelona gelangen und der Aufstand würde sich unterwegs auflösen. Doch es war erst der Anfang gewesen.

Daß Julián in Barcelona war, erfuhren wir durch einen Brief von Irène Marceau, den wir am Tag von Godeds Kapitulation bekamen und in dem sie uns mitteilte, Julián habe bei einem Duell auf dem Friedhof Père Lachaise Jorge Aldaya getötet. Noch bevor Aldaya die Seele aushauchte, habe ein anonymer Anruf die Polizei von dem Vorfall unterrichtet. Da ihn diese wegen Mordes suchte, mußte Julián auf der Stelle aus Paris verschwinden. Wir hatten keinen Zweifel, von wem dieser Anruf stammte, und warteten sehnlichst auf Julián, um ihn vor der Gefahr, die auf ihn lauerte, zu warnen und vor einer noch schlimmeren: vor der Entdeckung der Wahrheit. Nach drei Tagen hatte er noch immer kein Lebenszeichen gegeben. Miquel mochte seine Ängste nicht mit mir teilen, aber ich wußte ganz genau, was er dachte. Julián war wegen Penélope zurückgekommen, nicht unseretwegen.

»Was geschieht, wenn er die Wahrheit herauskriegt?« fragte ich.

»Das werden wir zu verhindern wissen«, antwortete Miquel.

Zunächst einmal würde Julián feststellen, daß die Familie Aldaya spurlos verschwunden war. Viele Orte, um mit der Suche nach Penélope zu beginnen, gab es nicht. Wir stellten eine Liste dieser Orte zusammen und fingen mit unserer Suche an. Das Haus in der Avenida del Tibidabo war verlassen, unzugänglich hinter Ketten und Efeuteppichen. Ein Straßenhändler, der an der gegenüberliegenden Ecke Rosen- und Nelkensträußchen verkaufte, sagte uns, er erinnere sich nur an eine einzige Person, die sich in letzter Zeit dem Haus genähert habe, aber das sei ein älterer Mann, ja fast ein Greis gewesen, der leicht gehinkt habe.

»Eine Saulaune hatte der, ehrlich. Ich wollte ihm eine Nelke fürs Knopfloch verkaufen, da hat er mich zum Teufel geschickt und gesagt, es sei Krieg und ich solle ihm nicht auf den Wecker fallen.«

Sonst hatte er niemanden gesehen. Miquel kaufte ihm ein paar schlaffe Rosen ab und gab ihm für alle Fälle die Telefonnummer der Redaktion des *Diario de Barcelona*, damit er dort eine Nachricht für ihn hinterlasse, wenn zufällig jemand auftauche, der Julián Carax sein könnte. Als nächstes gingen wir zur San-Gabriel-Schule, wo Miquel seinen ehemaligen Schulkameraden Fernando Ramos wiedertraf.

Fernando war mittlerweile Latein- und Griechischlehrer und trug das Ordensgewand. Als er Miquel in so prekärem Gesundheitszustand erblickte, erschrak er. Er sagte, Julián habe ihn nicht aufgesucht, versprach uns aber, sich mit uns in Verbindung zu setzen, falls er es tue. Fumero sei schon vor uns dagewesen, sagte er. Er nenne sich jetzt Inspektor Fumero und habe drohend zu ihm gesagt, er sehe sich besser vor, es sei Kriegszeit und viele Leute würden bald sterben. Er solle nicht glauben, Uniformen, ob die von Geistlichen oder Soldaten, könnten Kugeln aufhalten. Fernando sagte, es sei nicht klar, welchem Korps oder was für einer Gruppe Fumero angehöre, und ihn danach zu fragen habe er schon gar nicht den Mut gehabt.

Ich kann dir diese ersten Tage des Krieges in Barcelona unmöglich beschreiben, Daniel. Die Luft war wie vergiftet vor Angst und Haß. Die Blicke waren mißtrauisch, und die Stille auf den Straßen schlug einem auf den Magen. Mit jedem Tag und jeder Stunde gab es neue Gerüchte, neues Gerede. Ich erinnere mich, wie wir eines Abends auf dem Heimweg die Ramblas hinuntergingen. Sie waren wie ausgestorben, kein Mensch weit und breit. Miquel schaute an den Fassaden hoch, sah die zwischen den Fensterflügeln verborgenen Gesichter, die die Schatten auf der Straße absuchten, und sagte, man könne förmlich spüren, wie hinter den Mauern die Messer gewetzt würden.

Am nächsten Tag gingen wir zur Hutmacherei Fortuny, ohne große Hoffnung, Julián dort zu finden. Ein Hausbewohner sagte uns, der Hutmacher habe sich, erschreckt über die Auseinandersetzungen der vergangenen Tage, in seinem Laden eingeschlossen. Wir konnten klopfen, soviel wir wollten, er mochte uns nicht öffnen. An diesem Nachmittag war es eine Hausecke weiter zu einer Schießerei gekommen, und die Blutlachen auf der Ronda de San Antonio waren noch frisch; auf dem Pflaster lag ein totes Pferd, dem die Köter den durchlöcherten Bauch aufzureißen begannen, während einige Kinder in der Nähe zuschauten und sie mit Steinen bewarfen. Alles, was wir zu sehen bekamen, war Fortunys entsetztes Gesicht durch einen Türspalt. Wir sagten, wir suchten seinen Sohn Julián. Er antwortete, sein Sohn sei tot und wir sollten verschwinden oder er hole die Polizei. Entmutigt gingen wir wieder.

Tagelang klapperten wir Cafés und Läden ab und fragten nach Julián. Wir forschten in Hotels und Pensionen, auf Bahnhöfen und in Banken nach, wo er hätte Geld wechseln können – niemand erinnerte sich an einen Mann, dessen Beschreibung auf Julián gepaßt hätte. Wir fürchteten, er könne Fumero in die Hände geraten sein, und Miquel brachte einen seiner

Kollegen von der Zeitung, der auf dem Polizeipräsidium Gewährsleute hatte, dazu, nachzuforschen, ob Julián ins Gefängnis eingeliefert worden war. Dafür gab es jedoch keinen Hinweis. Mehrere Wochen waren vergangen, und er schien wie vom Erdboden verschluckt.

Miquel schlief kaum noch, sondern wartete nur auf Nachrichten von seinem Freund. Eines Abends kam er bei Einbruch der Dunkelheit von seinem Spaziergang doch tatsächlich mit einer Flasche Portwein zurück. Man habe sie ihm auf der Zeitungsredaktion geschenkt, sagte er, denn der stellvertretende Chefredakteur habe ihm mitgeteilt, sie könnten seine Kolumne nicht mehr abdrucken.

»Sie wollen keine Schwierigkeiten, und ich verstehe sie.«

»Und was wirst du jetzt tun?«

»Mich besaufen, zunächst einmal.«

Er trank kaum ein halbes Glas, aber ich becherte beinahe die Flasche leer, auf nüchternen Magen und ohne es zu merken. Kurz vor Mitternacht befiel mich eine unglaubliche Müdigkeit, und ich sank auf dem Sofa in Schlaf. Ich träumte, Miquel küsse mich auf die Stirn und decke mich mit einer Stola zu. Beim Erwachen hatte ich schreckliche Kopfschmerzen, Vorspiel zu einem grauenhaften Kater. Ich suchte Miquel, um die Stunde zu verfluchen, in der es ihm eingefallen war, eine Flasche mitzubringen, sah aber, daß ich allein in der Wohnung war. Ich trat an den Schreibtisch und fand auf der Maschine eine Notiz, in der er mich bat, mich nicht zu beunruhigen und zu Hause auf ihn zu warten, er sei Julián holen gegangen und werde bald mit ihm zurückkommen. Am Schluß schrieb er, er liebe mich. Der Zettel fiel mir aus den Händen. Da bemerkte ich, daß Miquel, bevor er gegangen war, den Schreibtisch abgeräumt hatte, als hätte er nicht vor, ihn noch einmal zu benutzen, und ich wußte, daß ich ihn nie wiedersehen würde.

8

An diesem Nachmittag hatte der Blumenverkäufer die Redaktion des *Diario de Barcelona* angerufen und für Miquel die Nachricht hinterlassen, er habe den beschriebenen Mann wie ein Gespenst um die alte Villa herumschleichen sehen. Mitternacht war vorüber, als Miquel beim Haus Nummer 32 der Avenida del Tibidabo ankam, die sich wie ein düsteres, einsames, zwischen den Bäumen hindurch von Mondpfeilen getroffenes Tal ausnahm. Obwohl er ihn seit siebzehn Jahren nicht mehr gesehen hatte, erkannte er Julián an dem leichten, fast katzenhaften Gang wieder. Seine Silhouette glitt in der Nähe des Brunnens durch den Dämmer des Gartens. Julián war über die Mauer geklettert und belauerte das Haus wie ein unruhiges Tier. Miquel hätte ihn von draußen rufen können, aber er wollte keine möglichen Zeugen auf sich aufmerksam machen. Er hatte den Eindruck, aus den dunklen Fenstern der angrenzenden Villen beobachteten heimliche Blicke die Straße. Er ging die Mauer entlang bis zu dem Teil, wo die ehemaligen Tennisplätze und die Garagen lagen. Im Stein konnte er die Löcher erkennen, die Julián als Stufen benutzt hatte, und auf der Mauer sah er die losen Steinplatten. Fast ohne Atem stemmte er sich hinauf und spürte dabei tiefe Stiche in der Brust und in den Augen. Auf der Mauer legte er sich mit zitternden Händen hin und zischte Julián zu. Die Gestalt neben dem Brunnen blieb reglos stehen, als wäre sie eine der Statuen. Miquel konnte den Glanz zweier auf ihn gehefteter Augen sehen. Er fragte sich, ob Julián ihn wohl erkennen würde, nach siebzehn Jahren und einer Krankheit, die ihm sogar den Atem geraubt hatte. Langsam kam die Gestalt näher, in der rechten Hand einen glänzenden langen Gegenstand – eine Glasscherbe.

»Julián . . .«, flüsterte Miquel.

Abrupt blieb die Gestalt stehen. Miquel hörte die Scherbe auf den Kies fallen. Aus dem Dunkel tauchte Juliáns Gesicht auf. Ein Zweiwochenbart bedeckte seine spitzer gewordenen Züge.

»Miquel?«

Unfähig, auf die andere Seite oder auf die Straße zurückzuspringen, reichte ihm Miquel die Hand. Julián richtete sich auf die Höhe der Mauer auf und ergriff die Faust seines Freundes. Sie erahnten die Wunden, die ihnen das Leben je und je geschlagen hatte.

»Wir müssen hier weg, Julián. Fumero sucht dich. Das mit Aldaya war eine Falle.«

»Ich weiß«, murmelte Carax tonlos.

»Das Haus ist geschlossen. Seit Jahren wohnt hier keiner mehr. Komm, hilf mir runter, und wir gehen.«

Carax kletterte auf die Mauer. Als er Miquel mit beiden Händen ergriff, spürte er, wie dünn der Körper des Freundes unter den zu weiten Kleidern geworden war – es waren kaum Fleisch oder Muskeln zu erahnen. Als sie beide auf der Straße standen, faßte Carax Miquel unter den Schultern und übernahm fast sein ganzes Gewicht, und so gingen sie in der Dunkelheit durch die Calle Román Macaya davon.

»Was hast du?« fragte Carax leise.

»Nichts weiter. Irgendein Fieber. Es geht mir schon wieder besser.«

Miquel verströmte bereits den Geruch der Krankheit, und Julián drang nicht weiter in ihn. Sie gingen die Calle León XIII hinunter bis zum Paseo de Gervasio, wo sie die Lichter eines Cafés erblickten. Sie setzten sich an einen Tisch im Hintergrund, fern von Eingang und Fenstern. Zwei Gäste wachten im Duo über die Theke bei einer Zigarette und dem Gemurmel des Radios. Der Kellner, ein Mann mit wächserner Haut und am Boden festgenagelten Augen, nahm ihre Bestellung auf. Lauwarmer Brandy, Café und was es noch zu essen gab.

Miquel nahm keinen Bissen zu sich, dafür aß Carax offensichtlich gierig und für zwei. Im schmierigen Licht des Cafés schauten sich die beiden Freunde an, wie in Trance. Das letzte Mal, als sie sich von Angesicht zu Angesicht gegenübergestanden hatten, waren sie halb so alt gewesen. Sie hatten sich als Jünglinge getrennt, und jetzt gab das Leben dem einen einen

438

Flüchtigen, dem andern einen Todgeweihten zurück. Beide fragten sich, ob es die Karten gewesen waren, die ihnen das Leben ausgeteilt, oder die Art und Weise, wie sie sie ausgespielt hatten.

»Ich habe mich nie bei dir bedankt für alles, was du in diesen Jahren für mich getan hast, Miquel.«

»Das brauchst du nicht jetzt zu tun. Ich habe getan, was ich mußte und wollte. Da gibt es nichts zu danken.«

»Wie geht es Nuria?«

»So, wie du sie verlassen hast.«

Carax senkte die Augen.

»Wir haben vor Monaten geheiratet. Ich weiß nicht, ob sie dir geschrieben und das erzählt hat.«

Carax' Lippen gefroren, und er schüttelte langsam den Kopf.

»Du hast kein Recht, ihr etwas vorzuwerfen, Julián.«

»Ich weiß. Ich habe auf nichts ein Recht.«

»Warum bist du nicht zu uns gekommen?«

»Ich wollte euch nicht in Gefahr bringen.«

»Das liegt nicht mehr in deiner Hand. Wo bist du diese ganzen Tage gewesen? Du warst ja wie vom Erdboden verschwunden.«

»Beinahe. Ich war zu Hause. Zu Hause bei meinem Vater.«

Miquel schaute ihn erstaunt an. Julián begann zu erzählen, wie er nach seiner Ankunft in Barcelona, da er nicht wußte, wohin, zu dem Haus seiner Kindheit gegangen war, in der Befürchtung, es sei niemand mehr dort. Doch den Hutladen gab es noch, er war sogar geöffnet, und ein alter Mann welkte hinter dem Ladentisch dahin. Julián hatte nicht hineingehen wollen, doch Antoni Fortuny hatte bereits zu dem Fremden vor dem Schaufenster aufgeschaut, und ihre Augen hatten sich getroffen. Julián blieb wie angewurzelt stehen. Er sah Tränen auf dem Gesicht des Hutmachers, als er stumm auf die Straße hinaustrat. Fortuny führte seinen Sohn in den Laden, ließ die Gitter hinunter, und als die Außenwelt ausgesperrt war, umarmte er ihn zitternd.

Später erklärte ihm der Hutmacher, gerade vor zwei Tagen habe sich die Polizei nach ihm erkundigt. Ein gewisser Fumero, ein übelbeleumdeter Mann, von dem es hieß, er wechsle die politische Seite wie das Hemd, habe ihm mitgeteilt, Carax sei auf dem Weg nach Barcelona, er habe in Paris kaltblütig Jorge Aldaya ermordet und werde auch wegen vieler weiterer Delikte gesucht, deren Aufzählung sich Fortuny gar nicht anhören mochte. Fumero baue darauf, daß der Hutmacher, sollte es der unwahrscheinliche Zufall wollen, daß der verlorene Sohn hier auftauche, seine Bürgerpflicht zu erfüllen beliebe und Bericht erstatte. Fortuny sagte, natürlich sei auf ihn Verlaß. Es ärgerte ihn, daß eine Viper wie Fumero seine Niedertracht für ausgemacht hielt, aber sowie das unselige Polizeigefolge aus dem Laden verschwunden war, brach er zu der Kapelle in der Kathedrale auf, wo er einst Sophie kennengelernt hatte, um Gott darum zu bitten, die Schritte seines Sohnes zurück nach Hause zu lenken, bevor es zu spät wäre. Der Hutmacher warnte ihn vor der Gefahr, die sich über ihm zusammenbraute.

»Was dich auch immer nach Barcelona geführt haben mag, mein Sohn, laß es mich an deiner Stelle tun, während du dich zu Hause versteckst. Dein Zimmer ist noch genau so, wie du es verlassen hast, und es gehört dir, solange du es brauchst.«

Julián sagte, er sei zurückgekommen, um Penélope Aldaya zu suchen. Der Hutmacher schwor, sie zu finden und ihnen, wären sie erst einmal wiedervereint, zur Flucht an einen sicheren Ort zu verhelfen, fern von Fumero und der Vergangenheit, fern von allem.

Tagelang hielt sich Julián in der Wohnung in der Ronda de San Antonio verborgen, während der Hutmacher die Stadt nach Penélopes Spur abklopfte. Er verbrachte die ganze Zeit in seinem ehemaligen Zimmer, das getreu der väterlichen Zusicherung immer noch gleich war, obwohl jetzt alles kleiner erschien, als würden Häuser und Gegenstände – oder vielleicht auch nur das Leben – mit der Zeit schrumpfen. Viele seiner alten Hefte waren noch da, Bleistifte, die er, wie er sich erinnerte, in der Woche seiner Abreise nach Paris gespitzt hatte,

Bücher, die darauf warteten, gelesen zu werden, saubere Jungenkleidung im Schrank. Der Hutmacher erzählte ihm, Sophie habe ihn kurz nach seiner Flucht verlassen, und nachdem er jahrelang nichts von ihr gehört habe, habe sie ihm schließlich aus Bogotá geschrieben, wo sie seit geraumer Zeit mit einem Mann zusammenlebte. Sie schrieben sich regelmäßig, »immer über dich«, wie er ihm gestand, »denn das ist das einzige, was uns verbindet«. Julián war es, als habe der Hutmacher den Verlust seiner Frau abgewartet, um sich in sie zu verlieben.

»Man liebt nur einmal im Leben wirklich, Julián, obwohl man es nicht merkt.«

Der Hutmacher schien am Ende seines Lebens Jahrzehnte des Unglücks tilgen zu wollen. Er hatte keinen Zweifel, daß im Leben seines Sohnes Penélope diese große Liebe war, und dachte, wenn er sie ihm zurückgewänne, könnte er vielleicht auch seine eigene Leere ausfüllen.

Trotz all seiner Bemühungen und zu seiner Verzweiflung fand er bald heraus, daß es in ganz Barcelona keine Spur von Penélope Aldaya und ihrer Familie gab. Als ein Mann einfacher Herkunft, der ein Leben lang hatte arbeiten müssen, um sich über Wasser zu halten, hatte er immer fest daran geglaubt, daß Geld und die entsprechende Gesellschaftsschicht der Schlüssel zur Unsterblichkeit seien. Bei der Erwähnung des Namens Aldaya erkannten viele den Klang des Wortes wieder, aber kaum einer vermochte sich an seinen Sinn zu erinnern. An dem Tag, an dem Miquel Moliner und ich zum Hutladen gingen, um uns nach Julián zu erkundigen, war der Hutmacher überzeugt, es handle sich bloß um Schergen Fumeros. Niemand sollte ihm noch einmal seinen Sohn nehmen. Diesmal mochte selbst der Allmächtige vom Himmel herunterkommen, derselbe Gott, der ein Leben lang seine Gebete überhört hatte, und er würde ihm persönlich und mit Vergnügen die Augen auskratzen, sollte er es wagen, Julián noch einmal aus seinem gescheiterten Leben zu nehmen.

Der Hutmacher war der Mann, den der Blumenverkäufer vor Tagen um das Haus in der Avenida del Tibidabo hatte schleichen sehen. Was er als schlechte Laune interpretiert hatte, war nichts als die Entschlossenheit gewesen. Doch Fortuny war außerstande, in der Spur eines jungen Mädchens, an das sich niemand erinnerte, die Rettung seines Sohnes, seiner selbst zu finden.

»Ich finde sie nicht, Julián . . . Ich schwöre dir, ich habe . . .«

»Machen Sie sich keine Sorgen, Vater. Das ist etwas, was ich selbst tun muß. Sie haben mir geholfen, soweit Sie konnten.«

An diesem Abend war Julián endlich aus dem Haus gegangen, um Penélopes Spur zu finden.

Miquel hörte sich die Erzählung seines Freundes an und wußte nicht, ob es sich um ein Wunder oder einen Fluch handelte. Während ihm Julián die Ereignisse nach seiner Ankunft in Barcelona schilderte, kam Miquel nicht auf die Idee, auf den Kellner zu achten, der zum Telefon ging und mit dem Rücken zu ihnen hineinflüsterte und danach immer wieder zur Tür schielte, während er allzu eifrig die Gläser reinigte in einem Lokal, in dem sich überall Schmutzschichten breitmachten. Er kam nicht auf den Gedanken, daß Fumero auch in diesem Café gewesen war, in Dutzenden von Cafés wie diesem, einen Steinwurf vom Aldaya-Haus entfernt, und daß, sobald Carax seinen Fuß in eines von ihnen setzen würde, der Anruf in Sekundenschnelle erfolgen würde. Als das Polizeiauto vor dem Café hielt und der Kellner sich in die Küche zurückzog, spürte Miquel die gelassene Ruhe des Verhängnisses. Carax las seinen Blick. Beide wandten sich gleichzeitig um und sahen die geisterhafte Erscheinung von drei grauen Mänteln hinter den Fenstern flattern, drei Gesichter an die Scheibe hauchen. Keiner von ihnen war Fumero. Er hatte die Aasgeier vorgeschickt.

»Laß uns verschwinden, Julián . . .«

»Wir können nirgends hin«, sagte Carax so ruhig, daß ihn sein Freund alarmiert anschaute. Da sah er den Revolver in Juliáns Hand und die Entschlossenheit in seinem Blick. Die Klingel der Eingangstür schnitt ins Gemurmel des Radios.

Miquel riß Carax die Pistole aus der Hand und blickte ihn fest an.

»Gib mir deine Papiere, Julián.«

Die drei Polizisten setzten sich scheinbar gleichgültig an die Theke. Einer von ihnen behielt sie im Augenwinkel, die andern beiden tasteten das Innere ihrer Mäntel ab.

»Die Papiere, Julián, jetzt gleich.«

Carax schüttelte schweigend den Kopf.

»Mir bleibt noch ein, mit Glück zwei Monate. Einer von uns beiden muß hier raus, Julián. Du hast mehr Chancen als ich. Ich weiß nicht, ob du Penélope finden wirst. Aber Nuria wartet auf dich.«

»Nuria ist deine Frau.«

»Erinnere dich an unser Abkommen. Wenn ich sterbe, wird alles, was mein ist, dir gehören . . .«

». . . außer den Träumen.«

Zum letzten Mal lächelten sie sich an. Julián schob ihm rasch seinen Paß zu. Miquel steckte ihn zu dem Exemplar von *Der Schatten des Windes*, das er im Mantel mittrug seit dem Tag, an dem er es erhalten hatte.

»Auf bald«, murmelte Julián.

»Es eilt nicht. Ich werde warten.«

Miquel stand vom Tisch auf und ging auf die Polizisten zu, die noch miteinander flüsterten. Zuerst sahen sie nur eine blasse, zitternde Spottgestalt. Als sie den Revolver in seiner Rechten erblickten, war Miquel nur noch knapp drei Meter von ihnen entfernt. Einer von den dreien wollte noch aufschreien, aber der erste Schuß zerschmetterte ihm den Unterkiefer. Sein Körper sackte träge zusammen. Die beiden andern Polizisten zogen ihre Waffen. Der zweite Schuß ging in den Bauch dessen, der älter aussah. Für den dritten Schuß blieb Miquel keine Zeit mehr. Der letzte Polizist hatte ihm die Pistole an die Rippen gesetzt, über dem Herzen. Miquel sah den panikerfüllten Blick des andern.

»Ganz ruhig, du Schweinehund, oder ich blase dich um.«

Miquel lächelte und hob langsam den Revolver zum Gesicht

des Polizisten. Der war höchstens fünfundzwanzig, und seine Lippen bebten.

»Richte Fumero einen schönen Gruß von Carax aus und daß ich mich noch immer an sein Matrosengewändchen erinnere.«

Er spürte keinen Schmerz. Der Schuß warf ihn gegen die Glastür. Als er sie durchschlug, sah er eben noch Julián die Straße hinunterlaufen. Er war sechsunddreißig Jahre alt, älter, als er zu werden gehofft hatte.

9

Nachdem Julián in dieser Nacht in der Dunkelheit verschwunden war, fuhr auf einen Anruf des Mannes hin, der Miquel erschossen hatte, ein Lieferwagen ohne Kennzeichen vor. Nie bekam ich den Namen dieses Polizisten heraus, und ich glaube, auch er wußte nicht, wen er da umgebracht hatte. Zwei Männer luden die beiden toten Polizisten ein und legten dem Kellner des Cafés nahe, zu vergessen, was geschehen war, wenn er nicht ernsthafte Probleme wolle. Unterschätze nie die Fähigkeit zu vergessen, die Kriege in einem wecken, Daniel. Zwölf Stunden später, damit sein Tod nicht mit dem der beiden Polizisten in Zusammenhang gebracht werden konnte, wurde Miquels Leiche in eine Gasse des Raval geworfen. Als er schließlich ins Leichenhaus kam, war er schon zwei Tage tot. Bei seinem Weggang hatte Miquel seine ganzen Ausweispapiere zu Hause gelassen. Alles, was die Beamten des Leichenhauses fanden, waren ein von Blut verschmierter Paß auf den Namen von Julián Carax und ein wunderbarerweise heil gebliebenes Exemplar von *Der Schatten des Windes*. Daraus schloß die Polizei, der Tote sei Carax. Als Adresse nannte der Paß noch die Wohnung der Fortunys in der Ronda de San Antonio.

Mittlerweile war die Nachricht zu Fumero gelangt, der ins Leichenhaus kam, um sich von Julián zu verabschieden. Dort traf er auf den Hutmacher, den die Polizei geholt hatte, um die Leiche identifizieren zu lassen. Señor Fortuny, der Julián seit zwei Tagen nicht mehr gesehen hatte, befürchtete das Schlimmste. Als er die Leiche des Mannes sah, der eine knappe Woche zuvor bei ihm angeklopft und sich nach Julián erkundigt hatte (und den er für einen Schergen Fumeros gehalten hatte), schrie er auf und ging. In dieser Reaktion sah die Polizei ein Eingeständnis, daß er den Toten erkannt hatte. Fumero, der der Szene beigewohnt hatte, trat zur Leiche und studierte sie schweigend. Seit siebzehn Jahren hatte er Julián Carax nicht mehr gesehen. Als er Miquel Moliner erkannte, lächelte er bloß, unterschrieb das gerichtsmedizinische Formular zur Bestätigung, daß es sich um Julián Carax' Leiche handle, und ordnete ihre unverzügliche Überführung in ein Massengrab auf dem Montjuïc an.

Lange Zeit fragte ich mich, warum Fumero so etwas tun sollte. Aber das entsprach genau seiner Logik. Dadurch, daß Miquel als Julián gestorben war, hatte er Fumero unfreiwillig ein perfektes Alibi geliefert. Von diesem Moment an existierte Julián Carax nicht mehr. Jetzt existierte keine Verbindung mehr zwischen Fumero und diesem Mann, den er früher oder später zu finden und umzubringen hoffte. Es herrschte Bürgerkrieg, und kaum jemand würde zum Tod von jemandem, der nicht einmal einen Namen hatte, Erklärungen verlangen. Julián hatte seine Identität verloren, er war ein Schatten. Zwei Tage lang wartete ich zu Hause auf Miquel oder Julián und dachte, ich würde wahnsinnig. Am dritten Tag, einem Montag, ging ich wieder in den Verlag zur Arbeit. Señor Cabestany war vor einigen Wochen ins Krankenhaus gebracht worden und sollte nicht mehr ins Büro kommen. Sein ältester Sohn, Álvaro, hatte die Geschäfte übernommen. Ich sagte zu niemandem etwas. Ich hätte nicht gewußt, zu wem.

Am selben Vormittag rief mich im Verlag ein Beamter des Leichenhauses an, Manuel Gutiérrez Fonseca. Dieser Herr erklärte mir, zu ihnen ins Totenhaus sei die Leiche eines gewissen Julián Carax gekommen und als er den Paß des Verstorbenen mit dem Namen des Autors des Buches verglichen habe, welches er bei seinem Eintritt ins Leichenhaus bei sich gehabt

445

habe, habe er, da er gleichzeitig seitens der Polizei wenn nicht einen klaren Mißbrauch der Amtsgewalt, so doch eine gewisse Laxheit im Umgang mit dem Reglement geargwöhnt habe, die moralische Pflicht verspürt, den Verlag anzurufen, um über das Vorkommnis Bericht zu erstatten. Während ich ihm zuhörte, meinte ich sterben zu müssen. Mein erster Gedanke war, es handle sich um eine Falle Fumeros. Señor Gutiérrez drückte sich mit der Umständlichkeit des gewissenhaften Beamten aus, obwohl in seiner Stimme noch etwas mehr durchklang, etwas, was vermutlich nicht einmal er selbst hätte erklären können. Ich hatte den Anruf in Señor Cabestanys Büro entgegengenommen. Gott sei Dank war Alvaro schon zum Mittagessen gegangen, und ich war allein, sonst hätte ich die Tränen und das Zittern meiner Hände beim Halten des Hörers nur schwer erklären können.

Ich bedankte mich bei Señor Gutiérrez Fonseca für seinen Anruf mit der Förmlichkeit der verschlüsselten Gespräche. Kaum hatte ich aufgehängt, schloß ich die Bürotür und biß mir in die Fäuste, um nicht loszuschreien. Ich wusch mir das Gesicht und ging sogleich nach Hause, nachdem ich Alvaro eine Mitteilung hinterlassen hatte, ich sei krank und würde am nächsten Tag sehr früh kommen, um die Korrespondenz zu erledigen. Ich mußte mich zusammenreißen, damit ich auf der Straße nicht lief, sondern mit der grauen Bedächtigkeit dessen ging, der nichts zu verbergen hat. Als ich den Schlüssel ins Schloß der Wohnung steckte, sah ich, daß es aufgebrochen worden war. Ich war wie gelähmt. Von innen drehte sich langsam der Knauf. Ich fragte mich, ob ich nun so sterben müßte, in einem finsteren Treppenhaus und ohne zu wissen, was aus Miquel geworden war. Die Tür ging auf, und ich sah mich Julián Carax' dunklem Blick gegenüber. Gott möge mir verzeihen, aber in diesem Augenblick dankte ich dem Himmel, daß er mir Julián statt Miquel zurückgegeben hatte.

Wir verschmolzen in einer unendlichen Umarmung, aber als ich seine Lippen suchte, wich Julián zurück und senkte die Augen. Ich schloß die Tür, nahm ihn bei der Hand und führte ihn ins Schlafzimmer. Wir legten uns aufs Bett und umarmten uns schweigend.

Es dämmerte, und die Schatten in der Wohnung waren purpurrot. In der Ferne vernahm man vereinzelte Schüsse wie jeden Abend seit Kriegsbeginn. Julián weinte an meiner Brust, und ich spürte, daß mich eine Müdigkeit befiel, die sich den Worten entzog. Später, als es Nacht geworden war, fanden sich unsere Lippen, und im Schutz der Dunkelheit zogen wir uns aus. Ich wollte an Miquel denken, doch das Feuer dieser Hände auf meinem Bauch nahm mir Scham und Schmerz. Am liebsten hätte ich mich darin verloren und wäre nie mehr zurückgekommen, aber ich wußte, daß wir uns am Morgen, erschöpft und beschämt, nicht würden in die Augen schauen können, ohne uns zu fragen, wozu wir geworden waren.

10

Am Morgen weckte mich das Trommeln des Regens. Das Bett war leer, das Zimmer lag in grauem Dunkel.

Ich sah Julián an Miquels ehemaligem Schreibtisch sitzen, wo er mit den Fingern über die Tasten seiner Maschine strich. Er schaute auf und schenkte mir das laue, ferne Lächeln, das besagte, daß er nie mir gehören würde. Ich verspürte den Wunsch, ihm die Wahrheit ins Gesicht zu schleudern, ihn zu verletzen. Es wäre so leicht gewesen. Ihn wissen zu lassen, daß Penélope tot war. Daß er von Täuschungen lebte. Daß ich alles war, was er jetzt noch auf der Welt hatte.

»Ich hätte nie nach Barcelona zurückkommen dürfen«, murmelte er kopfschüttelnd.

Ich kniete neben ihm nieder.

»Was du suchst, ist nicht hier, Julián. Laß uns fortgehen, wir beide. Weit weg von hier. Solange noch Zeit ist.«

Er schaute mich unverwandt an.

»Du weißt etwas, was du mir nicht gesagt hast, stimmt's?« fragte er.

Ich schüttelte den Kopf und biß mir auf die Lippen. Julián nickte nur.

»Heute abend werde ich wieder hingehen.«

»Julián, bitte . . .«

»Ich muß Gewißheit haben.«

»Dann geh ich mit.«

»Nein.«

»Das letzte Mal, daß ich hiergeblieben bin und gewartet habe, habe ich Miquel verloren. Wenn du gehst, komme ich mit.«

»Das geht dich nichts an, Nuria. Das ist etwas, was nur mich allein betrifft.«

Ich fragte mich, ob er tatsächlich nicht merkte, wie weh mir seine Worte taten, oder ob es ihm einfach egal war.

»Das glaubst *du*.«

Er wollte meine Wange streicheln, aber ich schob seine Hand weg.

»Du solltest mich hassen, Nuria. Das würde dir Glück bringen.«

»Ich weiß.«

Wir verbrachten den Tag draußen, fern der beklemmenden Dunkelheit in der Wohnung, die noch nach lauwarmen Laken und Haut roch. Julián wollte das Meer sehen. Ich ging mit ihm in die Barceloneta und dann an den fast menschenleeren Strand, der in der Ferne mit dem Dunst verschmolz. Wir setzten uns in den Sand, dicht ans Wasser, wie die Kinder und die Alten. Julián lächelte schweigend, in seinen Erinnerungen versunken.

Als es dämmerte, nahmen wir beim Aquarium die Straßenbahn und fuhren durch die Vía Layetana zum Paseo de Gracia hinauf, dann zur Plaza de Lesseps und schließlich durch die Avenida de la República Argentina bis zur Endhaltestelle. Julián schaute sich still die Straßen an, als fürchte er, die Stadt zu verlieren, während er sie durchquerte. Auf halbem Weg nahm er meine Hand und küßte sie, ohne etwas zu sagen. Er hielt sie fest, bis wir ausstiegen. Ein alter Mann in Begleitung eines

Mädchens in Weiß schaute uns lächelnd an und fragte, ob wir verlobt seien. Es war schon dunkle Nacht, als wir durch die Calle Román Macaya auf das Aldaya-Haus in der Avenida del Tibidabo zugingen. Feiner Regen tünchte die Hauswände silbern. Im hinteren Teil des Grundstücks, bei den Tennisplätzen, kletterten wir über die Mauer. Ich erkannte das im Regen aufragende Haus sogleich, dessen Erscheinung ich auf Juliáns Seiten in tausend Verkörperungen und aus tausend Blickwinkeln gelesen hatte. In *Das rote Haus* erschien der kleine Palast als düsterer Kasten, innen größer als außen, der langsam seine Gestalt änderte, sich in unmögliche Gänge, Galerien und Dachgeschosse, in unendliche Treppen auswuchs, die nirgends hinführten, und dunkle Räume aufblitzen ließ, welche auftauchten und über Nacht wieder verschwanden und mit ihnen die Leichtsinnigen, die sich hineinwagten, um nie wiedergesehen zu werden. Wir blieben vor der mit Ketten und einem faustgroßen Vorhängeschloß gesicherten Eingangstür stehen. Die hohen Fenster im ersten Stock waren mit starken, efeuüberwucherten Brettern verrammelt. Die Luft roch nach vermodertem Unkraut und feuchter Erde. Der Stein, dunkel und schleimig im Regen, glänzte wie die Haut eines Reptils.

Ich wollte ihn schon fragen, wie er durch diese Eichentür einzudringen gedenke, die an eine Basilika oder ein Gefängnis erinnerte, als er ein Fläschchen aus dem Mantel zog und den Deckel abschraubte. Ein übelriechender Dampf stieg in einer langsamen, bläulichen Spirale auf. Er hielt das Schloß am einen Ende fest und goß die Säure ins Schlüsselloch. In eine gelbliche Rauchwolke gehüllt, zischte das Metall wie glühendes Eisen. Nach einigen Sekunden nahm er einen Pflasterstein aus dem Unkraut und zerschlug das Schloß mit einigen harten Schlägen. Dann stieß er die Tür mit einem Fußtritt auf. Sie öffnete sich langsam, und feuchte Luft strömte heraus. Jenseits der Schwelle lauerte Dunkelheit. Julián zog ein Benzinfeuerzeug aus der Tasche und knipste es an, nachdem er einige Schritte in die Vorhalle hinein getan hatte. Ich folgte ihm und lehnte die Tür hinter uns an. Die Flamme über seinen Kopf haltend, ging

Julián ein paar Meter weiter. Zu unseren Füßen lag ein Staubteppich, der nur unsere eigenen Spuren zeigte. Die nackten Wände verfärbten sich im Licht der Flamme wie Bernstein. Es gab weder Möbel noch Spiegel oder Lampen. Die Türen hingen noch in ihren Angeln, aber die Bronzeklinken waren abgerissen. Das alte Haus offenbarte nichts mehr als sein blankes Skelett. Am Fuß der breiten Treppe blieben wir stehen. Juliáns Blick verlor sich hinauf. Er wandte sich einen Augenblick um und schaute mich an, und ich wollte lächeln, aber im Halbdunkel errieten wir kaum unsere Blicke. Dann folgte ich ihm die Treppe hinauf, über die Stufen, auf denen er Penélope zum ersten Mal gesehen hatte. Ich wußte, wohin uns der Weg führte, und es packte mich eine Kälte, die nichts von der feuchten, ätzenden Luft dieses Hauses hatte.

Wir stiegen in den dritten Stock hinauf, wo ein schmaler Gang zum Südflügel des Hauses führte. Hier war die Decke sehr viel niedriger und die Türen kleiner. Es war die Etage der ehemaligen Dienstbotenzimmer. Das letzte, das wußte ich, ohne daß Julián etwas zu sagen brauchte, war das von Jacinta Coronado gewesen. Er ging zaghaft, ängstlich auf es zu. Das war der letzte Ort gewesen, wo er Penélope gesehen hatte, wo er mit einem kaum siebzehn Jahre alten Mädchen geschlafen hatte, das Monate später in derselben Zelle verbluten sollte. Ich wollte ihn zurückhalten, doch er stand schon auf der Schwelle und schaute gedankenverloren hinein. Ich trat zu ihm. Das Zimmer war nur ein gänzlich schmuckloses Gemach. Unter dem Staubteppich auf den Bohlen erkannte man noch die Spuren eines Betts. Verwirrt betrachtete Julián diese Leere fast eine Minute lang. Ich entnahm seinem Blick, daß er das Zimmer kaum wiedererkannte, daß ihm alles als makabrer, grausamer Trick erschien. Ich nahm ihn am Arm und führte ihn zur Treppe zurück.

»Da gibt es nichts, Julián«, flüsterte ich. »Die Familie hat alles verkauft, bevor sie nach Argentinien aufgebrochen ist.«

Er nickte schwach. Wir stiegen wieder ins Erdgeschoß hinunter. Dort wandte er sich zur Bibliothek. Die Borde waren leer, der Kamin voller Schutt. Auf den fahlen Wänden flackerte die Flamme.

»Ich bin umsonst gekommen«, murmelte Julián.

»Du hast zurückkommen und es noch einmal sehen müssen«, sagte ich. »Jetzt siehst du, daß hier nichts ist. Es ist nur ein alter, leerstehender Kasten. Gehen wir nach Hause.«

Er schaute mich an, bleich, und nickte. Ich nahm ihn an der Hand, und wir gingen durch den Gang auf die Eingangstür zu. Die Helligkeitsbresche von draußen war keine zehn Meter mehr entfernt. Ich konnte schon die frische Luft riechen. Da spürte ich, wie mir Juliáns Hand entglitt. Ich blieb stehen, wandte mich um und sah ihn reglos in die Dunkelheit starren.

»Was ist denn, Julián?«

Er gab keine Antwort, sondern betrachtete gebannt die Öffnung zu einem schmalen Gang, der zu den Küchen führte. Ich ging zu ihm und spähte in das vom Feuerzeug schwach erhellte Dunkel. Die Tür am Ende des Ganges war zugemauert – eine Mauer aus roten, unbeholfen gemörtelten Backsteinen. Ich begriff nicht genau, was das zu bedeuten hatte, aber ich spürte, daß mir die Kälte den Atem benahm. Langsam ging Julián näher. Alle andern Türen des Ganges – und des ganzen Hauses – waren offen, ohne Schlösser und Klinken. Außer der hier. Eine zuhinterst in einem düsteren, versteckten Gang verborgene Schutzmauer aus scharlachroten Backsteinen. Julián legte die Hände darauf.

»Julián, bitte, laß uns endlich gehen . . .«

Der Schlag seiner Faust an die Backsteinwand erzeugte auf der andern Seite ein hohles Echo. Ich hatte den Eindruck, seine Hände zitterten, als er das Feuerzeug auf den Boden stellte und mich einige Schritte zurücktreten hieß.

»Julián . . .«

Der erste Fußtritt löste einen rötlichen Staubregen. Julián trat erneut zu. Ich dachte, ich hätte seine Knochen krachen hören. Er ließ sich nicht beirren und hämmerte, nun auch mit den Fäusten, immer wieder auf die Mauer ein, rasend wie ein Gefangener, der sich einen Weg in die Freiheit bahnt. Seine

Knöchel bluteten, als der erste Backstein brach und auf die andere Seite fiel. Mit bloßen Fingern vergrößerte er den Durchlaß. Er keuchte erschöpft und von einer Wut besessen, die ich ihm nie zugetraut hätte. Einer nach dem andern gaben die Backsteine nach, und die Mauer fiel. Schweißbedeckt, mit wunden Händen hielt Julián inne. Er nahm das Feuerzeug vom Boden auf und stellte es auf einen der Backsteine. Auf der andern Seite erhob sich eine Holztür mit Engelsmotiven. Er strich über die Reliefs, als entzifferte er Hieroglyphen. Unter dem Druck seiner Hände gab die Tür nach.

Auf der andern Seite war eine Treppe zu erahnen. Schwarze Steinstufen führten in die Dunkelheit hinab. Julián drehte sich kurz um, und ich fand seinen Blick. Angst und Verzweiflung lagen darin. Mit einem Kopfschütteln flehte ich ihn an, nicht hinunterzusteigen. Mutlos wandte er sich wieder ab und tauchte ins Dunkel. Ich schaute durch den Ziegelsteinrahmen und sah ihn die Treppe hinuntersteigen, beinahe taumelnd. Die Flamme flackerte, ein Hauch durchsichtigen Blaus.

»Julián?«

Ich hörte nur Stille. Am Ende der Treppe konnte ich seine reglose Silhouette sehen. Ich trat über die Ziegelsteinschwelle und stieg ebenfalls hinunter. Der Raum war rechteckig und mit marmornen Wänden ausgekleidet. Im Innern herrschte eine schneidende Kälte. Die beiden Grabsteine waren von dicken Spinnweben überwuchert, die in der Flamme des Feuerzeugs wie faulige Seide zerfielen. Aus den vom Graveur gemeißelten Kerben rannen schwarze Feuchtigkeitstränen über den weißen Marmor. Da lagen sie, dicht nebeneinander.

†

PENÉLOPE ALDAYA

1902-1919

†

DAVID ALDAYA

1919

11

Oft habe ich an diesen Moment der Stille zurückgedacht und mir dabei vorzustellen versucht, was Julián empfinden mußte, als er feststellte, daß die Frau, auf die er siebzehn Jahre gewartet hatte, tot war, daß ihr beider Kind mit ihr gegangen war, daß das, was ihn am Leben erhalten hatte, sein einziger Antrieb, eine Illusion gewesen war. Die meisten von uns haben das Glück oder das Pech, zu sehen, wie das Leben nach und nach zerbröselt, fast ohne daß wir es merken. Für Julián dagegen stellte sich diese Gewißheit in Sekundenschnelle ein. Einen Augenblick dachte ich, er werde die Treppe hinaufstürmen, diesen verfluchten Ort fliehen, und ich würde ihn nie wiedersehen. Vielleicht wäre es besser gewesen so.

Ich erinnere mich, daß ich ihn im Dunkeln suchte und spürte, daß er zitterte, stumm. Er konnte sich kaum noch auf den Beinen halten und schleppte sich in eine Ecke. Ich umarmte ihn und küßte ihn auf die Stirn. Er regte sich nicht. Ich tastete sein Gesicht ab, doch da waren keine Tränen. Ich dachte, vielleicht habe er es unterschwellig die ganzen Jahre über gewußt, vielleicht sei diese Begegnung notwendig gewesen, um Gewißheit zu erlangen und sich zu befreien. Wir hatten das Ende des Weges erreicht. Jetzt würde er begreifen, daß ihn in Barcelona nichts mehr hielt, jetzt könnten wir weit weggehen. Ich redete mir ein, unser Schicksal würde sich ändern und Penélope habe uns verziehen.

Ich suchte das Feuerzeug am Boden und knipste es wieder an. Julián starrte ins Leere, fern dem blauen Flämmchen. Ich nahm sein Gesicht zwischen die Hände, um ihn zu zwingen, mich anzuschauen, und traf auf leere, von Wut und Verlust gequälte Augen. Ich spürte, wie sich in seinen Adern langsam das Gift des Hasses ausbreitete, und konnte seine Gedanken lesen. Er haßte mich und Miquel, weil wir ihn getäuscht hatten. Vor allem aber haßte er den Mann, der an dem ganzen Unglück die Schuld trug: sich selbst. Er haßte die Bücher, denen er sein Leben gewidmet hatte und die keinen Menschen interessierten;

sie kamen ihm jetzt frivol und nichtig vor. Er haßte ein der Täuschung und Lüge verpflichtetes Leben. Er haßte jede verlorene Sekunde, jeden Atemzug.

Er musterte mich, wie man einen Fremden oder einen unbekannten Gegenstand anschaut. Langsam schüttelte ich den Kopf und suchte seine Hände. Er wandte sich brüsk ab und stand auf. Ich versuchte ihn am Arm zu fassen, doch er stieß mich an die Wand. Ich sah ihn wortlos die Treppe hinaufsteigen, ein Mann, den ich nicht mehr kannte. Julián Carax war tot. Als ich in den Garten hinaustrat, war nichts mehr von ihm zu sehen. Ich kletterte über die Mauer. Die Avenida del Tibidabo mitten auf der Fahrbahn hinunterlaufend, rief ich seinen Namen. Niemand antwortete. Als ich zu Hause ankam, war es beinahe vier Uhr früh. Die Wohnung war voller Rauch, und es roch verbrannt. Julián war dagewesen. Eilig riß ich die Fenster auf. Auf meinem Schreibtisch fand ich ein Etui mit dem Füllfederhalter, den ich ihm vor Jahren in Paris gekauft, dem Füllfederhalter, für den ich ein Vermögen bezahlt hatte, weil er mutmaßlich Alexandre Dumas oder Victor Hugo gehört hatte. Der Rauch kam aus dem Ofen. Ich öffnete das Türchen und stellte fest, daß Julián sämtliche Exemplare seiner Romane hineingeworfen hatte, die auf dem Regal gestanden hatten und dort jetzt fehlten. Auf den Lederrücken waren kaum noch die Titel zu lesen. Der Rest war Asche.

Stunden später, als ich im Lauf des Vormittags im Verlag eintraf, rief mich Alvaro Cabestany in sein Büro. Sein Vater war schon lange nicht mehr in den Verlag gekommen, und die Ärzte hatten ihm gesagt, seine Tage seien gezählt – so wie die meinen an diesem Arbeitsplatz. Cabestanys Sohn eröffnete mir, früh an diesem Morgen habe sich ein Herr namens Laín Coubert eingefunden und sich dafür interessiert, sämtliche Exemplare von Julián Carax' Romanen zu kaufen, die wir am Lager hätten. Er habe ihm geantwortet, in Pueblo Nuevo habe er eine ganze Lagerhalle voll, doch die Nachfrage sei sehr groß; aus diesem Grund habe er einen höheren Preis verlangt, als Coubert geboten habe. Coubert habe nicht angebissen, sondern sich davongemacht. Jetzt sollte ich also diesen Laín Coubert finden und sein Angebot annehmen. Ich sagte diesem Schwachkopf, Laín Coubert gebe es nicht, er sei eine Romanfigur von Carax. Der Mann habe nicht das geringste Interesse, die Bücher zu kaufen, sondern wolle bloß wissen, wo sie sich befänden. Señor Cabestany hatte die Angewohnheit gehabt, von jedem der bei uns publizierten Titel ein Exemplar in seinem Büro zu behalten, auch von Julián Carax' Werken. Ich schlich mich in sein Büro und nahm sie mit.

Am selben Abend besuchte ich meinen Vater im Friedhof der Vergessenen Bücher und versteckte die Bände, wo niemand sie finden konnte, vor allem nicht Julián. Es war Nacht geworden, als ich wieder ging. Die Ramblas hinunterschlendernd, kam ich in die Barceloneta und ging an den Strand, wo ich die Stelle suchte, an der ich mit Julián aufs Meer hinausgeschaut hatte. In der Ferne loderte das Lager von Pueblo Nuevo wie ein Scheiterhaufen, ein bernsteinfarbener Schein ergoß sich aufs Meer, und Feuer- und Rauchspiralen züngelten zum Himmel empor. Als die Feuerwehrmänner kurz vor Tagesanbruch die Flammen endlich löschen konnten, blieb nichts mehr übrig außer einem Skelett aus Ziegelsteinen und Metall, das das Gewölbe gestützt hatte. Dort traf ich Lluís Carbó, der zehn Jahre lang Nachtwächter gewesen war und jetzt fassungslos in die rauchenden Trümmer schaute. Seine Brauen und die Haare auf den Armen waren versengt, und seine Haut glänzte wie feuchte Bronze. Er erzählte mir, der Brand sei kurz nach Mitternacht ausgebrochen, und Zehntausende von Bänden seien ihm zum Opfer gefallen, bis am Morgen nur noch ein Aschenmeer übriggeblieben sei. Lluís hatte noch ein paar Bücher in der Hand, die er als einzige hatte retten können, Gedichtsammlungen von Verdaguer und zwei Bände *Geschichte der Französischen Revolution*. Die Feuerwehrleute hatten in den Trümmern einen verbrannten Körper gefunden. Zuerst hatten sie ihn für tot gehalten, aber einer hatte festgestellt, daß er noch atmete, und so hatten sie ihn ins Hospital del Mar gebracht.

Ich erkannte ihn an den Augen. Das Feuer hatte seine Haut,

die Hände und das Haar verzehrt. Wie mit Peitschenhieben hatten ihm die Flammen die Kleider weggerissen, und sein Körper war eine einzige offene Wunde, die unter dem Verband eiterte. Man hatte ihn am Ende eines Korridors in ein abgelegenes Zimmer mit Sicht auf den Strand verbannt und ihn mit Morphium vollgepumpt, in der Erwartung, er werde sterben. Ich wollte seine Hand halten, aber eine der Krankenschwestern machte mich darauf aufmerksam, daß unter dem Verband kaum noch Fleisch sei. Das Feuer hatte ihm die Lider weggemäht, so daß sein Blick ununterbrochen ins Leere gerichtet war. Die Schwester, die mich weinend auf dem Boden kauern sah, fragte mich, ob ich wisse, wer er sei. Ich bejahte – es sei mein Mann. Einen gierigen Geistlichen, der seine letzten Segnungen spenden wollte, schrie ich in die Flucht. Nach drei Tagen atmete Julián immer noch. Die Ärzte sagten, es sei ein Wunder, die Lust zu leben halte ihn mit Kräften, mit denen die Medizin nicht wetteifern könne, am Leben. Sie täuschten sich. Es war nicht die Lust zu leben, es war der Haß. Eine Woche später, als man sah, daß sich dieser vom Tod überzogene Körper zu sterben weigerte, wurde er offiziell unter dem Namen Miquel Moliner aufgenommen. Er sollte zwölf Monate dableiben. Immer schweigend, der rastlose Blick glühend.

Ich ging täglich ins Krankenhaus. Bald begannen mich die Schwestern zu duzen und luden mich ein, mit ihnen in ihrem Raum zu essen. Es waren alles einsame, starke Frauen, die darauf warteten, daß ihre Männer von der verworrenen Front zurückkehrten. Sie brachten mir bei, Juliáns Wunden zu reinigen, ihm die Verbände zu wechseln, ein Bett mit einem bewegungsunfähigen Körper darin frisch zu beziehen. Sie lehrten mich auch, die Hoffnung aufzugeben, den Mann wiederzusehen, den diese Knochen einmal getragen hatten. Nach dem dritten Monat nahmen wir ihm den Gesichtsverband ab. Hervor kam ein Totenschädel. Er hatte keine Lippen, keine Wangen. Es war ein Gesicht ohne Züge, wie eine verbrannte Puppe. Die Augenhöhlen hatten sich vergrößert und beherrschten jetzt seinen Ausdruck. Vor mir gaben es die Krankenschwestern nicht zu, aber sie empfanden Ekel, fast Angst. Die Ärzte hatten gesagt, wenn die Wunden verheilten, werde sich allmählich eine Art violette Haut wie bei einem Reptil bilden. Niemand wagte etwas über seinen Geisteszustand zu sagen. Alle nahmen als sicher an, daß Julián – Miquel – bei dem Brand den Verstand verloren hatte, daß er nur dank der besessenen Pflege dieser Ehefrau vegetierte und überlebte, welche standhaft blieb, wo jede andere entsetzt das Weite gesucht hätte. Ich schaute ihm in die Augen und wußte, daß Julián noch da drin war, lebend, langsam verfallend. Wartend.

Er hatte die Lippen verloren, aber die Ärzte vermuteten, die Stimmbänder hätten keinen irreparablen Schaden erlitten und die Verbrennungen an Zunge und Kehlkopf seien schon vor Monaten geheilt. Ihrer Meinung nach sagte Julián nur deshalb nichts, weil sein Geist erloschen war. Als wir beide eines Abends, sechs Monate nach dem Brand, allein im Zimmer waren, beugte ich mich über ihn und küßte ihn auf die Stirn.

»Ich liebe dich«, sagte ich.

Ein bitteres, heiseres Geräusch quoll aus der Hundegrimasse, zu der der Mund geworden war. Seine Augen waren gerötet. Ich wollte sie ihm mit einem Taschentuch trocknen, aber er wiederholte dieses Geräusch.

»Laß mich«, hatte er gesagt.

Laß mich.

Zwei Monate nach dem Brand des Lagers in Pueblo Nuevo hatte der Verlag Cabestany Konkurs gemacht. Der alte Cabestany, der noch in diesem Jahr das Zeitliche segnete, hatte prophezeit, sein Sohn werde es fertigbringen, die Firma in sechs Monaten zu ruinieren – ein unverbesserlicher Optimist bis ins Grab. Ich versuchte, in einem andern Verlag Arbeit zu finden, doch der Krieg verschlang alles. Jedermann sagte, er werde bald zu Ende sein und dann werde alles besser. Doch er sollte noch zwei Jahre dauern, und was nachher kam, war womöglich noch schlimmer. Elf Monate nach dem Brand sagten die Ärzte, was sich in einem Krankenhaus tun lasse, sei getan worden, die Zeiten seien schwierig und man brauche das Zimmer, ich solle ihn doch in ein Sanatorium wie das Heim Santa Lucía einweisen. Doch ich weigerte mich. Im Oktober 1937 nahm ich ihn mit nach Hause. Seit jenem »Laß mich« hatte er kein Wort mehr gesagt.

Ich sagte ihm jeden Tag, ich liebe ihn. Er saß in einem Sessel vor dem Fenster, in Wolldecken eingepackt. Ich ernährte ihn mit Fruchtsäften, Toast und Milch, wenn ich welche fand. Täglich las ich ihm zwei Stunden vor, Balzac, Zola, Dickens ... Allmählich nahm er wieder zu. Kurz nach unserer Rückkehr nach Hause begann er die Hände und Arme zu bewegen und neigte den Kopf zur Seite. Manchmal lagen, wenn ich zurückkam, die Decken auf dem Boden, und einige Gegenstände waren umgeworfen. Eines Tages robbte er über den Boden. Anderthalb Jahre nach dem Brand erwachte ich einmal mitten in einer Gewitternacht. Jemand hatte sich auf mein Bett gesetzt und strich mir übers Haar. Die Tränen verbergend, lächelte ich ihm zu. Er hatte einen meiner Spiegel ausfindig gemacht, obwohl ich sie alle versteckt hatte. Mit krächzender Stimme sagte er, er sei zu einem seiner Romanungeheuer geworden, zu Laín Coubert. Ich wollte ihn küssen, ihm zeigen, daß mich sein Aussehen nicht schreckte, aber er ließ mich nicht. Bald würde er nicht einmal mehr zulassen, daß ich ihn berührte. Täglich gewann er neue Kraft. Er strich in der Wohnung umher, während ich etwas zu essen auftrieb. Mit den Ersparnissen, die Miquel hinterlassen hatte, hielten wir uns zwar zunächst über Wasser, aber nach kurzer Zeit mußte ich anfangen, Schmuck und alten Krempel zu verkaufen. Als es nicht mehr anders ging, versilberte ich die in Paris erstandene Füllfeder Victor Hugos an den Meistbietenden. Hinter dem Gebäude der Militärregierung fand ich einen Laden, der diese Art Waren annahm. Den Geschäftsführer schien mein feierlicher Schwur nicht sehr zu beeindrucken, der Füller habe Victor Hugo gehört, aber er anerkannte, daß es ein meisterhaftes Stück war, und bezahlte mir, soviel er konnte, schließlich waren es Zeiten der Not und des Elends. Als ich Julián sagte, ich hätte sie verkauft, fürchtete ich, er werde zornig werden. Doch er sagte bloß, ich hätte gut daran getan, er habe sie nie wirklich verdient.

Eines Tages war ich wie so oft auf Arbeitssuche gegangen, und bei meiner Rückkehr war Julián nicht da. Er kam erst am frühen Morgen wieder. Auf meine Frage, wo er gewesen sei, leerte er die Manteltaschen (der Mantel hatte Miquel gehört) und legte eine Handvoll Münzen auf den Tisch. Von da an ging er fast jede Nacht aus. In der Dunkelheit, einen Hut auf dem Kopf und in einen Schal gehüllt, mit Handschuhen und Mantel, war er ein Schatten unter Schatten. Nie sagte er mir, wohin er ging, fast immer aber brachte er Geld oder Schmuckstücke nach Hause. Er schlief vormittags, aufrecht in seinem Sessel sitzend und mit offenen Augen. Einmal fand ich in einer seiner Taschen ein Messer, eine zweischneidige Waffe mit automatischer Springfeder. Die Klinge war mit dunklen Flecken gesprenkelt.

In dieser Zeit hörte ich auf der Straße immer wieder Geschichten über einen Menschen, der nachts die Schaufensterscheiben der Buchhandlungen einschlug und Bücher verbrannte. Andere Male schlich sich der merkwürdige Vandale in eine Bibliothek oder in die Schatzkammer eines Sammlers. Immer nahm er zwei, drei Bücher mit und verbrannte sie. Einmal suchte ich ein Antiquariat auf und erkundigte mich, ob auf dem Markt irgendein Buch von Julián Carax zu finden sei. Der Verkäufer sagte, das sei unmöglich, jemand habe sie alle verschwinden lassen. Er habe selbst zwei besessen und sie einem seltsamen Mann mit vermummtem Gesicht verkauft, dessen Stimme kaum zu verstehen gewesen sei.

»Bis vor kurzem gab es noch einige Exemplare in Privatsammlungen, bei uns und auch in Frankreich«, sagte er, »aber viele Sammler stoßen sie inzwischen ab. Sie haben Angst, und ich kann es ihnen nicht verdenken.«

Manchmal verschwand Julián tagelang und dann bald für Wochen. Er ging und kam immer nachts, und immer brachte er Geld mit. Nie gab er eine Erklärung ab, und wenn er es einmal tat, erzählte er unsinnige Details. Er sagte, er sei in Frankreich gewesen, in Paris, Lyon, Nizza. Gelegentlich kamen Briefe aus Frankreich auf den Namen Laín Coubert, stets von Antiquaren, Sammlern. Jemand hatte ein verloren geglaubtes Exemplar eines von Julián Carax' Werken ausfindig gemacht. Dann verschwand er mehrere Tage und kam zurück wie ein Wolf, stank nach Rauch und Rache.

Während einer seiner Abwesenheiten traf ich im Kreuzgang der Kathedrale auf den Hutmacher Fortuny. Er erinnerte sich noch an mich von dem Besuch her, den ich ihm vor zwei Jahren mit Miquel abgestattet hatte, um ihn nach Julián zu fragen. Er führte mich in einen Winkel und sagte mir vertraulich, er wisse, daß Julián am Leben sei, irgendwo, aber vermutlich sei es ihm aus einem bestimmten Grund, den er nicht erahnen könne, unmöglich, sich mit uns in Verbindung zu setzen. »Das muß irgendwas mit diesem Schuft von Fumero zu tun haben.« Ich sagte ihm, ich dächte genauso. Die Kriegsjahre erwiesen sich als sehr ergiebig für Fumero. Seine Allianzen wechselten von Monat zu Monat, von den Anarchisten zu den Kommunisten und von diesen zu dem, was sich gerade anbot. Die einen wie die andern bezeichneten ihn als Spion, Häscher, Helden, Mörder, Verschwörer, Intriganten, Retter oder Demiurgen. Spielte keine Rolle. Fürchten taten ihn alle. Alle wollten ihn auf ihrer Seite haben. Vielleicht zu sehr beschäftigt mit den Intrigen im Kriegsbarcelona, schien er Julián vergessen zu haben. Möglicherweise vermutete er, wie der Hutmacher, er sei geflohen und längst nicht mehr in seiner Reichweite.

Señor Fortuny fragte mich, ob ich eine alte Freundin seines Sohnes sei, was ich bejahte. Er bat mich, von Julián zu erzählen, von dem Mann, zu dem er geworden war, er selbst kenne ihn nicht, wie er mir traurig gestand. »Das Leben hat uns auseinandergerissen, müssen Sie wissen.« Er hatte in sämtlichen Buchhandlungen Barcelonas nach Juliáns Romanen gesucht, hatte sie aber nicht finden können. Jemand hatte ihm erzählt, ein Verrückter klappere die Landkarte nach ihnen ab, um sie zu verbrennen. Fortuny war überzeugt, der Schuldige könne niemand anders als Fumero sein. Ich widersprach ihm nicht und log das Blaue vom Himmel herunter, aus Mitleid oder aus Verbitterung, ich weiß es nicht. Ich sagte, meiner Meinung nach sei Julián nach Paris zurückgegangen, es gehe ihm gut und ich sei überzeugt, er achte den Hutmacher sehr und werde zu ihm zurückkommen, sobald die Umstände es erlaubten. »Es ist dieser Krieg«, klagte er, »der alles kaputtmacht.« Bevor wir uns auf Wiedersehen sagten, wollte er mir unbedingt noch einmal seine Adresse und auch die seiner ehemaligen Frau Sophie geben, mit der er nach langen Jahren der »Mißverständnisse« den Kontakt wiederaufgenommen hatte. Sie lebe jetzt in Bogotá mit einem angesehenen Arzt zusammen, leite ihre eigene Musikschule und erkundige sich in ihren Briefen immer nach Julián.

»Das ist noch das einzige, was uns verbindet, wissen Sie. Die Erinnerung. Man macht in seinem Leben viele Fehler, Señorita, und merkt es erst, wenn man alt ist. Sagen Sie, sind Sie gläubig?«

Ich verabschiedete mich von ihm mit dem Versprechen, ihn und Sophie zu informieren, wenn ich etwas von Julián höre.

»Nichts würde seine Mutter glücklicher machen, als wieder von ihm zu hören. Frauen achten mehr aufs Herz und weniger auf Dummheiten«, schloß er traurig. »Darum leben sie länger.«

Obwohl ich so viele böse Geschichten über ihn gehört hatte, konnte ich nicht umhin, mit diesem armen Greis Mitleid zu empfinden. Ich hatte ihn mir als rohen Kerl vorgestellt, als gemeinen, unverträglichen Menschen, aber er erschien mir als gutmütiger Mann, wenn auch blind, verloren wie alle. Vielleicht weil er mich an meinen eigenen Vater erinnerte, der sich vor allen und vor sich selbst in diesem Refugium von Büchern und Schatten versteckte, vielleicht weil uns auch der heftige Wunsch verband, Julián zurückzubekommen, gewann ich ihn lieb und wurde zu seiner einzigen Freundin. Ohne daß Julián etwas davon wußte, besuchte ich ihn oft in seiner Wohnung in der Ronda de San Antonio. Der Hutmacher arbeitete nicht mehr.

Er erwartete mich meistens am Donnerstag und servierte mir Kaffee, Kekse und Süßigkeiten, die er kaum anrührte. Stundenlang erzählte er mir von Juliáns Kindheit, wie sie zusammen in der Hutmacherei gearbeitet hatten, und zeigte mir Fotos. Er führte mich in Juliáns Zimmer, das er in makellosem Zustand bewahrte wie ein Museum, legte mir alte Hefte und unbedeutende Gegenstände vor, die für ihn wie Reliquien eines Lebens waren, das es nie gegeben hatte, und merkte nicht, daß er sie mir bereits früher gezeigt, daß er mir die ganzen Geschichten schon einmal erzählt hatte. An einem solchen Donnerstag begegnete ich auf der Treppe einem Arzt, der eben bei Señor Fortuny gewesen war. Ich fragte ihn nach dem Gesundheitszustand des Hutmachers, und er schaute mich argwöhnisch an.

»Sind Sie eine Angehörige von ihm?«

Ich sagte, von allem, was der arme Mann habe, komme ich dem wohl am nächsten. Da eröffnete mir der Arzt, Fortuny sei sehr krank und habe höchstens noch ein paar Monate zu leben.

»Was hat er denn?«

»Ich könnte Ihnen sagen, es ist das Herz, aber was ihn umbringt, ist die Einsamkeit. Erinnerungen sind schlimmer als die Wunden des Krieges.«

Als er mich erblickte, freute sich der Hutmacher und sagte, dieser Arzt sei nicht vertrauenswürdig, Ärzte seien doch nichts als Hampelmänner einer fragwürdigen Wissenschaft. Allenthalben sehe er die Hand des Teufels, der Teufel trübe den Verstand und führe die Menschen ins Verderben.

»Schauen Sie bloß den Krieg, und schauen Sie mich an. Jetzt wirke ich alt und schlaff, aber als junger Mann war ich ein echter Schurke und sehr niederträchtig.«

Einmal sagte ich zu Julián, falls er seinen Vater lebend wiedersehen wolle, müsse er sich beeilen. Da stellte sich heraus, daß auch er seinen Vater besucht hatte, ohne daß der es wußte. Aus der Ferne, in der Dämmerung, am andern Ende eines Platzes sitzend, wo er zuschaute, wie der Hutmacher alt wurde. Julián war es lieber, daß der Alte die Erinnerung an seinen Sohn mitnahm, die er damals in seinem Kopf geschmiedet hatte, und nicht die Wirklichkeit, zu der er geworden war.

»Die behältst du mir vor«, sagte ich zu ihm und bereute es auf der Stelle.

Er gab keine Antwort, aber einen Augenblick schien es, als ob die Klarheit zu ihm zurückkehre und er erkenne, in was für eine Hölle wir uns da eingeschlossen hatten. Die Prophezeiungen des Arztes verwirklichten sich rasch. Señor Fortuny erlebte das Kriegsende nicht mehr. Man fand ihn in seinem Sessel sitzend, wie er alte Fotos von Sophie und Julián anschaute, in einem Meer von Erinnerungen versunken.

Die letzten Tage des Krieges waren das Vorspiel zur Hölle. Die Stadt hatte das Ganze aus der Distanz erlebt, wie eine Wunde, die im Schlaf pulsiert. Es waren Monate voller Scharmützel und Kämpfe, Bombardements und Hunger vergangen. Mord und Verrat zerfraßen die Seele der Stadt seit Jahren, aber dennoch glaubten viele lieber, der Krieg spiele sich in der Ferne ab, sei ein vorüberziehendes Gewitter. Aber das Warten machte das Unvermeidliche noch schlimmer.

Bald hatte Julián fast keine Bücher mehr zum Verbrennen. Dieser Zeitvertreib war in höhere Hände übergegangen. Der Tod seines Vaters hatte ihn zu einem Schatten seiner selbst gemacht, in dem weder die Wut noch der Haß loderte, die ihn anfänglich aufgezehrt hatten. Wir lebten von der Welt zurückgezogen und von Gerüchten. Wir erfuhren, daß Fumero alle verraten hatte, die ihn im Krieg hatten aufsteigen lassen, und daß er jetzt im Dienst der Sieger stand. Es hieß, er richte seine Hauptverbündeten und Gönner in den Kerkern des Kastells des Montjuïc persönlich hin, indem er sie mit einem Schuß in den Mund erledige. Die Maschinerie des Vergessens begann am selben Tag zu hämmern, an dem die Waffen verstummten. Ich lernte, daß nichts mehr angst macht als ein Überlebender, der erzählen kann, was alle, die an seiner Seite fielen, niemals werden erzählen können. Die Wochen nach dem Fall Barcelonas waren unbeschreiblich. In diesen Tagen wurde ebensoviel Blut vergossen wie in den Gefechten oder noch mehr, nur im verborgenen. Als endlich der Friede kam, roch er nach Gefängnissen und Friedhöfen, ein Leichentuch des Schweigens und der Scham. Es gab weder unschuldige Hände noch harmlose Blicke. Wir, die wir da waren, werden alle ohne Ausnahme schreckliche Geheimnisse mit in den Tod nehmen.

Trotz der Ruhe, die wieder einkehrte, lebten Julián und ich im Elend. Wir hatten sämtliche Ersparnisse und die magere Beute aus Laín Couberts nächtlichen Streifzügen ausgegeben, und zu verkaufen gab es nichts mehr im Haus. Verzweifelt suchte ich Arbeit als Übersetzerin, Stenotypistin oder Putzfrau, aber anscheinend war ich wegen meiner ehemaligen Verbindung zu Cabestany unerwünscht. Ein Beamter im abgeschabten Anzug und mit bleistiftschmalem Schnurrbärtchen, einer von Hunderten, die in diesen Monaten unter den Steinen hervorzukriechen schienen, gab mir zu verstehen, eine attraktive Frau wie ich brauche doch nicht so triviale Verrichtungen auszuüben. Die Nachbarn, die meiner Geschichte, ich pflege meinen armen, vom Krieg invalide gewordenen und entstellten Mann Miquel, Glauben schenkten, boten uns als milde Gaben Milch, Käse oder Brot an, manchmal sogar gesalzenen Fisch oder Würste, die ihnen die Verwandten aus dem Dorf schickten. Da ich nach Monaten der Not zur Überzeugung kam, ich würde noch lange keine Stelle finden, ersann ich eine Kriegslist, die ich einem von Juliáns Romanen entnahm.

Im Namen eines angeblichen frischgebackenen Anwalts, den der verstorbene Señor Fortuny in seinen letzten Tagen zu Rate gezogen habe, um seine Angelegenheiten in Ordnung zu bringen, schrieb ich Juliáns Mutter nach Bogotá und teilte ihr mit, nachdem der Hutmacher gestorben sei, ohne ein Testament zu hinterlassen, gehöre seine Hinterlassenschaft, die auch die Wohnung in der Ronda de San Antonio und den Laden im selben Haus einschließe, jetzt theoretisch seinem Sohn Julián, der mutmaßlich im französischen Exil lebe. Da gewisse Fragen der Erbschaftssteuer noch nicht geregelt seien und sie sich im

Ausland befinde, bitte sie der Anwalt, dem ich in Erinnerung an den ersten Jungen, der mich auf den Mund geküßt hatte, den Namen José María Requejo gab, um Erlaubnis, die entsprechenden Schritte zu unternehmen, um die Übertragung der Besitztümer auf den Namen ihres Sohnes Julián in die Wege zu leiten, mit dem ich durch die spanische Botschaft in Paris in Kontakt treten wolle, wobei ich in der Zwischenzeit vorübergehend deren Rechtsinhaberschaft übernehmen werde. Desgleichen bat ich sie, Verbindung mit dem Hausverwalter aufzunehmen, damit er das Urkundenmaterial und die Rechnungen für die Auslagen der Wohnung Fortuny an das Anwaltsbüro Requejo überweise, auf dessen Namen ich ein Postfach mit fiktiver Adresse eröffnete, eine alte, leerstehende Garage zwei Straßen vom Aldaya-Haus entfernt. Meine Hoffnung bestand darin, daß Sophie, blind angesichts der Möglichkeit, Julián zu helfen und den Kontakt zu ihm wiederherzustellen, diesen ganzen Unsinn nicht in Frage stellen und sich bereit erklären würde, uns aufgrund ihres Wohlstands im fernen Kolumbien zu helfen.

Zwei Monate später begannen dem Hausverwalter monatliche Überweisungen zuzufließen, die die Auslagen für die Wohnung in der Ronda de San Antonio und die Bezüge des Anwaltsbüros von José María Requejo deckten, welche er in Form eines Inhaberschecks ans Postfach 2321 in Barcelona überwies, wie Sophie Carax in ihren Briefen verfügt hatte. Ich stellte fest, daß der Verwalter monatlich ohne Ermächtigung einen bestimmten Prozentsatz für sich behielt, sagte aber nichts. So war er zufrieden und stellte keine Fragen zu diesem mühelosen Geschäft. Vom Rest konnten Julián und ich überleben. Auf diese Weise vergingen schreckliche, hoffnungslose Jahre. Mit der Zeit war ich zu ein paar Aufträgen als Übersetzerin gekommen. Niemand erinnerte sich mehr an Cabestany – es wurde eine Politik des Vergessens betrieben, die über alte Rivalitäten und Haßgefühle Gras wachsen ließ. Doch ich war in ständiger Angst, Fumero könnte von neuem in der Vergangenheit wühlen und Juliáns Verfolgung wiederaufnehmen. Manchmal überzeugte ich mich vom Gegenteil und sagte mir, bestimmt halte er ihn für tot oder habe ihn vergessen. Er war nicht mehr der Auftragsmörder von ehedem. Jetzt war er eine öffentliche Persönlichkeit, ein Mann, der im Regime Karriere machte, der sich die Verfolgung eines Gespenstes nicht mehr leisten konnte. Andere Male erwachte ich mitten in der Nacht, schweißgebadet und mit laut pochendem Herzen, und glaubte die Polizei an die Tür hämmern zu hören. Ich fürchtete, einer der Nachbarn könnte diesen kranken Ehemann, der nie aus dem Haus ging, der manchmal weinte oder wie ein Wahnsinniger an die Wände schlug, verdächtig finden und uns bei der Polizei anzeigen. Ich fürchtete, Julián würde wieder verschwinden, um hinter seinen Büchern herzujagen und sie zu verbrennen, das wenige zu verbrennen, was von ihm noch übrig war, und endgültig jeden Hinweis beseitigen, daß es ihn je gegeben hatte. Bei dieser ganzen Furcht vergaß ich, daß ich älter wurde, daß das Leben an mir vorüberzog, daß ich meine Jugend geopfert hatte, um einen geisterhaften Mann zu lieben.

Doch die Jahre gingen in Frieden vorüber. Die Zeit verfliegt desto schneller, je leerer sie ist. Ein bedeutungsloses Leben saust vorbei wie ein Zug, der am eigenen Bahnhof nicht hält. Inzwischen verheilten zwangsläufig die Narben des Krieges. In zwei Verlagen fand ich Arbeit. Den größten Teil des Tages verbrachte ich außer Haus. Ich hatte namenlose Geliebte, verzweifelte Gesichter, die ich im Kino oder in der U-Bahn fand und mit denen ich meine Einsamkeit teilte. Dann nagten absurderweise Schuldgefühle an mir, und wenn ich Julián sah, war ich den Tränen nahe und schwor mir, ihn nie wieder zu verraten, als wäre ich ihm etwas schuldig gewesen. Im Bus oder auf der Straße ertappte ich mich dabei, wie ich jüngere Frauen mit Kindern an der Hand anschaute. Sie sahen glücklich oder friedlich aus, als füllten diese kleinen Geschöpfe in ihrer Unzulänglichkeit jedes Vakuum aus und ließen keine Frage offen. In solchen Momenten erinnerte ich mich an Tage, an denen ich mir ausgemalt hatte, ebenfalls eine dieser Frauen zu sein, mit einem Kind in den Armen, einem Kind von Julián. Dann kam mir der Krieg in den Sinn – und daß die, die ihn führten, ebenfalls Kinder gewesen waren.

Als ich schon beinahe glaubte, die Welt habe uns vergessen, erschien eines Tages ein junger Mensch bei uns, noch fast bartlos, ein Lehrling, der bei jedem Blick in meine Augen errötete. Er fragte nach Señor Miquel Moliner, um angeblich ein Archiv des Journalistenverbandes routinemäßig zu aktualisieren. Er sagte, vielleicht könnte Señor Moliner eine monatliche Pension empfangen, aber um das in die Wege zu leiten, müsse eine Reihe von Daten auf den neusten Stand gebracht werden. Ich sagte ihm, Señor Moliner wohne seit Kriegsbeginn nicht mehr hier, er sei ins Ausland gezogen. Er antwortete, das tue ihm sehr leid, und machte sich mit seinem öligen Denunziantenlächeln davon. Mir war klar, daß ich Julián unbedingt noch am selben Abend verschwinden lassen mußte. Zu dieser Zeit war fast nichts mehr von ihm übriggeblieben. Er war gefügig wie ein kleines Kind, und sein ganzes Leben schien von den paar Abenden abzuhängen, wo wir zusammen eine Weile Rundfunkmusik hörten, während er meine Hand ergriff und wortlos streichelte.

Am selben Abend nahm ich die Schlüssel zur Wohnung in der Ronda de San Antonio, die der Hausverwalter dem nicht existierenden Anwalt Requejo geschickt hatte, und begleitete Julián zum Ort seiner Kindheit zurück. Ich brachte ihn in seinem Zimmer unter und versprach, am nächsten Tag zurückzukommen, wir müßten sehr vorsichtig sein.

»Fumero ist wieder auf der Suche nach dir«, sagte ich.

Er nickte unbestimmt, als erinnerte er sich nicht mehr oder als wäre ihm egal, wer Fumero war. So vergingen mehrere Wochen. Jeden Tag suchte ich nach Mitternacht die Wohnung auf. Ich fragte Julián, was er tagsüber getan habe, und er schaute mich verständnislos an. Wir verbrachten die Nacht gemeinsam, eng umschlungen, und am frühen Morgen ging ich wieder mit dem Versprechen, so bald wie möglich zurückzukommen. Immer schloß ich dabei die Wohnung ab. Julián hatte keinen

Zweitschlüssel. Ich hatte ihn lieber als Gefangenen denn als Toten.

Nie wieder kam jemand vorbei, um sich nach meinem Mann zu erkundigen, aber ich streute im Viertel aus, er befinde sich in Frankreich. In zwei Briefen schrieb ich der spanischen Botschaft in Paris, ich wisse mit Bestimmtheit, daß der spanische Staatsangehörige Julián Carax in der Stadt sei, und bat sie, mir bei der Suche nach ihm behilflich zu sein. Ich vermutete, früher oder später würden die Briefe in die entsprechenden Hände fallen. Zwar ergriff ich sämtliche denkbaren Vorsichtsmaßnahmen, doch ich wußte, daß alles nur eine Frage der Zeit war. Leute wie Fumero hören nie auf zu hassen. Ihr Haß kennt weder Sinn noch Grund. Sie hassen, wie sie atmen.

Die Wohnung in der Ronda de San Antonio war eine Dachgeschoßwohnung. Ich entdeckte, daß man vom Treppenhaus durch eine Tür auf die Dachterrasse gelangen konnte. Die Dächer des ganzen Häusergevierts bildeten ein Netz von zusammengebauten, durch knapp meterhohe Mauern voneinander getrennten Terrassen, auf denen die Bewohner ihre Wäsche aufhängten. Bald machte ich ein Haus auf der andern Seite des Blocks ausfindig, das auf die Calle Joaquín Costa hinausging und auf dessen Dach ich Zugang hatte, so daß ich über die Mauer zum Haus in der Ronda de San Antonio gelangen konnte, ohne daß mich dort jemand hineingehen oder herauskommen sah. Einmal teilte mir der Verwalter brieflich mit, einige Nachbarn hätten in der Fortuny-Wohnung Geräusche gehört. Im Namen von Anwalt Requejo antwortete ich, gelegentlich habe ein Mitarbeiter des Büros dort Papiere oder Dokumente holen müssen, und es gebe keinen Grund zur Beunruhigung, auch wenn die Geräusche nachts zu hören seien. Ich deutete an, unter Gentlemen, Buchhaltern und Anwälten sei eine geheime Absteige heiliger als der Palmsonntag. Der Verwalter zeigte Korpsgeist und antwortete, ich brauchte mich nicht im geringsten zu sorgen, er verstehe die Situation vollauf.

In jenen Jahren bestand mein einziges Vergnügen darin, die Rolle des Anwalts Requejo zu spielen. Einmal im Monat besuchte ich meinen Vater im Friedhof der Vergessenen Bücher. Nie äußerte er ein Interesse daran, diesen unsichtbaren Ehemann kennenzulernen, und ich bot ihm auch nie an, sie einander vorzustellen. In unseren Gesprächen umgingen wir das Thema, wie erfahrene Seeleute eine Klippe knapp unter der Wasseroberfläche umschiffen. Bisweilen schaute er mich einfach schweigend an und fragte dann, ob ich Hilfe brauche, ob er irgend etwas für mich tun könne. An manchen Samstagen führte ich Julián frühmorgens ans Meer. Wir stiegen auf die Dachterrasse hinauf und dann aufs Nachbarhaus hinüber, um von dort aus auf die Calle Joaquín Costa zu gelangen. Dann spazierten wir durch die Gassen des Raval zum Hafen hinunter. Niemand stellte sich uns in den Weg, vor Julián hatte man sogar aus der Ferne Angst. Ab und zu gingen wir bis zum Wellenbrecher hinaus. Julián setzte sich gern auf die Felsblöcke und schaute gegen die Stadt. Stundenlang saßen wir so dort, mehr oder weniger ohne ein Wort zu wechseln. Manchmal schlichen wir uns nachmittags nach Vorstellungsbeginn auch ins Kino. In der Dunkelheit schenkte Julián niemand Beachtung. Wir lebten nachts und schweigend. Während die Monate vergingen, lernte ich, Routine mit Normalität zu verwechseln, und mit der Zeit glaubte ich sogar, mein Plan sei vollkommen gewesen. Ich arme Irre.

12

1945, Jahr der Asche. Erst sechs Jahre waren seit dem Ende des Bürgerkriegs vergangen, und obwohl seine Narben allenthalben spürbar waren, sprach auch jetzt fast niemand offen über ihn. Jetzt redete man vom andern Krieg, vom Weltkrieg, der den Globus mit einem Gestank von Aas und Niedertracht überzogen hatte, den er nie wieder loswerden sollte. Es waren Jahre der Not und des Elends. Nachdem ich jahrelang vergeblich Arbeit als Übersetzerin gesucht hatte, fand ich schließlich eine Stelle als Mitarbeiterin eines Verlegers namens Pedro Sanmartí. Dieser, neu in der Branche, hatte den Verlag mit dem Vermögen seines Schwiegervaters gegründet, den er danach in ein Altenheim am See von Bañolas gesteckt hatte, in der Erwartung, per Post seine Sterbeurkunde zugeschickt zu bekommen. Sanmartí, der gern jungen Mädchen den Hof machte, die halb so alt waren wie er, hatte sich mit der damals modischen Bezeichnung Selfmademan selig gesprochen. Überzeugt, es sei die Sprache der Zukunft, schloß er all seine Sätze mit einem lässigen *okay*.

Der Verlag – den Sanmartí auf den seltsamen Namen *Endymion* getauft hatte, weil er nach Kathedrale klang und geeignet schien, die Kasse klingeln zu lassen – gab Katechismen, Benimmbücher und eine Reihe erbaulicher Romane heraus, in denen Nonnen, Helden des Roten Kreuzes und regimetreue Beamte tragende Rollen spielten. Unter dem Titel *Kommando Mut* publizierten wir auch Bildergeschichten von amerikanischen Soldaten, die unter der Jugend Furore machten, welche nach Helden gierte, die aussahen, als äßen sie an sieben Tagen der Woche Fleisch. In Sanmartís Sekretärin hatte ich eine gute Freundin gewonnen, eine Kriegswitwe namens Mercedes Pietro, zu der ich bald eine vollkommene Affinität empfand, so daß ich mich mit ihr durch einen Blick oder ein Lächeln verständigen konnte. Mercedes und ich hatten vieles gemeinsam: Wir waren zwei Frauen auf Abdrift, umgeben von toten Männern oder solchen, die sich vor der Welt versteckt hielten. Sie hatte einen siebenjährigen, an Muskeldystrophie erkrankten Sohn, den sie durchbrachte, wie es immer ging. Noch war sie keine zweiunddreißig, und doch war ihr das Leben an einzelnen Runzeln abzulesen. In all diesen Jahren war sie der einzige Mensch, dem ich alles zu erzählen, mein ganzes Leben offenzulegen versucht war.

Sie sagte mir, Sanmartí sei ein Busenfreund des täglich mit neuen Orden ausgezeichneten Chefinspektors Francisco Javier Fumero. Beide gehörten einer sich wie ein Spinnenetz über die ganze Stadt ausbreitenden Clique von Emporkömmlingen an. Die neue Gesellschaft. Eines schönen Tages erschien Fumero im Verlag, um seinen Freund abzuholen, mit dem er zum Mittagessen verabredet war. Unter irgendeinem Vorwand versteckte ich mich im Archivraum, bis die beiden verschwunden waren. Als ich an meinen Arbeitsplatz zurückkehrte, warf mir Mercedes einen vielsagenden Blick zu. Von da an warnte sie mich jedesmal, wenn Fumero im Büro erschien, so daß ich mich verstecken konnte.

Es verging kein Tag, ohne daß mich Sanmartí zum Abendessen, ins Theater oder Kino einlud. Ich antwortete immer, zu Hause erwarte mich mein Mann und auch seine Frau mache sich bestimmt schon Sorgen, es sei spät geworden. Señora Sanmartí, kaum mehr als ein austauschbares Möbelstück, das in der Zuneigungsskala ihres Gatten sehr viel weiter unten rangierte als sein Bugatti, schien ihre Rolle in dieser Operettenehe ausgespielt zu haben, sowie das Vermögen des Schwiegervaters in Sanmartís Hände gelangt war. Mercedes hatte mir schon gesagt, woher der Wind wehte. Sanmartí, dessen Konzentrationsfähigkeit im Raum und in der Zeit begrenzt war, begehrte frisches, noch unbeschautes Fleisch und richtete seine donjuanesken Kaprizen auf die jeweils Neue, in diesem Fall auf mich. Er zog sämtliche Register, um mit mir ins Gespräch zu kommen.

»Wie ich höre, ist dein Mann, dieser Moliner, Schriftsteller... Vielleicht interessiert es ihn, ein Buch über meinen Freund Fumero zu schreiben, für das ich auch schon einen Titel habe: *Fumero, Geißel des Verbrechens oder Das Gesetz der Straße*. Was meinst du, Nurieta?«

»Ich danke Ihnen herzlich, Señor Sanmartí, aber Miquel steckt tief in einem Roman, und ich glaube, in diesem Moment kann er nicht...«

Sanmartí brach in schallendes Gelächter aus.

»Ein Roman? Mein Gott, Nurieta... Der Roman ist doch tot und begraben. Das hat mir neulich ein Freund erzählt, der eben aus New York zurück war. Die Amerikaner sind dabei, etwas zu erfinden, was Fernsehen heißt und wie Kino ist, aber zu Hause. Da wird es keine Bücher und keine Messe mehr brauchen, rein gar nichts. Sag deinem Mann, er soll die Romane lassen. Wenn er wenigstens einen Namen hätte, Fußballspieler oder Torero wäre . . . Na, was hältst du davon, wenn wir im Bugatti nach Castelldefels fahren, um eine Paella zu essen und über all das zu diskutieren? Du mußt natürlich schon auch etwas dazu beitragen . . . Du weißt ja, daß ich dir gern helfen möchte. Und auch deiner Seele von Mann. Wie du weißt, ist in diesem Land ohne Beschützer nichts zu wollen.«

Ich begann mich wie eine Fronleichnamswitwe zu kleiden oder wie eine dieser Frauen, die das Sonnenlicht mit Todsünde zu verwechseln scheinen. Ich kam mit einem Haarknoten und ungeschminkt zur Arbeit. Aber trotz meiner Kniffe überschüttete mich Sanmartí weiterhin mit seinen Anspielungen, immer begleitet von einem schmierigen Lächeln. Ich führte zwei, drei Einstellungsgespräche für einen andern Job, aber bald sah ich mich jeweils einer neuen Spielart Sanmartís gegenüber. Einer von ihnen machte sich die Mühe, Sanmartí anzurufen und ihm zu sagen, ich suche hinter seinem Rücken eine Stelle. Von meiner Undankbarkeit verletzt, zitierte er mich in sein Büro, griff mir an die Backe und machte Anstalten, mich zu streicheln. Seine Finger stanken nach Tabak und Schweiß. Mir wurde übel.

»Hör zu, wenn du nicht zufrieden bist, brauchst du es mir nur zu sagen. Was kann ich tun, um deine Arbeitsbedingungen zu verbessern? Du weißt doch, daß ich dich schätze, und es schmerzt mich, von Dritten zu erfahren, daß du uns verlassen willst. Was meinst du, wenn wir zusammen irgendwo zu Abend essen gehen und Frieden schließen?«

Ich schob seine Hand aus meinem Gesicht, da ich den Ekel nicht weiter unterdrücken konnte.

»Du enttäuschst mich, Nuria. Ich muß dir gestehen, daß ich in dir weder Teamgeist noch Glauben an das Projekt dieses Unternehmens sehe.«

Mercedes hatte mich schon darauf vorbereitet, daß früher oder später etwas Derartiges geschehen würde. Nach einigen Tagen begann Sanmartí, dessen Sinn für Grammatik und Stilistik nicht eben ausgeprägt war, mir sämtliche von mir für den Druck vorbereiteten Manuskripte zurückzugeben mit der Begründung, sie wimmelten von Fehlern. Fast jeden Tag blieb ich bis zehn oder elf Uhr abends im Büro, um wieder und wieder die vor Streichungen und Kommentaren von Sanmartí strotzenden Seiten zu überarbeiten.

»Zu viele Verben in der Vergangenheit. Klingt tot, kraftlos ... Nach einem Strichpunkt wird kein Infinitiv gesetzt. Das weiß doch jedes Kind ...«

An manchen Abenden harrte auch er, zurückgezogen in seinem Büro, bis spät aus. Mercedes war nach Möglichkeit ebenfalls anwesend, aber mehr als einmal schickte Sanmartí sie nach Hause. Dann, sobald wir allein im Verlag waren, kam er aus seinem Büro und trat an meinen Schreibtisch.

»Du arbeitest viel, Nurieta. Arbeit ist nicht alles. Man muß sich auch amüsieren. Und du bist noch jung. Aber die Jugend geht vorbei, und wir verstehen es nicht immer, sie zu nutzen.«

Er setzte sich auf die Schreibtischkante und starrte mich an. Manchmal stellte er sich hinter mich und blieb zwei Minuten dort stehen, so daß ich seinen stinkenden Atem in den Haaren spüren konnte. Andere Male legte er mir die Hand auf die Schultern.

»Du bist angespannt. Entspanne dich.«

Ich zitterte, wollte schreien oder davonlaufen und nicht mehr in dieses Büro kommen, aber ich brauchte die Stelle und den Hungerlohn, den ich verdiente. Eines Abends begann Sanmartí mit seiner routinehaften Massage und befummelte mich dann gierig.

»Irgendwann verliere ich deinetwegen noch den Kopf«, stöhnte er.

Mit einem Satz entwand ich mich seinen Pranken, riß Mantel und Handtasche an mich und rannte zum Ausgang. Sanmartí lachte mir hinterher. Im Treppenhaus begegnete ich einer düsteren Gestalt, die durch die Eingangshalle zu gleiten schien, ohne den Boden zu berühren.

»Sehr erfreut, Sie zu sehen, Señora Moliner ...« Inspektor

473

Fumero offerierte mir sein Reptilienlächeln. »Sie wollen mir doch nicht sagen, daß Sie für meinen guten Freund Sanmartí arbeiten? Er ist auf seinem Gebiet genauso der Beste wie ich auf meinem. Und sagen Sie, wie geht es Ihrem Mann?«

Ich wußte, daß meine Tage im Verlag gezählt waren. Am nächsten Morgen wurde im Büro gemunkelt, Nuria Monfort sei eine Lesbe, sie sei ja immun gegen Don Pedro Sanmartís Charme und Knoblauchatem und verstehe sich dafür um so besser mit Mercedes Pietro. Manches junge Bürschchen mit Zukunft im Betrieb versicherte, er habe gesehen, wie sich ›diese beiden Schlampen‹ im Archiv abgeküßt hätten. An diesem Abend bat mich Mercedes bei Büroschluß um ein Gespräch. Sie konnte mir kaum in die Augen schauen. Wortlos gingen wir ins Café an der Ecke. Dort sagte sie mir, Sanmartí habe ihr zu verstehen gegeben, er sehe unsere Freundschaft nicht gern, die Polizei habe ihm Informationen über mich und meine angebliche Vergangenheit als kommunistische Aktivistin gegeben.

»Nuria, ich darf diese Stelle nicht verlieren. Ich brauche sie, um meinen Jungen durchzubringen . . .«, sagte sie unter Tränen.

»Mach dir keine Sorgen, Mercedes. Ich verstehe es«, sagte ich.

»Dieser Mann, Fumero, hat es auf dich abgesehen, Nuria. Ich weiß nicht, was er gegen dich hat, aber man sieht es seinem Gesicht an . . .«

»Ich weiß es.«

Als ich am folgenden Montag ins Büro kam, saß an meinem Schreibtisch ein hagerer Mann mit angepapptem Haar. Er stellte sich als Salvador Benades vor, die neue rechte Hand Sanmartís.

»Und wer sind Sie?«

Kein einziger Mensch im ganzen Büro wagte einen Blick oder ein Wort mit mir zu wechseln, während ich meine Siebensachen zusammenpackte. Als ich die Treppe hinunterstieg, lief mir Mercedes nach und reichte mir einen Umschlag, der ein Bündel Geldscheine und Münzen enthielt.

»Fast alle haben beigesteuert, was sie konnten. Nimm es, bitte. Nicht deinet-, sondern unseretwegen.«

Als ich an diesem Abend in die Wohnung in der Ronda de San Antonio ging, erwartete mich Julián wie immer im Dunkeln sitzend. Er habe ein Gedicht für mich geschrieben, sagte er. Das erste, was er seit neun Jahren geschrieben hatte. Ich wollte es lesen, doch ich zerbrach in seinen Armen. Ich erzählte ihm alles, ich konnte einfach nicht mehr. Ich fürchtete, Fumero würde ihn über kurz oder lang finden. Julián hörte mir schweigend zu, während er mich in den Armen hielt und mir übers Haar strich. Zum ersten Mal seit Jahren spürte ich, daß ich mich bei ihm anlehnen konnte. Krank vor Einsamkeit, wollte ich ihn küssen, aber Julián hatte mir weder Lippen noch Haut zu geben. Zusammengekauert auf dem Bett in seinem Zimmer, einer Jungenpritsche, schlief ich in seinen Armen ein. Als ich erwachte, war er nicht da. Im Morgengrauen vernahm ich seine Schritte auf dem Dach und stellte mich schlafend. Später an diesem Vormittag hörte ich im Radio die Nachricht, ohne mir etwas dabei zu denken. Auf einer Bank auf dem Paseo del Borne war eine Leiche gefunden worden, die Hände im Schoß gefaltet und den Blick auf die Basilika Santa María del Mar gerichtet. Einem Nachbarn fiel ein Schwarm Tauben auf, die ihr die Augen auspickten, und er benachrichtigte die Polizei. Die Leiche hatte einen gebrochenen Hals. Señora Sanmartí identifizierte sie als ihren Mann, Pedro Sanmartí Monegal. Als der Schwiegervater des Verstorbenen in seinem Altenheim die Nachricht hörte, dankte er dem Himmel und sagte sich, jetzt könne er in Frieden sterben.

13

Julián hatte einmal geschrieben, Zufälle seien die Narben des Schicksals. Es gibt keine Zufälle, Daniel. Jahrelang hatte ich mir eingeredet, Julián sei noch immer der Mann, in den ich mich verliebt hatte – oder seine Asche. Ich hatte geglaubt, mit ein bißchen Seufzen und Hoffen kämen wir irgendwie weiter. Ich hatte geglaubt, Laín Coubert sei gestorben und in die Seiten eines Buches zurückgekehrt. Wir Menschen sind fest entschlossen, alles eher zu glauben als die Wahrheit.

Der Mord an Sanmartí öffnete mir die Augen. Mir wurde klar, daß Laín Coubert noch immer lebte, verbissener denn je. Er wohnte im von den Flammen entstellten Körper des Mannes, von dem nicht einmal mehr die Stimme geblieben war, und ernährte sich von der Erinnerung. Ich entdeckte, daß er herausgefunden hatte, wie er durch ein Fenster, das auf den zentralen Lichtschacht hinausführte, in der Wohnung in der Ronda de San Antonio ein- und ausgehen konnte, ohne die Tür aufbrechen zu müssen, die ich beim Gehen jedesmal abschloß. Ich entdeckte, daß Laín Coubert alias Julián Carax die ganze Stadt durchquert hatte, um das Aldaya-Haus aufzusuchen. Ich entdeckte, daß er in seinem Wahn irgendwann zu der Krypta zurückgekehrt war und die Gräber geöffnet hatte, daß er Penélopes Sarg und den ihres Kindes herausgenommen hatte. »Was hast du getan, Julián?«

Kurz nachdem ich den Verlag verlassen hatte, wartete eines Tages, als ich vom Einkaufen zurückkehrte, zu Hause die Polizei auf mich, um mich zum Tod von Sanmartí zu verhören. Ich wurde aufs Präsidium gebracht, wo sich nach fünf Stunden Warten in einem dunklen Büro Fumero in Schwarz einstellte und mir eine Zigarette anbot.

»Sie und ich, wir könnten doch gute Freunde sein, Señora Moliner. Meine Leute sagen mir, Ihr Mann ist nicht zu Hause.«

»Mein Mann hat mich verlassen. Ich weiß nicht, wo er ist.«

Mit einer brutalen Ohrfeige warf er mich vom Stuhl. Voller Panik schleppte ich mich in eine Ecke. Ich wagte nicht aufzuschauen. Fumero kniete neben mir nieder und riß mich an den Haaren.

»Paß gut auf, du Scheißnutte: Ich werde ihn finden, und dann bring ich euch beide um. Dich zuerst, damit er dich mit heraushängenden Därmen sieht. Und dann ihn, nachdem ich ihm erzählt habe, daß die andere Hure, die er ins Grab gebracht hat, seine Schwester war.«

»Zuerst wird er dich umbringen, du Schweinehund.«

Fumero spuckte mir ins Gesicht und ließ mich los. Ich dachte, jetzt werde er mich zu Tode prügeln, aber ich hörte, wie sich seine Schritte auf dem Gang entfernten. Zitternd stand ich auf und wischte mir das Blut aus dem Gesicht.

Sechs Stunden wurde ich in diesem Raum festgehalten, im Dunkeln und ohne Wasser. Als man mich freiließ, war es bereits Nacht. Es goß in Strömen, und die Straßen dampften. Wieder zu Hause, fand ich mich in einem Trümmermeer. Fumeros Leute waren dagewesen. Zwischen umgestürzten Möbeln und zu Boden geworfenen Schubladen und Regalen sah ich meine in Stücke gerissenen Kleider und Juliáns zerfetzte Bücher. Auf meinem Bett lag ein Haufen Kot, und an die Wand war mit Exkrementen das Wort *Hure* geschmiert.

Über tausend Umwege eilte ich in die Wohnung in der Ronda de San Antonio und versicherte mich, daß mir keiner von Fumeros Schergen zum Eingang in der Calle Joaquín Costa gefolgt war. Ich überquerte die vom Regen überschwemmten Dächer und stellte fest, daß die Wohnungstür nach wie vor verschlossen war. Leise trat ich ein, aber Julián war nicht da. Ich erwartete ihn im dunklen Eßzimmer sitzend, wo ich bis zum Morgen dem Gewitter zuhörte. Als der Morgennebel die Fensterläden des Balkons erreichte, ging ich aufs Dach hinauf und betrachtete die unter bleiernem Himmel erdrückte Stadt. Ich wußte, daß Julián nicht mehr hierher zurückkommen würde. Jetzt hatte ich ihn für immer verloren.

Zwei Monate später sah ich ihn wieder. Ich war an einem Abend allein ins Kino gegangen, unfähig, in die leere, kalte Wohnung zurückzukehren. In der Mitte des Films, einer läppischen Liebesgeschichte zwischen einer abenteuerlustigen rumänischen Prinzessin und einem geschniegelten, gegen Verstrubbelung gefeiten amerikanischen Reporter, setzte sich jemand neben mich. Das war nicht das erste Mal. Zu jener Zeit waren die Kinos voll von Hanswursten, die nach Einsamkeit, Urin und Kölnisch Wasser stanken und mit verschwitzten, zitternden Händen fummelten. Schon wollte ich aufstehen und den Platzanweiser rufen, als ich Juliáns verunstaltetes Profil erkannte. Er umklammerte meine Hand, und so verharrten wir und schauten auf die Leinwand, ohne sie zu sehen.

»Hast du Sanmartí umgebracht?« fragte ich.

»Vermißt ihn denn jemand?«

Wir unterhielten uns flüsternd, aufmerksam beobachtet von den einsamen Männern im Parkett. Ich fragte ihn, wo er sich die ganze Zeit versteckt habe, bekam aber keine Antwort.

»Es gibt noch ein Exemplar von *Der Schatten des Windes*«, murmelte er. »Hier in Barcelona.«

»Du irrst dich, Julián. Du hast alle vernichtet.«

»Alle außer einem. Anscheinend hat es jemand, der schlauer ist als ich, an einem Ort versteckt, wo ich es nie finden könnte. Du.«

So hörte ich ihn erstmals von dir reden. Ein großmäuliger Buchhändler namens Gustavo Barceló hatte sich vor einigen Sammlern gebrüstet, ein Exemplar von *Der Schatten des Windes* ausfindig gemacht zu haben. Die Welt der antiquarischen Bücher ist ein Echoraum. In knapp zwei Monaten bekam Barceló Angebote von Sammlern aus Berlin, Paris und Rom für das Buch. Juliáns rätselhafte Flucht aus Paris nach einem blutigen Duell und das Gemunkel über seinen Tod im Spanischen Bürgerkrieg hatten seinen Werken einen Wert verliehen, den sich niemand je hätte träumen lassen. Die schwarze Legende eines Mannes ohne Gesicht, der Buchhandlungen, Bibliotheken und Privatsammlungen heimsuchte, um sie abzufackeln, trug dazu bei, Interesse und Schätzwert zu vervielfachen. »Wir haben den Zirkus im Blut«, sagte Barceló.

Bald kam das Gerücht Julián zu Ohren, der weiterhin den

Schatten seiner eigenen Worte verfolgte. So erfuhr er, daß Gustavo Barceló das Buch gar nicht besaß, daß es anscheinend einem Jungen gehörte, der es zufälligerweise entdeckt hatte und sich, fasziniert von dem Roman und seinem rätselhaften Autor, weigerte, es zu verkaufen, und es wie seinen Augapfel hütete.

»Um Gottes willen, Julián, du wirst doch einem Kind nicht weh tun wollen . . .«, flüsterte ich, nicht sehr sicher.

Da sagte Julián, sämtliche Bücher, die er gestohlen und vernichtet habe, habe er Leuten weggenommen, die nichts für sie empfunden, sondern nur mit ihnen gehandelt oder sie als Kuriositäten für wurmstichige Sammler behalten hätten. Du, der du das Buch zu keinem Preis verkaufen wolltest und Carax aus den Winkeln der Vergangenheit zu retten versuchtest, flößtest ihm eine seltsame Sympathie, ja Respekt ein. Ohne daß du es wußtest, beobachtete und studierte er dich.

»Vielleicht, wenn er einmal herausfindet, wer und was ich bin, entschließt er sich ebenfalls, das Buch zu verbrennen.«

Julián sprach mit dieser kategorischen Klarheit der Verrückten, die sich von der Heuchelei befreit haben, sich nach einer Wirklichkeit zu richten, die nicht stimmt.

»Wer ist denn dieser Junge?«

»Er heißt Daniel. Er ist der Sohn eines Buchhändlers in der Calle Santa Ana, den Miquel oft aufgesucht hat. Er wohnt bei seinem Vater in einer Wohnung über dem Laden und hat als kleiner Junge seine Mutter verloren.«

»Es ist, als sprichst du von dir.«

»Vielleicht. Dieser Bursche erinnert mich an mich selbst.«

»Laß ihn in Ruhe, Julián. Er ist nur ein Junge. Sein einziges Verbrechen ist, daß er dich bewundert.«

»Das ist kein Verbrechen, das ist Naivität. Aber es wird vorbeigehen. Vielleicht gibt er mir dann auch das Buch zurück – wenn er mich einmal nicht mehr bewundert und mich zu verstehen beginnt.«

Eine Minute vor Filmende stand Julián auf und schlich sich im Schutz der Dunkelheit davon. Monatelang sahen wir uns immer so, im Dunkeln, in Kinos oder in einer Gasse um Mitternacht. Er fand mich immer. Immer auf der Hut, spürte ich seine stille Anwesenheit, ohne ihn zu sehen. Manchmal sprach er über dich, und dann meinte ich aus seiner Stimme eine Art Zärtlichkeit herauszuhören, die ihn verwirrte und die ich seit vielen Jahren verloren geglaubt hatte. Ich erfuhr, daß er zum Aldaya-Haus zurückgegangen war und jetzt, halb Gespenst, halb Bettler, dort lebte, die Ruinen seines Lebens abschritt und die Gräber von Penélope und ihrer beider Kind bewachte. Das war der einzige Ort auf der Welt, den er noch als ihm gehörend empfand. Es gibt schlimmere Gefängnisse als die Worte.

Einmal im Monat ging ich ebenfalls dorthin, um mich zu vergewissern, daß er wohlauf war oder wenigstens noch lebte. Ich kletterte im hinteren, von der Straße aus nicht sichtbaren Teil über die halb eingestürzte Mauer. Manchmal traf ich ihn an, manchmal war er verschwunden. Ich ließ ihm Lebensmittel, Geld, Bücher zurück ... Stundenlang wartete ich auf ihn, bis es dunkel wurde. Bisweilen getraute ich mich sogar, das Haus auszukundschaften. So fand ich heraus, daß er die Gräber in der Krypta geöffnet und die Särge herausgenommen hatte. Ich dachte nicht mehr, Julián sei verrückt, und sah in dieser Schändung auch keine Ungeheuerlichkeit mehr, nur noch ein tragisches Verhängnis. Wenn er dort war, redeten wir stundenlang vor dem Kaminfeuer. Julián gestand mir, er habe wieder zu schreiben versucht, aber nicht gekonnt. Er erinnerte sich undeutlich an seine Bücher, als hätte er sie gelesen, als wären sie die Werke von jemand anderem. Ich entdeckte, daß er die in meiner Abwesenheit fieberhaft geschriebenen Seiten ins Feuer geworfen hatte. Als er einmal nicht da war, nutzte ich die Gelegenheit und rettete ein Bündel Seiten aus der Asche. Sie handelten von dir. Julián hatte einmal gesagt, ein Roman, eine Erzählung seien Briefe, die sich der Autor selbst schreibe, um sich Dinge zu erzählen, welche er anders nicht herausfinden könnte. Schon seit einiger Zeit fragte er sich, ob er den Verstand verloren hatte. Weiß der Verrückte, daß er verrückt ist? Oder sind die andern die Verrückten, diejenigen, die ihn von seiner

Unvernunft zu überzeugen versuchen, um ihre schimärische Existenz zu bewahren? Julián beobachtete dich, sah dich groß werden und fragte sich, wer du seist. Er fragte sich, ob dein Dasein vielleicht einfach ein Wunder sei, eine Vergebung, die er sich verdienen mußte, indem er dich lehrte, nicht die gleichen Fehler zu begehen wie er. Mehr als einmal fragte ich mich, ob er in der verqueren Logik seines Universums nicht schließlich zu der Überzeugung gekommen war, du seist zu dem Sohn geworden, den er verloren hatte, zu einem neuen unbeschriebenen Blatt, um diese Geschichte, die er nicht erfinden konnte, noch einmal von vorn zu beginnen.

So vergingen die Jahre im Aldaya-Haus, und Julián lebte immer stärker durch dich, deine Fortschritte. Er erzählte mir von deinen Freunden, von einer Frau namens Clara, in die du dich verliebt hattest, von deinem Vater, einem Mann, den er bewunderte und schätzte, von deinem Freund Fermín und einem Mädchen, in dem er eine neue Penélope sah, deiner Bea. Er sprach von dir wie von einem Sohn. Ihr habt einander gesucht, Daniel. Er glaubte, deine Unschuld würde ihn vor sich selbst retten. Er hatte aufgehört, seine Bücher zu verfolgen, hatte den Wunsch aufgegeben, seine Spur im Leben zu verbrennen und zunichte zu machen. Er lernte, die Welt durch deine Augen neu zu buchstabieren, in dir den Jungen wiederzufinden, der er gewesen war. Als du zum ersten Mal zu mir kamst, spürte ich, daß ich dich schon kannte. Ich spielte die Argwöhnische, um die Angst zu verbergen, die du mir einflößtest. Ich hatte Angst vor dir, vor dem, was du herausfinden könntest. Ich hatte Angst, Julián zuzuhören und allmählich wie er zu glauben, daß wir tatsächlich alle durch eine seltsame Kette von Schicksalen und Zufällen miteinander verbunden seien. Ich hatte Angst, in dir den verlorenen Julián zu erkennen. Ich wußte, daß du und dein Freund in unserer Vergangenheit forschtet. Ich wußte, daß du früher oder später die Wahrheit herauskriegen würdest, hoffte aber, es geschähe zu gegebener Zeit – dann, wenn du auch ihre Bedeutung verstehen könntest. Ich wußte, daß du und Julián euch irgendwann begegnen würdet. Aber es gab noch einen, der es wußte, einen, der spürte, daß du ihn mit der Zeit zu Julián führen würdest: Fumero.

Erst als es kein Zurück mehr gab, begriff ich, was da vor sich ging, aber ich verlor nie die Hoffnung, du könntest die Spur verlieren, könntest uns vergessen oder das Leben, deins, nicht unseres, würde dich weit weg führen, in Sicherheit bringen. Die Zeit hat mich gelehrt, die Hoffnung nicht zu verlieren, aber auch, nicht allzusehr auf sie zu bauen. Die Hoffnung ist grausam und eitel, hat kein Gewissen. Fumero ist mir schon seit langem auf den Fersen. Er weiß, daß er mich früher oder später kriegen wird. Er hat keine Eile, darum ist er unberechenbar. Er lebt, um sich zu rächen. An allen und an sich selbst. Ohne Rache, ohne Wut würde er sich auflösen. Er weiß, daß du ihn zu Julián führen wirst. Er weiß, daß ich nach fast fünfzehn Jahren keine Kraft und keine Mittel mehr habe. Er hat mich jahrelang sterben sehen und wartet nur den geeigneten Moment ab, um mir den letzten Schlag zu versetzen. Ich habe nie daran gezweifelt, daß ich von seiner Hand sterben werde. Jetzt weiß ich, daß der Moment nahe ist. Ich werde diese Seiten meinem Vater anvertrauen, damit er sie dir weitergibt, wenn mir etwas zustößt. Ich bitte diesen Gott, dem ich nie begegnet bin, du mögest sie nie zu lesen bekommen, aber ich spüre, daß es, entgegen meinem Willen und meinen Hoffnungen, mein Schicksal ist, dir diese Geschichte zu übergeben.

Wenn du diese Worte liest, dieses Gefängnis der Erinnerungen, heißt das, daß ich mich nicht mehr von dir werde verabschieden können, wie ich es gewollt hätte, daß ich dich nicht bitten kann, uns zu verzeihen, vor allem Julián, und für ihn zu sorgen, wenn ich nicht mehr da bin, um es zu tun. Ich weiß, daß ich dich um nichts bitten darf, außer daß du dich rettest. Vielleicht haben mich all diese Seiten zur Überzeugung gebracht, daß ich, was auch geschehen möge, in dir immer einen Freund haben werde, daß du meine einzige wirkliche Hoffnung bist. Von allem, was Julián geschrieben hat, ist mir immer das am nächsten gewesen, daß wir, solange man sich unser erinnert, am Leben bleiben. So, wie es mir oft mit Julián ergangen ist, Jahre bevor ich ihm begegnete, so spüre ich, daß ich dich kenne und daß, wenn ich überhaupt jemandem vertrauen kann, du es bist. Denk an mich, Daniel, und sei es bloß im verborgenen. Laß mich nicht gehen.

Nuria Monfort

Der Schatten des Windes
1955

Es wurde schon hell, als ich Nuria Monforts Manuskript zu Ende gelesen hatte. Das war meine Geschichte. Unsere Geschichte. In Carax' verlorenen Schritten erkannte ich jetzt die meinen. Von Unruhe verzehrt, stand ich auf und begann im Zimmer auf und ab zu gehen. All meine Bedenken, Besorgnisse, Befürchtungen wurden jetzt zu Asche. Müdigkeit, schlechtes Gewissen und Angst übermannten mich, aber ich fühlte mich außerstande, zu Hause zu bleiben und mich vor den Folgen meiner Taten zu verkriechen. Ich schlüpfte in den Mantel, steckte das zusammengefaltete Manuskript in die Innentasche und rannte die Treppe hinunter. Als ich aus der Haustür trat, hatte es zu schneien begonnen. Ich eilte auf die verlassene Plaza de Cataluña. In der Mitte erhob sich einsam die Gestalt eines alten Mannes mit weißem Haar, der in einem grauen Mantel steckte. König des Morgengrauens, schaute er zum Himmel empor und versuchte vergeblich, mit den Handschuhen Schneeflocken zu erhaschen, lachend. Als ich an ihm vorbeiging, schaute er mich an und lächelte feierlich, als könnte er mit einem einzigen Blick meine Seele lesen.

»Viel Glück«, glaubte ich ihn sagen zu hören.

Ich versuchte mich an diesen Segensspruch zu klammern und beschleunigte meine Schritte; ich betete, es möchte nicht zu spät sein und Bea, die Bea meiner Geschichte, noch immer auf mich warten.

Mit vor Kälte brennender Kehle und keuchend vom Laufen kam ich zu dem Haus der Aguilars. Der Schnee blieb schon liegen. Zum Glück traf ich im Eingang auf Don Saturno Molleda, Pförtner des Hauses und, wie mir Bea erzählt hatte, heimlicher surrealistischer Dichter. Den Besen in der Hand und mit nicht weniger als drei Schals und in Militärstiefeln steckend, war er herausgekommen, um sich das weiße Schauspiel anzusehen.

»Die Schuppen Gottes«, begrüßte er staunend den Schneefall.

»Ich gehe zu den Aguilars«, verkündete ich.

»Wer früh aus den Federn kommt, dem Gottes Hilfe frommt, aber in Ihrem Fall hilft die auch nicht viel, junger Mann.«

»Es ist ein Notfall. Ich werde erwartet.«

»Ego te absolvo«, rezitierte er feierlich, als spräche er einen Segen.

Ich lief die Treppen hinauf. Dabei überlegte ich mir mit einigen Zweifeln meine Möglichkeiten. Mit viel Glück würde mir eines der Dienstmädchen öffnen, dessen Sperre ich rücksichtslos zu durchbrechen gedachte. Mit weniger Glück machte mir zu dieser Stunde vielleicht Beas Vater auf. Ich vermutete, im vertrauten Familienrahmen wäre er unbewaffnet, wenigstens vor dem Frühstück. Vor dem Anklopfen blieb ich einige Augenblicke stehen, um Atem zu schöpfen und mir einige Worte zurechtzulegen, die sich nicht einstellen wollten. Das hatte jetzt auch keine Bedeutung mehr. Dreimal ließ ich kräftig den Klopfer auf die Tür fallen. Nach fünfzehn Sekunden wiederholte ich das Ganze und dann noch einmal, ohne mich um den kalten Schweiß auf der Stirn und mein laut pochendes Herz zu kümmern. Als die Tür aufging, hielt ich noch immer den Klopfer in der Hand.

»Was willst du?«

Die Augen meines alten Freundes Tomás durchbohrten mich kalt.

»Ich komme zu Bea. Du kannst mir den Schädel einschlagen, wenn du willst, aber ich werde nicht eher gehen, als bis ich mit ihr gesprochen habe.«

Tomás schaute mich unverwandt an. Ich fragte mich, ob er mich wohl gleich an Ort und Stelle halbieren werde, und schluckte.

»Meine Schwester ist nicht da.«

»Tomás . . .«

»Bea ist weggegangen.«

In seiner Stimme lagen Mutlosigkeit und Schmerz, die er mit Wut nur schlecht übertönen konnte.

»Sie ist weggegangen? Wohin denn?«

»Ich hoffte, du wüßtest es.«

»Ich?«

Ich ignorierte seine geballten Fäuste und das drohende Gesicht und drückte mich in die Wohnung hinein.

»Bea?« rief ich. »Bea, ich bin's, Daniel . . .«

Mitten auf dem Flur blieb ich stehen. Die Wohnung verschluckte das Echo meiner Stimme. Auf mein Geschrei eilten weder Señor Aguilar noch seine Frau, noch die Bediensteten herbei.

»Es ist keiner da. Ich hab es dir schon gesagt«, hörte ich Tomás hinter mir sagen. »Und jetzt hau ab und komm nicht wieder. Mein Vater hat geschworen, dich umzubringen, und ich werde ihn ganz sicher nicht daran hindern.«

»Um Himmels willen, Tomás, sag mir, wo deine Schwester ist.«

Er schaute mich an, als wüßte er nicht recht, ob er ausspukken oder mich einfach rauswerfen sollte.

»Bea ist von zu Hause weggegangen. Seit zwei Tagen suchen meine Eltern sie überall wie wahnsinnig – und die Polizei ebenfalls.«

»Aber . . .«

»Neulich abends, als sie nach dem Treffen mit dir zurückkam, hat mein Vater auf sie gewartet. Er hat sie geschlagen, bis ihr die Lippen platzten, aber du brauchst keine Angst zu haben, deinen Namen hat er nicht aus ihr herausgebracht. Du hast sie nicht verdient.«

»Tomás . . .«

»Halt den Mund. Am nächsten Tag sind meine Eltern mit ihr zum Arzt gegangen.«

»Wieso? Ist sie krank?«

»Krank von dir, du Schwachkopf. Meine Schwester ist keine Jungfrau mehr. Du mußt es ja am besten wissen.«

Ich spürte, wie meine Lippen zitterten. Eiseskälte überzog

mich, die Stimme versagte mir. Ich schleppte mich zum Ausgang, doch Tomás packte mich am Arm und schleuderte mich an die Wand.

»Was hast du mit ihr gemacht?«

»Tomás, ich . . .«

Der erste Hieb verschlug mir den Atem. Mit dem Rücken an der Wand sackte ich in die Knie. Ein eiserner Griff packte mich um den Hals und zog mich hoch, an die Wand genagelt.

»Was hast du mir ihr gemacht, du Mistkerl?«

Mit einem Faustschlag ins Gesicht schleuderte mich Tomás zu Boden. Dann packte er mich am Mantelkragen, schleifte mich zur Tür hinaus und warf mich wie ein Stück Dreck die Treppe hinunter.

»Wenn Bea etwas zugestoßen ist, dann schwöre ich dir, daß ich dich umbringe«, sagte er auf der Schwelle.

Ich rappelte mich auf, hoffte etwas erwidern zu können. Doch die Tür fiel ins Schloß und ließ mich im Dunkeln zurück. Ein Stich im linken Ohr durchbohrte mich, und ich wand mich vor Schmerz. Ich ertastete lauwarmes Blut. So gut es ging, stand ich auf. Die Bauchmuskeln, die den ersten Schlag eingesteckt hatten, brannten in einem Krampf, der erst jetzt einsetzte. Ich rutschte die Treppen hinunter. Als Don Saturno mich erblickte, schüttelte er den Kopf.

»Ach du liebe Güte, kommen Sie einen Moment rein, bis Sie wieder auf den Beinen sind . . .«

Ich schüttelte den Kopf und hielt mir den Magen. Die linke Seite des Kopfes pulsierte, als wollte sich das Fleisch von den Knochen lösen.

»Sie bluten ja«, sagte Don Saturno.

»Das ist nicht das erste Mal.«

»Machen Sie nur so weiter, dann werden Sie bald nichts mehr zu bluten haben. Na, kommen Sie rein, und ich rufe einen Arzt, tun Sie mir den Gefallen.«

Es gelang mir, den Ausgang zu erreichen und mich von der Gutwilligkeit des Pförtners zu befreien. Jetzt schneite es kräftig, die Gehwege waren weiß verschleiert. Der eisige Wind drang durch meine Kleider und leckte mir die blutende Wunde im Gesicht. Ich weiß nicht, ob ich vor Schmerz, Wut oder Angst weinte. Gleichgültig verwischte der Schnee meine feigen Tränen, und ich ging langsam im pulvrigen Morgen davon.

2

Kurz vor der Kreuzung mit der Calle Balmes bemerkte ich, daß mir dicht am Gehweg ein Auto folgte. Die Kopfschmerzen waren einem Schwindelgefühl gewichen, das mich taumeln und an den Hausmauern Halt suchen ließ. Der Wagen hielt, und zwei Männer stiegen aus. Ein grelles Pfeifen dröhnte mir in den Ohren, so daß ich weder den Motor noch die Zurufe der zwei schwarzen Gestalten hören konnte, die mich von beiden Seiten faßten und eilig zum Auto schleppten. Völlig benommen vor Übelkeit, fiel ich auf den Rücksitz. Das Licht ging und kam wie blendend helle Ebbe und Flut. Ich spürte, daß sich der Wagen in Bewegung setzte. Zwei Hände tasteten mir Gesicht, Kopf und Rippen ab. Eine der Gestalten entdeckte Nuria Monforts in meinem Mantel verstecktes Manuskript und nahm es an sich. Mit Gelatinearmen wollte ich sie daran hindern. Die andere Gestalt beugte sich über mich. Offensichtlich sprach sie mit mir, denn ich fühlte ihren Atem im Gesicht. Ich erwartete Fumeros fahle Züge aufleuchten zu sehen und die Schneide seines Messers am Hals zu spüren. Ein Blick verfing sich in meinem, und während ich das Bewußtsein verlor, erkannte ich Fermín Romero de Torres' zahnloses, zugetanes Lächeln.

Ich erwachte so schweißgebadet, daß es mich auf der Haut brannte. Zwei Hände stützten mich kräftig an den Schultern und betteten mich dann auf eine Pritsche, die mir wie bei einer Totenwache von Wachskerzen gesäumt schien. Rechts war Fermíns Gesicht zu sehen. Er lächelte, aber selbst in meinem

Zustand bemerkte ich seine Unruhe. Neben ihm erkannte ich stehend Don Federico Flaviá, den Uhrmacher.

»Sieht aus, als kommt er wieder zu sich, Fermín«, sagte Don Federico. »Was halten Sie davon, wenn ich ihm etwas Fleischbrühe koche, um ihn ins Leben zurückzuholen?«

»Schaden kann es nicht. Und wenn Sie schon dabei sind, könnten Sie mir doch ein Sandwich machen, mit etwas, was Sie gerade finden – bei dieser Aufregung habe ich einen gewaltigen Kohldampf bekommen.«

Vornehm zog sich Don Federico zurück und ließ uns allein.

»Wo sind wir, Fermín?«

»An einem sicheren Ort. Technisch ausgedrückt, befinden wir uns in einer kleinen Wohnung im linken Teil des Ensanche, die Freunden von Don Federico gehört, dem wir unser Leben und mehr zu verdanken haben. Böse Zungen würden es als Absteige bezeichnen, aber für uns ist es ein Heiligtum.«

Ich versuchte mich aufzurichten. Der Schmerz im Ohr äußerte sich jetzt als brennendes Pulsieren.

»Werde ich taub bleiben?«

»Ob taub, weiß ich nicht, aber zum Deppen wären Sie beinahe geworden. Dieser Irre von Señor Aguilar hätte Ihnen um ein Haar das Hirn verflüssigt.«

»Das war nicht Señor Aguilar. Das war Tomás.«

»Tomás? Ihr Freund, der Erfinder?«

Ich nickte.

»Irgend etwas müssen Sie doch getan haben.«

»Bea ist von zu Hause weggegangen . . .«, setzte ich an.

Fermín runzelte die Stirn.

»Weiter.«

»Sie ist schwanger.«

Er blickte mich verdutzt an. Ausnahmsweise war sein Ausdruck undurchdringlich und ernst.

»Schauen Sie mich nicht so an, Fermín, um Gottes willen.«

»Was soll ich denn sonst tun? Zigarren verteilen?«

Ich versuchte aufzustehen, aber der Schmerz und Fermíns Hände hielten mich zurück.

»Ich muß sie finden, Fermín.«

»Still gelegen. Sie sind nicht in der Lage, irgendwo hinzuge-
hen. Sagen Sie mir, wo das Mädchen ist, und ich werde sie
holen.«

»Ich weiß nicht, wo sie ist.«

»Ich muß Sie bitten, sich etwas spezifischer auszudrük-
ken.«

In der Tür erschien Don Federico mit einer Tasse dampfender Fleischbrühe und lächelte mir herzlich zu.

»Wie fühlst du dich, Daniel?«

»Viel besser, danke, Don Federico.«

»Nimm zwei von diesen Tabletten mit der Brühe.«

Er wechselte einen raschen Blick mit Fermín, der nickte.

»Sie sind gegen die Schmerzen.«

Ich schluckte die Tabletten und schlürfte die Brühe, die nach
Sherry schmeckte. Don Federico, ein Ausbund an Diskretion,
verließ das Zimmer und schloß die Tür hinter sich. Da bemerkte ich, daß auf Fermíns Schoß Nuria Monforts Manuskript lag.
Der auf dem Nachttisch tickende Wecker zeigte ein Uhr –
nachmittags, wie ich annahm.

»Schneit es noch?«

»Schneien ist reichlich untertrieben. Das ist eine Sintflut in
Pulverform.«

»Haben Sie es schon gelesen?« fragte ich.

Er nickte nur.

»Ich muß Bea finden, bevor es zu spät ist. Ich glaube, ich
weiß, wo sie ist.«

Ich schob Fermíns Arme weg, setzte mich auf dem Bett auf
und sah mich um. Die Wände wogten wie Algen unter der
Wasseroberfläche eines Teichs. Die Decke entfernte sich in
einem Hauch. Ich vermochte mich kaum aufrecht zu halten.
Mühelos drückte mich Fermín wieder aufs Bett nieder.

»Sie gehen gar nirgends hin, Daniel.«

»Was waren das für Pillen?«

»Morpheustinktur. Sie werden schlafen wie Granit.«

»Nein, jetzt kann ich nicht . . .«

Ich stammelte weiter, bis meine Lider – und die Welt – unaufhaltsam zusammenfielen. Das war ein schwarzer, leerer, tunnelhafter Schlaf.

Die Dämmerung lauerte schon, als das Bleigewicht dieser Lethargie schwand, und ich öffnete die Augen in ein dunkles, von zwei müde auf dem Nachttisch flackernden Kerzen bewachtes Zimmer hinein. Erschöpft schnarchte Fermín im Sessel in der Ecke mit der Verve eines dreimal größeren Mannes. Um seine Füße ergoß sich Nuria Monforts Manuskript. Die Kopfschmerzen waren zu einem langsamen, lauen Pochen geschwunden. Leise schlich ich mich zur Tür und gelangte in ein kleines Wohnzimmer mit Balkon und einer Tür, die aufs Treppenhaus hinauszuführen schien. Mein Mantel und meine Schuhe waren auf einem Stuhl deponiert. Ein von irisierenden Reflexen gesprenkeltes Licht drang durchs Fenster herein. Ich trat an die Balkontür und sah, daß es weiterhin schneite. Die Dächer halb Barcelonas waren weiß gefleckt. In der Ferne erkannte man die Türme der Industrieschule, Nadeln im letzten Tageslicht. Die Scheibe war mit Reif überzogen. Mit dem Zeigefinger schrieb ich darauf:

Hole Bea. Folgen Sie mir nicht. Bin bald zurück.

Beim Erwachen hatte mich Gewißheit befallen, als hätte mir ein Unbekannter im Traum die Wahrheit zugeflüstert. Ich trat auf den Treppenabsatz hinaus und stürzte zur Haustür hinunter. Die Calle Urgel war ein weißer Strom, dem Straßenlaternen, Bäume und Maste entwuchsen. Der Wind verspuckte stoßweise Schnee. Ich ging zur U-Bahnstation Hospital Clínico und tauchte in die Tunnels aus Dampf und verbrauchter Wärme. Horden von Barcelonesen, die den Schnee anschauten, als wär's ein Wunder, unterhielten sich noch immer über diesen Schneesturm. Die Abendzeitungen brachten die Meldung auf der ersten Seite, mit Fotos von den verschneiten Ramblas und dem in Stalaktiten erstarrten Canaletas-Brunnen. *Der Jahrhundertschnee*, verhießen die Schlagzeilen. Ich ließ mich auf eine Bank auf dem Bahnsteig fallen und atmete die Tunnelluft und den Ruß ein, der dem Rumpeln der noch unsichtbaren Züge vorausgeht. Auf der andern Seite der Gleise sah man auf einem Werbeplakat für die Wonnen des Rummelplatzes auf dem Tibidabo die kirmeshaft beleuchtete Blaue Straßenbahn, und dahinter konnte man die Umrisse des Aldaya-Hauses erahnen. Ich fragte mich, ob Bea wohl dasselbe Bild gesehen und begriffen hatte, daß es keinen andern Ort gab, wo sie hingehen konnte.

3

Es war schon fast dunkel, als ich von den Treppen der U-Bahnstation ins Freie trat. Die menschenleere Avenida del Tibidabo zeichnete eine endlose Flucht von Zypressen und unter einer weißen Decke begrabenen Palästen. An ihrer Haltestelle erspähte ich die Blaue Straßenbahn, die Glocke des Schaffners durchschnitt den Wind. Ich beeilte mich und erreichte sie, als sie sich eben in Bewegung setzte. Der Schaffner, ein alter Bekannter, nahm leise murmelnd die Münzen entgegen. Ich setzte mich ins Innere, um mich vor Schnee und Kälte zu schützen. Langsam zogen die düsteren alten Häuser an den eisverschleierten Fenstern vorbei. Der Schaffner musterte mich mit der Mischung aus Argwohn und Dreistigkeit, die die Kälte auf seinem Gesicht festgefroren zu haben schien.

»Nummer zweiunddreißig, junger Mann.«

Ich wandte mich um und sah die gespenstischen Umrisse des Aldaya-Hauses wie den Bug eines dunklen Schiffes im Nebel auf uns zukommen. Mit einem Ruck hielt die Straßenbahn. Den Blick des Schaffners meidend, stieg ich aus.

»Viel Glück«, murmelte er.

Ich sah, wie sich die Bahn die Avenida hinauf verlor, bis nur noch ein leises Bimmeln zu vernehmen war. Eilig folgte ich der Mauer bis zur Bresche im hinteren Teil. Beim Erklettern glaubte ich auf dem gegenüberliegenden Gehsteig Schritte im Schnee zu hören, die sich näherten. Oben auf der Mauer verharrte ich einen Moment reglos. Die Nacht war hereingebrochen. Das Knirschen der Schritte verlor sich im Wind. Ich sprang auf die andere Seite in den Garten hinunter. Das Unkraut war zu Eisstengeln gefroren. Die gefallenen Engelsstatuen lagen unter Eismänteln. Das Wasser des Brunnens war zu einem schneeüberhauchten Spiegel erstarrt, aus dem nur die steinerne Klaue des untergetauchten Engels wie ein Säbel aus Obsidian herausragte. Am Zeigefinger hingen Eiszapfen. Die anklagende Hand zeigte direkt auf die angelehnte Eingangstür.

In der Hoffnung, es möge nicht zu spät sein, stieg ich die Stufen hinan, ohne mir die Mühe zu machen, meine Schritte zu dämpfen. Ich stieß die Tür auf und trat in die Halle. Eine Prozession von Wachskerzen führte ins Innere. Es waren Beas fast heruntergebrannte Kerzen. Ich folgte ihnen bis zum Fuß der Treppe. Der Kerzenweg wies in den ersten Stock hinauf. Meinem an den Wänden verzerrten Schatten folgend, wagte ich mich die Treppe hinauf. Im ersten Stock angekommen, sah ich, daß zwei weitere Kerzen in den Korridor hineinführten. Eine dritte flackerte vor Penélopes ehemaligem Zimmer. Ich trat hinzu und klopfte leise an.

»Julián?« fragte eine zitternde Stimme.

Ich griff nach der Klinke, und während ich langsam die Tür öffnete, wußte ich nicht mehr, wer mich auf der andern Seite erwartete. Bea sah mich aus einer Ecke heraus an, in eine Decke gehüllt. Ich stürzte zu ihr und umarmte sie wortlos. An meinen Wangen spürte ich ihr nasses Gesicht.

»Ich wußte nicht, wohin«, flüsterte sie. »Ich hab dich einige Male zu Hause angerufen, aber da war niemand. Ich hatte Angst . . .«

Mit den Fäusten trocknete sie sich die Tränen und schaute mich an. Ich nickte und brauchte nichts weiter zu sagen.

»Warum hast du mich Julián genannt?«

Sie warf einen Blick auf die halboffene Tür.

»Er ist hier. In diesem Haus. Er kommt und geht. Er hat

mich neulich ertappt, als ich ins Haus hineinwollte. Ohne daß ich ihm etwas sagte, wußte er, wer ich war. Er wußte, was geschehen war, und hat mich in diesem Zimmer untergebracht und mir eine Decke, Wasser und zu essen gebracht. Er hat gesagt, ich soll warten, alles wird gut, du würdest mich holen kommen. In der Nacht haben wir uns stundenlang unterhalten. Er hat mir von Penélope, von Nuria erzählt . . . Vor allem hat er von dir erzählt, von uns beiden. Er hat gesagt, er muß dich lehren, ihn zu vergessen . . .«

»Wo ist er jetzt?«

»Unten. In der Bibliothek. Er sagte, er erwartet jemand, ich soll mich nicht von der Stelle rühren.«

»Wen erwartet er?«

»Ich weiß es nicht. Er sagte, es ist jemand, der mit dir kommt, du würdest ihn herbringen . . .«

Als ich in den Korridor hinausschaute, waren unten an der Treppe schon die Schritte zu hören. Ich erkannte den fahlen Schatten auf den Mauern, den schwarzen Mantel, den kapuzengleich aufgestülpten Hut, den Revolver in der Hand, blitzend wie eine Sense. Fumero. Immer hatte er mich an jemanden oder etwas erinnert, aber bis zu diesem Augenblick hatte ich nicht begriffen, woran.

4

Ich machte mit den Fingern die Kerzen aus und gab Bea ein Zeichen, ganz still zu sein. Sie ergriff meine Hand und schaute mich fragend an. Unter uns waren Fumeros langsame Schritte zu hören. Ich führte sie wieder ins Zimmer hinein und bedeutete ihr da zu bleiben, hinter der Tür verborgen.

»Geh auf keinen Fall hier raus, was auch geschehen mag«, flüsterte ich.

»Verlaß mich jetzt nicht, Daniel, bitte.«

»Ich muß Carax warnen.«

Sie schaute mich flehend an, aber ich ging wieder in den Korridor hinaus. Ich glitt zur Schwelle der Haupttreppe. Keine Spur von Fumeros Schatten oder seinen Schritten. Er stand irgendwo reglos im Dunkeln. Geduldig. Ich zog mich wieder in den Korridor zurück und schritt die ganze Galerie der Zimmer ab bis zur Vorderfassade des Hauses. Durch ein vereistes Fenster drangen ein paar bläuliche Lichtstrahlen herein, trüb wie gestautes Wasser. Ich trat an die Scheibe und sah einen schwarzen Wagen vor dem Gittertor stehen. Es war das Polizeiauto. Zigarettenglut in der Dunkelheit verriet Palacios hinter dem Steuer. Langsam ging ich zur Treppe zurück und stieg, die Füße unendlich behutsam aufsetzend, Stufe um Stufe hinunter. Auf halbem Weg blieb ich stehen und spähte in die Dunkelheit, in die das Erdgeschoß gehüllt war.

Fumero hatte nach dem Eintreten die Tür offengelassen. Der Wind hatte die Kerzen ausgeblasen und trug Schneegestöber herein. Im Gewölbe tanzte das gefrorene Laub und schwebte in dem schwachen Licht, das die Ruinen des Hauses andeutete. Die Wand entlangtastend, stieg ich vier weitere Stufen hinunter. Schwach erkannte ich einen Schimmer der Glastür zur Bibliothek. Fumero sah ich noch immer nicht. Ich fragte mich, ob er wohl in den Keller oder in die Krypta hinuntergegangen war. Der hereindringende Schneestaub verwischte seine Spuren. Ich schlich mich an den Fuß der Treppe und warf einen Blick in den Korridor, der zum Eingang führte. Der eisige Wind peitschte mir ins Gesicht. Im Dunkeln erkannte man schwach die Klaue des Engels im Brunnen. Ich schaute in die andere Richtung. Vom Fuß der Treppe bis zum Eingang zur Bibliothek waren es etwa zehn Meter. Der Vorraum lag im Dunkeln. Mir war klar, daß Fumero wenige Meter von mir entfernt stehen und mich beobachten konnte, ohne daß ich ihn sah. Ich holte tief Luft und tastete mich mit angehaltenem Atem bis zur Bibliothek vor.

Der große ovale Raum lag in schwachem, dunstigem Licht, das der vor den Fenstern fallende Schnee mit Schattenpunkten sprenkelte. Ich spähte die nackten Wände nach Fumero ab, der möglicherweise beim Eingang stand. Knapp zwei Meter rechts von mir ragte ein Gegenstand aus der Wand. Ein Messer, vielleicht ein zweischneidiger Dolch, der ein Rechteck aus Karton oder Papier aufspießte. Ich trat hinzu und erkannte das an die Wand gedolchte Bild – ein zweiter Abzug des halb verbrannten Fotos, das ein Fremder auf dem Ladentisch der Buchhandlung liegengelassen hatte. Darauf lächelten Julián und Penélope als Teenager einem Leben zu, das schon verwirkt war, ohne daß sie es wußten. Die Klinge steckte in Juliáns Brust. Da ging mir auf, daß damals nicht Laín Coubert oder Julián Carax das Foto als Einladung zurückgelassen hatte. Es war Fumero gewesen und das Bild ein vergifteter Köder. Ich griff danach, um es vom Messer zu reißen, als mich die eiskalte Berührung von Fumeros Revolver im Nacken erstarren ließ.

»Ein Bild taugt mehr als tausend Worte, Daniel. Wäre dein Vater nicht so ein Scheißbuchhändler, hätte er dir das längst beigebracht.«

Langsam drehte ich mich um und sah mich dem Revolverlauf gegenüber. Er stank nach frischem Pulverdampf. Fumeros leichenblasses Gesicht grinste in einer verkrampften Grimasse.

»Wo ist Carax?«

»Weit weg. Er wußte, daß Sie ihn holen würden, und ist gegangen.«

Fumero schaute mich an:

»Ich blas dir den Kopf weg, Kleiner.«

»Das wird Ihnen nicht viel nützen. Carax ist nicht hier.«

»Mach den Mund auf«, befahl Fumero.

»Wozu?«

»Mach den Mund auf, oder ich schieß ihn dir auf.«

Ich öffnete die Lippen, und er schob mir den Revolver hinein. Ich spürte, wie mir Übelkeit den Hals heraufkroch. Fumeros Daumen spannte den Schlagbolzen.

»Und jetzt denk drüber nach, du Stück Scheiße, ob du einen Grund zum Weiterleben hast. Na?«

Ich nickte langsam.

»Dann sag mir, wo Carax ist.«

Ich versuchte zu stottern. Gemächlich zog er den Revolver zurück.

»Wo ist er?«

»Unten. In der Krypta.«

»Du führst mich. Du sollst dabeisein, wenn ich diesem Dreckskerl erzähle, wie Nuria Monfort geschrien hat, als ich ihr das Messer in die...«

Die Gestalt erschien aus dem Nichts. Über Fumeros Schulter spähend, glaubte ich eine Silhouette ohne Gesicht, aber mit glühendem Blick in absoluter Stille auf uns zugleiten zu sehen, als berührte sie kaum den Boden. Fumero las in meinen tränennassen Augen den Reflex, und wie in Zeitlupe geriet sein Gesicht aus den Fugen.

Als er herumschnellte und in die ihn umhüllende Dunkelheit schoß, hatten zwei lederne Pranken bereits seinen Hals umklammert. Carax stieß mich weg und drückte Fumero an die Wand. Dessen Hand krampfte sich um den Revolver und versuchte ihn Carax unters Kinn zu setzen. Bevor er abdrücken konnte, packte ihn Carax am Handgelenk und hämmerte es mit aller Kraft ein ums andere Mal an die Wand, doch Fumero ließ die Waffe nicht los. Ein zweiter Schuß explodierte in der Dunkelheit, zerschellte an der Wand und riß ein Loch in die Holztäfelung. Funken und glühende Splitter besprengten Fumeros Gesicht. Der Gestank nach verbranntem Fleisch erfüllte den Raum.

Mit einem Ruck versuchte sich Fumero aus den Pranken zu befreien, die seinen Hals wie in einem Schraubstock hielten und seine Hand mit dem Revolver an die Wand drückten. Carax lockerte den Griff nicht. Fumero brüllte vor Wut und drehte den Kopf, bis er Carax in die Faust beißen konnte. Eine tierische Wut hatte ihn erfaßt. Ich hörte, wie seine fletschenden Zähne die tote Haut zerrissen, und sah Blut aus seinen Lippen rinnen. Da griff Carax, die Schmerzen ignorierend oder vielleicht gar nicht imstande, welche zu empfinden, nach dem Dolch, riß ihn aus der Wand und spießte mit einem einzigen Stoß das rechte Handgelenk Fumeros an die Wand. Der gab einen Schmerzensschrei von sich. Seine Hand öffnete sich spastisch, der Revolver fiel ihm zu Füßen. Mit einem Tritt schleuderte ihn Carax in die Dunkelheit.

Der Schrecken dieser Szene war in wenigen Sekunden an meinen Augen vorbeigezogen. Ich war wie gelähmt, unfähig, zu handeln oder auch nur einen Gedanken zu fassen. Carax wandte sich mir zu und heftete seinen Blick auf mich. Als ich ihn anschaute, konnte ich seine von den Flammen ausgelöschten Gesichtszüge rekonstruieren, die ich mir so oft vorgestellt hatte, wenn ich Bilder sah oder alte Geschichten hörte.

»Bring Beatriz hier weg, Daniel. Sie weiß, was ihr zu tun habt. Trenne dich nicht von ihr. Laß sie dir nicht wegnehmen, von nichts und niemand. Behüte sie. Mehr als dein Leben.«

Ich wollte nicken, aber meine Augen wurden von Fumero angezogen, der mit dem Messer kämpfte, das in seinem Handgelenk steckte. Mit einem Ruck riß er es los, sackte in die Knie und hielt sich den verwundeten Arm, vom dem das Blut herabrann.

»Geh«, raunte Carax.

Geblendet vor Haß, schaute uns Fumero vom Boden herauf an, das blutige Messer in der linken Hand. Carax wandte sich ihm zu. Ich hörte eilige Schritte näher kommen – von den Schüssen alarmiert, war Palacios seinem Chef zu Hilfe geeilt. Noch bevor Carax Fumero das Messer entreißen konnte, stürmte Palacios mit erhobenem Revolver in die Bibliothek.

»Zurück«, rief er.

Er warf einen raschen Blick auf Fumero, der sich mit Mühe aufrichtete, und schaute danach uns an, zuerst mich und dann Carax. Ich bemerkte den Schrecken und den Zweifel in seinem Blick.

»Ich habe gesagt, zurück.«

Carax wich zurück. Palacios beobachtete uns kalt, während er zu entscheiden versuchte, wie die Situation in den Griff zu bekommen war. Seine Augen richteten sich auf mich.

»Du da, hau ab. Das hat nichts mit dir zu tun. Los.«

Ich zögerte einen Moment. Carax nickte.

»Hier geht gar keiner weg«, sagte Fumero schneidend. »Palacios, geben Sie mir Ihren Revolver.«

Palacios regte sich nicht.

»Palacios«, wiederholte Fumero, und streckte die blutende Hand fordernd nach der Waffe aus.

»Nein«, murmelte Palacios zwischen den Zähnen und blieb wie gelähmt stehen.

Fumeros Augen füllten sich mit Verachtung und Zorn. Mit einem jähen Sprung packte er Palacios' Waffe und stieß ihn mit der Hand weg. Langsam hob er den Revolver. Seine Hand zitterte, der Revolver glänzte vor Blut. Carax wich Schritt um Schritt zurück, suchte die Dunkelheit, doch es gab keinen Ausweg, der Revolverlauf folgte ihm.

Meine sämtlichen Muskeln spannten sich vor Wut, wie angezogen von Fumeros bleicher Fratze. Palacios schaute mich an und schüttelte den Kopf. Ich beachtete ihn nicht. Carax hatte sich schon aufgegeben, stand reglos mitten im Raum und wartete auf die Kugel. Fumero kam gar nicht dazu, mich zu sehen. Für ihn gab es nur Carax und diese blutende Hand um den Revolver. Mit einem Sprung stürzte ich mich auf ihn. Meine Füße hoben vom Boden ab und gewannen keinen Kontakt mehr mit ihm. Die Welt war in der Luft erstarrt. Der Knall erreichte mich wie aus der Ferne, Echo eines abziehenden Gewitters. Es gab keinen Schmerz, nur ein dumpfes Lohen, als hätte mich mit ungeheurer Wucht eine Metallstange getroffen und zwei Meter ins Leere geschleudert, um mich dann zu Boden zu werfen. Ich spürte den Fall nicht, hatte aber das Gefühl, die Wände strebten zusammen und die Decke stürze herab, um mich zu erdrücken.

Eine Hand hielt meinen Nacken, und ich sah, wie sich Julián Carax' Gesicht über mich beugte. Ich bemerkte das Entsetzen in seinem Blick. Ich sah, wie er mir die Hand auf die Brust legte, und fragte mich, was das für eine warme Flüssigkeit sein mochte, die ihm zwischen den Fingern hervorquoll. Und jetzt spürte ich das schreckliche Feuer, eine Glut, die mir das Innere aufzehrte. Ich wollte schreien, aber das lauwarme Blut erstickte jeden Laut. Neben mir erkannte ich Palacios' von Gewissensbissen zerquältes Gesicht. Ich schaute auf, und da sah ich sie. Mit entsetztem Ausdruck, die zitternden Hände vor dem

Mund, kam Bea langsam von der Bibliothekstür her näher. Sie schüttelte ungläubig den Kopf. Ich wollte sie warnen, doch eine beißende Kälte überzog mir Arme und Beine und bahnte sich einen Weg durch meinen Körper.

Fumero lauerte hinter der Tür verborgen. Bea bemerkte ihn nicht. Als Carax aufschnellte und Bea sich alarmiert umdrehte, berührte der Revolver des Inspektors bereits ihre Stirn. Palacios stürzte sich auf ihn, um ihn zurückzuhalten. Er kam zu spät. Schon war Carax über ihm. Ich hörte wie aus weiter Ferne seinen Schrei, Beas Namen. Der Raum blitzte im Widerschein des Schusses auf. Die Kugel durchdrang Carax' rechte Hand. Einen Wimpernschlag später fiel der Mann ohne Gesicht über Fumero her. Ich neigte mich zur Seite, um zu sehen, wie Bea unverletzt auf mich zustürzte. Ich suchte Carax mit den Augen, fand ihn aber nicht – eine andere Figur hatte seinen Platz eingenommen. Es war Laín Coubert, wie ich ihn vor vielen Jahren bei der Lektüre eines Buches zu fürchten gelernt hatte. Diesmal gruben sich Couberts Klauen in Fumeros Augen und schleiften ihn wie an Haken mit. Ich glaubte zu sehen, wie die Beine des Inspektors durch die Bibliothekstür schleiften, wie sein Körper zappelte, während Coubert ihn zur Tür zerrte, wie seine Knie auf der Marmortreppe aufschlugen und der Schnee ihm ins Gesicht stöberte, wie ihn der Mann ohne Gesicht am Hals packte, in die Luft hob und dem gefrorenen Brunnen entgegenschleuderte, wie die Dolchhand des Engels seine Brust aufspießte. Ich glaubte zu sehen, wie er seine verdammte Seele in Dampf und schwarzem Atem aushauchte, während die Augen wie Reif zersplitterten.

Jetzt sank ich in mich zusammen. Die Dunkelheit färbte sich mit weißem Licht, und Beas Gesicht zog sich in einen Tunnel aus Nebel zurück. Ich schloß die Augen und spürte ihre Hände auf meinem Gesicht und hörte, wie ihre leise Stimme Gott bat, mich nicht mitzunehmen, wie sie flüsterte, sie liebe mich und werde mich nicht gehen lassen, sie werde mich nicht gehen lassen. Ich erinnere mich nur noch, daß ich mich in dieser Wolke von Licht und Kälte auflöste, daß mich ein seltsamer

Frieden einlullte und den Schmerz und das eisige Feuer aus meinem Innern nahm. Ich sah mich selbst an Beas Hand durch die Straßen dieses verzauberten Barcelonas spazieren, beide schon fast Greise. Ich sah, wie mir mein Vater und Nuria Monfort weiße Rosen aufs Grab legten. Ich sah Fermín in den Armen der Bernarda weinen und sah meinen alten, für immer verstummten Freund Tomás. Ich sah sie, wie man aus einem zu schnell abfahrenden Zug Fremde sieht. Als hätte sich ein verlegter Zeitungsausschnitt in die Seiten eines Buches verirrt, erinnerte ich mich an das Gesicht meiner Mutter, das ich vor vielen Jahren verloren hatte. Ihr Licht war alles, was mich auf meinem Absinken begleitete.

Post Mortem

27. November 1955

Das Zimmer war weiß und mit Dunstschleiern und leuchtender Sonne ausgekleidet. Von meinem Fenster aus sah man ein unendliches blaues Meer. Später würde man mich davon überzeugen wollen, daß von der Corachán-Klinik aus das Meer nicht zu sehen ist, daß ihre Zimmer weder weiß noch ätherisch sind und daß das Meer in jenem November überhaupt kalt und bleiern abweisend war, daß es an sämtlichen Tagen dieser Woche weiterschneite, bis ganz Barcelona unter einem Meter Schnee begraben war und selbst Fermín, der ewige Optimist, dachte, ich würde noch einmal sterben.

Ich war schon vorher gestorben, im Krankenwagen, in Beas Armen und denen des Polizisten Palacios, der sich mit meinem Blut die Uniform ruinierte. Laut den Ärzten, die über mich sprachen, als könnte ich sie nicht hören, hatte das Projektil zwei Rippen zerstört, das Herz gestreift, eine Arterie getroffen und war dann an der Seite wieder ausgetreten. Vierundsechzig Sekunden lang hatte mein Herz ausgesetzt. Man erzählte mir, bei der Rückkehr von meinem Ausflug ins Unendliche hätte ich die Augen geöffnet und gelächelt, bevor ich das Bewußtsein verloren hätte.

Erst nach einer Woche kam ich wieder zu mir. Inzwischen hatten die Zeitungen die Nachricht vom Tod des verdienten Chefinspektors Francisco Javier Fumero in einem Streit mit einer bewaffneten Bande gebracht, und die Behörden waren zu sehr damit beschäftigt, eine Straße oder Passage zu suchen, die man zu seinem Gedenken umtaufen konnte. Im alten Aldaya-Haus wurde als einzige seine Leiche gefunden; die von Penélope und ihrem Kind tauchten nie auf.

Ich erwachte am frühen Morgen. Ich erinnere mich, daß sich das Licht wie flüssiges Gold über die Bettücher ergoß. Es schneite nicht mehr, und jemand hatte das Meer vor meinem Fenster mit einem weißen Platz vertauscht, auf dem sich einige

Schaukeln und wenig mehr abhoben. Mein Vater, neben meinem Bett auf einem Stuhl zusammengesunken, schaute auf und sah mich schweigend an. Ich lächelte ihm zu, und er brach in Tränen aus. Fermín, der auf dem Korridor den Schlaf des Gerechten schlief, und Bea, seinen Kopf auf dem Schoß, hörten ihn, ein Schluchzen, das in Rufe mündete, und kamen ins Zimmer. Ich erinnere mich, daß Fermín weiß und dünn war wie eine Fischgräte. Man erzählte mir, das Blut in meinen Adern stamme von ihm, da ich so gut wie alles eigene verloren hätte, und seit Tagen stopfe er in der Cafeteria der Klinik Brötchen mit Schweineschnitzeln in sich hinein, um rote Blutkörperchen zu bilden, falls ich noch mehr davon benötige. Vielleicht war das die Erklärung dafür, daß ich mich weiser und weniger danielig fühlte. Ich erinnere mich, daß mich ein Wald aus Blumen umgab und daß an diesem Nachmittag Gustavo Barceló und seine Nichte Clara, die Bernarda und mein Freund Tomás durchs Zimmer defilierten. Letzterer getraute sich nicht, mir in die Augen zu sehen, und als ich ihn umarmte, lief er schniefend davon. Ich erinnere mich vage an Don Federico, der in Begleitung der Merceditas kam, und an den Lehrer Don Anacleto. Vor allem aber erinnere ich mich an Bea, die mich schweigend anschaute, während alle übrigen dem Himmel dankten, und an meinen Vater, der sieben Nächte auf diesem Stuhl geschlafen und zu einem Gott gebetet hatte, an den er nicht glaubte.

Als die Ärzte das ganze Gefolge aus dem Zimmer wiesen, damit ich mich ausruhen konnte, was ich überhaupt nicht wollte, trat mein Vater einen Moment zu mir und sagte, er habe mir meinen Füllfederhalter mitgebracht, Victor Hugos Füllfederhalter, und ein Heft, falls ich schreiben wolle. In der Tür sagte Fermín, er habe mit den Klinikärzten gesprochen und sie hätten ihm versichert, ich müsse keinen Militärdienst leisten. Bea küßte mich auf die Stirn und nahm meinen Vater mit hinaus an die Luft – er hatte dieses Zimmer seit über einer Woche nicht mehr verlassen. Ich blieb allein, völlig erschöpft, und überließ mich der Müdigkeit, während ich das Etui mit meinem Füllfederhalter auf dem Nachttisch betrachtete.

Schritte in der Tür weckten mich, und ich hatte das Gefühl, meinen Vater zu Füßen des Bettes zu sehen, oder vielleicht war es auch Dr. Mendoza, der kein Auge von mir abwandte, überzeugt, mein Überleben sei ein schieres Wunder. Der Besucher ging um das Bett herum und setzte sich auf den Stuhl meines Vaters. Mein Mund war ausgetrocknet, und ich konnte kaum sprechen. Julián Carax hielt mir ein Glas Wasser an die Lippen und stützte meinen Kopf, während ich sie befeuchtete. Er hatte Abschiedsaugen, die ich nur anzuschauen brauchte, um zu verstehen, daß er die Wahrheit über Penélope nie herausgefunden hatte. Ich erinnere mich nicht mehr genau an seine Worte noch an den Klang seiner Stimme. Aber ich weiß, daß er meine Hand nahm und mich bat, an seiner Stelle zu leben, und daß ich ihn nie wiedersehen würde. Was ich jedoch nicht vergessen habe, ist, was ich ihm sagte. Ich bat ihn, diese Feder zu nehmen, die schon immer ihm gehört habe, und wieder zu schreiben.

Als ich erwachte, erfrischte mir Bea die Stirn mit Kölnisch Wasser. Erschrocken fragte ich sie, wo Carax sei. Sie schaute mich verwirrt an und sagte, der sei vor einer Woche im Schneesturm verschwunden, eine Blutspur hinterlassend, und alle hielten ihn für tot. Ich verneinte, er sei hier bei mir gewesen, vor wenigen Sekunden. Bea lächelte, ohne etwas zu sagen. Die Krankenschwester, die mir den Puls fühlte, schüttelte langsam den Kopf und erklärte, ich hätte sechs Stunden geschlafen und sie habe die ganze Zeit an ihrem Schreibtisch gegenüber meinem Zimmer gesessen und währenddessen habe niemand mein Zimmer betreten.

Als ich an diesem Abend einzuschlafen versuchte, drehte ich den Kopf auf dem Kissen und stellte fest, daß das Etui offen und der Füller verschwunden war.

Märzwasser
1956

Bea und ich heirateten vier Monate später in der Kirche Santa Ana. Señor Aguilar, der immer noch höchst einsilbig zu mir war und es wohl bis ans Ende der Zeiten bleiben würde, hatte mir angesichts der Unmöglichkeit, meinen Kopf auf dem Tablett serviert zu bekommen, die Hand seiner Tochter gewährt. Beas Verschwinden hatte ihm schlagartig die Wut genommen, und jetzt schien er in einem Zustand dauernden Schreckens zu leben und sich damit abgefunden zu haben, daß sein Enkel mich bald Papa nennen und das Leben ihm durch einen von einer Schußwunde genesenen schamlosen Kerl das Mädchen wegnehmen würde, das er trotz seiner Bifokalbrille noch immer wie am Tag der Erstkommunion sah und keinen Tag älter. Eine Woche vor der Feier fand er sich in der Buchhandlung ein, um mir eine goldene Krawattennadel zu schenken, die seinem Vater gehört hatte, und um mir die Hand zu geben.

»Bea ist das einzige Gute, was ich in meinem Leben zustande gebracht habe«, sagte er. »Paß mir gut auf sie auf.«

Mein Vater begleitete ihn zur Tür und schaute ihm mit der Melancholie, die gleichzeitig und unverhofft alt gewordene Männer weich macht, nach, wie er durch die Calle Santa Ana davonging.

»Er ist kein schlechter Mensch, Daniel«, sagte er. »Jeder liebt auf seine Weise.«

Dr. Mendoza, der bezweifelte, daß ich mich länger als eine halbe Stunde auf den Füßen halten konnte, hatte mich darauf aufmerksam gemacht, daß die Strapazen einer Hochzeit und deren Vorbereitungen nicht die beste Arznei waren, um einen Menschen zu kurieren, der im Operationssaal beinahe sein Leben gelassen hätte.

»Machen Sie sich keine Sorgen«, beruhigte ich ihn, »man läßt mich nichts machen.«

Das war nicht gelogen. Fermín Romero de Torres hatte sich zum absoluten Diktator und Faktotum von Zeremonie, Bankett und Drumherum aufgeschwungen. Als der Pfarrer bemerkte, daß die Braut schwanger an den Altar trat, weigerte er sich rundweg, die Eheschließung vorzunehmen, und drohte damit, die göttliche Vorsehung anzurufen, damit sie dem Ganzen einen Riegel vorschöbe. Fermín wurde fuchsteufelswild, zerrte ihn vor den Augen der spärlichen Hochzeitsgesellschaft aus der Kirche und schrie in alle Himmelsrichtungen, er sei des Ordensgewandes und der Gemeinde unwürdig, und wenn er sich seiner Pflicht widersetze, werde er im Bistum einen Skandal vom Zaun brechen, der ihm eine Verbannung auf den Felsen von Gibraltar eintrüge, wo er in all seiner Schäbigkeit die ältesten Äffinnen zum Christentum bekehren könne. Mehrere Passanten klatschten Beifall, und der Blumenhändler auf dem Platz schenkte ihm eine weiße Nelke, die er sich sogleich ins Revers steckte und so lange trug, bis die Blütenblätter die Farbe des Hemdkragens angenommen hatten. Da standen wir nun ohne Pfarrer, und Fermín ging in die San-Gabriel-Schule, um Pater Fernando Ramos anzuheuern, der zeitlebens noch keine Hochzeit zelebriert hatte und dessen Fachgebiet neben den klassischen Sprachen schwedische Gymnastik war.

»Eminenz, der Bräutigam ist sehr schwach, und ich darf ihm jetzt keinen weiteren Verdruß bereiten. Er sieht in Ihnen eine Reinkarnation der großen Kirchenväter dort oben, mit dem heiligen Thomas, dem heiligen Augustin und der Jungfrau von Fatima. Auch wenn Sie es nicht glauben, der Junge ist wie ich, überaus fromm. Ein Mystiker. Wenn ich ihm jetzt sage, daß Sie mir einen Korb geben, müssen wir anstatt einer Hochzeit womöglich eine Beerdigung abhalten.«

»Wenn es so ist, wie Sie sagen . . .«

Wie mir später erzählt wurde – ich selbst erinnere mich nicht daran, und an Hochzeiten wollen sich ja immer die andern unbedingt genauer erinnern –, füllten Don Gustavo Barceló und die Bernarda den armen Priester vor der Feier nach Fermíns genauen Anweisungen mit Muskateller, damit er schön locker würde. Als der entscheidende Moment gekommen war, hielt Pater Fernando, auf dessen vorteilhaft rosigem Gesicht ein seliges Lächeln leuchtete, in einem Aufschwung protokollarischer Zügellosigkeit dafür, die Lektüre eines der beiden Korintherbriefe durch ein Liebesgedicht zu ersetzen, Sonett eines gewissen Pablo Neruda, den einige der von Señor Aguilar Geladenen als Kommunisten und Kulturbolschewiken identifizierten, während andere im Meßbuch nach diesen ungewöhnlich schönen heidnischen Versen blätterten und sich fragten, ob sich schon die ersten Auswirkungen des künftigen Konzils abzuzeichnen begännen.

Einige Tage vor der Hochzeit hatte Fermín, Architekt des Ereignisses und Zeremonienmeister, angekündigt, er habe für mich einen Polterabend organisiert, zu dem nur er und ich eingeladen seien.

»Ich weiß nicht, Fermín. Solche Dinge sagen mir . . .«

»Vertrauen Sie mir.«

Am angezeigten Abend folgte ich ihm gehorsam zu einem schmutzigen Lokal in der Calle Escudellers. Eine Gruppe Damen von weitem Erfahrungshorizont empfing uns mit strahlendstem Lächeln.

»Wir holen die Rocíito«, verkündete Fermín.

»Fermín«, flüsterte ich erschrocken, »um Himmels willen . . .«

»Haben Sie nur Vertrauen.«

Flink erschien die Rocíito in einem roten Kunstseidenkleid und all ihrer Pracht, die ich nahe bei neunzig Kilos ansiedelte, und nahm eine gewissenhafte Bestandsaufnahme von mir vor.

»Hallo, mein Herzchen. Ich habe mir dich älter vorgestellt, denk dir nur.«

»Das ist nicht der in Rede Stehende«, stellte Fermín richtig.

Da begriff ich die Art der Verwirrung, und meine Ängste schwanden. Fermín vergaß nie ein Versprechen, besonders wenn es von mir stammte. Zu dritt suchten wir ein Taxi, das uns zum Altenheim Santa Lucía bringen sollte. Aus Rücksicht auf meinen Gesundheitszustand und meine Stellung als Verlobten hatte mir Fermín den Beifahrersitz abgetreten und teilte nun die hintere Bank mit der Rocíito, deren Offensichtlichkeiten er mit beträchtlicher Wonne abwog.

»Toll siehst du aus, Rocíito. Von diesem gebirgigen Hintern könnte sich Rubens eine Scheibe abschneiden.«

»Ach, Señor Fermín, seit Sie sich eine Freundin zugelegt haben, lassen Sie mich links liegen, Sie Spitzbube.«

»Rocíito, du bist ein gewaltiges Weibsbild, und ich halte es mit der Monogamie.«

»I wo, die heilt Ihnen die Rocíito mit ein paar Peniszillinreibungen.«

Wir kamen zum Heim in der Calle Montcada, als Mitternacht schon vorüber war, und schleusten die Rocíito durch die Hintertür hinein, die benutzt wurde, um die Verstorbenen durch ein Gäßchen wegzuschaffen, wo es aussah und roch wie in der Speiseröhre der Hölle. Hier gab Fermín der Rocíito die restlichen Anweisungen, während ich das Altchen suchte, dem ich einen letzten Tanz mit Eros versprochen hatte, ehe Thanatos ihm die Schlußrechnung präsentierte.

»Denk dran, Rocíito, der Opa ist ein wenig schwerhörig, also sprich laut, deutlich und schweinisch mit ihm – und schelmisch, wie du es so gut verstehst, aber übertreib nicht, er soll ja nicht vorzeitig mit einem Herzstillstand dem Himmelreich überantwortet werden.«

»Nur ruhig, mein Schatz, man ist schließlich ein Profi.«

Ich fand den Begünstigten dieser Leihliebe in einem Winkel im ersten Stock, einen weisen, hinter Mauern der Einsamkeit verschanzten Eremiten. Er schaute auf und sah mich verwirrt an.

»Bin ich tot?«

»Nein, Sie leben. Erinnern Sie sich nicht an mich?«

»An Sie erinnere ich mich wie an meine ersten Schuhe, junger Mann, aber als ich Sie so leichenblaß gesehen habe, habe ich gedacht, Sie sind eine Vision aus dem Jenseits. Nehmen Sie es mir nicht übel. Hier verliert man, was Sie dort draußen Unterscheidungsvermögen nennen. Sie sind also keine Vision?«

»Nein. Die Vision habe ich unten für Sie bereit, wenn Sie so gut sein wollen.«

Ich führte ihn zu einer düsteren Zelle, die Fermín und die Rociíto mit ein paar Kerzen und einigen Parfümspritzern hergerichtet hatten. Als unser Eremit den Blick auf Rociítos überbordende Schönheit richtete, erleuchteten Traumparadiese sein Gesicht.

»Gott segne Sie.«

»Und Ihnen viel Spaß«, sagte Fermín.

Ich sah, wie die Rociíto den Alten mit unendlicher Zärtlichkeit in die Arme nahm und ihm die Tränen von den Backen küßte. Fermín und ich zogen uns von der Bildfläche zurück. Auf unserem Gang durch diese Galerie der Hoffnungslosigkeit begegneten wir Schwester Emilia, einer der Nonnen, die das Heim führten. Sie warf uns einen aufgebrachten Blick zu.

»Einige Insassen sagen mir, Sie haben eine Nutte eingeschmuggelt, und jetzt wollen sie auch eine.«

»Ehrwürdigste Schwester, wofür halten Sie uns? Unsere Anwesenheit ist ausschließlich ökumenischer Natur. Der Knabe da, der morgen im Angesicht der heiligen Mutter Kirche zum Manne wird, und ich sind gekommen, um nach der Insassin Jacinta Coronado zu fragen.«

Schwester Emilia zog eine Braue in die Höhe.

»Gehören Sie zur Familie?«

»Geistig.«

»Jacinta ist vor vierzehn Tagen gestorben. Am Abend zuvor hat ein Herr sie besucht. Ein Verwandter von Ihnen?«

»Sie meinen Pater Fernando?«

»Es war kein Priester. Er sagte, er heiße Julián. An den Nachnamen erinnere ich mich nicht.«

Fermín schaute mich stumm an.

»Julián ist ein Freund von mir«, sagte ich.

Schwester Emilia nickte.

»Er war mehrere Stunden bei ihr. Ich hatte sie seit Jahren nicht mehr lachen hören. Nachdem er gegangen war, hat sie zu mir gesagt, sie hätten von früheren Zeiten gesprochen, als sie noch jung waren. Sie sagte, dieser Herr habe Nachrichten von ihrer Tochter Penélope gebracht. Ich hatte nicht gewußt, daß Jacinta eine Tochter hatte. Ich erinnere mich, weil mich Jacinta am nächsten Morgen angelächelt hat, und als ich sie fragte, warum sie sich so freue, sagte sie, sie gehe nach Hause, zu Penélope. Wenig später ist sie im Schlaf gestorben.«

Kurz danach beschloß die Rocíito ihr Liebesritual und ließ den Opa erschöpft zurück. Als wir gingen, zahlte ihr Fermín das Doppelte, aber angesichts all dieser von Gott und dem Teufel hoffnungslos Vergessenen vergoß sie Tränen und wollte ihr Honorar unbedingt Schwester Emilia stiften, damit diese allen einen Imbiß mit Ölkringeln und Schokolade auftische – das sei ihr Allheilmittel gegen das Elend des Lebens, sagte sie.

»Man ist eben sentimental. Schauen Sie, Señor Fermín, dieses arme Kerlchen... Wollte nichts weiter, als daß ich ihn festhalte und streichle. Das bricht einem das Herz.«

Wir steckten sie mit einem guten Trinkgeld in ein Taxi und peilten die menschenleere Calle Princesa an.

»Wir werden schlafen gehen müssen, wegen morgen«, sagte Fermín.

»Ich glaube nicht, daß ich kann.«

Wir marschierten Richtung Barceloneta und gelangten, ohne es recht zu merken, auf dem Wellenbrecher immer weiter hinaus, bis zu unseren Füßen die ganze still leuchtende Stadt wie eine riesige Luftspiegelung aus dem Hafenwasser aufstieg. Wir setzten uns auf die Mole und gaben uns dieser Erscheinung hin. Zwanzig Meter von uns entfernt nahm eine reglose Karawane von Autos mit dunstblinden und zeitungsverhängten Fenstern ihren Anfang.

»Diese Stadt ist eine Hexe, wissen Sie, Daniel. Sie setzt sich einem auf der Haut fest und nimmt einem die Seele, ohne daß man es überhaupt merkt.«

»Sie reden wie die Rocíito, Fermín.«

»Lachen Sie nicht, Leute wie sie machen aus dieser beschissenen Welt einen besuchenswerten Ort.«

»Die Nutten?«

»Nein. Nutten sind wir früher oder später alle. Ich meine die Menschen mit gutem Herzen. Und schauen Sie mich nicht so an. Hochzeiten machen mich fertig.«

Umfangen von dieser seltenen Ruhe, blieben wir dort sitzen und verfolgten die Reflexe auf dem Wasser. Nach einiger Zeit überzog die Dämmerung den Himmel mit Bernstein, und Barcelona wurde hell. In der Ferne hörte man die Glocken der Basilika Santa María del Mar, die jenseits des Hafens aus dem Dunst ragte.

»Glauben Sie, Carax ist immer noch da, irgendwo in der Stadt?«

»Fragen Sie mich etwas anderes.«

»Haben Sie die Ringe?«

Fermín lächelte.

»Los, gehen wir. Man erwartet uns, Daniel. Das Leben erwartet uns.«

Sie war elfenbeinfarben gekleidet und trug die Welt in den Augen. Ich erinnere mich kaum an die Worte des Geistlichen noch an die hoffnungsfrohen Gesichter der Gäste, die an diesem Märzvormittag die Kirche füllten. Es bleibt mir allein die Berührung ihrer Lippen und, als ich die Augen öffnete, der geheime Schwur, den ich auf der Haut mitnahm und an den ich mich alle Tage meines Lebens erinnern werde.

Nachspiel
1966

Julián Carax beendet *Der Schatten des Windes* mit einem kurzen Überblick, in dem er die Schicksale seiner Figuren Jahre später skizziert. Seit jener weit zurückliegenden Nacht des Jahres 1945 habe ich viele Bücher gelesen, aber Carax' letzter ist weiterhin mein Lieblingsroman. Heute, mit dreißig Jahren, glaube ich kaum, daß ich meine Meinung noch ändere.

Während ich auf dem Ladentisch der Buchhandlung diese Zeilen schreibe, beobachtet mich lächelnd mein Sohn Julián, der morgen zehn wird, und staunt ungläubig über diesen Stapel Blätter, der höher und höher wird. Wahrscheinlich ist er überzeugt, daß auch sein Vater von dieser Bücher- und Wörterkrankheit angesteckt ist. Julián hat die Augen und die Intelligenz seiner Mutter, und ich gefalle mir im Glauben, er besitze vielleicht meine Naivität. Mein Vater, der die Buchrükken nur noch schwer entziffern kann, obwohl er es nicht zugibt, ist oben in der Wohnung. Oft frage ich mich, ob er ein glücklicher Mann ist, ob er seinen Frieden hat, ob ihm unsere Gesellschaft hilft oder ob er in seinen Erinnerungen und in dieser Traurigkeit lebt, die ihn stets verfolgt hat. Jetzt führen Bea und ich die Buchhandlung. Ich bin für die Buchhaltung zuständig, und Bea macht den Einkauf und bedient die Kunden, die sie mir vorziehen, was ich ihnen nicht übelnehmen kann.

Die Zeit hat sie stark und weise gemacht. Sie spricht fast nie über die Vergangenheit, aber oft überrasche ich sie, wie sie in einem Schweigen versinkt, allein mit sich selbst. Julián betet seine Mutter an. Wenn ich sie so zusammen anschaue, weiß ich, daß ein unsichtbares Band sie eint, das ich kaum ansatzweise begreife. Aber ich bin es zufrieden, Teil ihrer Insel zu sein und mich glücklich zu wissen. Die Buchhandlung wirft gerade eben genug ab, um bescheiden leben zu können, und etwas anderes zu machen kann ich mir nicht vorstellen. Die Verkäufe gehen zwar mit jedem Jahr zurück, aber ich bin optimistisch und denke, was aufwärts geht, geht auch abwärts, und was abwärts geht, muß eines Tages wieder aufwärts gehen. Jeden Monat bekommen wir Angebote von Leuten, die die Buchhandlung kaufen und daraus irgendeinen schicken Laden machen wollen. Aber hier bringt man uns nicht weg, es sei denn mit den Füßen voran.

Fermín und die Bernarda heirateten 1958, und sie haben bereits vier Kinder, alle Jungen und mit der Nase und den Ohren des Vaters. Fermín und ich sehen uns weniger als früher, aber ab und zu wiederholen wir frühmorgens diesen Spaziergang auf dem Wellenbrecher und zimmern uns die Welt zurecht. Fermín hat die Stelle in der Buchhandlung schon vor Jahren aufgegeben und nach Isaac Monforts Tod dessen Ablösung im Friedhof der Vergessenen Bücher übernommen. Isaac liegt auf dem Montjuïc neben Nuria. Ich besuche sie oft. Wir unterhalten uns. Immer duften auf Nurias Grab frische Blumen.

Mein alter Freund Tomás Aguilar ist nach Deutschland gezogen, wo er als Ingenieur in einer Maschinenbaufirma arbeitet und Wunderdinge erfindet, die ich noch nie habe begreifen können. Manchmal schreibt er einen Brief, immer an seine Schwester Bea adressiert. Vor zwei Jahren hat er geheiratet; seine Tochter haben wir nie gesehen. Jedesmal schickt er Grüße für mich mit, aber ich weiß, daß ich ihn vor Jahren unwiederbringlich verloren habe. Ich denke oft, daß uns das Leben die Freunde der Kindheit aus Eigensinn wegnimmt, aber glauben tue ich es nicht immer.

Im Viertel geht alles seinen gewohnten Gang, aber es gibt Tage, an denen ich das Gefühl habe, das Licht wagt sich immer mehr vor, kommt nach Barcelona zurück, so, als ob wir es alle gemeinsam vertrieben hätten, es uns aber am Ende verziehen hätte. Don Anacleto hat seine Stelle als Gymnasiallehrer aufgegeben und widmet sich jetzt ausschließlich der erotischen Dichtung und seinen Zeitungskolumnen, die monumentaler sind denn je. Don Federico Flaviá und die Merceditas sind nach dem Tod der Mutter des Uhrmachers zusammengezogen und bilden ein wunderbares Paar, obwohl es nicht an Neidern fehlt, die sagen, die Katze lasse das Mausen nicht und ab und zu gehe Don Federico als Pharaonin herausstaffiert ein wenig fremd.

Don Gustavo Barceló hat seine Buchhandlung geschlossen und das Kapital an uns transferiert. Er sagte, er habe die Nase voll von der Zunft und wolle sich endlich neuen Herausforderungen stellen. Die erste und letzte war die Gründung eines Verlages zur Neuauflage von Julián Carax' gesammelten Werken. Vom Eröffnungsband mit seinen ersten drei Romanen (die in einem Bündel Fahnenabzüge in einem Möbellager der Familie Cabestany gefunden wurden) wurden dreihundertzweiundvierzig Exemplare verkauft. Mittlerweile reist Don Gustavo in Gesellschaft distinguierter Damen durch Europa und verschickt Postkarten von Kathedralen.

Seine Nichte Clara heiratete den Bankier, aber die Verbindung dauerte nur ein knappes Jahr. Die Liste ihrer Liebhaber ist noch immer lang, nimmt aber Jahr für Jahr ab. Jetzt lebt sie allein in der Wohnung auf der Plaza Real und geht immer seltener aus. Eine Zeitlang habe ich sie besucht, mehr, weil Bea mich an ihre Einsamkeit erinnerte, als aus eigenem Antrieb. Mit den Jahren habe ich eine Bitterkeit in ihr wachsen sehen, die sie mit Ironie und Gleichgültigkeit zu kaschieren sucht. Manchmal denke ich, sie wartet noch immer darauf, daß dieser verzauberte fünfzehnjährige Daniel kommt, um sie anzubeten. Beas Gegenwart – die jeder andern Frau – vergiftet sie. Das letzte Mal, als ich sie sah, tastete sie ihr Gesicht nach Falten ab. Manchmal soll sie noch ihren alten Musiklehrer sehen, Adrián Neri, dessen Sinfonie weiterhin unvollendet bleibt und der anscheinend bei den Damen des Liceo-Kreises als Gigolo derart Karriere gemacht hat, daß ihm seine Schlafzimmerkunststücke den Spitznamen *Die Zauberflöte* eingetragen haben.

Dem Andenken an Inspektor Fumero waren die Jahre weniger gewogen. Nicht einmal die, die ihn gehaßt und gefürchtet hatten, scheinen sich noch an ihn zu erinnern. Vor langer Zeit begegnete ich auf dem Paseo de Gracia dem Polizisten Palacios, der aus dem Korps ausgeschieden war und jetzt in einer Schule der Bonanova Sportunterricht erteilt. Er erzählte mir, im Keller des Hauptreviers in der Vía Layetana gebe es weiterhin eine Gedenktafel zu Ehren Fumeros, aber der neue Getränkeautomat decke sie vollständig zu.

Entgegen jeder Vorhersage steht das Aldaya-Haus noch immer. Am Ende gelang es Señor Aguilars Immobilienfirma, es zu verkaufen. Es wurde vollständig restauriert, und die Engelsstatuen wurden als Belag für den Parkplatz auf dem Areal des ehemaligen Aldaya-Gartens zu Kies verschrotet. Heute beherbergt es eine Werbeagentur. Ich gestehe, daß ich eines Tages unter Anführung unwahrscheinlicher Gründe dort vorgesprochen und darum gebeten habe, das Haus zu besichtigen. Die alte Bibliothek, in der ich um ein Haar mein Leben gelassen hätte, ist jetzt ein mit Werbeplakaten für Deodorants und Waschmittel mit Wunderkräften ausgekleideter Sitzungsraum. Das Zimmer, in dem Bea und ich Julián zeugten, ist das Bad des Generaldirektors.

Als ich an diesem Tag nach dem Besuch des ehemaligen Aldaya-Hauses in die Buchhandlung zurückging, fand ich in der Post ein Paket mit einem Pariser Poststempel. Es enthielt ein Buch mit dem Titel *Die Nebelburg*, Roman eines gewissen Boris Laurent. Ich blätterte es rasch durch und spürte dabei diesen verheißungsvollen Zauberduft neuer Bücher. Ganz zufällig blieb ich bei einem Satzanfang hängen. Sogleich war mir klar, wer ihn geschrieben hatte, und als ich zur ersten Seite zurückging, überraschte es mich nicht, in der blauen Schrift dieses Füllfederhalters, den ich als Junge so angebetet hatte, folgende Widmung zu finden:

Für meinen Freund Daniel,
der mir Stimme und Feder zurückgegeben hat.
Und für Bea,
die uns beiden das Leben zurückgegeben hat.

Ein junger Mann, schon mit einigen weißen Haaren, spaziert durch die Straßen eines Barcelonas, auf dem ein aschener Himmel lastet und dunstiges Sonnenlicht auf die Rambla de Santa Mónica filtert.

An seiner Hand geht ein etwa zehnjähriger Junge, ganz aufgeregt angesichts des Geheimnisses, das ihm sein Vater am Morgen verheißen hat, das Versprechen des Friedhofs der Vergessenen Bücher.

»Julián, was du heute sehen wirst, darfst du niemandem erzählen. Niemandem.«

»Auch nicht Mama?« fragt der Junge mit gedämpfter Stimme.

Sein Vater seufzt hinter seinem traurigen Lächeln, das ihn durchs Leben verfolgt.

»Aber natürlich«, antwortet er. »Vor ihr haben wir keine Geheimnisse. Ihr darfst du alles erzählen.«

Kurz darauf verlieren sich Vater und Sohn, Dunstgestalten, im Gedränge auf den Ramblas, ihre Schritte gehen für immer unter im Schatten des Windes.

Inhalt

Andrej Belyj
Petersburg

Roman · Aus dem Russischen von Gabriele Leupold
640 Seiten · Gebunden

Einer der bedeutendsten russischen Romane des 20. Jahrhunderts – erstmals in der ungekürzten Fassung

Petersburg am Vorabend der Revolution 1905. Giftige, grünliche Nebel ziehen von der Newa herüber und verwandeln die Passanten auf dem Newskij Prospekt in Schatten. Ein Mordanschlag wird vorbereitet. Er gilt dem Senator Apollon Apollonowitsch Ableuchow, einem jener fortschrittsgläubigen Verwaltungsbeamten, die den gewaltigen Ausdehnungen des russischen Reiches mit Zirkularen, Tintenlöschern und Aktenzeichen zu Leibe rücken. Sein Sohn Nikolaj Apollonowitsch, ein grüblerischer junger Mensch, ist in die Kreise der Verschwörer geraten und erhält den Auftrag, die Bombe im Arbeitszimmer seines Vaters zu deponieren. Das Ungeheure nimmt seinen Lauf – oder ist es nur ein »Hirnspiel« wie der Schauplatz Petersburg selbst, diese allerphantastischste, abstrakteste, ausgeklügeltste Stadt der Welt, die eines Tages wieder spurlos verschwinden wird?
Für Nabokov gehört *Petersburg* neben Joyce' *Ulysses* und Kafkas *Prozeß* zu den drei großen Prosawerken des 20. Jahrhunderts. Das 1911-13 entstandene Buch ist ein Bewußtseinsroman aus dem Geist der Musik.

»Gabriele Leupolds Übersetzung ist ein wirkliches Glanzstück, unbedingt preiswürdig, am besten mehrfach.«
                                                    Berliner Zeitung

»*Petersburg* ist ein Wurf von außerordentlicher Kraft...«
                                    Frankfurter Allgemeine Zeitung

Antonia S. Byatt
Geschichten von Feuer und Eis

Aus dem Englischen von Melanie Walz
160 Seiten · Gebunden

Ein Maler entdeckt in seinem hockneyblauen Swimmingpool eine schillernde Wasserschlange, ein unglückliches, verzaubertes Geschöpf, das unermeßliche Reichtümer und eine treue Frau zu werden verspricht, wenn es durch einen Kuß erlöst werde. Doch der Maler ist weniger am Erwerb einer Ehefrau interessiert als daran, die faszinierenden Farbschattierungen dieses unwirklichen Reptilienleibs zu malen, und hält die Schlange mit vagen Versprechungen hin, die schließlich auf ganz unerwartete Weise in ihre ursprüngliche Gestalt zurückfindet.

Dieser neue Erzählungsband Antonia S. Byatts, der Autorin des Erfolgsromans *Besessen*, enthält sechs ganz unterschiedliche Geschichten, mal märchenhaft und komisch, mal burlesk und tragisch, Geschichten, die von Extremen, von elementaren Gegensätzen handeln, von Treue und Verrat, von Liebe und Tod, Kunst und Leben, von Ängsten und Obsessionen, Tagträumen und Wünschen: Geschichten von Feuer und Eis.

»Dies ist eines jener Werke, die die Liebe zur Welt der Bücher entfachen.« *Brigitte*

»Ihre Erzählungen entfalten einen subtilen Sog, dem man sich gern ergibt. Sie beziehen ihre Spannung nicht aus rasanten Plots, sondern aus der Fülle exquisiter Details, aus der Präzision der Beobachtung und der schwebenden Leichtigkeit ihres Stils. A. S. Byatts Geschichten von Feuer und Eis sind Meisterwerke der Miniatur, handkoloriert und tiefenscharf, transparent und reicher als viele Breitwandgemälde der Gegenwartsliteratur.« *Frankfurter Allgemeine Zeitung*

Clarín
Sein einziger Sohn

Roman · Aus dem Spanischen von Elke Wehr
312 Seiten · Gebunden

Als eine Operntruppe in die »melancholische drittklassige Provinzhauptstadt« kommt, wo Bonifacio Reyes mit seiner recht bestimmenden Frau Emma wohnt, hofft er, endlich seine Ambitionen verwirklichen zu können. Er nähert sich der Sängerin Serafina, spielt ihr Lieder auf seiner Flöte vor, aber Serafina hat nichts anderes im Sinn, als in einer bürgerlichen Existenz Zuflucht zu finden – seine romantischen Vorstellungen kann sie nicht erfüllen. Bonifacio kehrt zu seiner Frau zurück, die von ihm verlangt, sie in der Rolle des von ihr verehrten Baritons der Operntruppe zu lieben. Kurz darauf ist Emma schwanger.

Claríns Held ist hin- und hergerissen zwischen seinen Träumereien, von denen er nicht lassen kann, und seinen familiären Interessen, zwischen den ätherischen Klängen seines Flötenspiels und den Hauspantoffeln, die er bei seinen geträumten Ausbruchsversuchen keinesfalls missen möchte. Und so bewegt sich die Geschichte, angesiedelt in den sechziger Jahren des neunzehnten Jahrhunderts, in einem vom Autor kühl und kühn umrissenen Bezirk fortwährender Ambivalenz. Die bürgerliche Welt spiegelt sich im Theater und dieses in jener: eine Scheinwelt wird von der anderen in Frage gestellt.

Meisterhaft ironisiert Clarín, elegisch und sarkastisch zugleich, Gesellschaft und Religion, angefangen beim Titel des Romans bis zum Lied der Opernsängerin, in dem Bonifacio die Verkündigung seines Sohnes zu vernehmen glaubt.

Und doch, seinen komisch schwärmenden Helden scheint er, auf seine Weise, zu lieben.

»Clarín ist der bestechendste spanische Romanschriftsteller nach Cervantes.« *Frankfurter Allgemeine Zeitung*

Nicholas Drayson
Der goldene Skarabäus

Roman · Aus dem Englischen von Rita Seuß
und Sonja Schuhmacher · 351 Seiten · Gebunden

Bekanntlich stammt die Evolutionstheorie von Charles Darwin – jene Theorie, die Wissenschaft, Gesellschaft und Theologie einst in ihren Grundfesten erschüttert hat. Aber war Darwin wirklich der Urheber? Nicholas Drayson hat, so versichert er, vor kurzem ein Manuskript gefunden, die abenteuerliche und schier unglaubliche Lebensgeschichte eines namentlich nicht bekannten Mannes. Dieser behauptet von sich, daß er es gewesen sei, der die Theorie vom »Kampf ums Dasein« entwickelt habe; lediglich ihre Veröffentlichung habe er, bevor er zu einer Forschungsreise in die Javasee aufbrach, seinem Jugendfreund Darwin überlassen.

Auf einer einsamen Vulkaninsel, auf die es den Unbekannten im Jahr 1879 verschlagen hat, schreibt er seine Geschichte nieder. Er erzählt von seiner Kindheit in einem englischen Waisenhaus, von Fremden und Freunden, von seiner Aufnahme in die Familie Darwin und von seiner Liebe zu einer jungen Frau. Als sich ein gewaltiger Vulkanausbruch ankündigt, vertraut er seine Lebensbeichte sowie seine wissenschaftlichen Aufzeichnungen als Flaschenpost dem Meer an, denn die gesamte exotische Insel droht vernichtet zu werden, mitsamt ihrer phantastischen Flora und Fauna, mit Lebewesen, wie sie kein anderer wohl jemals gesehen hat, mit den eigentümlichsten Populationen: Ziegen mit einem höchst merkwürdigen Sozialverhalten, Vögel, die Tonnen von Tang ans Ufer schleppen, Fische, die nur in kochendem Wasser leben können, wandernde Seerosen, blutsaugende Misteln. Und hier soll es auch jenen sagenhaften goldenen Skarabäus geben, dessen Existenz alles, die gesamte Evolution, erklären könnte.

Amin Maalouf
Die Reisen des Herrn Baldassare

Roman · Aus dem Französischen von Ina Kronenberger
490 Seiten · Gebunden

Am Vorabend des Jahres 1666 liegen Furcht und Schrecken
über Europa. Das »Jahr der Apokalypse« steht bevor, das »Jahr
des Großen Tieres«, wie es die Offenbarung des Johannes angekündigt hat. Unruhe breitet sich überall aus, geheimnisvolle
Zeichen werden sichtbar, Vernunft und Aberglaube geraten in
Streit, neue Messiasse verkünden neue Weisheiten.

Der genuesische Kunsthändler und Antiquar Baldassare
Embriaco, ein Skeptiker, der den Heils- und Unheilsverkün-
dungen mißtraut, macht in Gibelet im Libanon gute Geschäfte.
Das jedenfalls bis zu dem Zeitpunkt, da ihm ein seltsames Buch
in die Hände gerät, jenes berühmt-berüchtigte Buch »Der
Hundertste Name«, von dem nur ein echtes Exemplar erhalten
sein soll und in dem angeblich der gesuchte hundertste Name
Gottes genannt wird. 99 Namen sind bekannt, aber erst mit
dem hundertsten läßt sich das bevorstehende Ende der Welt
abwenden. Doch noch bevor Baldassare das Buch lesen kann,
verkauft er es an einen französischen Gesandten. Baldassare,
dem durch geheimnisvolle Andeutungen und Vorkommnisse
die Bedeutung des Buches klar wird, begibt sich auf die Suche.
Seine abenteuerliche Reise führt ihn durch ganz Europa.

»Es ist die hohe Kunst dieses Erzählers, dass er die Grenzen
der Epoche, in der sein Roman angesiedelt ist, behutsam be-
achtet und doch zugleich von unserer Zeit zu erzählen weiß.«
Die Zeit

Das Buch liest »sich spannend und leicht, und wenn man es
schließlich beiseite legt, wird man unter all den Neuerschei-
nungen verzweifelt nach einem ähnlichen Roman suchen«.
Frankfurter Allgemeine Zeitung

Elsa Osorio
Mein Name ist Luz

Roman · Aus dem Spanischen von
Christiane Barckhausen-Canale
432 Seiten · Gebunden

Zunächst ist es nur ein unbestimmtes Gefühl, dann verdichten sich erste Indizien und weitere Nachforschungen zu einer erschütternden Gewißheit: Luz ist nicht die Tochter ihrer vermeintlichen Eltern. Sie ist die Tochter einer politisch Verfolgten, einer »Verschwundenen«. Luz weiß nicht, wer sie ist, bis sie eines Tages in Madrid ihrem wirklichen Vater gegenübersitzt.

Ihm, der die schlimme Vergangenheit begraben wollte, entlockt sie nach und nach ihre wahre Geschichte. Gleich nach der Geburt wurde sie ihrer Mutter weggenommen, die von den Militärs verhaftet und schließlich umgebracht wurde. Hinter Luz' scheinbar normaler Kindheit in der Familie eines hohen Militärs verbirgt sich ein Drama, das all die Menschen, die sie kennt und die sie liebt, als Täter und Opfer auf immer verknüpft.

»Das geraubte Ich: Elsa Osorio schreibt in einer klaren, unprätentiösen Sprache, überzeugend und eindringlich.«
Frankfurter Allgemeine Zeitung

»Dieses Buch, das gegen das Vergessen geschrieben ist, ist selber eines, das man nicht vergisst.«   *Der Spiegel*

»Aus vielen Splittern setzt Elsa Osorio ein Bild aus den Zeiten der Diktatur zusammen, als systematisch Babys geraubt und um ihre wahre Identität betrogen wurden. Ein mitreißender Roman...«
Brigitte

James Wilson
Der Schatten des Malers

Roman · Aus dem Englischen von Rita Seuß
und Thomas Wollermann · 506 Seiten · Gebunden

London in den fünfziger Jahren des 19. Jahrhunderts: Der begabte, aber nur mäßig erfolgreiche Maler Walter Hartright wird von der Nationalgalerie beauftragt, eine Biographie über seinen berühmten, ein paar Jahre zuvor verstorbenen Kollegen William Turner zu schreiben. Der junge Mann nimmt den Auftrag an, um seinem Vorbild das verdiente Denkmal zu setzen.

Gemeinsam mit seiner Schwägerin Marian Halcombe beginnt Hartright zu recherchieren. Dabei gerät er in ein Netz von Lügen und Intrigen und stößt, ganz gegen seine Absicht, auf erschreckende Widersprüche: Vor Hartright tut sich ein Doppelleben auf, ein Leben zwischen Akademie und Kaschemme, Galerien und Bordellen, Herrenhäusern und Armenvierteln. Fast zwanghaft folgt Hartright der dunklen Spur, dem Schatten im Leben des Malers, bis er schließlich erkennen muß, daß er selbst Opfer eines niederträchtigen Komplotts geworden ist.

Ein großer historischer Roman um den Maler des Lichts und um die Schattenseiten des Menschen William Turner – erzählt in atemberaubender Unmittelbarkeit, Gedrängtheit und Spannung.

»... ein opulenter Kunstkrimi« *Welt am Sonntag*

»... Authentizität aus einer überbordenden Fülle von Details, die sich teilweise Turners Malerei verdanken und mit einem enormen erzählerischen Aufwand Landschaften, Städte-Impressionen, Interieurs entwerfen, bevölkert von einem Panoptikum englischer Exzentriker und Sonderlinge. ... ein ebenso aufschlußreiches wie spannendes Buch.« *Literaturen*